Contemporánea

Umberto Eco, nacido en Alessandria, Piamonte, en 1932, fue, durante más de cuarenta años, titular de la Cátedra de Semiótica de la Universidad de Bolonia y director de la Escuela Superior de Estudios Humanísticos en la misma institución. Desarrolló su actividad docente en las universidades de Turín, Florencia y Milán, e impartió asimismo cursos en varias universidades de Estados Unidos y de América Latina. En 2013 fue nombrado doctor *honoris causa* por la Universidad de Burgos. Entre sus obras más importantes publicadas en castellano figuran: *Obra abierta, Apocalípticos e integrados, La estructura ausente, Tratado de semiótica general, Lector in fabula, Semiótica y filosofía del lenguaje, Los límites de la interpretación, Las poéticas de Joyce, Segundo diario mínimo, El superhombre de masas, Seis paseos por los bosques narrativos, Arte y belleza en la estética medieval, Sobre literatura, Historia de la belleza, Historia de la fealdad, A paso de cangrejo, Decir casi lo mismo, Confesiones de un joven novelista* y *Construir al enemigo*. Su faceta de narrador se inició en 1980 con *El nombre de la rosa*, que obtuvo un éxito sin precedentes. A esta primera novela siguieron *El péndulo de Foucault* (1988), *La isla del día de antes* (1994), *Baudolino* (2001), *La misteriosa llama de la reina Loana* (2004), *El cementerio de Praga* (2010) y *Número Cero* (2015). Murió en Milán el 19 de febrero de 2016.

Umberto Eco

El nombre de la rosa

Traducción de
Ricardo Pochtar

DEBOLS!LLO

Papel certificado por el Forest Stewardship Council®

MIXTO
Papel procedente de
fuentes responsables
FSC
www.fsc.org   FSC® C117695

Penguin
Random House
Grupo Editorial

Título original: *Il nome della rosa*

Novena edición con esta portada
Décima reimpresión: mayo de 2022

© 1980, Gruppo Editoriale Fabbri Bompiani, Sonzogno, Etas S.p.A., Milán
© 1997, Penguin Random House Grupo Editorial, S. A. U.
Travessera de Gràcia, 47-49. 08021 Barcelona
© Ricardo Pochtar, por la traducción
© Tomás de la Ascensión Recio, por la traducción de los textos en latín
Diseño de la cubierta: Penguin Random House Grupo Editorial / Yolanda Artola
Fotografía de la cubierta: © Andy Michelle Kerry / Trevillion

Printed in Spain – Impreso en España

ISBN: 978-84-9759-258-1
Depósito legal: B-3.134-2013

Compucsto en Lorman

Impreso en Black Print CPI Ibérica
Sant Andreu de la Barca (Barcelona)

P 8 9 2 5 8 F

NATURALMENTE, UN MANUSCRITO

El 16 de agosto de 1968 fue a parar a mis manos un libro escrito por un tal abate Vallet, Le manuscript de Dom Adson de Melk, traduit en français d'après l'édition de Dom J. Mabillon *(Aux Presses de l'Abbaye de la Source, Paris, 1842). El libro, que incluía una serie de indicaciones históricas en realidad bastante pobres, afirmaba ser copia fiel de un manuscrito del siglo XIV, encontrado a su vez en el monasterio de Melk por aquel gran estudioso del XVII al que tanto deben los historiadores de la orden benedictina. La erudita* trouvaille *(para mí, tercera, pues, en el tiempo) me deparó muchos momentos de placer mientras me encontraba en Praga esperando a una persona querida. Seis días después las tropas soviéticas invadían la infortunada ciudad. Azarosamente logré cruzar la frontera austriaca en Linz; de allí me dirigí a Viena donde me reuní con la persona esperada, y juntos remontamos el curso del Danubio.*

En un clima mental de gran excitación leí, fascinado, la terrible historia de Adso de Melk, y tanto me atrapó que casi de un tirón la traduje en varios cuadernos de gran formato procedentes de la Papeterie Joseph Gibert, aquéllos en los que tan agradable es escribir con una pluma blanda. Mientras tanto llegamos a las cercanías de Melk, donde, a pico sobre un recodo del río, aún se yergue el bellísimo

*Stijt, varias veces restaurado a lo largo de los siglos. Como
el lector habrá imaginado, en la biblioteca del monasterio
no encontré huella alguna del manuscrito de Adso.*

*Antes de llegar a Salzburgo, una trágica noche en un
pequeño hostal a orillas del Mondsee, la relación con la
persona que me acompañaba se interrumpió bruscamente
y ésta desapareció llevándose consigo el libro del abate Vallet, no por maldad sino debido al modo desordenado y
abrupto en que se había cortado nuestro vínculo. Así quedé, con una serie de cuadernos manuscritos de mi puño y
un gran vacío en el corazón.*

*Unos meses más tarde, en París, decidí investigar a
fondo. Entre las pocas referencias que había extraído del
libro francés estaba la relativa a la fuente, por azar muy
minuciosa y precisa:*

Vetera analecta, sive collectio veterum aliquot operum
& opusculorum omnis generis, carminum, epistolarum,
diplomaton, epitaphiorum, &. cum. itinere germanico,
adnotationibus aliquot disquisitionibus R. P. D. Joannis
Mabillon, Presbiteri ac Monachi Ord. Sancti Benedicti
e Congregatione S. Mauri. - Nova Editio cui accesse-
re Mabilonii vita & aliquot opuscula, scilicet Disser-
tatio de Pane Eucharistico, Azymo et Fermentato, ad
Eminentiss. Cardinalem Bona. Subjungitur opusculum
Eldefonsi Hispaniensis Episcopi de eode. argumento
Et Eusebii Romani ad Theophilum Gallum epistola. De
cultu sanctorumignotorum, Parisiis, apud Levesque, ad
Pontem S. Michaelis. MDCCXXI, cum privilegio
Regis.

Encontré enseguida los Vetera Analecta *en la biblioteca Sainte Geneviève, pero con gran sorpresa comprobé
que la edición localizada difería por dos detalles: ante*

todo por el editor, que era Montalant, ad Ripam P. P. Augustinianorum (prope Pontem S. Michaelis), y, además, por la fecha, posterior en dos años. Es inútil decir que esos analecta no contenían ningún manuscrito de Adso o Adson de Melk; por el contrario, como cualquiera puede verificar, se trata de una colección de textos de mediana y breve extensión, mientras que la historia transcrita por Vallet llenaba varios cientos de páginas. En aquel momento consulté a varios medievalistas ilustres, como el querido e inolvidable Étienne Gilson, pero fue evidente que los únicos Vetera Analecta eran los que había visto en Sainte Geneviève. Una visita a la Abbaye de la Source, que surge en los alrededores de Passy, y una conversación con el amigo Dom Arne Lahnestedt me convencieron, además, de que ningún abate Vallet había publicado libros en las prensas (por lo demás inexistentes) de la abadía. Ya se sabe que los eruditos franceses no suelen esmerarse demasiado cuando se trata de proporcionar referencias bibliográficas mínimamente fiables, pero el caso superaba cualquier pesimismo justificado. Empecé a pensar que me había topado con un texto apócrifo. Ahora ya no podía ni siquiera recuperar el libro de Vallet (o, al menos, no me atrevía a pedírselo a la persona que se lo había llevado). Sólo me quedaban mis notas, de las que ya comenzaba a dudar.

Hay momentos mágicos, de gran fatiga física e intensa excitación motriz, en los que tenemos visiones de personas que hemos conocido en el pasado («en me retraçant ces details, j'en suis à me demander s'ils sont réels, ou bien si je les ai rêvés»). Como supe más tarde al leer el bello librito del Abbé de Bucquoy, también podemos tener visiones de libros aún no escritos.

Si nada nuevo hubiese sucedido, todavía seguiría preguntándome por el origen de la historia de Adso de Melk; pero en 1970, en Buenos Aires, curioseando en las mesas de una pequeña librería de viejo de Corrientes, cerca del *más famoso Patio del Tango de esa gran arteria, tropecé con la versión castellana de un librito de Milo Temesvar,* Del uso de los espejos en el juego del ajedrez, *que ya había tenido ocasión de citar (de segunda mano) en mi* Apocalípticos e integrados, *al referirme a otra obra suya posterior,* Los vendedores de Apocalipsis. *Se trataba de la traducción del original, hoy perdido, en lengua georgiana (Tiflis, 1934): allí encontré, con gran sorpresa, abundantes citas del manuscrito de Adso; sin embargo, la fuente no era Vallet ni Mabillon, sino el padre Athanasius Kircher (pero, ¿cuál de sus obras?). Más tarde, un erudito —que no considero oportuno nombrar— me aseguró (y era capaz de citar los índices de memoria) que el gran jesuita nunca habló de Adso de Melk. Sin embargo, las páginas de Temesvar estaban ante mis ojos, y los episodios a los que se referían eran absolutamente análogos a los del manuscrito traducido del libro de Vallet (en particular, la descripción del laberinto disipaba toda sombra de duda). A pesar de lo que más tarde escribiría Beniamino Placido,[1] el abate Vallet había existido y, sin duda, también Adso de Melk.*

Todas esas circunstancias me llevaron a pensar que las memorias de Adso parecían participar precisamente de la misma naturaleza de los hechos que narran: envueltas en muchos, y vagos, misterios, empezando por el autor y terminando por la localización de la abadía, sobre la que Adso evita cualquier referencia concreta, de modo que sólo puede conjeturarse que se encontraba en una zona imprecisa entre Pomposa y Conques, con una razonable probabilidad de que estuviese situada en algún punto de la cresta de los Apeninos, entre Piamonte, Liguria y Francia (como quien dice entre Lerici y Turbia). En cuanto a la época en que se desarrollan los acontecimientos descritos, estamos a finales de noviembre de 1327; en cambio, no sabemos con

1. *La Repubblica,* 22 de septiembre de 1977.

certeza cuándo escribe el autor. Si tenemos en cuenta que dice haber sido novicio en 1327 y que, cuando redacta sus memorias, afirma que no tardará en morir, podemos conjeturar que el manuscrito fue compuesto hacia los últimos diez o veinte años del siglo XIV.

Pensándolo bien, no eran muchas las razones que podían persuadirme de entregar a la imprenta mi versión italiana de una oscura versión neogótica francesa de una edición latina del siglo XVII de una obra escrita en latín por un monje alemán de finales del XIV.

Ante todo, ¿qué estilo adoptar? Rechacé, por considerarla totalmente injustificada, la tentación de guiarme por los modelos italianos de la época: no sólo porque Adso escribe en latín, sino también porque, como se deduce del desarrollo mismo del texto, su cultura (o la cultura de la abadía, que ejerce sobre él una influencia tan evidente) pertenece a un período muy anterior; se trata a todas luces de una suma plurisecular de conocimientos y de hábitos estilísticos vinculados con la tradición de la baja edad media latina. Adso piensa y escribe como un monje que ha permanecido impermeable a la revolución de la lengua vulgar, ligado a los libros de la biblioteca que describe, formado en el estudio de los textos patrísticos y escolásticos; y su historia (salvo por las referencias a acontecimientos del siglo XIV, que, sin embargo, Adso registra con mil vacilaciones, y siempre de oídas) habría podido escribirse, por la lengua y por las citas eruditas que contiene, en el siglo XII o en el XIII.

Por otra parte, es indudable que al traducir el latín de Adso a su francés neogótico, Vallet se tomó algunas libertades, no siempre limitadas al aspecto estilístico. Por ejemplo: en cierto momento los personajes hablan sobre las virtudes de las hierbas, apoyándose claramente en aquel libro de los secretos atribuido a Alberto Magno, que tantas refundiciones sufriera a lo largo de los siglos. Sin duda, Adso lo conoció, pero cuando lo cita percibimos, a

13

veces, coincidencias demasiado literales con ciertas recetas de Paracelso, y, también, claras interpolaciones de una edición de la obra de Alberto que con toda seguridad data de la época tudor.[2] Por otra parte, después averigüé que cuando Vallet transcribió (?) el manuscrito de Adso, circulaba en París una edición dieciochesca del Grand y del Petit Albert,[3] ya irremediablemente corrupta. Sin embargo, subsiste la posibilidad de que el texto utilizado por Adso, o por los monjes cuyas palabras registró, contuviese, mezcladas con las glosas, los escolios y los diferentes apéndices, ciertas anotaciones capaces de influir sobre la cultura de épocas posteriores.

Por último, me preguntaba si, para conservar el espíritu de la época, no sería conveniente dejar en latín aquellos pasajes que el propio abate Vallet no juzgó oportuno traducir. La única justificación para proceder así podía ser el deseo, quizá errado, de guardar fidelidad a mi fuente... He eliminado lo superfluo pero algo he dejado. Temo haber procedido como los malos novelistas, que, cuando introducen un personaje francés en determinada escena, le hacen decir «parbleu!» y «la femme, ah! la femme!»

En conclusión: estoy lleno de dudas. No sé, en realidad, por qué me he decidido a tomar el toro por las astas y presentar el manuscrito de Adso de Melk como si fuese auténtico. Quizá se trate de un gesto de enamoramiento. O, si se prefiere, de una manera de liberarme de viejas, y múltiples, obsesiones.

Transcribo sin preocuparme por los problemas de la actualidad. En los años en que descubrí el texto del abate

---

2. *Liber aggregationis seu liber secretorum Alberti Magni*, Londinium, juxta pontem qui vulgariter dicitur Flete brigge, MCCCCLXXXV.

3. *Les admirables secrets d'Albert le Grand*, A Lyon, Chez les Héritiers Beringos, Fratres, à l'Enseigne d'Agrippa, MDCCLXXV; *Secrets merveilleux de la Magie Naturelle et Cabalistique du Petit Albert*, A Lyon, ibidem, MDCCXXIX.

Vallet existía el convencimiento de que sólo debía escribirse comprometiéndose con el presente, o para cambiar el mundo. Ahora, a más de diez años de distancia, el hombre de letras (restituido a su altísima dignidad) puede consolarse considerando que también es posible escribir por el puro deleite de escribir. Así, pues, me siento libre de contar, por el mero placer de fabular, la historia de Adso de Melk, y me reconforta y me consuela el verla tan inconmensurablemente lejana en el tiempo (ahora que la vigilia de la razón ha ahuyentado todos los monstruos que su sueño había engendrado), tan gloriosamente desvinculada de nuestra época, intemporalmente ajena a nuestras esperanzas y a nuestras certezas.

Porque es historia de libros, no de miserias cotidianas, y su lectura puede incitarnos a repetir, con el gran imitador de Kempis. «In omnibus requiem quaesivi, et nusquam inveni nisi in angulo cum libro.»

5 de enero de 1980

NOTA

El manuscrito de Adso está dividido en seis días, y cada uno de éstos en períodos correspondientes a las horas litúrgicas. Los subtítulos, en tercera persona, son probablemente añadidos de Vallet. Sin embargo, como pueden servir para orientar al lector, y como su uso era corriente en muchas obras de la época escritas en lengua vulgar, no me ha parecido conveniente eliminarlos.

Las referencias de Adso a las horas canónicas me han hecho dudar un poco; no sólo porque su reconocimiento depende de la localización y de la época del año, sino también porque lo más probable es que en el siglo XIV no se respetasen con absoluta precisión las indicaciones que san Benito había establecido en la regla.

Sin embargo, para que el lector pueda guiarse, y basándome tanto en lo que puede deducirse del texto como en la comparación de la regla ordinaria con el desarrollo de la vida monástica según la describe Édouard Schneider en *Les heures bénédictines* (París, Grasset, 1925), creo que podemos atenernos a la siguiente estimación:

Maitines	(que a veces Adso llama también *Vigiliae*, como se usaba antiguamente). Entre las 2.30 y las 3 de la noche.
Laudes	(que en la tradición más antigua se llamaban *Matutini*). Entre las 5 y las 6 de la mañana, concluyendo al rayar el alba.
Prima	Hacia las 7.30, poco antes de la aurora.
Tercia	Hacia las 9.
Sexta	Mediodía (en un monasterio en el que los monjes no trabajaban en el campo, ésta era, en invierno, también la hora de la comida).
Nona	Entre las 2 y las 3 de la tarde.
Vísperas	Hacia las 4.30, al ponerse el sol (la regla prescribe cenar antes de que oscurezca del todo).
Completas	Hacia las 6 (los monjes se acuestan antes de las 7).

Este cálculo se basa en el hecho de que en el norte de Italia, a finales de noviembre, el sol sale alrededor de las 7.30 y se pone alrededor de las 4.40 de la tarde.

PRÓLOGO

En el principio era el Verbo y el Verbo era en Dios, y el Verbo era Dios. Esto era en el principio, en Dios, y el monje fiel debería repetir cada día con salmodiante humildad ese acontecimiento inmutable cuya verdad es la única que puede afirmarse con certeza incontrovertible. Pero videmus nunc per speculum et in aenigmate y la verdad, antes de manifestarse a cara descubierta, se muestra en fragmentos (¡ay, cuán ilegibles!), mezclada con el error de este mundo, de modo que debemos deletrear sus fieles signáculos incluso allí donde nos parecen oscuros y casi forjados por una voluntad totalmente orientada hacia el mal.

Ya al final de mi vida de pecador, mientras, canoso y decrépito como el mundo, espero el momento de perderme en el abismo sin fondo de la divinidad desierta y silenciosa, participando así de la luz inefable de las inteligencias angélicas, en esta celda del querido monasterio de Melk, donde aún me retiene mi cuerpo pesado y enfermo, me dispongo a dejar constancia sobre este pergamino de los hechos asombrosos y terribles que me fue dado presenciar en mi juventud, repitiendo verbatim cuanto vi y oí, y sin aventurar interpretación alguna, para dejar, en cierto modo, a los que vengan después (si es que antes no llega el Anticristo) signos de signos, sobre los que pueda ejercerse la plegaria del desciframiento.

El señor me concede la gracia de dar fiel testimonio de los acontecimientos que se produjeron en la abadía cuyo nombre incluso conviene ahora cubrir con un piadoso manto de silencio, hacia finales del año 1327, cuando el emperador Ludovico entró en Italia para restaurar la dignidad del sacro imperio romano, según los designos del Altísimo y para confusión del infame usurpador simoníaco y heresiarca que en Aviñón deshonró el santo nombre del apóstol (me refiero al alma pecadora de Jacques de Cahors, al que los impíos veneran como Juan XXII).

Para comprender mejor los acontecimientos en que me vi implicado, quizá convenga recordar lo que estaba sucediendo en aquellas décadas, tal como entonces lo comprendí, viviéndolo, y tal como ahora lo recuerdo, enriquecido con lo que más tarde he oído contar sobre ello, siempre y cuando mi memoria sea capaz de atar los cabos de tantos y tan confusos acontecimientos.

Ya en los primeros años de aquel siglo, el papa Clemente V había trasladado la sede apostólica a Aviñón, dejando Roma a merced de las ambiciones de los señores locales, y poco a poco la ciudad santísima de la cristiandad se había ido transformando en un circo, o en un lupanar. Desgarrada por las luchas entre los poderosos, presa de las bandas armadas, y expuesta a la violencia y al saqueo, de república sólo tenía el nombre. Clérigos inmunes al brazo secular mandaban grupos de facinerosos que, espada en mano, cometían todo tipo de rapiñas, y, además, prevaricaban y organizaban tráficos deshonestos. ¿Cómo evitar que el Caput Mundi volviese a ser, con toda justicia, la meta del pretendiente a la corona del sacro imperio romano, empeñado en restaurar la dignidad de aquel dominio temporal que antes había pertenecido a los césares?

Pues bien, en 1314 cinco príncipes alemanes habían elegido en Frankfurt a Ludovico de Baviera como supremo gobernante del imperio. Pero el mismo día, en la orilla opuesta del Main, el conde palatino del Rin y el arzobispo de Colonia habían elegido para la misma dignidad a Federico de Austria. Dos emperadores para una sola sede y un solo papa para dos: situación que, sin duda, engendraría grandes desórdenes...

Dos años más tarde era elegido en Aviñón el nuevo papa, Jacques de Cahors, de setenta y dos años, con el nombre de Juan XXII, y quiera el cielo que nunca otro pontífice adopte un nombre ahora tan aborrecido por los hombres de bien. Francés y devoto del rey de Francia (los hombres de esa tierra corrupta siempre tienden a favorecer los intereses de sus compatriotas, y son incapaces de reconocer que su patria espiritual es el mundo entero), había apoyado a Felipe el Hermoso contra los caballeros templarios, a los que éste había acusado (injustamente, creo) de delitos ignominiosos, para poder apoderarse de sus bienes, con la complicidad de aquel clérigo renegado. Mientras tanto se había introducido en esa compleja trama Roberto de Nápoles, quien, para mantener su dominio sobre la península itálica, había convencido al papa de que no reconociese a ninguno de los dos emperadores alemanes, conservando así el título de capitán general del estado de la iglesia.

En 1322 Ludovico el Bávaro derrotaba a su rival Federico. Si se había sentido amenazado por dos emperadores, Juan juzgó aún más peligroso a uno solo, de modo que decidió excomulgarlo; Ludovico, por su parte, declaró herético al papa. Es preciso decir que aquel mismo año, en Perusa, se había reunido el capítulo de los frailes franciscanos, y su general, Michele da Cesena, a instancias de los «espirituales» (sobre los que ya volveré a hablar), había proclamado como verdad de la fe la pobreza de Cristo, quien, si algo había poseído con sus apóstoles, sólo lo había tenido como usus facti. Justa resolución, destinada a preservar la virtud y la pureza de la orden, pero que disgustó bastante al papa, porque quizá le pareció que encerraba un principio capaz de poner en peligro las pretensiones que, como jefe de la iglesia, tenía de negar al imperio el derecho a elegir los obispos, a cambio del derecho del santo solio a coronar al emperador. Movido por éstas o por otras razones, Juan condenó en 1323 las proposiciones de los franciscanos mediante la decretal *Cum inter non-nullos.*

Supongo que fue entonces cuando Ludovico pensó que los franciscanos, ya enemigos del papa, podían ser poderosos aliados suyos. Al afirmar la pobreza de Cristo, reforzaban, de alguna manera, las ideas de los teólogos imperiales, Marsilio de Padua y Juan de Gianduno. Por último, no muchos meses antes de los acontecimientos que estoy relatando, Ludovico, que había llegado a un acuerdo con el derrotado Federico, entraba en Italia, era coronado en Milán, se enfrentaba con los Visconti —que, sin embargo, lo habían acogido favorablemente—, ponía sitio a Pisa, nombraba vicario imperial a Castruccio, duque de Luca y Pistoia (y creo que cometió un error porque, salvo Uguccione della Faggiola, nunca conocí un hombre más cruel), y ya se disponía a marchar hacia Roma, llamado por Sciarra Colonna, señor del lugar.

Ésta era la situación en el momento en que mi padre, que combatía junto a Ludovico, entre cuyos barones ocupaba un puesto de no poca importancia, consideró conveniente sacarme del monasterio benedictino de Melk —donde yo ya era novicio— para llevarme consigo y que pudiera conocer las maravillas de Italia y presenciar la coronación del emperador en Roma. Sin embargo, el sitio de Pisa lo retuvo en las tareas militares. Yo aproveché esta circunstancia para recorrer, en parte por ocio y en parte por el deseo de aprender, las ciudades de la Toscana, entregándome a una vida libre y desordenada que mis padres no consideraron propia de un adolescente consagrado a la vida contemplativa. De modo que, por sugerencia de Marsilio, que me había tomado cariño, decidieron que acompañase a fray Guillermo de Baskerville, sabio franciscano que estaba a punto de iniciar una misión en el desempeño de la cual tocaría muchas ciudades famosas y abadías antiquísimas. Así fue como me convertí al mismo tiempo en su amanuense y discípulo; y no tuve que arrepentirme, porque con él fui testigo de acontecimientos dignos de ser registrados, como ahora lo estoy haciendo, para memoria de los que vengan después.

Entonces no sabía qué buscaba fray Guillermo y, a decir verdad, aún ahora lo ignoro y supongo que ni siquiera él lo sabía, movido como estaba sólo por el deseo de la verdad, y por la sospecha —que siempre percibí en él— de que la verdad no era la que creía descubrir en el momento presente. Es probable que en aquellos años las preocupaciones del siglo lo distrajeran de sus estudios predilectos. A lo largo de todo el viaje nada supe de la misión que le habían encomendado; al menos, Guillermo no me habló de ella. Fueron más bien ciertos retazos de las conversaciones que mantuvo con los abades de los monasterios en que nos íbamos deteniendo los que me permitieron conjeturar la índole de su tarea. Sin embargo, como diré más adelante, sólo comprendí de qué se trataba exactamente cuando llegamos a la meta de nuestro viaje. Nos habíamos dirigido hacia el norte, pero no seguíamos una línea recta sino que nos íbamos

deteniendo en diferentes abadías. Así fue como dobla-
mos hacia occidente cuando, en realidad, nuestra meta
estaba hacia oriente, siguiendo casi la línea de montañas
que une Pisa con los caminos de Santiago, hasta detenernos en una comarca que los terribles acontecimientos que luego se produjeron en ella me sugieren la conveniencia de no localizar con mayor precisión, pero
cuyos señores eran fieles al imperio y en la que todos
los abades de nuestra orden coincidían en oponerse al
papa herético y corrupto. El viaje, no exento de vicisitudes, duró dos semanas, en el transcurso de las cuales
pude conocer (aunque cada vez me convenzo más de
que no lo bastante) a mi nuevo maestro.

En las páginas que siguen no me permitiré trazar
descripciones de personas —salvo cuando la expresión
de un rostro, o un gesto, aparezcan como signos de un
lenguaje mudo pero elocuente—, porque, como dice
Boecio, nada hay más fugaz que la forma exterior, que
se marchita y se altera como las flores del campo cuando llega el otoño. Por tanto, ¿qué sentido tendría hoy
decir que el abad Abbone tuvo una mirada severa y mejillas pálidas, cuando él y quienes lo rodeaban son ya
polvo y del polvo ya sus cuerpos tienen el tinte gris y
mortuorio (sólo sus almas, Dios lo quiera, resplande-
cen con una luz que jamás se extinguirá)? Sin embargo,
de Guillermo hablaré, una única vez, porque me impresionaron incluso sus singulares facciones, y porque
es propio de los jóvenes sentirse atraídos por un hombre más anciano y más sabio, no sólo debido a su elo-
cuencia y a la agudeza de su mente, sino también por la
forma superficial de su cuerpo, al que, como sucede con
la figura de un padre, miran con entrañable afecto, observando los gestos, y las muecas de disgusto, y espian-
do las sonrisas, sin que la menor sombra de lujuria con-
tamine este tipo (quizá el único verdaderamente puro)
de amor corporal.

Los hombres de antes eran grandes y hermosos (ahora son niños y enanos), pero ésta es sólo una de las muchas pruebas del estado lamentable en que se encuentra este mundo caduco. La juventud ya no quiere aprender nada, la ciencia está en decadencia, el mundo marcha patas arriba, los ciegos guían a otros ciegos y los despeñan en los abismos, los pájaros se arrojan antes de haber echado a volar, el asno toca la lira, los bueyes bailan, María ya no ama la vida contemplativa y Marta ya no ama la vida activa, Lea es estéril, Raquel está llena de lascivia, Catón frecuenta los lupanares, Lucrecio se convierte en mujer. Todo está descarriado. Demos gracias a Dios de que en aquella época mi maestro supiera infundirme el deseo de aprender y el sentido de la recta vía, que no se pierde por tortuoso que sea el sendero.

Así, pues, la apariencia física de fray Guillermo era capaz de atraer la atención del observador menos curioso. Su altura era superior a la de un hombre normal y, como era muy enjuto, parecía aún más alto. Su mirada era aguda y penetrante; la nariz afilada y un poco aguileña infundía a su rostro una expresión vigilante, salvo en los momentos de letargo a los que luego me referiré. También la barbilla delataba una firme voluntad, aunque la cara alargada y cubierta de pecas —como a menudo observé en la gente nacida entre Hibernia y Northumbria— parecía expresar a veces incertidumbre y perplejidad. Con el tiempo me di cuenta de que no era incertidumbre sino pura curiosidad, pero al principio lo ignoraba casi todo acerca de esta virtud, a la que consideraba, más bien, una pasión del alma concupiscente y, por tanto, un alimento inadecuado para el alma racional, cuyo único sustento debía ser la verdad, que (pensaba yo) se reconoce en forma inmediata.

Lo primero que habían advertido con asombro mis ojos de muchacho eran unos mechones de pelo amarillento que le salían de las orejas, y las cejas tupidas y rubias. Podía contar unas cincuenta primaveras y por tanto era ya muy viejo, pero movía su cuerpo infatigable con una agilidad que a mí muchas veces me faltaba. Cuando tenía un acceso de actividad, su energía parecía inagotable. Pero de vez en cuando, como si su espíritu vital tuviese algo del cangrejo, se retraía en estados de inercia, y lo vi a veces en su celda, tendido sobre el jergón, pronunciando con dificultad unos monosílabos, sin contraer un solo músculo del rostro. En aquellas ocasiones aparecía en sus ojos una expresión vacía y ausente, y, si la evidente sobriedad que regía sus costumbres no me hubiese obligado a desechar la idea, habría sospechado que se encontraba bajo el influjo de alguna sustancia vegetal capaz de provocar visiones. Sin embargo, debo decir que durante el viaje se había detenido a veces al borde de un prado, en los límites de un bosque, para recoger alguna hierba (creo que siempre la misma), que se ponía a masticar con la mirada perdida. Guardaba un poco de ella, y la comía en los momentos de mayor tensión (¡que no nos faltaron mientras estuvimos en la abadía!). Una vez le pregunté qué era, y respondió sonriendo que un buen cristiano puede aprender a veces incluso de los infieles. Cuando le pedí que me dejara probar, me respondió que, como en el caso de los discursos, también en el de los simples hay *paidikoi*, *ephebikoi*, *gynaikeioi* y demás, de modo que las hierbas que son buenas para un viejo franciscano no lo son para un joven benedictino.

Durante el tiempo que estuvimos juntos no pudimos llevar una vida muy regular: incluso en la abadía, pasábamos noches sin dormir y caíamos agotados durante el día, y no participábamos regularmente en los oficios sagrados. Sin embargo, durante el viaje, no solía permanecer despierto después de completas, y sus hábitos eran sobrios. A veces, como sucedió en la abadía, pasaba todo el día moviéndose por el huerto, examinando las plantas como si fuesen crisopacios o esmeraldas, y también lo vi recorrer la cripta del tesoro y observar un cofre cuajado de esmeraldas y crisopacios como si fuese una mata de estramonio. En otras ocasiones se pasaba el día entero en la gran sala de la biblioteca hojeando manuscritos, aparentemente sólo por placer (mientras a nuestro alrededor se multiplicaban los cadáveres de monjes horriblemente asesinados). Un día lo encontré paseando por el jardín sin ningún propósito aparente, como si no debiese dar cuenta a Dios de sus obras. En la orden me habían enseñado a hacer un uso muy distinto de mi tiempo, y se lo dije. Respondió que la belleza del cosmos no procede sólo de la unidad en la variedad, sino también de la variedad en la unidad. La respuesta me pareció inspirada en un empirismo grosero, pero luego supe que, cuando definen las cosas, los hombres de su tierra no parecen reservar un papel demasiado grande a la fuerza iluminadora de la razón.

Durante el período que pasamos en la abadía, siempre vi sus manos cubiertas por el polvo de los libros, por el oro de las miniaturas todavía frescas, por las sustancias amarillentas que había tocado en el hospital de Severino. Parecía que sólo podía pensar con las manos, cosa que entonces me parecía más propia de un mecánico (pues me habían enseñado que el mecánico es moechus, y comete adulterio en detrimento de la vida intelectual con la que debiera estar unido en castísimas nupcias). Pero incluso cuando sus manos tocaban cosas fragilísimas, como ciertos códices cuyas miniaturas aún estaban frescas, o páginas corroídas por el tiempo y quebradizas como pan ácimo, poseía, me parece, una extraordinaria delicadeza de tacto, la misma que empleaba al manipular sus máquinas. Pues he de decir que este hombre singular llevaba en su saco de viaje unos instrumentos que hasta entonces yo nunca había visto y que él definía como sus máquinas maravillosas. Las máquinas, decía, son producto del arte, que imita a la naturaleza, capaces de reproducir, no ya las meras formas de esta última, sino su modo mismo de actuar. Así me explicó los prodigios del reloj, del astrolabio y del imán. Sin embargo, al comienzo temí que se tratase de brujerías, y fingí dormir en ciertas noches serenas mientras él (valiéndose de un extraño triángulo) se dedicaba a observar las estrellas. Los franciscanos que yo había conocido en Italia y en mi tierra eran hombres simples, a menudo iletrados, y la sabiduría de Guillermo me sorprendió. Pero él me explicó sonriendo que los franciscanos de sus islas eran de otro cuño: «Roger Bacon, a quien venero como maestro, nos ha enseñado que algún día el plan divino pasará por la ciencia de las máquinas, que es magia natural y santa. Y un día por la fuerza de la naturaleza se podrán fabricar instrumentos de navegación mediante los cuales los barcos navegarán unico homine regente, y mucho más aprisa que los impulsados por velas o remos; y habrá carros "ut sine animali moveantur cum impetu inaestimabili, et instrumenta volandi et homo sedens in medio instrumenti revolvens aliquod ingenium per quod alae artificialiter compositae aerem verberent, ad modum avis volantis." E instrumentos pequeñísimos capaces de levantar pesos inmensos, y vehículos para viajar al fondo del mar.»

Cuando le pregunté dónde existían esas máquinas, me dijo que ya se habían fabricado en la antigüedad, y que algunas también se habían podido construir en nuestro tiempo: «Salvo el instrumento para volar, que nunca he visto ni sé de nadie que lo haya visto, aunque conozco a un sabio que lo ha ideado. También pueden construirse puentes capaces de atravesar ríos sin apoyarse en columnas ni en ningún otro basamento, y otras máquinas increíbles. No debes inquietarte porque aún no existan, pues eso no significa que no existirán. Y yo te digo que Dios quiere que existan, y existen ya sin duda en su mente, aunque mi amigo de Occam niegue que las ideas existan de ese modo, y no porque podamos decidir acerca de la naturaleza divina, sino, precisamente, porque no podemos fijarle límite alguno.» Ésta no fue la única proposición contradictoria que escuché de sus labios: sin embargo, todavía hoy, ya viejo y más sabio que entonces, no acabo de entender cómo podía tener tanta confianza en su amigo de Occam y jurar al mismo tiempo por las palabras de Bacon, como hizo en muchas ocasiones. Pero también es verdad que aquéllos eran tiempos oscuros en los que un hombre sabio debía pensar cosas que se contradecían entre sí.

Pues bien, es probable que haya dicho cosas incoherentes sobre fray Guillermo, como para registrar desde el principio la incongruencia de las impresiones que entonces me produjo. Quizá tú, buen lector, puedas descubrir mejor quién fue y qué hizo, reflexionando sobre su comportamiento durante los días que pasamos en la abadía. Tampoco te he prometido una descripción satisfactoria de lo que allí sucedió, sino sólo un registro de hechos (eso sí) asombrosos y terribles.

Así, mientras con los días iba conociendo mejor a mi maestro, tras largas horas de viaje que empleamos en larguísimas conversaciones de cuyo contenido ya iré hablando cuando sea oportuno, llegamos a las faldas del monte en lo alto del cual se levantaba la abadía. Y ya es hora de que, como nosotros entonces, a ella se acerque mi relato, y ojalá mi mano no tiemble cuando me dispongo a narrar lo que sucedió después.

PRIMER DÍA

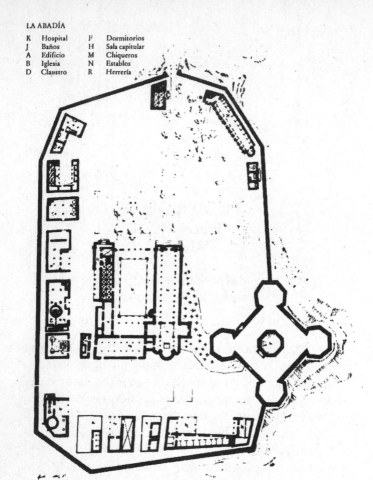

LA ABADÍA

K	Hospital	F	Dormitorios
J	Baños	H	Sala capitular
A	Edificio	M	Chiqueros
B	Iglesia	N	Establos
D	Claustro	R	Herrería

Primer día
PRIMA

*Donde se llega al pie de la abadía y Guillermo
da pruebas de gran agudeza.*

Era una hermosa mañana de finales de noviembre. Durante la noche había nevado un poco, pero la fresca capa que cubría el suelo no superaba los tres dedos de espesor. A oscuras, enseguida después de laudes, habíamos oído misa en una aldea del valle. Luego, al despuntar el sol, nos habíamos puesto en camino hacia las montañas.

Mientras trepábamos por la abrupta vereda que serpenteaba alrededor del monte, vi la abadía. No me impresionó la muralla que la rodeaba, similar a otras que había visto en todo el mundo cristiano, sino la mole de lo que después supe que era el Edificio. Se trataba de una construcción octogonal que de lejos parecía un tetrágono (figura perfectísima que expresa la solidez e invulnerabilidad de la Ciudad de Dios), cuyos lados meridionales se erguían sobre la meseta de la abadía, mientras que los septentrionales parecían surgir de las mismas faldas de la montaña, arraigando en ellas y alzándose como un despeñadero. Quiero decir que en algunas partes, mirando desde abajo, la roca parecía prolongarse hacia el cielo, sin cambio de color ni de materia, y convertirse, a cierta altura, en burche y torreón (obra de gigantes habituados a tratar tanto con la sierra como con el cielo). Tres órdenes de ventanas expresaban el ritmo ternario de la elevación, de modo que lo que era físicamente cuadrado en la sierra era espiritualmente triangular en el cielo. Al acercarse más se advertía que, en cada ángulo, la forma cuadrangular engendraba un torreón heptagonal, cinco de cuyos lados asomaban hacia afuera; o sea que cuatro de los ocho lados del octágono mayor engendraban cuatro heptágonos menores, que hacia afuera se manifestaban como pentágonos. Evidente, y admirable, armonía de tantos números sagrados, cada uno revestido de un sutilísimo sentido espiritual. Ocho es el número de la perfección de todo tetrágono; cuatro, el número de los evangelios; cinco, el número de las partes del mundo; siete, el número de los dones del Espíritu Santo. Por la mole, y por la forma, el Edificio era similar a Castel Urbino o a Castel dal Monte, que luego vería en el sur de la península italiana, pero por su posición inaccesible era más tremendo que ellos, y capaz de infundir temor al viajero que se fuese acercando poco a poco. Por suerte era una diáfana mañana de invierno y no vi la construcción con el aspecto que presenta en los días de tormenta.

Sin embargo, no diré que me produjo sentimientos de júbilo. Me sentí amedrentado, presa de una vaga inquietud. Dios sabe que no eran fantasmas de mi ánimo inexperto, y que interpreté correctamente inequívocos presagios inscritos en la piedra el día en que los gigantes la modelaran, antes de que la ilusa voluntad de los monjes se atreviese a consagrarla a la custodia de la palabra divina.

Mientras nuestros mulos subían trabajosamente por los últimos repliegues de la montaña, allí donde el camino principal se ramificaba formando un trivio, con dos senderos laterales, mi maestro se detuvo un momento, y miró hacia un lado y hacia otro del camino, miró el camino y, por encima de éste, los pinos de hojas perennes que, en aquel corto tramo, formaban un techo natural, blanqueado por la nieve.

—Rica abadía —dijo—. Al Abad le gusta tener buen aspecto en las ocasiones públicas.

Acostumbrado a oírle decir las cosas más extrañas, nada le pregunté. También porque, poco después, escuchamos ruidos y, en un recodo, surgió un grupo agitado de monjes y servidores. Al vernos, uno de ellos vino a nuestro encuentro diciendo con gran cortesía:

—Bienvenido, señor. No os asombréis si imagino quién sois, porque nos han avisado de vuestra visita. Yo soy Remigio da Varagine, el cillerero del monasterio. Si sois, como creo, fray Guillermo de Baskerville, habrá que avisar al Abad. ¡Tú —ordenó a uno del grupo—, sube a avisar que nuestro visitante está por entrar en el recinto!

—Os lo agradezco, señor cillerero —respondió cordialmente mi maestro—, y aprecio aún más vuestra cortesía porque para saludarme habéis interrumpido la persecución. Pero no temáis, el caballo ha pasado por aquí y ha tomado el sendero de la derecha. No podrá ir muy lejos, porque al llegar al estercolero tendrá que detenerse. Es demasiado inteligente para arrojarse por la pendiente...

—¿Cuándo lo habéis visto? —preguntó el cillerero.

—¿Verlo? No lo hemos visto, ¿verdad, Adso? —dijo Guillermo volviéndose hacia mí con expresión divertida—. Pero si buscáis a *Brunello*, el animal sólo puede estar donde yo os he dicho.

El cillerero vaciló. Miró a Guillermo, después al sendero, y, por último, preguntó:

—¿*Brunello?* ¿Cómo sabéis...?

—¡Vamos! —dijo Guillermo—. Es evidente que estáis buscando a *Brunello*, el caballo preferido del Abad, el mejor corcel de vuestra cuadra, pelo negro, cinco pies de alzada, cola elegante, cascos pequeños y redondos pero de galope bastante regular, cabeza pequeña, orejas finas, ojos grandes. Se ha ido por la derecha, os digo, y, en cualquier caso, apresuraos.

El cillerero, tras un momento de vacilación, hizo un signo a los suyos y se lanzó por el sendero de la derecha, mientras nuestros mulos reiniciaban la ascensión. Cuando, mordido por la curiosidad, estaba por interrogar a Guillermo, él me indicó que esperara. En efecto: pocos minutos más tarde escuchamos gritos de júbilo, y en el recodo del sendero reaparecieron monjes y servidores, trayendo al caballo por el freno. Pasaron junto a nosotros, sin dejar de mirarnos un poco estupefactos, y se dirigieron con paso acelerado hacia la abadía. Creo, incluso, que Guillermo retuvo un poco la marcha de su montura para que pudieran contar lo que había sucedido. Yo ya había descubierto que mi maestro, hombre de elevada virtud en todo y para todo, se concedía el vicio de la vanidad cuando se trataba de demostrar su agudeza y, habiendo tenido ocasión de apreciar sus sutiles dotes de diplomático, comprendí que deseaba llegar a la meta precedido por una sólida fama de sabio.

—Y ahora decidme —pregunté sin poderme contener—. ¿Cómo habéis podido saber?

—Mi querido Adso —dijo el maestro—, durante todo el viaje he estado enseñándote a reconocer las huellas por las que el mundo nos habla como por medio de un gran libro. Alain de Lille decía que

omnis mundi creatura
quasi liber et pictura
nobis est in speculum

pensando en la inagotable reserva de símbolos por los que Dios, a través de sus criaturas, nos habla de la vida eterna. Pero el universo es aún más locuaz de lo que creía Alain, y no sólo habla de las cosas últimas (en cuyo caso siempre lo hace de un modo oscuro), sino también de las cercanas, y en esto es clarísimo. Me da casi vergüenza tener que repetirte lo que deberías saber. En la encrucijada, sobre la nieve aún fresca, estaban marcadas con mucha claridad las improntas de los cascos de un caballo, que apuntaban hacia el sendero situado a nuestra izquierda. Esos signos, separados por distancias bastante grandes y regulares, decían que los cascos eran pequeños y redondos, y el galope muy regular. De ahí deduje que se trataba de un caballo, y que su carrera no era desordenada como la de un animal desbocado. Allí donde los pinos formaban una especie de cobertizo natural, algunas ramas acababan de ser rotas, justo a cinco pies del suelo. Una de las matas de zarzamora, situada donde el animal debe de haber girado, meneando altivamente la hermosa cola, para tomar el sendero de su derecha, aún conservaba entre las espinas algunas crines largas y muy negras... Por último, no me dirás que no sabes que esa senda lleva al estercolero, porque al subir por la curva inferior hemos visto el chorro de detritos que caía a pico justo debajo del torreón oriental, ensuciando la nieve, y dada la disposición de la encrucijada, la senda sólo podía ir en aquella dirección.

—Sí —dije—, pero la cabeza pequeña, las orejas finas, los ojos grandes...

—No sé si los tiene, pero, sin duda, los monjes están persuadidos de que sí. Decía Isidoro de Sevilla que la belleza de un caballo exige «ut sit exiguum caput et siccum prope pelle ossibus adhaerente, aures breves et argutae, oculi magni, nares patulae, erecta cervix, coma densa et cauda, ungularum soliditate fixa rotunditas». Si el caballo cuyo paso he adivinado no hubiese sido realmente el mejor de la cuadra, no podrías explicar por qué no sólo han corrido los mozos tras él, sino también el propio cillerero. Y un monje que considera excelente a un caballo sólo puede verlo, al margen de las formas naturales, tal como se lo han descrito las auctoritates, sobre todo si —y aquí me dirigió una sonrisa maliciosa—, se trata de un docto benedictino...

—Bueno —dije—, pero, ¿por qué *Brunello*?

—¡Que el Espíritu Santo ponga un poco más de sal en tu cabezota, hijo mío! —exclamó el maestro—. ¿Qué otro nombre le habrías puesto si hasta el gran Buridán, que está a punto de ser rector en París, no encontró nombre más natural para referirse a un caballo hermoso?

Así era mi maestro. No sólo sabía leer en el gran libro de la naturaleza, sino también en el modo en que los monjes leían los libros de la escritura, y pensaban a través de ellos. Dotes estas que, como veremos, habrían de serle bastante útiles en los días que siguieron. Además, su explicación me pareció al final tan obvia que la humillación por no haberla descubierto yo mismo quedó borrada por el orgullo de compartirla ahora con él, hasta el punto de que casi me felicité por mi agudeza. Tal es la fuerza de la verdad, que, como la bondad, se difunde por sí misma. Alabado sea el santo nombre de nuestro señor Jesucristo por esa hermosa revelación que entonces tuve.

Pero no pierdas el hilo, oh relato, pues este monje ya viejo se detiene demasiado en los marginalia. Di, más bien, que llegamos al gran portalón de la abadía, y en el umbral estaba el Abad, acompañado de dos novicios que sostenían un bacín de oro lleno de agua. Una vez que hubimos descendido de nuestras monturas, lavó las manos de Guillermo, y después lo abrazó besándolo en la boca y dándole su santa bienvenida, mientras el cillerero se ocupaba de mí.

—Gracias, Abbone —dijo Guillermo—, es para mí una alegría, excelencia, pisar vuestro monasterio, cuya fama ha traspasado estas montañas. Yo vengo como peregrino en el nombre de Nuestro Señor, y como tal me habéis rendido honores. Pero vengo también en nombre de nuestro señor en esta tierra, como os dirá la carta que os entrego y también en su nombre os agradezco vuestra acogida.

El Abad cogió la carta con los sellos imperiales y dijo que, de todas maneras, la llegada de Guillermo había sido precedida por otras misivas de los hermanos de su orden (mira, me dije para mis adentros no sin cierto orgullo, es difícil pillar por sorpresa a un abad benedictino), después rogó al cillerero que nos condujera a nuestros alojamientos, mientras los mozos se hacían cargo de las monturas. El Abad prometió visitarnos más tarde, cuando hubiésemos comido algo, y entramos en el gran recinto donde estaban los edificios de la abadía, repartidos por la meseta, especie de suave depresión —o llano elevado— que truncaba la cima de la montaña.

A la disposición de la abadía tendré ocasión de referirme más de una vez, y con más lujo de detalles. Después del portalón (que era el único paso en toda la muralla) se abría una avenida arbolada que llevaba a la iglesia abacial. A la izquierda de la avenida se extendía una amplia zona de huertos y, como supe más tarde, el jardín botánico, en torno a los dos edificios —los baños, y el hospital y herboristería— dispuestos según la curva de la muralla. En el fondo, a la izquierda de la iglesia, se erguía el Edificio, separado de la iglesia por una explanada cubierta de tumbas. El portalón norte de la iglesia daba hacia el torreón sur del Edificio, que ofrecía frontalmente a los ojos del visitante el torreón occidental, que continuaba después por la izquierda hasta tocar la muralla, para proyectarse luego con sus torres en el abismo, sobre el que se alzaba el torreón septentrional, visible sólo de sesgo. A la derecha de la iglesia se extendían algunas construcciones a las que ésta servía de reparo; estaban dispuestas alrededor del claustro, y, sin duda, se trataba del dormitorio, la casa del Abad y la casa de los peregrinos, hacia la que nos habíamos dirigido y a la que llegamos después de atravesar un bonito jardín. Por la derecha, al otro lado de una vasta explanada, a lo largo de la parte meridional de la muralla y continuando hacia oriente por detrás de la iglesia, había una serie de viviendas para la servidumbre, establos, molinos, trapiches, graneros, bodegas y lo que me pareció que era la casa de los novicios. La regularidad del terreno, apenas ondulado, había permitido que los antiguos constructores de aquel recinto sagrado respetaran los preceptos de la orientación con una exactitud que hubiera sorprendido a un Honorio Augustoduniense o a un Guillermo Durando. Por la posición del sol en aquel momento, comprendí que la portada daba justo a occidente, de forma que el coro y el altar estuviesen dirigidos hacia oriente y, por la mañana temprano, el sol despuntaba despertando directamente a los monjes en el dormitorio y a los animales en los establos. Nunca vi abadía más bella y con una orientación tan perfecta, aunque más tarde he tenido ocasión de conocer San Gall, Cluny, Fontenay y otras, quizá más grandes pero no tan armoniosas. Sin embargo, ésta se distinguía de cualquier otra por la inmensa mole del Edificio. Aunque no era yo experto en el arte de la construcción, comprendí enseguida que era mucho más antiguo que los edificios situados a su alrededor. Quizá había sido erigido con otros fines y posteriormente se había agregado el conjunto abacial, cuidando, sin embargo, de que su orientación se adecuase a la de la iglesia, o viceversa. Porque la arquitectura es el arte que más se esfuerza por reproducir en su ritmo el orden del universo, que los antiguos llamaban *kosmos*, es decir, adorno, pues es como un gran animal en el que resplandece la perfección y proporción de todos sus miembros. Alabado sea Nuestro Creador, que, como dice Agustín, ha establecido el número, el peso y la medida de todas las cosas.

Primer día
TERCIA

Donde Guillermo mantiene una instructiva
conversación con el Abad.

El cillerero era un hombre grueso y de aspecto vulgar pero jovial, canoso pero todavía robusto, pequeño pero ágil. Nos condujo a nuestras celdas en la casa de los peregrinos. Mejor dicho, nos condujo a la celda asignada a mi maestro, y me prometió que para el día siguiente desocuparían otra para mí, pues, aunque novicio, también era yo huésped de la abadía, y, por tanto, debía tratárseme con todos los honores. Aquella noche podía dormir en un nicho largo y ancho, situado en la pared de la celda, donde había dispuesto que colocaran buena paja fresca. Así se hacía a veces, añadió, cuando algún señor deseaba que su criado velara mientras él dormía.

Después los monjes nos trajeron vino, queso, aceitunas y buena uva, y se retiraron para que pudiéramos comer y beber. Lo hicimos con gran deleite. Mi maestro no tenía los hábitos austeros de los benedictinos, y no le gustaba comer en silencio. Por lo demás, siempre hablaba de cosas tan buenas y sabias que era como si un monje leyese la vida de los santos.

Aquel día no pude contenerme y volví a preguntarle sobre la historia del caballo.

—Sin embargo —dije—, cuando leísteis las huellas en la nieve y en las ramas aún no conocíais a *Brunello*. En cierto modo, esas huellas nos hablaban de todos los caballos, o al menos de todos los caballos de aquella especie. ¿No deberíamos decir, entonces, que el libro de la naturaleza nos habla sólo por esencias, como enseñan muchos teólogos insignes?

—No exactamente, querido Adso —respondió el maestro—. Sin duda, aquel tipo de impronta me hablaba, si quieres, del caballo como *verbum mentis*, y me hubiese hablado de él en cualquier sitio donde la encontrara. Pero la impronta en aquel lugar y en aquel momento del día me decía que al menos uno de todos los caballos posibles había pasado por allí. De modo que me encontraba a mitad de camino entre la aprehensión del concepto de caballo y el conocimiento de un caballo individual. Y, de todas maneras, lo que conocía del caballo universal procedía de la huella, que era singular. Podría decir que en aquel momento estaba preso entre la singularidad de la huella y mi ignorancia, que adoptaba la forma bastante diáfana de una idea universal. Si ves algo de lejos, sin comprender de qué se trata, te contentarás con definirlo como un cuerpo extenso. Cuando estés un poco más cerca, lo definirás como un animal, aunque todavía no sepas si se trata de un caballo o de un asno. Si te sigues acercando, podrás decir que es un caballo, aunque aún no sepas si se trata de *Brunello* o de *Favello*. Por último, sólo cuando estés a la distancia adecuada verás que es *Brunello* (o bien, ese caballo y no otro, cualquiera que sea el nombre que quieras darle). Éste será el conocimiento pleno, la intuición de lo singular. Así, hace una hora, yo estaba dispuesto a pensar en todos los caballos, pero no por la vastedad de mi intelecto, sino por la estrechez de mi intuición. Y el hambre de mi intelecto sólo pudo saciarse cuando vi al caballo individual que los monjes llevaban por el freno. Sólo entonces supe realmente que mi razonamiento previo me había llevado cerca de la verdad. De modo que las ideas, que antes había utilizado para imaginar un caballo que aún no había visto, eran puros signos, como eran signos de la idea de caballo las huellas sobre la nieve: cuando no poseemos las cosas, usamos signos y signos de signos.

Ya otras veces le había escuchado hablar con mucho escepticismo de las ideas universales y con gran respeto de las cosas individuales, e incluso, más tarde, llegué a pensar que aquella inclinación podía deberse tanto al hecho de que era británico como al de que era franciscano. Pero aquel día no me sentía con fuerzas para afrontar disputas teológicas. De modo que me acurruqué en el espacio que me habían concedido, me envolví en una manta y caí en un sueño profundo.

Cualquiera que entrase hubiera podido confundirme con un bulto. Sin duda, así lo hizo el Abad cuando, hacia la hora tercia, vino a visitar a Guillermo. De esa forma pude escuchar sin ser observado su primera conversación. Y sin malicia, porque presentarme de golpe al visitante hubiese sido más descortés que ocultarme, como hice, con humildad.

Así pues, llegó Abbone. Pidió disculpas por la intrusión, renovó su bienvenida y dijo que debía hablar a Guillermo, en privado, de cosas bastante graves.

Empezó felicitándole por la habilidad con que se había conducido en la historia del caballo, y le preguntó cómo había podido hablar con tanta seguridad de un animal que no había visto jamás. Guillermo le explicó someramente y con cierta indiferencia el razonamiento que había seguido, y el Abad celebró mucho su agudeza. Dijo que no hubiera esperado menos en un hombre de cuya gran sagacidad ya había oído hablar. Le dijo que había recibido una carta del Abad de Farfa, donde éste no sólo mencionaba la misión que el emperador había confiado a Guillermo (de la que ya hablarían en los próximos días), sino también la circunstancia de que mi maestro había sido inquisidor en Inglaterra y en Italia, destacándose en varios procesos por su perspicacia, no reñida con una gran humanidad.

—Ha sido un gran placer —añadió el Abad— enterarme de que en muchos casos habéis considerado que el acusado era inocente. Creo, y nunca tanto como en estos días tristísimos, en la presencia constante del maligno en las cosas humanas —y miró alrededor, con un gesto casi imperceptible, como si el enemigo estuviese entre aquellas paredes—, pero también creo que muchas veces el maligno obra a través de causas segundas. Y sé que puede impulsar a sus víctimas a hacer el mal de manera tal que la culpa recaiga sobre un justo, gozándose de que el justo sea quemado en lugar de su súcubo. A menudo los inquisidores, para demostrar su esmero, arrancan a cualquier precio una confesión al acusado, porque piensan que sólo es buen inquisidor el que concluye el proceso encontrando un chivo expiatorio...

—También un inquisidor puede obrar instigado por el diablo —dijo Guillermo.

—Es posible —admitió el Abad con mucha cautela— porque los designios del Altísimo son inescrutables, pero no seré yo quien arroje sombras de sospecha sobre tantos hombres beneméritos. Al contrario, hoy recurro a vos en vuestro carácter de tal. En esta abadía ha sucedido algo que requiere la atención y el consejo de un hombre agudo y prudente como vos. Agudo para descubrir y prudente para (llegado el caso) cubrir. En efecto, a menudo es indispensable probar la culpa de hombres a quienes cabría atribuir una gran santidad, pero conviene hacerlo de modo que pueda eliminarse la causa del mal sin que el culpable quede expuesto al desprecio de los demás. Si un pastor falla, hay que separarlo de los otros pastores, pero, ¡ay si las ovejas empezaran a desconfiar de los pastores!

—Comprendo —dijo Guillermo. Yo ya había tenido ocasión de observar que cuando se expresaba con tanta solicitud y cortesía, muchas veces estaba ocultando, en forma honesta, su desacuerdo o su perplejidad.

—Por eso —prosiguió el Abad—. Considero que los casos que involucran el fallo de un pastor pueden confiarse únicamente a hombres como vos, que no sólo saben distinguir entre el bien y el mal, sino también entre lo que es oportuno y lo que no lo es. Me agrada saber que sólo habéis condenado cuando...

—... los acusados eran culpables de actos delictivos, de envenenamientos, de corrupción de niños inocentes y de otras abominaciones que mi boca no se atreve a nombrar...

—... que sólo habéis condenado cuando —prosiguió el Abad sin tomar en cuenta la interrupción— la presencia del demonio era tan evidente para todos que era imposible obrar de otro modo sin que la indulgencia resultase más escandalosa que el propio delito.

—Cuando declaré culpable a alguien —aclaró Guillermo— era porque éste había cometido realmente crímenes tan graves que podía entregarlo al brazo secular sin remordimientos.

El Abad tuvo un momento de duda:

—¿Por qué —preguntó— insistís en hablar de actos delictivos sin pronunciaros sobre su causa diabólica?

—Porque razonar sobre las causas y los efectos es

algo bastante difícil, y creo que sólo Dios puede hacer juicios de ese tipo. A nosotros nos cuesta ya tanto establecer una relación entre un efecto tan evidente como un árbol quemado y el rayo que lo ha incendiado, que remontar unas cadenas a veces larguísimas de causas y efectos me parece tan insensato como tratar de construir una torre que llegue hasta el cielo.

—El doctor de Aquino —sugirió el Abad— no ha temido demostrar mediante la fuerza de su sola razón la existencia del Altísimo, remontándose de causa en causa hasta la causa primera, no causada.

—¿Quién soy yo —dijo Guillermo con humildad— para oponerme al doctor de Aquino? Además, su prueba de la existencia de Dios cuenta con el apoyo de muchos otros testimonios que refuerzan la validez de sus vías. Dios habla en el interior de nuestra alma, como ya sabía Agustín, y vos, Abbone, habríais cantado alabanzas al Señor y a su presencia evidente aunque Tomás no hubiera... —se detuvo, y añadió—: Supongo.

—¡Oh, sin duda! —se apresuró a confirmar el Abad, y de este modo tan elegante cortó mi maestro una discusión escolástica que, evidentemente, no le agradaba demasiado.

—Volvamos a los procesos —prosiguió mi maestro—. Supongamos que un hombre ha muerto envenenado. Esto es un dato empírico. Dados ciertos signos inequívocos, puedo imaginar que el autor del envenenamiento ha sido otro hombre. Pero, ¿cómo puedo complicar la cadena imaginando que ese acto malvado tiene otra causa, ya no humana sino diabólica? No afirmo que sea imposible, pues también el diablo deja signos de su paso, como vuestro caballo *Brunello*. Pero, ¿por qué debo buscar esas pruebas? ¿Acaso no basta con que sepa que el culpable es ese hombre y lo entregue al brazo secular? De todos modos, su pena será la muerte, que Dios lo perdone.

—Sin embargo, en un proceso celebrado en Kilkenny hace tres años, donde algunas personas fueron acusadas de cometer delitos infames, vos no negasteis la intervención diabólica, una vez descubiertos los culpables.

—Pero tampoco lo afirmé en forma clara. De todos modos, es cierto que no lo negué. ¿Quién soy yo para emitir juicios sobre las maquinaciones del maligno? Sobre todo —añadió, y parecía interesado en dejar claro ese punto— cuando los que habían iniciado el proceso, el obispo, los magistrados de la ciudad, el pueblo todo, y quizá incluso los acusados, deseaban realmente descubrir la presencia del demonio. Tal vez la única prueba verdadera de la presencia del diablo fuese la intensidad con que en aquel momento deseaban todos descubrir su presencia...

—Por tanto —dijo el Abad con tono preocupado—, ¿me estáis diciendo que en muchos procesos el diablo no sólo actúa en el culpable sino quizá también en los jueces?

—¿Acaso podría afirmar algo semejante? —preguntó Guillermo, y comprendí que había formulado la pregunta de modo que el Abad no pudiese afirmar que sí podía, y aprovechó el silencio de Abbone para desviar el curso de la conversación—. Pero en el fondo se trata de cosas lejanas... He abandonado aquella noble actividad y si lo he hecho así es porque el Señor así ha querido...

—Sin duda —admitió el Abad.

—... Y ahora —prosiguió Guillermo—, me ocupo de otras cuestiones delicadas. Y me gustaría ocuparme de la que os aflige, si me la quisierais exponer.

Me pareció que el Abad se alegraba de poder acabar aquella conversación y volver a su problema. Inició pues, escogiendo con mucha prudencia las palabras y recurriendo a largas perífrasis, el relato de un acontecimiento singular que se había producido pocos días atrás, y que había turbado sobremanera a los monjes. Dijo que se lo contaba a Guillermo porque, sabiendo que era un gran conocedor tanto del alma humana como de las maquinaciones del maligno, esperaba que pudiese dedicar una parte de su preciosísimo tiempo al esclarecimiento de tan doloroso enigma. El hecho era que Adelmo da Otranto, monje aún joven pero ya famoso maestro en el arte de la miniatura, que estaba adornando los manuscritos de la biblioteca con imágenes bellísimas, había sido hallado una mañana por un cabrero en el fondo del barranco situado al pie del torreón este del Edificio. Los otros monjes lo habían visto en el coro durante completas, pero no había asistido a maitines, de modo que su caída se había producido, probablemente, durante las horas más oscuras de la noche. Una noche de recia ventisca en la que los copos de nieve, cortantes como cuchillos y casi tan duros como granizo, caían impelidos por un austro de soplo impetuoso. Ablandado por esa nieve que primero se había fundido y después se había congelado formando duras láminas de hielo, el cuerpo había sido descubierto al pie del despeñadero, desgarrado por las rocas contra las que se había golpeado. Pobre y frágil cosa mortal, que Dios se apiadara de él. Como en su caída había rebotado muchas veces, no era fácil decir desde dónde exactamente se había precipitado. Aunque, sin duda debía de haber sido por una de las ventanas de los tres órdenes existentes en los tres lados del torreón que daban al abismo.

—¿Dónde habéis enterrado el pobre cuerpo? —preguntó Guillermo.

—En el cementerio, naturalmente —respondió el Abad—. Quizá lo hayáis observado por vos mismo; se extiende entre el costado septentrional de la iglesia, el Edificio y el huerto.

—Ya veo —dijo Guillermo—, y veo que vuestro problema es el siguiente. Si el infeliz se hubiese, Dios no lo quiera, suicidado (porque no cabía pensar en una caída accidental), al día siguiente hubierais encontrado abierta una de aquellas ventanas, pero las encontrasteis todas cerradas y tampoco hallasteis rastros de agua al pie de ninguna de ellas.

Ya he dicho que el Abad era un hombre muy circunspecto y diplomático, pero en aquella ocasión no pudo contener un gesto de sorpresa, que borró toda huella del decoro que, según Aristóteles, conviene a la persona grave y magnánima:

—¿Quién os lo ha dicho?

—Vos me lo habéis dicho. Si la ventana hubiera estado abierta, enseguida hubieseis pensado que se había arrojado por ella. Por lo que he podido apreciar desde fuera, se trata de grandes ventanas de vidrieras opacas, y ese tipo de ventanas, en edificios de estas dimensiones, no suelen estar situadas a la altura de una persona. Por tanto, si hubiese estado abierta, como hay que descartar la posibilidad de que el infeliz se asomara a ella y perdiese el equilibrio, sólo quedaba la hipótesis del suicidio. En cuyo caso no lo habríais dejado enterrar en tierra consagrada. Pero, como lo habéis enterrado cristianamente, las ventanas debían de estar cerradas. Y si estaban cerradas, y como ni siquiera en los procesos por brujería me he topado con un muerto impenitente a quien Dios o el diablo hayan permitido remontar el abismo para borrar las huellas de su crimen, es evidente que el supuesto suicida fue empujado, ya por una mano humana, ya por una fuerza diabólica. Y vos os preguntáis quién puede haberlo, no digo empujado hacia el abismo, sino alzado sin querer hasta el alféizar, y os perturba la idea de que una fuerza maléfica, natural o sobrenatural, ronde en estos momentos por la abadía.

—Así es... —dijo el Abad, y no estaba claro si con ello confirmaba las palabras de Guillermo o descubría la justeza del razonamiento que este último acababa de exponer con tanta perfección—. Pero, ¿cómo sabéis que no había agua al pie de ninguna ventana?

—Porque me habéis dicho que soplaba el austro, y el agua no podía caer contra unas ventanas que dan a oriente.

—Lo que me habían dicho de vuestras virtudes no era suficiente —dijo el Abad—. Tenéis razón, no había agua, y ahora sé por qué. Las cosas sucedieron como vos decís. Comprended ahora mi angustia. Ya habría sido grave que uno de mis monjes se hubiera manchado con el abominable pecado del suicidio. Pero tengo razones para pensar que otro se ha manchado con un pecado no menos terrible. Y si sólo fuera eso...

—Ante todo, ¿por qué uno de los monjes? En la abadía hay muchas otras personas, mozos de cuadra, cabreros, servidores...

—Sí, la abadía es pequeña pero rica —admitió con cierto orgullo el Abad—. Ciento cincuenta servidores para sesenta monjes. Sin embargo, todo sucedió en el Edificio. Quizá ya sepáis que, si bien la planta baja alberga las cocinas y el refectorio, los dos pisos superiores están reservados al scriptorium y a la biblioteca. Después de la cena, el Edificio se cierra y una regla muy estricta prohíbe la entrada de toda persona —y enseguida, adivinando la pregunta de Guillermo, añadió, aunque, como podía advertirse, de mal grado—, incluidos los monjes, claro, pero...

—¿Pero?

—Pero descarto totalmente, sí, totalmente, que un servidor haya tenido el valor de penetrar allí durante la noche. —Por sus ojos pasó una especie de sonrisa desafiante, rápida como el relámpago o como una estrella fugaz—. Digamos que les daría miedo, porque, ya sabéis... a veces las órdenes que se imparten a los simples llevan el refuerzo de alguna amenaza, por ejemplo, el presagio de que algo terrible, y de origen sobrenatural, castigaría cualquier desobediencia. Un monje, en cambio...

—Comprendo.

—Además un monje podría tener otras razones para aventurarse en un sitio prohibido, quiero decir razones... ¿cómo diría?, razonables, si bien contrarias a la regla...

Guillermo advirtió la turbación del Abad, e hizo una pregunta con el propósito, quizá, de desviarse del tema, pero el efecto fue una turbación no menos intensa.

—Cuando hablasteis de un posible homicidio, dijisteis «y si sólo fuera eso». ¿En qué estabais pensando?

—¿Dije eso? Bueno, no se mata sin alguna razón, aunque ésta sea perversa. Me estremece pensar en la perversidad de las razones que pueden haber impulsado a un monje a matar a un compañero. Eso quería decir.

—¿Nada más?

—Nada más que pueda deciros.

—¿Queréis decir que no hay nada más que vos estéis autorizado a decirme?

—Por favor, fray Guillermo, hermano Guillermo. —Y el Abad recalcó tanto lo de fray como lo de hermano.

Guillermo se cubrió de rubor y comentó:

—Eris sacerdos in aeternum.

—Gracias —dijo el Abad.

¡Oh, Dios mío, qué misterio terrible rozaron entonces mis imprudentes superiores, movido uno por la angustia y el otro por la curiosidad! Porque, como novicio que se iniciaba en los misterios del santo sacerdocio de Dios, también yo, humilde muchacho, comprendí que el Abad sabía algo, pero que se trataba de un secreto de confesión. Alguien debía de haberle mencionado algún detalle pecaminoso que podía estar en relación con el trágico fin de Adelmo. Quizá por eso pedía a Guillermo que descubriera un secreto que por su parte ya creía conocer, pero que no podía comunicar a nadie, con la esperanza de que mi maestro esclareciese con las fuerzas del intelecto lo que él debía rodear de sombra movido por la sublime fuerza de la caridad.

—Bueno —dijo entonces Guillermo—, ¿podré hacer preguntas a los monjes?

—Podréis.

—¿Podré moverme libremente por la abadía?

—Os autorizo a hacerlo.

—¿Me encomendaréis coram monachis esta misión?

—Esta misma noche.

—Sin embargo, empezaré hoy, antes de que los monjes sepan que me habéis confiado esta investigación. Además, una de las razones de peso que yo tenía para venir aquí era el gran deseo de conocer vuestra biblioteca, famosa en todas las abadías de la cristiandad.

El Abad casi dio un respingo y su rostro se puso repentinamente tenso.

—He dicho que podréis moveros por toda la abadía. Aunque, sin duda, no por el último piso del Edificio, la biblioteca.

—¿Por qué?

—Debería habéroslo explicado antes. Creí que ya lo sabíais. Vos sabéis que nuestra biblioteca no es igual a las otras...

—Sé que posee más libros que cualquier otra biblioteca cristiana. Sé que, comparados con los vuestros, los armaria de Bobbio o de Pomposa, de Cluny o de Fleury parecen la habitación de un niño que estuviera iniciándose en el manejo del ábaco. Sé que los seis mil códices de los que se enorgullecía Novalesa hace más de cien años son pocos comparados con los vuestros, y que, quizá, muchos de ellos se encuentran ahora aquí. Sé que vuestra abadía es la única luz que la cristiandad puede oponer a las treinta y seis bibliotecas de Bagdad, a los diez mil códices del visir Ibn al-Alkami, y que el número de vuestras biblias iguala a los dos mil cuatrocientos coranes de que se enorgullece El Cairo, y que la realidad de vuestros armaria es una luminosa evidencia contra la arrogante leyenda de los infieles que hace años afirmaban (ellos, que tanta intimidad tienen con el príncipe de la mentira) que la biblioteca de Trípoli contenía seis millones de volúmenes y albergaba ochenta mil comentadores y doscientos escribientes.

—Así es, alabado sea el cielo.

—Sé que muchos de los monjes que aquí viven proceden de abadías situadas en diferentes partes del mundo. Unos vienen por poco tiempo, el que necesitan para copiar manuscritos que sólo se encuentran en vuestra biblioteca, y regresan a sus lugares de origen llevando consigo esas copias, no sin haberos traído a cambio algún otro manuscrito raro para que lo copiéis y lo añadáis a vuestro tesoro. Otros permanecen muchísimo tiempo, a veces hasta su muerte, porque sólo aquí pueden encontrar las obras capaces de iluminar sus estudios. Así pues, entre vosotros hay germanos, dacios, hispanos, franceses y griegos ´ ` `, hace muchísimos años, el emperador Federico os pidió que le compilarais un libro sobre las profecías de Merlín, y que luego lo tradujerais al árabe, para regalárselo al sultán de Egipto. Sé, por último, que, en estos tiempos tristísimos, una abadía gloriosa como Murbach no tiene ni un solo escribiente, que en San Gall han quedado pocos monjes que sepan escribir, que ahora es en las ciudades donde surgen corporaciones y gremios formados por seglares que trabajan para las universidades, y que sólo vuestra abadía reaviva día a día, ¿qué digo?, enaltece sin cesar las glorias de vuestra orden...

—Monasterium sine libris —citó inspirado el Abad— est sicut civitas sine opibus, castrum sine numeris, coquina sine suppellectilí, mensa sine cibis, hortus sine herbis, pratum sine floribus, arbor sine foliis... Y nuestra orden, que creció obedeciendo al doble mandato del trabajo y la oración, fue luz para todo el mundo conocido, reserva de saber, salvación de una antigua doctrina expuesta al riesgo de desaparecer en incendios, saqueos y terremotos, fragua de nuevos escritos y fomento de los antiguos... Oh, bien sabéis que vivimos tiempos muy oscuros, y vergüenza me da deciros que hace no muchos años el concilio de Vienne tuvo que recordar que todo monje está obligado a ordenarse... Cuántas de nuestras abadías, que hace doscientos años eran centros resplandecientes de grandeza y santidad, son ahora refugio de holgazanes. La orden aún es poderosa, pero hasta nuestros lugares sagrados llega el hedor de las ciudades, el pueblo de Dios se inclina ahora hacia el comercio y las guerras entre facciones, allá, en los grandes centros poblados, donde el espíritu de santidad no encuentra albergue, donde ya no sólo se habla (¿qué más podría exigirse de los legos?) sino también se escribe en lengua vulgar, ¡y ojalá ninguno de esos libros cruce jamás nuestra muralla, porque fatalmente se convierten en pábulo de la herejía! Por los pecados de los hombres, el mundo pende al borde del abismo, un abismo que invoca al abismo que ya se abre en su interior. Y mañana, como sostenía Honorio, los cuerpos de los hombres serán más pequeños que los nuestros, así como los nuestros ya son más pequeños que los de los antiguos. Mundus senescit. Pues bien, si alguna misión ha confiado Dios a nuestra orden, es la de oponerse a esa carrera hacia el abismo, conservando, repitiendo y defendiendo el tesoro de sabiduría que nuestros padres nos han confiado. La divina providencia ha dispuesto que el gobierno universal, que al comienzo del mundo estaba en oriente, se desplace, a medida que el tiempo se aproxima, hacia occidente, para avisarnos de que se acerca el fin del mundo, porque el curso de los acontecimientos ya ha llegado al límite del universo. Pero hasta que no advenga definitivamente el milenio, hasta que no triunfe, si bien por poco tiempo, la bestia inmunda, el Anticristo, nuestro deber es custodiar el tesoro del mundo cristiano, y la palabra misma de Dios, tal como la comunicó a los profetas y a los apóstoles, tal como la repitieron los padres sin cambiar ni un solo verbo, tal como intentaron glosarla las escuelas, aunque en las propias escuelas anide hoy la serpiente del orgullo, de la envidia y de la estulticia. En este ocaso somos aún antorchas, luz que sobresale en el horizonte. Y, mientras esta muralla resista, seremos custodios de la Palabra divina.

—Así sea —dijo Guillermo con tono devoto—. Pero, ¿qué tiene que ver eso con la prohibición de visitar la biblioteca?

—Mirad, fray Guillermo —dijo el Abad—, para poder realizar la inmensa y santa obra que atesoran aquellos muros —y señaló hacia la mole del Edificio, que en parte se divisaba por la ventana de la celda, más alta incluso que la iglesia abacial— hombres devotos han trabajado durante siglos, observando unas reglas de hierro. La biblioteca se construyó según un plano que ha permanecido oculto durante siglos, y que ninguno de los monjes está llamado a conocer. Sólo posee ese secreto el bibliotecario, que lo ha recibido del bibliotecario anterior, y que, a su vez, lo transmitirá a su ayudante, con suficiente antelación como para que la muerte no lo sorprenda y la comunidad no se vea privada de ese saber. Y los labios de ambos están sellados por el juramento de no divulgarlo. Sólo el bibliotecario, además de saber, está autorizado a moverse por el laberinto de los libros, sólo él sabe dónde encontrarlos y dónde guardarlos, sólo él es responsable de su conservación. Los otros monjes trabajan en el scriptorium y pueden conocer la lista de los volúmenes que contiene la biblioteca. Pero una lista de títulos no suele decir demasiado: sólo el bibliotecario sabe, por la colocación del volumen, por su grado de inaccesibilidad, qué tipo de secretos, de verdades o de mentiras encierra cada libro. Sólo él decide cómo, cuándo, y si conviene, suministrarlo al monje que lo solicita, a veces no sin antes haber consultado conmigo. Porque no todas las verdades son para todos los oídos, ni todas las mentiras pueden ser reconocidas como tales por cualquier alma piadosa, y, por último, los monjes están en el scriptorium para realizar una tarea determinada, que requiere la lectura de ciertos libros y no de otros, y no para satisfacer la necia curiosidad que puedan sentir, ya sea por flaqueza de sus mentes, por soberbia o por sugestión diabólica.

—De modo que en la biblioteca también hay libros que contienen mentiras...

—Los monstruos existen porque forman parte del plan divino, y hasta en las horribles facciones de los monstruos se revela el poder del Creador. Del mismo modo, el plan divino contempla la existencia de los libros de los magos, las cábalas de los judíos, las fábulas de los poetas paganos y las mentiras de los infieles. Quienes, durante siglos, han querido y sostenido esta abadía estaban firme y santamente persuadidos de que incluso en los libros que contienen mentiras el lector sagaz puede percibir un pálido resplandor de la sabiduría divina. Por eso, también hay esa clase de obras en la biblioteca. Pero, como comprenderéis, precisamente por eso cualquiera no puede penetrar en ella. Además —añadió el Abad casi excusándose por la debilidad de este último argumento—, el libro es una criatura frágil, se desgasta con el tiempo, teme a los roedores, resiste mal la intemperie y sufre cuando cae en manos inexpertas. Si a lo largo de los siglos cualquiera hubiese podido tocar libremente nuestros códices, la mayoría de éstos ya no existirían. Por tanto, el bibliotecario los defiende no sólo de los hombres sino también de la naturaleza, y consagra su vida a esa guerra contra las fuerzas del olvido, que es enemigo de la verdad.

—De modo que, salvo dos personas, nadie entra en el último piso del Edificio...

El Abad sonrió:

—Nadie debe hacerlo. Nadie puede hacerlo. Y, aunque alguien quisiera hacerlo, no lo conseguiría. La biblioteca se defiende sola, insondable como la verdad que en ella habita, engañosa como la mentira que custodia. Laberinto espiritual, y también laberinto terrenal. Si lograseis entrar, podríais no hallar la salida. Aclarado esto, desearía que respetaseis las reglas de la abadía.

—Sin embargo, no habéis excluido la posibilidad de que Adelmo se haya precipitado desde una de las ventanas de la biblioteca. ¿Cómo puedo razonar sobre su muerte sin ver el lugar en que pudo haber empezado la historia de su muerte?

—Fray Guillermo —dijo el Abad con tono conciliador—, un hombre que ha descrito a mi caballo *Brunello* sin verlo, y la muerte de Adelmo sin saber casi nada, no tendrá dificultades en razonar sobre lugares a los que no tiene acceso.

Guillermo hizo una reverencia:

—Sois sabio, aunque os mostréis severo. Se hará como queráis.

—Si fuera sabio, sería porque sé mostrarme severo —respondió el Abad.

—Una última cosa —preguntó Guillermo—. ¿Ubertino?

—Está aquí. Os espera. Lo encontraréis en la iglesia.

—¿Cuándo?

—Siempre —sonrió el Abad—. Sabed que, aunque sea muy docto, no siente gran aprecio por la biblioteca. Considera que es una tentación del siglo... Pasa la mayoría de su tiempo rezando y meditando en la iglesia.

—¿Está muy viejo? —preguntó Guillermo vacilando.

—¿Cuánto hace que no lo veis?

—Hace muchos años.

—Está cansado. Se interesa muy poco por las cosas de este mundo. Tiene sesenta y ocho años. Pero creo que aún conserva el entusiasmo de su juventud.

—Iré a verlo enseguida. Gracias.

El Abad le preguntó si no quería unirse a la comunidad para la comida, después de sexta. Guillermo dijo que acababa de comer, y muy a su gusto, y que prefería ver enseguida a Ubertino. El Abad se despidió.

Estaba saliendo de la celda cuando, desde el patio, se elevó un grito desgarrador, como de una persona herida de muerte, al que siguieron otros lamentos no menos atroces.

—¿Qué pasa? —preguntó Guillermo sobresaltado.

—Nada —respondió sonriendo el Abad—. Es época de matanza. Trabajo para los porquerizos. No es éste el tipo de sangre que debe preocuparos.

Salió, y no hizo honor a su fama de persona sagaz. Porque a la mañana siguiente... Pero, refrena tu impaciencia, insolente lengua mía. Porque el día del que estoy hablando, y antes de que fuera de noche, sucedieron aún muchas cosas que convendrá mencionar.

Primer día
SEXTA

Donde Adso admira la portada de la iglesia y Guillermo reencuentra a Ubertino da Casale.

La iglesia no era majestuosa como otras que vi después en Estrasburgo, Chartres, Bamberg y París. Se parecía más bien a las que ya había visto en Italia, poco propensas a elevarse vertiginosamente hacia el cielo, sólidas y bien plantadas en la tierra, a menudo más anchas que altas, con la diferencia, en este caso, de que, como una fortaleza, la iglesia presentaba un primer piso de almenas cuadradas, por encima del cual se erguía una segunda construcción, que más que una torre era una segunda iglesia, igualmente sólida, calada por una serie de ventanas de línea severa, y cuyo techo terminaba en punta. Robusta iglesia abacial, como las que construían nuestros antiguos en Provenza y Languedoc, ajena a las audacias y al exceso de filigranas del estilo moderno, y a la que sólo en tiempos más recientes, creo, habían enriquecido, por encima del coro, con una aguja, audazmente dirigida hacia la cúpula celeste.

Ante la entrada, que, a primera vista, parecía un solo gran arco, destacaban dos columnas rectas y pulidas de las que nacían dos alféizares, por encima de los cuales, a través de una multitud de arcos, la mirada penetraba, como en el corazón de un abismo, en la portada propiamente dicha, que se vislumbraba entre la sombra, dominada por un gran tímpano, flanqueado, a su vez, por dos pies rectos, y, en el centro, una pilastra esculpida que dividía la entrada en dos aberturas, defendidas por puertas de roble con refuerzos metálicos. En aquel momento del día el sol caía casi a pico sobre el techo, y la luz daba de sesgo en la fachada, sin iluminar el tímpano. De modo que, después de pasar entre las dos columnas, nos encontramos de golpe bajo la cúpula casi selvática de los arcos que nacían de la secuencia de columnas menores que reforzaban en forma escalonada los alféizares. Cuando por fin los ojos se habituaron a la penumbra, el mudo discurso de la piedra historiada, accesible, como tal, de forma inmediata a la vista y a la fantasía de cualquiera (porque pictura est laicorum literatura), me deslumbró de golpe sumergiéndome en una visión que aún hoy mi lengua apenas logra expresar.

Vi un trono colocado en medio del cielo, y sobre el trono uno sentado. El rostro del Sentado era severo e impasible, los ojos, muy abiertos, lanzaban rayos sobre una humanidad cuya vida terrenal ya había concluido, el cabello y la barba caían majestuosos sobre el rostro y el pecho, como las aguas de un río, formando regueros todos del mismo caudal y divididos en dos partes simétricas. En la cabeza llevaba una corona cubierta de esmaltes y piedras preciosas, la túnica imperial, de color púrpura y ornada con encajes y bordados que formaban una rica filigrana de oro y plata, descendía en amplias volutas hasta las rodillas. Allí se apoyaba la mano izquierda, que sostenía un libro sellado, mientras que la derecha se elevaba en ademán no sé si de bendición o de amenaza. Iluminaba el rostro la tremenda belleza de un nimbo cruciforme y florido, y alrededor del trono y sobre la cabeza del Sentado vi brillar un arco iris de esmeralda. Delante del trono, a los pies del Sentado, fluía un mar de cristal, y alrededor del Sentado, en torno al trono y por encima del trono vi cuatro animales terribles... terribles para mí que los miraba en éxtasis, pero dóciles y agradables para el Sentado, cuya alabanza cantaban sin descanso.

En realidad, no digo que todos fueran terribles, porque el hombre que a mi izquierda (a la derecha del Sentado) sostenía un libro me pareció lleno de gracia y belleza. En cambio, me pareció horrenda el águila que, por el lado opuesto, abría su pico, plumas erizadas dispuestas en forma de loriga, garras poderosas y grandes alas desplegadas. Y a los pies del Sentado, debajo de aquellas figuras, otras dos, un toro y un león, aferrando entre sus cascos y zarpas sendos libros, los cuerpos vueltos hacia afuera y las cabezas hacia el trono, lomos y cuellos retorcidos en una especie de ímpetu feroz, flancos palpitantes, tiesas las patas como de bestia que agoniza, fauces muy abiertas, colas enroscadas, retorcidas como sierpes, que terminaban en lenguas de fuego. Los dos alados, los dos coronados con nimbos, a pesar de su apariencia espantosa no eran criaturas del infierno, sino del cielo, y si parecían tremendos era porque rugían en adoración del Venidero que juzgaría a muertos y vivos.

En torno al trono, a ambos lados de los cuatro animales y a los pies del Sentado, como vistos en transparencia bajo las aguas del mar de cristal, llenando casi todo el espacio visible, dispuestos según la estructura triangular del tímpano, primero siete más siete, después tres más tres y luego dos más dos, había veinticuatro ancianos junto al trono, sentados en veinticuatro tronos menores, vestidos con blancas túnicas y coronados de oro. Unos sostenían laúdes; otros, copas con perfumes; pero sólo uno tocaba, mientras los demás, en éxtasis, dirigían los rostros hacia el Sentado, cuya alabanza cantaban, los brazos y el torso vueltos también como en los animales, para poder ver todos al Sentado, aunque no en actitud animalesca, sino detenidos en movimientos de danza extática —como la que debió de bailar David alrededor del arca—, de forma que, fuese cual fuese su posición, las pupilas, sin respetar la ley que imponía la postura de los cuerpos, convergiesen en el mismo punto de esplendente fulgor. ¡Oh, qué armonía de entrega y de ímpetu, de posiciones forzadas y sin embargo llenas de gracia, en ese místico lenguaje de miembros milagrosamente liberados del peso de la materia corpórea, signada cantidad infundida de nueva forma sustancial, como si la santa muchedumbre se estremeciese arrastrada por un viento vigoroso, soplo de vida, frenesí de gozo, jubiloso aleluya prodigiosamente enmudecido para transformarse en imagen!

Cuerpos y brazos habitados por el Espíritu, iluminados por la revelación, sobrecogidos y cogidos por el estupor, miradas exaltadas por el entusiasmo, mejillas encendidas por el amor, pupilas dilatadas por la beatitud, uno fulminado por el asombro hecho goce y otro traspasado por el goce hecho asombro, transfigurado uno por la admiración y rejuvenecido otro por el deleite, y todos entonando, con la expresión de los rostros, con los pliegues de las túnicas, con el ademán y la tensión de los brazos, un cántico desconocido, entreabiertos los labios en una sonrisa de alabanza imperecedera. Y a los pies de los ancianos, curvados por encima de ellos, del trono y del grupo tetramorfo, dispuestos en bandas simétricas, apenas distinguibles entre sí, porque con tal sabiduría el arte los había combinado en armónica conjunción, iguales en la variedad y variados en la unidad, únicos en la diversidad y diversos en su perfecto ensamblaje, ajustadas sus partes con prodigiosa precisión y coloreadas con tonos delicados y agradables, milagro de concordia y consonancia de voces distintas entre sí, trama equilibrada que evocaba la disposición de las cuerdas en la cítara, continuo parentesco y confabulación de formas que, por su profunda fuerza interior, permitían expresar siempre lo mismo a través, precisamente, del juego alternante de las diferencias, ornamento, reiteración y cotejo de criaturas irreductibles entre sí y sin cesar reducidas unas a otras, amorosa composición, efecto de una ley celeste y mundana al mismo tiempo (vínculo y nexo constante de paz, amor, virtud, gobierno, poder, orden, origen, vida, luz, esplendor, figura y manifestación), identidad que en lo múltiple brillaba con la luminosa presencia de la forma por encima de la materia, convocada por el armonioso conjunto de sus partes... Allí, de este modo, se entrelazaban todas las flores, hojas, macollas, zarcillos y corimbos de todas las hierbas que adornan los jardines de la tierra y del cielo, viola, cítiso, serpol, lirio, alheña, narciso, colocasia, acanto, malobatro, mirra y opobálsamos.

Pero cuando ya mi alma, arrobada por aquel concierto de bellezas terrestres y de majestuosos signos de lo sobrenatural, estaba por estallar en un cántico de júbilo, el ojo, siguiendo el ritmo armonioso de los floridos rosetones situados a los pies de los ancianos, reparó en las figuras que, entrelazadas, formaban una unidad con la pilastra central donde se apoyaba el tímpano. ¿Qué representaban y qué mensaje simbólico comunicaban aquellas tres parejas de leones entrelazados en forma de cruz dispuesta transversalmente, rampantes y arqueados, las zarpas posteriores afirmadas en el suelo y las anteriores apoyadas en el lomo del compañero, las melenas enmarañadas, los mechones que se retorcían como sierpes, las bocas abiertas, amenazadoras, rugientes, unidos al cuerpo mismo de la pilastra por una masa, o entrelazamiento denso, de zarcillos? Para calmar mi ánimo, como, quizá también, para domesticar la naturaleza diabólica de aquellos leones y para transformarla en simbólica alusión a las cosas superiores, había, en los lados de la pilastra, dos figuras humanas, de una altura antinatural, correspondiente a la de la columna, que formaban pareja con otras dos, situadas simétricamente frente a cada una de ellas, en los pies rectos historiados por sus caras externas, donde estaban las jambas de las dos puertas de roble: cuatro figuras, por tanto, de ancianos venerables, cuya parafernalia me permitió reconocer que se trataba de Pedro y Pablo, de Jeremías e Isaías, también ellos vueltos como en un paso de danza, alzadas las largas manos huesudas con los dedos desplegados como alas, y como alas las barbas y cabelleras arrastradas por un viento profético, agitados los pliegues de sus larguísimas túnicas por unas piernas larguísimas que infundían vida a ondas y volutas, opuestos a los leones pero de la misma pétrea materia. Y al retirar la vista, fascinada por aquella enigmática polifonía de miembros sagrados y abortos infernales, percibí, en los lados de la portada, y bajo los arcos que se escalonaban en profundidad, historiadas a veces sobre los contrafuertes, en el espacio situado entre las delgadas columnas que los sostenían y adornaban, y también sobre la densa vegetación de los capiteles de cada columna, ramificándose desde allí hacia la cúpula selvática de innumerables arcos, otras visiones horribles de contemplar, y sólo justificadas en aquel sitio por su fuerza parabólica y alegórica, o por la enseñanza moral que contenían: vi una hembra lujuriosa, desnuda y descarnada, roída por sapos inmundos, chupada por serpientes, que copulaba con un sátiro de vientre hinchado y piernas de grifo cubiertas de pelos erizados y una garganta obscena que vociferaba su propia condenación, y vi un avaro, rígido con la rigidez de la muerte, tendido en un lecho suntuosamente ornado de columnas, ya presa impotente de una cohorte de demonios, uno de los cuales le arrancaba de la boca agonizante el alma en forma de niñito (que, ¡ay!, ya nunca nacería a la vida eterna), y vi a un orgulloso con un demonio trepado sobre sus hombros y hundiéndole las garras en los ojos, mientras dos golosos se desgarraban mutuamente en un repugnante cuerpo a cuerpo, y vi también otras criaturas, con cabeza de macho cabrío, melenas de león, fauces de pantera, presas en una selva de llamas cuyo ardiente soplo casi me quemaba. Y alrededor de esas figuras, mezclados con ellas, por encima de ellas y a sus pies, otros rostros y otros miembros, un hombre y una mujer que se cogían de los cabellos, dos serpientes que chupaban los ojos de un condenado, un hombre que sonreía con malignidad mientras sus manos arqueadas mantenían abiertas las fauces de una hidra, y todos los animales del bestiario de Satanás, reunidos en consistorio y rodeando, guardando, coronando el trono que se alzaba ante ellos, glorificándolo con su derrota: faunos, seres de doble sexo, animales con manos de seis dedos, sirenas, hipocentauros, gorgonas, arpías, íncubos, dracontópodos, minotauros, linces, leopardos, quimeras, cinóperos con morro de perro, que arrojaban llamas por la nariz, dentotiranos, policaudados, serpientes peludas, salamandras, cerastas, quelonios, culebras, bicéfalos con el lomo dentado, hienas, nutrias, cornejas, cocodrilos, hidropos con los cuernos recortados como sierras, ranas, grifos, monos, cinocéfalos, leucrocotas, mantícoras, buitres, parandrios, comadrejas, dragones, upupas, lechuzas, basiliscos, hipnales, présteros, espectáficos, escorpiones, saurios, cetáceos, esquítalas, anfisbenas, jáculos, dípsados, lagartos, rémoras, pólipos, morenas y tortugas. Portal, selva oscura, páramo de la exclusión sin esperanzas, donde todos los habitantes del infierno parecían haberse dado cita para anunciar la aparición, en medio del tímpano, del Sentado, cuyo rostro expresaba al mismo tiempo promesa y amenaza, ellos, los derrotados del Harmagedón, frente al que vendrá a separar para siempre a los vivos de los muertos. Desfalleciendo (casi) por aquella visión, sin saber ya si me hallaba en un sitio tranquilo o en el valle del juicio final, fui presa del terror y apenas pude contener el llanto, y creí oír (¿o acaso oí?) la voz, y vi las visiones que habían acompañado mi niñez de novicio, mis primeras lecturas de los libros sagrados y las noches de meditación en el coro de Melk, y en el deliquio de mis sentidos debilísimos y debilitados oí una voz poderosa como de trompeta que decía «lo que vieres, escríbelo en un libro» (y es lo que ahora estoy haciendo), y vi siete lámparas de oro, y en medio de las lámparas Uno semejante a hijo de hombre, con el pecho ceñido por una faja de oro, cándida la cabeza y la cabellera como de cándida lana, los ojos como llamas ardientes, los pies como bronce fundido en la fragua, la voz como estruendo de aguas tumultuosas, y con siete estrellas en la mano derecha y una espada de doble filo que le salía de la boca. Y vi una puerta abierta en el cielo y El que en ella estaba sentado me pareció como de jaspe y sardónica, y un arco iris rodeaba el trono y del trono surgían relámpagos y truenos. Y el Sentado cogió una hoz afilada y gritó: «Arroja la hoz y siega, ha llegado la hora de la siega, porque está seca la mies de la tierra.» Y El que estaba sentado arrojó su hoz sobre la tierra y la tierra quedó segada.

Entonces comprendí que la visión hablaba precisamente de lo que estaba sucediendo en la abadía y de lo que nos habíamos enterado por las palabras reticentes del Abad... Y cuántas veces en los días que siguieron volví a contemplar la portada, seguro de estar viviendo los hechos que allí precisamente se narraban. Y comprendí que habíamos subido hasta allí para ser testigos de una inmensa y celestial carnicería.

Temblé, como bañado por la gélida lluvia invernal. Y oí otra voz, pero en esta ocasión procedía de un punto a mis espaldas y no era como la otra voz, porque no partía del centro deslumbrante de mi visión, sino de la tierra, e, incluso, rompía la visión, porque también Guillermo (entonces volví a advertir su presencia), hasta ese momento perdido también él en la contemplación, se volvió como yo.

El ser situado a nuestras espaldas parecía un monje, aunque la túnica sucia y desgarrada le daba más bien el aspecto de un vagabundo, y su rostro no se distinguía de los que acababa de ver en los capiteles. A diferencia de muchos de mis hermanos, nunca he recibido la visita del diablo, pero creo que si alguna vez éste se me apareciese, incapaz por decreto divino de ocultar completamente su naturaleza, aunque quisiera presentarse con rasgos humanos, no me mostraría otras facciones que las que vi aquella vez en nuestro interlocutor. La cabeza rapada, pero no por penitencia sino por efecto remoto de algún eccema viscoso, la frente tan exigua que, de haber tenido algún cabello en la cabeza, éste no se hubiese distinguido del pelo de las cejas (densas y enmarañadas), los ojos redondos, de pupilas pequeñas y muy inquietas, y la mirada no sé si inocente o maligna, o quizá alternando por momentos entre inocencia y malignidad. La nariz sólo podía calificarse de tal porque entre los ojos sobresalía un hueso, que tan pronto emergía del rostro como volvía a hundirse en él, transformándose en dos únicas cavernas oscuras, enormes ventanas llenas de pelos. La boca, unida a aquellas aberturas por una cicatriz, era grande y grosera, más ancha por la derecha que por la izquierda, y, entre el labio superior, inexistente, y el inferior, prominente y carnoso, emergían, con ritmo irregular, unos dientes negros y aguzados, como de perro.

El hombre sonrió (o al menos eso creí) y, levantando el dedo como en una admonición, dijo:

—¡Penitenciágite! ¡Vide cuando draco venturus est a rodegarla el alma tuya! ¡La mortz est super nos! ¡Ruega que vinga lo papa santo a liberar nos a malo de tutte las peccata! ¡Ah, ah, vos pladse ista nigromancia de Domini Nostri Iesu Christi! Et mesmo jois m'es dols y placer m'es dolors... ¡Cave il diablo! Semper m'aguaita en algún canto para adentarme las tobillas. ¡Pero Salvatore non est insipiens! Bonum monasterium, et qui si magna et si ruega dominum nostum. Et il resto valet un figo secco. Et amen. ¿No?

En el curso de mi narración tendré que referirme, y mucho, a esta criatura, y transcribir sus palabras. Confieso la gran dificultad que encuentro para hacerlo, porque ni puedo explicar ahora ni fui capaz de comprender entonces el tipo de lengua que utilizaba. No era latín, lengua que empleaban para comunicarse los hombres cultos de la abadía, pero tampoco era la lengua vulgar de aquellas tierras, ni ninguna otra que jamás escucharan mis oídos. El fragmento anterior, donde recojo (tal como las recuerdo) las primeras palabras que le oí decir, dará, creo, una pálida idea de su modo de hablar. Cuando más tarde me enteré de su azarosa vida y de los diferentes sitios en que había vivido, sin echar raíces en ninguno, comprendí que Salvatore hablaba todas las lenguas, y ninguna. O sea que se había inventado una lengua propia utilizando jirones de las lenguas con las que había estado en contacto... Y en cierta ocasión pensé que la suya no era la lengua adámica que había hablado la humanidad feliz, unida por una sola lengua, desde los orígenes del mundo hasta la Torre de Babel, ni tampoco la lengua babélica del primer día, cuando acababa de producirse la funesta división, sino precisamente la lengua de la confusión primitiva. Por lo demás, tampoco puedo decir que el habla de Salvatore fuese una lengua, porque toda lengua humana tiene reglas y cada término significa ad placitum una cosa, según una ley que no varía, porque el hombre no puede llamar al perro una vez perro y otra gato, ni pronunciar sonidos a los que el acuerdo de las gentes no haya atribuido un sentido definido, como sucedería si alguien pronunciase la palabra «blitiri». Sin embargo, bien que mal, tanto yo como los otros comprendíamos lo que Salvatore quería decir. Signo de que no hablaba una lengua sino todas, y ninguna correctamente, escogiendo las palabras unas veces aquí y otras allá. Advertí también, después, que podía nombrar una cosa a veces en latín y a veces en provenzal, y comprendí que no inventaba sus oraciones sino que utilizaba los disiecta membra de otras oraciones que algún día había oído, según las situaciones y las cosas que quería expresar, como si sólo pudiese hablar de determinada comida valiéndose de las palabras que habían usado las personas con las que había comido eso, o expresar su alegría sólo con frases que había escuchado decir a personas alegres, estando él mismo en un momento de alegría. Era como si su habla correspondiese a su cara, compuesta con fragmentos de caras ajenas, o a ciertos relicarios muy preciosos que observé en algunos sitios (si licet magnis componere parva, o las cosas diabólicas con las divinas), fabricados con los restos de otros objetos sagrados. Cuando lo vi por vez primera, Salvatore no me pareció diferente, tanto por su rostro como por su modo de hablar, de los seres mestizos, llenos de pelos y uñas, que acababa de contemplar en la portada. Más tarde comprendí que el hombre no carecía quizá de buen corazón ni de ingenio. Y más tarde aun... Pero vayamos por orden. Entre otras cosas, porque, cuando terminó de hablar, mi maestro se apresuró a interrogarlo con gran curiosidad.

—¿Por qué has dicho penitenciágite? —preguntó.

—Domine frate magnificentisimo —respondió Salvatore haciendo una especie de reverencia—. Jesús venturus est et los homines debent facere penitentia. ¿No?

Guillermo lo miró fijamente:

—¿Antes de venir aquí estabas en un convento de frailes menores?

—No intendo.

—Te pregunto si has vivido entre los frailes de san Francisco, te pregunto si has conocido a los llamados apóstoles...

Salvatore se puso pálido, o, más bien, su rostro bronceado y animalesco se volvió gris. Hizo una profunda reverencia, pronunció un casi inaudible «vade retro», se persignó devotamente y huyó mirando hacia atrás de cuando en cuando.

—¿Qué le habéis preguntado? —inquirí.

Guillermo permaneció pensativo un momento.

—No importa, después te lo diré. Ahora entremos. Quiero ver a Ubertino.

Era poco después de la hora sexta. El sol, pálido, penetraba desde occidente, o sea por unas pocas, y estrechas, ventanas. Un delgado haz de luz tocaba aún el altar mayor, cuyo frontal parecía emitir un dorado resplandor. Las naves laterales estaban sumergidas en la penumbra.

Junto a la última capilla, antes del altar, en la nave de la izquierda, se alzaba una grácil columna sobre la cual había una Virgen de piedra, esculpida en el estilo de los modernos, la sonrisa inefable, el vientre prominente, el niño en brazos, graciosamente ataviada, el pecho ceñido por un fino corpiño. Al pie de la Virgen, orando, postrado casi, había un hombre que vestía los hábitos de la orden cluniacense.

Nos acercamos. Al oír el ruido de nuestros pasos, el hombre alzó su rostro. Era un anciano venerable, de rostro lampiño, casi calvo, con grandes ojos celestes, labios finos y rojos, piel nívea, cráneo huesudo con la piel adherida como si fuese una momia conservada en leche. Las manos eran blancas, de dedos largos y finos. Parecía una muchacha marchitada por una muerte precoz.. Posó sobre nosotros una mirada primero perdida, como si lo hubiésemos interrumpido en una visión extática, y luego el rostro se le iluminó de alegría.

—¡Guillermo! —exclamó—. ¡Queridísimo hermano! —Se incorporó con dificultad y fue al encuentro de mi maestro, lo abrazó y lo besó en la boca—. ¡Guillermo! —repitió, y las lágrimas humedecieron sus ojos—. ¡Cuánto tiempo! ¡Pero todavía te reconozco! ¡Cuánto tiempo, cuántas cosas han sucedido! ¡Cuántas pruebas nos ha impuesto el Señor!

Lloró. Guillermo le devolvió el abrazo, visiblemente conmovido. El hombre que teníamos delante era Ubertino da Casale.

Había oído hablar yo de él, y mucho, antes incluso de ir a Italia, y todavía más cuando frecuenté a los franciscanos de la corte imperial. Alguien me había dicho, además, que el mayor poeta de la época, Dante Alighieri, de Florencia, muerto hacía pocos años, había compuesto un poema (que yo no pude leer porque estaba escrito en la lengua vulgar de Toscana) con elementos tomados del cielo y de la tierra, y que muchos de sus versos no eran más que paráfrasis de ciertos fragmentos del *Arbor vitae crucifixae* de Ubertino. Y no era ése el único mérito que ostentaba aquel hombre famoso. Pero quizá el lector pueda apreciar mejor la importancia de aquel encuentro si intento recapitular lo que había sucedido en esos años, basándome en los recuerdos de mi breve estancia en Italia central, en lo que había comentado entonces ocasionalmente mi maestro, y en lo que le escuché decir durante las muchas conversaciones que mantuvo con los abades y los monjes a lo largo de nuestro viaje.

Intentaré exponer lo que entendí, aunque dudo de mi capacidad para hablar de esas cosas. Mis maestros de Melk me habían dicho a menudo que es muy difícil para un nórdico comprender con claridad los acontecimientos religiosos y políticos de Italia.

En la península, donde el poder del clero era más evidente que en cualquier otro lugar, y donde el clero ostentaba más poder y más riqueza que en cualquier otro país, habían surgido, durante no menos de dos siglos, movimientos de hombres que abogaban por una vida más pobre, polemizando con los curas corruptos, de quienes se negaban incluso a aceptar los sacramentos, y formando comunidades autónomas, mal vistas tanto por los señores, como por el imperio y por los magistrados de las ciudades.

Por último, había llegado san Francisco, y había predicado un amor a la pobreza que no contradecía los preceptos de la iglesia; por obra suya la iglesia había aceptado la exigencia de mayor severidad en las costumbres propugnada por anteriores movimientos, y los había purificado de los elementos de discordia que contenían. Debería haberse iniciado, pues, una época de sosiego y santidad, pero, como la orden franciscana crecía e iba atrayendo a los mejores hombres, se tornó demasiado poderosa y ligada a los asuntos terrenales, de modo que muchos franciscanos se plantearon la necesidad de volver a la pureza original. Cosa bastante difícil de conseguir, si se piensa que hacia la época en que me encontraba yo en la abadía la orden tenía más de treinta mil miembros, repartidos por todo el mundo. Pero así estaban las cosas, y muchos de esos frailes de san Francisco impugnaban la regla que había adoptado la orden, pues sostenían que esta última se conducía ya como las instituciones eclesiásticas que al principio se había propuesto reformar. Y sostenían que ya en vida de Francisco se había producido esa desviación, y que sus palabras y sus intenciones habían sido traicionadas. Fue entonces cuando muchos de ellos redescubrieron el libro de un monje cisterciense que había escrito a comienzos del siglo XII de nuestra era, llamado Joaquín, y a quien se atribuía espíritu de profecía. En efecto, aquel monje había previsto el advenimiento de una nueva era en la que el espíritu de Cristo, corrupto desde hacía mucho tiempo por la obra de los falsos apóstoles, volvería a realizarse en la tierra. Y los plazos que había anunciado parecían demostrar claramente que se estaba refiriendo, sin conocerla, a la orden franciscana. Y esto había alegrado mucho a no pocos franciscanos, incluso quizá demasiado, ya que a mediados del siglo, en París, los doctores de la Sorbona condenaron las proposiciones de aquel abad Joaquín, aunque parece que lo hicieron porque los franciscanos (y los dominicos) se estaban volviendo demasiado poderosos, y demasiado sabios, dentro de la universidad de Francia, y pretendían eliminarlos acusándolos de herejes. Pero no lo consiguieron, con gran bien para la iglesia, puesto que así pudieron divulgarse las obras de Tomás de Aquino y de Buenaventura de Bagnoregio, que nada tenían de herejes. Por lo que se ve que también en París las ideas estaban confundidas, o que alguien trataba de confundirlas en beneficio propio. Y éste es el daño que hace la herejía al pueblo cristiano: enturbiar las ideas e impulsar a todos a convertirse en inquisidores para beneficio de sí mismos. Porque lo que vi más tarde en la abadía (como diré en su momento) me ha llevado a pensar que a menudo son los propios inquisidores los que crean a los herejes. Y no sólo en el sentido de que los imaginan donde no existen, sino también porque reprimen con tal vehemencia la corrupción herética que al hacerlo impulsan a muchos a mezclarse en ella, por odio hacia quienes la fustigan. En verdad, un círculo imaginado por el demonio, ¡que Dios nos proteja!

Pero estaba hablando de la herejía (si acaso la hubo) joaquinista. Y hubo en la Toscana un franciscano, Gerardo da Borgo San Donnino, que fue repitiendo las predicciones de Joaquín, causando gran impresión entre los frailes menores. Así surgió entre estos últimos un grupo que apoyaba la regla antigua contra la reorganización intentada por el gran Buenaventura, que más tarde llegó a ser general de la orden. Cuando, en el último tercio del siglo pasado, el concilio de Lyon, salvando a la orden franciscana de los ataques de quienes querían disolverla, le concedió la propiedad de todos los bienes que tenía en uso, derecho que ya detentaban las órdenes más antiguas, sucedió que algunos frailes de las Marcas se rebelaron, porque consideraban que así se traicionaba definitivamente el espíritu de la regla, pues un franciscano no debe poseer nada, ni como persona ni como convento ni como orden. Aquellos rebeldes fueron encarcelados de por vida. A mí no me parece que predicaran nada contrario al evangelio, pero cuando entra en juego la posesión de los bienes terrenales es difícil que los hombres razonen con justicia. Según me han dicho años después, el nuevo general de la orden, Raimondo Gaufredi, encontró a estos presos en Ancona, los puso en libertad y dijo: «Quisiera Dios que todos nosotros y toda la orden nos hubiéramos manchado con esta culpa.» Signo de que no es cierto lo que dicen los herejes, y de que aún quedan en la iglesia hombres de gran virtud.

Entre esos presos liberados se encontraba Angelo Clareno, que luego se reunió con un fraile de la Provenza llamado Pietro di Giovanni Olivi, que predicaba las profecías de Joaquín, y más tarde con Ubertino da Casale, y de ahí surgió el movimiento de los espirituales. Por aquellos años ascendió al solio pontificio un eremita santísimo, Pietro da Morrone, que reinó con el nombre de Celestino V, y los espirituales lo recibieron con gran alivio: «Aparecerá un santo —se había dicho— y observará las enseñanzas de Cristo, su vida será angélica, temblad, prelados corruptos.» Quizá la vida de Celestino fuese demasiado angélica o demasiado corruptos los prelados que lo rodeaban o demasiado larga para él la guerra con el emperador y los otros reyes de Europa... el hecho es que Celestino renunció a su dignidad papal y se retiró para vivir como ermitaño. Sin embargo, durante su breve reinado, que no llegó al año, todas las esperanzas de los espirituales fueron satisfechas: a él acudieron y con ellos fundó la comunidad llamada de los fratres et pauperes heremitae domini Celestini. Por otra parte, mientras el papa debía mediar entre los más poderosos cardenales de Roma, se dio el caso de que algunos de ellos, como un Colonna o un Orsini, apoyaran en secreto las nuevas tendencias favorables a la pobreza —actitud bastante sorprendente en hombres poderosísimos que vivían rodeados de comodidades y riquezas desmedidas—, y nunca he podido saber si se limitaban a utilizar a los espirituales para lograr sus propios fines políticos, o si consideraban que el apoyo a las tendencias espirituales justificaba de alguna manera los excesos de su vida carnal... Y tal vez hubiera un poco de cada cosa, hasta donde me es dado entender los asuntos italianos. Precisamente, Ubertino es un buen ejemplo: cuando, por haberse convertido en la figura más destacada entre los espirituales, se expuso a ser acusado de herejía, el cardenal Orsini lo nombró limosnero de su palacio. Y el mismo cardenal ya lo había protegido en Aviñón.

Sin embargo, como sucede en esos casos, por un lado Angelo y Ubertino predicaban con arreglo a la doctrina, y por el otro grandes masas de simples recibían esa predicación y la difundían por el país, al margen de todo control. Así Italia se vio invadida por los que llamaban fraticelli o frailes de la vida pobre, que muchos consideraron peligrosos. Era difícil distinguir entre los maestros espirituales, que mantenían relaciones con las autoridades eclesiásticas, y sus seguidores más simples, que simplemente vivían ya fuera de la orden, pidiendo limosna y viviendo de lo que cada día obtenían con el trabajo de sus manos, sin detentar propiedad alguna. Y a éstos la gente los llamaba fraticelli, y eran como los begardos franceses, que se inspiraban en Pietro di Giovanni Olivi.

Celestino V fue sustituido por Bonifacio VIII, y este papa dio muy pronto muestras de extrema severidad con los espirituales y los fraticelli en general: precisamente cuando el siglo ya fenecía firmó una bula, *Firma cautela*, por la que condenaba de un solo golpe a los terciarios y vagabundos pordioseros que se movían en la periferia de la orden franciscana, y a los propios espirituales, incluyendo a los que se apartaban de la vida en la orden para retirarse a vivir como ermitaños.

Más tarde, los espirituales intentaron obtener de otros pontífices, como Clemente V, el consentimiento para poder apartarse de la orden de modo no violento. Creo que lo hubiesen conseguido de no mediar el advenimiento de Juan XXII, que frustró todas sus esperanzas. Al ser elegido, en 1316, escribió al rey de Sicilia incitándolo a expulsar de sus tierras a aquellos frailes, que en gran número habían buscado allí refugio. También mandó apresar a Angelo Clareno y a los espirituales de Provenza.

No debió de ser empresa fácil y encontró resistencia en la misma curia. Lo cierto es que Ubertino y Clareno lograron que se les permitiera abandonar la orden, y fueron acogidos por los benedictinos el primero y por los celestinos el segundo. Pero Juan no mostró piedad alguna con aquellos que siguieron llevando una vida libre: los hizo perseguir por la inquisición y muchos acabaron en la hoguera.

Sin embargo, había comprendido que para destruir la mala hierba de los fraticelli, que socavaban la autoridad de la iglesia, era necesario condenar las proposiciones en que se basaba su fe. Ellos sostenían que Cristo y los apóstoles no habían tenido propiedad alguna, ni individual ni común, y el papa condenó esta idea como herética. Lo que no deja de ser asombroso, porque, ¿cómo puede un papa considerar perversa la idea de que Cristo fue pobre? Pero un año antes se había reunido en Perusa el capítulo general de los franciscanos, y había sostenido, precisamente, dicha idea; por tanto, al condenar a los primeros el papa condenaba también este último. Como ya he dicho, aquella decisión del capítulo le ocasionaba gran perjuicio en su lucha contra el emperador. Así fue como a partir de entonces muchos fraticelli, que nada sabían del imperio ni de Perusa, murieron quemados.

Pensaba yo en todo esto mientras miraba a Ubertino, ese personaje legendario. Mi maestro me había presentado, y el anciano me había acariciado una mejilla, con una mano cálida, casi ardiente. El contacto de aquella mano me había hecho comprender muchas de las cosas que había oído decir sobre este santo varón, y otras que había leído en las páginas del *Arbor vitae*. Comprendí el fuego místico que lo había abrasado desde la juventud, cuando, siendo aún estudiante en París, se había retirado de las especulaciones teológicas y había imaginado que se transformaba en la Magdalena penitente; y las relaciones tan intensas que había mantenido con la santa Angela da Foligno, quien lo había iniciado en los tesoros de la vida mística y en la adoración de la cruz; y por qué un día sus superiores, preocupados por el ardor de su prédica, lo habían enviado de vuelta a la Verna.

Escruté aquel rostro de rasgos delicadísimos, como los de la santa con la que había mantenido tan fraternal comercio de sentimientos exaltadamente espirituales. Intuí que debía de haber sabido adoptar una expresión muchísimo más dura cuando, en 1311, el concilio de Vienne había emitido la *Exivi de paradiso,* por la que eliminaba a los superiores franciscanos hostiles a los espirituales, pero imponía a estos últimos la obligación de vivir en paz dentro de la orden, y aquel campeón de la renuncia no había aceptado ese sensato compromiso y había luchado a favor de la constitución de una orden independiente, inspirada en las reglas más severas. En aquella ocasión ese gran luchador había perdido la batalla, porque era el momento en que Juan XXII llamaba a una cruzada contra los seguidores de Pietro di Giovanni Olivi (entre quienes se lo incluía) y condenaba a los frailes de Narbona y Béziers. Pero Ubertino no había vacilado en defender ante el papa el recuerdo del amigo, y el papa, subyugado por su santidad, no se había atrevido a condenarlo (aunque más tarde condenara a los otros). En aquella ocasión le había ofrecido una vía de escape aconsejándole, y después ordenándole, que ingresase en la orden cluniacense. Ubertino, que, a pesar de su apariencia frágil y desprotegida, debía de ser habilísimo para conquistar la protección y la complicidad de ciertos personajes de la corte pontificia, aceptó entrar en el monasterio de Gemblach, en Flandes, pero creo que nunca llegó a pisarlo, y permaneció en Aviñón, amparado en la figura del cardenal Orsini, para defender la causa de los franciscanos.

Sólo últimamente (según los comentarios confusos que llegaron a mis oídos) su situación en la corte se había vuelto precaria y había tenido que alejarse de Aviñón, donde el papa había dado orden de perseguir a aquel hombre indomable como hereje que per mundum discurrit vagabundus. Se decía que habían perdido su rastro. Aquella tarde, al escuchar el diálogo entre Guillermo y el Abad, supe que estaba oculto en esta abadía. Y ahora lo tenía frente a mí.

—Guillermo —estaba diciendo—, tuve que huir en medio de la noche porque, como sabes, estaban a punto de matarme.

—¿Quién quería verte muerto? ¿Juan?

—No. Juan nunca me ha amado, pero siempre me ha respetado. En el fondo fue él quien, hace diez años, me ofreció la posibilidad de eludir el proceso obligándome a entrar en los benedictinos, y acallando así a mis enemigos. Hubo muchos rumores, muchas ironías a propósito del campeón de la pobreza que entraba en una orden opulenta, que vivía en la corte del cardenal Orsini... ¡Guillermo, sabes muy bien lo que me importaban las cosas de esta tierra! Pero así pude permanecer en Aviñón y defender a mis hermanos. El papa teme a Orsini; no se hubiese atrevido a tocarme un pelo. Hace sólo tres años me encomendó una misión ante el rey de Aragón.

—¿Entonces quién quería eliminarte?

—Todos. La curia. Trataron de asesinarme dos veces. Trataron de cerrarme la boca. Ya sabes lo que sucedió hace cinco años. Dos años antes se había producido la condena de los begardos de Narbona, y Berengario Talloni, a pesar de formar parte del tribunal, había apelado ante el papa. Eran momentos difíciles. Juan ya había emitido dos bulas contra los espirituales, y el propio Michele da Cesena había cedido... Por cierto, ¿cuándo llegará?

—Estará aquí dentro de dos días.

—Michele... ¡Hace tanto tiempo que no lo veo!

Ahora se ha arrepentido, comprende lo que queríamos, el capítulo de Perusa nos ha dado la razón. Pero entonces, en 1318, cedió ante el papa y le entregó a cinco espirituales de Provenza que se negaban a someterse. Quemados, Guillermo... ¡Oh, es horrible!

Ocultó la cabeza entre las manos.

—Pero, ¿qué sucedió exactamente una vez que Talloni hubo apelado? —preguntó Guillermo.

—Juan debía volver a abrir la discusión, ¿comprendes? Debía hacerlo, porque incluso en la curia había hombres que dudaban, hasta los franciscanos de la curia... fariseos, sepulcros blanqueados, dispuestos a venderse por una prebenda, pero dudaban. Fue entonces cuando Juan me pidió que redactara una memoria sobre la pobreza. Fue algo hermoso, Guillermo, Dios me perdone la soberbia...

—La he leído. Michele me la ha mostrado.

—Algunos titubeaban, incluso entre los nuestros, el provincial de Aquitania, el cardenal de San Vitale, el obispo de Caffa...

—Un imbécil —dijo Guillermo.

—En paz descanse, hace dos años que Dios lo llamó a su lado.

—Dios no fue tan misericordioso. Era una noticia falsa llegada de Constantinopla. Todavía está entre nosotros y, según dicen, formará parte de la legación. ¡Dios nos proteja!

—Pero es favorable al capítulo de Perusa —dijo Ubertino.

—Así es. Pertenece a esa clase de hombres que son siempre los más arduos defensores de sus adversarios.

—A decir verdad —reconoció Ubertino—, tampoco entonces fue demasiado útil para la causa. Además, todo quedó en nada, pero al menos no se dictaminó que la idea fuese herética, y eso fue importante. Pero los otros nunca me lo perdonaron. Han tratado de dañarme por todos los medios. Han dicho que estuve en Sachsenhausen cuando, hace tres años, Ludovico declaró herético a Juan. Sin embargo, todos sabían que en julio estaba en Aviñón con Orsini... Dijeron que parte de las declaraciones del emperador eran reflejo de mis ideas, ¡qué locura!

—No tanto —dijo Guillermo—. Las ideas se las había dado yo, basándome en lo que tú habías dicho en Aviñón y en ciertas páginas de Olivi.

—¿Tú? —exclamó, asombrado y contento, Ubertino—. ¡Pero entonces me das la razón!

Guillermo pareció confundido:

—Eran buenas ideas para el emperador, en aquel momento —dijo evasivo.

Ubertino lo miró con desconfianza:

—¡Ah!, entonces tú no crees que sean ciertas, ¿verdad?

—Sigue contándome —dijo Guillermo—, cuéntame cómo te salvaste de esos perros.

—¡Oh, sí, Guillermo, perros rabiosos! Tuve que luchar con el propio Bonagrazia, ¿sabes?

—¡Pero Bonagrazia da Bergamo está con nosotros!

—Ahora, después de las largas conversaciones que sostuvimos. Sólo entonces se convenció y protestó contra la *Ad conditorem canonum.* Y el papa lo condenó a un año de cárcel.

—He oído decir que ahora está en muy buenas relaciones con un amigo mío que se encuentra en la curia, Guillermo de Occam.

—Lo conocí poco. No me gusta. Un hombre sin fervor, todo cabeza, nada corazón.

—Pero es una hermosa cabeza.

—Quizá, seguro que lo llevará al infierno.

—Entonces lo encontraré allí abajo y podremos discutir sobre lógica.

—Calla, Guillermo —dijo Ubertino, sonriendo con

expresión muy afectuosa—, eres mejor que tus filósofos. Si tú hubieses querido...

—¿Qué?

—¿Recuerdas la última vez que nos vimos, en Umbría? Yo acababa de curarme de mis males gracias a la intercesión de aquella mujer maravillosa... Chiara da Montefalco... —murmuró con el rostro iluminado—, Chiara... Cuando la naturaleza femenina, naturalmente tan perversa, se sublima en la santidad, entonces acierta a convertirse en el más elevado vehículo de la gracia. Tú sabes hasta qué punto mi vida ha estado inspirada por la más pura castidad, Guillermo —mientras, lo cogía convulsivamente de un brazo—, tú sabes con qué... feroz, sí, ésa es la palabra, con qué feroz sed de penitencia he tratado de mortificar en mí los latidos de la carne, para volverme totalmente transparente al amor de Jesús Crucificado... Sin embargo, ha habido en mi vida tres mujeres que han sido tres mensajeros celestes para mí, Angela da Foligno, Margherita da Città di Castello (que me anticipó el final de mi libro cuando sólo tenía escrito un tercio) y, por último, Chiara da Montefalco. Fue un premio del cielo el que yo, precisamente yo, debiese investigar sus milagros y proclamar su santidad a las muchedumbres, antes de que la santa madre iglesia se moviese. Y tú estabas allí, Guillermo, y pudiste haberme ayudado en aquella santa empresa, y no quisiste...

—Pero la santa empresa a la que me invitaste era la de enviar a la hoguera a Bentivenga, a Jacomo y a Giovannuccio —dijo con tono pausado Guillermo.

—Con sus perversiones estaban empañando el recuerdo de Chiara. ¡Y tú eras inquisidor!

—Y fue precisamente entonces cuando pedí que me liberaran de esas funciones. El asunto no me gustaba. Te seré franco: tampoco me gustó el procedimiento de que te valiste para inducir a Bentivenga a confesar sus errores. Fingiste que querías entrar en su secta, suponiendo que la hubiera, le arrancaste sus secretos y lo hiciste arrestar.

—¡Pero así hay que actuar con los enemigos de Cristo! ¡Eran herejes, eran seudoapóstoles, hedían a azufre dulcinista!

—Eran los amigos de Chiara.

—¡No, Guillermo, no mancilles ni con una sombra el recuerdo de Chiara!

—Pero se movían dentro de su grupo...

—Eran frailes menores, se decían espirituales pero eran frailes de la comunidad. Bien sabes que la investigación reveló claramente que Bentivenga da Gubbio se proclamaba apóstol, y que con Giovannuccio da Bevagna seducía a las monjas diciéndoles que el infierno no existe, que se pueden satisfacer los deseos carnales sin ofender a Dios, que se puede recibir el cuerpo de Cristo (¡perdóname Señor!) después de haber yacido con una monja, que el Señor estimó más a Magdalena que a la virgen Inés, que lo que el vulgo llama demonio es el propio Dios, porque el demonio es el saber y Dios es precisamente saber. ¡Y fue la beata Chiara quien, después de haberles oído decir estas cosas, tuvo aquella visión en la que el propio Dios le dijo que esos hombres eran malvados secuaces del Spiritus Libertatis!

—Eran frailes menores con la mente encendida por las mismas visiones de Chiara, y muchas veces hay un paso muy breve entre la visión extática y el desenfreno del pecado —dijo Guillermo.

Ubertino le oprimió las manos y sus ojos volvieron a velarse de lágrimas:

—No digas eso, Guillermo. ¿Cómo puedes confundir el momento del amor extático, que te quema las vísceras con el perfume del incienso, y el desarreglo de los sentidos que sabe a azufre? Bentivenga incitaba a tocar los cuerpos desnudos, decía que sólo así podíamos liberarnos del imperio de los sentidos, homo nudus cum nuda iacebat...

—Et non commiscebantur ad invicem...

—¡Mentiras! ¡Buscaban el placer! ¡Cuando el estímulo carnal se hacía sentir, no consideraban pecado que para aplacarlo el hombre y la mujer yaciesen juntos, y que se tocaran y besasen en todas partes, y que uno juntara su vientre desnudo al vientre desnudo de la otra!

Confieso que el modo en que Ubertino estigmatizaba el vicio ajeno no me inducía precisamente a pensamientos virtuosos. Mi maestro debió de advertir mi turbación, porque interrumpió al santo varón.

—Eres un espíritu ardoroso, Ubertino, tanto en el amor de Dios como en el odio contra el mal. Lo que yo quería decir es que hay poca diferencia entre el ardor de los Serafines y el ardor de Lucifer, porque ambos nacen de un encendimiento extremo de la voluntad.

—¡Oh, hay diferencia, y yo la conozco! —dijo inspirado Ubertino—. Lo que quieres decir es que hay un paso muy breve entre querer el mal y querer el bien, porque en ambos casos se trata de dirigir la misma voluntad. Eso es cierto. Pero la diferencia está en el objeto, y el objeto puede reconocerse con total claridad. De una parte, Dios; de la otra, el diablo.

—Me temo, Ubertino, que ya no sé distinguir. ¿No fue acaso tu Angela da Foligno la que contó que un día, en rapto espiritual, visitó el sepulcro de Cristo? ¿No contó que primero le besó el pecho y lo vio tendido con los ojos cerrados, y después le besó la boca y sintió un inefable aroma de suavidad que se exhalaba a través de aquellos labios, y luego, tras una breve pausa, posó su mejilla contra la mejilla de Cristo, y Cristo acercó su mano a la mejilla de ella y la apretó contra él, y así, dijo ella, su deleite fue entonces elevadísimo?

—¿Qué tiene que ver esto con el desenfreno de los sentidos? —preguntó Ubertino—. Fue una experiencia mística, y el cuerpo era el de Nuestro Señor.

—Quizá me haya acostumbrado demasiado a Oxford, donde hasta la experiencia mística era distinta...

—Toda en la cabeza —dijo sonriendo Ubertino.

—O en los ojos. Dios sentido como luz, en los rayos del sol, en las imágenes de los espejos, en la difusión de los colores sobre las partes de la materia ordenada, en los reflejos de la luz sobre las hojas húmedas... ¿Acaso este amor no se parece más al de Francisco, cuando alaba a Dios en sus criaturas, flores, hierbas, agua, aire? No creo que este tipo de amor pueda encerrar amenaza alguna. En cambio, desconfío de un amor que traslada al diálogo con el Altísimo los estremecimientos que se sienten en los contactos de la carne...

—¡Blasfemas, Guillermo! No es lo mismo, hay un salto inmenso, hacia abajo, entre el éxtasis del corazón que ama a Jesús Crucificado y el éxtasis corrupto de los seudoapóstoles de Montefalco...

—No eran seudoapóstoles, eran hermanos del Libre Espíritu, tú mismo lo has dicho.

—¿Y qué diferencia existe? Hubo cosas de aquel proceso que tú nunca conociste. Yo mismo no me atreví a incluir en las actas ciertas confesiones, para no mancillar ni por un instante con la sombra del demonio la atmósfera de santidad que Chiara había creado en aquel lugar. ¡Pero me enteré de cada cosa, de cada cosa, Guillermo! Se reunían por la noche en un sótano, cogían un niño recién nacido y se lo arrojaban unos a otros hasta que moría, por los golpes... o por otras cosas... Y el último que lo recibía vivo, para morir en sus manos, se convertía en el jefe de la secta... ¡Y desgarraban el cuerpo del niño, y lo mezclaban con harina para fabricar hostias blasfemas!

—Ubertino —dijo sin rendirse Guillermo—, esas mismas cosas se dijeron, hace muchos siglos, de los obispos armenios, de la secta de los paulicianos. Y también de los bogomilos.

—¿Qué importa? El demonio es muy torpe, hay un ritmo en sus acechanzas y seducciones, repite sus ritos a través de los milenios, siempre es el mismo. ¡Precisamente por eso se sabe que es el enemigo! Te juro que encendían velas, la noche de Pascua, y llevaban muchachas al sótano. Después apagaban las velas y se arrojaban sobre ellas, aunque estuviesen ligados por vínculos de sangre... ¡Y si de aquel abrazo nacía un niño, volvía a empezar el rito infernal, todos alrededor de una tinaja llena de vino, que llamaban barrilete, embriagándose, y cortando en trozos al niño, y vertiendo su sangre en una copa, y arrojando al fuego niños aún vivos, para mezclar luego las cenizas del niño con su sangre y bebérsela!

—¡Pero eso lo escribió, hace trescientos años, Michele Psello en el libro sobre las operaciones de los demonios! ¿Quién te ha contado esas cosas?

—¡Ellos, Bentivenga y los otros, cuando los torturaban!

—Hay una sola cosa que excita a los animales más que el placer: el dolor. Cuando te torturan sientes lo mismo que cuando estás bajo los efectos de las hierbas capaces de provocar visiones. Todo lo que has oído contar, todo lo que has leído, vuelve a tu cabeza, como si estuvieses arrobado, pero no en un rapto celeste, sino infernal. Cuando te torturan no dices sólo lo que quiere el inquisidor sino también lo que imaginas que puede producirle placer, porque se establece un vínculo (éste sí verdaderamente diabólico) entre tú y él... Son cosas que conozco bien, Ubertino, pues yo mismo formé parte de esos grupos de hombres que creen que la verdad puede obtenerse mediante el hierro al rojo vivo.

Pues bien, has de saber que la incandescencia de la verdad procede de una llama muy distinta. Cuando lo torturaban, Bentivenga puede haberte dicho las mentiras más absurdas, porque ya no era él quien hablaba, sino su lujuria, los demonios de su alma.

—¿Lujuria?

—Sí, hay lujuria en el dolor, así como existe una lujuria de la adoración e, incluso, una lujuria de la humildad. Si los ángeles rebeldes necesitaron tan poco para transformar su ardor de adoración y humildad en ardor de soberbia y rebeldía, ¿qué habría que decir de un ser humano? Pues bien, ya lo sabes, eso fue lo que descubrí de pronto cuando era inquisidor. Y por eso renuncié a seguir siéndolo. Me faltó coraje para hurgar en las debilidades de los malvados, porque comprendí que son las mismas debilidades de los santos.

Ubertino había escuchado las últimas palabras de Guillermo como si no entendiese lo que éste le decía. Su rostro se había ido embargando de afectuosa conmiseración, y comprendí que, según él, Guillermo hablaba movido por sentimientos muy perversos, pero tanto le quería que se los perdonaba. Lo interrumpió y dijo con bastante amargura:

—No importa. Si eso es lo que sentías, hiciste bien en apartarte. Hay que luchar contra las tentaciones. Sin embargo, yo hubiese necesitado tu apoyo. Estaba a punto de acabar con aquella banda de malvados. Ya sabes lo que sucedió en cambio: yo mismo fui acusado de haber sido demasiado débil con ellos, y hubo quien me trató de hereje. También tú fuiste demasiado débil en la lucha contra el mal. El mal, Guillermo, ¿nunca acabará esta condena, esta sombra, este cieno que nos impide llegar hasta el manantial? —se acercó aún más a Guillermo, como si temiera que alguien lo escuchase—. También aquí, también entre estos muros consagrados a la oración, ¿sabes?

—Lo sé. El Abad me ha hablado de ello, e incluso me ha pedido que le ayude a esclarecer los hechos.

—Entonces espía, hurga, mira con ojo de lince en dos direcciones, la lujuria y la soberbia...

—¿La lujuria?

—Sí, la lujuria. Había algo de... femenino, por tanto, de diabólico, en el joven que murió. Tenía ojos de muchacha que busca el comercio con un íncubo. Pero también te he hablado de soberbia, la soberbia de la mente, en este monasterio consagrado al orgullo de la palabra, a la ilusión del saber...

—Si algo sabes, ayúdame.

—Nada sé. Nada hay que yo sepa. Pero hay cosas que se sienten con el corazón. Deja que hable tu corazón, interroga los rostros, no escuches las lenguas... Pero, ¡vamos!, ¿por qué hablar de cosas tan dolorosas y amedrentar a nuestro joven amigo? —Me miró con sus ojos celestes, rozó mi mejilla con sus dedos largos y blancos, y estuve a punto de echarme hacia atrás como movido por un instinto; pude contenerme, e hice bien, porque lo habría ofendido, y su intención era pura—. Mejor, háblame de ti —dijo, volviéndose de nuevo hacia Guillermo—. ¿Qué has estado haciendo desde entonces? Han pasado...

—Dieciocho años. Regresé a mi tierra. Retomé los estudios en Oxford. Estudié la naturaleza.

—La naturaleza es buena porque es hija de Dios —dijo Ubertino.

—Y Dios debe de ser bueno, si ha engendrado la naturaleza —dijo sonriendo Guillermo—. He estudiado, he encontrado amigos muy sabios. Más tarde conocí a Marsilio, me atrajeron sus ideas sobre el imperio, sobre el pueblo, sobre una nueva ley para los reinos de la tierra, y así acabé formando parte del grupo de hermanos nuestros que están aconsejando al emperador. Pero esto ya lo sabes por mis cartas. Cuando en Bobbio me dijeron que estabas aquí me alegré muchísimo. Te creíamos perdido. Ahora que estás con nosotros, podrás sernos muy útil dentro de unos días, cuando llegue Michele. La confrontación será dura.

—No añadiré mucho a lo que ya dije hace cinco años en Aviñón. ¿Quién vendrá con Michele?

—Algunos de los que estuvieron en el capítulo de Perusa, Arnaldo de Aquitania, Hugo de Newcastle...

—¿Quién?

—Hugo de Novocastro, perdóname, uso mi lengua incluso cuando estoy hablando en buen latín. Además vendrá Guillermo Alnwick. Por parte de los franciscanos de Aviñón podemos suponer que estará Girolamo, el cretino de Caffa, y quizá vengan Berengario Talloni y Bonagrazia da Bergamo.

—Esperemos en Dios —dijo Ubertino—. Estos últimos no querrán enemistarse demasiado con el papa. ¿Y quién defenderá las ideas de la curia entre los duros de corazón?

—Por las cartas que he recibido supongo que estará Lorenzo Decoalcone...

—Un hombre malvado.

—Jean d'Anneaux...

—Ése es muy sutil en teología. Cuídate.

—Nos cuidaremos. Por último, estará también Jean de Baune.

—Tendrá que vérselas con Berengario Talloni.

—Sí, así es, creo que nos divertiremos —dijo mi maestro muy animado.

Ubertino lo miró sonriendo, como si dudara:

—Nunca sé cuándo habláis en serio vosotros los ingleses. ¿Qué diversión puede haber en algo tan grave? Está en juego la supervivencia de la orden, a la que perteneces y a la que, en el fondo del corazón, aún sigo perteneciendo. He de persuadir a Michele de que no vaya a Aviñón. Juan lo quiere, lo busca, lo invita con demasiada insistencia. Desconfiad de ese viejo francés. ¡Oh, Señor, en qué manos ha caído tu iglesia! —Volvió la cabeza hacia el altar—. ¡Convertida en meretriz, enviciada por el lujo, se enrosca en la lujuria como una serpiente en celo! De la pura desnudez del establo de Bethlehem, madera como madera fue el lignum vitae de la cruz, a las bacanales de oro y piedra. ¡Mira, tampoco aquí, ya has visto la portada, se está a salvo del orgullo de las imágenes! ¡Por fin están próximos los tiempos del Anticristo, y tengo miedo, Guillermo! —Miró alrededor y sus ojos, muy abiertos, se clavaron en las naves tenebrosas, como si el Anticristo fuese a aparecer de un momento a otro, y creí que lo veríamos surgir de la sombra—. ¡Sus lugartenientes ya están aquí, sus emisarios, como los apóstoles que Cristo envió por el mundo! Vilipendian la Ciudad de Dios, seducen valiéndose del engaño, la hipocresía y la violencia. Llegado el momento, Dios enviará a sus siervos Elías y Enoc, a quienes ha conservado vivientes en el paraíso terrenal para que un día vengan a confundir al Anticristo, y vendrán a profetizar vistiendo túnicas de saco, y predicarán la penitencia con el ejemplo y la palabra...

—Ya han llegado, Ubertino —dijo Guillermo mostrando su sayo de franciscano.

—Pero todavía no han vencido. Ahora es cuando el Anticristo, henchido de furia, mandará matar a Enoc y a Elías y a sus cuerpos para que todos puedan verlos y tengan miedo de imitarlos. Como querían matarme a mí...

Yo estaba aterrorizado, pensé que Ubertino era presa de una especie de locura divina, y temí por su razón. Eso pensé entonces. Ahora, después de tanto tiempo, sabiendo lo que sé, es decir, que unos años más tarde moriría misteriosamente en una ciudad alemana, y que nunca se supo quién lo había asesinado, mi terror es aún mayor, porque no cabe duda de que en aquella ocasión Ubertino estaba profetizando su propio futuro.

—Tú lo sabes —siguió diciendo—, el abad Joaquín dijo la verdad. Estamos ya en la sexta era de la historia humana, en la que aparecerán dos Anticristos, el Anticristo místico y el Anticristo propiamente dicho. Esto es lo que sucede en esta sexta época, después de que Francisco apareciera para encarnar en su propio cuerpo las cinco llagas de Jesús Crucificado. Bonifacio fue el Anticristo místico, y la abdicación de Celestino no fue válida. ¡Bonifacio fue la bestia que sale del mar y cuyas siete cabezas representan las ofensas a los pecados capitales, y sus diez cuernos las ofensas a los mandamientos, y los cardenales que lo rodeaban eran las langostas, y su cuerpo es Appolyon! ¡Pero, si lees su nombre en letras griegas, puedes ver que el número de la bestia es *Benedicti*! —Clavó sus ojos en mí para ver si le había comprendido, y, alzando un dedo, me amonestó—. ¡Benedicto XI fue el Anticristo propiamente dicho, la bestia que sale de la tierra! ¡Dios ha permitido que semejante monstruo de vicio e iniquidad gobernase su iglesia para que las virtudes de su sucesor resplandecieran de gloria!

—Pero padre santo —objeté con un hilo de voz, armándome de valor—, ¡su sucesor es Juan!

Ubertino se pasó la mano por la frente como si quisiera borrar un mal sueño. Respiraba con dificultad, estaba cansado.

—Sí. Los cálculos estaban equivocados, todavía seguimos esperando al papa angélico... Pero entretanto han aparecido Francisco y Domingo. —Elevó los ojos al cielo y dijo como si orase, pero comprendí que estaba recitando una página de su gran libro sobre el árbol de la vida—: Quorum primus seraphico calculo purgatus et ardore celico inflammatus totum incendere videbatur. Secundus vero verbo predicationis fecundus super mundi tenebras clarius radiavit... Sí, si éstas han sido las promesas, el papa angélico tendrá que llegar.

—Así sea, Ubertino —dijo Guillermo—. Mientras tanto estoy aquí para impedir que sea expulsado el emperador humano. También Dulcino hablaba de tu papa angélico...

—¡No vuelvas a pronunciar el nombre de esa víbora! —gritó Ubertino, y por primera vez lo vi transformarse, pasar de la aflicción a la ira—. ¡Este hombre manchó la palabra de Joaquín de Calabria y la convirtió en pábulo de muerte e inmundicia! Ése sí que fue un mensajero del Anticristo. Pero tú, Guillermo, hablas así porque en realidad no crees en el advenimiento del Anticristo, ¡y tus maestros de Oxford te han enseñado a idolatrar la razón extinguiendo las facultades proféticas de tu corazón!

—Te equivocas, Ubertino —respondió con mucha seriedad Guillermo—. Sabes que el maestro que más venero es Roger Bacon...

—Que deliraba acerca de unas máquinas voladoras —se burló amargamente Ubertino.

—Que habló con gran claridad y nitidez del Anticristo, mostrando sus signos en la corrupción del mundo y en el debilitamiento del saber. Pero enseñó que hay una sola manera de prepararse para su llegada: estudiar los secretos de la naturaleza, utilizar el saber para mejorar al género humano. Puedes prepararte para luchar contra el Anticristo estudiando las virtudes de las plantas, la naturaleza de las piedras e, incluso, proyectando esas máquinas voladoras que te hacen sonreír.

—El Anticristo de tu Bacon era un pretexto para cultivar el orgullo de la razón.

—Santo pretexto.

—No hay pretextos santos. Guillermo, sabes que te quiero. Sabes que confío mucho en ti. Castiga tu inteligencia, aprende a llorar sobre las llagas del Señor, arroja tus libros.

—Me quedaré sólo con el tuyo —dijo sonriendo Guillermo.

También Ubertino sonrió, y lo amenazó con el dedo:

—Inglés tonto. No te rías demasiado de tus semejantes. A los que no puedes amar, mejor sería que los temieras. Y ten cuidado con la abadía. Este sitio no me gusta.

—Precisamente, quiero conocerlo mejor —dijo Guillermo despidiéndose—. Vamos, Adso.

—¡Ay! Te digo que no es bueno y dices que quieres conocerlo —comentó Ubertino meneando la cabeza.

—Por cierto —dijo todavía Guillermo, ya en mitad de la nave— ¿quién es ese monje que parece un animal y habla la lengua de Babel?

—¿Salvatore? —preguntó Ubertino volviéndose hacia nosotros, pues ya estaba de nuevo arrodillado—. Creo que fui yo quien lo donó a esta abadía... Junto con el cillerero. Cuando dejé el sayo franciscano, regresé por algún tiempo a mi viejo convento de Casale, y allí encontré a otros frailes angustiados, porque la comunidad los acusaba de ser espirituales de mi secta... Así se expresaban. Traté de ayudarles y conseguí que los autorizaran a seguir mi ejemplo. Al llegar aquí, el año pasado, encontré a dos de ellos, Salvatore y Remigio. Salvatore... En verdad parece una bestia. Pero es servicial.

Guillermo vaciló un instante:

—Le oí decir penitenciágite.

Ubertino calló. Agitó una mano como para apartar un pensamiento molesto.

—No, no creo. Ya sabes cómo son estos hermanos laicos. Gentes del campo que quizá han escuchado a un predicador ambulante y no saben lo que dicen.

No es eso lo que le reprocharía a Salvatore. Es una bestia glotona y lujuriosa. Pero nada, nada contrario a la ortodoxia. No, el mal de la abadía es otro, búscalo en quienes saben demasiado, no en quienes nada saben. No construyas un castillo de sospechas basándote en una palabra.

—Nunca lo haré —respondió Guillermo—. Dejé de ser inquisidor precisamente para no tener que hacerlo. Sin embargo, también me gusta escuchar las palabras, y reflexionar después sobre ellas.

—Piensas demasiado. Muchacho —dijo volviéndose hacia mí—, no tomes demasiados malos ejemplos de tu maestro. En lo único en que hay que pensar, ahora al final de mi vida lo comprendo, es en la muerte. Mors est quies viatoris, finis est omnis laboris. Ahora dejádme con mis oraciones.

Primer día
HACIA NONA

*Donde Guillermo tiene un diálogo muy erudito
con Severino el herbolario.*

Atravesamos la nave central y salimos por la portada
que habíamos cruzado al entrar. Las palabras de Ubertino, todas, seguían zumbándome en la cabeza.

—Es un hombre... extraño —me atreví a decir.

—Es, o ha sido, en muchos aspectos, un gran hombre —dijo Guillermo—. Pero precisamente por eso es
extraño. Sólo los hombres pequeños parecen normales.
Ubertino habría podido convertirse en uno de los herejes que contribuyó a llevar a la hoguera, o en un cardenal de la santa iglesia romana. Y estuvo muy cerca de
ambas perversiones. Cuando hablo con Ubertino me
da la impresión de que el infierno es el paraíso visto desde la otra parte.

No entendí lo que quería decir.

—¿Desde qué parte? —pregunté.

—Pues sí —admitió Guillermo—, se trata de saber
si hay partes, y si hay un todo. Pero no escuches lo que

97

digo. Y no mires más esa portada —dijo, dándome unos golpecitos en la nuca mientras mi mirada volvía a dirigirse hacia aquellas fascinantes esculturas—. Por hoy ya te han asustado bastante. Todos.

Cuando me volví de nuevo hacia la salida, vi ante mí otro monje. Podía tener la misma edad que Guillermo. Nos sonrió y nos saludó con cortesía. Dijo que era Severino da Sant'Emmerano, y que era el padre herbolario, que se cuidaba de los baños, del hospital y de los huertos, y que se ponía a nuestra disposición si deseábamos que nos guiase por el recinto de la abadía.

Guillermo le dio las gracias y dijo que al entrar ya había reparado en el bellísimo huerto, que, por lo que podía apreciarse a través de la nieve, no sólo parecía contener plantas comestibles sino también albergar hierbas medicinales.

—En verano o en primavera, con la variedad de sus hierbas, adornadas cada una con sus flores, este huerto canta mejor la gloria del Creador —dijo a modo de excusa Severino—. Pero incluso en esta estación el ojo del herbolario ve a través de las ramas secas las plantas que crecerán más tarde, y puedo decirte que este huerto es más rico que cualquier herbario, y más multicolor, por bellísimas que sean las miniaturas que este último contenga. Además, también en invierno crecen hierbas buenas, y en el laboratorio tengo otras que he recogido y guardado en frascos. Así, con las raíces de la acederilla se curan los catarros, y con una decocción de raíces de malvavisco se hacen compresas para las enfermedades de la piel, con el lampazo se cicatrizan los eccemas, triturando y macerando el rizoma de la bistorta se curan las diarreas y algunas enfermedades de las mujeres, la pimienta es un buen digestivo, la fárfara es buena para la tos, y tenemos buena genciana para la digestión, y orozuz, y enebro para preparar buenas infusiones, y saúco con cuya corteza se prepara una decocción para el hígado, y saponaria, cuyas raíces se maceran en agua fría y son buenas para el catarro, y valeriana, cuyas virtudes sin duda conocéis.

—Tenéis hierbas muy distintas y que se dan en climas muy distintos. ¿Cómo puede ser?

—Lo debo, por un lado, a la misericordia del Señor, que ha situado nuestro altiplano entre una cadena meridional que mira al mar, cuyos vientos cálidos recibe, y la montaña septentrional, más alta, que le envía sus bálsamos silvestres. Y por otro lado lo debo al hábito del arte que indignamente he adquirido por voluntad de mis maestros. Ciertas plantas pueden crecer, aunque el clima sea adverso, si cuidas el suelo que las rodea, su alimento, y si vigilas su desarrollo.

—¿Pero también tenéis plantas que sólo sean buenas para comer? —pregunté.

—Has de saber, potrillo hambriento, que no hay plantas buenas para comer que no sean también buenas para curar, siempre y cuando se ingieran en la medida adecuada. Sólo el exceso las convierte en causa de enfermedad. Por ejemplo, la calabaza. Es de naturaleza fría y húmeda y calma la sed, pero cuando está pasada provoca diarrea y debes tomar una mezcla de mostaza y salmuera para astringir tus vísceras. ¿Y las cebollas? Calientes y húmedas, pocas, vigorizan el coito, naturalmente en aquellos que no han pronunciado nuestros votos. En exceso, te producen pesadez de cabeza y debes contrarrestar sus efectos tomando leche con vinagre. Razón de más —añadió con malicia— para que un joven monje guarde siempre moderación al comerlas. En cambio, puedes comer ajo. Cálido y seco, es bueno contra los venenos. Pero no exageres, expulsa demasiados humores del cerebro. En cambio, las judías producen orina y engordan, ambas cosas muy buenas. Pero provocan malos sueños. Aunque no tantos como otras hierbas, porque las hay incluso que provocan malas visiones.

—¿Cuáles? —pregunté.

—¡Vamos, vamos, nuestro novicio quiere saber demasiado! Son cosas que sólo el herbolario debe saber; si no, cualquier irresponsable podría ir por ahí suministrando visiones, o sea mintiendo con las hierbas.

—Pero basta un poco de ortiga —dijo entonces Guillermo—, o de roybra o de olieribus, para protegerte de las visiones. Confío en que estas buenas hierbas no falten en vuestro huerto.

Severino miró de reojo a mi maestro:

—¿Sabes de hierbas?

—No mucho —dijo Guillermo con modestia—. En cierta ocasión tuve entre mis manos el *Theatrum Sanitatis* de Ububchasym de Baldach...

—Abdul Asan al Muchtar ibn Botlan.

—O Ellucasim Elimittar, como prefieras. Me pregunto si existirá alguna copia aquí.

—Y de las más bellas, con exquisitas ilustraciones.

—Alabado sea el cielo. ¿Y el *De virtutibus herbarum* de Platearius?

—También está , y *De plantis* de Aristóteles, traducido por Alfredo de Sareshel.

—He oído decir que en realidad no es de Aristóteles —observó Guillermo—, como se descubrió que no lo es *De causis*.

—De todos modos es un gran libro —observó Severino, y mi maestro le aseguró que pensaba lo mismo, pero sin preguntarle si se refería a *De plantis* o a *De causis*, obras que yo desconocía, pero de cuya gran importancia había quedado convencido al escuchar aquella conversación.

—Me agradaría —concluyó Severino— conversar honestamente contigo sobre las hierbas.

—Y a mí más todavía —dijo Guillermo—, pero, ¿no violaremos la regla de silencio que impera, creo, en vuestra orden?

—La regla —dijo Severino— se ha ido adaptando con los siglos a las exigencias de las distintas comunidades. La regla preveía la lectio divina pero no el estudio. Sin embargo, ya sabes hasta qué punto nuestra orden ha desarrollado la investigación sobre las cosas divinas y las cosas humanas. La regla también prevé que el dormitorio sea común, pero a veces es justo que, como sucede aquí, los monjes puedan reflexionar también durante la noche, y por tanto cada uno dispone de su propia celda. La regla es muy severa en lo que se refiere al silencio, e incluso aquí está prohibido que converse con sus hermanos no sólo el monje que realiza trabajos manuales sino también el que escribe o lee. Pero la abadía es ante todo una comunidad de estudiosos, y a menudo es útil que los monjes intercambien los tesoros de doctrina que van acumulando. Toda conversación relativa a nuestros estudios se considera lícita y beneficiosa, siempre y cuando no se desarrolle en el refectorio o durante las horas de los oficios sagrados.

—¿Tuviste ocasión de hablar mucho con Adelmo da Otranto? —preguntó de pronto Guillermo.

Severino no pareció sorprenderse.

—Veo que el Abad ya te ha hablado —dijo—. No. Con él no solía conversar. Pasaba el tiempo pintando miniaturas. A veces lo oí discutir con otros monjes, Venancio de Salvemec, o Jorge de Burgos, sobre la índole de su trabajo. Además, yo no paso el día en el scriptorium sino en mi laboratorio. —Y señaló el edificio del hospital.

—Comprendo —dijo Guillermo—. Entonces no sabes si Adelmo tenía visiones.

—¿Visiones?

—Como las que provocan tus hierbas, por ejemplo.

Severino se puso rígido:

—Ya te he dicho que vigilo mucho las hierbas peligrosas.

—No me refería a eso —se apresuró a aclarar Guillermo—. Hablaba de las visiones en general.

—No entiendo —insistió Severino.

—Pensaba que un monje que se pasea de noche por el Edificio, donde según reconoció el Abad pueden sucederle cosas... tremendas al que allí penetre durante las horas prohibidas, pues bien, pensaba que podía haber tenido visiones diabólicas capaces de empujarlo al abismo.

—Ya te he dicho que no frecuento el scriptorium, salvo cuando necesito algún libro, pero suelo tener mis propios herbarios, que guardo en el hospital. Como ya te he dicho, Adelmo estaba mucho con Jorge, con Venancio y... desde luego con Berengario.

También yo advertí la leve vacilación en la voz de Severino.

A mi maestro no se le había escapado:

—¿Berengario? ¿Por qué desde luego?

—Berengario da Arundel, el ayudante del bibliotecario. Eran de la misma edad, hicieron juntos el noviciado, era normal que tuviesen cosas de que hablar. Eso quería decir.

—Entonces era eso lo que querías decir —comentó Guillermo, y me asombré de que no insistiese en el asunto. Lo que hizo fue cambiar bruscamente de tema—. Pero quizá sea hora de que entremos en el Edificio. ¿Quieres guiarnos?

—Con mucho gusto —dijo Severino con alivio más que evidente.

Nos condujo por el costado del huerto hasta la fachada occidental del Edificio.

—En la parte que da al huerto está la puerta de la cocina —dijo—, pero la cocina sólo ocupa la mitad occidental de la planta baja, en la otra mitad está el refectorio. En la parte meridional, a la que se llega pasando por detrás del coro de la iglesia, hay otras dos puertas que llevan a la cocina y al refectorio. Pero entremos por ésta, porque desde la cocina podremos pasar al interior del refectorio.

Al entrar en la amplia cocina advertí que, en el centro, el Edificio engendraba, en toda su altura, un patio octagonal. Como más tarde comprendí, era una especie de pozo muy grande, privado de accesos, al que daban, en cada piso, una serie de amplias ventanas similares a las que se abrían hacia el exterior. La cocina era un atrio inmenso lleno de humo, donde ya muchos sirvientes se ajetreaban en la preparación de los platos para la cena. En una gran mesa dos de ellos estaban haciendo un pastel de verdura, con cebada, avena y centeno, y un picadillo de nabos, berros, rabanitos y zanahorias. Al lado, otro cocinero acababa de cocer unos pescados en una mezcla de vino con agua, y los estaba cubriendo con una salsa de salvia, perejil, tomillo, ajo, pimienta y sal. En la pared que correspondía al torreón occidental se abría un enorme horno de pan, del que surgían rojizos resplandores. Al lado del torreón meridional, una inmensa chimenea en la que hervían unos calderos y giraban varios asadores. Por la puerta que daba a la era situada detrás de la iglesia entraban en aquel momento los porquerizos trayendo la carne de los cerdos que habían matado.

Por esa puerta salimos y pasamos a la era, en la parte más oriental de la meseta, donde, contra la muralla, había un conjunto de construcciones. Severino me explicó que la primera albergaba los chiqueros: primero estaban las caballerizas, después el establo donde se guardaban los bueyes, los gallineros y el corral techado para las ovejas. Delante de los chiqueros los porquerizos estaban removiendo en una gran tinaja la sangre de los cerdos que acababan de degollar, para que no se coagulara. Si se la removía bien y enseguida, podía durar varios días, gracias al clima frío, y utilizarse luego para fabricar morcillas.

Volvimos a entrar en el Edificio, y sólo echamos una ojeada al refectorio, mientras lo atravesábamos para dirigirnos hacia el torreón oriental. El refectorio se extendía hacia dos de los torreones: el septentrional, donde había una chimenea, y el oriental, donde había una escalera de caracol que conducía al scriptorium, es decir, al segundo piso. Por allí iban los monjes todos los días a su trabajo; y también por dos escaleras, menos accesibles pero bien caldeadas, que ascendían en espiral detrás de la chimenea y del horno de la cocina.

Guillermo preguntó si, siendo domingo, encontraríamos a alguien en el scriptorium. Severino sonrió y dijo que, para el monje benedictino, el trabajo es oración. El domingo los oficios duraban más, pero los monjes adictos a los libros pasaban igualmente algunas horas arriba, que solían emplear en provechosos intercambios de observaciones eruditas, consejos y reflexiones sobre las sagradas escrituras.

Primer día
DESPUÉS DE NONA

*Donde se visita el scriptorium y se conoce a muchos
estudiosos, copistas y rubricantes así como
a un anciano ciego que espera al Anticristo.*

Mientras subíamos, vi que mi maestro observaba las
ventanas que iluminaban la escalera. Al parecer, me estaba volviendo tan sagaz como él, porque advertí de inmediato que, dada su disposición, era muy difícil que
alguien pudiera llegar hasta ellas. De otra parte, tampoco las ventanas que había en el refectorio (las únicas del
primer piso que daban al precipicio) parecían fáciles de
alcanzar, porque debajo de ellas no había muebles
de ninguna clase.

Al llegar a la cima de la escalera entramos, por el torreón oriental, en el scriptorium, ante cuyo espectáculo
no pude contener un grito de admiración. El primer
piso no estaba dividido en dos como el de abajo, y, por
tanto, se ofrecía a mi mirada en toda su espaciosa in-
mensidad. Las bóvedas, curvas y no demasiado altas
(menos que las de una iglesia, pero, sin embargo, más

que las de cualquiera de las salas capitulares que he conocido), apoyadas en recias pilastras, encerraban un espacio bañado por una luz bellísima, pues en cada una de las paredes más anchas había tres enormes ventanas, mientras que en cada una de las paredes externas de los torreones se abrían cinco ventanas más pequeñas, y, por último, también entraba luz desde el pozo octagonal interno, a través de ocho ventanas altas y estrechas.

Esa abundancia de ventanas permitía que una luz continua y pareja alegrara la gran sala, incluso en una tarde de invierno como aquélla. Las vidrieras no eran coloreadas como las de las iglesias, y las tiras de plomo sujetaban recuadros de vidrio incoloro para que la luz pudiese penetrar lo más pura posible, no modulada por el arte humano, y desempeñara así su función específica, que era la de iluminar el trabajo de lectura y escritura. En otras ocasiones y en otros sitios vi muchos scriptoria, pero ninguno conocí que, en las coladas de luz física que alumbraban profusamente el recinto, ilustrase con tanto esplendor el principio espiritual que la luz encarna, la *claritas*, fuente de toda belleza y saber, atributo inseparable de la justa proporción que se observaba en aquella sala. Porque de tres cosas depende la belleza: en primer lugar, de la integridad o perfección, y por eso consideramos feo lo que está incompleto; luego, de la justa proporción, o sea de la consonancia; por último, de la claridad y la luz, y, en efecto, decimos que son bellas las cosas de colores nítidos. Y como la contemplación de la belleza entraña la paz, y para nuestro apetito lo mismo es sosegarse en la paz, en el bien o en la belleza, me sentí invadido por una sensación muy placentera y pensé en lo agradable que debería de ser trabajar en aquel sitio.

Tal como apareció ante mis ojos, a aquella hora de la tarde, me pareció una alegre fábrica de saber. Posteriormente conocí, en San Gall, un scriptorium de proporciones similares, separado también de la biblioteca (en otros sitios los monjes trabajaban en el mismo lugar donde se guardaban los libros), pero con una disposición no tan bella como la de aquél. Los anticuarios, los copistas, los rubricantes y los estudiosos estaban sentados cada uno ante su propia mesa, y cada mesa estaba situada debajo de una ventana. Como las ventanas eran cuarenta (número verdaderamente perfecto, producto de la decuplicación del cuadrágono, como si los diez mandamientos hubiesen sido magnificados por las cuatro virtudes cardinales), cuarenta monjes hubiesen podido trabajar al mismo tiempo, aunque aquel día apenas había unos treinta. Severino nos explicó que los monjes que trabajaban en el scriptorium estaban dispensados de los oficios de tercia, sexta y nona, para que no tuviesen que interrumpir su trabajo durante las horas de luz, y que sólo suspendían sus actividades al anochecer, para el oficio de vísperas.

Los sitios mejor iluminados estaban reservados para los anticuarios, los miniaturistas más expertos, los rubricantes y los copistas. En cada mesa había todo lo necesario para ilustrar y copiar: cuernos con tinta, plumas finas, que algunos monjes estaban afinando con unos cuchillos muy delgados, piedra pómez para alisar el pergamino, reglas para trazar las líneas sobre las que luego se escribiría. Junto a cada escribiente, o bien en la parte más alta de las mesas, que tenían una inclinación, había un atril sobre el que estaba apoyado el códice que se estaba copiando, cubierta la página con mascarillas que encuadraban la línea que se estaba transcribiendo en aquel momento. Y algunos monjes tenían tintas de oro y de otros colores. Otros, en cambio, sólo leían libros y tomaban notas en sus cuadernos o tablillas personales.

Pero no tuve tiempo de observar su trabajo, porque nos salió al encuentro el bibliotecario, Malaquías de

Hildesheim, del que ya habíamos oído hablar. Su rostro intentaba componer una expresión de bienvenida , pero no pude evitar un estremecimiento ante una fisonomía tan extraña. Era alto y, aunque muy enjuto, sus miembros eran grandes y sin gracia. Avanzaba a grandes pasos, envuelto en el negro hábito de la orden, y en su aspecto había algo inquietante. La capucha —como venía de afuera aún la llevaba levantada— arrojaba una sombra sobre la palidez de su rostro y confería un no sé qué de doloroso a sus grandes ojos melancólicos. Su fisonomía parecía marcada por muchas pasiones, y, aunque la voluntad las hubiese disciplinado, quedaban los rasgos a los que alguna vez habían dado vida. El rostro expresaba sobre todo gravedad y aflicción, y los ojos miraban con tal intensidad que una ojeada bastaba para llegar al alma del interlocutor, y para leer en ella sus pensamientos más ocultos. Y, como esa inspección resultaba casi intolerable, lo más común era que no se deseara volver a encontrar aquella mirada.

El bibliotecario nos presentó a muchos de los monjes que estaban trabajando en aquel momento. Malaquías nos fue diciendo también cuál era la tarea que cada uno tenía entre manos, y admiré la profunda devoción por el saber, y por el estudio de la palabra divina, que se percibía en todos ellos. Así, conocí a Venancio de Salvemec, traductor del griego y del árabe, devoto de aquel Aristóteles que, sin duda, fue el más sabio de los hombres. A Bencio de Upsala, joven monje escandinavo que se ocupaba de retórica. A Berengario da Arundel, el ayudante del bibliotecario. A Aymaro d'Alessandria, que estaba copiando unos libros que sólo permanecerían algunos meses, en préstamo, en la biblioteca. Y luego a un grupo de iluminadores de diferentes países: Patricio de Clonmacnois, Rabano de Toledo, Magnus de Iona, Waldo de Hereford.

Enumeración que, sin duda, podría continuar, y

nada hay más maravilloso que la enumeración, instrumento privilegiado para componer las más perfectas hipotiposis. Pero debo referirme a los temas que entonces se tocaron, no exentos de indicaciones muy útiles para comprender la sutil inquietud que aleteaba entre los monjes, y algo que, aunque inexpresado, estaba presente en todo lo que decían.

Mi maestro empezó a conversar con Malaquías alabando la belleza y el ambiente de trabajo que se respiraba en el scriptorium y pidiéndole informaciones sobre la marcha de las tareas que allí se realizaban, porque, dijo con mucha cautela, en todas partes había oído hablar de aquella biblioteca y tenía sumo interés en consultar muchos de sus libros. Malaquías le explicó lo que ya había dicho el Abad: que el monje pedía al bibliotecario la obra que deseaba consultar y éste iba a buscarla en la biblioteca situada en el piso de arriba, siempre y cuando se tratase de un pedido justo y pío. Guillermo le preguntó cómo podía conocer el nombre de los libros guardados en los armarios de arriba, y Malaquías le mostró un voluminoso códice con unas listas apretadísimas, que estaba sujeto a su mesa por una cadenita de oro.

Guillermo introdujo las manos en la bolsa que había en su sayo a la altura del pecho, y extrajo un objeto que ya durante el viaje le había visto coger y ponerse en el rostro. Era una horquilla, construida de tal modo que pudiera montarse en la nariz de un hombre (sobre todo en la suya, tan prominente y aguileña) como el jinete en el lomo de su caballo o como el pájaro en su repisa. Y, por ambos lados, la horquilla continuaba en dos anillas ovaladas de metal que, situadas delante de cada ojo, llevaban engastadas dos almendras de vidrio, gruesas como fondos de vaso. Con aquello delante de sus ojos, Guillermo solía leer, y decía que le permitía ver mejor que con los instrumentos que le había dado la naturaleza, o, en todo caso, mejor de lo que su avanzada edad, sobre todo al mermar la luz del día, era capaz de concederle. No los utilizaba para ver de lejos, pues su vista aún era muy buena, sino para ver de cerca. Con eso podía leer manuscritos redactados en letras pequeñísimas, que incluso a mí me costaba mucho descifrar. Me había explicado que, cuando el hombre supera la mitad de la vida, aunque hasta entonces haya tenido una vista excelente, su ojo se endurece y pierde la capacidad de adaptar la pupila; de modo que muchos sabios, después de haber cumplido las cincuenta primaveras, morían, por decirlo así, para la lectura y la escritura. Tremenda desgracia para unos hombres que habrían podido dar lo mejor de su inteligencia durante muchos años todavía. Por eso había que dar gracias al Señor de que alguien hubiese descubierto y fabricado aquel instrumento. Y al decírmelo pretendía ilustrar las ideas de su Roger Bacon, quien afirmaba que una de las metas de la ciencia era la de prolongar la vida humana.

Los otros monjes miraron a Guillermo con mucha curiosidad, pero no se atrevieron a hacerle preguntas. Comprendí que, incluso en un sitio tan celosa y orgullosamente dedicado a la lectura y escritura, aquel prodigioso instrumento no había penetrado todavía. Y me sentía orgulloso de estar junto a un hombre que poseía algo capaz de despertar el asombro de otros hombres famosos por su sabiduría.

Con aquel objeto en los ojos, Guillermo se inclinó sobre las listas inscriptas en el códice. También yo miré, y descubrimos títulos de libros desconocidos, y de otros celebérrimos, que poseía la biblioteca.

—*De pentagono Salomonis, Ars loquendi et intelligendi in lingua hebraica, De rebus metallicis* de Roger de Hereford, *Algebra* de Al Kuwarizmi, vertido al latín por Roberto Anglico, las *Púnicas* de Silio Itálico, los *Gesta francorum, De laudibus sanctae crucis* de Rabano

Mauro, y *Flavii Claudii Giordani de aetate mundi et hominis reservatis singulis litteris per singulos libros ab A usque ad Z* —leyó mi maestro—. Espléndidas obras. Pero, ¿en qué orden están registradas? —citó de un texto que yo no conocía pero que, sin duda, Malaquías tenía muy presente—. «Habeat Librarius et registrum omnium librorum ordinatum secundum facultates et auctores, reponeatque eos separatim et ordinate cum signaturis per scripturam applicatis.» ¿Cómo hacéis para saber dónde está cada libro?

Malaquías le mostró las anotaciones que había junto a cada título. Leí: iii, IV gradus, V in prima graecorum; ii, V gradus, VII in tertia anglorum, etc. Comprendí que el primer número indicaba la posición del libro en el anaquel o gradus, que a su vez estaba indicado por el segundo número, mientras que el tercero indicaba el armario, y también comprendí que las otras expresiones designaban una habitación o un pasillo de la biblioteca, y me atreví a pedir más detalles sobre esas últimas distinciones. Malaquías me miró severamente:

—Quizá no sepáis, o hayáis olvidado, que sólo el bibliotecario tiene acceso a la biblioteca. Por tanto, es justo y suficiente que sólo el bibliotecario sepa descifrar estas cosas.

—Pero, ¿en qué orden están registrados los libros en esta lista? —preguntó Guillermo—. No por temas, me parece.

No se refirió al orden correspondiente a la sucesión de las letras en el alfabeto, porque es un recurso que sólo he visto utilizar en estos últimos años, y que en aquella época era muy raro.

—Los orígenes de la biblioteca se pierden en la oscuridad del pasado más remoto —dijo Malaquías—, y los libros están registrados según el orden de las adquisiciones, de las donaciones, de su entrada en este recinto.

—Difíciles de encontrar —observó Guillermo.

—Basta con que el bibliotecario los conozca de memoria y sepa en qué época llegó cada libro. En cuanto a los otros monjes, pueden confiar en la memoria de aquél.

Y parecía estar hablando de otra persona; comprendí que estaba hablando de la función que en aquel momento él desempeñaba indignamente, pero que habían desempeñado innumerables monjes, ya desaparecidos, cuyo saber había ido pasando de unos a otros.

—Comprendo —dijo Guillermo—. Si, por ejemplo, yo buscase algo, sin saber exactamente qué, sobre el pentágono de Salomón, sabríais indicarme la existencia del libro cuyo título acabo de leer, y podríais localizarlo en el piso de arriba.

—Si realmente debierais aprender algo sobre el pentágono de Salomón —dijo Malaquías—. Pero ése es precisamente un libro que no podría proporcionaros sin antes consultar con el Abad.

—He sabido que uno de vuestros mejores miniaturistas —dijo entonces Guillermo— murió hace muy poco. El Abad me ha hablado de su arte. ¿Podría ver los códices que iluminaba?

—Adelmo da Otranto —dijo Malaquías, mirando a Guillermo con desconfianza—, dada su juventud, sólo trabajaba en los marginalia. Tenía una imaginación muy vivaz, y con cosas conocidas sabía componer cosas desconocidas y sorprendentes, combinando, por ejemplo, un cuerpo humano con la cerviz de un caballo. Pero allí están sus libros. Nadie ha tocado aún su mesa.

Nos acercamos al sitio donde había trabajado Adelmo, todavía ocupado por los folios de un salterio adornado con exquisitas miniaturas. Eran folia de finísimo vellum —el príncipe de los pergaminos—, y el último aún estaba fijado a la mesa. Una vez frotado con piedra pómez y ablandado con yeso, lo habían alisado con la plana y, entre los pequeñísimos agujeritos practicados en los bordes con un estilo muy fino, se habían trazado las líneas que servirían de guía para la mano del artista. La primera mitad ya estaba cubierta de escritura, y el monje había empezado a bosquejar las figuras de los márgenes. Los otros folios, en cambio, estaban acabados, y, al mirarlos, tanto a mí como a Guillermo nos fue imposible contener un grito de admiración. Se trataba de un salterio en cuyos márgenes podía verse la imagen de un mundo invertido respecto al que estamos habituados a percibir. Como si en el umbral de un discurso que, por definición, es el discurso de la verdad, se desplegase otro discurso profundamente ligado a aquél por sorprendentes alusiones in aenigmate, un discurso mentiroso que hablaba de un mundo patas arriba, donde los perros huían de las liebres y los ciervos cazaban leones. Cabecitas con garras de pájaro, animales con manos humanas que les salían del lomo, cabezas de cuya cabellera surgían pies, dragones cebrados, cuadrúpedos con cuellos de serpiente llenos de nudos inextricables, monos con cuernos de ciervo, sirenas con forma de ave y alas membranosas insertas en la espalda, hombres sin brazos y con otros cuerpos humanos naciéndoles por detrás como jorobas, y figuras con una boca dentada en el vientre, hombres con cabeza de caballo y caballos con piernas de hombre, peces con alas de pájaro y pájaros con cola de pez, monstruos de un solo cuerpo y dos cabezas o de una sola cabeza y dos cuerpos, vacas con cola de gallo y alas de mariposa, mujeres con la cabeza escamada como el lomo de un pez, quimeras bicéfalas entrelazadas con libélulas de morro de lagartija, centauros, dragones, elefantes, manticoras, seres con pies enormes acostados en ramas de árbol, grifones de cuya cola surgía un arquero en posición de ataque, criaturas diabólicas de cuello interminable, series de animales antropomorfos y de enanos zoomorfos que se mezclaban, a veces en la misma página, en una escena campestre, donde se veía representada, con tanta vivacidad que las figuras daban la impresión de estar vivas, toda la vida del campo, labradores, recolectores de frutas, cosechadores, hilanderas, sembradores, junto a zorros y garduñas armadas con ballestas que trepaban por las murallas de una ciudad defendida por monos. Aquí una L inicial cuya rama inferior engendraba un dragón; allá una V de «verba», lanzaba como zarcillo natural de su tronco una serpiente de mil volutas, de las que surgían a su vez otras serpientes cual pámpanos y corimbos.

Junto al salterio había un exquisito libro de horas, acabado evidentemente hacía poco, de dimensiones tan pequeñas que hubiera podido caber en la palma de la mano. Las letras eran reducidísimas y las miniaturas de los márgenes apenas podían percibirse a simple vista: el ojo debía acercarse a ellas para descubrir toda su belleza (uno se preguntaba con qué instrumento sobrehumano las había pintado el miniaturista para conseguir efectos de tal vivacidad en un espacio tan exiguo). Los márgenes del libro estaban totalmente invadidos por figuras diminutas que surgían, casi como desarrollos naturales, de las volutas en que acababa el espléndido dibujo de las letras: sirenas marinas, ciervos espantados, quimeras, torsos humanos sin brazos, que surgían como lombrices del cuerpo mismo de los versículos. En un sitio, como una especie de continuación de los tres «Sanctus, Sanctus, Sanctus», repetidos en tres líneas diferentes, se veían tres figuras animalescas con cabezas humanas, dos de las cuales aparecían torcidas hacia arriba y hacia abajo respectivamente para unirse en un beso que no habría dudado en calificar de inverecundo si no hubiese estado convencido de que, aunque no evidente, debía existir una profunda justificación espiritual para que aquella imagen figurara en ese sitio.

Examiné aquellas páginas dividido entre la admiración sin palabras y la risa, porque, aunque comentasen textos sagrados, las figuras movían necesariamente a la hilaridad. Por su parte, fray Guillermo las miraba sonriendo, y comentó:

—Babewyn, así los llaman en mis islas.

—Babouins, como los llaman en las Galias —dijo Malaquías—. Y, en efecto, Adelmo aprendió su arte en vuestro país, aunque después estudiase también en Francia. Babuinos, o sea monos africanos. Figuras de un mundo invertido, donde las casas están apoyadas en las puntas de las agujas y la tierra aparece por encima del cielo.

Recordé unos versos que había escuchado en la lengua vernácula de mi tierra, y no pude dejar de recitarlos:

> *Aller Wunder si geswigen,*
> *das herde himel hat überstigen,*
> *daz sult ir vür ein Wunder wigen.*

Y Malaquías continuó, citando el mismo texto:

> *Erd ob un himel unter*
> *das sult ir hân besunder.*
> *Vür aller Wunder ein Wunder.*

—Sí, estimado Adso —continuó el bibliotecario—, estas imágenes nos hablan de aquella región a la que se llega cabalgando sobre una oca azul, donde se encuentran gavilanes pescando en un arroyo, osos que persiguen halcones por el cielo, cangrejos que vuelan con las palomas, y tres gigantes cogidos en una trampa, mientras un gallo los ataca a picotazos.

Una pálida sonrisa iluminó sus labios. Entonces, los otros monjes, que habían seguido la conversación en actitud más bien tímida, se echaron a reír libremente, como si hubiesen estado esperando la autorización del bibliotecario. Éste volvió a ponerse sombrío, mientras los otros seguían riendo, alabando la habilidad del pobre Adelmo y mostrándose unos a otros las figuras más inverosímiles. Y fue entonces, mientras todos seguían riendo, cuando escuchamos a nuestras espaldas una voz, solemne y grave:

—Verba vana aut risui apta non loqui.

Nos volvimos. El que acababa de hablar era un monje encorvado por el peso de los años, blanco como la nieve; no me refiero sólo al pelo sino también al rostro, y a las pupilas. Comprendí que era ciego. Aunque el cuerpo se encogía ya por el peso de la edad, la voz seguía siendo majestuosa, y los brazos y manos poderosos. Clavaba los ojos en nosotros como si nos estuviese viendo, y siempre, también en los días que siguieron, lo vi moverse y hablar como si aún poseyese el don de la vista. Pero el tono de la voz, en cambio, era el de alguien que sólo estuviese dotado del don de la profecía.

—El hombre que estáis viendo, venerable por su edad y por su saber—dijo Malaquías a Guillermo señalando al recién llegado—, es Jorge de Burgos. Salvo Alinardo da Grottaferrata, es la persona de más edad que vive en el monasterio, y son muchísimos los monjes que le confían la carga de sus pecados en el secreto de la confesión. —Se volvió hacia el anciano y dijo—: El que está ante vos es fray Guillermo de Baskerville, nuestro huésped.

—Espero que mis palabras no os hayan irritado —dijo el viejo en tono brusco—. He oído a unas personas que reían de cosas risibles y les he recordado uno de los principios de nuestra regla. Y, como dice el salmista, si el monje debe abstenerse de los buenos discursos por el voto de silencio, con mayor razón debe sustraerse a los malos discursos. Y así como existen malos discursos existen malas imágenes. Y son las que mienten acerca de la forma de la creación y muestran el mundo al revés de lo que debe ser, de lo que siempre ha sido y de lo que seguirá siendo por los siglos de los siglos hasta el fin de los tiempos. Pero vos venís de otra orden, donde me dicen que se ve con indulgencia incluso el alborozo más inoportuno.

Aludía a lo que comentaban los benedictinos de las extravagancias de san Francisco de Asís, y quizá también de las extravagancias atribuidas a los fraticelli y a los espirituales de toda laya que constituían los retoños más recientes y más incómodos de la orden franciscana. Pero fray Guillermo fingió no haber comprendido la insinuación.

—Las imágenes marginales suelen provocar sonrisas, pero tienen una finalidad edificante —respondió—. Así como en los sermones para estimular la imaginación de las muchedumbres piadosas es pertinente insertar exempla, muchas veces divertidos, también el discurso de las imágenes debe permitirse estas nugae. Para cada virtud y para cada pecado puede hallarse un ejemplo en los bestiarios, y los animales permiten representar el mundo de los hombres.

—¡Oh, sí! —se burló el anciano, pero sin sonreír—, toda imagen es buena para estimular la virtud, para que la obra maestra de la creación, puesta patas arriba, se convierta en objeto de risa. ¡Así la palabra de Dios se manifiesta en el asno que toca la lira, en el cárabo que ara con el escudo, en los bueyes que se uncen solos al arado, en los ríos que remontan sus cursos, en el mar que se incendia, en el lobo que se vuelve eremita! ¡Salid a cazar liebres con los bueyes, que las lechuzas os enseñen la gramática, que los perros muerdan a las pulgas, que los ciegos miren a los mudos y que los mudos pidan pan, que la hormiga saque a pastar al ternero, que vuelen los pollos asados, que las hogazas crezcan en los techos, que los papagayos den clase de retórica, que las gallinas fecunden a los gallos, poned el carro delante de los bueyes, que el perro duerma en la cama y que todos caminen con las piernas en alto! ¿Qué quieren todas estas nugae? ¡Un mundo invertido y opuesto al que Dios ha establecido, so pretexto de enseñar los preceptos divinos!

—Pero el Areopagita enseña —dijo con humildad Guillermo— que Dios sólo puede ser nombrado a través de las cosas más deformes. Y Hugue de Saint Victor nos recordaba que cuanto más disímil es la comparación, mejor se revela la verdad bajo el velo de figuras horribles e indecorosas, y menos se place la imaginación en el goce carnal, viéndose así obligada a descubrir los misterios que se ocultan bajo la torpeza de las imágenes...

—¡Conozco ese argumento! Y admito con vergüenza que ha sido el argumento fundamental de nuestra orden en la época en que los abades cluniacenses luchaban con los cistercienses. Pero san Bernardo tenía razón: poco a poco el hombre que representa monstruos y portentos de la naturaleza para realzar las cosas de Dios per speculum et in aenigmate se aficiona a la naturaleza misma de las monstruosidades que crea y se deleita en ellas y por ellas y acaba viendo sólo a través de ellas. Basta con que miréis, vosotros que aún tenéis vista, los capiteles de vuestro claustro —y señaló con la mano hacia fuera de las ventanas, en dirección a la iglesia—, ¿qué significan esas monstruosidades ridículas, esas hermosuras deformes y esas deformidades hermosas, desplegadas ante los ojos de los monjes consagrados a la meditación? Esos monos sórdidos. Esos leones, esos centauros, esos seres semihumanos con la boca en el vientre, con un solo pie, con orejas en punta. Esos tigres de piel jaspeada, esos guerreros luchando, esos cazadores que soplan el cuerno, y esos cuerpos múltiples con una sola cabeza y esas muchas cabezas con un solo cuerpo. Cuadrúpedos con cola de serpiente, y peces con cabeza de cuadrúpedo, y aquí un animal que por delante parece caballo y por detrás macho cabrío, y allá un equino con cuernos, y ¡ea! al monje ya le agrada más leer los mármoles que los manuscritos, y admira las obras del hombre en lugar de meditar sobre las leyes de Dios. ¡Vergüenza deberíais sentir por el deseo de vuestros ojos y por vuestras sonrisas!

El anciano imponente se detuvo. Jadeaba. Admiré la vívida memoria con que, quizá después de tantos años de ceguera, recordaba las imágenes cuya deformidad estaba describiendo. Llegué a sospechar, incluso, que, si aún podía hablar de ellas con tanto apasionamiento, era porque en la época en que las había contemplado no era improbable que hubiese sucumbido a su seducción. Pues con frecuencia he encontrado las representaciones más seductoras del pecado precisamente en las páginas de los hombres más virtuosos, que condenaban su fascinación y sus efectos. Signo de que esos hombres son tan fogosos en el testimonio de la verdad, que por amor a Dios no vacilan en atribuir al mal todos los encantos con que éste se envuelve, para que los hombres conozcan mejor las artes que utiliza el maligno para seducirlos. Y, en efecto, las palabras de Jorge despertaron en mí un gran deseo de ver los tigres y los monos del claustro, que aún no había examinado. Pero Jorge interrumpió el curso de mis ideas porque, ya menos excitado, retomó la palabra.

—Nuestro Señor no necesitó tantas necedades para indicarnos el recto camino. En sus parábolas nada hay que mueva a risa o que provoque miedo. Adelmo, en cambio, cuya muerte ahora lloráis, gozaba tanto con las monstruosidades que pintaba, que había perdido de vista aquellas cosas últimas cuya imagen material debían representar. Y recorrió todos, digo todos —su voz se volvió solemne y amenazadora—, los senderos de la monstruosidad. O sea que Dios sabe castigar.

Sobre los presentes cayó un silencio embarazoso. Se atrevió a quebrarlo Venancio de Salvemec.

—Venerable Jorge —dijo—, vuestra virtud os hace ser injusto. Dos días antes de la muerte de Adelmo, presenciasteis una discusión erudita que se desarrolló precisamente en este scriptorium. Adelmo, que se permitía representar seres extravagantes y fantásticos, se preocupaba, sin embargo, de que su arte cantase la gloria de Dios, y fuese un instrumento para conocer las cosas celestes. Hace un momento fray Guillermo citaba al Areopagita a propósito del conocimiento a través de la deformidad. Y Adelmo citó en aquella ocasión a otra autoridad eminentísima, la del doctor de Aquino, cuando dijo que conviene que las cosas divinas se representen más en la figura de los cuerpos viles que en la figura de los cuerpos nobles. Primero, porque así el alma humana se libera más fácilmente del error. En efecto, resulta claro que ciertas propiedades no pueden atribuirse a las cosas divinas, mientras que, tratándose de representaciones a través de la figura de cuerpos nobles, esa imposibilidad ya no sería tan evidente. Segundo, porque ese tipo de representación conviene más al conocimiento de Dios que tenemos en esta tierra: en efecto, se nos manifiesta más en lo que no es que en lo que es, y por eso las comparaciones con las cosas que más lejos están de Dios nos permiten llegar a una idea más exacta de él, porque de ese modo sabemos que está por encima de lo que decimos y pensamos. Y, en tercer lugar, porque así las cosas de Dios se esconden mejor de las personas indignas. En suma, lo que discutíamos era cómo se puede descubrir la verdad a través de expresiones sorprendentes, ingeniosas y enigmáticas. Y yo le recordé que en la obra del gran Aristóteles había encontrado palabras bastante claras en ese sentido...

—No recuerdo —lo interrumpió con sequedad Jorge—, soy muy viejo. No recuerdo. Tal vez he sido demasiado severo. Ahora es tarde, debo marcharme.

—Es raro que no recordéis —insistió Venancio—. Fue una discusión muy sabia y muy bella, en la que también intervinieron Bencio y Berengario. En efecto, se trataba de saber si las metáforas, los juegos de palabras y los enigmas, que los poetas parecen haber imaginado sólo para deleitarse, pueden incitar a una reflexión distinta y sorprendente sobre las cosas, y yo decía que el sabio también debe poseer esa virtud... Y también estaba Malaquías...

—Si el venerable Jorge no recuerda, respeta su edad y la fatiga de su mente... por lo demás, siempre tan viva —intervino uno de los monjes que asistían a la discusión.

La frase había sido pronunciada con tono agitado, al menos inicialmente, porque, queriendo justificar la respetabilidad de Jorge, su autor había puesto en evidencia una debilidad del anciano, por lo que refrenó el ímpetu de su intervención y acabó casi en un susurro que sonó como un pedido de excusas. El que había hablado era Berengario da Arundel, el ayudante del bibliotecario. Era un joven de rostro pálido, y al observarlo recordé lo que había dicho Ubertino de Adelmo: sus ojos parecían los de una mujer lasciva. Amedrentado por las miradas de todos, que entonces se posaron en él, se retorcía los dedos de las manos como si intentase sofrenar una tensión íntima.

La reacción de Venancio fue muy extraña. Miró de tal modo a Berengario que éste bajó los ojos:

—Muy bien, hermano —dijo—, si la memoria es un don de Dios, también la capacidad de olvido puede ser encomiable, y debe respetarse. Y yo la respeto en el anciano hermano con quien hablaba. De ti esperaba un recuerdo más vivo de lo que sucedió estando aquí reunidos con tu queridísimo amigo...

No sabría decir si Venancio pronunció con especial énfasis la palabra «queridísimo». El hecho es que advertía la sensación de incomodidad que se apoderó de los asistentes. Cada uno miraba hacia otro lado y nadie miraba a Berengario, que se cubrió de rubor. De pronto intervino Malaquías, y dijo con tono de autoridad:

—Venid, fray Guillermo, os mostraré otros libros interesantes.

El grupo se deshizo. Vi que Berengario echaba a Venancio una mirada cargada de rencor, y que Venancio se la devolvía, desafiándolo sin palabras. Al advertir que el anciano Jorge se alejaba, movido por un sentido de respetuosa reverencia, me incliné para besar su mano. El anciano recibió el beso, posó su mano sobre mi cabeza y preguntó quién era. Cuando le hube dicho mi nombre, se le iluminó el rostro.

—Llevas un nombre grande y muy bello —dijo—. ¿Sabes quién fue Adso de Montier-en-Der? —preguntó. Confieso que no lo sabía. Y el mismo Jorge respondió—: Fue el autor de un libro grande y tremendo, el *Libellus de Antichristo*, donde profetizó lo que habría de suceder... pero no lo escucharon como merecía.

—El libro fue escrito antes del milenio —dijo Guillermo— y esos hechos no se produjeron...

—Para el que no tiene ojos para ver —dijo el ciego—. Las vías del Anticristo son lentas y tortuosas. Llega cuando no lo esperamos; no porque el cálculo del apóstol esté errado, sino porque no hemos aprendido el arte en que ese cálculo se basa. —Y gritó, en voz muy alta, volviendo el rostro hacia la sala, y con una sonoridad que retumbó en las bóvedas del scriptorium—: ¡Ya llega! ¡No perdáis los últimos días riéndoos de los monstruitos de piel jaspeada y cola retorcida! ¡No desperdiciéis los últimos siete días!

Primer día
VÍSPERAS

Donde se visita el resto de la abadía, Guillermo
extrae algunas conclusiones sobre la muerte de
Adelmo, y se habla con el hermano vidriero sobre
los vidrios para leer y sobre los fantasmas para
los que quieren leer demasiado.

En aquel momento llamaron a vísperas y los monjes
se dispusieron a abandonar sus mesas. Malaquías nos
dio a entender que también nosotros debíamos mar-
charnos. Él y su ayudante, Berengario, se quedarían
para poner todo en orden y (así se expresó) preparar la
biblioteca para la noche. Guillermo le preguntó si después cerraría las puertas.

—No hay puertas que impidan el acceso al scriptorium desde la cocina y el refectorio, ni a la biblioteca
desde el scriptorium. Más fuerte que cualquier puerta
ha de ser la interdicción del Abad. Y los monjes deben
utilizar la cocina y el refectorio hasta completas. Llegado ese momento, para impedir que algún extraño o algún animal, para quienes no vale la interdicción, pueda

entrar en el Edificio, yo mismo cierro las puertas de abajo, que conducen a las cocinas y al refectorio, y a partir de esa hora el Edificio queda aislado.

Bajamos. Mientras los monjes se dirigían hacia el coro, mi maestro decidió que el Señor nos perdonaría que no asistiéramos al oficio divino (¡el Señor tuvo que perdonarnos muchas cosas en los días que siguieron!) y me propuso que recorriéramos la meseta para familiarizarnos con el sitio.

Salimos por la cocina y atravesamos el cementerio: había lápidas más recientes, y otras signadas por el paso del tiempo, que hablaban de las vidas de monjes desaparecidos hacía siglos. Las tumbas, con sus cruces de piedra, no llevaban nombres.

El tiempo empezaba a ponerse feo. Se había levantado un viento frío y un velo de niebla cubrió el cielo. El ocaso se adivinaba detrás de los huertos y la oscuridad invadía ya la parte oriental, hacia la que nos dirigimos pasando junto al coro de la iglesia para llegar al fondo de la meseta. Allí, casi contra la muralla, donde ésta tocaba el torreón oriental del Edificio, se encontraban los chiqueros, y vimos a los porquerizos que estaban tapando la tinaja donde habían vertido la sangre de los cerdos. Advertimos que detrás de los chiqueros la muralla era más baja y permitía asomarse al exterior. Al pie de la muralla, el terreno, cuya pendiente era muy pronunciada, estaba cubierto por un terrado que la nieve no lograba disimular totalmente. Comprendí que se trataba del estercolero: desde donde estábamos se arrojaban los detritus, que llegaban hasta el recodo donde empezaba el sendero por el que se había aventurado Brunello en su huida. Digo estiércol porque se trataba de un gran vertedero de materia hedionda, cuyo olor subía hasta el parapeto por el que me asomaba. Sin duda, los campesinos accedían al estercolero por la parte inferior y utilizaban aquellos detritus en sus campos.

Además de las deyecciones de los animales y de los hombres, había otros desperdicios sólidos, todo el flujo de materias muertas que la abadía expelía de su cuerpo para mantenerse pura y diáfana en su relación con la cima de la montaña y con el cielo.

En los establos de al lado los arrieros estaban llevando los animales hacia sus pesebres. Recorrimos el camino bordeado, del lado de la muralla, por los distintos establos, y, a la derecha, a espaldas del coro, por el dormitorio de los monjes y, después, por las letrinas. Donde la muralla doblaba hacia el sur, justo en el ángulo, estaba el edificio de la herrería. Los últimos herreros estaban acomodando sus herramientas y apagando las fraguas, para acudir al oficio divino. Guillermo mostró curiosidad por conocer una parte de los talleres, separada casi del resto, donde un monje estaba acomodando sus herramientas. En su mesa se veía una bellísima colección de vidrios multicolores. Eran de dimensiones pequeñas, pero contra la pared había hojas más grandes. Ante él había un relicario, todavía sin acabar, pero en cuya armazón de plata ya había empezado a engastar vidrios y otras piedras, valiéndose de sus instrumentos para reducirlos a las dimensiones de una gema.

Así fue como conocimos a Nicola da Morimondo, el maestro vidriero de la abadía. Nos explicó que en la parte de atrás de la herrería también se soplaba el vidrio, mientras que en la parte de delante, donde estaban los herreros, se unían los vidrios con tiras de plomo para hacer vidrieras. Pero, añadió, la gran obra de vidriería, que adornaba la iglesia y el Edificio, ya se había realizado hacía más de dos siglos. Ahora sólo se hacían trabajos menores, o reparaciones exigidas por el paso de los años.

—Y a duras penas —añadió—, porque ya no se consiguen los colores de antes, sobre todo el azul, que aún podéis admirar en el coro, cuya transparencia es tan perfecta que cuando el sol está alto derrama en la nave una luz paradisíaca. Los vidrios de la parte occidental de la nave, renovados hace poco, no tienen aquella calidad, y eso se ve en los días de verano. Es inútil, ya no tenemos la sabiduría de los antiguos, ¡se acabó la época de los gigantes!

—Somos enanos —admitió Guillermo—, pero enanos subidos sobre los hombros de aquellos gigantes, y, aunque pequeños, a veces logramos ver más allá de su horizonte.

—¡Dime en qué los superamos! —exclamó Nicola—. Cuando bajes a la cripta de la iglesia, donde se guarda el tesoro de la abadía, verás relicarios de tan exquisita factura que el adefesio que miserablemente estoy construyendo —y señaló su obra encima de la mesa— ¡te parecerá una burda imitación!

—No está escrito que los maestros vidrieros deban seguir haciendo ventanas y los orfebres relicarios, si los maestros del pasado han sabido producirlos tan bellos y destinados a durar muchos siglos. Si no, la tierra se llenaría de relicarios, en una época tan poco prolífica en santos de donde obtener reliquias —dijo bromeando Guillermo—. Y no se seguirá eternamente soldando vidrios para las ventanas. Pero he visto en varios países cosas nuevas que se hacen con vidrio, y me han sugerido la idea de un mundo futuro en que el vidrio no sólo esté al servicio de los oficios divinos, sino que se use también para auxiliar las debilidades del hombre. Quiero que veas una obra de nuestra época, de la que me honro en poseer un utilísimo ejemplar.

Metió las manos en el sayo y extrajo sus lentes, que dejaron sorprendido a nuestro interlocutor.

Nicola cogió la horquilla que Guillermo le ofrecía. La observó con gran interés, y exclamó:

—¡Oculi de vitro cum capsula! ¡Me habló de ellas cierto fray Giordano que conocí en Pisa! Decía que su invención aún no databa de dos décadas. Pero ya han transcurrido otras dos desde aquella conversación.

—Creo que se inventaron mucho antes —dijo Guillermo—, pero son difíciles de fabricar, y para ello se requieren maestros vidrieros muy expertos. Exigen mucho tiempo y mucho trabajo. Hace diez años un par de estos vitrei ab oculis ad legendum se vendieron en Bolonia por seis sueldos. Hace más de una década, el gran maestro Salvino degli Armati me regaló un par, y durante todos estos años los he conservado celosamente como si fuesen, como ya lo son, parte de mi propio cuerpo.

—Espero que uno de estos días me los dejéis examinar. No me disgustaría fabricar otros similares —dijo emocionado Nicola.

—Por supuesto —consintió Guillermo—, pero ten en cuenta que el espesor del vidrio debe cambiar según el ojo al que ha de adaptarse, y es necesario probar con muchas de estas lentes hasta escoger la que tenga el espesor adecuado al ojo del paciente.

—¡Qué maravilla! —seguía diciendo Nicola—. Sin embargo, muchos hablarían de brujería y de manipulación diabólica...

—Sin duda, puedes hablar de magia en estos casos —admitió Guillermo—. Pero hay dos clases de magia. Hay una magia que es obra del diablo y que se propone destruir al hombre mediante artificios que no es lícito mencionar. Pero hay otra magia que es obra divina, ciencia de Dios que se manifiesta a través de la ciencia del hombre, y que sirve para transformar la naturaleza, y uno de cuyos fines es el de prolongar la misma vida del hombre. Esta última magia es santa, y los sabios deberán dedicarse cada vez más a ella, no sólo para descubrir cosas nuevas, sino también para redescubrir muchos secretos de la naturaleza que el saber divino ya había revelado a los hebreos, a los griegos, a otros pueblos antiguos e, incluso hoy, a los infieles (¡no te digo cuántas cosas maravillosas de óptica y ciencia de la visión se encuentran en los libros de estos últimos!). Y la ciencia cristiana deberá recuperar todos estos conocimientos que poseían los paganos y poseen los infieles tamquam ab iniustis possessoribus.

—Pero, ¿por qué los que poseen esa ciencia no la comunican a todo el pueblo de Dios?

—Porque no todo el pueblo de Dios está preparado para recibir tantos secretos, y a menudo ha sucedido que los depositarios de esta ciencia fueron confundidos con magos que habían pactado con el diablo, pagando con sus vidas el deseo que habían tenido de compartir con los demás su tesoro de conocimientos. Yo mismo, durante los procesos en que se acusaba a alguien de mantener comercio con el diablo, tuve que evitar el uso de estas lentes, y recurrí a secretarios dispuestos a leerme los textos que necesitaba conocer, porque, en caso contrario, como la presencia del demonio era tan ubicua que todos respiraban, por decirlo así, su olor azufrado, me habrían tomado por un amigo de los acusados. Además, como advertía el gran Roger Bacon, no siempre los secretos de la ciencia deben estar al alcance de todos, porque algunos podrían utilizarlos para cosas malas. A menudo el sabio debe hacer que pasen por mágicos libros que en absoluto lo son, que sólo contienen buena ciencia, para protegerlos de las miradas indiscretas.

—¿Temes, pues, que los simples puedan hacer mal uso de esos secretos? —preguntó Nicola.

—En lo que se refiere a los simples, sólo temo que se espanten, al confundirlos con aquellas obras del demonio que con excesiva frecuencia suelen pintarles los predicadores. Mira, he conocido médicos habilísimos que habían destilado medicinas capaces de curar en el acto una enfermedad. Pero suministraban su ungüento o infusión a los simples, pronunciando al mismo tiempo palabras sagradas, o salmodiando frases que parecían plegarias. No lo hacían porque estas últimas tuviesen virtudes curativas, sino para que los simples, creyendo que la curación procedía de la plegaria, tragasen la infusión o se pusiesen el ungüento, y se curasen sin prestar excesiva atención a su fuerza efectiva. Y además para que el ánimo, estimulado por la confianza en la fórmula devota, estuviese mejor dispuesto para acoger la acción corporal de la medicina. Pero a menudo los tesoros de la ciencia deben defenderse, no de los simples, sino de los sabios. En la actualidad se fabrican máquinas prodigiosas, de las que algún día te hablaré, mediante las cuales se puede dirigir verdaderamente el curso de la naturaleza. Pero, ¡ay! si cayesen en manos de hombres que las usaran para extender su poder terrenal y saciar su ansia de posesión. Me han dicho que en Catay un sabio ha mezclado un polvo que, en contacto con el fuego, puede producir un gran estruendo y una gran llama, destruyendo todo lo que está alrededor, a muchas brazas de distancia. Artificio prodigioso si fuese utilizado para desviar el curso de los ríos o para deshacer la roca cuando hay que roturar nuevas tierras. Pero, ¿y si alguien lo usase para hacer daño a sus enemigos?

—Quizá fuese bueno, si se tratara de enemigos del pueblo de Dios —dijo devotamente Nicola.

—Quizá —admitió Guillermo—. Pero, ¿cuál es hoy el enemigo del pueblo de Dios? ¿El emperador Ludovico o el papa Juan?

—¡Oh, Señor! —dijo asustado Nicola—, ¡no quisiera tener que decidir yo solo un asunto tan doloroso!

—¿Ves? A veces es bueno que los secretos sigan protegidos por discursos oscuros. Los secretos de la naturaleza no se transportan en pieles de cabra o de oveja. Dice Aristóteles en el libro de los secretos que cuando se comunican demasiados arcanos de la naturaleza y del arte se rompe un sello celeste, y que ello puede ser causa de no pocos males. Lo que no significa que no haya que revelar nunca los secretos, sino que son los sabios quienes han de decidir cuándo y cómo.

—Por eso es bueno que en sitios como éste —dijo Nicola—, no todos los libros estén al alcance de todos.

—Ésa es otra historia —dijo Guillermo—. Se puede pecar por exceso de locuacidad y por exceso de reticencia. No quise decir que haya que esconder las fuentes del saber. Pienso, incluso, que está muy mal hacerlo. Lo que quise decir es que, tratándose de arcanos capaces de engendrar tanto el bien como el mal, el sabio tiene el derecho y el deber de utilizar un lenguaje oscuro, sólo comprensible para sus pares. El camino de la ciencia es difícil, y es difícil distinguir en él lo bueno de lo malo. Y muchas veces los sabios de estos nuevos tiempos sólo son enanos subidos sobre los hombros de otros enanos.

La amable conversación con mi maestro debía de haber predispuesto a Nicola para las confidencias, porque, haciéndole un guiño (como para decirle: yo y tú nos entendemos porque hablamos de las mismas cosas), dijo a modo de alusión:

—Sin embargo, allí —y señaló el Edificio—, los secretos de la ciencia están bien custodiados mediante artificios mágicos...

—¿Sí? —dijo Guillermo aparentando indiferencia—. Puertas atrancadas, severas prohibiciones, amenazas, supongo.

—¡Oh, no! Más que eso...

—¿Qué, por ejemplo?

—Bueno, no lo sé con exactitud, yo no me ocupo de libros sino de vidrios, pero en la abadía circulan historias... extrañas...

—¿Qué tipo de historias?

—Extrañas. Por ejemplo, acerca de un monje que

durante la noche quiso aventurarse en la biblioteca, para buscar un libro que Malaquías se había negado a darle, y vio serpientes, hombres sin cabeza, y otros con dos cabezas. Por poco salió loco del laberinto...

—¿Por qué hablas de magia y no de apariciones diabólicas?

—Porque aunque sólo sea un pobre maestro vidriero no soy tan ignorante. El diablo (¡Dios nos proteja!) no tienta a un monje con serpientes y hombres bicéfalos. En todo caso lo hace con visiones lascivas, como las que asaltaban a los padres del desierto. Además, si es malo acceder a ciertos libros, ¿por qué el diablo impediría que un monje obrase mal?

—Me parece un buen entimema —admitió mi maestro.

—Por último, cuando ajusté las vidrieras del hospital me entretuve hojeando algunos de los libros de Severino. Había un libro de secretos, escritos, creo, por Alberto Magno. Me atrajeron algunas miniaturas curiosas, y leí ciertas páginas donde se describía el modo de untar la mecha de una lámpara de aceite para que el humo que de ella se desprenda provoque visiones. Habrás advertido, o todavía no, porque éste es tu primer día en el monasterio, que durante la noche el piso superior del Edificio está iluminado. En algunos sitios se percibe una luz muy tenue a través de las ventanas. Muchos se han preguntado qué puede ser, y se ha hablado de fuegos fatuos, o de las almas de los monjes bibliotecarios que después de muertos regresan para visitar su reino. Aquí hay muchos que aceptan esta explicación. Yo pienso que se trata de lámparas preparadas para provocar visiones. Sabes, si tomas grasa de la oreja de un perro y untas con ella la mecha, el que respira el humo de esa lámpara creerá que tiene cabeza de perro, y si alguien se encuentra a su lado lo verá con cabeza de perro. Y hay otro ungüento que hace sentir grandes como elefantes a los que están cerca de la lámpara. Y con los ojos de un murciélago y de dos peces cuyo nombre no recuerdo, y la hiel de un lobo, puedes hacer que la mecha al arder te provoque visiones de los animales que has utilizado. Y con la cola de la lagartija provocas visiones en las que todo parece de plata, y con la grasa de una serpiente negra y un trozo de mortaja la habitación parecerá llena de serpientes. Estoy seguro. En la biblioteca hay alguien muy astuto...

—Pero, ¿no podrían ser las almas de los bibliotecarios muertos las que hacen esas brujerías?

Nicola quedó perplejo e inquieto:

—En eso no había pensado. Quizá sea así. Dios nos proteja. Es tarde, ya ha empezado el oficio de vísperas. Adiós.

Y se dirigió hacia la iglesia.

Seguimos caminando hacia el sur: a la derecha el albergue de los peregrinos y la sala capitular con el jardín; a la izquierda los trapiches, el molino, los graneros, los almacenes, la casa de los novicios. Y todos a toda prisa hacia la iglesia.

—¿Qué pensáis de lo que ha dicho Nicola? —pregunté.

—No sé. En la biblioteca sucede algo, y no creo que sean las almas de los bibliotecarios muertos...

—¿Por qué?

—Porque supongo que han sido tan virtuosos que ahora están en el reino de los cielos contemplando el rostro de la divinidad, si esta respuesta te satisface. En cuanto a las lámparas, si las hay, ya las veremos. Y en cuanto a los ungüentos de que hablaba nuestro vidriero, existen maneras más fáciles de provocar visiones, y Severino las conoce muy bien, como pudiste comprobar esta misma tarde. Lo cierto es que en la abadía se desea que nadie entre por la noche en la biblioteca, y que, en cambio, muchos han intentado, o intentan, hacerlo.

—¿Y qué tiene que ver nuestro crimen con este asunto?

—¿Crimen? Cuanto más lo pienso, más me convenzo de que Adelmo se suicidó.

—¿Por qué lo haría?

—¿Recuerdas esta mañana cuando reparé en el estercolero? Al subir por la vuelta del camino que pasa bajo el torreón oriental había observado signos de un derrumbamiento: o sea que una parte del terreno, más o menos en el sitio donde se acumula el estiércol, estaba derrumbada hasta el pie de dicho torreón. Por eso esta tarde, cuando miramos desde arriba, vimos el estiércol poco cubierto de nieve o apenas cubierto por la última de ayer, y no por la de los días anteriores. En cuanto al cadáver de Adelmo, el Abad nos ha dicho que estaba destrozado por las rocas, y al pie del torreón oriental los pinos empiezan justo donde acaba la construcción. En cambio, sí hay rocas en el sitio donde acaba la muralla: forman una especie de escalón desde el que cae el estiércol.

—¿Entonces?

—Entonces piensa si acaso no sería más... ¿cómo decirlo?... menos oneroso para nuestra mente pensar que Adelmo, por razones que aún debemos averiguar, se arrojó sponte sua por el parapeto de la muralla, rebotó en las rocas y, ya muerto o herido, se precipitó hacia el montón de estiércol. Después, el huracán de aquella noche provocó un derrumbamiento que arrastró el estiércol, parte del terreno y también el cuerpo del pobrecillo hasta el pie del torreón oriental.

—¿Por qué decís que ésta es una solución menos onerosa para nuestra mente?

—Querido Adso, no conviene multiplicar las explicaciones y las causas mientras no haya estricta necesidad de hacerlo. Si Adelmo cayó desde el torreón oriental es preciso que haya penetrado en la biblioteca, que alguien lo haya golpeado primero para que no opusiese resistencia, que éste haya encontrado la manera de subir con su cuerpo a cuestas hasta la ventana, que la haya abierto y haya arrojado por ella al infeliz. Con mi hipótesis, en cambio, nos basta Adelmo, su voluntad y un derrumbamiento del terreno. Todo se explica utilizando menor número de causas.

—Pero, ¿por qué se habría matado?

—Pero, ¿por qué lo habrían matado? En cualquiera de los dos casos, hay que buscar las razones. Y no me cabe la menor duda de que existen. En el Edificio se respira un aire de reticencia, todos nos ocultan algo. Por de pronto ya hemos recogido algunas insinuaciones, en realidad bastante vagas, acerca de cierta relación extraña que existía entre Adelmo y Berengario. O sea que hemos de vigilar al ayudante del bibliotecario.

Mientras hablábamos, acabó el oficio de vísperas. Los sirvientes regresaban a sus viviendas antes de retirarse a cenar; los monjes se dirigían al refectorio. El cielo ya estaba oscuro y empezaba a nevar. Una nieve ligera, de pequeños copos blandos, que continuaría, creo, durante gran parte de la noche, porque a la mañana siguiente toda la meseta, como diré, apareció cubierta por un manto de blancura.

Tenía hambre y acogí con alivio la propuesta de ir al comedor.

Primer día
COMPLETAS

*Donde Guillermo y Adso disfrutan de la amable
hospitalidad del Abad y de la airada
conversación de Jorge.*

Grandes antorchas iluminaban el refectorio. Los monjes ocupaban una fila de mesas, dominada por la del Abad, que estaba dispuesta perpendicularmente sobre un amplio estrado. En el lado opuesto había un púlpito, donde ya estaba instalado el monje que haría la lectura durante la cena. El Abad nos esperaba junto a una fuentecilla con un paño blanco para secarse las manos después del lavado, de acuerdo con los antiquísimos consejos de san Pacomio.

El Abad invitó a Guillermo a su mesa y dijo que por aquella noche, dado que también yo acababa de llegar, gozaría del mismo privilegio, aunque fuese un novicio benedictino. En los días sucesivos, me dijo con tono paternal, podría sentarme con los monjes, o, si mi maestro me encargaba alguna tarea, pasar antes o después de las comidas por la cocina, donde los cocineros se ocuparían de mí.

Ahora los monjes estaban de pie junto a las mesas, inmóviles, con la capucha sobre el rostro y las manos bajo el escapulario. El Abad se acercó a su mesa y pronunció el *Benedícte*. Desde el púlpito el cantor entonó el *Edent pauperes*. El Abad dio su bendición y todos tomaron asiento.

La regla de nuestro fundador prevé una comida bastante sobria, pero deja al Abad en libertad de decidir cuánto alimento necesitan de hecho los monjes. Por otra parte, en nuestras abadías reina una gran tolerancia respecto a los placeres de la mesa. No hablo de las que, desgraciadamente, se han convertido en cuevas de glotones; pero, incluso las que se inspiran en criterios de penitencia y virtud, proporcionan a los monjes, dedicados casi siempre a pesadas tareas intelectuales, una alimentación no excesivamente refinada pero sí sustanciosa. Por otra parte, la mesa del Abad siempre goza de cierto privilegio, entre otras razones porque no es raro que acoja huéspedes importantes, y las abadías están orgullosas de los productos de su tierra y de sus establos, así como de la pericia de sus cocineros.

La comida de los monjes se desarrolló en silencio, como de costumbre, y cada uno se comunicaba con los otros mediante el habitual alfabeto de los dedos. Una vez que los platos destinados a todos pasaban por la mesa del Abad, los primeros en ser servidos eran los novicios y los monjes más jóvenes.

En la mesa del Abad estaban sentados con nosotros Malaquías, el cillerero, y los dos monjes más ancianos, Jorge de Burgos, el anciano ciego que ya había conocido en el scriptorium, y el viejísimo Alinardo da Grottaferrata: casi centenario, cojo y de aspecto frágil, me pareció que estaba ido. De él nos dijo el Abad que había hecho su noviciado en la abadía y que desde entonces vivía en ella, de modo que era capaz de recordar hechos ocurridos al menos ochenta años antes. Esto nos lo dijo al principio, en voz baja, porque después se atuvo a la usanza de nuestra orden y escuchó en silencio el desarrollo de la lectura. Pero, como ya he dicho, en la mesa del Abad cabían ciertas libertades, y tuvimos ocasión de alabar los platos que nos ofrecieron, al tiempo que el Abad celebraba la calidad de su aceite o de su vino. En cierto momento, al servirnos de beber, nos recordó, incluso, aquellos pasajes de la regla donde el santo fundador señala que, sin duda, el vino no conviene a los monjes, pero, como es imposible impedir la bebida a los monjes de nuestro tiempo, al menos debe evitarse que beban hasta la saciedad, porque el vino vuelve apóstatas incluso a los sabios, como recuerda el Eclesiástico. Benito decía: «en nuestros tiempos», y se refería a los suyos, ya tan lejanos. Imaginemos los tiempos en los que transcurrió aquella cena en la abadía, después de tantos años de decadencia moral (¡y no hablo de los míos, de los tiempos en que escribo esta historia, con la diferencia de que aquí, en Melk, lo que más corre es la cerveza!): o sea que se bebió sin exagerar, pero también sin privarse del gusto.

Comimos carne al asador, cerdos recién matados, y advertí que para los otros platos no se usaba grasa de animales ni aceite de colza, sino buen aceite de oliva, que procedía de los terrenos abaciales situados al pie de la montaña, del lado del mar. El Abad nos hizo probar el pollo (reservado para su mesa) que había visto preparar en la cocina. Observé, detalle bastante raro, que también disponía de una horquilla metálica, cuya forma me recordaba la de las lentes de mi maestro: hombre de noble extracción, nuestro anfitrión no deseaba ensuciarse las manos con la comida, e incluso nos ofreció su instrumento, al menos para coger las carnes de la gran fuente y ponerlas en nuestras escudillas. Yo no acepté, pero Guillermo lo hizo de buen grado, utilizando con desenvoltura aquel utensilio de señores, quizá para demostrarle al Abad que los franciscanos no eran necesariamente personas de escasa educación y de extracción humilde.

Entusiasmado con tanta buena comida (después de varios días de viaje en que nos habíamos alimentado con lo que encontramos), me distraje y perdí el hilo de la lectura, que había seguido desarrollándose con devoción. Volví a prestarle atención al escuchar un vigoroso gruñido de asentimiento que emitió Jorge. Y comprendí que había llegado a la parte en que siempre se lee un capítulo de la Regla. Recordando lo que había dicho aquella tarde, no me asombró la satisfacción que ahora expresaba. En efecto, el lector decía: «Imitemos el ejemplo del profeta, que dice: lo he decidido, vigilaré por donde voy, para no pecar con mi lengua, he puesto una mordaza en mi boca, me he humillado enmudeciendo, me he abstenido de hablar hasta de las cosas honestas. Y si en este pasaje el profeta nos enseña que a veces por amor al silencio había que abstenerse incluso de los discursos lícitos, ¡cuánto más debemos abstenernos de los discursos ilícitos para evitar el castigo de este pecado!» Y añadió: «Pero a las vulgaridades, las tonterías y las bufonadas las condenamos a reclusión perpetua, en todos los sitios, y no permitimos que el discípulo abra la boca para proferir esa clase de discursos.»

—Y valga esto para los marginalia de que se hablaba hoy —no pudo dejar de comentar Jorge en voz baja—. Juan Crisóstomo ha dicho que Cristo nunca rió.

—Nada en su naturaleza humana lo impedía —observó Guillermo—, porque la risa, como enseñan los teólogos, es propia del hombre.

—Forte potuit sed non legitur eo usus fuisse —dijo escuetamente Jorge, citando a Pedro Cantor.

—Manduca, jam coctum est —susurró Guillermo.

—¿Qué? —preguntó Jorge, creyendo que se refería a la comida que acababan de servirle.

—Son las palabras que según Ambrosio pronunció san Lorenzo en la parrilla, cuando invitó a sus verdugos a que le dieran vuelta, como también recuerda Prudencio en el *Peristephanon* —dijo Guillermo haciéndose el santo—. San Lorenzo sabía, pues, reír y decir cosas risibles, aunque más no fuera para humillar a sus enemigos.

—Lo que demuestra que la risa está bastante cerca de la muerte y de la corrupción del cuerpo —replicó con un gruñido Jorge, y debo admitir que su lógica era irreprochable.

En ese momento el Abad nos invitó amablemente a callar. Por lo demás, la cena ya estaba terminando. El Abad se puso de pie e hizo la presentación de Guillermo. Alabó su sabiduría, mencionó su fama, y anunció a los monjes que le había rogado que investigara la muerte de Adelmo, invitándoles a responder a sus preguntas, y a avisar a sus subalternos en toda la abadía para que también lo hicieran. Les dijo, además, que facilitaran su investigación, siempre y cuando, añadió, no violase las reglas del monasterio. En cuyo caso necesitaría una autorización expresa de su parte.

Acabada la cena, los monjes se dispusieron a dirigirse hacia el coro para asistir al oficio de completas. Volvieron a echarse las capuchas sobre los rostros y se pusieron en fila ante la puerta. Permanecieron quietos un momento y luego se encaminaron hacia el coro, al que entraron por la puerta septentrional, después de atravesar, siempre en fila, el cementerio.

Nosotros salimos junto con el Abad.

—¿Ahora se cierran las puertas del Edificio? —preguntó Guillermo.

—Una vez que los sirvientes hayan limpiado el refectorio y las cocinas, el propio bibliotecario cerrará todas las puertas, atrancándolas desde dentro.

—¿Desde dentro? ¿Y él por dónde sale?

El Abad clavó un momento sus ojos en Guillermo, con gesto adusto:

—Sin duda no duerme en la cocina —dijo bruscamente, y apretó el paso.

—¡Vaya, vaya! —me susurró Guillermo—, o sea que existe otra entrada, pero nosotros no debemos conocerla —sonreí orgulloso de su deducción, pero me regañó—. No te rías. Ya has visto que en este recinto la risa no goza de buena reputación.

Entramos al coro. Ardía una sola lámpara, situada sobre un robusto trípode de bronce que tendría la altura de dos hombres. En silencio, los monjes se acomodaron en los bancos, mientras el lector leía un pasaje de una homilía de san Gregorio.

Después el Abad hizo una señal y el cantor entonó *Tu autem Domine miserere nobis*. El Abad respondió *Adjutorium nostrum in nomine Domini*, y todos profirieron a coro *Qui fecit caelum et terram*. Entonces se inició el canto de los salmos: *Cuando invoco, respóndeme, ¡oh Dios de mi justicia! Te agradeceré Señor con todo mi corazón, bendecid al Señor, siervos todos del Señor*. Nosotros no nos habíamos sentado. Desde donde estábamos, al fondo de la nave central, pudimos ver a Malaquías, que apareció de pronto entre las sombras, procedente de una capilla lateral.

—No pierdas de vista ese sitio —me dijo Guillermo—. Podría haber allí un pasaje que condujera al Edificio.

—¿Por debajo del cementerio?

—¿Por qué no? Pensándolo bien, en alguna parte debe de haber un osario, es imposible que durante siglos hayan seguido enterrando a todos los monjes en ese trozo de tierra.

—Pero, ¿de verdad queréis entrar de noche en la biblioteca? —pregunté aterrado.

—¿Donde están los monjes difuntos y las serpientes

y las luces misteriosas, mi buen Adso? No, muchacho. Hoy pensé en hacerlo, y no por curiosidad sino porque intentaba resolver el problema de la muerte de Adelmo. Pero ahora, como ya te he dicho, me inclino hacia una explicación más lógica, y, al fin y al cabo, tampoco quisiera violar las reglas de este sitio.

—Entonces, ¿por qué queréis saber?

—Porque la ciencia no consiste sólo en saber lo que debe o puede hacerse, sino también en saber lo que podría hacerse aunque quizá no debiera hacerse. Por eso le decía hoy al maestro vidriero que el sabio debe velar de alguna manera los secretos que descubre, para evitar que otros hagan mal uso de ellos. Pero hay que descubrir esos secretos, y esta biblioteca me parece más bien un sitio donde los secretos permanecen ocultos.

Dicho eso, se dirigió hacia la salida, porque el oficio había terminado. Los dos estábamos muy cansados y fuimos a nuestra celda. Me acurruqué en lo que Guillermo, bromeando, llamó mi «loculo», y me dormí enseguida.

SEGUNDO DÍA

Segundo día
MAITINES

*Donde pocas horas de mística felicidad son interrumpidas
por un hecho sumamente sangriento.*

Símbolo unas veces del demonio y otras de Cristo re-
sucitado, no existe animal más mudable que el gallo. En
nuestra orden los hubo perezosos, que no cantaban al
despuntar el sol. Por otra parte, sobre todo en los días de
invierno, el oficio de maitines se desarrolla cuando aún
es de noche y la naturaleza está dormida, porque el monje debe levantarse en la oscuridad, y en la oscuridad debe
orar mucho tiempo, en espera del día, iluminando las tinieblas con la llama de la devoción. Por eso la costumbre
prevé sabiamente que algunos monjes no se acuesten
como sus hermanos, sino que velen y pasen la noche recitando con ritmo siempre igual el número de salmos
que les permita medir el tiempo transcurrido, para que,
una vez cumplidas las horas consagradas al sueño de los
otros, puedan dar a los otros la señal de despertar.

Así, aquella noche nos despertaron los que recorrían el dormitorio y la casa de los peregrinos tocando

una campanilla, mientras uno iba de celda en celda gritando el *Benedicamus Domino,* al que respondían sucesivos *Deo gratias.*

Guillermo y yo nos atuvimos al uso benedictino; en menos de media hora estuvimos listos para afrontar la nueva jornada, y nos dirigimos hacia el coro, donde los monjes esperaban arrodillados en el suelo, recitando los primeros quince salmos, hasta que entraran los novicios conducidos por su maestro. Después, cada uno se sentó en su puesto y el coro entonó el *Domine labia mea aperies et os meum annuntiabit laudem tuam.* El grito ascendió hacia las bóvedas de la iglesia como la súplica de un niño. Dos monjes subieron al púlpito y cantaron el salmo noventa y cuatro, *Venite exultemus,* al que siguieron los otros prescritos. Y sentí el ardor de una fe renovada.

Los monjes estaban en sus asientos, sesenta figuras igualadas por el sayo y la capucha, sesenta sombras apenas iluminadas por la lámpara del gran trípode, sesenta voces consagradas a la alabanza del Altísimo. Y al escuchar aquella conmovedora armonía, preludio de las delicias del paraíso, me pregunté si de verdad la abadía era un sitio de misterios ocultos, de ilícitos intentos de descubrirlos y de oscuras amenazas. Porque en aquel momento la veía, en cambio, como refugio de santos, cenáculo de virtudes, relicario de saber, arca de prudencia, torre de sabiduría, recinto de mansedumbre, bastión de entereza, turíbulo de santidad.

Después de los salmos comenzó la lectura del texto sagrado. Algunos monjes cabeceaban por el sueño, y uno de los que habían velado aquella noche recorría los asientos con una lamparilla para despertar a los que se quedaban dormidos. Cuando eso sucedía, el monje sorprendido in fraganti debía pagar su falta cogiendo la lámpara y continuando la ronda de vigilancia. Después se cantaron otros seis salmos. A los que siguió la bendición del Abad. El semanero pronunció las oraciones, y todos se inclinaron hacia el altar en un minuto de recogimiento cuya dulzura sólo puede comprenderse si se ha vivido alguna vez un momento tan intenso de ardor místico y de profunda paz interior. Finalmente, con la capucha de nuevo sobre el rostro, se sentaron todos y entonaron el solemne *Te Deum*. También yo alabé al Señor por haberme librado de mis dudas, descargándome de la sensación de inquietud en que me había sumido el primer día pasado en la abadía. Somos seres frágiles, me dije, incluso entre estos monjes doctos y devotos el maligno esparce pequeñas envidias, sutiles enemistades, pero es sólo humo que el viento impetuoso de la fe disipa tan pronto como todos se reúnen en el nombre del Padre, y Cristo vuelve a estar con ellos.

Entre maitines y laudes el monje no regresa a su celda, aunque todavía sea noche cerrada. Los novicios se dirigieron con su maestro hacia la sala capitular, para estudiar los salmos; algunos monjes permanecieron en la iglesia para acomodar los objetos litúrgicos; la mayoría se encaminó al claustro donde en silencio cada uno se hundió en la meditación; y lo mismo hicimos Guillermo y yo. Los sirvientes aún dormían, y seguían durmiendo cuando, con el cielo todavía oscuro, regresamos al coro para el oficio de laudes.

Se entonaron de nuevo los salmos, y uno en especial, entre los previstos para el lunes, volvió a sumirme en los temores de antes: «La culpa se ha apoderado del impío, de lo íntimo de su corazón, no hay temor de Dios en sus ojos, actúa fraudulentamente con él, y así su lengua se vuelve odiosa.» Pensé que era un mal augurio que justo aquel día la regla prescribiese una admonición tan terrible. Tampoco calmó mis palpitaciones de inquietud la habitual lectura del Apocalipsis, que siguió a los salmos de alabanza. Y volví a ver las figuras de la portada que tanto habían subyugado mi corazón y mis ojos el día anterior. Pero después del responsorio, el himno y el versículo, cuando estaba iniciándose el cántico del evangelio, percibí a través de las ventanas del coro, justo encima del altar, una pálida claridad que ya encendía los diferentes colores de las vidrieras, mortificados hasta entonces por la tiniebla. Aún no era la aurora, que triunfaría durante prima, justo en el momento de entonar el *Deus qui est sanctorum splendor mirabilis* y el *Iam lucis orto sidere*. Apenas era el débil anuncio del alba invernal, pero bastó, y bastó para reconfortar mi corazón la leve penumbra que en la nave estaba reemplazando a la oscuridad nocturna.

Cantábamos las palabras del libro divino, y, mientras así dábamos testimonio del Verbo que había venido a iluminar a las gentes, me pareció que el astro diurno iba invadiendo el templo con todo su fulgor. Me pareció que la luz, aún ausente, resplandecía en las palabras del cántico, lirio místico que se abría oloroso entre la crucería de las bóvedas. «Gracias, Señor, por ese momento de goce indescriptible», oré en silencio, y dije a mi corazón: «Y tú, necio, ¿qué temes?»

De pronto se alzaron clamores por el lado de la puerta septentrional. Me pregunté cómo podía ser que los sirvientes, que debían de estar preparándose para iniciar sus tareas, perturbasen de aquel modo el oficio sagrado. En ese momento entraron tres porquerizos y, con el terror en el rostro, se acercaron al Abad para susurrarle algo. Al comienzo éste hizo ademán de calmarlos, como si no desease interrumpir el oficio, pero entraron otros sirvientes y los gritos se hicieron más fuertes: «¡Es un hombre, un hombre muerto!», dijo alguien, y otros: «Un monje, ¿no has visto los zapatos?»

Los que estaban orando callaron. El Abad salió a toda prisa, haciéndole una señal al cillerero para que lo siguiese. Guillermo fue tras ellos, pero ya los otros monjes abandonaban sus asientos y se precipitaban fuera de la iglesia.

El cielo estaba claro y la capa de nieve sobre el suelo realzaba la luminosidad de la meseta. Detrás del coro, frente a los chiqueros, donde desde el día anterior se destacaba la presencia del gran recipiente para la sangre de los cerdos, un extraño objeto casi cruciforme asomaba del borde de la tinaja, como dos palos clavados en el suelo, que, cubiertos con trapos, sirviesen para espantar a los pájaros.

Pero eran dos piernas humanas, las piernas de un hombre clavado de cabeza en la vasija llena de sangre.

El Abad ordenó que extrajeran el cadáver del líquido infame (porque, lamentablemente, ninguna persona viva habría podido permanecer en aquella posición obscena). Vacilando, los porquerizos se acercaron al borde y, no sin mancharse, extrajeron la pobre cosa sanguinolenta. Como me habían explicado, si se mezclaba bien enseguida después del sacrificio, y se dejaba al frío, la sangre no se coagulaba, pero la capa que cubría el cadáver empezaba a endurecerse, empapaba la ropa y volvía el rostro irreconocible. Se acercó un sirviente con un cubo de agua y lo arrojó sobre el rostro del miserable despojo. Otro se inclinó con un paño para limpiarle las facciones. Y ante nuestros ojos apareció el rostro blanco de Venancio de Salvemec, el especialista en griego con quien habíamos conversado por la tarde ante los códices de Adelmo.

—Quizá Adelmo se haya suicidado —dijo Guillermo, mirando fijamente aquel rostro—, pero, sin duda, éste no. Y tampoco cabe pensar que haya trepado por casualidad hasta el borde de la tinaja y haya caído dentro por error.

El Abad se le acercó:

—Como veis, fray Guillermo, algo sucede en la abadía, algo que requiere toda vuestra sabiduría. Pero, os lo suplico, ¡actuad pronto!

—¿Estaba en el coro durante el oficio? —preguntó Guillermo, señalando el cadáver.

—No. Había notado que su asiento estaba vacío.

—¿No faltaba nadie más?

—Me parece que no. No vi nada.

Guillermo vaciló antes de formular la siguiente pregunta, y luego la susurró, cuidando de que nadie más lo escuchara:

—¿Berengario estaba en su sitio?

El Abad lo miró con inquieta admiración, como dando casi a entender que se asombraba de que mi maestro abrigase una sospecha que durante un momento él mismo había abrigado, pero por razones más comprensibles. Después dijo rápidamente:

—Estaba. Su asiento se encuentra en la primera fila, casi a mi derecha.

—Desde luego —dijo Guillermo—, todo esto no significa nada. No creo que nadie, para entrar al coro, haya pasado por detrás del ábside, de modo que el cadáver pudo haber estado aquí desde hace varias horas al menos desde que todos se fueron a dormir.

—Es cierto, los primeros sirvientes se levantan al alba y por eso sólo lo han descubierto ahora.

Guillermo se inclinó sobre el cadáver, como si estuviese habituado a tratar con cuerpos muertos. Mojó el paño que yacía a un lado en el agua del cubo y limpió mejor el rostro de Venancio. Entretanto los otros monjes se apiñaban aterrados, formando un círculo vocinglero que el Abad estaba intentando acallar. Entre ellos se abrió paso Severino, a quien incumbía el cuidado de los cuerpos de la abadía, y se inclinó junto a mi maestro. Para escuchar su diálogo, y para ayudar a Guillermo, que necesitaba otro paño limpio empapado de agua, me uní a ellos, haciendo un esfuerzo para vencer mi terror y mi asco.

—¿Alguna vez has visto un ahogado? —preguntó Guillermo.

—Muchas veces —dijo Severino—. Y, si no interpreto mal lo que insinuáis, su rostro no es como éste; las facciones aparecen hinchadas.

—Entonces el hombre ya estaba muerto cuando alguien lo arrojó a la tinaja.

—¿Por qué habría de hacerlo?

—¿Por qué habría de matarlo? Estamos ante la obra de una mente perversa. Pero ahora hay que ver si el cuerpo presenta heridas o contusiones. Propongo llevarlo a los baños, desnudarlo, lavarlo y examinarlo. Enseguida estaré contigo.

Y mientras Severino, una vez recibida la autorización del Abad, hacía transportar el cuerpo por los porquerizos, mi maestro pidió que se ordenara a los monjes regresar al coro por el mismo camino que habían utilizado al venir, y que otro tanto hicieran los sirvientes, para que el espacio quedara vacío. Sin preguntarle la razón de ese pedido, el Abad lo satisfizo. De modo que nos quedamos solos junto a la tinaja, cuya sangre se había derramado en parte durante la macabra operación, manchando de rojo la nieve circundante, que el agua vertida había disuelto en varios sitios; solos junto al gran cuajarón oscuro en el lugar donde habían acostado el cadáver.

—Bonito enredo —dijo Guillermo señalando el complejo juego de pisadas que los monjes y los sirvientes habían dejado alrededor—. La nieve, querido Adso, es un admirable pergamino en el que los cuerpos de los hombres escriben con gran claridad. Pero éste es un palimpsesto mal rascado y quizá no logremos leer nada de interés. De aquí a la iglesia, los monjes han pasado en tropel, de aquí al chiquero y a los establos, ha pasado una multitud de sirvientes. El único espacio intacto es el que va de los chiqueros al Edificio. Veamos si descubrimos algo interesante.

—Pero, ¿qué queréis descubrir? —pregunté.

—Si no se arrojó solo al recipiente, alguien lo trajo hasta aquí cuando ya estaba muerto, supongo. Y el que transporta el cuerpo de otro deja huellas profundas en la nieve. Ahora mira si encuentras alrededor unas huellas que te parezcan distintas de las de estos monjes vociferantes que han arruinado nuestro pergamino.

Eso hicimos. Y me apresuro a decir que fui yo, Dios me salve de la vanidad, quien descubrí algo entre el recipiente y el Edificio. Eran improntas de pies humanos, bastante hondas, en una zona por la que nadie había pasado, y, como mi maestro advirtió de inmediato, menos nítidas que las dejadas por los monjes y los sirvientes, signo de que había caído nieve sobre ellas y que, por tanto, databan de más tiempo. Pero lo que nos pareció más interesante fue que entre aquellas improntas había una huella más continua, como de algo arrastrado por el que había dejado las improntas. O sea, una estela que iba de la tinaja a la puerta del refectorio, por el lado del Edificio que estaba entre la torre meridional y la septentrional.

—Refectorio, scriptorium, biblioteca —dijo Guillermo—. De nuevo la biblioteca. Venancio murió en el Edificio, y muy probablemente en la biblioteca.

—¿Por qué justo en la biblioteca?

—Trato de ponerme en el lugar del asesino. Si Venancio hubiese muerto, asesinado, en el refectorio, en la cocina o en el scriptorium, ¿por qué no dejarlo allí? Pero si murió en la biblioteca, había que llevarlo a otro sitio, ya sea porque en la biblioteca nunca lo habrían descubierto (y quizá al asesino le interesaba precisamente que lo descubrieran), o bien porque quizá el asesino no desea que la atención se concentre en la biblioteca.

—¿Y por qué podría interesarle al asesino que lo descubrieran?

—No lo sé. Son hipótesis. ¿Quién te asegura que el asesino mató a Venancio porque lo odiaba? Podría haberlo matado, como a cualquier otro, para significar otra cosa.

—Omnis mundi creatura, quasi liber et scriptura... —murmuré—. Pero, ¿qué tipo de signo sería?

—Eso es lo que no sé. Pero no olvidemos que también existen signos que sólo parecen tales, pero que no tienen sentido, como blitiri o bu-ba-baff...

—¡Sería atroz matar a un hombre para decir bu-ba-baff!

—Sería atroz —comentó Guillermo— matar a un hombre para decir *Credo in unum Deum*...

En ese momento llegó Severino. Había lavado y examinado cuidadosamente el cadáver. Ninguna herida, ninguna contusión en la cabeza. Muerto como por encanto.

—¿Como por castigo divino? —preguntó Guillermo.

—Quizá —dijo Severino.

—¿O por algún veneno?

Severino vaciló:

—También puede ser.

—¿Tienes venenos en el laboratorio? —preguntó Guillermo, mientras nos encaminábamos hacia el hospital.

—También los tengo. Pero depende de lo que entiendas por veneno. Hay sustancias que en pequeñas dosis son saludables, y que en dosis excesivas provocan la muerte. Como todo buen herbolario, las poseo y las uso con discreción. En mi huerto cultivo, por ejemplo, la valeriana. Pocas gotas en una infusión de otras hierbas sirven para calmar al corazón que late desordenadamente. Una dosis exagerada provoca entumecimiento y puede matar.

—¿Y no has observado en el cadáver los signos de algún veneno en particular?

—Ninguno. Pero muchos venenos no dejan huellas.

Habíamos llegado al hospital. El cuerpo de Venancio, lavado en los baños, había sido transportado allí y yacía sobre la gran mesa del laboratorio de Severino: los alambiques y otros instrumentos de vidrio y loza me hicieron pensar (aunque sólo tuviese una idea indirecta del mismo) en el laboratorio de un alquimista. En una larga estantería fijada a la pared externa se veía un nutrido conjunto de frascos, jarros y vasijas con sustancias de diferentes colores.

—Una hermosa colección de simples —dijo Guillermo—. ¿Todos proceden de vuestro jardín?

—No —dijo Severino—. Muchas sustancias, raras y que no crecen en estas zonas, han ido llegando a lo largo de los años, traídas por monjes de todas partes del mundo. Tengo cosas preciosas y rarísimas, junto con otras sustancias que pueden obtenerse fácilmente en la vegetación de este sitio. Mira... alghalingho pesto, procede de Catay, me la dio un sabio árabe. Áloe sucotrino, procede de las Indias, óptimo cicatrizante. Ariento vivo, resucita a los muertos, mejor dicho, despierta a los que han perdido el sentido. Arsénico: peligrosísimo, un veneno mortal para el que lo ingiere. Borraja, planta buena para los pulmones enfermos. Betónica, buena para las fracturas de la cabeza. Almáciga, detiene los flujos pulmonares y los catarros molestos. Mirra...

—¿La de los magos? —pregunté.

—La de los magos, pero aquí sirve para evitar los abortos, y procede de un árbol llamado Balsamodendron myrra. Esta otra es mumia, rarísima, producto de la descomposición de los cadáveres momificados, y sirve para preparar muchos medicamentos casi milagrosos. Mandrágora officinalis, buena para el sueño...

—Y para despertar el deseo de la carne —comentó mi maestro.

—Eso dicen, pero aquí no se la usa de esa manera, como podéis imaginar —sonrió Severino—. Mirad esta otra —dijo cogiendo un frasco—, tucia, milagrosa para los ojos.

—¿Y ésta qué es? —preguntó con mucho interés Guillermo tocando una piedra apoyada en un estante.

—¿Ésta? Me la regalaron hace tiempo. La llaman lopris amatiti o lapis ematitis. Parece poseer diversas virtudes terapéuticas, pero aún no las he descubierto. ¿La conocéis?

—Sí —dijo Guillermo—. Pero no como medicina.

Extrajo del sayo un cuchillito y lo acercó lentamente a la piedra. Cuando el cuchillito, que su mano desplazaba con mucha delicadeza, estuvo muy cerca de la piedra, vi que la hoja hacía un movimiento brusco, como si Guillermo hubiese perdido el pulso, cosa que no era posible, porque lo tenía muy firme. Y la hoja se adhirió a la piedra con un ruidito metálico.

—¿Ves? —me dijo Guillermo—. Atrae el hierro.

—¿Y para qué sirve?

—Para varias cosas que ya te explicaré. Ahora quisiera saber, Severino, si aquí hay algo capaz de matar a un hombre.

Severino reflexionó un momento, demasiado largo diría yo, dada la nitidez de su respuesta:

—Muchas cosas. Ya te he dicho que el límite entre el veneno y la medicina es bastante tenue, los griegos usaban la misma palabra, *pharmacon*, para referirse a los dos.

—¿Y no hay nada que os hayan sustraído últimamente?

Severino volvió a reflexionar. Luego, sopesando casi las palabras, dijo:

—Nada, últimamente.

—¿Y en el pasado?

—Quizá. No recuerdo. Hace treinta años que estoy en la abadía, y veinticinco en el hospital.

—Demasiado para una memoria humana —admitió Guillermo. Luego dijo, de pronto—: Ayer hablábamos de plantas que pueden provocar visiones. ¿Cuáles son?

Con gestos y ademanes, Severino dio a entender que le interesaba evitar ese tema:

—Mira, tendría que pensarlo, son tantas las sustancias milagrosas que tengo aquí. Pero, mejor hablemos de Venancio. ¿Qué me dices de él?

—Tendría que pensarlo —contestó Guillermo.

Segundo día
PRIMA

*Donde Bencio da Upsala revela algunas cosas,
Berengario da Arundel revela otras, y Adso
aprende en qué consiste la verdadera penitencia.*

El desgraciado incidente había trastornado la vida
de la comunidad. La agitación debida al hallazgo del cadáver había interrumpido el oficio sagrado. El Abad había ordenado enseguida a los monjes que regresaran al
coro para orar por el alma de su hermano.

Las voces de los monjes eran entrecortadas. Nos si-
tuamos en una posición que nos permitiese estudiar sus
fisonomías en los momentos en que, según la liturgia,
no tuvieran puesta la capucha. Enseguida divisamos el
rostro de Berengario. Pálido, contraído, reluciente de
sudor. El día anterior habíamos oído en dos ocasiones
rumores sobre él y las relaciones especiales que tenía
con Adelmo. Lo llamativo no era el hecho de que, siendo coetáneos, fuesen amigos, sino el tono evasivo con
que se había aludido a aquella amistad.

Junto a él percibimos a Malaquías. Oscuro, ceñudo,

impenetrable. Junto a Malaquías, el rostro igualmente impenetrable del ciego Jorge. Nos llamó la atención, en cambio, el nerviosismo de Bencio da Upsala, el estudioso de retórica que habíamos conocido el día anterior en el scriptorium, y sorprendimos una rápida mirada que lanzó en dirección a Malaquías.

—Bencio está nervioso, Berengario, aterrado —observó Guillermo—. Habrá que interrogarlos enseguida.

—¿Por qué? —pregunté ingenuamente.

—Nuestro oficio es duro. Duro oficio el del inquisidor; tiene que golpear a los más débiles, y cuando mayor es su debilidad.

En efecto: apenas acabado el oficio, nos acercamos a Bencio, que se dirigía a la biblioteca. El joven pareció contrariado al oír que Guillermo lo llamaba, y pretextó débilmente que tenía trabajo. Parecía con prisa por llegar al scriptorium. Pero mi maestro le recordó que el Abad le había encargado una investigación, y lo condujo al claustro. Nos sentamos en el parapeto interno, entre dos columnas. Bencio esperaba que Guillermo hablase, echando cada tanto miradas hacia el Edificio.

—Entonces —preguntó Guillermo—, ¿qué se dijo aquel día en que Adelmo, tú, Berengario, Venancio, Malaquías y Jorge discutisteis sobre los marginalia?

—Ya lo oísteis ayer. Jorge señaló que no es lícito adornar con imágenes risibles los libros que contienen la verdad. Venancio observó que el propio Aristóteles había hablado de los chistes y de los juegos de palabras como instrumentos para descubrir mejor la verdad, y que, por tanto, la risa no debía de ser algo malo si podía convertirse en vehículo de la verdad. Jorge señaló que, por lo que recordaba, Aristóteles había hablado de esas cosas en el libro de la Poética y refiriéndose a las metáforas. Y que ya eran dos circunstancias inquietantes: primero, porque la Poética, durante tanto tiempo ignorada por el mundo cristiano, y quizá por decreto divino, nos ha llegado a través de los moros infieles...

—Pero fue traducida al latín por un amigo del angélico doctor de Aquino —observó Guillermo.

—Eso fue lo que yo le dije —comentó Bencio, reanimándose de pronto—. Conozco poco el griego y pude acercarme a ese gran libro precisamente a través de la traducción de Guillermo de Moerbeke. Así se lo dije. Pero Jorge añadió que el segundo motivo para inquietarse era que el Estagirita se refería allí a la poesía, que es una disciplina sin importancia y que vive de figmenta. A lo que Venancio replicó que también los salmos son obra de poesía y utilizan metáforas, y Jorge montó en cólera porque, dijo, los salmos son obra de inspiración divina y utilizan metáforas para transmitir la verdad, mientras que en sus obras los poetas paganos utilizan metáforas para transmitir la mentira y sólo para proporcionar deleite, cosa que me ofendió sobremanera...

—¿Por qué?

—Porque me ocupo de retórica, y leo a muchos poetas paganos y sé... mejor dicho, creo que a través de su palabra también se han transmitido verdades naturaliter cristiane... Total que, en ese momento, si mal no recuerdo, Venancio mencionó otros libros y Jorge se enfureció mucho.

—¿Qué libros?

Bencio vaciló antes de responder:

—No recuerdo. ¿Qué importa de qué libros se habló?

—Importa mucho, porque estamos tratando de comprender algo que ha sucedido entre hombres que viven entre los libros, con los libros, de los libros, y, por tanto, también es importante lo que dicen sobre los libros.

—Es cierto —dijo Bencio, sonriendo por primera vez y con el rostro casi iluminado—. Vivimos para los libros. Dulce misión en este mundo dominado por el desorden y la decadencia. Entonces quizá podáis comprender lo que sucedió aquel día. Venancio, que conoce... que conocía muy bien el griego, dijo que Aristóteles había dedicado especialmente a la risa el segundo libro de la Poética y que si un filósofo tan grande había consagrado todo un libro a la risa, la risa debía de ser algo muy importante. Jorge dijo que muchos padres habían dedicado libros enteros al pecado, que es algo importante pero muy malo, y Venancio replicó que por lo que sabía Aristóteles había dicho que la risa era algo bueno, y adecuado para la transmisión de la verdad, y entonces Jorge le preguntó desafiante si acaso había leído ese libro de Aristóteles, y Venancio dijo que nadie podía haberlo leído todavía porque nunca se había encontrado y quizá estaba perdido. Y, en efecto, nadie ha podido leer el segundo libro de la Poética. Guillermo de Moerbeke nunca lo tuvo entre sus manos. Entonces Jorge dijo que si no lo habían encontrado era porque nunca se había escrito, porque la providencia no quería que se glorificaran cosas frívolas. Yo quise calmar los ánimos, porque Jorge monta fácilmente en cólera y Venancio lo estaba provocando con sus palabras, y dije que en la parte de la Poética que conocemos, y en la Retórica, se encuentran muchas observaciones sabias sobre los enigmas ingeniosos, y Venancio estuvo de acuerdo conmigo. Ahora bien, con nosotros estaba Pacifico da Tivoli, que conoce bastante bien los poetas paganos, y dijo que en cuanto a enigmas ingeniosos nadie supera a los poetas africanos. Citó, incluso, el enigma del pez, de Sinfosio:

Est domus in terris, clara quae voce resultat.
Ipsa domus resonat, tacitus sed non sonat hospes.
Ambo tamen currunt, hospes simul et domus una.

Entonces Jorge dijo que Jesús había recomendado que nuestro discurso fuese por sí o por no, y que el resto procedía del maligno. Y que bastaba decir pez para nombrar al pez, sin ocultar su concepto con sonidos engañosos. Y añadió que no le parecía prudente tomar a los africanos como modelo... Y entonces...

—¿Entonces?

—Entonces sucedió algo que no comprendí. Berengario se echó a reír. Jorge lo reconvino y él dijo que reía porque se le había ocurrido que buscando bien entre los africanos podrían encontrarse enigmas de muy otro tipo, y no tan fáciles como el del pez. Malaquías, que estaba presente, se puso furioso, y casi cogió a Berengario por la capucha, ordenándole que atendiese sus tareas... Berengario, como sabéis, es su ayudante...

—¿Y después?

—Después Jorge puso fin a la discusión alejándose. Todos volvimos a nuestras ocupaciones, pero mientras trabajábamos vi primero a Venancio y luego a Adelmo que se acercaban a Berengario para preguntarle algo. Desde lejos me di cuenta de que intentaba zafarse, pero a lo largo del día ambos volvieron a acercársele. Y aquella misma tarde vi a Berengario y Adelmo confabulando en el claustro, antes de dirigirse los dos al refectorio. Ya está, esto es todo lo que yo sé.

—O sea que sabes que las dos personas que han muerto recientemente en circunstancias misteriosas le habían preguntado algo a Berengario —dijo Guillermo.

Bencio respondió incómodo:

—¡No he dicho eso! He dicho qué sucedió aquel día, y porque vos me lo habíais preguntado... —Reflexionó un instante y luego añadió deprisa—: Pero si queréis conocer mi opinión, Berengario les habló de algo que hay en la biblioteca. Allí es donde deberíais buscar.

—¿Por qué piensas en la biblioteca? ¿Qué quiso decir Berengario cuando habló de buscar entre los africanos? ¿No quería decir que había que leer mejor a los poetas africanos?

—Quizá, eso pareció decir, pero entonces ¿por qué se pondría tan furioso Malaquías? En el fondo, es él quien decide si debe permitir o no la lectura de un libro de poetas africanos. Pero yo sé algo: al hojear el catálogo de los libros, se encuentra, entre las indicaciones que sólo conoce el bibliotecario, una, muy frecuente, que dice «Africa», y he encontrado incluso una que decía «finis Africae». En cierta ocasión, pedí un libro que llevaba ese signo, no recuerdo cuál, el título había despertado mi curiosidad. Y Malaquías me dijo que los libros que llevaban ese signo se habían perdido. Eso es lo que sé. Por esto os digo: bien, vigilad a Berengario, y vigiladlo cuando sale de la biblioteca. Nunca se sabe.

—Nunca se sabe —concluyó Guillermo despidiéndolo.

Después empezó a pasear por el claustro conmigo, y observó que: en primer lugar, Berengario era de nuevo blanco de las murmuraciones de sus hermanos; y, en segundo lugar, Bencio parecía ansioso por empujarnos hacia la biblioteca. Yo dije que quizá quería que descubriésemos ciertas cosas que también él quería conocer, y Guillermo admitió que bien podía ser así, pero que igual cabía la posibilidad de que empujándonos hacia la biblioteca estuviese alejándonos de otro sitio. ¿Cuál?, pregunté. Y Guillermo dijo que no lo sabía, quizá el scriptorium, la cocina, el coro, el dormitorio, el hospital. Yo dije que el día anterior había sido él, Guillermo, quien estaba fascinado por la biblioteca, y él me contestó que quería dejarse fascinar por las cosas que le gustaban y no por las que le aconsejaban otros. Aunque, sin embargo, debíamos vigilar la biblioteca, y aunque, a aquella altura de los acontecimientos, tampoco hubiera estado mal que intentásemos encontrar la manera de penetrar en ella. Porque las circunstancias ya lo autorizaban a sentirse curioso dentro de los límites de la cortesía y del respeto por los usos y las leyes de la abadía.

Nos estábamos alejando del claustro. Los sirvientes y los novicios salían de la iglesia, porque había acabado la misa. Y al doblar hacia el lado occidental del templo divisamos a Berengario, que salía por la puerta del transepto para dirigirse al Edificio a través del cementerio. Guillermo lo llamó, él se detuvo, y nos acercamos. Estaba todavía más turbado que cuando lo habíamos visto en el coro, y comprendí que Guillermo decidía aprovechar su estado de ánimo, como ya había hecho con Bencio.

—De modo que, al parecer, fuiste el último que vio a Adelmo con vida —le dijo.

Berengario vaciló, como si estuviera por desmayarse: «¿Yo?», preguntó con un hilo de voz. Guillermo había lanzado la pregunta casi al azar, probablemente porque Bencio le había dicho que después de vísperas ambos habían estado confabulando en el claustro. Pero debía de haber dado en el blanco. Y era evidente que Berengario estaba pensando en otro encuentro, que realmente había sido el último, porque empezó a hablar en forma entrecortada.

—¿Cómo podéis decir eso? ¡Lo vi antes de irme a dormir, como todos los demás!

Entonces Guillermo decidió que valía la pena acosarlo:

—No, tú lo viste después, y sabes más de lo que demuestras. Pero ya hay dos muertos en danza y no puedes seguir callando. ¡Sabes muy bien que hay muchas maneras de hacer hablar a una persona!

Más de una vez Guillermo me había dicho que, incluso cuando era inquisidor, no había recurrido jamás a la tortura, pero Berengario pensó que aludía a ella (o bien Guillermo le dio pie para que lo pensara). En cualquier caso, la estratagema dio resultado.

—Sí, sí —dijo Berengario, echándose a llorar sin dejar de hablar al mismo tiempo—, vi a Adelmo aquella noche, ¡pero cuando ya estaba muerto!

—¿Cómo? —inquirió Guillermo—. ¿Al pie del barranco?

—No, no, lo vi en el cementerio. Caminaba entre las tumbas, espectro entre espectros. Me bastó verle para darme cuenta de que ya no formaba parte de los vivos, su rostro era el de un cadáver, sus ojos contemplaban el castigo eterno. Por supuesto, sólo a la mañana siguiente, cuando supe que había muerto, comprendí que me había topado con su fantasma, pero incluso entonces había advertido que estaba teniendo una visión y que mis ojos contemplaban un alma condenada, un lémur... ¡Oh, Señor, con qué voz de ultratumba me habló!

—¿Qué dijo?

—«¡Estoy condenado!», eso dijo. «Este que ves aquí es uno que vuelve del infierno y que al infierno debe regresar.» Esto dijo. Y yo le pregunté a gritos: «¡Adelmo! ¿De veras vienes del infierno? ¿Cómo son las penas del infierno?» Y entretanto yo temblaba, porque acababa de salir del oficio de completas, donde había escuchado la lectura de unas páginas terribles acerca de la ira del Señor. Y entonces me dijo: «Las penas del infierno son infinitamente más grandes de lo que nuestra lengua es capaz de describir. ¿Ves —dijo— esta capa de sofismas en la que he estado envuelto hasta hoy? Pues me pesa y me aplasta como si llevase sobre los hombros la torre más grande de París o la montaña más grande del mundo. Y nunca podré quitármela de encima. Y este castigo me lo ha impuesto la justicia divina por haberme vanagloriado, por haber creído que mi cuerpo era un sitio de delicias, por haber supuesto que sabía más que los otros, y por haberme deleitado con cosas monstruosas y, al anhelarlas en mi imaginación, haberlas convertido en cosas aún más monstruosas dentro de mi alma. Y ahora tendré que vivir con ellas toda la eternidad. ¿Ves? ¡El forro de esta capa es todo como de brasas y fuego vivo, y es éste el fuego que abrasa mi cuerpo, y este castigo se me ha impuesto por el pecado deshonesto de la carne, a cuyo vicio me entregué, y ahora este fuego me inflama y me quema sin cesar! ¡Acerca tu mano, bello maestro! —añadió— para que de este encuentro puedas extraer una enseñanza útil, en pago de las muchas que de ti he recibido, ¡acerca tu mano, bello maestro!» Y sacudió un dedo de la suya, que ardía, y una pequeña gota de sudor cayó sobre mi mano, y sentí como si me la hubiese perforado, hasta el punto de que por muchos días la llevé oculta, para que la marca no se viese. Dicho eso, desapareció entre las tumbas, y a la mañana siguiente supe que el cuerpo que tanto me había aterrorizado estaba ya muerto al pie del torreón.

Berengario jadeaba, y lloraba. Guillermo le preguntó:

—¿Y por qué te llamó bello maestro? Teníais la misma edad. ¿Acaso le habías enseñado algo?

Berengario se tapó la cara con la capucha y cayó de rodillas, abrazando las piernas de Guillermo:

—¡No sé, no sé por qué me llamó así, yo no le enseñé nada! —Y estalló en sollozos—: ¡Padre, tengo miedo, quiero confesarme con vos, apiadaos de mí, un diablo me come las entrañas!

Guillermo lo apartó de sí y le tendió su mano para que se pusiera de pie.

—No, Berengario, no me pidas que te confiese. No cierres mis labios abriendo los tuyos. Lo que quiero saber de ti, me lo dirás de otro modo. Y, si no me lo dices, lo descubriré por mi cuenta. Pídeme misericordia, si quieres, pero no me pidas silencio. Son demasiados los que callan en esta abadía. Dime mejor cómo viste que su rostro estaba pálido si era noche cerrada, cómo pudiste quemarte la mano si llovía, granizaba o nevaba, qué hacías en el cementerio. ¡Vamos! —Y lo sacudió de los hombros, con brutalidad—: ¡Dime eso al menos!

A Berengario le temblaba todo el cuerpo:

—No sé qué hacía en el cementerio, no recuerdo. No sé cómo vi su rostro, quizá llevaba yo una luz... No, él llevaba una luz, una vela, quizá viese su rostro a la luz de la llama...

—¿Cómo podía llevar una luz si llovía y nevaba?

—Era después de completas, enseguida después de completas todavía no nevaba, empezó después... Recuerdo que empezaban a caer las primeras ráfagas mientras yo huía hacia el dormitorio. Huía hacia el dormitorio, y el fantasma se alejaba en dirección opuesta... Después no recuerdo nada más. Os lo ruego, no sigáis interrogándome, ya que no queréis confesarme.

—Bueno —dijo Guillermo—, ahora ve, ve al coro, ve a hablar con el Señor, ya que no quieres hablar con los hombres, o ve a buscar a un monje que quiera escuchar tu confesión. Porque si desde aquella noche no has confesado tus pecados, cada vez que te acercaste a los sacramentos cometiste sacrilegio. Ve. Ya volveremos a vernos.

Berengario se alejó corriendo. Y Guillermo se restregó las manos, como le había visto hacer siempre que estaba satisfecho por algo.

—Bueno —dijo—, ahora se han aclarado muchas cosas.

—¿Aclarado, maestro? ¿Aclarado ahora que también tenemos el fantasma de Adelmo?

—Querido Adso, ese fantasma me parece bastante sospechoso, y, en cualquier caso, recitó una página que ya he leído en algún libro para uso de los predicadores. Me parece que estos monjes leen demasiado, y luego, cuando se excitan, reviven las visiones que tuvieron mientras leían. No sé si de veras Adelmo dijo esas cosas, o Berengario las escuchó porque necesitaba escucharlas. El hecho es que esta historia confirma varias hipótesis que había formulado. Por ejemplo: Adelmo se suicidó, y la historia de Berengario nos dice que, antes de morir, estuvo dando vueltas, presa de una gran excitación, y arrepentido por algo que había hecho. Estaba excitado y asustado por su pecado, porque alguien lo había asustado, e, incluso, es probable que le hubiese contado el episodio de la aparición infernal que luego, con tanta y alucinante maestría, le recitó a su vez a Berengario. Y pasaba por el cementerio porque venía del coro, donde había hablado (o se había confesado) con alguien que le había infundido terror y remordimientos. Y de allí se alejó, como revela la historia de Berengario, en dirección opuesta al dormitorio. O sea hacia el Edificio, pero también (es posible) hacia la muralla, a la altura de los chiqueros, desde donde he deducido que debió de arrojarse al barranco. Y se arrojó antes de la tormenta, murió al pie de la muralla, y sólo más tarde el derrumbamiento arrastró su cadáver hasta un punto situado entre la torre septentrional y la oriental.

—Pero, ¿y la gota de sudor ardiente?

—Ya figuraba en la historia que había escuchado y que después repitió, o que Berengario se imaginó en medio de la excitación y del remordimiento que lo dominaban. Porque, ya oíste cómo hablaba: al remordimiento de Adelmo corresponde, como antistrofa, el remordimiento de Berengario. Y, si Adelmo venía del coro, es probable que llevase un cirio, y la gota que cayó sobre la mano de su amigo sólo era una gota de cera. Pero, sin duda, la quemadura que sintió Berengario fue mucho más intensa para él porque Adelmo lo llamó maestro. O sea que Adelmo le reprochaba haberle enseñado algo que ahora lo sumía en una desesperación mortal. Y Berengario lo sabe, y sufre porque sabe que empujó a Adelmo hacia la muerte haciéndole hacer algo que no debía. Y después de lo que hemos oído decir de nuestro ayudante de bibliotecario, no es difícil imaginar, querido Adso, de qué puede tratarse.

—Creo que comprendo lo que sucedió entre ambos —dije avergonzándome de mi sagacidad—, pero, ¿no creemos todos en un Dios de misericordia? Decís que probablemente Adelmo acababa de confesarse: ¿por qué trató de castigar su primer pecado con un pecado, sin duda, aún mayor o, al menos, igual de grave?

—Porque alguien le dijo cosas que lo sumieron en la desesperación. Ya te he dicho que las palabras que asustaron a Adelmo, y con las que luego éste asustó a Berengario, procedían de algún libro de los que ahora suelen utilizar los predicadores, y que alguien se había servido de ellas para amonestar a Adelmo. Nunca como en estos últimos años los predicadores han ofrecido al pueblo, para estimular su piedad y su terror (así como su fervor y su respeto por la ley humana y divina), palabras tan truculentas, tan perturbadoras y tan macabras. Nunca como en nuestros días se han alzado, en medio de las procesiones de flagelantes, alabanzas más intensas, inspiradas en los dolores de Cristo y de la Virgen; nunca como hoy se ha insistido en excitar la fe de los simples describiéndoles las penas del infierno.

—Quizá sea por necesidad de penitencia —dije.

—Adso, nunca he oído invocar más la penitencia que en esta época, en la que ni los predicadores ni los obispos ni tampoco mis hermanos, los espirituales, logran ya promover la verdadera penitencia...

—Pero la tercera edad, el papa angélico, el capítulo de Perusa... —dije confundido.

—Nostalgias. La gran época de la penitencia ha terminado. Por esto hasta el capítulo general de la orden puede hablar de penitencia. Hace cien o doscientos años soplaron vientos de renovación. Entonces, bastaba hablar de penitencia para ganarse la hoguera, ya fuese uno santo o hereje. Ahora cualquiera habla de ella. En cierto sentido, hasta el papa lo hace. No te fíes de las renovaciones del género humano que se comentan en las curias y en las cortes.

—Pero fray Dulcino... —me atreví a decir, curioso por saber más de aquel cuyo nombre había oído pronunciar varias veces el día anterior.

—Murió, y mal, como había vivido, porque también él llegó demasiado tarde. Además, ¿qué sabes tú de él?

—Nada, por eso os pregunto...

—Preferiría no hablar nunca de él. Tuve que ocuparme de algunos de los llamados apóstoles, y pude observarlos de cerca. Una historia triste. Te llenaría de confusión. Al menos así sucedió en mi caso. Y mayor confusión sentirías al enterarte de mi incapacidad para juzgar aquellos hechos. Es la historia de un hombre que cometió insensateces porque puso en práctica lo que había oído predicar a muchos santos. En determinado momento, ya no pude saber quién tenía la culpa, me sentí como... como obnubilado por el aire de familia que soplaba en los dos campos enfrentados: el de los santos que predicaban la penitencia y el de los pecadores que la ponían en práctica, a menudo a expensas de los otros... Pero estaba hablando de otra cosa. O quizá no, quizá siempre he hablado de lo mismo: acabada la época de la penitencia, la necesidad de penitencia se transformó para los penitentes en necesidad de muerte. Y para derrotar a la penitencia verdadera, que engendraba la muerte, quienes mataron a los penitentes enloquecidos, devolviendo la muerte a la muerte, reemplazaron la penitencia del alma por una penitencia de la imaginación, que apela a visiones sobrenaturales de sufrimiento y de sangre, «espejo», según ellos, de la penitencia verdadera. Un espejo que impone en vida, a la imaginación de los simples, y a veces incluso a la de los doctos, los tormentos del infierno. Según dicen, para que nadie peque. Esperando que el miedo aparte a las almas del pecado, y confiando en poder reemplazar la rebeldía por el miedo.

—Pero, ¿es verdad que así no pecarán? —pregunté ansioso.

—Depende de lo que entiendas por pecar, Adso —dijo mi maestro—. No quisiera ser injusto con la gente de este país en el que vivo desde hace varios años, pero me parece que la poca virtud de los italianos se revela en el hecho de que, si no pecan, es por miedo a algún ídolo, aunque digan que se trata de un santo. San Sebastián o san Antonio les infunden más miedo que Cristo. Si alguien desea conservar limpio un lugar, lo que hace en este país para evitar que lo meen, porque en esto los italianos son como los perros, es grabar con el buril a cierta altura una imagen de san Antonio, y eso bastará para alejar a los que quieran mear en dicho sitio. Así los italianos, incitados por sus predicadores, corren el riesgo de volver a las antiguas supersticiones. Y ya no creen en la resurrección de la carne; sólo tienen miedo a las heridas corporales y a las desgracias, y por eso temen más a san Antonio que a Cristo.

—Pero Berengario no es italiano —observé.

—No importa, me refiero al clima que la iglesia y los predicadores han difundido por esta península, y que desde aquí se difunde a todas partes. Y que llega, incluso, a una venerable abadía habitada por monjes doctos como éstos.

—Pero, al menos, no pecarán —insistí, porque estaba dispuesto a contentarme con eso.

—Si esta abadía fuese un speculum mundi, ya tendrías la respuesta.

—Pero, ¿lo es?

—Para que haya un espejo del mundo es preciso que el mundo tenga una forma —concluyó Guillermo, que era demasiado filósofo para mi mente adolescente.

Segundo día
TERCIA

Donde se asiste a una riña entre personas vulgares,
Aymaro d'Alessandria hace algunas alusiones y Adso
medita sobre la santidad y sobre el estiércol del demonio.
Después, Guillermo y Adso regresan al scriptorium,
Guillermo ve algo interesante, mantiene una tercera
conversación sobre la licitud de la risa, pero, en definitiva,
no puede mirar donde querría.

Antes de subir al scriptorium pasamos por la cocina
para alimentarnos, porque desde la hora de despertar
no habíamos tomado nada. Me recuperé enseguida con
una escudilla de leche caliente. La gran chimenea situada en la pared sur ardía ya como una fragua, y en el horno se estaba cociendo el pan para el día. Dos cabreros
estaban descargando el cuerpo de una oveja que acababan de matar. Percibí a Salvatore entre los cocineros, y
me sonrió con su boca de lobo. Y vi que cogía de una
mesa un resto del pollo de la noche pasada, y lo entregaba a escondidas a los cabreros, quienes con un guiño de

satisfacción lo metieron en sus chaquetas. Pero el cocinero jefe se dio cuenta y regañó a Salvatore:

—¡Cillerero, cillerero —dijo—, debes administrar los bienes de la abadía, no despilfarrarlos!

—¡Filii Dei son! —dijo Salvatore—. ¡Jesús dijo que facite por él lo que facite a uno de estos pueri!

—¡Fraticello de mis calzones, franciscano pedorrero! —le gritó entonces el cocinero—. ¡Ya no estás entre tus frailes mendigos! ¡De proveer a los hijos de Dios se encargará la misericordia del Abad!

El rostro de Salvatore se oscureció, y exclamó revolviéndose en un acceso de ira:

—¡No soy un fraticello franciscano! ¡Soy un monje Sancti Benedicti! ¡Merdre à toy, bogomilo de mierda!

—¡Bogomila la ramera que te follas de noche con tu verga herética, cerdo! —gritó el cocinero.

Salvatore hizo salir aprisa a los cabreros y, al pasar junto a nosotros, nos miró preocupado:

—¡Fraile —le dijo a Guillermo—, defiende tu orden, que no es la mía, explícale que los filios Francisci non ereticos esse! —Y después me susurró al oído—: Ille menteur, pufff. —Y escupió al suelo.

El cocinero lo echó de mala manera y cerró la puerta tras él.

—Fraile —le dijo a Guillermo con respeto—, no hablaba mal de vuestra orden y de los hombres santísimos que la integran. Le hablaba a ese falso franciscano y falso benedictino que no es ni carne ni pescado.

—Sé de dónde viene —dijo Guillermo con tono conciliador—. Pero ahora es un monje como tú y le debes fraterno respeto.

—Pero mete las narices donde no debe meterlas, porque lo protege el cillerero, y cree que él es el cillerero. ¡Dispone de la abadía como si le perteneciese, tanto de día como de noche!

—¿Por qué de noche? —preguntó Guillermo.

El cocinero hizo un gesto como para dar a entender que no quería hablar de cosas poco virtuosas. Guillermo no insistió, y acabó de beber su leche.

Mi curiosidad era cada vez mayor. El encuentro con Ubertino, los rumores sobre el pasado de Salvatore y del cillerero, las alusiones cada vez más frecuentes a los fraticelli y a los franciscanos heréticos, la reticencia del maestro a hablarme de fray Dulcino... En mi mente empezaban a ordenarse una serie de imágenes. Por ejemplo, mientras viajábamos habíamos encontrado al menos en dos ocasiones una procesión de flagelantes. A veces la población los miraba como santos; otras, en cambio, empezaba a correr el rumor de que eran herejes. Sin embargo, eran siempre los mismos. Caminaban en fila de a dos por las calles de la ciudad, sólo cubiertos en las partes pudendas, pues ya no tenían sentido de la vergüenza. Cada uno empuñaba un flagelo de cuero, y con él se iban azotando las espaldas hasta sacarse sangre; y vertiendo abundantes lágrimas, como si estuviesen viendo la pasión del Salvador, imploraban con un canto lastimero la misericordia del Señor y el auxilio de la Madre de Dios. No sólo de día, sino también de noche, portando cirios encendidos, a pesar del rigor del invierno, acudían en tropel a las iglesias y se arrodillaban humildemente ante los altares, precedidos por sacerdotes con cirios y estandartes, y no sólo hombres y mujeres del pueblo, sino también nobles matronas, y mercaderes... Y entonces se producían grandes actos de penitencia. Los ladrones devolvían lo robado, y otros confesaban sus crímenes.

Pero Guillermo los había mirado con frialdad y me había dicho que aquélla no era verdadera penitencia. Hacía un momento me lo había repetido: el período de la gran purificación penitencial había acabado, y lo que veíamos era obra de los propios predicadores, que organizaban la devoción de las muchedumbres para evitar que éstas fuesen presa de otro deseo de penitencia... éste sí herético, y al que todos tenían miedo. Pero yo era incapaz de percibir la diferencia, aunque existiese. Me parecía que esa diferencia no residía en lo que hacían unos y otros, sino en la mirada con que la iglesia juzgaba los actos de unos y de otros.

Pensé en la discusión con Ubertino. Sin duda, Guillermo había argumentado bien, había intentado decirle que no era mucha la diferencia entre su fe mística (y ortodoxa) y la fe perversa de los herejes. Ubertino se había indignado, como si para él la diferencia estuviese clarísima. Y yo me había quedado con la impresión de que Ubertino era diferente precisamente porque era el que sabía percibir la diferencia. Guillermo se había sustraído a los deberes de la Inquisición porque ya no era capaz de percibirla. Por eso no podía hablarme de aquel misterioso fray Dulcino. Pero entonces (me decía) era evidente que Guillermo había perdido la ayuda del Señor, que no sólo enseña a percibir la diferencia, sino que también, por decirlo así, señala a sus elegidos otorgándoles tal capacidad de discriminación. Ubertino y Chiara da Montefalco (a pesar de estar rodeada de pecadores) habían conservado la santidad justamente porque eran capaces de discriminar. Esa y no otra cosa era la santidad.

Pero ¿por qué Guillermo no era capaz de discriminar? Sin embargo, era un hombre muy agudo, y en lo referente a los hechos naturales era capaz de percibir la mínima desigualdad y el mínimo parentesco entre las cosas...

Estaba sumido en estos pensamientos, mientras Guillermo acababa de beber su leche, cuando oímos un saludo. Era Aymaro d'Alessandria, a quien ya habíamos conocido en el scriptorium, y cuyo rostro me había llamado la atención: una sonrisa de mofa permanente, como si la fatuidad de los seres humanos ya no lo engañase, como si tampoco le pareciera demasiado importante esa tragedia cósmica.

—¿Entonces, fray Guillermo, ya os habéis acostumbrado a esta cueva de locos?

—Me parece un sitio habitado por hombres admirables en mérito, tanto a su santidad como a su doctrina —dijo cautamente Guillermo.

—Lo era. Cuando los abades se comportaban como abades y los bibliotecarios como bibliotecarios. Ahora, ya habéis visto lo que sucede allí arriba —y señaló el primer piso—, ese alemán medio muerto, con ojos de ciego, sólo tiene oídos para escuchar devotamente los delirios de ese español ciego, con ojos de muerto. Pareciera que el Anticristo fuese a llegar cualquiera de estos días, se rascan pergaminos pero entran poquísimos libros nuevos... Mientras aquí hacemos eso, allá abajo, en las ciudades, se actúa... Hubo tiempos en los que desde nuestras abadías se gobernaba el mundo. Hoy, ya lo veis, el emperador nos usa para que sus amigos puedan encontrarse con sus enemigos (algo he sabido de vuestra misión, los monjes hablan y hablan, no tienen otra cosa que hacer), pero sabe que el país se gobierna desde las ciudades. Nosotros seguimos recogiendo el grano y criando gallinas, mientras allá abajo cambian varas de seda por piezas de lino, y piezas de lino por sacos de especias, y todo ello por buen dinero. Nosotros custodiamos nuestro tesoro, pero allá abajo se acumulan tesoros. Y también libros. Y más bellos que los nuestros.

—En el mundo suceden, sí, muchas cosas nuevas. Pero ¿por qué pensáis que la culpa es del Abad?

—Porque ha dejado la biblioteca en manos de extranjeros, y gobierna la abadía como una fortaleza cuya función fuese defender la biblioteca. Una abadía benedictina, situada en esta comarca italiana, debería ser un sitio donde decidieran los italianos, y como italianos. ¿Qué hacen hoy los italianos, que ni siquiera tienen un papa? Comercian, y fabrican, y son más ricos que el rey de Francia. Entonces, hagamos lo mismo nosotros: si sabemos hacer bellos libros, fabriquémoslos para las universidades, e interesémonos por lo que sucede allá abajo. No me refiero al emperador, con todo el respeto por vuestra misión, fray Guillermo, sino a lo que hacen los boloñeses a los florentinos. Desde aquí podríamos controlar el paso de los peregrinos y los mercaderes que van desde Italia a la Provenza, y viceversa. Abramos la biblioteca a los textos escritos en lengua vulgar, y subirán hasta aquí incluso aquellos que ya no escriben en latín. En cambio, nos domina un grupo de extranjeros, que siguen dirigiendo la biblioteca como si en Cluny fuese todavía abad el buen Odilón.

—Pero el Abad es italiano —dijo Guillermo.

—Aquí el Abad no cuenta para nada —dijo Aymaro, siempre con su sonrisa de mofa—. En lugar de cabeza tiene un armario de la biblioteca, con carcoma. Para contrariar al papa, deja que la abadía sea invadida por fraticelli... Me refiero, fraile, a esos herejes, tránsfugas de vuestra orden santísima... Y, para agradar al emperador, hace venir monjes de todos los monasterios del norte, como si aquí no tuviésemos excelentes copistas, y hombres que saben griego y árabe, y como si en Florencia o en Pisa no hubiese hijos de mercaderes, ricos y generosos, dispuestos a entrar en la orden, si la orden les ofreciera la posibilidad de acrecentar el poder y el prestigio de sus padres. Pero aquí sólo existe indulgencia con las cosas del mundo cuando se trata de permitir a los alemanes que... ¡Oh, Señor, fulminad mi lengua porque estoy por decir cosas poco convenientes!

—¿En la abadía suceden cosas poco convenientes? —preguntó Guillermo, como quien no quiere la cosa, mientras se servía más leche.

—También el monje es un hombre —sentenció Aymaro.

—Pero aquí son menos hombres que en otros sitios —añadió luego—. Y quede claro que, si algo he dicho, no he sido yo quien lo ha dicho.

—Muy interesante. ¿Y son opiniones sólo vuestras o hay muchos que piensan como vos?

—Muchos, muchos. Muchos que ahora lamentan la desgracia del pobre Adelmo, pero que no se hubiesen quejado si al precipicio hubiera caído otro, que ronda por la biblioteca más de lo que debiera.

—¿Qué queréis decir?

—He hablado demasiado. Aquí hablamos demasiado, como ya habréis advertido. Aquí, de una parte, nadie respeta el silencio. Y, de otra, se lo respeta demasiado. Aquí, en lugar de hablar o de callar, habría que actuar. En la época de oro de nuestra orden, cuando un abad no tenía temple de abad, una buena copa de vino envenenado y ya estaba, a elegir el sucesor. Desde luego, fray Guillermo, no os he dicho estas cosas para hablar mal del Abad o de los otros hermanos. Dios me guarde de hacerlo. Por suerte, no tengo el feo vicio de la maledicencia. Pero no quisiera que el Abad os hubiera pedido que investigaseis sobre mí o sobre otros monjes, como Pacifico da Tivoli o Pietro de Sant'Albano. Nosotros no tenemos nada que ver con lo que sucede en la biblioteca. Aunque ya quisiéramos tener un poco más que ver. Y, ahora, destapad este nido de víboras vos, que habéis quemado tantos herejes.

—Nunca quemé a nadie —respondió secamente Guillermo.

—Era una manera de decir —admitió Aymaro, con una amplia sonrisa—. Buena caza, fray Guillermo, pero prestad atención de noche.

—¿Por qué no de día?

—Porque de día se cura el cuerpo con las hierbas

buenas y de noche se enferma la mente con las hierbas malas. No creáis que Adelmo se precipitó al abismo empujado por las manos de otro, ni que las manos de alguien hundieron a Venancio en la sangre. Aquí hay uno que no quiere que los monjes decidan por sí solos adónde ir, qué hacer y qué leer. Y se recurre a las fuerzas del infierno, o de los nigromantes amigos del infierno, para confundir las mentes de los curiosos...

—¿Habláis del padre herbolario?

—Severino da Sant'Emmerano es buena persona. Desde luego, alemán él, alemán Malaquías...

Y, después de haber demostrado una vez más que no estaba dispuesto a hablar mal de nadie, Aymaro subió a la sala de trabajo.

—¿Qué habrá querido decirnos? —pregunté.

—Todo y nada. Una abadía es siempre un sitio donde los monjes luchan entre sí para conseguir el gobierno de la comunidad. También ocurre en Melk, aunque, siendo novicio, puede que aún no hayas tenido tiempo de percibirlo. Pero en tu país conquistar el gobierno de una abadía significa conquistar una posición desde la cual se trata directamente con el emperador. En este país, en cambio, la situación es distinta, el emperador está lejos, incluso cuando baja hasta Roma. No hay cortes, y ahora ni siquiera existe la del papa. Como ya habrás visto, lo que hay son ciudades.

—Sí, y me han impresionado mucho. En Italia la ciudad no es como en mi tierra... No es sólo un sitio para habitar: es un sitio para tomar decisiones. Siempre están todos en la plaza, los magistrados de la ciudad importan más que el emperador o que el papa... Son... reinos aparte.

—Y los reyes son los mercaderes. Y su arma es el dinero. El dinero, en Italia, no tiene la misma función que en tu país o en el mío. El dinero circula en todas partes, pero allí la vida sigue en gran medida dominada por el intercambio de bienes, pollos o gavillas de trigo, una hoz o un carro, y el dinero sirve para obtener esos bienes. En cambio, como habrás advertido, en las ciudades italianas son los bienes los que sirven para obtener dinero. Y también los curas y los obispos, y hasta las órdenes religiosas, deben echar cuentas con el dinero. Así se explica que la rebelión contra el poder se manifieste como reivindicación de la pobreza, y se rebelan contra el poder los que están excluidos de la relación con el dinero, y cada vez que se reivindica la pobreza estallan los conflictos y los debates, y toda la ciudad, desde el obispo al magistrado, se siente directamente atacada si alguien insiste demasiado en predicar la pobreza. Donde alguien reacciona ante el hedor del estiércol del demonio, los inquisidores huelen el hedor del demonio. Ahora comprenderás también lo que sugería Aymaro. En los tiempos áureos de la orden, una abadía benedictina era el sitio desde donde los pastores vigilaban el rebaño de los fieles. Aymaro quiere que se vuelva a la tradición. Pero la vida del rebaño ha cambiado, y para volver a la tradición (a la gloria y al poder de otros tiempos) la abadía debe aceptar que el rebaño ha cambiado, y para ello debe cambiar. Y como hoy en este país el rebaño no se domina con las armas ni con el esplendor de los ritos, sino con el control del dinero, Aymaro quiere que el conjunto de la abadía, incluida la biblioteca, se conviertan en un taller, en una fábrica de dinero.

—¿Y qué tiene que ver esto con los crímenes, o con el crimen?

—Todavía no lo sé. Pero ahora quisiera subir. Ven.

Los monjes ya estaban trabajando. En el scriptorium reinaba el silencio, pero no era aquel silencio que emana de la laboriosa paz de los corazones. Berengario, que había llegado poco antes que nosotros, se mostró incómodo al vernos. Los otros monjes levantaron las cabezas de sus mesas. Sabían que estábamos allí para descubrir algo relativo a Venancio, y la dirección misma de sus miradas hizo que nuestra atención se fijara en un sitio vacío, bajo una de las ventanas que daban al octágono central.

Aunque el día fuese muy frío, la temperatura en el scriptorium era agradable. No por azar lo habían instalado encima de las cocinas, que irradiaban bastante calor, entre otras causas, porque los conductos de los dos hornos de abajo pasaban por el interior de las pilastras en que se apoyaban las dos escaleras de caracol situadas en los torreones occidental y meridional. En cuanto al torreón septentrional, en la parte opuesta de la gran sala, no tenía escalera, pero sí una gran chimenea encendida que irradiaba un calor muy agradable. Además, el suelo estaba cubierto de paja, por lo que nuestros pasos eran silenciosos. El ángulo menos caldeado era el del torreón oriental, y, en efecto, noté que, como en aquel momento eran menos los monjes allí presentes que los puestos de trabajo disponibles, todos tendían a evitar las mesas situadas en ese sector. Cuando, más tarde, advertí que la escalera de caracol del torreón oriental era la única que no sólo comunicaba, hacia abajo, con el refectorio, sino también, hacia arriba, con la biblioteca, me pregunté si acaso la calefacción de la sala no obedecía a un cálculo cuidadoso, destinado a disuadir a los monjes del deseo de curiosear por aquella parte, y a facilitarle al bibliotecario el control del acceso a la biblioteca. Pero quizá fuesen sospechas exageradas, con las que intentaba imitar malamente a mi maestro, pues no tardé en advertir que semejante cálculo no hubiese sido de mucha utilidad en verano... Salvo (me dije) que en verano aquella parte fuera precisamente la más expuesta al sol, y, por consiguiente, también entonces, la menos frecuentada por los monjes.

La mesa del pobre Venancio estaba situada a espaldas de la gran chimenea y era, probablemente, una de las más codiciadas. En aquella época yo no había pasado todavía muchos años en un scriptorium, pero después gran parte de mi vida transcurriría en ellos, de modo que conozco los sufrimientos que el copista, el rubricante y el estudioso deben soportar en sus mesas durante las largas horas invernales, cuando los dedos se entumecen sobre el estilo (porque ya con una temperatura normal, después de escribir durante seis horas, los dedos sienten el terrible calambre del monje y el pulgar duele como si lo estuvieran machacando en un mortero). Y así se explica que a menudo encontremos al margen de los manuscritos frases dejadas por el copista como testimonio de su padecimiento (y de su impaciencia), por ejemplo: «¡Gracias a Dios no falta mucho para que oscurezca!», o «¡Si tuviese un buen vaso de vino!», u «Hoy hace frío, hay poca luz, este pergamino tiene pelos, hay algo que no va.» Como dice un antiguo proverbio, tres dedos sostienen la pluma, pero el que trabaja es todo el cuerpo. Trabaja, es decir, sufre.

Pero estaba hablando de la mesa de Venancio. Como todas las situadas alrededor del patio octagonal, destinadas a los estudiosos, era más pequeña que las otras, situadas bajo las ventanas de las paredes externas, y destinadas a los copistas y miniaturistas. Sin embargo, también Venancio trabajaba con un atril, probablemente porque estaba consultando manuscritos que la abadía había recibido en préstamo para copiar. Encima de la mesa había una estantería baja en la que se amontonaban unos folios sueltos; como estaban en latín, deduje que era lo último que había estado traduciendo. Los folios, cubiertos por una escritura rápida, no estaban ordenados en páginas, de modo que después deberían haber pasado a las mesas del copista y del miniaturista. Por eso eran bastante ilegibles. Entre los folios se veía algún libro en griego. Otro libro griego estaba abierto en el atril: era la obra que Venancio había estado traduciendo los últimos días. En aquella época yo todavía no sabía griego, pero mi maestro leyó el título y dijo que era de un tal Luciano y que contaba la historia de un hombre transformado en asno. Esto me hizo recordar una fábula análoga de Apuleyo, cuya lectura solía prohibirse severamente a los novicios.

—¿Cómo es que Venancio estaba traduciendo esto? —preguntó Guillermo a Berengario, que estaba a nuestro lado.

—Es un pedido que hizo a la abadía el señor de Milán. En compensación, la abadía obtendría un derecho de prelación sobre el vino que produzcan unas fincas situadas en la parte de oriente —dijo Berengario, señalando a lo lejos con la mano. Pero se apresuró a añadir—: No es que la abadía se preste a realizar trabajos venales para los laicos. Pero el que encargó la traducción consiguió que el dogo de Venecia nos prestara este precioso manuscrito griego, obsequio del emperador bizantino. Y, una vez acabado el trabajo de Venancio, habríamos hecho dos copias: una para el que encargó la traducción y otra para nuestra biblioteca.

—Que, por tanto, también acoge fábulas paganas —dijo Guillermo.

—La biblioteca es testimonio de la verdad y del error —dijo entonces una voz a nuestras espaldas.

Era Jorge. También esa vez me asombró (y con frecuencia volvería a hacerlo en los días sucesivos) la manera inopinada que tenía aquel anciano de aparecer, como si nosotros no lo viéramos y él sí nos viese. Me pregunté, incluso, qué podía estar haciendo un ciego en el scriptorium. Pero más tarde me di cuenta de que Jorge era omnipresente en la abadía. Y a menudo estaba en el scriptorium, sentado en un sillón cerca de la chimenea, y no parecía escapársele nada de lo que sucedía en la sala. En cierta ocasión le oí preguntar en alta voz desde aquel sitio: «¿Quién sube?», mientras volvía la cabeza hacia Malaquías, que, con pasos amortiguados por la paja, se dirigía a la biblioteca. Los monjes lo estimaban mucho y solían leerle pasajes de difícil comprensión, consultarlo para redactar algún escolio o pedirle consejos sobre la manera de representar algún animal o algún santo. Entonces clavaba sus ojos muertos en el vacío, como mirando unas páginas que su memoria había conservado nítidas, y respondía que los falsos profetas van vestidos de obispos y que de sus labios salen ranas, o cuáles eran las piedras que debían adornar la muralla de la Jerusalén celeste, o que en los mapas los arimaspos debían representarse cerca de la tierra del cura Juan, pero cuidando de no excederse en la pintura de su monstruosidad, porque no debían seducir al que los contemplara, sino figurar como emblemas, reconocibles pero no concupiscibles, y tampoco repelentes hasta el punto de provocar risa.

En cierta ocasión, oí que aconsejaba a un escoliasta sobre la manera de interpretar la recapitulatio en los textos de Ticonio de acuerdo con las ideas de san Agustín, para no incurrir en la herejía donatista. Otra vez lo escuché aconsejar sobre la manera de distinguir, en el comentario de un texto, entre los herejes y los cismáticos. Y en otra ocasión, responder a la pregunta de un estudioso diciéndole qué libro debía buscar en el catálogo de la biblioteca, y casi en qué folio encontraría la referencia, mientras le aseguraba que el bibliotecario no pondría el menor obstáculo para entregárselo, porque se trataba de una obra inspirada por Dios. Y otra vez oí que decía que cierto libro no podía buscarse porque, si bien figuraba en el catálogo, hacía cincuenta años que las ratas lo habían arruinado, y se pulverizaba entre los dedos con sólo tocarlo. En resumen: era la memoria misma de la biblioteca, y el alma del scriptorium. A veces amonestaba a los monjes cuando les oía charlar: «¡Apresuraos a dejar testimonio de la verdad! ¡Los tiempos están próximos!», y aludía a la llegada del Anticristo.

—La biblioteca es testimonio de la verdad y del error —dijo, pues, Jorge.

—Sin duda, Apuleyo de Madaura tuvo fama de mago —dijo Guillermo—. Pero, tras el velo de la fantasía, esta fábula también contiene una valiosa moraleja, porque enseña lo caro que se pagan las faltas cometidas. Además, creo que la historia del hombre transformado en asno alude claramente a la metamorfosis del alma que cae en el pecado.

—Quizá —dijo Jorge.

—Y ahora también comprendo por qué, durante la conversación que mencionaron ayer, Venancio se interesó tanto por los problemas de la comedia. En efecto: también este tipo de fábulas puede asimilarse a las comedias de los antiguos. A diferencia de las tragedias, no narran hechos sucedidos a hombres que han existido en la realidad. Como dice Isidoro, son ficciones: «Fabulae poetae a *fando* nominaverunt quia non sunt *res factae* sed tantum loquendo *fictae*...»

En un primer momento no comprendí por qué Guillermo se había metido en aquella discusión erudita, y justo con un hombre que no parecía tener mayor predilección por dichos temas. Pero la respuesta de Jorge me demostró lo sutil que había estado mi maestro.

—Aquel día el tema de discusión no eran las comedias, sino sólo la licitud de la risa —dijo frunciendo el ceño.

Yo recordaba muy bien que, justo el día anterior, cuando Venancio se había referido a aquella discusión,

Jorge había dicho que no recordaba sobre qué había versado.

—¡Ah! —dijo Guillermo como al descuido—. Creí que habíais hablado de las mentiras de los poetas y de los enigmas ingeniosos...

—Se habló de la risa —dijo secamente Jorge—. Los paganos escribían comedias para hacer reír a los espectadores, y hacían mal. Nuestro Señor Jesucristo nunca contó comedias ni fábulas, sino parábolas transparentes que nos enseñan alegóricamente cómo ganarnos el paraíso, amén.

—Me pregunto —dijo Guillermo—, por qué rechazáis tanto la idea de que Jesús pudiera haber reído. Creo que, como los baños, la risa es una buena medicina para curar los humores y otras afecciones del cuerpo, sobre todo la melancolía.

—Los baños son buenos, y el propio Aquinate los aconseja para quitar la tristeza, que puede ser una pasión mala cuando no corresponde a un mal susceptible de eliminarse a través de la audacia. Los baños restablecen el equilibrio de los humores. La risa sacude el cuerpo, deforma los rasgos de la cara, hace que el hombre parezca un mono.

—Los monos no ríen, la risa es propia del hombre, es signo de su racionalidad.

—También la palabra es signo de la racionalidad humana, y con la palabra puede insultarse a Dios. No todo lo que es propio del hombre es necesariamente bueno. La risa es signo de estulticia. El que ríe no cree en aquello de lo que ríe, pero tampoco lo odia. Por tanto, reírse del mal significa no estar dispuesto a combatirlo, y reírse del bien significa desconocer la fuerza del bien, que se difunde por sí solo. Por eso la Regla dice: «Decimus humilitatis gradus est si non sit facilis ac promptus in risu, quia scriptum est: stultus in risu exaltat vocem suam.»

—Quintiliano —interrumpió mi maestro— dice que la risa debe reprimirse en el caso del panegírico, por dignidad, pero que en muchas otras circunstancias hay que estimularla. Tácito alaba la ironía de Calpurnio Pisón. Plinio el Joven escribió: «Aliquando praeterea rideo, jocor, ludo, home sum.»

—Eran paganos —replicó Jorge—. La Regla dice: «Scurrilitates vero vel verba otiosa et risum moventia aeterna clausura in omnibus locis damnamus, et ad talia eloquia discipulum aperire os non permittimus.»

—Sin embargo, cuando ya el verbo de Cristo había triunfado en la tierra, Sinesio de Cirene dijo que la divinidad había sabido combinar armoniosamente lo cómico y lo trágico, y Elio Sparziano dice que el emperador Adriano, hombre de elevadas costumbres y de ánimo naturaliter cristiano, supo mezclar los momentos de alegría con los de gravedad. Por último, Ausonio recomienda dosificar con moderación lo serio y lo jocoso.

—Pero Paolino da Nola y Clemente de Alejandría nos advirtieron del peligro que encierran esas tonterías, y Sulpicio Severo dice que san Martín nunca se mostró arrebatado por la ira ni presa de la hilaridad.

—Sin embargo, menciona algunas respuestas del santo spiritualiter salsa —dijo Guillermo.

—Eran respuestas rápidas y sabias, no risibles. San Efraín escribió una parénesis contra la risa de los monjes, ¡y en el *De habitu et conversatione monachorum* se recomienda evitar las obscenidades y los chistes como si fuesen veneno de áspid!

—Pero Hildeberto dijo: «Admittenda tibi joca sunt post seria quaedam, sed tamen et dignis ipsa gerenda modis.» Y Juan de Salisbury autoriza una hilaridad moderada. Por último, el Eclesiastés, que citabais hace un momento al mencionar vuestra Regla, si bien dice, en efecto, que la risa es propia del necio, admite al menos una risa silenciosa, la del ánimo sereno.

—El ánimo sólo está sereno cuando contempla la verdad y se deleita con el bien que ha realizado, y la verdad y el bien no mueven a risa. Por eso Cristo no reía. La risa fomenta la duda.

—Pero a veces es justo dudar.

—No veo por qué debiera serlo. Cuando se duda hay que acudir a una autoridad, a las palabras de un padre o de un doctor, y entonces desaparece todo motivo de duda. Me parece que estáis impregnado de doctrinas discutibles, como las de los lógicos de París. Pero san Bernardo, con su es así y no es así, supo oponerse al castrado Abelardo, que quería someter todos los problemas al examen frío y sin vida de una razón no iluminada por las Escrituras. Sin duda, el que acepta esas ideas peligrosísimas también puede valorar el juego del necio que ríe de aquello cuya verdad, enunciada ya de una vez para siempre, debe ser el objeto único de nuestro saber. Y así, al reír, el necio dice implícitamente: «Deus non est.»

—Venerable Jorge —dijo Guillermo—, creo que sois injusto cuando tratáis de castrado a Abelardo, porque sabéis que fue la iniquidad ajena la que lo sumió en esa triste condición.

—Fueron sus pecados. Fue la soberbia de su confianza en la razón humana. Así la fe de los simples fue escarnecida, los misterios de Dios desentrañados (mejor dicho, se intentó desentrañarlos, ¡necios quienes lo intentaron!), abordadas con temeridad cuestiones relativas a las cosas más altas, escarnecidos los padres por haber considerado que no eran respuestas sino consuelo lo que esas cuestiones requerían.

—No estoy de acuerdo, venerable Jorge. Dios quiere que ejerzamos nuestra razón a propósito de muchas cosas oscuras sobre las que la escritura nos ha dejado en libertad de decidir. Y cuando alguien os incita a creer en determinada proposición, lo primero que debéis hacer es considerar si la misma es o no aceptable, porque nuestra razón ha sido creada por Dios, y lo que agrada a nuestra razón no puede no agradar a la razón divina, sobre la cual, por otra parte, sólo sabemos lo que, por analogía y a menudo por negación, inferimos basándonos en las operaciones de nuestra propia razón. Y ahora fijaos en que, a veces, para minar la falsa autoridad de una proposición absurda, que repugna a la razón, también la risa puede ser un instrumento idóneo. A menudo la risa sirve para confundir a los malvados y para poner en evidencia su necedad. Cuentan que cuando los paganos sumergieron a san Mauro en agua hirviente, éste se quejó de que el baño estuviese tan frío; el gobernador pagano puso estúpidamente la mano en el agua para probarla, y se escaldó. Bello acto de aquel santo mártir, que ridiculizó así a los enemigos de la fe.

Jorge sonrió con malignidad y dijo:

—También en los episodios que cuentan los predicadores hay muchas patrañas. Un santo sumergido en agua hirviendo sufre por Cristo y se contiene para no gritar, ¡no tiende trampas infantiles a los paganos!

—¿Veis? ¡Esta historia os parece inaceptable para la razón y la acusáis de ser ridícula! Aunque tácitamente, y dominando vuestros labios, os estáis riendo de algo y queréis que tampoco yo lo tome en serio. Reís de la risa, pero reís.

Jorge hizo un gesto de fastidio:

—Jugando con la risa me estáis arrastrando a hablar de frivolidades. Pero sabéis bien que Cristo no reía.

—No estoy muy seguro. Cuando invita a los fariseos a que arrojen la primera piedra, cuando pregunta de quién es la efigie estampada en la moneda con que ha de pagarse el tributo, cuando juega con las palabras y dice «Tu es petrus», creo que dice cosas ingeniosas, para confundir a los pecadores, para alentar a los suyos. También habla con ingenio cuando dice a Caifás: «Tú lo has dicho.» Y Jerónimo, cuando comenta el pasaje de Jeremías en que Dios dice a Jerusalén «nudavi femora contra faciem tuam», explica: «Sive nudabo et relevabo femora et posteriora tua.» De modo que hasta Dios se expresa mediante agudezas para confundir a los que quiere castigar. Y bien sabéis que, en el momento más vivo de la disputa entre cluniacenses y cistercienses, los primeros acusaron a los segundos, para ridiculizarlos, de no llevar calzones. Y en el *Speculum stultorum*, el asno Brunello se pregunta qué sucedería si por la noche el viento levantase las mantas y el monje viera sus partes pudendas...

Los monjes que estaban alrededor rompieron a reír, y Jorge montó en cólera:

—Estáis arrebatándome a estos hermanos para arrastrarlos a una fiesta de locos. Ya sé que es común entre los franciscanos conquistarse las simpatías del pueblo con este tipo de tonterías, pero sobre estos ludi os diré lo que dice un verso que en cierta ocasión oí en boca de uno de vuestros predicadores: «Tum podex carmen extulit horridulum.»

La reprimenda era un poco excesiva: Guillermo había estado impertinente, pero ahora Jorge lo acusaba de emitir pedos por la boca. Me pregunté si con la severidad de su respuesta el anciano no estaría invitándonos a salir del scriptorium. Pero vi que Guillermo, tan combativo hacía un momento, adoptaba la más dócil de las actitudes.

—Os pido perdón, venerable Jorge —dijo—. Mi boca no ha sabido ser fiel a mi pensamiento; no quise faltaros al respeto. Quizá lo que decís sea justo, y quizá yo esté equivocado.

Ante este acto de exquisita humildad, Jorge emitió un gruñido, que tanto podía expresar satisfacción como perdón, y no pudo hacer más que regresar a su sitio, mientras los monjes, que durante la discusión se habían ido acercando, fueron refluyendo hacia sus mesas de trabajo. Guillermo volvió a arrodillarse ante la mesa de Venancio y continuó hurgando entre las hojas. Su respuesta humildísima le había permitido ganar algunos segundos de tranquilidad. Y lo que pudo ver en ese brevísimo lapso guió la búsqueda que emprendería aquella misma noche.

Sin embargo, sólo fueron unos pocos segundos. Bencio se acercó enseguida, fingiendo haber olvidado su estilo sobre la mesa cuando se había aproximado para escuchar la conversación con Jorge. Le susurró a Guillermo que debía hablar urgentemente con él, y dijo que lo vería detrás de los baños. Le dijo que saliese primero, y que por su parte no tardaría en seguirlo.

Guillermo vaciló un instante, después llamó a Malaquías, que desde su mesa de bibliotecario, junto al catálogo, había observado todo lo anterior, y le pidió, en virtud del mandato que había recibido del Abad (e hizo mucho hincapié en ese privilegio), que pusiera a alguien de guardia junto a la mesa de Venancio, porque consideraba conveniente para su investigación que nadie se acercase a ella durante el resto del día, hasta que él pudiese regresar. Lo dijo en alta voz, porque así no sólo comprometía a Malaquías para que vigilara a los monjes sino también a estos últimos para que vigilaran a aquél. El bibliotecario no pudo hacer más que aceptar, y Guillermo se alejó conmigo.

Mientras atravesábamos el huerto en dirección a los baños, que estaban junto al edificio del hospital, Guillermo observó:

—Parece que a muchos no les gusta que ande tocando algo que hay sobre, o debajo de la mesa de Venancio.

—¿Qué será?

—Tengo la impresión de que ni siquiera ellos lo saben.

—Entonces, ¿Bencio no tiene nada que decirnos y sólo hace esto para alejarnos del scriptorium?

—Enseguida lo sabremos —dijo Guillermo.

Y, en efecto, Bencio no se hizo esperar.

Segundo día
SEXTA

*Donde, por un extraño relato de Bencio, llegan
a saberse cosas poco edificantes sobre la vida
en la abadía.*

Lo que Bencio nos dijo fue un poco confuso. Parecía
que, realmente, sólo nos había atraído hacia allí para
alejarnos del scriptorium, pero también que, incapaz de
inventar un pretexto convincente, estaba diciéndonos
cosas ciertas, fragmentos de una verdad más grande que
él conocía.

Nos dijo que por la mañana había estado reticente,
pero que ahora, después de una madura reflexión, pensaba que Guillermo debía conocer toda la verdad. Durante la famosa conversación sobre la risa, Berengario
se había referido al «finis Africae». ¿De qué se trataba?
La biblioteca estaba llena de secretos, y sobre todo de
libros que los monjes nunca habían podido consultar.
Las palabras de Guillermo sobre el examen racional de
las proposiciones habían causado honda impresión en
Bencio. Consideraba que un monje estudioso tenía de-

recho a conocer todo lo que guardaba la biblioteca. Criticó con ardor el concilio de Soissons, que había condenado a Abelardo. Y, mientras así hablaba, fuimos comprendiendo que aquel monje todavía joven, que se deleitaba en el estudio de la retórica, tenía arrebatos de independencia y aceptaba con dificultad los límites que la disciplina de la abadía imponía a la curiosidad de su intelecto. Siempre me han enseñado a desconfiar de esa clase de curiosidades, pero sé bien que a mi maestro no le disgustaba esa actitud, y advertí que simpatizaba con Bencio y que creía en lo que éste estaba diciendo. En resumen: Bencio nos dijo que no sabía de qué secretos habían hablado Adelmo, Venancio y Berengario, pero que no le hubiese desagradado que de aquella triste historia surgiera alguna claridad sobre la forma en que se administraba la biblioteca, y que confiaba en que mi maestro, comoquiera que desenredase la madeja del asunto, extrajera elementos susceptibles de hacer que el Abad se sintiese inclinado a suavizar la disciplina intelectual que pesaba sobre los monjes; venidos de tan lejos, como él, añadió, precisamente para nutrir su intelecto con las maravillas que escondía el amplio vientre de la biblioteca.

Creo que de verdad Bencio esperaba que la investigación tuviese estos efectos. Sin embargo, también era probable que al mismo tiempo, devorado como estaba por la curiosidad, quisiera reservarse, como había previsto Guillermo, la posibilidad de ser el primero que hurgase en la mesa de Venancio, y que para mantenernos lejos de ella estuviese dispuesto a darnos otras informaciones. Que fueron las siguientes.

Berengario, como ya muchos monjes sabían, estaba consumido por una insana pasión cuyo objeto era Adelmo, la misma pasión que la cólera divina había castigado en Sodoma y Gomorra. Así se expresó Bencio, quizá por consideración a mi juventud. Pero quien ha pasado su adolescencia en un monasterio sabe que, aunque haya mantenido la castidad, ha oído hablar, sin duda, de esas pasiones, y a veces ha tenido que cuidarse de las acechanzas de quienes a ellas habían sucumbido. ¿Acaso yo mismo, joven novicio, no había recibido en Melk misivas de cierto monje ya anciano que me escribía el tipo de versos que un laico suele dedicar a una mujer? Los votos monacales nos mantienen apartados de esa sentina de vicios que es el cuerpo de la hembra, pero a menudo nos acercan muchísimo a otro tipo de errores. Por último, ¿acaso puedo dejar de ver que mi propia vejez aún conoce la agitación del demonio meridiano cuando, en ocasiones, estando en el coro, mis ojos se detienen a contemplar el rostro imberbe de un novicio, puro y fresco como una muchacha?

No digo esto para poner en duda la decisión de consagrarme a la vida monástica, sino para justificar el error de muchos a quienes la carga sagrada les resulta demasiado gravosa. Para justificar, tal vez, el horrible delito de Berengario. Pero, según Bencio, parece que aquel monje cultivaba su vicio de una manera aún más innoble, porque recurría al chantaje para obtener de otros lo que la virtud y el decoro les habrían impedido otorgar.

De modo que desde hacía tiempo los monjes ironizaban sobre las tiernas miradas que Berengario lanzaba a Adelmo, cuya hermosura parecía haber sido singular. Pero este último, totalmente enamorado de su trabajo, que era quizá su única fuente de placer, no prestaba mayor atención al apasionamiento de Berengario. Sin embargo, aunque lo ignorase, puede que su ánimo ocultara una tendencia profunda hacia esa misma ignominia. El hecho es que Bencio dijo que había sorprendido un diálogo entre Adelmo y Berengario en el que este último, aludiendo a un secreto que Adelmo le pedía que le revelara, le proponía la vil transacción que hasta el lector más inocente puede imaginar. Y parece que Bencio oyó en boca de Adelmo palabras de aceptación, pronunciadas casi con alivio. Como si, aventuraba Bencio, no otra cosa desease, y como si para aceptar le hubiera bastado poder invocar una razón distinta del deseo carnal. Signo, argumentaba Bencio, de que el secreto de Berengario debía de estar relacionado con algún arcano del saber, para que así Adelmo pudiera hacerse la ilusión de que se entregaba a un pccado de la carne para satisfacer una apetencia intelectual. Y, añadió Bencio con una sonrisa, cuántas veces él mismo no era presa de apetencias intelectuales tan violentas que para satisfacerlas hubiese aceptado secundar apetencias carnales ajenas, incluso contrarias a su propia apetencia carnal.

—¿Acaso no hay momentos —preguntó a Guillermo— en los que estaríais dispuesto a hacer incluso cosas reprobables para tener en vuestras manos un libro que buscáis desde hace años?

—El sabio y muy virtuoso Silvestre II, hace dos siglos, regaló una preciosísima esfera armilar a cambio de un manuscrito, creo que de Estacio o de Lucano —dijo Guillermo. Y luego añadió prudentemente—: Pero se trataba de una esfera armilar, no de la propia virtud.

Bencio admitió que su entusiasmo lo había hecho exagerar, y retomó la narración. Movido por la curiosidad, la noche en que Adelmo moriría, había vigilado sus pasos y los de Berengario. Después de completas, los había visto caminando juntos hacia el dormitorio. Había esperado largo rato en su celda, que no distaba mucho de las de ellos, con la puerta entreabierta, y había visto claramente que Adelmo se deslizaba, en medio del silencio que rodeaba el reposo de los monjes, hacia la celda de Berengario. Había seguido despierto, sin poder conciliar el sueño, hasta que oyó que se abría la puerta de Berengario y que Adelmo escapaba casi a la carrera, mientras su amigo intentaba retenerlo. Berengario lo había seguido hasta el piso inferior. Bencio había ido tras ellos, cuidando de no ser visto, y en la entrada del pasillo inferior había divisado a Berengario que, casi temblando, oculto en un rincón, clavaba los ojos en la puerta de la celda de Jorge. Bencio había adivinado que Adelmo se había arrojado a los pies del anciano monje para confesarle su pecado. Y Berengario temblaba, porque sabía que su secreto estaba descubierto, aunque fuese a quedar guardado por el sello del sacramento.

Después Adelmo había salido, con el rostro muy pálido, había apartado de sí a Berengario que intentaba hablarle, y se había precipitado fuera del dormitorio. Tras rodear el ábside de la iglesia, había entrado en el coro por la puerta septentrional (que siempre permanece abierta de noche). Probablemente, quería rezar. Berengario lo había seguido, pero no había entrado en la iglesia, y se paseaba entre las tumbas del cementerio retorciéndose las manos.

Bencio estuvo vacilando sin saber qué hacer, hasta que de pronto vio a una cuarta persona moviéndose por los alrededores. También había seguido a Adelmo y Berengario, y sin duda no había advertido la presencia de Bencio, que estaba erguido junto al tronco de un roble plantado al borde del cementerio. Era Venancio. Al verlo, Berengario se había agachado entre las tumbas. También Venancio había entrado en el coro. En aquel momento, temiendo que lo descubrieran, Bencio había regresado al dormitorio. A la mañana siguiente, el cadáver de Adelmo había aparecido al pie del barranco. Eso era todo lo que Bencio sabía.

Pronto sería la hora de comer. Bencio nos dejó, y mi maestro no le hizo más preguntas. Nos quedamos un rato detrás de los baños y después dimos un breve paseo por el huerto, meditando sobre aquellas extrañas revelaciones.

—Frangula —dijo de pronto Guillermo, inclinándose para observar una planta, que, como era invierno, había reconocido por el arbusto—. La infusión de su corteza es buena para las hemorroides. Y aquello es *arctium lappa*; una buena cataplasma de raíces frescas cicatriza los eccemas de la piel.

—Sois mejor que Severino —le dije—, pero ahora ¡decidme qué pensáis de lo que acabamos de oír!

—Querido Adso, deberías aprender a razonar con tu propia cabeza. Probablemente, Bencio nos ha dicho la verdad. Su relato coincide con el que hoy temprano nos hizo Berengario, tan mezclado con alucinaciones. Intenta reconstruir los hechos. Berengario y Adelmo hacen juntos algo muy feo, ya lo habíamos adivinado. Y Berengario debe de haber revelado a Adelmo algún secreto que, ¡ay!, sigue siendo un secreto. Después de haber cometido aquel delito contra la castidad y las reglas de la naturaleza, Adelmo sólo piensa en franquearse con alguien que pueda absolverle, y corre a la celda de Jorge. Éste, como hemos podido comprobar, tiene un carácter muy severo, y, sin duda, abruma a Adelmo con reproches que lo llenan de angustia. Quizá no le da la absolución, quizá le impone una penitencia irrealizable, es algo que ignoramos, y que Jorge nunca nos dirá. Lo cierto es que Adelmo corre a la iglesia para arrodillarse ante el altar, pero no consigue calmar sus remordimientos. En ese momento se le acerca Venancio. No sabemos qué se dijeron. Quizá Adelmo confía a Venancio el secreto que Berengario acaba de transmitirle (en pago), por el que ya no siente ningún interés, porque ahora tiene su propio secreto, mucho más terrible y candente. ¿Qué hace entonces Venancio? Quizá, comido por la misma curiosidad que hoy agitaba a nuestro Bencio, contento por lo que acaba de saber, se marcha dejando a Adelmo presa de sus remordimientos. Al verse abandonado, éste piensa en matarse; desesperado, se dirige al cementerio, donde encuentra a Berengario. Le dice palabras tremendas, le echa en cara su responsabilidad, lo llama maestro y dice que le ha enseñado a hacer cosas ignominiosas. Creo que, quitando las partes alucinatorias, el relato de Berengario fue exacto. Adelmo le repitió las mismas palabras atormentadoras que acababa de decirle a él Jorge. Y es entonces cuando Berengario, muy turbado, se marcha en una dirección, mientras Adelmo se aleja hacia el otro lado, decidido a matarse. El resto casi lo conocemos como si hubiésemos sido testigos de los hechos. Todos piensan que alguien mató a Adelmo. Venancio lo interpreta como un signo de que el secreto de la biblioteca es aún más importante de lo que había creído, y sigue investigando por su cuenta. Hasta que alguien lo detiene, antes o después de haber descubierto lo que buscaba.

—¿Quién lo mata? ¿Berengario?

—Quizá. O Malaquías, encargado de custodiar el Edificio. O algún otro. Cabe sospechar de Berengario precisamente porque está asustado, y porque sabía que Venancio conocía su secreto. O de Malaquías: debe custodiar la integridad de la biblioteca, descubre que alguien la ha violado, y mata. Jorge lo sabe todo de todos, conoce el secreto de Adelmo, no quiere que yo descubra lo que tal vez haya encontrado Venancio... Muchos datos aconsejarían dirigir hacia él las sospechas. Pero dime cómo un hombre ciego puede matar a otro que está en la plenitud de sus fuerzas, y cómo un anciano, eso sí, robusto, pudo llevar el cadáver hasta la tinaja. Y, por último, ¿el asesino no podría ser el propio Bencio? Podría habernos mentido, podría estar obrando con unos fines inconfesables. ¿Y por qué limitar las sospechas a los que participaron en la conversación sobre la risa? Quizá el delito tuvo otros móviles, que nada tienen que ver con la biblioteca. De todos modos se imponen dos cosas: averiguar cómo se entra en la biblioteca, y conseguir una lámpara. De esto último ocúpate tú. Date una vuelta por la cocina a la hora de la comida y coge una...

—¿Un hurto?

—Un préstamo, a la mayor gloria del Señor.

—En tal caso, contad conmigo.

—Muy bien. En cuanto a entrar en el Edificio, ya vimos por dónde apareció Malaquías ayer noche. Hoy haré una visita a la iglesia, y en especial a aquella capilla. Dentro de una hora iremos a comer. Después tenemos una reunión con el Abad. Podrás asistir tú también, porque he pedido que haya un secretario para tomar nota de lo que se diga.

Segundo día
NONA

Donde el Abad se muestra orgulloso de las riquezas
de su abadía y temeroso de los herejes, y al final
Adso se pregunta si no habrá hecho mal
en salir a recorrer el mundo.

Encontramos al Abad en la iglesia, frente al altar mayor. Estaba vigilando el trabajo de unos novicios que habían sacado de algún sitio recóndito una serie de vasos sagrados, cálices, patenas, custodias, y un crucifijo que no había visto durante el oficio de la mañana. Ante la refulgente belleza de aquellos sagrados utensilios, no pude contener una exclamación de asombro. Era pleno mediodía y la luz penetraba a raudales por las ventanas del coro, y con más abundancia aun por las de las fachadas, formando blancos torrentes que, como místicos arroyos de sustancia divina, iban a cruzarse en diferentes puntos de la iglesia, inundando incluso el altar.

Los vasos, los cálices, todo revelaba la materia preciosa con que estaba hecho: entre el amarillo del oro, la blancura inmaculada de los marfiles y la transparencia del cristal, vi brillar gemas de todos los colores y tamaños, reconocí el jacinto, el topacio, el rubí, el zafiro, la esmeralda, el crisólito, el ónix, el carbunclo, el jaspe y el ágata. Y al mismo tiempo advertí algo que por la mañana, arrobado primero en la oración, y confundido luego por el terror, no había notado: el frontal del altar y otros tres paneles que formaban su corona eran todos de oro, y de oro parecía el altar por dondequiera que se lo mirase.

El Abad sonrió al ver mi asombro:

—Estas riquezas que veis —dijo volviéndose hacia nosotros— y otras que aún veréis, son la herencia de siglos de piedad y devoción, y el testimonio del poder y la santidad de esta abadía. Príncipes y poderosos de la tierra, arzobispos y obispos, han sacrificado a este altar, y a los objetos que le están destinados, los anillos de sus investiduras, los oros y las piedras que señalaban su grandeza, y han querido entregarlos para que fuesen fundidos aquí para la mayor gloria del Señor y de este sitio que es suyo. Aunque hoy la abadía haya sido profanada por otro acontecimiento luctuoso, no podemos olvidar el poder y la fuerza del Altísimo, que se alza frente a la evidencia de nuestra fragilidad. Se avecinan las festividades de la Santa Navidad, y estamos empezando a limpiar los utensilios sagrados, para que el nacimiento del Salvador pueda festejarse con todo el fasto y la magnificencia que merece y requiere. Todo deberá manifestarse en su máximo esplendor... —añadió, mirando fijamente a Guillermo, y luego comprendí por qué insistía con tanto orgullo en justificar su manera de proceder—, porque pensamos que es útil y conveniente no esconder sino, por el contrario, exhibir las ofrendas hechas al Señor.

—Así es —dijo cortésmente Guillermo—. Si vuestra excelencia estima que así ha de glorificarse al Señor, qué duda cabe de que vuestra abadía ha alcanzado la máxima excelencia en esta ofrenda de alabanzas.

—Así debe ser. Si por voluntad de Dios o por imposición de los profetas, se utilizaban ánforas y jarras de oro y pequeños morteros áureos para recoger la sangre de cabras, terneros o terneras en el templo de Salomón, ¡con mayor razón, llenos de reverencia y devoción, hemos de utilizar, para recibir la sangre de Cristo, vasos de oro y piedras preciosas, escogiendo para ello lo más valioso de entre las cosas creadas! Si se produjese una segunda creación y nuestra sustancia llegara a igualarse con la de los querubines y serafines, seguiría siendo indigno el servicio que podría rendir a una víctima tan inefable...

—Así sea —dije.

—Muchos objetan que una mente santamente inspirada, un corazón puro, una intención llena de fe deberían bastar para esta sagrada función. Somos los primeros en afirmar en forma explícita y decidida que eso es lo esencial, pero estamos persuadidos de que también debe rendirse homenaje a través del ornamento exterior de los utensilios sagrados, porque es sumamente justo y conveniente que sirvamos a nuestro Salvador en todo y sin restricciones, puesto que Él ha querido asistirnos en todo sin restricciones ni excepciones.

—Ésta ha sido siempre la opinión de los grandes de vuestra orden —admitió Guillermo—. Recuerdo haber leído páginas muy bellas sobre los ornamentos de las iglesias en las obras del grandísimo y venerable abate Suger.

—Así es —dijo el Abad—. ¿Veis este crucifijo? Aún no está completo... —Lo cogió con infinito amor y lo contempló con el rostro iluminado por la beatitud—: Todavía faltan unas perlas aquí; no he encontrado aún las que se ajusten a sus dimensiones. San Andrés dijo que en la cruz del Gólgota los miembros de Cristo eran como otros tantos adornos de perlas. Y de perlas han de ser los adornos de este humilde simulacro de aquel gran prodigio. Aunque también me ha parecido conveniente hacer engastar aquí, justo sobre la cabeza del Salvador, el más bello diamante que jamás hayáis visto. —Con sus manos devotas, con los largos dedos blancos, acarició las partes más preciosas del santo madero, mejor dicho, del santo marfil, porque de esa espléndida materia estaban hechos los brazos de la cruz—. Cuando me deleito contemplando todas las bellezas de esta casa de Dios, y el encanto de las piedras multicolores borra las preocupaciones externas, y una digna meditación me lleva a considerar, transfiriendo lo material a lo inmaterial, la diversidad de las virtudes sagradas, tengo la impresión de hallarme, por decirlo así, en una extraña región del universo, aún no del todo libre en la pureza del cielo, pero ya en parte liberada del fango de la tierra. Y me parece que, por gracia de Dios, puedo alejarme de este mundo inferior para alcanzar el superior, por vía anagógica...

Mientras así hablaba había vuelto el rostro hacia la nave. Una ola de luz que penetraba desde lo alto lo estaba iluminando —especial benevolencia del astro diurno— en el rostro y en las manos, que, arrobado de fervor, tenía abiertas y extendidas en forma de cruz.

—Toda criatura —dijo—, ya sea visible o invisible, es una luz, hija del padre de las luces. Este marfil, este ónix, pero también la piedra que nos rodea, son una luz, porque yo percibo que son buenos y bellos, que existen según sus propias reglas de proporción, que difieren en género y especie del resto de los géneros y especies, que están definidos por sus correspondientes números, que se ajustan a sus respectivos órdenes, que buscan los lugares que les son propios, de acuerdo con sus diferencias de gravedad. Y mejor se me revelan estas cosas cuanto más preciosa es la materia que contemplo, pues, si para remontarme a la sublimidad de la causa, cuya plenitud me es inaccesible, debo partir de la sublimidad del efecto, y si ya el estiércol y el insecto consiguen hablarme de la divina causalidad, ¡cuánto mejor lo harán efectos tan admirables como el oro y el diamante, cuánto mejor brillará en ellos la potencia creadora de Dios! Y entonces, cuando percibo en las piedras esas cosas superiores, mi alma llora conmovida de júbilo, y no por vanidad terrenal o por amor a las riquezas, sino por amor purísimo de la causa primera no causada.

—En verdad ésta es la más dulce de las teologías —dijo Guillermo con perfecta humildad.

Y pensé que estaba utilizando aquella insidiosa figura de pensamiento que los retóricos llaman ironía, y que siempre debe usarse precedida por la pronunciatio, que es su señal y justificación.

Pero Guillermo nunca lo hacía, de modo que el Abad, más propenso a utilizar las figuras del discurso, tomó a Guillermo al pie de la letra y añadió, llevado aún por su rapto místico:

—Es la vía más inmediata para entrar en contacto con el Altísimo, teofanía material.

Guillermo tosió educadamente: «Eh... oh...», dijo. Eso hacía cada vez que quería cambiar de tema. Logró hacerlo con mucha gentileza, porque tenía la costumbre —típica, creo, de los hombres de su tierra— de emitir una serie de gemidos preliminares cada vez que se proponía hablar, como si emprender la exposición de un pensamiento acabado constituyera un gran esfuerzo para su mente. Sin embargo, yo me había dado cuenta de que cuanto más duraban esos gemidos preliminares más seguro estaba de la bondad de la proposición que después expresaría.

—Eh... oh... —dijo, pues, Guillermo—. Hemos de hablar del encuentro y del debate sobre la pobreza...

—La pobreza... —dijo, aún absorto, el Abad, como

si le costase descender de la hermosa región del universo adonde lo habían transportado sus gemas—. Es cierto, el encuentro...

Y empezaron a discutir minuciosamente sobre cosas que en parte yo conocía y que en parte logré entender al escuchar su conversación. Se trataba, como ya he dicho al comienzo de este fiel relato, de la doble querella que oponía de una parte al emperador y al papa, y de la otra al papa y a los franciscanos, que en el capítulo de Perusa, si bien con muchos años de atraso, habían adoptado las tesis de los espirituales acerca de la pobreza de Cristo, y del enredo que se había originado al unirse los franciscanos al imperio, triángulo de oposiciones y de alianzas que ahora se había convertido en cuadrado por la intervención —todavía incomprensible para mí— de los abades de la orden de san Benito.

Nunca he acabado de comprender por qué los abades benedictinos habían dado protección y asilo a los franciscanos espirituales, incluso antes de que su propia orden adoptase, hasta cierto punto, sus opiniones. Porque si los espirituales predicaban la renuncia a todos los bienes de este mundo, los abades de mi orden, en cambio, seguían una vía no menos virtuosa pero del todo opuesta, como claramente había podido comprobar aquel mismo día. Pero creo que los abades consideraban que un poder excesivo del papa equivalía a un poder excesivo de los obispos y las ciudades, y mi orden había conservado intacto su poder a través de los siglos precisamente contra el clero secular y los mercaderes de las ciudades, presentándose como mediadora directa entre el cielo y la tierra, y consejera de los soberanos.

Muchas veces había oído yo repetir la frase según la cual el pueblo de Dios se divide en pastores (o sea los clérigos), perros (o sea los guerreros) y ovejas, el pueblo. Pero más tarde he aprendido que esa frase puede repetirse de diferentes maneras. Los benedictinos habían hablado a menudo no de tres sino de dos grandes divisiones, una relacionada con la administración de las cosas terrenales y otra relacionada con la administración de las cosas celestes. En lo referente a las cosas terrenales valía la división entre el clero, los señores laicos y el pueblo, pero por encima de esa tripartición dominaba la presencia del *ordo monachorum*, vínculo directo entre el pueblo de Dios y el cielo, y los monjes no tenían nada que ver con los pastores seculares que eran los curas y los obispos, ignorantes y corruptos, que ahora servían los intereses de las ciudades, donde las ovejas ya no eran los buenos y fieles campesinos sino los mercaderes y los artesanos. La orden benedictina no veía mal que el gobierno de los simples estuviese a cargo de los clérigos seculares, siempre y cuando el establecimiento de la regla definitiva de aquella relación incumbiese a los monjes, que estaban en contacto directo con la fuente de todo poder terrenal, el imperio, así como lo estaban con la fuente de todo poder celeste. Y creo que fue por eso que muchos abades benedictinos, para afirmar la dignidad del imperio frente al poder de las ciudades (donde los obispos y los mercaderes se habían unido), estuvieron incluso dispuestos a brindar protección a los franciscanos espirituales, cuyas ideas no compartían, pero cuya presencia les era útil, porque proporcionaban buenos argumentos al imperio en su lucha contra el poder excesivo del papa.

Deduje que aquéllas debían de ser las razones por las que Abbone estaba dispuesto a colaborar con Guillermo, enviado del emperador para mediar entre la orden franciscana y la sede pontificia. En efecto: a pesar de la violencia de la querella, que tanto hacía peligrar la unidad de la iglesia, Michele da Cesena, a quien el papa Juan había llamado en reiteradas ocasiones a Aviñón, se había decidido finalmente a aceptar la invitación, porque no deseaba una ruptura definitiva entre su orden y el pontífice. Como general de los franciscanos quería que triunfaran las posiciones de su orden, pero al mismo tiempo le interesaba obtener el consenso papal, entre otras razones porque intuía que sin ese consenso no podría durar demasiado a la cabeza de la orden.

Pero muchos le habían hecho ver que el papa lo esperaría en Francia para tenderle una celada, acusarlo de herejía y procesarlo. Por eso aconsejaban que antes del viaje se hicieran algunos tratos. Marsilio había tenido una idea mejor: enviar junto a Michele un legado imperial que expusiese al papa el punto de vista de los partidarios del emperador. No tanto para convencer al viejo Cahors como para reforzar la posición de Michele, quien, al formar parte de una legación imperial, ya no podría ser una presa tan fácil para la venganza pontificia.

Sin embargo, también esa idea presentaba numerosos inconvenientes, y no podía realizarse en forma inmediata. De allí había surgido la idea de un encuentro preliminar entre los miembros de la legación imperial y algunos enviados del papa, a fin de probar las respectivas posiciones y redactar los acuerdos para un encuentro en que la seguridad de los visitantes italianos estuviese garantizada. La organización de ese primer encuentro había sido confiada precisamente a Guillermo de Baskerville. Quien luego debería exponer en Aviñón el punto de vista de los teólogos imperiales, si hubiese estimado que el viaje era posible sin peligro. Empresa nada fácil, porque se suponía que el papa, que deseaba que Michele fuese solo para poder reducirlo más fácilmente a la obediencia, enviaría a Italia una legación con el propósito de hacer todo lo posible para que el viaje de los emisarios imperiales a su corte no llegara a realizarse. Hasta ese momento Guillermo se había movido con gran habilidad. Después de largas consultas con varios abades benedictinos (por eso nuestro viaje había tenido tantas etapas) había elegido la abadía en la que nos encontrábamos, precisamente porque se sabía que el Abad era devotísimo del imperio, y, sin embargo, dada su gran habilidad diplomática, tampoco era mal visto en la corte pontificia. Territorio neutral, pues, la abadía, donde los dos grupos habrían podido encontrarse.

Pero las resistencias del pontífice no habían acabado allí. Sabía que, una vez en el terreno de la abadía, su legación quedaría sometida a la jurisdicción del Abad, y como en ella también habría algunos miembros del clero secular, se negaba a aceptar esa cláusula porque temía una celada por parte del imperio. De modo que había puesto como condición que la indemnidad de sus enviados estuviese garantizada por la presencia de una compañía de arqueros del rey de Francia al mando de una persona de su confianza. Algo había escuchado yo sobre esto cuando en Bobbio Guillermo se reunió con un embajador del papa: habían tratado de definir la fórmula que determinara la misión de dicha compañía, o sea qué quería decir garantizar la indemnidad de los legados pontificios. Al final se había aceptado una fórmula propuesta por los aviñoneses, que había parecido razonable: los hombres armados y el que los mandara tendrían jurisdicción «sobre todos aquellos que de alguna manera tratasen de atentar contra la vida de los miembros de la legación pontificia y de influir sobre su comportamiento y sobre su juicio mediante actos violentos». En aquel momento, el acuerdo había respondido a puras preocupaciones formales. Pero ahora, después de los hechos que acababan de producirse en la abadía, el Abad estaba inquieto, y comunicó sus dudas a Guillermo. Si la legación llegaba a la abadía antes de que se descubriera al autor de los dos crímenes (al día siguiente las preocupaciones del Abad habrían de crecer, porque los crímenes serían ya tres), habría que reconocer que en aquel recinto circulaba alguien capaz de influir mediante actos violentos sobre el juicio y el comportamiento de los legados pontificios.

De nada valía tratar de ocultar los crímenes que se habían cometido, porque, si llegara a suceder alguna otra cosa, los legados pontificios pensarían que existía una conjura contra ellos. Por tanto, sólo quedaban dos soluciones. O bien Guillermo descubría al asesino antes de que llegase la legación (y aquí el Abad lo miró fijamente, como reprochándole sin palabras que aún no hubiera aclarado el asunto), o bien se imponía informar directamente de lo que estaba sucediendo al representante del papa, y pedirle que, mientras durasen las sesiones, se ocupara de que la abadía estuviese bajo estricta vigilancia. Pero el Abad hubiera preferido no hacerlo, porque eso significaba renunciar a una parte de su soberanía, y dejar, incluso, que los franceses controlasen a sus monjes. Sin embargo, no podía arriesgarse. Tanto Guillermo como el Abad lamentaban el cariz que estaban tomando las cosas, pero no tenían demasiadas alternativas. De modo que quedaron en verse al día siguiente para tomar una decisión definitiva. Entretanto sólo podían confiar en la misericordia divina y en la sagacidad de Guillermo.

—Haré lo posible, vuestra excelencia —dijo Guillermo—. Sin embargo, no veo cómo este asunto podría comprometer el éxito de la reunión. Incluso el representante pontificio tendrá que comprender que hay una diferencia entre la obra de un loco, de un ser sanguinario o quizá sólo de un alma extraviada, y los graves problemas que vendrán a discutir esos hombres de probada rectitud.

—¿Os parece? —preguntó el Abad, mirándolo fijamente—. No olvidéis que los de Aviñón están acostumbrados a encontrarse con los franciscanos, o sea con personas peligrosamente próximas a los fraticelli y a otros aún más insensatos que los fraticelli, herejes peligrosos que se han manchado con crímenes —y aquí el Abad bajó el tono de su voz—, en comparación con los cuales los hechos aquí acaecidos, sin duda horribles, empalidecen como el sol cuando hay niebla.

—¡No es lo mismo! —exclamó Guillermo excitado—. No podéis medir con el mismo rasero a los franciscanos del capítulo de Perusa y a cualquier banda de herejes que ha entendido mal el mensaje del evangelio convirtiendo la lucha contra las riquezas en una serie de venganzas privadas o de locuras sanguinarias.

—No hace muchos años que, a pocas millas de aquí, una de esas bandas, como las llamáis, arrasó a hierro y fuego las tierras del obispo de Vercelli y las montañas del novarés —dijo secamente el Abad.

—Estáis hablando de fray Dulcino y de los apóstoles...

—De los seudoapóstoles —corrigió el Abad.

Y otra vez oía mencionar yo a fray Dulcino y a los seudoapóstoles, y otra vez con tono circunspecto, y casi con un matiz de terror.

—De los seudoapóstoles —admitió de buen grado Guillermo—. Pero no tenían nada que ver con los franciscanos.

—Con quienes compartían la veneración por Joaquín de Calabria —dijo sin darle respiro el Abad—. Preguntádselo a vuestro hermano Ubertino.

—Me permito señalar a vuestra excelencia que ahora es hermano vuestro —dijo Guillermo sonriendo y haciendo una especie de reverencia, como para felicitar al Abad por la adquisición que había hecho su orden al acoger a un hombre tan afamado.

—Lo sé, lo sé —respondió también sonriendo el Abad—. Y vos sabéis con cuánta solicitud fraternal nuestra orden acogió a los espirituales cuando cayó sobre ellos la ira del papa. No hablo sólo de Ubertino, sino también de muchos otros hermanos más humildes, de los que poco se sabe, y de los que quizá debería saberse más. Porque a veces ha sucedido que tránsfugas vestidos con el sayo de los franciscanos buscaron asilo entre nosotros, pero luego he sabido que sus vidas azarosas los habían llevado, durante cierto tiempo, bastante cerca de los dulcinianos.

—¿También aquí?

—También aquí. Os estoy revelando algo que en verdad conozco muy poco, y en todo caso no lo suficiente como para formular acusaciones. Pero, como estáis investigando sobre la vida de esta abadía, conviene que también vos conozcáis ciertas cosas. Así pues, os diré que sospecho (atención, sospecho sobre la base de lo que he oído o adivinado) que hubo una etapa muy oscura en la vida de nuestro cillerero, que precisamente llegó aquí hace años, siguiendo el éxodo de los franciscanos.

—¿El cillerero? ¿Remigio da Varagine un dulciniano? Me parece el ser más apacible, y en todo caso menos preocupado por nuestra señora la pobreza, que jamás haya visto... —dijo Guillermo.

—Y, en efecto, no puedo reprocharle nada, y le estoy agradecido por sus buenos servicios, que le han valido el reconocimiento de toda la comunidad. Pero digo esto para que comprendáis lo fácil que es encontrar relaciones entre un fraile y un fraticello.

—De nuevo vuestra excelencia es injusta, si puedo permitirme esta palabra —lo interrumpió Guillermo—. Estábamos hablando de los dulcinianos, no de los fraticelli. De los que podrá decirse cualquier cosa (sin saber tampoco de quiénes se habla, porque los hay de muchas clases), salvo que sean sanguinarios. Lo más que podrá reprochárseles es haber puesto en práctica sin demasiada sensatez lo que los espirituales han predicado con mayor mesura y animados por el auténtico amor a Dios, y en este sentido admito que el límite entre unos y otros es bastante tenue.

—¡Pero los fraticelli son herejes! —lo interrumpió secamente el Abad—. No se limitan a afirmar la tesis de la pobreza de Cristo y los apóstoles, doctrina que, si bien no tiendo a compartir, me parece un arma útil para contrarrestar la soberbia de los de Aviñón. Los fraticelli extraen de esa doctrina una consecuencia práctica, se valen de ella para legitimar la rebelión, el saqueo, la perversión de las costumbres.

—Pero, ¿qué fraticelli?

—Todos en general. Sabéis que se han manchado con crímenes innombrables, que no reconocen el matrimonio, que niegan el infierno, que cometen sodomía, que abrazan la herejía bogomila del ordo Bulgarie y del ordo Drygonthie...

—¡Por favor, no confundáis cosas distintas! ¡Habláis de los fraticelli, de los patarinos, de los valdenses, de los cátaros, y entre éstos, de los bogomilos de Bulgaria y herejes de Dragovitsa, como si todos fuesen iguales!

—Lo son —dijo secamente el Abad—, lo son porque son herejes y lo son porque ponen en peligro el orden mismo del mundo civil, incluido el orden del imperio que al parecer vos defendéis. Hace más de cien años, los secuaces de Arnaldo da Brescia incendiaron las casas de los nobles y de los cardenales, y eso fueron los frutos de la herejía lombarda de los patarinos. Conozco historias terribles sobre aquellos herejes, y las he leído en Cesario de Eisterbach. En Verona, el canónigo de San Gedeón, Everardo, advirtió en cierta ocasión que el dueño de la casa donde se hospedaba salía todas las noches junto con su mujer y su hija. Interrogó a uno de los tres para saber adónde iban y qué hacían. Ven y verás, fue la respuesta, y los siguió hasta una casa subterránea muy grande, donde estaban reunidas muchas personas de ambos sexos. En medio del silencio general, un heresiarca pronunció un discurso plagado de blasfemias, con la intención de corromper sus vidas y sus costumbres. Después, apagadas las velas, cada cual se echó sobre su vecina, sin hacer distinciones entre la esposa legítima y la mujer soltera, entre la viuda y la virgen, entre la patrona y la sierva, como tampoco (¡aún peor!, ¡que el Señor me perdone por hablar de cosas tan horribles!) entre la hija y la hermana. Al ver todo eso, Everardo, joven frívolo y lujurioso, fingiéndose discípulo, se acercó no sé si a la hija del dueño de su casa o a otra muchacha, y cuando se apagaron las velas pecó con ella. Desgraciadamente, siguió participando en esas reuniones durante más de un año, hasta que un día el maestro dijo que aquel joven frecuentaba con tanto provecho sus sesiones que no tardaría en poder iniciar a los neófitos. Fue entonces cuando Everardo comprendió en qué abismo había caído, y consiguió librarse de su seducción diciendo que no había frecuentado aquella casa porque lo atrajese la herejía, sino porque lo atraían las muchachas. Fue expulsado. Pero así, como veis, es la ley y la vida de los herejes, patarinos, cátaros, joaquinistas, espirituales de toda calaña. Y no hay que asombrarse de que así sea: no creen en la resurrección de la carne ni en el infierno como castigo de los malvados, y consideran que pueden hacer cualquier cosa impunemente. En efecto, se llaman a sí mismos *catharoi*, o sea puros.

—Abbone, vivís aislado en esta espléndida y santa abadía, alejada de las iniquidades del mundo. La vida de las ciudades es mucho más compleja de lo que creéis, y, como sabéis, también en el error y en el mal hay grados. Lot fue mucho menos pecador que sus conciudadanos, que concibieron pensamientos inmundos incluso sobre los ángeles enviados por Dios, y la traición de Pedro fue nada comparada con la traición de Judas; en efecto, uno fue perdonado y el otro no. No podéis considerar que los patarinos y los cátaros sean lo mismo. Los patarinos son un movimiento de reforma de las costumbres dentro de las leyes de la santa madre iglesia. Lo que siempre quisieron fue mejorar el modo de vida de los eclesiásticos.

—Afirmando que no debían tomarse los sacramentos impartidos por sacerdotes impuros...

—En lo que erraron, pero éste fue su único error de doctrina. Porque ellos nunca se propusieron alterar la ley de Dios.

—Pero la prédica patarina de Arnaldo da Brescia, en Roma, hace más de doscientos años, lanzó a la turba de los campesinos a incendiar las casas de los nobles y de los cardenales.

—Arnaldo intentó atraer hacia su movimiento de reforma a los magistrados de la ciudad. Éstos no lo siguieron. Quienes sí lo escucharon fueron los pobres y los desheredados. Él no fue responsable de la energía y la furia con que estos últimos respondieron a sus llamamientos en pro de una ciudad menos corrupta.

—La ciudad siempre es corrupta.

—La ciudad es el sitio donde hoy vive el pueblo de Dios, del que vos, del que nosotros somos los pastores. Es el sitio del escándalo, donde el prelado rico predica la virtud al pueblo pobre y hambriento. Los desórdenes de los patarinos nacen de esa situación. Son dolorosos, pero no son incomprensibles. Los cátaros son otra cosa. Es una herejía oriental, ajena a la doctrina de la iglesia. No sé si realmente cometen o han cometido los crímenes que se les imputan. Sé que rechazan el matrimonio, que niegan el infierno. Me pregunto si muchas de las falsas imputaciones que se les han hecho no se basan sólo en el carácter (sin duda, abominable) de sus ideas.

—¿Me estáis diciendo que los cátaros no se mezclaron con los patarinos, y que ambos no son sino dos de las innumerables caras de la misma manifestación demoníaca?

—Digo que muchas de esas herejías, independientemente de las doctrinas que defienden, tienen éxito entre los simples porque les sugieren la posibilidad de una vida distinta. Digo que en general los simples no saben mucho de doctrina. Digo que a menudo ha sucedido que las masas de simples confundieran la predicación cátara con la de los patarinos, y ésta en general con la de los espirituales. La vida de los simples, Abbone, no está iluminada por el saber y el sentido agudo de las distinciones, propios de los hombres sabios como nosotros. Además, es una vida obsesionada por la enfermedad y la pobreza, y por la ignorancia, que les impide expresarlas en forma inteligible. A menudo, para muchos de ellos, la adhesión a un grupo herético es sólo una manera como cualquier otra de gritar su desesperación. La casa de un cardenal puede quemarse porque se desea perfeccionar la vida del clero, o bien porque se considera inexistente el infierno que éste predica. Pero siempre se quema porque existe el infierno de este mundo donde vive el rebaño que debemos cuidar. Y sabéis muy bien que, si ellos no distinguen entre la iglesia búlgara y los secuaces del cura Liprando, a menudo ha sucedido que las autoridades imperiales y sus partidarios tampoco han distinguido entre los espirituales y los herejes. No pocas veces grupos de gibelinos han apoyado movimientos populares de inspiración cátara, porque les convenía en su lucha política. Considero que obraron mal. Pero luego he sabido que a menudo esos mismos grupos, para deshacerse de esos adversarios inquietos y peligrosos, y demasiado «simples», atribuyeron a unos las herejías de los otros, y los empujaron a todos a la hoguera. He visto, os juro Abbone, he visto con mis propios ojos, hombres de vida virtuosa, partidarios sinceros de la pobreza y la castidad, pero enemigos de los obispos, a quienes estos últimos entregaron al brazo secular, estuviese éste al servicio del imperio o de las ciudades libres, acusándolos de promiscuidad sexual y sodomía, prácticas abominables en las que otros, quizá, pero no ellos habían incurrido. Los simples son carne de matadero: se los utiliza cuando sirven para debilitar al poder enemigo, y se los sacrifica cuando ya no sirven.

—O sea que —dijo el Abad con evidente malicia—, entre Dulcino y sus locos, y entre Gherardo Segalelli y aquellos infames asesinos, hubo cátaros malvados o fraticelli virtuosos, bogomilos sodomitas o patarinos reformadores. ¿Me diréis, entonces, Guillermo, vos que todo lo sabéis sobre los herejes, hasta el punto de parecer uno de ellos, quién tiene la verdad?

—A veces ninguna de las partes —dijo con tristeza Guillermo.

—¿Veis como tampoco vos sabéis distinguir entre los diferentes tipos de herejes? Yo al menos tengo una regla. Sé que son herejes los que ponen en peligro el orden que gobierna al pueblo de Dios. Y defiendo al imperio porque me asegura la vigencia de ese orden. Combato al papa porque está entregando el poder espiritual a los obispos de las ciudades, que se alían con los mercaderes y las corporaciones, y serán incapaces de mantener ese orden. Nosotros lo hemos mantenido durante siglos. Y en cuanto a los herejes, también tengo una regla, que se resume en la respuesta de Arnaldo Amalrico, abad de Citeaux, cuando le preguntaron qué había que hacer con los ciudadanos de Béziers, ciudad sospechosa de herejía: «Matadlos a todos; Dios reconocerá a los suyos.»

Guillermo bajó la mirada y permaneció un momento en silencio. Después dijo:

—La ciudad de Béziers fue tomada, y los nuestros no hicieron diferencias de dignidad ni de sexo ni de edad, y pasaron por las armas a casi veinte mil hombres. Después de la matanza, la ciudad fue saqueada y quemada.

—Una guerra santa sigue siendo una guerra.

—Una guerra santa sigue siendo una guerra. Quizá por eso no deberían existir guerras santas. Pero, ¿qué estoy diciendo?, he venido para defender los derechos de Ludovico, quien, sin embargo, está arrasando Italia. También yo me encuentro atrapado en un extraño juego de alianzas. Extraña la alianza de los espirituales con el imperio; extraña la del imperio con Marsilio, que reclama la soberanía para el pueblo; extraña también la de nosotros dos, tan distintos por nuestros objetivos y nuestras tradiciones. Pero tenemos dos tareas en común. El éxito del encuentro, y el descubrimiento de un asesino. Tratemos de realizarlas en paz.

El Abad abrió los brazos:

—Dadme el beso de la paz, fray Guillermo. Con un hombre de vuestro saber podríamos discutir largamente de sutiles cuestiones teológicas y morales. Pero no debemos caer en la tentación de discutir por mero gusto, como hacen los maestros de París. Es cierto, hay una tarea importante que nos espera, y debemos proceder de común acuerdo. Pero he hablado de estas cosas porque creo que existe una relación, ¿comprendéis?, una posible relación, o bien la posibilidad de que otros puedan establecer una relación, entre los crímenes que se han producido y las tesis de vuestros hermanos. Por eso os he avisado, para que evitemos cualquier sospecha o insinuación por parte de los aviñoneses.

—¿No debería suponer también que vuestra sublimidad me ha sugerido además una pista para mi investigación? ¿Pensáis que en el fondo de los acontecimientos recientes puede haber alguna historia oscura, relacionada con el pasado herético de algún monje?

El Abad calló unos instantes, mirando a Guillermo, y sin que su rostro mostrara expresión alguna. Después dijo:

—En este triste asunto el inquisidor sois vos. A vos incumbe abrigar sospechas y arriesgaros incluso a que no sean justas. Yo sólo soy aquí el padre común. Y, añado, si hubiese sabido que el pasado de alguno de mis monjes permitía abrigar sospechas fundadas, ya habría procedido a arrancar esa mala hierba. Os he dicho todo lo que sé. Es justo que lo que no sé surja a la luz gracias a vuestra sagacidad. En todo caso, no dejéis de informarme, y a mí en primer lugar.

Saludó y salió de la iglesia.

—La historia se complica, querido Adso —dijo Guillermo con gesto sombrío—. Corremos detrás de un manuscrito, nos interesamos en las diatribas de algunos monjes demasiado curiosos y en el comportamiento de otros monjes demasiado lujuriosos, y de pronto se perfila, cada vez con mayor nitidez, otra pista, totalmente distinta. El cillerero, pues... Y con él vino ese extraño animal, Salvatore... Pero ahora debemos ir a descansar, porque hemos decidido no dormir durante la noche.

—Entonces, ¿todavía pensáis entrar en la biblioteca esta noche? ¿Creéis que esta historia del cillerero es una mera sospecha del Abad?

Guillermo caminó hacia el albergue de los peregrinos. Al llegar al umbral se detuvo y retomó lo que estaba diciendo:

—En el fondo, el Abad me pidió que investigara sobre la muerte de Adelmo cuando pensaba que algo turbio sucedía entre sus monjes jóvenes. Pero ahora la muerte de Venancio despierta otras sospechas. Quizá el Abad ha intuido que la clave del misterio se encuen-

tra en la biblioteca, y no quiere que investigue sobre
eso. Y entonces me ofrece la pista del cillerero precisamente para apartar mi atención del Edificio.

—Pero, ¿por qué no querría que...?

—No preguntes demasiado. El Abad me dijo desde
el principio que la biblioteca no se toca. Sus razones
tendrá. Quizá también él esté envuelto en algo que al
principio no creía vinculado con la muerte de Adelmo,
y ahora ve que el escándalo se va extendiendo y que él
mismo puede resultar implicado. Y no quiere que se
descubra la verdad, o al menos no quiere que sea yo
quien la descubra...

—Pero entonces vivimos en un sitio abandonado
por Dios —dije con desánimo.

—¿Acaso has conocido alguno en el que Dios se sintiese a sus anchas? —me preguntó Guillermo, mirándome desde la cima de su estatura.

Después me dijo que fuese a descansar. Mientras me
acostaba, pensé que mi padre no debería haberme enviado a recorrer el mundo, pues era más complejo de lo
que yo creía. Estaba aprendiendo demasiado.

—Salva me ab ore leonis —recé mientras me quedaba dormido.

Segundo día
DESPUÉS DE VÍSPERAS

Donde, a pesar de la brevedad del capítulo,
el venerable Alinardo dice cosas bastante
interesantes sobre el laberinto y sobre el modo
de entrar en él.

Me desperté cuando estaba por sonar la hora de la
cena. Me sentía atontado por el sueño, porque el sueño
diurno es como el pecado carnal: cuanto más dura mayor es el deseo que se siente de él, pero la sensación que
se tiene no es de felicidad, sino una mezcla de hartazgo
y de insatisfacción. Guillermo no estaba en su celda;
era evidente que hacía mucho que se había levantado.
Después de dar unas vueltas, lo encontré cuando salía
del Edificio. Me dijo que había estado en el scriptorium, hojeando el catálogo y observando el trabajo de
los monjes, siempre con la idea de acercarse a la mesa de
Venancio para seguir revisándola. Sin embargo, por
uno u otro motivo, todos parecían interesados en no
dejar que curioseara entre aquellos folios. Primero se le
había acercado Malaquías, para mostrarle unas minia-

turas muy exquisitas. Después, Bencio lo había tenido ocupado con cualquier pretexto. A continuación, cuando estaba ya inclinado para proseguir su inspección, Berengario se había puesto a revolotear a su alrededor ofreciéndose a ayudarle.

Por último, Malaquías, al ver que mi maestro parecía firmemente decidido a ocuparse de las cosas de Venancio, le había dicho con toda claridad que, antes de hurgar entre los folios del muerto, quizá convenía obtener la autorización del Abad; que él mismo, a pesar de ser el bibliotecario, se había abstenido de hacerlo, por respeto y disciplina; y que en todo caso nadie se había acercado a aquella mesa, tal como Guillermo le había pedido, y nadie se acercaría a ella hasta que interviniese el Abad. Guillermo le había recordado la autorización del Abad para investigar en toda la abadía, y Malaquías le había preguntado, no sin malicia, si acaso el Abad también lo había autorizado para que se moviera libremente por el scriptorium o, Dios no lo quisiese, por la biblioteca. Guillermo había comprendido que no era cuestión de enfrentarse con Malaquías, por más que todos aquellos movimientos y temores alrededor de los folios de Venancio habían reforzado, desde luego, su interés por conocerlos. Pero tan decidido estaba a regresar allí durante la noche, aunque todavía no supiese cómo, que había preferido evitar incidentes. Se veía, sin embargo, que pensaba en el modo de desquitarse, y, si no hubiese estado buscando la verdad, su actitud habría parecido muy obstinada y quizá reprobable.

Antes de entrar al refectorio dimos otro paseíto por el claustro, para disipar las nieblas del sueño en el aire frío de la tarde. Aún había algunos monjes que se paseaban meditando. En el jardín que daba al claustro percibimos la figura centenaria de Alinardo da Grottaferrata, que, ya físicamente inútil, pasaba gran parte del día entre las plantas, cuando no estaba rezando en la iglesia.

Parecía totalmente insensible al frío, y estaba sentado sobre la parte externa del pórtico.

Guillermo le dirigió unas palabras de saludo y el viejo pareció alegrarse de que alguien le hablara.

—Un día sereno —dijo Guillermo.

—Por gracia de Dios —respondió el viejo.

—Sereno en el cielo, pero oscuro en la tierra. ¿Conocíais bien a Venancio?

—¿Qué Venancio? —dijo el viejo. Después se encendió una luz en sus ojos—: Ah, el muchacho que murió. La bestia se pasea por la abadía...

—¿Qué bestia?

—La gran bestia que viene del mar... Siete cabezas y diez cuernos y en los cuernos diez diademas y en las cabezas tres nombres de blasfemia. La bestia que parece un leopardo, con pies como de oso y boca como de león... Yo la he visto.

—¿Dónde la habéis visto? ¿En la biblioteca?

—¿Biblioteca? ¿Por qué? Hace años que no voy al scriptorium, y nunca he visto la biblioteca. Nadie va a la biblioteca. Conocí a los que subían a la biblioteca...

—¿A quiénes? ¿A Malaquías, a Berengario?

—Oh, no... —dijo el viejo riendo con voz ronca—. Antes. El bibliotecario que hubo antes de Malaquías, hace muchos años...

—¿Quién era?

—No recuerdo, murió, cuando Malaquías era todavía muy joven. Y el que hubo antes del maestro de Malaquías, y era joven ayudante de bibliotecario cuando yo era joven... Pero yo nunca pisé la biblioteca. Laberinto...

—¿La biblioteca es un laberinto?

—Hunc mundum tipice laberinthus denotat ille —recitó absorto el anciano—. Intranti largus, redeunti sed nimis artus. La biblioteca es un gran laberinto, signo del laberinto que es el mundo. Cuando entras en ella no sabes si saldrás. No es necesario violar las columnas de Hércules.

—¿De modo que no sabéis cómo se entra en la biblioteca cuando están cerradas las puertas del Edificio?

—¡Oh, sí! —dijo riendo el viejo—. Muchos lo saben. Pasa por el osario. Puedes pasar por el osario, pero no quieres pasar por el osario. Los monjes muertos vigilan.

—¿Ésos son los monjes muertos que vigilan, y no los que recorren de noche con una luz la biblioteca?

—¿Con una luz? —El viejo pareció asombrado—. Nunca oí hablar de eso. Los monjes muertos están en el osario, los huesos bajan poco a poco desde el cementerio y se reúnen allí para vigilar el pasadizo. ¿Nunca viste el altar de la capilla por la que se llega al osario?

—Es la tercera de la izquierda después del transepto, ¿verdad?

—¿La tercera? Puede ser. Es la que tiene la piedra del altar esculpida con mil esqueletos. La cuarta calavera de la derecha; le hundes los ojos... y estás en el osario. Pero no vamos, yo nunca he ido. El Abad no quiere.

—¿Y la bestia? ¿Dónde habéis visto la bestia?

—¿La bestia? Ah, el Anticristo... Ya llega, se ha cumplido el milenio, lo esperamos...

—Pero el milenio se ha cumplido hace trescientos años, y en aquel momento no llegó...

—El Anticristo no llega cuando se cumplen los mil años. Cuando se cumplen los mil años se inicia el reino de los justos, después llega el Anticristo para confundir a los justos, y luego se producirá la batalla final.

—Pero los justos reinarán durante mil años —dijo Guillermo—. O bien han reinado desde la muerte de Cristo hasta el final del primer milenio, y entonces fue precisamente en ese momento cuando debió llegar el Anticristo, o bien todavía no han reinado y entonces el Anticristo está muy lejos.

—El milenio no se calcula desde la muerte de Cristo sino desde la donación de Constantino. Los mil años se cumplen ahora.

—¿Y entonces es ahora cuando acaba el reino de los justos?

—No lo sé, ya no lo sé... Estoy fatigado. Es un cálculo difícil. Beato de Liébana lo hizo, pregúntale a Jorge, él es joven, tiene buena memoria... Pero los tiempos están maduros. ¿No has oído las siete trompetas?

—¿Por qué las siete trompetas?

—¿No te han dicho cómo murió el otro muchacho, el miniaturista? El primer ángel ha soplado por la primera trompeta y ha habido granizo y fuego mezclado con sangre. Y el segundo ángel ha soplado por la segunda trompeta y la tercera parte del mar se ha convertido en sangre... ¿Acaso el segundo muchacho no murió en un mar de sangre? ¡Cuidado con la tercera trompeta! Morirá la tercera parte de las criaturas que viven en el mar. Dios nos castiga. Todo el mundo alrededor de la abadía está infestado de herejía, me han dicho que en el trono de Roma hay un papa perverso que usa hostias para prácticas de nigromancia, y con ellas alimenta a sus morenas... Y aquí hay alguien que ha violado la interdicción y ha roto los sellos del laberinto.

—¿Quién os lo ha dicho?

—Lo he oído, todos murmuran y dicen que el pecado ha entrado en la abadía. ¿Tienes garbanzos?

La pregunta, dirigida a mí, me cogió de sorpresa.

—No, no tengo garbanzos —dije confundido.

—La próxima vez tráeme garbanzos. Los tengo en la boca, mira mi pobre boca desdentada, hasta que se ablandan. Estimulan la saliva, aqua fons vitae. ¿Mañana me traerás garbanzos?

—Mañana os traeré garbanzos —le dije.

Pero se había adormecido. Lo dejamos y nos dirigimos al refectorio.

—¿Qué pensáis de lo que nos ha dicho? —pregunté a mi maestro.

—Goza de la divina locura de los centenarios. En sus palabras es difícil distinguir lo verdadero de lo falso. Sin embargo, creo que nos ha dicho algo sobre cómo entrar en el Edificio. He examinado la capilla por la que apareció Malaquías la noche pasada. Es cierto que hay un altar de piedra, y en su base hay esculpidas calaveras. Esta noche probaremos.

Segundo día
COMPLETAS

Donde se entra en el Edificio, se descubre un visitante
misterioso, se encuentra un mensaje secreto escrito con
signos de nigromante, y desaparece, enseguida después de
haber sido encontrado, un libro que luego se buscará en
muchos otros capítulos, sin olvidar el robo de las preciosas
lentes de Guillermo.

La cena fue triste y silenciosa. Habían pasado poco
más de doce horas desde el descubrimiento del cadáver
de Venancio. Todos miraban a hurtadillas su sitio vacío.
Cuando fue la hora de completas, la procesión que se
dirigió al coro parecía un cortejo fúnebre. Nosotros
participamos en el oficio desde la nave, y sin perder de
vista la tercera capilla. Había poca luz, y, cuando vimos
que Malaquías surgía de la oscuridad para dirigirse a su
asiento, no pudimos descubrir el sitio exacto por el que
había entrado. En todo caso nos mantuvimos ocultos
en la sombra de la nave lateral, para que nadie viese que
nos quedábamos al acabar el oficio. En mi escapulario
tenía la lámpara que había cogido en la cocina durante la

229

cena. Después la encenderíamos con la llama del gran trípode de bronce, que ardía durante toda la noche. Tenía una mecha nueva, y mucho aceite. De modo que no nos faltaría luz.

Estaba demasiado excitado por lo que íbamos a hacer como para prestar atención al rito, y casi no me di cuenta de que éste había acabado. Los monjes se bajaron las capuchas y con el rostro cubierto salieron en lenta fila hacia sus celdas. La iglesia quedó vacía, iluminada por los resplandores del trípode.

—¡Vamos! —dijo Guillermo—. ¡A trabajar!

Nos acercamos a la tercera capilla. La base del altar parecía realmente un osario: talladas con singular maestría, se veía, encima de un montón de tibias, una serie de calaveras que, con sus órbitas huecas y profundas, infundían temor a cualquiera que las contemplase. Guillermo repitió en voz baja las palabras que había pronunciado Alinardo (cuarta calavera a la derecha, hundirle los ojos). Introdujo los dedos en las órbitas de aquel rostro descarnado y enseguida oímos como un chirrido ronco. El altar se movió, girando sobre un gozne secreto, y ante nosotros apareció una negra abertura donde, al levantar mi lámpara, divisamos unos escalones cubiertos de humedad. Decidimos bajar, no sin antes haber discutido sobre la eventual conveniencia de cerrar la entrada al pasadizo. Mejor no hacerlo, dijo Guillermo, porque no estábamos seguros de saber cómo abrirla al regresar. Y en cuanto al peligro de que nos descubrieran, si a aquella hora llegase alguien con la intención de poner en funcionamiento dicho mecanismo, sin duda sabría cómo entrar, y no por encontrarse con el acceso cerrado dejaría de penetrar en el pasadizo.

Después de bajar algo más de diez escalones, llegamos a un pasillo a cuyos lados estaban dispuestos unos nichos horizontales, similares a los que más tarde pude observar en muchas catacumbas. Pero aquélla era la primera vez que entraba en un osario, y sentí un miedo enorme. Durante siglos se habían depositado allí los huesos de los monjes: una vez desenterrados, los habían ido amontonando en los nichos sin intentar recomponer la figura de sus cuerpos. Sin embargo, en algunos nichos sólo había huesos pequeños, y en otros sólo calaveras, dispuestas con cuidado, casi en forma de pirámide, para que no se desparramasen, y, en verdad, el espectáculo era terrorífico, sobre todo por el juego de sombras y de luces que creaba nuestra lámpara a medida que nos desplazábamos. En un nicho vi sólo manos, montones de manos, ya irremediablemente enlazadas entre sí, una maraña de dedos muertos. Lancé un grito, en aquel sitio de muertos, porque por un momento tuve la impresión de que ocultaba algo vivo, un chillido y un movimiento rápido en la sombra.

—Ratas —me tranquilizó Guillermo.

—¿Qué hacen aquí las ratas?

—Pasan, como nosotros, porque el osario conduce al Edificio y, por tanto, a la cocina. Y a los sabrosos libros de la biblioteca. Y ahora comprenderás por qué es tan severa la expresión de Malaquías. Su oficio lo obliga a pasar por aquí dos veces al día, al anochecer y por la mañana. Él sí que no tiene de qué reír.

—Pero, ¿por qué el evangelio no dice en ninguna parte que Cristo rió? —pregunté sin estar demasiado seguro de que así fuera—. ¿Es verdad lo que dice Jorge?

—Han sido legiones los que se han preguntado si Cristo rió. El asunto no me interesa demasiado. Creo que nunca rió porque, como hijo de Dios, era omnisciente y sabía lo que haríamos los cristianos. Pero, ya hemos llegado.

En efecto, gracias a Dios el pasillo había acabado y estábamos ante una nueva serie de escalones, al final de los cuales sólo tuvimos que empujar una puerta de madera dura con refuerzos de hierro para salir detrás de la chimenea de la cocina, justo debajo de la escalera de caracol que conducía al scriptorium.

Mientras subíamos nos pareció escuchar un ruido arriba.

Permanecimos un instante en silencio, y luego dije:

—Es imposible. Nadie ha entrado antes que nosotros...

—Suponiendo que ésta sea la única vía de acceso al Edificio. Durante siglos fue una fortaleza, de modo que deben de existir otros accesos secretos además del que conocemos. Subamos despacio. Pero no tenemos demasiadas alternativas. Si apagamos la lámpara, no sabremos por dónde vamos; si la mantenemos encendida, avisaremos al que está arriba. Sólo nos queda la esperanza de que, si hay alguien, su miedo sea mayor que el nuestro.

Llegamos al scriptorium por el torreón meridional. La mesa de Venancio estaba justo del lado opuesto. Al desplazarnos íbamos iluminando sólo partes de la pared, porque la sala era demasiado grande. Confiamos en que no habría nadie en la explanada, porque hubiese visto la luz a través de las ventanas. La mesa parecía en orden, pero Guillermo se inclinó enseguida para examinar los folios de la estantería, y lanzó una exclamación de contrariedad.

—¿Falta algo? —pregunté.

—Hoy he visto aquí dos libros, y uno era en griego. Ése es el que falta. Alguien se lo ha llevado, y a toda prisa, porque un pergamino cayó al suelo.

—Pero la mesa estaba vigilada...

—Sí. Quizá alguien lo cogió hace muy poco. Quizá aún esté aquí. —Se volvió hacia las sombras y su voz resonó entre las columnas—: ¡Si estás aquí, ten cuidado!

Me pareció una buena idea: como ya había dicho mi

maestro, siempre es mejor que el que nos infunde miedo tenga más miedo que nosotros.

Guillermo puso encima de la mesa el folio que había encontrado en el suelo, y se inclinó sobre él. Me pidió que lo iluminase. Acerqué la lámpara y vi una página que hasta la mitad estaba en blanco, y que luego estaba cubierta por unos caracteres muy pequeños cuyo origen me costó mucho reconocer.

—¿Es griego? —pregunté.

—Sí, pero no entiendo bien. —Extrajo del sayo sus lentes, se los encajó en la nariz y después se inclinó aún más sobre el pergamino—. Es griego. La letra es muy pequeña, pero irregular. A pesar de las lentes me cuesta trabajo leer. Necesitaría más luz. Acércate...

Mi maestro había cogido el folio y lo tenía delante de los ojos. En lugar de ponerme detrás de él y levantar la lámpara por encima de su cabeza, lo que hice, tontamente, fue colocarme delante. Me pidió que me hiciese a un lado y al moverme rocé con la llama el dorso del folio. Guillermo me apartó de un empujón, mientras me preguntaba si quería quemar el manuscrito. Después lanzó una exclamación. Vi con claridad que en la parte superior de la página habían aparecido unos signos borrosos de color amarillo oscuro. Guillermo me pidió la lámpara y la desplazó por detrás del folio, acercando la llama a la superficie del pergamino para calentarla, cuidando de no rozarla. Poco a poco, como si una mano invisible estuviese escribiendo «Mane, Tekel, Fares», vi dibujarse en la página blanca, uno a uno, a medida que Guillermo iba desplazando la lámpara, y mientras el humo que se desprendía de la punta de la llama ennegrecía el dorso del folio, unos rasgos que no se parecían a los de ningún alfabeto, salvo a los de los nigromantes.

—¡Fantástico! —dijo Guillermo—. ¡Esto se pone cada vez más interesante! —Echó una ojeada alrededor, y dijo—: Será mejor no exponer este descubrimiento a la curiosidad de nuestro misterioso huésped, suponiendo que aún esté aquí...

Se quitó las lentes y las dejó sobre la mesa. Después enrolló con cuidado el pergamino y lo guardó en el sayo. Todavía aturdido tras aquella secuencia de acontecimientos por demás milagrosos, estaba ya a punto de pedirle otras explicaciones cuando de pronto un ruido seco nos distrajo. Procedía del pie de la escalera oriental, por donde se subía a la biblioteca.

—Nuestro hombre está allí, ¡atrápalo! —gritó Guillermo.

Y nos lanzamos en aquella dirección, él más rápido y yo no tanto, por la lámpara. Oí un ruido como de alguien que tropezaba y caía; al llegar vi a Guillermo al pie de la escalera, observando un pesado volumen de tapas reforzadas con bullones metálicos. En ese momento oímos otro ruido, pero del lado donde estábamos antes.

—¡Qué tonto soy! —gritó Guillermo—. ¡Rápido, a la mesa de Venancio!

Me di cuenta de que alguien situado en la sombra detrás de nosotros había arrojado el libro para alejarnos del lugar.

De nuevo Guillermo fue más rápido y llegó antes a la mesa. Yo, que venía detrás, alcancé a ver entre las columnas una sombra que huía y embocaba la escalera del torreón occidental.

Encendido de coraje, pasé la lámpara a Guillermo y me lancé a ciegas hacia la escalera por la que había bajado el fugitivo. En aquel momento me sentía como un soldado de Cristo en lucha contra todas las legiones del infierno, y ardía de ganas de atrapar al desconocido para entregarlo a mi maestro. Casi rodé por la escalera de caracol tropezando con el ruedo de mi hábito (¡juro que aquélla fue la única ocasión de mi vida en que lamenté haber entrado en una orden monástica!), pero en el mismo instante —la idea me vino como un relámpago— me consolé pensando que mi adversario también debía de sufrir el mismo impedimento. Y además, si había robado el libro, sus manos debían de estar ocupadas. Casi me precipité en la cocina, detrás del horno del pan, y a la luz de la noche estrellada que iluminaba pálidamente el vasto atrio, vi la sombra fugitiva, que salía por la puerta del refectorio, cerrándola detrás de sí. Me lancé hacia ella, tardé unos segundos en poder abrirla, entré, miré alrededor, y no vi a nadie. La puerta que daba al exterior seguía atrancada. Me volví. Sombra y silencio. Percibí un resplandor en la cocina. Me aplasté contra una pared. En el umbral que comunicaba los dos ambientes apareció una figura iluminada por una lámpara. Grité. Era Guillermo.

—¿Ya no hay nadie? Me lo imaginaba. Ése no ha salido por una puerta. ¿No ha cogido el pasadizo del osario?

—¡No, ha salido por aquí, pero no sé por dónde!

—Ya te lo he dicho, hay otros pasadizos, y es inútil que los busquemos. Quizá en este momento nuestro hombre está saliendo al exterior en algún sitio alejado del Edificio. Y con él mis lentes.

—¿Vuestras lentes?

—Como lo oyes. Nuestro amigo no ha podido quitarme el folio, pero, con gran presencia de ánimo, al pasar por la mesa ha cogido mis lentes.

—¿Y por qué?

—Porque no es tonto. Ha oído lo que dije sobre estas notas, ha comprendido que eran importantes, ha pensado que sin las lentes no podría descifrarlas, y sabe muy bien que no confiaré en nadie como para mostrárselas. De hecho, es como si no las tuviese.

—Pero ¿cómo sabía que teníais esas lentes?

—¡Vamos! Aparte del hecho de que ayer hablamos

de ellas con el maestro vidriero, esta mañana en el scriptorium las he usado mientras estaba hurgando entre los folios de Venancio. De modo que hay muchas personas que podrían conocer el valor de ese objeto. En efecto: todavía podría leer un manuscrito normal, pero éste no —y empezó a desenrollar el misterioso pergamino—, porque la parte escrita en griego está en letra demasiado pequeña, y la parte superior es demasiado borrosa...

Me mostró los signos misteriosos que habían aparecido como por encanto al calor de la llama:

—Venancio quería ocultar un secreto importante y utilizó una de aquellas tintas que escriben sin dejar huella y reaparecen con el calor. O, si no, usó zumo de limón. En todo caso, como no sé qué sustancia utilizó y los signos podrían volver a desaparecer, date prisa, tú que tienes buenos ojos, y cópialos enseguida, lo más parecidos que puedas, y no estaría mal que los agrandaras un poco.

Esto hice, sin saber lo que copiaba. Era una serie de cuatro o cinco líneas que en verdad parecían de brujería. Aquí sólo reproduzco los primeros signos, para dar al lector una idea del enigma que teníamos ante nuestros ojos:

⊙ϙϙ𝑙ᵐᶸℓℓ   𝑟𝑙ℓ𝑙ℓ   Ж☰ℏσᵐϙℓ𝑟

Cuando hube acabado de copiar, Guillermo cogió mi tablilla y, a pesar de estar sin lentes, la mantuvo lejos de sus ojos para poderla examinar.

—Sin duda se trata de un alfabeto secreto, que habrá que descifrar —dijo—. Los trazos no son muy firmes, y es probable que tu copia tampoco los haya mejorado, pero es evidente que los signos pertenecen a un alfabeto zodiacal. ¿Ves? En la primera línea tenemos... —Alejó aún más la tablilla, entrecerró los ojos en un esfuerzo de

236

concentración y dijo—: Sagitario, Sol, Mercurio, Escorpión...

—¿Qué significan?

—Si Venancio hubiese sido un ingenuo, habría usado el alfabeto zodiacal más corriente: A igual a Sol, B igual a Júpiter... Entonces la primera línea se leería así... intenta transcribirla: RAIOASVL... —Se interrumpió—. No, no quiere decir nada, y Venancio no era ningún ingenuo. Se valió de otra clave para transformar el alfabeto. Tendré que descubrirla.

—¿Se puede? —pregunté admirado.

—Sí, cuando se conoce un poco la sabiduría de los árabes. Los mejores tratados de criptografía son obra de sabios infieles, y en Oxford he podido hacerme leer alguno de ellos. Bacon tenía razón cuando decía que la conquista del saber pasa por el conocimiento de las lenguas. Hace siglos Abu Bakr Ahmad ben Ali ben Washiyya an-Nabati escribió un *Libro del frenético deseo del devoto por aprender los enigmas de las escrituras antiguas*, donde expuso muchas reglas para componer y descifrar alfabetos misteriosos, útiles para las prácticas mágicas, pero también para la correspondencia entre los ejércitos o entre un rey y sus embajadores. He visto asimismo otros libros árabes donde se enumera una serie de artificios bastante ingeniosos. Por ejemplo, puedes reemplazar una letra por otra, puedes escribir una palabra al revés, puedes invertir el orden de las letras, pero tomando una sí y otra no, y volviendo a empezar luego desde el principio, puedes, como en este caso, reemplazar las letras por signos zodiacales, pero atribuyendo a las letras ocultas su valor numérico, para después, según otro alfabeto, transformar los números en otras letras...

—¿Y cuál de esos sistemas habrá utilizado Venancio?

—Habría que probar todos éstos, y también otros.

Pero la primera regla para descifrar un mensaje consiste en adivinar lo que quiere decir.

—¡Pero entonces ya no es preciso descifrarlo! —exclamé riendo.

—No quise decir eso. Lo que hay que hacer es formular hipótesis sobre cuáles podrían ser las primeras palabras del mensaje, y después ver si la regla que de allí se infiere vale para el resto del texto. Por ejemplo, aquí Venancio ha cifrado sin duda la clave para entrar en el finis Africae. Si trato de pensar que el mensaje habla de eso, de pronto descubro un ritmo... Trata de mirar las primeras tres palabras, sin considerar las letras, atendiendo sólo a la cantidad de signos... IIIIIIII IIIII IIIIIII... Ahora trata de dividir los grupos en sílabas de al menos dos símbolos cada una, y recita en voz alta: ta-ta-ta, ta-ta, ta-ta-ta... ¿No se te ocurre nada?

—A mí no.

—Pero a mí sí. *Secretum finis Africae*... Si es así, en la última palabra la primera y la sexta letra deberían ser iguales; y así es, el símbolo de la Tierra aparece dos veces. Y la primera letra de la primera palabra, la S, debería ser igual a la última de la segunda: y, en efecto, el signo de la Virgen se repite. Tal vez estemos en el buen camino. Sin embargo, también podría tratarse de una serie de coincidencias. Hay que descubrir una regla de correspondencia...

—¿Pero dónde?

—En la cabeza. Inventarla. Y después ver si es la correcta. Pero podría pasarme un día entero probando. No más tiempo, sin embargo, porque, recuérdalo, con un poco de paciencia cualquier escritura secreta puede descifrarse. Pero ahora se nos haría tarde y lo que queremos es visitar la biblioteca. Además, sin las lentes no podré leer la segunda parte del mensaje, y en eso tú no puedes ayudarme porque estos signos, para tus ojos...

—Graecum est, non legitur —completé sintiéndome humillado.

—Eso mismo. Ya ves que Bacon tenía razón. ¡Estudia! Pero no nos desanimemos. Subamos a la biblioteca. Esta noche ni diez legiones infernales conseguirían detenernos.

Me persigné:

—Pero ¿quién puede haber sido el que se nos adelantó? ¿Bencio?

—Bencio ardía en deseos de saber qué había entre los folios de Venancio, pero no me pareció que pudiese jugarnos una mala pasada como ésta. En el fondo, nos propuso una alianza. Además me dio la impresión de que no tenía valor para entrar de noche en el Edificio.

—¿Entonces Berengario? ¿O Malaquías?

—Me parece que Berengario sí es capaz de este tipo de cosas. En el fondo, comparte la responsabilidad de la biblioteca, lo corroe el remordimiento por haber traicionado uno de sus secretos, pensaba que Venancio había sustraído aquel libro y quizá quería volver a colocarlo en su lugar. Como no pudo subir, ahora debe de estar escondiéndolo en alguna parte y podremos cogerlo con las manos en la masa, si Dios nos asiste, cuando trate de ponerlo de nuevo en su sitio.

—Pero también pudo haber sido Malaquías, movido por las mismas intenciones.

—Yo diría que no. Malaquías dispuso de todo el tiempo que quiso para hurgar en la mesa de Venancio cuando se quedó solo para cerrar el Edificio. Eso yo ya lo sabía, pero era algo inevitable. Ahora sabemos precisamente que no lo hizo. Y si piensas un poco advertirás que no teníamos razones para sospechar que Malaquías supiese que Venancio había entrado en la biblioteca y que había cogido algo. Eso lo saben Berengario y Bencio, y lo sabemos tú y yo. Después de la confesión de Adelmo, también Jorge podía saberlo, pero sin duda no

239

era él el hombre que se precipitó con tanto ímpetu por la escalera de caracol...

—Entonces, Berengario o Bencio...

—¿Y por qué no Pacifico da Tivoli u otro de los monjes que hemos visto hoy? ¿O Nicola el vidriero, que sabe de la existencia de mis anteojos? ¿O ese personaje extravagante, Salvatore, que, según nos han dicho, anda por las noches metido en vaya a saber qué cosas? Debemos tener cuidado y no reducir el número de los sospechosos sólo porque las revelaciones de Bencio nos hayan orientado en una dirección determinada. Quizá Bencio quería confundirnos.

—Pero nos pareció que era sincero.

—Sí, pero recuerda que el primer deber de un buen inquisidor es el de sospechar ante todo de los que le parecen sinceros.

—Feo trabajo el del inquisidor —dije.

—Por eso lo abandoné. Pero ya ves que ahora debo volver a él. Bueno, vamos, a la biblioteca.

Segundo día
NOCHE

Donde se penetra por fin en el laberinto,
se tienen extrañas visiones, y, como suele
suceder en los laberintos, una vez en él
se pierde la orientación.

Enarbolando la lámpara delante de nosotros, volvimos a subir al scriptorium, ahora por la escalera oriental, que después continuaba hasta el piso prohibido. Yo pensaba en las palabras de Alinardo sobre el laberinto y esperaba cosas espantosas.

Cuando salimos de la escalera para entrar en el sitio donde no habríamos debido penetrar, me sorprendió encontrarme en una sala de siete lados, no muy grande, sin ventanas, en la que reinaba, como por lo demás en todo aquel piso, un fuerte olor a cerrado o a moho. Nada terrible, pues.

Como he dicho, la sala tenía siete paredes, pero sólo en cuatro de ellas se abría, entre dos columnitas empotradas, un paso bastante ancho sobre el que había un arco de medio punto. Arrimados a las otras paredes se veían unos enormes armarios llenos de libros dispuestos en orden. En cada armario había una etiqueta con un número, y lo mismo en cada anaquel: a todas luces se trataba de los números que habíamos visto en el catálogo. En el centro de la habitación había una gran mesa, también cargada de libros. Todos los volúmenes estaban cubiertos por una capa de polvo bastante tenue, signo de que los libros se limpiaban con cierta frecuencia. Tampoco en el suelo se veían muestras de suciedad. Sobre el arco de una de las puertas había una inscripción, pintada en la pared, con las siguientes palabras: *Apocalypsis Iesu Christi.* A pesar de que los caracteres eran antiguos, no parecía descolorida. Después, al examinar las que encontramos en las otras habitaciones, vimos que en realidad las letras estaban grabadas en la piedra, y con bastante profundidad, y que las cavidades habían sido rellenadas con tinte, como en los frescos de las iglesias.

Salimos por una de las puertas. Nos encontramos en otra habitación en la que había una ventana, pero no con vidrios sino con lajas de alabastro. Dos paredes eran continuas y en otra se veía un arco, similar al que acabábamos de atravesar, que daba a otra habitación, también con dos paredes continuas, una con una ventana, y otra puerta situada frente a nosotros. En las dos habitaciones había inscripciones similares a la que ya habíamos visto, pero con textos diferentes: *Super thronos viginti quatuor,* rezaba la de la primera; *Nomen illi mors,* la de la segunda. En cuanto a lo demás, aunque las dos habitaciones fuesen más pequeñas que aquélla por la que habíamos entrado en la biblioteca (de hecho, aquélla era heptagonal y éstas rectangulares), el mobiliario era similar: armarios con libros y mesa en el centro.

Pasamos a la tercera habitación. En ella no había libros ni inscripción. Bajo la ventana se veía un altar de piedra. Además de la puerta por la que habíamos entrado, había otras dos: una que daba a la habitación heptagonal del comienzo, y otra por la que nos introdujimos en una nueva habitación, similar a las demás, salvo por la inscripción que rezaba: *Obscuratus est sol et aer*. De allí se accedía a una nueva habitación, cuya inscripción rezaba: *Facta est grando et ignis*. No había más puertas, o sea que no se podía seguir avanzando y para salir había que retroceder.

—Veamos un poco —dijo Guillermo—. Cinco habitaciones cuadrangulares o más o menos trapezoidales, cada una de ellas con una ventana, dispuestas alrededor de una habitación heptagonal, sin ventanas, hasta la que se llega por la escalera. Me parece elemental. Estamos en el torreón oriental; desde fuera cada torreón presenta cinco ventanas y cinco paredes. El cálculo es exacto. La habitación vacía es justo la que mira hacia oriente, como el coro de la iglesia, y al alba la luz del sol ilumina el altar, cosa que me parece muy apropiada y devota. La única idea que considero astuta es la de las lajas de alabastro. De día filtran una luz muy bonita, pero de noche ni siquiera dejan pasar los rayos lunares. De modo que no es un gran laberinto. Ahora veamos adónde dan las otras dos puertas de la habitación heptagonal. Creo que no tendremos dificultades para orientarnos.

Mi maestro se equivocaba, pues los constructores de la biblioteca habían sido más hábiles de lo que imaginábamos. No sé cómo explicar lo que sucedió, pero cuando salimos del torreón el orden de las habitaciones se volvió más confuso. Unas tenían dos puertas; otras, tres. Todas tenían una ventana, incluso aquellas a las que entrábamos desde habitaciones con ventana, convencidos de que nos dirigíamos hacia el interior del Edificio. En cada una el mismo tipo de armarios y de mesas; los libros, agrupados siempre en buen orden, parecían todos iguales, y ni que decir tiene que no nos ayudaban a reconocer el sitio de un vistazo. Tratamos de orientarnos por las inscripciones. En cierto momento pasamos por una habitación donde se leía *In diebus illis*; después de dar algunas vueltas nos pareció que habíamos regresado a ella. Pero recordábamos que la puerta situada frente a la ventana daba a una habitación donde se leía *Primogenitus mortuorum*, y ahora, en cambio, daba a otra que de nuevo tenía la inscripción *Apocalypsis Iesu Christi*, pero que no era la sala heptagonal de la que habíamos partido. Eso nos hizo pensar que a veces las inscripciones se repetían. Encontramos dos habitaciones adyacentes con la inscripción *Apocalypsis*, y enseguida otra con la inscripción *Cecidit de coelo stella magna*.

No había dudas sobre la fuente de todas esas frases: eran versículos del Apocalipsis de Juan, pero ¿por qué estaban pintadas en las paredes? ¿A qué lógica obedecía su colocación? Para colmo de confusiones, descubrimos que algunas frases, no muchas, no estaban escritas en negro sino en rojo.

En determinado momento volvimos a la sala heptagonal de la que habíamos partido (podía reconocerse por la entrada de la escalera), y otra vez salimos hacia la derecha, tratando de pasar de una habitación a otra sin desviarnos. Atravesamos tres habitaciones y llegamos ante una pared sin aberturas. Sólo había otra puerta, que comunicaba con otra habitación, también con otra sola puerta, por la que accedimos a una serie de cuatro habitaciones al cabo de las cuales llegamos de nuevo ante una pared. Retrocedimos hasta la habitación anterior, que tenía dos salidas; atravesamos la que antes habíamos descartado y llegamos a una nueva habitación, y volvimos a encontrarnos en la sala heptagonal de la que habíamos partido.

—¿Cómo se llamaba la habitación desde la que acabamos de retroceder? —preguntó Guillermo.

—*Equus albus* —dije tratando de recordar.

—Bueno, regresemos a ella.

Enseguida la encontramos. Una vez allí, salvo retroceder, sólo quedaba la posibilidad de pasar a la habitación llamada *Gratia vobis et pax*, donde nos pareció que, saliendo por la derecha, tampoco retrocederíamos. En efecto, encontramos otras dos habitaciones, *In diebus illis* y *Primogenitus mortuorum* (pero ¿no serían las que habíamos encontrado antes?), y, finalmente, llegamos a una habitación donde nos pareció que aún no habíamos estado: *Tertia pars terrae combusta est*. Pero para entonces ya éramos incapaces de situarnos respecto del torreón oriental.

Adelantando la lámpara, me lancé hacia las siguientes habitaciones. Un gigante de proporciones amenazadoras, y cuyo cuerpo ondeante y fluido parecía el de un fantasma, salió a mi encuentro.

—¡Un diablo! —grité, y poco faltó para que se me cayese la lámpara, mientras corría a refugiarme entre los brazos de Guillermo.

Éste cogió la lámpara y haciéndome a un lado avanzó con una determinación que me pareció sublime. También él vio algo, porque se detuvo bruscamente. Después volvió a asomarse y alzó la lámpara.

Se echó a reír.

—Realmente ingenioso. ¡Un espejo!

—¿Un espejo?

—Sí, mi audaz guerrero —dijo Guillermo—. Hace poco, en el scriptorium, te has arrojado con tanto valor sobre un enemigo real, y ahora te asustas de tu propia imagen. Un espejo, que te devuelve tu propia imagen, agrandada y deformada.

Cogiéndome de la mano me llevó hasta la pared situada frente a la entrada de la habitación. Ahora que la lámpara estaba más cerca podía ver, en una hoja de vidrio con ondulaciones, nuestras dos imágenes, grotescamente deformadas, cuya forma y altura variaba según nos acercásemos o nos alejásemos.

—Léete algún tratado de óptica —dijo Guillermo con tono burlón—. Sin duda, los fundadores de la biblioteca lo han hecho. Los mejores son los de los árabes. Alhazen compuso un tratado *De aspectibus* donde, con rigurosas demostraciones geométricas, describe la fuerza de los espejos. Según la ondulación de su superficie, los hay capaces de agrandar las cosas más minúsculas (¿y qué hacen si no mis lentes?), mientras que otros presentan las imágenes invertidas, u oblicuas, o muestran dos objetos en lugar de uno, o cuatro en lugar de dos. Otros, como éste, convierten a un enano en un gigante, o a un gigante en un enano.

—¡Jesús! —exclamé—. Entonces, ¿son éstas las visiones que algunos dicen haber tenido en la biblioteca?

—Quizá. La idea es realmente ingeniosa. —Leyó la inscripción situada sobre el espejo: *Super thronos viginti quatuor*—. Ya la hemos encontrado, pero en una sala sin espejo. Además, ésta no tiene ventanas, y tampoco es heptagonal. ¿Dónde estamos? —Miró alrededor y después se acercó a un armario—. Adso, sin aquellos benditos *oculi ad legendum* no logro comprender lo que hay escrito en estos libros. Léeme algunos títulos.

Cogí un libro al azar:

—¡Maestro, no está escrito!

—¿Cómo? Veo que está escrito. ¿Qué lees en él?

—No leo. No son letras del alfabeto, y no es griego, no podríais reconocerlo. Parecen gusanillos, sierpes, cagaditas de mosca...

—¡Ah! Es árabe. ¿Qué más hay?

—Varios más. Aquí hay uno en latín, gracias a Dios... Al... Al Kuwarizmi, *Tabulae*.

—¡Las tablas astronómicas de Al Kuwarizmi, traducidas por Adelardo de Bath! ¡Una obra rarísima! ¿Qué más?

—Isa ibn Ali, *De oculis*, Alkindi, *De radiis stellatis*...

—Ahora mira lo que hay en la mesa.

Abrí un gran volumen que había sobre la mesa, un *De bestiis*, y ante mis ojos apareció una exquisita miniatura que representaba un bellísimo unicornio.

—Muy bien pintado —comentó Guillermo, que podía ver las imágenes—. ¿Y aquél?

—*Liber monstruorum de diversis generibus* —leí—. Éste también tiene bellas imágenes, pero me parece que son más antiguas.

Guillermo inclinó el rostro sobre el texto:

—Iluminado por monjes irlandeses, hace por lo menos un par de siglos. En cambio, el libro del unicornio es mucho más reciente; creo que está iluminado a la manera de los franceses.

Otra vez tuve ocasión de admirar la sabiduría de mi maestro. Pasamos a la siguiente habitación, y luego a las cuatro posteriores, todas con ventanas, y todas llenas de libros en lenguas desconocidas, junto con otros de ciencias ocultas, y finalmente llegamos a una pared que nos obligó a volver sobre nuestros pasos, porque las últimas cinco habitaciones sólo comunicaban entre sí, y de ninguna de ellas podía salirse hacia otra dirección.

—Por la inclinación de las paredes, deberíamos de estar en el pentágono de otro torreón —dijo Guillermo—, pero falta la sala heptagonal del centro, de modo que, quizá, nos equivoquemos.

—¿Y las ventanas? ¿Cómo puede haber tantas ventanas? Es imposible que todas las habitaciones den al exterior.

—Olvidas el pozo central. Muchas de las ventanas que hemos visto dan al octágono del pozo. Si fuese de día, la diferencia de luminosidad nos permitiría distinguir las ventanas externas de las internas, e, incluso, reconocer quizá la posición de las habitaciones respecto al sol. Pero por la noche no se ven esas diferencias. Retrocedamos.

Regresamos a la habitación del espejo y nos dirigimos hacia la tercera puerta, por la que nos pareció que aún no habíamos pasado. Vimos una sucesión de tres o cuatro habitaciones, y en el fondo vislumbramos un resplandor.

—¡Hay alguien! —exclamé ahogando la voz.

—Si lo hay, ya ha percibido nuestra lámpara —dijo Guillermo, cubriendo, sin embargo, la llama con la mano. Permanecimos quietos durante uno o dos minutos. El resplandor seguía oscilando levemente, pero sin aumentar ni disminuir.

—Quizá sólo sea una lámpara —siguió Guillermo—, de las que se ponen para convencer a los monjes de que la biblioteca está habitada por las almas de los muertos. Pero hay que averiguarlo. Tú quédate aquí cubriendo la lámpara, mientras yo me adelanto con cautela.

Todavía avergonzado por el triste papel que había hecho delante del espejo, quise redimirme ante los ojos de Guillermo:

—No, voy yo —dije—, vos quedaos aquí. Avanzaré con cautela, soy más pequeño y más ágil. Tan pronto como compruebe que no hay peligro os llamaré.

Así lo hice. Atravesé tres habitaciones caminando pegado a las paredes, ágil como un gato (o como un novicio que baja a la cocina para robar queso de la despensa, empresa en la que había tenido ocasión de destacarme en Melk). Llegué hasta el umbral de la habitación de donde procedía el resplandor, bastante débil, y, pegándome a la pared en que se apoyaba la columna de la derecha, me asomé para espiar. No había nadie. Sobre la mesa había una especie de lámpara que, casi extinguida, despedía abundante humo. No era una linterna como la nuestra. Parecía más bien un turíbolo descubierto; no tenía llama, pero bajo una tenue capa de ceniza algo se quemaba. Me armé de valor y entré. Junto al turíbulo, sobre la mesa, había un libro abierto en el que se veían imágenes de colores muy vivos. Me acerqué y vi cuatro franjas de diferentes colores: amarillo, bermellón, turquesa y tierra quemada. Destacaba la figura de una bestia horrible, un dragón de diez cabezas, que con la cola barría las estrellas del cielo y las arrojaba hacia la tierra. De pronto vi que el dragón se multiplicaba, y las escamas se separaban de la piel para formar un anillo rutilante que giraba alrededor de mi cabeza. Me eché hacia atrás y vi que el techo de la habitación se inclinaba y bajaba hacia mí. Después escuché como un silbido de mil serpientes, pero no terrorífico, sino casi seductor, y apareció una mujer rodeada de luz, que acercó su rostro al mío echándome el aliento. Extendí los brazos para alejarla y me pareció que mis manos tocaban los libros del armario de enfrente, o que éstos se agrandaban enormemente. Ya no sabía dónde me encontraba, ni dónde estaba la tierra ni el cielo. En el centro de la habitación vi a Berengario, que me miraba con una sonrisa desagradable, rebosante de lujuria. Me cubrí el rostro con las manos y mis manos me parecieron viscosas y palmeadas como patas de escuerzo. Grité, creo, y sentí un sabor ligeramente ácido en la boca. Y entonces me hundí en una oscuridad infinita, que parecía abrirse más y más bajo mis pies, y perdí el conocimiento.

Después de lo que me parecieron siglos, desperté al sentir unos golpes que retumbaban en mi cabeza. Estaba tendido en el suelo y Guillermo me estaba dando bofetadas en las mejillas. Ya no me encontraba en aquella habitación y mis ojos descubrieron una inscripción que rezaba *Requiescant a laboribus suis*.

—Vamos, vamos, Adso —me susurraba mi maestro—. No es nada.

—Las cosas... —dije, todavía delirando—. Allí, la bestia...

—Ninguna bestia. Te he encontrado delirando al pie de una mesa sobre la que había un bello apocalipsis mozárabe, abierto en la página de la mulier amicta sole enfrente del dragón. Pero por el olor me di cuenta de que habías respirado algo malo, y enseguida te saqué de allí. También a mí me duele la cabeza.

—Pero ¿qué he visto?

—No has visto nada. Lo que sucede es que en aquella habitación se quemaban unas sustancias capaces de provocar visiones. Las reconocí por el olor. Es algo de los árabes; quizá lo mismo que el Viejo de la Montaña hacía aspirar a sus asesinos antes de cada misión. Así se explica el misterio de las visiones. Alguien pone hierbas mágicas durante la noche para hacer creer a los visitantes inoportunos que la biblioteca está protegida por presencias diabólicas. En definitiva, ¿qué sentiste?

Confusamente, por lo que fui capaz de recordar, le describí mi visión. Guillermo se echó a reír:

—La mitad es una ampliación de lo que habías visto en el libro, y la otra mitad es la expresión de tus deseos y de tus miedos. Ésos son los efectos que provocan dichas hierbas. Mañana tendremos que hablar con Severino; creo que sabe más de lo que quiere hacernos creer. Son hierbas, sólo hierbas, sin necesidad de las operaciones nigrománticas que mencionaba el vidriero. Hierbas, espejos... Son muchos y muy sabios los artificios que se utilizan para defender este sitio consagrado al saber prohibido. La ciencia usada, no para iluminar, sino para ocultar. La santa defensa de la biblioteca está en manos de una mente perversa. Pero la noche ha sido dura. Ahora hay que salir de aquí. Estás descompuesto y necesitas agua y aire fresco. Es inútil tratar de abrir estas ventanas; están demasiado altas y probablemente hace décadas que no se abren. ¿Cómo han podido pensar que Adelmo se arrojó por una de ellas?

Salir, dijo Guillermo. Como si fuese fácil. Sabíamos que a la biblioteca sólo podía llegarse por un torreón, el oriental. Pero ¿dónde estábamos en aquel momento? Habíamos perdido totalmente la orientación. Mientras deambulábamos temiendo no poder salir nunca de allí, yo tambaleándome aún y a punto de vomitar, Guillermo bastante preocupado por mí y enfadado consigo mismo por la insuficiencia de sus conocimientos, tuvimos, mejor dicho tuvo él, una idea para el día siguiente. Suponiendo que lográsemos salir, deberíamos regresar a la biblioteca con un tizón de madera quemada o con otra sustancia apta para marcar signos en las paredes.

—Sólo hay una manera —recitó, en efecto, Guillermo— de encontrar la salida de un laberinto. Al llegar a cada nudo nuevo, o sea hasta el momento no visitado, se harán tres signos en el camino de llegada. Si se observan signos en alguno de los caminos del nudo, ello indicará que el mismo ya ha sido visitado, y entonces sólo se marcará un signo en el camino de llegada. Cuando todos los pasos de un nudo ya estén marcados, habrá que retroceder. Pero si todavía quedan uno o dos pasos sin marcar, se escogerá uno al azar, y se lo marcará con dos signos. Cuando se escoja un paso marcado con un solo signo, se marcarán dos más, para que ya tenga tres. Si al llegar a un nudo sólo se encuentran pasos marcados con tres signos, o sea, si no quedan pasos que aún falte marcar, ello indicará que ya se han recorrido todas las partes del laberinto.

—¿Cómo lo sabéis? ¿Sois experto en laberintos?

—No, recito lo que dice un texto antiguo que leí en cierta ocasión.

—¿Y con esa regla se puede encontrar la salida?

—Que yo sepa, casi nunca. Pero igual probaremos. Además, en los próximos días tendré lentes y dispondré de más tiempo para examinar los libros. Quizá donde el itinerario de las inscripciones nos confunde, el de los libros, en cambio, nos proporcione una regla de orientación.

—¿Tendréis las lentes? ¿Cómo haréis para recuperarlas?

—He dicho que tendré lentes. Haré unas nuevas. Creo que el vidriero está esperando una ocasión como ésta para probar algo nuevo. Suponiendo que disponga de instrumentos adecuados para tallar los vidrios. Porque estos últimos no faltan en su taller.

Mientras deambulábamos buscando el camino, sentí de pronto, en medio de una habitación, una mano invisible que me acariciaba el rostro, al tiempo que un gemido, que no era humano ni animal, resonaba en aquel cuarto y en el de al lado, como si un espíritu vagase por las salas. Debería de haber estado preparado para las sorpresas de la biblioteca, pero de nuevo me aterroricé y di un salto hacia atrás. También Guillermo debía de haber sentido lo mismo que yo, porque se estaba tocando la mejilla, y, con la lámpara en alto, miraba a su alrededor.

Alzó una mano, después observó la llama, que ahora parecía más viva. Entonces se humedeció un dedo y lo mantuvo vertical delante de sí.

—¡Claro! —exclamó después.

Y me mostró dos sitios, en dos paredes enfrentadas, donde, a la altura de un hombre, se abrían dos troneras muy estrechas. Bastaba acercar la mano para sentir el aire frío que llegaba del exterior. Y al acercar la oreja se oía un murmullo, como si ahora soplase viento afuera.

—Algún sistema de ventilación debía tener la biblioteca —dijo Guillermo—. Si no la atmósfera sería irrespirable, sobre todo en verano. Además, estas troneras también aseguran una dosis adecuada de humedad, para que los pergaminos no se sequen. Pero los fundadores fueron aún más ingeniosos. Dispusieron las troneras de tal modo que, en las noches de viento, el aire que penetra por estas aberturas forme corrientes cruzadas que, al atascarse en las sucesivas habitaciones, produzcan los sonidos que acabamos de oír. Sumados a los espejos y a las hierbas, estos últimos infunden aún más miedo a los incautos que, como nosotros, penetran en la biblioteca sin conocer bien su disposición. Por un instante hemos pensado que unos fantasmas nos estaban echando su aliento sobre el rostro. Hasta ahora no lo habíamos sentido porque sólo ahora se ha levantado viento. Otro misterio resuelto. ¡Pero todavía no sabemos cómo salir!

Mientras hablábamos seguíamos deambulando, ya extraviados y sin ni siquiera leer las inscripciones, que parecían todas iguales. Nos topamos con una nueva sala heptagonal, recorrimos las habitaciones adyacentes, y tampoco encontramos la salida. Retrocedimos, pasó casi una hora, ya no intentábamos saber dónde podíamos estar. En determinado momento, Guillermo decidió que debíamos darnos por vencidos, y que sólo quedaba echarse a dormir en alguna sala, y esperar que al otro día Malaquías nos encontrase. Mientras nos lamentábamos por el miserable final de nuestra hermosa empresa, reencontramos de pronto la sala donde estaba la escalera. Agradecimos al cielo con fervor, y bajamos llenos de alegría.

Una vez en la cocina, nos lanzamos hacia la chimenea. Entramos en el pasadizo del osario y juro que la mueca mortuoria de aquellas cabezas descarnadas me pareció dulce como la sonrisa de alguien querido. Regresamos a la iglesia y salimos por la puerta septentrional, para ir a sentarnos, felices, entre las lápidas. El agradable aire de la noche me pareció un bálsamo divino. Las estrellas brillaban a nuestro alrededor, y las visiones de la biblioteca me parecieron bastante lejanas.

—¡Qué hermoso es el mundo y qué feos son los laberintos! —dije aliviado.

—¡Qué hermoso sería el mundo si existiese una regla para orientarse en los laberintos! —respondió mi maestro.

—¿Qué hora será? —pregunté.

—He perdido la noción del tiempo. Pero convendrá que estemos en nuestras celdas antes de que llamen a maitines.

Caminamos junto a la pared izquierda de la iglesia, pasamos frente a la portada (giré la cabeza porque no quería ver a los ancianos del Apocalipsis, ¡super thronos viginti quatuor!) y atravesamos el claustro para llegar al albergue de los peregrinos.

En el umbral del edificio estaba el Abad, que nos miró con gesto severo.

—Os he buscado durante toda la noche —dijo, dirigiéndose a Guillermo—. No os he encontrado en vuestra celda, ni en la iglesia...

—Estábamos siguiendo una pista... —dijo vagamente Guillermo, con visible incomodidad.

El Abad lo miró un momento y luego dijo con voz grave y pausada:

—Os busco desde que acabó el oficio de completas. Berengario no estaba en el coro.

—¡Qué me estáis diciendo! —exclamó Guillermo con aire risueño. En efecto: acababa de convencerse de que había estado escondido en el scriptorium.

—No estaba en el coro durante el oficio de completas —repitió el Abad—, y no ha regresado a su celda. Están por llamar a maitines. Veremos si aparece ahora. Si no, me temo que haya sucedido otra desgracia.

Cuando llamaron a maitines, Berengario no estaba.

TERCER DÍA

Tercer día
ENTRE LAUDES Y PRIMA

*Donde se encuentra un paño manchado
de sangre en la celda del desaparecido
Berengario, y eso es todo.*

Mientras escribo vuelvo a sentir el cansancio de aquella noche, mejor dicho, de aquella mañana. ¿Qué diré? Después del oficio, el Abad ordenó a la mayoría de los monjes, ya alarmados, que buscaran por todas partes. Búsqueda infructuosa.

Cuando estaban por llamar a laudes, un monje que buscaba en la celda de Berengario encontró, bajo el jergón, un paño manchado de sangre. Al verlo, el Abad pensó que era un mal presagio. Estaba presente Jorge, quien, una vez enterado, dijo: «¿Sangre?» como si le pareciera inverosímil.

Cuando se lo dijeron a Alinardo, éste movió la cabeza y comentó:

—No, no, con la tercera trompeta la muerte viene por agua....

—Ahora todo está claro —dijo Guillermo al observar el paño.

—¿Entonces dónde está Berengario? —le preguntaron.

—No lo sé —respondió.

Al oírlo, Aymaro alzó los ojos al cielo y dijo por lo bajo a Pietro da Sant'Albano:

—Así son los ingleses.

Ya cerca de prima, cuando el sol había salido, se enviaron sirvientes a explorar al pie del barranco, a todo lo largo de la muralla. Regresaron a la hora tercia, sin haber encontrado nada.

Guillermo me dijo que no podíamos hacer nada útil, que había que esperar los acontecimientos. Dicho eso, se dirigió a la herrería, donde se enfrascó en una sesuda conversación con Nicola, el maestro vidriero.

Yo me senté en la iglesia, cerca de la puerta central, mientras se celebraban las misas. Así, devotamente, me quedé dormido, y por mucho tiempo, porque, al parecer, los jóvenes necesitan dormir más que los viejos, quienes ya han dormido mucho y se disponen a hacerlo para toda la eternidad.

Tercer día
TERCIA

Donde Adso reflexiona en el scriptorium
sobre la historia de su orden y sobre
el destino de los libros.

Salí de la iglesia menos fatigado pero con la mente confusa, porque sólo en las horas nocturnas el cuerpo goza de un descanso tranquilo. Subí al scriptorium, pedí permiso a Malaquías y me puse a hojear el catálogo. Mientras miraba distraído los folios que iban pasando ante mis ojos, lo que en realidad hacía era observar a los monjes.

Me impresionó la calma y la serenidad con que estaban entregados a sus tareas, como si no hubiese desaparecido uno de sus hermanos y no lo estuvieran buscando afanosamente por todo el recinto, y como si ya no hubiesen muerto otros dos en circunstancias espantosas. Aquí se ve, dije para mí, la grandeza de nuestra orden: durante siglos y siglos, hombres como éstos han asistido a la irrupción de los bárbaros, al saqueo de sus abadías, han visto precipitarse reinos en vórtices de fuego, y, sin embargo, han seguido ocupándose con amor de sus pergaminos y sus tintas, y han seguido leyendo en voz baja unas palabras transmitidas a través de los siglos, y que ellos transmitirían a los siglos venideros. Si habían seguido leyendo y copiando cuando se acercaba el milenio, ¿por qué dejarían de hacerlo ahora?

El día anterior, Bencio había dicho que con tal de conseguir un libro raro estaba dispuesto a cometer actos pecaminosos. No mentía ni bromeaba. Sin duda, un monje debería amar humildemente sus libros, por el bien de estos últimos y no para complacer su curiosidad personal, pero lo que para los legos es la tentación del adulterio, y para el clero secular la avidez de riquezas, es para los monjes la seducción del conocimiento.

Hojeé el catálogo y empezó un baile de títulos misteriosos: *Quinti Sereni de medicamentis, Phaenomena, Liber Aesopi de natura animalium, Liber Aethici peronymi de cosmographia, Libri tres quos Arculphus episcopus Adamnano escipiente de locis sanctis ultramarinis designavit conscribendos, Libellus Q. Iulii Hilarionis de origine mundi, Solini Polyhistor de situ orbis terrarum et mirabilibus, Almagesthus...* No me asombré de que el misterio de los crímenes girase en torno a la biblioteca. Para aquellos hombres consagrados a la escritura, la biblioteca era al mismo tiempo la Jerusalén celestial y un mundo subterráneo situado en la frontera de la tierra desconocida y el infierno. Estaban dominados por la biblioteca, por sus promesas y sus interdicciones. Vivían con ella, por ella y, quizá, también contra ella, esperando, pecaminosamente, poder arrancarle algún día todos sus secretos. ¿Por qué no iban a arriesgarse a morir para satisfacer alguna curiosidad de su mente, o a matar para impedir que alguien se apoderase de cierto secreto celosamente custodiado?

Tentaciones, sin duda; soberbia del intelecto. Muy distinto era el monje escribiente que había imaginado nuestro santo fundador: capaz de copiar sin entender, entregado a la voluntad de Dios, escribiente en cuanto orante, y orante en cuanto escribiente. ¿Qué había sucedido? ¡Oh sin duda, no sólo en eso había degenerado nuestra orden! Se había vuelto demasiado poderosa, sus abades rivalizaban con los reyes. ¿Acaso Abbone no era un ejemplo de monarca que con ademán de monarca intentaba dirimir las controversias entre los monarcas? Hasta el saber que las abadías habían acumulado se usaba ahora como mercancía para el intercambio, era motivo de orgullo, de jactancia, y fuente de prestigio. Así como los caballeros ostentaban armaduras y pendones, nuestros abades ostentaban códices con miniaturas... Y aún más (¡qué locura!) desde que nuestros monasterios habían perdido la palma del saber: porque ahora las escuelas catedralicias, las corporaciones urbanas y las universidades copiaban quizá más y mejor que nosotros, y producían libros nuevos... y tal vez fuese ésta la causa de tantas desgracias.

La abadía donde me encontraba era, quizá, la última capaz de alardear por la excelencia en la producción y reproducción del saber. Pero precisamente por eso sus monjes ya no se conformaban con la santa actividad de copiar: también ellos, movidos por la avidez de novedades, querían producir nuevos complementos de la naturaleza. No se daban cuenta —entonces lo intuí confusamente, y ahora, cargado ya de años y experiencia, lo sé con seguridad— de que al obrar de ese modo estaban decretando la ruina de lo que constituía su propia excelencia. Porque si el nuevo saber que querían producir llegaba a atravesar libremente aquella muralla, con ello desaparecería toda diferencia entre ese lugar sagrado y una escuela catedralicia o una universidad ciudadana. En cambio, mientras permaneciera oculto, su prestigio y su fuerza seguirían intactos, a salvo de la corrupción de las disputas, de la soberbia cuodlibetal que pretende someter todo misterio y toda grandeza a la criba del *sic et non*. Por eso, dije para mí, la biblioteca está rodeada de un halo de silencio y oscuridad: es una reserva de saber, pero sólo puede preservar ese saber impidiendo que llegue a cualquiera, incluidos los propios monjes. El saber no es como la moneda, que se mantiene físicamente intacta incluso a través de los intercambios más infames; se parece más bien a un traje de gran hermosura, que el uso y la ostentación van desgastando. ¿Acaso no sucede ya eso con el propio libro, cuyas páginas se deshacen, cuyas tintas y oros se vuelven opacos, cuando demasiadas manos lo tocan? Precisamente, cerca de mí, Pacifico da Tivoli hojeaba un volumen antiguo, cuyos folios parecían pegados entre sí por efecto de la humedad. Para poder hojearlo debía mojarse con la lengua el índice y el pulgar, y su saliva iba mermando el vigor de aquellas páginas. Abrirlas significaba doblarlas, exponerlas a la severa acción del aire y del polvo, que roerían las delicadas nervaduras del pergamino, encrespado por el esfuerzo, y producirían nuevo moho en los sitios donde la saliva había ablandado, pero al mismo tiempo debilitado, el borde de los folios. Así como un exceso de ternura ablanda y entorpece al guerrero, aquel exceso de amor posesivo y lleno de curiosidad exponía el libro a la enfermedad que acabaría por matarlo.

¿Qué había que hacer? ¿Dejar de leer y limitarse a conservar? ¿Eran fundados mis temores? ¿Qué habría dicho mi maestro?

No lejos de mí, el rubricante Magnus de Iona estaba ablandando con yeso un pergamino que antes había raspado con piedra pómez, y que luego acabaría de alisar con la plana. A su lado, Rabano de Toledo había fijado su pergamino a la mesa y con un estilo de metal estaba trazando líneas horizontales muy finas entre unos agujeritos que había practicado a ambos lados del folio. Pronto las dos láminas se llenarían de colores y de formas, y cada página sería como un relicario, resplandeciente de gemas engastadas en la piadosa trama de la escritura. Estos dos hermanos míos, dije para mí, viven ahora su paraíso en la tierra. Estaban produciendo nuevos libros, iguales a los que luego el tiempo destruiría inexorable... Por tanto, ninguna fuerza terrenal podía destruir la biblioteca, puesto que era algo vivo... Pero, si era algo vivo, ¿por qué no se abría al riesgo del conocimiento? ¿Era eso lo que deseaba Bencio y lo que quizá también había deseado Venancio?

Me sentí confundido y tuve miedo de mis propios pensamientos. Quizá no fuesen los más adecuados para un novicio cuya única obligación era respetar humilde y escrupulosamente la Regla, entonces y en los años que siguieran... como siempre he hecho, sin plantearme otras preguntas, mientras a mi alrededor el mundo se hundía más y más en una tormenta de sangre y de locura.

Era la hora de la comida matinal. Me dirigí a la cocina. Los cocineros, de quienes ya era amigo, me dieron algunos de los bocados más exquisitos.

Tercer día
SEXTA

Donde Adso escucha las confidencias
de Salvatore, que no pueden resumirse
en pocas palabras, pero que le sugieren
muchas e inquietantes reflexiones.

Mientras comía vi en un rincón a Salvatore. Era evidente que ya había hecho las paces con el cocinero, pues estaba devorando con entusiasmo un pastel de carne de oveja. Comía como si nunca lo hubiese hecho en su vida; no dejaba caer ni una migaja; parecía estar dando gracias al cielo por aquel acontecimiento extraordinario.

Se me acercó y me dijo, en su lenguaje estrafalario, que comía por todos los años en que había ayunado. Le pedí que me contara. Me describió una infancia muy penosa en una aldea donde el aire era malsano, las lluvias excesivas y los campos pútridos, en medio de un aire viciado por miasmas mortíferos. Por lo que alcancé a entender, algunos años los aluviones que corrían por el campo, estación tras estación, habían borrado los surcos, de modo que un moyo de semillas daba un sextario, y después ese sextario se reducía aún, hasta desaparecer. Los señores tenían los rostros blancos como los pobres, aunque —observó Salvatore— muriesen muchos más de éstos que de aquéllos, quizá —añadió con una sonrisa— porque pobres había más... Un sextario costaba quince sueldos, un moyo sesenta sueldos, los predicadores anunciaban el fin de los tiempos, pero los padres y los abuelos de Salvatore recordaban que no era la primera vez que esto sucedía, de modo que concluyeron que los tiempos siempre estaban a punto de acabar. Y cuando hubieron comido todas las carroñas de los pájaros, y todos los animales inmundos que pudieron encontrar, corrió la voz de que en la aldea alguien había empezado a desenterrar a los muertos. Como un histrión, Salvatore se esforzaba por explicar cómo hacían aquellos «homines malísimos» que cavaban con los dedos en el suelo de los cementerios al día siguiente de algún entierro. «¡Ñam!», decía, e hincaba el diente en su pastel de oveja, pero en su rostro yo veía la mueca del desesperado que devoraba un cadáver. Y además había otros peores, que, no contentos con cavar en la tierra consagrada, se escondían en el bosque, como ladrones, para sorprender a los caminantes. «¡Zas!», decía Salvatore, poniéndose el cuchillo en el cuello, y «¡Ñam!». Y los peores de todos atraían a los niños con huevos o manzanas, y se los comían, pero, aclaró Salvatore con mucha seriedad, no sin antes cocerlos. Me contó que en cierta ocasión había llegado a la aldea un hombre vendiendo carne cocida a un precio muy barato, y que nadie comprendía tanta suerte de golpe, pero después el cura dijo que era carne humana y la muchedumbre enfurecida se arrojó sobre el hombre y lo destrozó. Pero aquella misma noche alguien de la aldea cavó en la tumba del caníbal y comió su carne, y, cuando lo descubrieron, la aldea también lo condenó a muerte.

Pero no fue esto lo único que me contó Salvatore. Con palabras truncadas, obligándome a recordar lo poco que sabía de provenzal y de algunos dialectos italianos, me contó la historia de su fuga de la aldea natal, y su vagabundeo por el mundo. Y en su relato reconocí a muchos que ya había conocido o encontrado por el camino, y ahora reconozco a muchos otros que conocí más tarde, de modo que quizá, después de tantos años, le atribuya aventuras y delitos de otros, que conocí antes o después de él, y que ahora en mi mente fatigada se funden en una sola imagen, precisamente por la fuerza de la imaginación, que, combinando el recuerdo del oro con el de la montaña, sabe producir la idea de una montaña de oro.

Durante el viaje, Guillermo había hablado a menudo de los simples; algunos de sus hermanos designaban así a la gente del pueblo y a las personas incultas. El término siempre me pareció vago, porque en las ciudades italianas había encontrado mercaderes y artesanos que no eran letrados pero que tampoco eran incultos, aunque sus conocimientos se manifestasen a través de la lengua vulgar. Y, por ejemplo, algunos de los tiranos que en aquella época gobernaban la península nada sabían de teología, de medicina, de lógica y de latín, pero, sin duda, no era simples ni menesterosos. Por eso creo que también mi maestro, al hablar de los simples, usaba un concepto más bien simple. Pero, sin duda, Salvatore era un simple, procedía de una tierra castigada durante siglos por la miseria y por la prepotencia de los señores feudales. Era un simple, pero no un necio. Soñaba con un mundo distinto, que, en la época en que huyó de casa de sus padres, se identificaba, por lo que me dijo, con el país de Jauja, donde los árboles secretan miel y dan hormas de queso y olorosos chorizos.

Impulsado por esa esperanza —como si no quisiese reconocer que este mundo es un valle de lágrimas, donde (según me han enseñado) hasta la injusticia ha sido prevista, para mantener el justo equilibrio, por una providencia cuyos designios suelen ocultársenos—, Salvatore viajó por diversos países, desde su Monferrate natal hacia la Liguria, y después a Provenza, para subir luego hacia las tierras del rey de Francia.

Salvatore vagó por el mundo, mendigando, sisando, fingiéndose enfermo, sirviendo cada tanto a algún señor, para volver después al bosque y al camino real. Por el relato que me hizo, lo imaginé unido a aquellas bandas de vagabundos que luego, en los años que siguieron, vería pulular cada vez más por toda Europa: falsos monjes, charlatanes, tramposos, truhanes, perdularios y harapientos, leprosos y tullidos, caminantes, vagabundos, cantores ambulantes, clérigos, apátridas, estudiantes que iban de un sitio a otro, tahúres, malabaristas, mercenarios inválidos, judíos errantes, antiguos cautivos de los infieles que vagaban con la mente perturbada, locos, desterrados, malhechores con las orejas cortadas, sodomitas, y, mezclados con ellos, artesanos ambulantes, tejedores, caldereros, silleros, afiladores, empajadores, albañiles, junto con pícaros de toda calaña, tahúres, bribones, pillos, granujas, bellacos, tunantes, faramalleros, saltimbanquis, trotamundos, buscones, y canónigos y curas simoníacos y prevaricadores, y gente que ya sólo vivía de la inocencia ajena, falsificadores de bulas y sellos papales, vendedores de indulgencias, falsos paralíticos que se echaban a la puerta de las iglesias, tránsfugas de los conventos, vendedores de reliquias, perdonadores, adivinos y quiromantes, nigromantes curanderos, falsos mendicantes, y fornicadores de toda calaña, corruptores de monjas y muchachas por el engaño o la violencia, falsos hidrópicos, epilépticos fingidos, seudohemorróidicos, simuladores de gota, falsos llagados, e incluso falsos dementes, melancólicos ficticios. Algunos se aplicaban emplastos en el cuerpo para fingir llagas incurables, otros se llenaban la boca con una sustancia del color de la sangre para simular esputos de tuberculoso, y había pícaros que simulaban la invalidez de alguno de sus miembros, que llevaban bastones sin necesitarlos, que imitaban ataques de epilepsia, que se fingían sarnosos, con falsos bubones, con tumores simulados, llenos de vendas, pintados con tintura de azafrán, con hierros en las manos y vendajes en la cabeza, colándose hediondos en las iglesias y dejándose caer de golpe en las plazas, escupiendo baba y con los ojos en blanco, echando por la nariz una sangre hecha con zumo de moras y bermellón, para robar comida o dinero a las gentes atemorizadas que recordaban la invitación de los santos padres a la limosna: comparte tu pan con el hambriento, ofrece tu casa al que no tiene techo, visitemos a Cristo, recibamos a Cristo, vistamos a Cristo, porque así como el agua purga al fuego, la limosna purga nuestros pecados.

También después de la época a la que me estoy refiriendo he visto y sigo viendo, a lo largo del Danubio, muchos de aquellos charlatanes, que, como los demonios, tenían sus propios nombres y sus propias subdivisiones: biantes, affratres, falsibordones, affarfantes, acapones, alacrimantes, asciones, acadentes, mutuatores, cagnabaldi, atrementes, admiracti, acconi, apezentes, affarinati, spectini, iucchi, falpatores, confitentes, compatrizantes.

Eran como légamo que se derramaba por los senderos de nuestro mundo, y entre ellos se mezclaban predicadores de buena fe, herejes en busca de nuevas presas, sembradores de discordia. Había sido precisamente el papa Juan, siempre temeroso de los movimientos de los simples que se dedicaban a la predicación, y a la práctica de la pobreza, quien arremetiera contra los predicadores mendicantes, quienes, según él, atraían a los curiosos enarbolando estandartes con figuras pintadas, predicaban y se hacían entregar dinero valiéndose de amenazas. ¿Tenía razón el papa simoníaco y corrupto cuando equiparaba a los frailes mendicantes que predicaban la pobreza con aquellas bandas de desheredados y saqueadores? En aquella época, después de haber viajado un poco por la península italiana, ya no tenía muy claras mis ideas: había oído hablar de los frailes de Altopascio, que en su predicación amenazaban con excomuniones y prometían indulgencias, que por dinero absolvían a fratricidas y a ladrones, a perjuros y a asesinos, que iban diciendo que en su hospital se celebraban hasta cien misas diarias, y que recaudaban donativos para sufragarlas, y que decían que con sus bienes se dotaba a doscientas muchachas pobres. También había oído hablar de fray Pablo el Cojo, eremita del bosque de Rieti que se jactaba de haber sabido por revelación directa del Espíritu Santo que el acto carnal no era pecado, y así seducía a sus víctimas, a las que llamaba hermanas, obligándolas a desnudarse y recibir azotes y a hacer cinco genuflexiones en forma de cruz, para después ofrendarlas a Dios, no sin instarlas a que se prestaran a lo que llamaba el beso de la paz. Pero, ¿qué había de cierto en todo eso? ¿Qué tenían que ver aquellos eremitas supuestamente iluminados con los frailes de vida pobre que recorrían los caminos de la península haciendo verdadera penitencia, ante la mirada hostil de unos clérigos y obispos cuyos vicios y rapiñas flagelaban?

El relato de Salvatore, que se iba mezclando con las cosas que yo ya sabía, no revelaba diferencia alguna: todo parecía igual a todo. Algunas veces lo imaginaba como uno de aquellos mendigos inválidos de Turena que, según se cuenta, al aparecer el cadáver milagroso de san Martín, salieron huyendo por miedo a que el santo los curara, arrebatándoles así su fuente de ganancias, pero el santo, implacable, les concedió su gracia antes de que lograsen alejarse, devolviéndoles el uso de los miembros en castigo por el mal que habían hecho. Otras veces, en cambio, el rostro animalesco del monje se iluminaba con una dulce claridad, mientras me contaba cómo, en medio de su vagabundeo con aquellas bandas, había escuchado la palabra de ciertos predicadores franciscanos, también ellos fugitivos, y había comprendido que la vida pobre y errabunda que llevaba no debía padecerse como una triste fatalidad, sino como un acto gozoso de entrega. Y así había pasado a formar parte de unas sectas y grupos de penitentes cuyos nombres no sabía repetir y cuyas doctrinas apenas lograba explicar. Deduje que se había encontrado con patarinos y valdenses, y quizá también con cátaros, arnaldistas y humillados, y que vagando por el mundo había pasado de un grupo a otro, asumiendo poco a poco como misión su vida errante, y haciendo por el Señor lo que hasta entonces había hecho por su vientre.

Pero, ¿cómo y hasta cuándo había estado con aquellos grupos? Por lo que pude entender, unos treinta años atrás había sido acogido en un convento franciscano de Toscana, donde había adoptado el sayo de san Francisco, aunque sin haber recibido las órdenes. Allí, creo, había aprendido el poco latín que hablaba, mezclándolo con las lenguas de todos los sitios en que, pobre apátrida, había estado, y de todos los compañeros de vagabundeo que había ido encontrando, desde mercenarios de mi tierra hasta bogomilos dálmatas. Allí, según decía, se había entregado a la vida de penitencia (penitenciágite, me repetía con mirada ardiente, y otra vez oí aquella palabra que tanta curiosidad había despertado en Guillermo), pero al parecer tampoco aquellos franciscanos tenían muy claras las ideas, porque en cierta ocasión invadieron la casa del canónigo de la iglesia cercana, al que acusaban de robar y de otras ignominias, y lo arrojaron escaleras abajo, causando así la muerte del pecador, y luego saquearon la iglesia. Enterado el obispo, envió gente armada, y así fue como los frailes se dispersaron y Salvatore vagó largo tiempo por la Alta Italia unido a una banda de fraticelli, o sea de franciscanos mendicantes, al margen ya de toda ley y disciplina.

Buscó luego refugio en la región de Toulouse, donde le sucedió algo extraño, en una época en que, enardecido, escuchaba el relato de las grandes hazañas de los cruzados. Sucedió que una muchedumbre de pastores y de gente humilde se congregó en gran número para cruzar el mar e ir a combatir contra los enemigos de la fe. Se les dio el nombre de pastorcillos. Lo que en realidad querían era huir de aquellas infelices tierras. Tenían dos jefes, que les inculcaban falsas teorías: un sacerdote que por su conducta se había quedado sin iglesia, y un monje apóstata de la orden de san Benito. Hasta tal punto habían enloquecido a aquellos miserables, que incluso muchachos de dieciséis años, contra la voluntad de sus padres, llevando consigo sólo una alforja y un bastón, sin dinero, abandonaban los campos para correr tras ellos, formando todos una gran muchedumbre que los seguía como un rebaño. Ya no los movía la razón ni la justicia, sino sólo la fuerza y la voluntad de sus jefes. Se sentían como embriagados por el hecho de estar juntos, finalmente libres y con una vaga esperanza de tierras prometidas. Recorrían aldeas y ciudades cogiendo todo lo que encontraban, y si alguno era arrestado, asaltaban la cárcel para liberarlo. Cuando entraron en la fortaleza de Pans para liberar a algunos de sus compañeros arrestados por orden de los señores, viendo que el preboste de la ciudad intentaba resistir, lo golpearon y lo arrojaron por la escalinata, y después echaron abajo las puertas de la cárcel. Ocuparon luego el prado de San Germán, donde se desplegaron en posición de combate. Pero nadie se atrevió a hacerles frente, de modo que salieron de París y se dirigieron hacia Aquitania. E iban matando a todos los judíos que encontraban a su paso, y se apoderaban de sus bienes...

—¿Por qué a los judíos? —pregunté.

Y Salvatore me respondió:

—¿Por qué no?

Entonces me explicó que toda la vida habían oído decir a los predicadores que los judíos eran los enemigos de la cristiandad y que acumulaban los bienes que a ellos les eran negados. Yo le pregunté si no eran los señores y los obispos quienes acumulaban esos bienes a través del diezmo y si, por tanto, los pastorcillos no se equivocaban de enemigos. Me respondió que, cuando los verdaderos enemigos son demasiado fuertes, hay que buscarse otros enemigos más débiles. Pensé que por eso los simples reciben tal denominación. Sólo los poderosos saben siempre con toda claridad cuáles son sus verdaderos enemigos. Los señores no querían que los pastorcillos pusieran en peligro sus bienes, y tuvieron la inmensa suerte de que los jefes de los pastorcillos insinuasen la idea de que muchas de las riquezas estaban en poder de los judíos.

Le pregunté quién había convencido a la muchedumbre de que era necesario atacar a los judíos. Salvatore no lo recordaba. Creo que cuando tanta gente se congrega para correr tras una promesa, y de pronto surge una exigencia, nunca puede saberse quién es el que habla. Pensé que sus jefes se habían educado en los conventos y en las escuelas obispales, y que hablaban el lenguaje de los señores, aunque lo tradujeran en palabras comprensibles para los pastores. Y los pastores no sabían dónde estaba el papa, pero sí dónde estaban los judíos. En suma, pusieron sitio a una torre alta y sólida, perteneciente al rey de Francia, donde los judíos, aterrorizados, habían ido en masa a refugiarse. Y con valor y tenacidad éstos se defendían arrojando leños y piedras. Pero los pastorcillos prendieron fuego a la puerta de la torre, acorralándolos con las llamas y el humo. Y, al ver que no podían salvarse, los judíos prefirieron matarse antes que morir a manos de los incircuncisos, y pidieron a uno de ellos, que parecía el más valiente, que los matara con su espada. Éste dijo que sí, y mató como a quinientos. Después salió de la torre con los hijos de los judíos y pidió a los pastorcillos que lo bautizaran. Pero los pastorcillos le respondieron: «¿Has hecho tal matanza entre tu gente y ahora quieres salvarte de morir?» Y lo destrozaron. Pero respetaron la vida de los niños, y los hicieron bautizar. Después se dirigieron hacia Carcasona, y a su paso perpetraron otros crímenes sangrientos. Entonces el rey de Francia comprendió que habían pasado ya los límites y ordenó que se les opusiese resistencia en toda ciudad por la que pasaran, y que se defendiese incluso a los judíos como si fueran hombres del rey...

¿Por qué aquella súbita preocupación del rey por los judíos? Quizá porque se dio cuenta de lo que podrían llegar a hacer los pastorcillos en todo el reino, y vio que su número era cada vez mayor. Entonces se apiadó incluso de los judíos, ya fuese porque éstos eran útiles para el comercio del reino, ya porque había que destruir a los pastorcillos y era necesario que todos los buenos cristianos encontraran motivos para deplorar sus crímenes. Pero muchos cristianos no obedecieron al rey, porque pensaron que no era justo defender a los judíos, enemigos constantes de la fe cristiana. Y en muchas ciudades las gentes del pueblo, que habían tenido que pagar usura a los judíos, se sentían felices de que los pastorcillos los castigaran por su riqueza. Entonces el rey ordenó bajo pena de muerte que no se diera ayuda a los pastorcillos. Reunió un numeroso ejército y los atacó y muchos murieron, mientras que otros se salvaron refugiándose en los bosques, donde acabaron pereciendo de hambre. En poco tiempo fueron aniquilados. Y el enviado del rey los iba apresando y los hacía colgar en grupos de veinte o de treinta, escogiendo los árboles más grandes, para que el espectáculo de sus cadáveres sirviese de ejemplo eterno y ya nadie se atreviera a perturbar la paz del reino.

Lo extraño es que Salvatore me contó esta historia como si se tratase de una empresa muy virtuosa. Y de hecho seguía convencido de que la muchedumbre de los pastorcillos se había puesto en marcha para conquistar el sepulcro de Cristo y liberarlo de los infieles. Y no logré persuadirlo de que esa sublime conquista ya se había logrado en la época de Pedro el Ermitaño y de san Bernardo, durante el reinado de Luis el Santo, de Francia. De todos modos, Salvatore no partió a luchar contra los infieles, porque tuvo que retirarse a toda prisa de las tierras francesas. Me dijo que se había dirigido hacia la región de Novara, pero no me aclaró demasiado lo que le sucedió allí. Por último, llegó a Casale, donde logró que lo admitieran en el convento de los franciscanos (creo que fue allí donde encontró a Remigio), justo en la época en que muchos de ellos, perseguidos por el papa, cambiaban de sayo y buscaban refugio en monasterios de otras órdenes, para no morir en la hoguera, tal como había contado Ubertino. Dada su larga experiencia en diversos trabajos manuales (que había realizado tanto con fines deshonestos, cuando vagaba libremente, como con fines santos, cuando vagaba por el amor de Cristo), el cillerero lo convirtió en su ayudante. Y por eso justamente hacía tantos años que estaba en aquel sitio, menos interesado por los fastos de la orden que por la administración del almacén y la despensa, libre de comer sin necesidad de robar y de alabar al Señor sin que lo quemaran.

Todo esto me lo fue contando entre bocado y bocado, y me pregunté qué parte había añadido su imaginación, y qué parte había guardado para sí.

275

Lo miré con curiosidad, no porque me asombrara su experiencia particular, sino al contrario, porque lo que le había sucedido me parecía una espléndida síntesis de muchos hechos y movimientos que hacían de la Italia de entonces un país fascinante e incomprensible.

¿Qué emergía de ese relato? La imagen de un hombre de vida aventurera, capaz incluso de matar a un semejante sin ser consciente de su crimen. Pero, si bien en aquella época cualquier ofensa a la ley divina me parecía igual a otra, ya empezaba a comprender algunos de los fenómenos que oía comentar, y me daba cuenta de que una cosa es la masacre que una muchedumbre, en arrebato casi extático, y confundiendo las leyes del Señor con las del diablo, puede realizar, y otra cosa es el crimen individual perpetrado a sangre fría, astuta y calladamente. Y no me parecía que Salvatore pudiera haberse manchado con semejante crimen.

Por otra parte, quería saber algo sobre lo que había insinuado el Abad, y me obsesionaba la figura de fray Dulcino, para mí casi desconocida. Sin embargo, su fantasma parecía presente en muchas conversaciones que había escuchado durante aquellos dos días. De modo que le pregunté a bocajarro:

—¿En tus viajes nunca encontraste a fray Dulcino?

Su reacción fue muy extraña. Sus ojos, ya muy abiertos, parecieron salirse de las órbitas; se persignó varias veces; murmuró unas frases entrecortadas, en un lenguaje que esa vez me resultó del todo ininteligible. Creí entender, sin embargo, que eran negaciones. Hasta aquel momento me había mirado con simpatía y confianza, casi diría que con amistad. En cambio, la mirada que entonces me dirigió fue casi de odio. Después pretextó cualquier cosa y se marchó.

A aquellas alturas yo me moría de curiosidad. ¿Quién era ese fraile que infundía terror a cualquiera que oyese su nombre? Decidí que debía apagar lo antes posible mi sed de saber. Una idea atravesó mi mente. ¡Ubertino! Era él quien había pronunciado ese nombre la primera noche que lo encontramos. Conocía todas las vicisitudes, claras y oscuras, de los frailes, de los fraticelli y de otra gentuza que pululaba por entonces. ¿Dónde podía encontrarlo a aquella hora? Sin duda, en la iglesia, sumergido en sus oraciones. Y hacia allí, puesto que gozaba de un momento de libertad, dirigí mis pasos.

No lo encontré, ni lograría encontrarlo hasta la noche. De modo que mi curiosidad siguió insatisfecha, mientras sucedían los acontecimientos que ahora debo narrar.

Tercer día
NONA

Donde Guillermo habla con Adso del gran río
de la herejía, de la función de los simples
en la iglesia, de sus dudas acerca de la
cognoscibilidad de las leyes generales y casi
de pasada le cuenta cómo ha descifrado los
signos nigrománticos que dejó Venancio.

Encontré a Guillermo en la herrería, trabajando con Nicola, los dos bastante enfrascados en su trabajo. Habían dispuesto sobre la mesa un montón de pequeños discos de vidrio, quizá ya listos para ser insertados en una vidriera, y con instrumentos idóneos habían reducido el espesor de algunos a la medida deseada. Guillermo los estaba probando poniéndoselos delante de los ojos. Por su parte, Nicola estaba dando instrucciones a los herreros para que fabricaran la horquilla donde habrían de engastarse los vidrios adecuados.

Guillermo refunfuñaba irritado, porque la lente que más le satisfacía hasta ese momento era de color esmeralda, y decía que no' le interesaba ver los pergaminos como si fuesen prados. Nicola se alejó para vigilar el trabajo de los herreros. Mientras trajinaba con sus vidrios, le conté a mi maestro la conversación con Salvatore.

—Se ve que el hombre ha tenido una vida muy variada —dijo—, quizá sea cierto que ha estado con los dulcinianos. Esta abadía es un verdadero microcosmos; cuando lleguen los enviados del papa Juan y de fray Michele el cuadro estará completo.

—Maestro —le dije—, ya no entiendo nada.

—¿A propósito de qué, Adso?

—Ante todo, a propósito de las diferencias entre los grupos heréticos. Pero sobre esto os preguntaré después. Lo que me preocupa ahora es el problema mismo de la diferencia. Cuando hablasteis con Ubertino me dio la impresión de que tratabais de demostrarle que los santos y los herejes son todos iguales. En cambio, cuando hablasteis con el Abad os esforzasteis por explicarle la diferencia que va de hereje a hereje, y de hereje a ortodoxo. O sea que a Ubertino lo censurasteis por considerar distintos a los que en el fondo son iguales, y al Abad por considerar iguales a los que en el fondo son distintos.

Guillermo dejó un momento las lentes sobre la mesa:

—Mi buen Adso, tratemos de hacer algunas distinciones, incluso a la manera de las escuelas de París. Pues bien, allí dicen que todos los hombres tienen una misma forma sustancial, ¿verdad?

—Así es —dije, orgulloso de mi saber—. Son animales, pero racionales, y se distinguen por la capacidad de reír.

—Muy bien. Sin embargo, Tomás es distinto de Buenaventura, y el primero es gordo mientras que el segundo es flaco, e incluso puede suceder que Uguccione sea malo mientras que Francesco es bueno, y que

Aldemaro sea flemático mientras que Agilulfo es bilioso. ¿O no?

—Qué duda cabe.

—Entonces, esto significa que hay identidad, entre hombres distintos, en cuanto a su forma sustancial, y diversidad en cuanto a los accidentes, o sea en cuanto a sus terminaciones superficiales.

—Me parece evidente.

—Entonces, cuando digo a Ubertino que la misma naturaleza humana, con sus complejas operaciones, se aplica tanto al amor del bien como al amor del mal, intento convencerlo de la identidad de dicha naturaleza humana. Cuando luego digo al Abad que hay diferencia entre un cátaro y un valdense, hago hincapié en la variedad de sus accidentes. E insisto en esa diferencia porque a veces sucede que se quema a un valdense atribuyéndole los accidentes propios de un cátaro y viceversa. Y cuando se quema a un hombre se quema su sustancia individual, y se reduce a pura nada lo que era un acto concreto de existir, bueno de por sí, al menos para los ojos de Dios, que lo mantenía en la existencia. ¿Te parece que es una buena razón para hacer hincapié en las diferencias?

—Sí, maestro —respondí entusiasmado—. ¡Ahora comprendo por qué hablasteis así, y valoro vuestra buena filosofía!

—No es la mía, y ni siquiera sé si es la buena. Pero lo importante es que hayas comprendido. Veamos ahora tu segunda pregunta.

—Sucede que me siento un inútil. Ya no logro distinguir cuáles son las diferencias accidentales de los valdenses, los cátaros, los pobres de Lyon, los humillados, los begardos, los terciarios, los lombardos, los joaquinistas, los patarinos, los apostólicos, los pobres de Lombardía, los arnaldistas, los guillermitas, los seguidores del espíritu libre y los luciferinos. ¿Qué debo hacer?

—¡Oh, pobre Adso! —exclamó riendo Guillermo, y me dio una palmadita afectuosa en la nuca—. ¡La culpa no es en absoluto tuya! Mira, es como si durante estos dos últimos siglos, e incluso antes, este mundo nuestro hubiese sido barrido por rachas de impaciencia, de esperanza y de desesperación, todo al mismo tiempo... Pero no, la analogía no es buena. Piensa mejor en un río, caudaloso e imponente, que recorre millas y millas entre firmes terraplenes, de modo que se ve muy bien dónde está el río, dónde el terraplén y dónde la tierra firme. En cierto momento, el río, por cansancio, porque ha corrido demasiado tiempo y recorrido demasiada distancia, porque ya está cerca del mar, que anula en sí a todos los ríos, ya no sabe qué es. Se convierte en su propio delta. Quizá subsiste un brazo principal, pero de él surgen muchos otros, en todas direcciones, y algunos se comunican entre sí, y ya no se sabe dónde acaba uno y dónde empieza otro, y a veces es imposible saber si algo sigue siendo río o ya es mar...

—Si no interpreto mal vuestra alegoría, el río es la ciudad de Dios, o el reino de los justos, que se estaba acercando al milenio, y en medio de aquella incertidumbre ya no pudo contenerse, y surgieron falsos y verdaderos profetas, y todo desembocó en la gran llanura donde habrá de producirse el Harmagedón...

—No era en eso en lo que estaba pensando. Pero también es verdad que los franciscanos siempre tenemos presente la idea de una tercera edad y del advenimiento del reino del Espíritu Santo. Pero no, lo que quería era que comprendieses cómo el cuerpo de la iglesia, que durante siglos también ha sido el cuerpo de la sociedad, el pueblo de Dios, se ha vuelto demasiado rico, y caudaloso, y arrastra las escorias de todos los sitios por los que ha pasado, y ha perdido su pureza. Los brazos del delta son, por decirlo así, otros tantos intentos del río por llegar lo más rápidamente posible al mar, o sea al momento de la purificación. Pero mi alegoría era imperfecta, sólo servía para explicarte que, cuando el río ya no se contiene, los brazos de la herejía y de los movimientos de renovación son numerosísimos y se confunden entre sí. Si lo deseas, puedes añadir a mi pésima alegoría la imagen de alguien empeñado en reconstruir los terraplenes del río, pero infructuosamente. De modo que algunos brazos del delta quedan cubiertos de tierra, otros son desviados hacia el río a través de canales artificiales, mientras que los restantes quedan en libertad, porque es imposible conservar todo el caudal y conviene que el río pierda una parte de sus aguas si quiere seguir discurriendo por su cauce, si quiere que su cauce sea reconocible.

—Cada vez entiendo menos.

—Y yo igual. No soy muy·bueno para las parábolas. Mejor olvida esta historia del río e intenta comprender que muchos de los movimientos a que te has referido nacieron hace doscientos años o quizá más, y que ya han desaparecido, mientras que otros son recientes...

—Sin embargo, cuando se habla de herejes se los menciona a todos juntos.

—Es cierto, pero ésta es una de las formas en que se difunde la herejía, y al mismo tiempo una de las formas en que se destruye.

—Otra vez no os entiendo.

—¡Dios mío, qué difícil es! Bueno. Supón que eres un reformador de las costumbres y que marchas con un grupo de compañeros a la cima de una montaña, para vivir en la pobreza, y que después de cierto tiempo muchos acuden a ti, incluso desde tierras lejanas, y te consideran un profeta, o un nuevo apóstol, y te siguen. ¿Es verdad que vienen por ti, o por lo que tú dices?

—No sé, supongo que sí. Si no, ¿por qué vendrían?

—Porque han oído de boca de sus padres historias

sobre otros reformadores, y leyendas sobre comunidades más o menos perfectas, y piensan que se trata de lo mismo.

—De modo que cada movimiento hereda los hijos de los otros.

—Sí, porque la mayoría de los que se suman a ellos son simples, personas que carecen de sutileza doctrinal. Sin embargo, los movimientos de reforma de las costumbres surgen en sitios diferentes, de maneras diferentes y con doctrinas diferentes. Por ejemplo, a menudo se confunden los cátaros con los valdenses. Sin embargo, hay mucha diferencia entre unos y otros. Los valdenses predicaban a favor de una reforma de las costumbres dentro de la iglesia; los cátaros predicaban a favor de una iglesia distinta, predicaban una visión distinta de Dios y de la moral. Los cátaros pensaban que el mundo estaba dividido entre las fuerzas opuestas del bien y del mal, y construyeron una iglesia donde existía una distinción entre los perfectos y los simples creyentes, y tenían sus propios sacramentos y sus propios ritos. Establecieron una jerarquía muy rígida, casi tanto como la de nuestra santa madre iglesia, y en modo alguno pensaban en destruir toda forma de poder. Eso explica por qué se adhirieron a ese movimiento hombres con poder, hacendados y feudatarios. Tampoco pensaban en reformar el mundo, porque según ellos la oposición entre el bien y el mal nunca podrá superarse. Los valdenses, en cambio (y con ellos los arnaldistas o los pobres de Lombardía), querían construir un mundo distinto, basado en el ideal de la pobreza. Por eso acogían a los desheredados y vivían en comunidad, manteniéndose con el trabajo de sus manos. Los cátaros rechazaban los sacramentos de la iglesia; los valdenses no: sólo rechazaban la confesión auricular.

—Pero entonces, ¿por qué se los confunde y se habla de ellos como si fuesen la misma mala hierba?

—Ya te lo he dicho: lo que les da vida también les da muerte. Se desarrollan por el aflujo de los simples, ya estimulados por otros movimientos, y persuadidos de que se trata de una misma corriente de rebelión y de esperanza; y son destruidos por los inquisidores, que atribuyen a unos los errores de los otros, de modo que, si los seguidores de un movimiento han cometido determinado crimen, ese crimen será atribuido a los seguidores de cualquier otro movimiento. Los inquisidores yerran según la razón, porque confunden doctrinas diferentes; y tienen razón porque los otros yerran, pues, cuando en cierta ciudad surge un movimiento, digamos, de arnaldistas, hacia él convergen también aquellos que hubiesen sido, o han sido, cátaros o valdenses en otras partes. Los apóstoles de fray Dulcino predicaban la destrucción física de los clérigos y señores, y cometieron muchos actos de violencia; los valdenses se oponían a la violencia, al igual que los fraticelli. Pero estoy seguro de que en la época de fray Dulcino convergieron en su grupo muchos que antes habían secundado a los fraticelli o a los valdenses. Los simples, Adso, no pueden escoger libremente su herejía: se aferran al que predica en su tierra, al que pasa por la aldea o por la plaza. Es con eso con lo que juegan sus enemigos. El hábil predicador sabe presentar a los ojos del pueblo una sola herejía, que quizá propicie al mismo tiempo la negación del placer sexual y la comunión de los cuerpos; de ese modo logra mostrar a los herejes como una sola maraña de contradicciones diabólicas que ofenden al sentido común.

—¿O sea que no están relacionados entre sí y sólo por engaño del demonio un simple que desearía ser joaquinista o espiritual acaba cayendo en manos de los cátaros, o viceversa?

—No, no es eso. A ver, Adso, intentemos empezar de nuevo. Te aseguro que estoy tratando de explicarte algo sobre lo que yo tampoco estoy muy seguro. Pienso que el error consiste en creer que primero viene la herejía y después los simples que la abrazan (y por ella acaban abrasados). En realidad, primero viene la situación en que se encuentran los simples, y después la herejía.

—¿Cómo es eso?

—Ya conoces la constitución del pueblo de Dios. Un gran rebaño, ovejas buenas y ovejas malas, vigiladas por unos mastines, que son los guerreros, o sea el poder temporal, el emperador y los señores, y guiadas por los pastores, los clérigos, los intérpretes de la palabra divina. La imagen es clara.

—Pero no es veraz. Los pastores luchan con los perros, porque unos quieren tener los derechos de los otros.

—Así es, y precisamente por eso no se ve muy bien cómo es el rebaño. Ocupados en destrozarse mutuamente, los perros y los pastores ya no se cuidan del rebaño. Hay una parte que está afuera.

—¿Afuera?

—Sí, al margen. Campesinos que no son campesinos porque carecen de tierra, o porque la que tienen no basta para alimentarlos. Ciudadanos que no son ciudadanos porque no pertenecen a ningún gremio ni corporación: plebe, gente a merced de cualquiera. ¿Alguna vez has visto un grupo de leprosos en el campo?

—Sí, en cierta ocasión vi uno. Eran como cien, deformes, con la carne blancuzca que se les caía a pedazos. Andaban con muletas; los ojos sangrantes, los párpados hinchados. No hablaban ni gritaban: chillaban como ratas.

—Para el pueblo cristiano, son los otros los que están fuera del rebaño. El rebaño los odia, y ellos odian al rebaño. Querrían que todos estuviésemos muertos, que todos fuésemos leprosos como ellos.

—Sí, recuerdo una historia del rey Marco, que debía condenar a la bella Isolda, y ya estaba por darla a las llamas cuando vinieron los leprosos y le dijeron que había peor castigo que la hoguera. Y le gritaban: «¡Entréganos a Isolda, déjanos poseerla, la enfermedad aviva nuestros deseos, entrégala a tus leprosos! ¡Mira cómo se pegan los andrajos a nuestras llagas purulentas! ¡Ella, que junto a ti se envolvía en ricas telas forradas de armiño y se adornaba con exquisitas joyas, verá la corte de los leprosos, entrará en nuestros tugurios, se acostará con nosotros, y entonces sí que reconocerá su pecado y echará de menos este hermoso fuego de espino!»

—Veo que para ser un novicio de san Benito tienes lecturas bastante curiosas —comentó burlándose Guillermo, y yo me ruboricé, porque sabía que un novicio no debe leer novelas de amor, pero en el monasterio de Melk los más jóvenes nos las pasábamos, y las leíamos de noche a la luz de la vela—. No importa —siguió diciendo Guillermo—, veo que has comprendido lo que quería decirte. Los leprosos, excluidos, querrían arrastrar a todos a su ruina. Y cuanto más se los excluya más malos se volverán, y cuanto más se los represente como una corte de lémures que desean la ruina de todos más excluidos quedarán. San Francisco lo vio claro; por eso lo primero que hizo fue irse a vivir con los leprosos. Es imposible cambiar al pueblo de Dios sin reincorporar a los marginados.

—Pero estabais hablando de otros excluidos; los movimientos heréticos no están compuestos de leprosos.

—El rebaño es como una serie de círculos concéntricos que van desde las zonas más alejadas del rebaño hasta su periferia inmediata. Los leprosos significan la exclusión en general. San Francisco lo vio claro. No quería sólo ayudar a los leprosos, pues en tal caso su acción se hubiese limitado a un acto de caridad, bastante pobre e impotente. Con su acción quería significar otra cosa. ¿Has oído hablar de cuando predicó a los pájaros?

—¡Oh, sí! Me han contado esa historia bellísima, y he sentido admiración por el santo que gozaba de la compañía de esas tiernas criaturas de Dios —dije henchido de fervor.

—Pues bien, no te han contado la verdadera historia, sino la que ahora está reconstruyendo la orden. Cuando Francisco habló al pueblo de la ciudad y a sus magistrados y vio que no lo entendían, se dirigió al cementerio y se puso a predicar a los cuervos y a las urracas, a los gavilanes, a las aves de rapiña que se alimentaban de cadáveres.

—¡Qué horrible! ¿Entonces no eran pájaros buenos?

—Eran aves de presa, pájaros excluidos, como los leprosos. Sin duda, Francisco estaba pensando en aquel pasaje del Apocalipsis que dice: Vi un ángel puesto de pie en el sol, que gritó con una gran voz, diciendo a todas las aves que vuelan por lo alto del cielo: «¡Venid, congregaos al gran festín de Dios, para comer las carnes de los reyes, las carnes de los tribunos, las carnes de los valientes, las carnes de los caballos y de los que cabalgan en ellos, las carnes de todos los libres y de los esclavos, de los pequeños y de los grandes!»

—¿De modo que Francisco quería soliviantar a los excluidos?

—No; eso fue lo que hicieron Dulcino y los suyos. Francisco quería que los excluidos, dispuestos a la rebelión, se reincorporasen al pueblo de Dios. Para reconstruir el rebaño había que recuperar a los excluidos. Francisco no pudo hacerlo, y te lo digo con mucha amargura. Para reincorporar a los excluidos tenía que actuar dentro de la iglesia, para actuar dentro de la iglesia tenía que obtener el reconocimiento de su regla, que entonces engendraría una orden, y una orden, como la que, de hecho, engendró, reconstruiría la figura del círculo, fuera del cual se encuentran los excluidos. Y ahora comprenderás por qué existen las bandas de los fraticelli y de los joaquinistas, a cuyo alrededor vuelven a reunirse los excluidos.

—Pero no estábamos hablando de Francisco, sino de la herejía como producto de los simples y de los excluidos.

—Así es. Hablábamos de los excluidos del rebaño de las ovejas. Durante siglos, mientras el papa y el emperador se destrozaban entre sí por cuestiones de poder, aquéllos siguieron viviendo al margen, los verdaderos leprosos, de quienes los leprosos sólo son la figura dispuesta por Dios para que pudiésemos comprender esta admirable parábola y al decir «leprosos» entendiéramos «excluidos, pobres, simples, desheredados, desarraigados del campo, humillados en las ciudades». Pero no hemos entendido, el misterio de la lepra sigue obsesionándonos porque no supimos reconocer que se trataba de un signo. Al encontrarse excluidos del rebaño, todos estaban dispuestos a escuchar, o a producir, cualquier tipo de prédica que, invocando la palabra de Cristo, de hecho denunciara la conducta de los perros y de los pastores y prometiese que algún día serían castigados. Los poderosos siempre lo supieron. La reincorporación de los excluidos entrañaba una reducción de sus privilegios. Por eso a los excluidos que tomaban conciencia de su exclusión los señalaban como herejes, cualesquiera que fuesen sus doctrinas. En cuanto a éstos, hasta tal punto los cegaba el hecho de su exclusión que realmente no tenían el menor interés por doctrina alguna. En esto consiste la ilusión de la herejía. Cualquiera es hereje, cualquiera es ortodoxo. No importa la fe que ofrece determinado movimiento, sino la esperanza que propone. Las herejías son siempre expresión del hecho concreto de que existen excluidos. Si rascas un poco la superficie de la herejía, siempre aparecerá el leproso. Y lo único que se busca al luchar contra la herejía es asegurarse de que el leproso siga siendo tal. En cuanto a los leprosos, ¿qué quieres pedirles? ¿Que sean capaces de distinguir lo correcto y lo incorrecto que pueda haber en el dogma de la Trinidad o en la definición de la Eucaristía? ¡Vamos, Adso! Éstos son juegos para nosotros, que somos hombres de doctrina. Los simples tienen otros problemas. Y fíjate en que nunca consiguen resolverlos. Por eso se convierten en herejes.

—Pero ¿por qué algunos los apoyan?

—Porque les conviene para sus asuntos, que raramente se relacionan con la fe y las más de las veces se reducen a la conquista del poder.

—¿Por eso la iglesia de Roma acusa de herejes a todos sus enemigos?

—Por eso. Y por eso también considera ortodoxa toda herejía que puede someter a su control, o que debe aceptar porque se ha vuelto demasiado poderosa y sería inoportuno tenerla en contra. Pero no hay una regla estricta, depende de los hombres y de las circunstancias. Y lo mismo vale en el caso de los señores laicos. Hace cincuenta años la comuna de Padua emitió una ordenanza que imponía una multa de un denario fuerte a quien matase a un clérigo...

—¡Eso es nada!

—Justamente. Era una manera de atizar el odio del pueblo contra los clérigos; la ciudad estaba enfrentada con el obispo. Entonces comprenderás por qué hace tiempo, en Cremona, los partidarios del imperio ayudaron a los cátaros, no por razones de fe, sino para perjudicar a la iglesia de Roma. A veces las magistraturas de las ciudades apoyan a los herejes porque éstos traducen el evangelio a la lengua vulgar: la lengua vulgar es la lengua de las ciudades; el latín, la lengua de Roma y de los monasterios. O bien apoyan a los valdenses porque éstos afirman que todos, hombres y mujeres, grandes y pequeños, pueden enseñar y predicar, y el obrero, que es discípulo, diez años después busca otro de quien convertirse en maestro...

—¡De ese modo eliminan la diferencia que hacía irreemplazables a los clérigos! Pero entonces, ¿por qué después las mismas magistraturas ciudadanas se vuelven contra los herejes y dan mano fuerte a la iglesia para que los envíe a la hoguera?

—Porque comprenden que si esos herejes continúan creciendo acabarán cuestionando también los privilegios de los laicos que hablan la lengua vulgar. En el concilio de Letrán, el año 1179 (ya ves que estas historias datan de hace casi dos siglos), Walter Map advertía sobre los riesgos que entrañaba dar crédito a las doctrinas de hombres idiotas e iletrados como los valdenses. Si mal no recuerdo, alegaba que no tienen domicilio fijo, que van descalzos, que no tienen propiedad personal alguna, puesto que todo lo poseen en común, y desnudos siguen a Cristo desnudo; y que empiezan de esta manera tan humilde porque son personas excluidas, pero si se les deja demasiado espacio acabarán echándolos a todos. Por eso más tarde las ciudades apoyaron a las órdenes mendicantes y en particular a nosotros, los franciscanos: porque permitían establecer una relación armoniosa entre la necesidad de penitencia y la vida ciudadana, entre la iglesia y los burgueses interesados en sus negocios.

—Entonces, ¿se logró armonizar el amor de Dios con el amor de los negocios?

—No. Se detuvieron los movimientos de renovación espiritual, se los encauzó dentro de los límites de una orden reconocida por el papa. Sin embargo, no pudo encauzarse la tendencia que subyacía a esas manifestaciones. Y en parte emergió en los movimientos de

flagelantes, que no hacen daño a nadie, en bandas armadas como las de fray Dulcino, en ritos de hechicería
como los de los frailes de Montefalco que mencionaba
Ubertino...

—Pero ¿quién tenía razón? ¿Quién tiene razón?
¿Quién se equivocó? —pregunté desorientado.

—Todos tenían sus razones, todos se equivocaron.

—Pero, vos —dije casi a gritos, en un ímpetu de rebelión—, ¿por qué no tomáis partido? ¿Por qué no me
decís quién tiene razón?

Guillermo se quedó un momento callado, mientras
levantaba hacia la luz la lente que estaba tallando. Después la bajó hacia la mesa y me mostró, a través de dicha
lente, un instrumento que había en ella:

—Mira —me dijo—. ¿Qué ves?

—Veo el instrumento, un poco más grande.

—Pues bien, eso es lo máximo que se puede hacer:
mirar mejor.

—¡Pero el instrumento es siempre el mismo!

—También el manuscrito de Venancio seguirá siendo el mismo una vez que haya podido leerlo gracias a
esta lente. Pero quizá cuando lo haya leído conozca yo
mejor una parte de la verdad. Y quizá entonces podamos mejorar en parte la vida en el monasterio.

—¡Pero eso no basta!

—No creas que es poco lo que te digo, Adso. Ya te he
hablado de Roger Bacon. Quizá no haya sido el hombre
más sabio de todos los tiempos, pero siempre me ha fascinado la esperanza que animaba su amor por el saber.
Bacon creía en la fuerza, en las necesidades, en las in-
venciones espirituales de los simples. No habría sido un
buen franciscano si no hubiese pensado que a menudo
Nuestro Señor habla por boca de los pobres, de los desheredados, de los idiotas, de los analfabetos. Si hubiera
podido conocerlos de cerca, se habría interesado más
por los fraticelli que por los provinciales de la orden.

Los simples tienen algo más que los doctores, que suelen perderse en la búsqueda de leyes muy generales: tienen la intuición de lo individual. Pero esa intuición por sí sola no basta. Los simples descubren su verdad, quizá más cierta que la de los doctores de la iglesia, pero después la disipan en actos impulsivos. ¿Qué hacer? ¿Darles la ciencia? Sería demasiado fácil, o demasiado difícil. Además, ¿qué ciencia? ¿La de la biblioteca de Abbone? Los maestros franciscanos han meditado sobre este problema. El gran Buenaventura decía que la tarea de los sabios es expresar con claridad conceptual la verdad implícita en los actos de los simples...

—Como el capítulo de Perusa y las doctas disertaciones de Ubertino, que transforman en tesis teológicas la exigencia de pobreza de los simples —dije.

—Sí, pero ya has visto: eso siempre llega demasiado tarde, si es que llega, y para entonces la verdad de los simples se ha transformado en la verdad de los poderosos, más útil para el emperador Ludovico que para un fraile de la vida pobre. ¿Cómo mantenerse cerca de la experiencia de los simples conservando lo que podríamos llamar su virtud operativa, la capacidad de obrar para la transformación y el mejoramiento de su mundo? Ése fue el problema que se planteó Bacon: «Quod enim laicali ruditate turgescit non habet effectum nisi fortuito», decía. La experiencia de los simples se traduce en actos salvajes e incontrolables. «Sed opera sapientiae certa lege vallantur et in finem debitum efficaciter diriguntur.» Lo que equivale a decir que también para las cosas prácticas, ya se trate de mecánica, de agricultura o del gobierno de una ciudad, se requiere un tipo de teología. Consideraba que la nueva ciencia de la naturaleza debía ser la nueva gran empresa de los sabios, quienes, a través de un nuevo tipo de conocimiento de los procesos naturales, tratarían de coordinar aquellas necesidades básicas, aquel acervo desordenado, pero a su manera justo y verdadero, de las esperanzas de los simples. La nueva ciencia, la nueva magia natural. Sólo que, según él, esa empresa debía ser dirigida por la iglesia. Pero creo que esto se explica porque en su época la comunidad de los clérigos coincidía con la comunidad de los sabios. Hoy ya no es así; surgen sabios fuera de los monasterios, fuera de las catedrales e incluso fuera de las universidades. Mira, por ejemplo, en este país: el mayor filósofo de nuestro siglo no ha sido un monje, sino un boticario. Hablo de aquel florentino cuyo poema habrás oído nombrar, si bien yo no lo he leído, porque no comprendo la lengua vulgar en que está escrito, y por lo que sé de él creo que no me gustaría demasiado, pues es una disquisición sobre cosas muy alejadas de nuestra experiencia. Sin embargo, creo que también contiene las ideas más claras que hemos podido alcanzar acerca de la naturaleza de los elementos y del cosmos en general, así como acerca del gobierno de los estados. Por tanto considero que, así como también yo y mis amigos pensamos que en lo relativo a las cosas humanas ya no corresponde a la iglesia legislar, sino a la asamblea del pueblo, del mismo modo, en el futuro, será la comunidad de los sabios la que deberá proponer esa teología novísima y humana que es filosofía natural y magia positiva.

—Noble empresa. Pero ¿es factible?

—Bacon creía que sí.

—¿Y vos?

—También yo lo creía. Pero para eso habría que estar seguro de que los simples tienen razón porque cuentan con la intuición de lo individual, que es la única buena. Sin embargo si la intuición de lo individual es la única buena, ¿cómo podrá la ciencia reconstruir las leyes universales por cuyo intermedio, e interpretación, la magia buena se vuelve operativa?

—Eso, ¿cómo podrá?

—Ya no lo sé. Lo he discutido mucho en Oxford con mi amigo Guillermo de Occam, que ahora está en Aviñón. Sembró mi ánimo de dudas. Porque, si sólo es correcta la intuición de lo individual, entonces será bastante difícil demostrar que el mismo tipo de causas tienen el mismo tipo de efectos. Un mismo cuerpo puede ser frío o caliente, dulce o amargo, húmedo o seco, en un sitio, y no serlo en otro. ¿Cómo puedo descubrir el vínculo universal que asegura el orden de las cosas, si no puedo mover un dedo sin crear una infinidad de nuevos entes, porque con ese movimiento se modifican todas las relaciones de posición entre mi dedo y el resto de los objetos? Las relaciones son los modos por los que mi mente percibe los vínculos entre los entes singulares, pero ¿qué garantiza la universalidad y la estabilidad de esos modos?

—Sin embargo, sabéis que a determinado espesor de un vidrio corresponde determinada posibilidad de visión, y porque lo sabéis estáis ahora en condiciones de construir unas lentes iguales a las que habéis perdido. Si no, no podríais.

—Aguda respuesta, Adso. En efecto, he formulado la proposición de que a igualdad de espesor debe corresponder igualdad de poder visual. Y lo he hecho porque en otras ocasiones he tenido intuiciones individuales del mismo tipo. Sin duda, el que experimenta con las propiedades curativas de las hierbas sabe que todos los individuos herbáceos de igual naturaleza tienen efectos de igual naturaleza en los pacientes que presentan iguales disposiciones. Por eso el experimentador formula la proposición de que toda hierba de determinado tipo es buena para el que sufre de calentura, o de que toda lente de determinado tipo aumenta en igual medida la visión del ojo. Es indudable que la ciencia a la que se refería Bacon versa sobre estas proposiciones. Fíjate que no hablo de cosas, sino de proposiciones sobre las cosas.

La ciencia se ocupa de las proposiciones y de sus términos, y los términos indican cosas iguales. ¿Comprendes, Adso? Tengo que creer que mi proposición funciona porque así me lo ha mostrado la experiencia, pero para creerlo tendría que suponer la existencia de unas leyes universales de las que, sin embargo, no puedo hablar, porque ya la idea de la existencia de leyes universales, y de un orden dado de las cosas, entrañaría el sometimiento de Dios a las mismas, pero Dios es algo tan absolutamente libre que, si lo quisiese, con un solo acto de su voluntad podría hacer que el mundo fuese distinto.

—O sea que, si no entiendo mal, hacéis, y sabéis por qué hacéis, pero no sabéis por qué sabéis que sabéis lo que hacéis.

Debo decir con orgullo que Guillermo me lanzó una mirada de admiración:

—Puede que así sea —dijo—. De todos modos ya ves por qué me siento tan poco seguro de mi verdad, aunque crea en ella.

—¡Sois más místico que Ubertino! —dije con cierta malicia.

—Quizá. Pero, como ves, trabajo con las cosas de la naturaleza. Tampoco en la investigación que estamos haciendo me interesa saber quién es bueno y quién es malo. Sólo quiero averiguar quién estuvo ayer por la noche en el scriptorium, quién cogió mis anteojos, quién dejó en la nieve huellas de un cuerpo que arrastra a otro cuerpo, y dónde está Berengario. Una vez conozca esos hechos, intentaré relacionarlos entre sí, suponiendo que sea posible, porque es difícil decir a qué causa corresponde cada efecto. Bastaría la intervención de un ángel para que todo cambiase, por eso no hay que asombrarse si resulta imposible demostrar que determinada cosa es la causa de determinada otra. Aunque siempre haya que intentarlo, como estoy haciendo en este caso.

—¡Qué vida difícil, la vuestra!

—Con todo, encontré a *Brunello* —exclamó Guillermo, refiriéndose al caballo de hacía dos días.

—¡O sea que hay un orden en el mundo! —comenté jubiloso.

—O sea que hay un poco de orden en mi pobre cabeza —respondió Guillermo.

En aquel momento regresó Nicola esgrimiendo con aire triunfal una horquilla casi acabada.

—Y cuando esta horquilla esté sobre mi pobre nariz —dijo Guillermo— quizá mi pobre cabeza esté algo más ordenada.

Llegó un novicio diciendo que el Abad quería ver a Guillermo y que lo esperaba en el jardín. Mi maestro se vio obligado a postergar sus experimentos para más tarde. Salimos a toda prisa hacia el lugar del encuentro. Por el camino Guillermo se dio una palmada en la frente, como si de pronto hubiese recordado algo.

—Por cierto —dijo—, he descifrado los signos cabalísticos de Venancio.

—¿Todos? ¿Cuándo?

—Mientras dormías. Y depende de lo que entiendas por todos. He descifrado los signos que aparecieron cuando acerqué la llama al pergamino, los que tú copiaste. Los apuntes en griego deberán esperar a que yo tenga unas nuevas lentes.

—¿Entonces? ¿Se trataba del secreto de finis Africae?

—Sí, y la clave era bastante fácil. Venancio disponía de los doce signos zodiacales y de ocho signos más, que designaban los cinco planetas, los dos luminares y la Tierra. En total veinte signos. Suficientes para asociarlos con las letras del alfabeto latino, puesto que puede usarse la misma letra para expresar el sonido de las iniciales de *unum* y *velut*. Sabemos cuál es el orden de las letras. ¿Cuál podía ser el orden de los signos? He pensado en el orden de los cielos. Si se coloca el cuadrante zodiacal en la periferia exterior, el orden es Tierra, Luna, Mercurio, Venus, Sol, etcétera, y luego la sucesión de los signos zodiacales según la secuencia tradicional, como la menciona, entre otros, Isidoro de Sevilla, empezando por Aries y el solsticio de primavera, y terminando por Piscis. Pues bien, al aplicar esta clave se descubre que el mensaje de Venancio tiene un sentido.

Me mostró el pergamino, donde había transcrito el mensaje en grandes caracteres latinos: *Secretum finis Africae manus supra idolum age primum et septimum de quatuor.*

—¿Está claro? —preguntó.

—La mano sobre el ídolo opera sobre el primero y el séptimo de los cuatro... —repetí moviendo la cabeza—. ¡No está nada claro!

—Ya lo sé. Ante todo habría que saber qué entendía Venancio por *idolum.* ¿Una imagen, un fantasma, una figura? Y luego, ¿qué serán esos cuatro que tienen un primero y un séptimo? ¿Y qué hay que hacer con ellos? ¿Moverlos, empujarlos, tirar de ellos?

—Entonces no sabemos nada y estamos igual que antes —dije, muy contrariado.

Guillermo se detuvo y me miró con expresión no del todo benévola.

—Querido muchacho —dijo—, este que aquí ves es un pobre franciscano, que con sus modestos conocimientos y el poco de habilidad que debe a la infinita potencia del Señor ha logrado descifrar en pocas horas una escritura secreta cuyo autor estaba convencido de ser el único capaz de descifrar... ¿Y tú, miserable bribón, eres tan ignorante como para atreverte a decir que estamos igual que al principio?

Traté de disculparme como pude. Había herido la vanidad de mi maestro. Sin embargo, él sabía lo orgulloso que yo estaba de la rapidez y consistencia de sus deducciones. Era cierto que su trabajo había sido admirable; él no tenía la culpa de que el astutísimo Venancio no sólo hubiese ocultado su descubrimiento tras el velo de un oscuro alfabeto zodiacal, sino que también hubiera formulado un enigma indescifrable.

—No importa, no importa, no me pidas disculpas —dijo Guillermo interrumpiéndome—. En el fondo tienes razón: aún sabemos muy poco. Vamos.

Tercer día
VÍSPERAS

Donde se habla de nuevo con el Abad, Guillermo
tiene algunas ideas sorprendentes para descifrar
el enigma del laberinto, y consigue hacerlo
del modo más razonable. Después, él y Adso
comen pastelillo de queso.

El Abad nos esperaba con rostro sombrío y preocupado. Tenía un pergamino en la mano.

—Acabo de recibir una carta del abad de Conques —dijo—. Me comunica el nombre de la persona a quien Juan ha confiado el mando de los soldados franceses, y el cuidado de la indemnidad de la legación. No es un hombre de armas ni un hombre de corte, y también formará parte de la legación.

—Extraño connubio de diferentes virtudes —dijo inquieto Guillermo—. ¿Quién será?

—Bernardo Gui, o Bernardo Guidoni, como queráis llamarlo.

Guillermo profirió una exclamación en su lengua, que ni yo ni el Abad entendimos, y quizá fue mejor para todos, porque la palabra que dijo tenía resonancias obscenas.

—El asunto no me gusta —añadió enseguida—. Bernardo ha sido durante años el martillo de los herejes en la región de Toulouse y ha escrito una *Practica officii inquisitionis heretice pravitatis* para uso de quienes deban perseguir y destruir a los valdenses, begardos, terciarios, fraticelli y dulcinianos.

—Lo sé. Conozco el libro. Inspirado en excelentes principios.

—Excelentes —admitió Guillermo—. Bernardo es devoto servidor de Juan, quien en el pasado le ha confiado muchas misiones, en Flandes y aquí, en la Alta Italia. Ni siquiera cuando fue nombrado obispo en Galicia, abandonó la actividad inquisitorial, pues nunca llegó a trasladarse a la sede de su diócesis. Yo creía que ahora estaba retirado en Lodève, también con el cargo de obispo, pero, según parece, Juan vuelve a usar de sus servicios, y precisamente aquí, en el norte de Italia. ¿Por qué precisamente Bernardo? ¿Por qué al mando de gente armada...?

—Hay una respuesta —dijo el Abad—, y confirma todos los temores que ayer os expresaba. Bien sabéis, aunque no queráis reconocerlo, que, salvo por la abundancia de argumentos teológicos, las tesis del capítulo de Perusa sobre la pobreza de Cristo y de la iglesia son las mismas que, en forma bastante más temeraria, y con un comportamiento menos ortodoxo, sostienen muchos movimientos heréticos. No se requiere un esfuerzo demasiado grande para demostrar que las tesis de Michele da Cesena, adoptadas por el emperador, son las mismas de Ubertino y de Angelo Clareno. Hasta aquí ambas legaciones estarán de acuerdo. Pero Gui podría ir más lejos, y es lo bastante hábil como para hacerlo: intentará demostrar que las tesis de Perusa son las mismas de los fraticelli o de los seudoapóstoles. ¿Estáis de acuerdo?

—¿Decís que es así o que Bernardo Gui dirá que es así?

—Digamos que digo que él lo dirá —concedió prudentemente el Abad.

—También yo creo que lo dirá. Pero eso estaba previsto. Quiero decir que sabíamos que sucedería, aunque Juan no hubiese enviado a Bernardo. A lo sumo Bernardo lo hará mejor que muchos curiales incapaces, y la discusión con él requerirá mucha mayor sutileza.

—Sí, pero aquí es donde surge el problema que ayer os mencionaba. Si entre hoy y mañana no encontramos al culpable de dos, o quizá de tres, crímenes, tendré que otorgar a Bernardo la facultad de vigilar lo que sucede en la abadía. A un hombre investido de tales poderes (y recordemos que con nuestro consenso) no podré ocultarle que en la abadía se han producido, y todavía se siguen produciendo, hechos inexplicables. Si no lo hiciera, cuando lo descubriese, si, Dios no lo quiera, llegase a producirse un nuevo hecho misterioso, tendría todo el derecho de clamar que ha sido traicionado...

—Tenéis razón —musitó Guillermo preocupado—. No hay nada que hacer. Habrá que estar atentos, y vigilar a Bernardo, quien estará vigilando al misterioso asesino. Quizá sea para bien, pues, al concentrarse en la búsqueda del asesino, Bernardo deberá descuidar un poco la discusión.

—No olvidéis que, al consagrarse a la búsqueda del asesino, Bernardo será como una espina clavada en el flanco de mi autoridad. Este turbio asunto me obliga por primera vez a ceder parte del poder que ejerzo en este recinto. El hecho es nuevo, no sólo en la historia de la abadía, sino también en la de la propia orden cluniacense. Haría cualquier cosa por evitarlo. Y lo primero que podría hacer sería negar hospitalidad a la legación.

—Ruego encarecidamente a vuestra excelencia que reflexione sobre tan grave decisión —dijo Guillermo—.

Obra en vuestro poder una carta del emperador donde éste os invita calurosamente a...

—No ignoro los vínculos que me ligan al emperador —dijo con brusquedad Abbone—, y también vos los conocéis. Por tanto, sabéis que lamentablemente no puedo desdecirme. Pero aquí están sucediendo cosas muy feas. ¿Dónde está Berengario? ¿Qué le ha pasado? ¿Qué estáis haciendo?

—No soy más que un fraile que durante muchos años desempeñó con eficacia el oficio de inquisidor. Sabéis que en dos días es imposible descubrir la verdad. Además ¿qué poderes me habéis otorgado? ¿Acaso puedo entrar en la biblioteca? ¿Acaso puedo formular todas las preguntas que quiera, apoyándome siempre en vuestra autoridad?

—No veo qué relación existe entre los crímenes y la biblioteca —dijo irritado el Abad.

—Adelmo era miniaturista; Venancio, traductor; Berengario, ayudante del bibliotecario... —explicó Guillermo con paciencia.

—Desde ese punto de vista, los sesenta monjes tienen que ver con la biblioteca, así como tienen que ver con la iglesia. Entonces, ¿por qué no buscáis en la iglesia? Fray Guillermo, estáis realizando una investigación por mandato mío, y dentro de los límites en que os he rogado que la realicéis. En todo lo demás, dentro de este recinto, yo soy el único amo después de Dios, y gracias a él. Y lo mismo valdrá para Bernardo. Por otra parte —añadió con tono más calmado—, ni siquiera es seguro que venga para participar en el encuentro. El abad de Conques me escribe diciéndome que viene a Italia para ir hacia el sur. Dice incluso que el papa ha rogado al cardenal Bertrando del Poggetto que suba desde Bolonia para ponerse a la cabeza de la legación pontificia. Quizá Bernardo venga para encontrarse con el cardenal.

—Lo cual, desde una perspectiva más amplia, sería peor. Bertrando es el martillo de los herejes en la Italia central. Este encuentro de dos campeones de la lucha contra los herejes puede anunciar una ofensiva más vasta en el país, que acabaría involucrando a todo el movimiento franciscano...

—Hecho del que sin tardanza informaríamos al emperador —dijo el Abad—, pero entonces el peligro no sería inmediato. Estaremos atentos. Adiós.

Guillermo permaneció en silencio mientras el Abad se alejaba. Después dijo:

—Sobre todo, Adso, tratemos de no caer en apresuramientos. Es imposible resolver aprisa los problemas cuando para ello se necesita acumular tantas experiencias individuales. Ahora regresaré al taller, porque sin las lentes no sólo seré incapaz de leer el manuscrito, sino que tampoco valdrá la pena que volvamos esta noche a la biblioteca. Tú ve a averiguar si se sabe algo de Berengario.

En aquel momento llegó corriendo Nicola da Morimondo, trayendo pésimas noticias. Mientras intentaba biselar mejor la lente más adecuada, aquella en la que Guillermo había puesto sus mayores esperanzas, ésta se había quebrado. Y otra, que quizá hubiese podido reemplazarla, se había rajado cuando intentaba engastarla en la horquilla. Con ademán desconsolado, Nicola nos señaló el cielo . Era hora de vísperas y estaba cayendo la oscuridad. Aquel día ya no era posible seguir trabajando. Otro día perdido, admitió Guillermo con amargura, conteniéndose (según me confesó más tarde) para no coger del cuello al inhábil vidriero, quien, por lo demás, ya se sentía bastante humillado.

Con su humillación lo dejamos y fuimos a averiguar qué se sabía de Berengario. Por supuesto, no lo habían encontrado.

Teníamos la sensación de hallarnos en un punto muerto. Como no sabíamos qué hacer, dimos una vuelta por el claustro. Pero no tardé en advertir que Guillermo estaba absorto, con la mirada perdida, como si no viese nada. Un momento antes había extraído del sayo un ramito de aquellas hierbas que le había visto recoger hacía varias semanas. Ahora lo estaba masticando, y parecía producirle una especie de serena excitación. En efecto, estaba como ausente, pero cada tanto se le iluminaban los ojos, como si una idea nueva se hubiese encendido en el vacío de su mente; después volvía a hundirse en aquel embotamiento tan extraño, tan activo. De pronto dijo:

—Sí, podría ser...

—¿Qué? —pregunté.

—Estaba pensando en una manera de orientarnos en el laberinto. No es demasiado sencilla, pero sería eficaz... En el fondo, la salida está en el torreón oriental; eso lo sabemos. Ahora supón que tuviésemos una máquina que nos dijera dónde está el norte. ¿Qué sucedería en tal caso?

—Desde luego, con sólo doblar hacia nuestra derecha miraríamos hacia oriente. O con sólo caminar en la dirección opuesta sabríamos que estábamos dirigiéndonos hacia el torreón meridional. Pero, admitiendo incluso la existencia de semejante magia, el laberinto sigue siendo precisamente un laberinto, de modo que tan pronto como nos dirigiésemos hacia oriente nos encontraríamos con una pared que nos impediría continuar en esa dirección, y volveríamos a extraviarnos...

—Sí, pero la máquina a la que me refiero señalaría *siempre* hacia el norte, aunque cambiásemos de dirección, y en cada sitio sería capaz de decirnos hacia dónde deberíamos doblar.

—Sería maravilloso. Pero habría que tener esa máquina, y ésta debería ser capaz de reconocer el norte de noche y en un lugar cerrado, desde donde no se pudiera ver el sol ni las estrellas... ¡Creo que ni siquiera vuestro Bacon poseía semejante máquina! —dije riendo.

—Y te equivocas —repuso Guillermo—, porque se ha logrado fabricar una máquina como ésa, y algunos navegantes la han utilizado. No necesita del sol ni de las estrellas, porque aprovecha la fuerza de una piedra prodigiosa, similar a la que vimos en el hospital de Severino, aquella que atrae el hierro. Además de Bacon, la estudió un mago picardo, Pierre de Maricourt, quien describe sus múltiples usos.

—¿Y vos podríais construirla?

—No es muy difícil. Esa piedra puede usarse para obtener muchas cosas prodigiosas. Por ejemplo, una máquina capaz de moverse perpetuamente sin intervención de fuerza exterior alguna. Pero ha sido también un sabio árabe, Baylek al Qabayaki, quien ha descrito la manera más sencilla de utilizarla. Coges un vaso lleno de agua y pones a flotar un corcho en el que has clavado una aguja de hierro. Luego pasas la piedra magnética sobre la superficie del agua, moviéndola en círculo, hasta que la aguja adquiera las mismas propiedades que tiene la piedra. Entonces la aguja, pero otro tanto habría hecho la piedra si hubiese podido moverse alrededor de un pernio, se coloca con la punta hacia el norte. Y si te mueves con el vaso, la aguja siempre se desplaza para señalar hacia septentrión. Es inútil decirte que si, tomando como referencia septentrión, también marcas en el borde del vaso la posición del mediodía, la del aquilón, etc., siempre sabrás hacia dónde debes dirigirte en la biblioteca para llegar al torreón oriental.

—¡Qué maravilla! Pero ¿por qué la aguja siempre apunta hacia septentrión? La piedra atrae el hierro, lo he visto. Y supongo que una inmensa cantidad de hierro atraerá a la piedra. Pero entonces... ¡Entonces en dirección a la estrella polar, en los confines del globo, existen grandes minas de hierro!

—En efecto, alguien ha mencionado esa posibilidad. Pero la aguja no apunta exactamente hacia la estrella náutica, sino hacia el punto donde convergen los meridianos celestes. Signo de que, como se ha dicho, «hic lapis gerit in se similitudinem coeli», y la inclinación de los polos del imán depende de los polos del cielo, no de los de la tierra. Éste es un buen ejemplo de movimiento impreso a distancia, no por directa causalidad material: problema del que se ocupa mi amigo Jean de Jandun cuando el emperador no le pide que descubra la manera de sepultar Aviñón en las entrañas de la tierra...

—Entonces vayamos a coger la piedra de Severino, un vaso, agua, un corcho... —dije excitado.

—No corras tanto. Ignoro a qué pueda deberse, pero nunca he visto una máquina que, perfecta en la descripción de los filósofos, resulte igual de perfecta en su funcionamiento mecánico. En cambio, la hoz del campesino, que jamás ha descrito filósofo alguno, funciona como corresponde... Tengo miedo de que si nos paseamos por el laberinto con una lámpara en una mano y un vaso lleno de agua en la otra... Espera, se me ocurre otra idea. La máquina señalaría también hacia el norte si estuviésemos fuera del laberinto, ¿verdad?

—Sí, pero entonces no la necesitaríamos, porque tendríamos el sol y las estrellas.

—Lo sé, lo sé. Pero si la máquina funciona tanto fuera como dentro, ¿por qué no sucedería otro tanto con nuestra cabeza?

—¿Nuestra cabeza? Claro que también funciona fuera. ¡Desde fuera sabemos perfectamente cuál es la orientación del Edificio! ¡Pero cuando estamos dentro es cuando ya no entendemos nada!

—Eso mismo. Pero, olvida ahora la máquina. Pensando en la máquina he acabado pensando en las leyes naturales y en las leyes de nuestro pensamiento. Lo que importa es lo siguiente: debemos encontrar desde fuera un modo de describir el Edificio tal como es por dentro...

—¿Cómo?

—Déjame pensar. No debe de ser tan difícil...

—¿Y el método que mencionabais ayer? ¿No os proponíais recorrer el laberinto haciendo signos con un trozo de carbón?

—No, cuanto más lo pienso, menos me convence. Quizá no logro recordar bien la regla, o quizá para orientarse en un laberinto haya que tener una buena Ariadna, que espere en la puerta con la punta del ovillo. Pero no hay hilos lo bastante largos. Y aunque los hubiese, eso significaría (a menudo las fábulas dicen la verdad) que sólo con una ayuda externa puede salirse de un laberinto. En el caso de que las leyes de fuera sean iguales a las de dentro. Pues bien, Adso, usaremos las ciencias matemáticas. Sólo en las ciencias matemáticas, como dice Averroes, existe identidad entre las cosas que nosotros conocemos y las cosas que se conocen en modo absoluto.

—Entonces reconoced que admitís la existencia de conocimientos universales.

—Los conocimientos matemáticos son proposiciones que construye nuestro intelecto para que siempre funcionen como verdaderas, porque son innatas o bien porque las matemáticas se inventaron antes que las otras ciencias. Y la biblioteca fue construida por una mente humana que pensaba de modo matemático, porque sin matemáticas es imposible construir laberintos. Por tanto, se trata de confrontar nuestras proposiciones matemáticas con las proposiciones del constructor, y puede haber ciencia de tal comparación, porque es ciencia de términos sobre términos. En todo caso, deja de arrastrarme a discusiones metafísicas. ¿Qué bicho te ha picado hoy? Mejor aprovecha tu buena vista, coge un pergamino, una tablilla, algo donde marcar signos, y un estilo... Muy bien, ya los tienes. ¡Qué hábil eres, Adso! Demos una vuelta alrededor del Edificio, antes de que acabe de oscurecer.

De modo que dimos aquella vuelta alrededor del Edificio. Es decir, examinamos de lejos los torreones oriental meridional y occidental, así como los muros entre unos y otros. La parte restante daba al precipicio, pero por razones de simetría no debía de ser diferente del sector que podíamos observar.

Y lo que observamos, comentó Guillermo mientras me hacía tomar unos apuntes muy detallados en mi tablilla, fue que en cada muro había dos ventanas, y en cada torreón cinco.

—Ahora razona —dijo mi maestro—. En cada una de las habitaciones que visitamos había una ventana...

—Salvo en las de siete lados.

—Es natural, porque son las que están en el centro de cada torre.

—Y salvo otras que no eran heptagonales y tampoco tenían ventanas.

—Olvídalas. Primero encontraremos la regla. Después trataremos de justificar las excepciones. Por tanto, en la parte exterior tendremos cinco habitaciones por torre y dos habitaciones por muro, cada una de ellas con una ventana. Pero si desde una habitación con ventana se camina hacia el interior del Edificio aparece otra sala con ventana. Signo de que esas ventanas son internas. Ahora bien, ¿qué forma tiene el pozo interno, tal como se ve desde la cocina y el scriptorium?

—Octagonal.

—Perfecto. Y a cada lado del octágono pueden perfectamente abrirse dos ventanas. Eso significa, quizá, que en cada lado del octágono hay dos habitaciones internas. ¿Estoy en lo cierto?

—Sí, pero ¿y las habitaciones sin ventana?

—En total son ocho. Cinco de las paredes de las salas heptagonales internas corresponden a otras tantas habitaciones en cada torreón. ¿A qué corresponden las dos paredes restantes? No a una habitación que daría al exterior, porque en tal caso deberían verse las ventanas en el muro. Tampoco corresponden a una habitación dispuesta junto al octágono, por las mismas razones y además porque en ese caso serían habitaciones demasiado largas. En efecto, trata de dibujar la imagen de la biblioteca vista desde arriba, y verás que por cada torre deben existir dos habitaciones que limitan con la habitación heptagonal y que, por el lado opuesto, comunican con otras dos habitaciones, situadas a su vez junto al pozo octagonal interno.

Intenté dibujar el plano que mi maestro me había sugerido, y lancé un grito de triunfo.

—¡Pero entonces ya lo sabemos todo! Dejadme contar... ¡La biblioteca tiene cincuenta y seis habitaciones, cuatro de ellas heptagonales, y cincuenta y dos más o menos cuadradas, ocho de estas últimas sin ventana, y veintiocho dan al exterior mientras dieciséis dan al interior!

—Y cada uno de los cuatro torreones tiene cinco habitaciones de cuatro paredes y una de siete... La biblioteca está construida de acuerdo con una proporción celeste a la que cabe atribuir diversos y admirables significados.

—Espléndido descubrimiento, pero entonces, ¿por qué es tan difícil orientarse en ella?

—Porque lo que no corresponde a ley matemática alguna es la disposición de los pesos. Unas habitaciones permiten acceder a varias otras. Las hay, en cambio, que sólo permiten acceder a una única habitación. Incluso cabe preguntarse si no habrá habitaciones desde las que sea imposible acceder a cualquier otra. Si piensas en esto, y además en la falta de luz, en la imposibilidad de guiarse por la posición del sol, a lo que hay que añadir las visiones y los espejos, comprenderás que el laberinto es capaz de confundir a cualquiera que lo recorra, turbado ya por un sentimiento de culpa. Pienso, además, en lo desesperados que estábamos ayer noche cuando no lográbamos encontrar la salida. El máximo de confusión logrado a través del máximo de orden: el cálculo me parece sublime. Los constructores de la biblioteca eran grandes maestros.

—¿Cómo haremos para orientarnos?

—Ahora no será difícil. Con el mapa que acabas de trazar, y que, mal que bien, debe de corresponder al plano de la biblioteca, tan pronto como lleguemos a la primera sala heptagonal trataremos de pasar a una de las dos habitaciones ciegas. Desde allí, si caminamos siempre hacia la derecha, después de tres o cuatro habitaciones, deberíamos llegar otra vez a un torreón, que sólo podrá ser el torreón septentrional, hasta que lleguemos a otra habitación ciega, que, por la izquierda, limitará con la sala heptagonal, y, por la derecha, deberá permitirnos un recorrido similar al que acabo de describirte, al cabo del cual llegaríamos al torreón de poniente.

—Sí. Suponiendo que todas las habitaciones comuniquen con otras habitaciones...

—Así es. Por eso necesitaremos tu plano, para marcar cuáles son las paredes sin abertura, y saber qué desviaciones vamos haciendo. Pero será bastante sencillo.

—¿Seguro que resultará? —pregunté perplejo, porque me parecía demasiado sencillo.

—Resultará. «Omnes enim causae effectuum naturalium dantur per lineas, angulos et figuras. Aliter enim impossibile est scire propter quid in illis» —citó—. Son palabras de uno de los grandes maestros de Oxford. Sin embargo, lamentablemente, aún no lo sabemos todo. Hemos descubierto la manera de no perdernos. Ahora se trata de saber si existe una regla que gobierna la distribución de los libros en las diferentes habitaciones. Y los versículos del Apocalipsis no nos dicen demasiado, entre otras razones porque hay muchos que se repiten en diferentes habitaciones...

—¡Sin embargo, del libro del apóstol habrían podido extraerse mucho más que cincuenta y seis versículos!

—Sin duda. De modo que sólo algunos versículos sirven. Es extraño. Como si hubiese habido menos de cincuenta que sirvieran; treinta, veinte... ¡Oh, por la barba de Merlín!

—¿De quién?

—No tiene importancia, es... un mago de mi tierra... ¡Han usado tantos versículos como letras tiene el alfabeto! ¡Sin duda es así! El texto de los versículos no importa, sólo importan las letras iniciales. Cada habitación está marcada por una letra del alfabeto, ¡y todas juntas componen un texto que debemos descubrir!

—Como un carmen figurativo, ¡con forma de cruz o de pez!

—Más o menos, y es probable que en la época en que se construyó la biblioteca ese tipo de cármenes estuviesen de moda.

—¿Y dónde empieza el texto?

—En una inscripción más grande que las otras, en la sala heptagonal del torreón por el que se entra... O bien... Sí, ¡en las frases que están en rojo!

—¡Pero son tantas!

—Entonces habrá muchos textos, o muchas palabras. Ahora lo que puedes hacer es copiar mejor tu mapa, y en un tamaño más grande. Cuando recorramos la biblioteca no sólo irás marcando, con pequeños signos, las habitaciones por las que pasemos, y la posición de las puertas y de las paredes (así como de las ventanas), sino también las letras iniciales de los versículos que vayamos encontrando, ingeniándotelas, como un buen miniaturista, para que las letras en rojo sean más grandes que las otras.

—¿Cómo habéis sido capaz de resolver —dije admirado— el misterio de la biblioteca observándola desde fuera, si no habíais podido resolverlo cuando estuvisteis dentro?

—Así es como conoce Dios el mundo, porque lo ha concebido en su mente, o sea, en cierto sentido, desde fuera, antes de crearlo, mientras que nosotros no logramos conocer su regla, porque vivimos dentro de él y lo hemos encontrado ya hecho.

—¡Así pueden conocerse las cosas mirándolas desde fuera!

—Las cosas del arte, porque en nuestra mente volvemos a recorrer los pasos que dio el artífice. No las cosas de la naturaleza, porque no son obra de nuestra mente.

—Pero en el caso de la biblioteca es suficiente, ¿verdad?

—Sí —dijo Guillermo—. Pero sólo en este caso. Ahora vayamos a descansar. Hasta mañana por la mañana no podré hacer nada. Espero que entonces tendré mis lentes. Mejor es que durmamos y nos levantemos temprano. Trataré de pensar un poco.

—¿Y la cena?

—¡Ah, sí, la cena! Ahora ya es tarde. Los monjes están asistiendo al oficio de completas. Pero quizá la cocina aún no esté cerrada. Ve a buscar algo.

—¿Robar?

—Pedir. A Salvatore, que ya es amigo tuyo.

—¡Entonces él robará!

—¿Acaso eres el guardián de tu hermano? —preguntó Guillermo, repitiendo las palabras de Caín.

Pero comprendí que bromeaba: lo que quería decir era que. Dios es grande y misericordioso. De modo que me puse a buscar a Salvatore, y lo encontré cerca de las cuadras.

—Hermoso —dije señalando a *Brunello*, para iniciar la conversación—. Me gustaría montarlo.

—Non è possibile. Abbonis est. Pero el caballo no necesita ser bueno para correr bien... —Me señaló un caballo robusto pero no muy agraciado—. También ese sufficit... Vide illuc, tertius equi...

Quería indicarme el tercer caballo. Me dio risa su latín estɤafalario.

—¿Y qué harás con él? —le pregunté.

Entonces me contó una historia muy rara. Dijo que era posible lograr que cualquier caballo, hasta el animal más viejo y más débil, corriese tan rápido como *Brunello*. Para ello hay que mezclar en su avena una hierba llamada satirion, muy picada, y luego untarle los muslos con grasa de ciervo. Después se monta y, antes de espolearlo, se le hace apuntar el morro hacia levante y se pronuncian junto a sus orejas, tres veces y en voz baja, las palabras «Gaspar, Melchor, Merquisardo». El caballo partirá a toda carrera y en una hora recorrerá la distancia que *Brunello* recorrería en ocho. Y si se le cuelgan del cuello los dientes de un lobo que el propio caballo haya matado en su carrera, ni siquiera sentirá la fatiga.

Le pregunté si alguna vez había probado la receta. Me respondió —acercándose con aire circunspecto y hablándome al oído, y echándome su aliento realmente desagradable— que era muy difícil, porque ahora el satirion sólo lo cultivaban ya los obispos y sus amigos, los caballeros, quienes lo utilizaban para aumentar su poder. Le interrumpí para decirle que aquella noche mi maestro deseaba leer unos libros en su celda y prefería comer allí.

—Encargo yo —dijo—, hago padilla de quezo.

—¿Cómo es?

—Facilis. Coges il quezo que no sea demasiado viejo ni demasiado salado, y cortado en rebanaditas en trozos cuadrados o sicut te guste. Et postea pondrás un poco de butiro o bien de mantecca fresca á rechauffer sopra la brasia. Y dentro porremmo dos rebanadas di quezo, y cuando te parece que esté blando, zucharum et cannella supra positurum du bis. Et ponlo enseguida en tabula, porque pide comerse caliente caliente.

—Encárgate del pastelillo de queso —le dije, y se alejó hacia la cocina diciéndome que lo esperara.

Media hora después llegó trayendo un plato cubierto con un paño. Olía bien.

—Tene —me dijo, y también me dio una lámpara grande, llena de aceite.

—¿Para qué me la das? —pregunté.

—Sais pas, moi —dijo con aire socarrón—. Fileisch tu magister quiere ir a sitio oscuro questa notte.

Sin duda, Salvatore sabía más de lo que se sospechaba. No seguí investigando, y llevé la comida a Guillermo. Comimos y después me retiré a mi celda. O al menos fingí que lo hacía. Todavía deseaba ver a Ubertino. De modo que a hurtadillas entré en la iglesia.

Tercer día
DESPUÉS DE COMPLETAS

*Donde Ubertino refiere a Adso la historia de fray
Dulcino, Adso por su cuenta recuerda o lee
en la biblioteca otras historias, y después acontece
que se encuentra con una muchacha hermosa
y terrible como un ejército dispuesto para
el combate.*

En efecto, encontré a Ubertino ante la estatua de la
Virgen. Me uní a él en silencio y durante un momento
(lo confieso) fingí que rezaba. Después me atreví a hablarle:

—Padre santo, ¿puedo pediros que me alumbréis
y me aconsejéis?

Ubertino me miró, me cogió de la mano, se puso de
pie y me condujo hasta una banqueta donde ambos nos
sentamos. Me estrechó con fuerza y pude sentir su
aliento en mi rostro.

—Queridísimo hijo —empezó diciéndome—, todo
lo que este pobre y viejo pecador pueda hacer por tu
alma lo hará con alegría. ¿Qué te inquieta? ¿Acaso la

317

ansiedad? —preguntó, también con la ansiedad casi pintada en el rostro—. ¿La ansiedad de la carne?

—No —respondí ruborizándome—, en todo caso, la ansiedad de la mente, que quiere conocer demasiado...

—Eso es malo. El Señor lo conoce todo. A nosotros sólo nos incumbe alabar su sabiduría.

—Pero también nos incumbe distinguir entre el bien y el mal, y comprender las pasiones humanas. Soy novicio, pero más tarde seré monje y sacerdote, y debo saber dónde está el mal, y qué aspecto tiene, para reconocerlo cuando surja la ocasión, y para enseñar a los otros cómo reconocerlo.

—Tienes razón, muchacho. Y ahora dime qué quieres conocer.

—La mala hierba de la herejía, padre—dije con convicción. Y luego, de una tirada—: He oído hablar de un hombre malvado que sedujo a muchos otros: fray Dulcino.

Ubertino guardó silencio. Después dijo:

—Tienes razón, nos lo oíste mencionar a fray Guillermo y a mí la otra noche. Pero es una historia muy fea, y me duele hablar de ella, porque enseña (sí, en este sentido conviene que la conozcas, para extraer una enseñanza), porque enseña, decía, cómo el amor de penitencia y el deseo de purificar el mundo pueden engendrar la sangre y el exterminio —se acomodó mejor en la banqueta, y aflojó la presión del brazo sobre mis hombros, pero tocándome siempre el cuello con una mano, como para comunicarme no sé si su saber o su ardor—. La historia empieza antes de fray Dulcino, hace más de sesenta años, cuando yo era niño. Sucedió en Parma. Allí comenzó a predicar un tal Gherardo Segalelli, que recorría las calles invitándolos a todos a hacer vida de penitencia. «¡Penitenciágite!», gritaba, y era su manera inculta de decir: «Penitentiam agite, appropinquabit enim regnum coelorum.» Invitaba a sus discípulos a comportarse como los apóstoles, y quiso que a su secta la llamaran la orden de los apóstoles y que sus miembros recorriesen el mundo como pobres mendicantes, viviendo sólo de la limosna...

—Igual que los fraticelli —dije—. ¿Acaso no fue éste el mandato de Nuestro Señor, y de vuestro Francisco?

—Sí —admitió Ubertino con una leve vacilación en la voz y suspirando—. Pero quizá Gherardo exageró. Él y los suyos fueron acusados de no reconocer la autoridad de los sacerdotes ni la celebración de la misa ni la confesión, y de vagar ociosos por el mundo.

—También a los franciscanos espirituales se les hicieron esas acusaciones. ¿Acaso no afirman hoy los franciscanos que no hay que reconocer la autoridad del papa?

—Sí, pero reconocen la de los sacerdotes. Nosotros mismos somos sacerdotes. Es difícil distinguir en estas cosas, muchacho. Tan sutil es la línea que separa el bien y el mal... Como quiera que haya sido, Gherardo se equivocó y pecó de herejía. Pidió que lo admitieran en la orden franciscana, pero nuestros hermanos no lo aceptaron. Pasaba los días en la iglesia de nuestros frailes y vio que en las pinturas los apóstoles aparecían representados con sandalias en los pies y con capas sobre los hombros, de modo que se dejó crecer el cabello y la barba, y se puso sandalias en los pies y en la cintura la cuerda de los franciscanos, porque todo aquel que quiere fundar una nueva congregación siempre toma algo de la orden del beato Francisco.

—Entonces hacía bien...

—Pero en algo se equivocó... Vestido con una capa blanca sobre una túnica blanca, y con el cabello largo, conquistó entre los simples fama de santidad. Vendió una casita que tenía y una vez que tuvo el dinero se subió a una roca desde donde antiguamente solían arengar los podestás, con la bolsa de monedas en la mano, y no las arrojó ni las entregó a los pobres, sino que llamó a unos pillos que jugaban allí cerca y vació la bolsa sobre ellos diciéndoles: «Que coja el que quiera», y los pillos cogieron el dinero y fueron a jugárselo a los dados, y blasfemaban contra el Dios viviente, y él, que les había dado el dinero, los escuchaba sin ruborizarse.

—Pero también Francisco se desprendió de todo y hoy Guillermo me ha contado que fue a predicar a las cornejas y a los gavilanes, y también a los leprosos, o sea a la hez que el pueblo de los que se decían virtuosos tenía marginada...

—Sí, pero Gherardo se equivocó en algo. Francisco nunca llegó a enfrentarse con la santa iglesia, y el evangelio dice que hay que dar a los pobres, no a los pillos. Gherardo dio y no recibió nada a cambio, porque la gente a la que había dado era mala y malos fueron sus comienzos, mala la continuación y malo el fin porque su secta fue condenada por el papa Gregorio X.

—Quizá era un papa con menos visión que el que aprobó la regla de Francisco...

—Si, pero Gherardo se equivocó en algo. Francisco, en cambio, sabía bien lo que hacía. ¡Además, muchacho, aquellos porquerizos y vaqueros convertidos de pronto en seudoapóstoles querían vivir tranquilamente, y sin sudor, vivir de las limosnas de aquellos que con tanta fatiga y con tan heroico ejemplo de pobreza habían educado los frailes franciscanos! Pero no es eso —añadió enseguida—. Lo que sucedió fue que, para parecerse a los apóstoles, que todavía eran judíos, Gherardo Segalelli se hizo circuncidar, lo que iba contra las palabras de Pablo a los gálatas... Y ya sabes que muchas personas de gran santidad anuncian que el Anticristo ha de venir del pueblo de los circuncisos. Pero Gherardo hizo algo todavía peor. Fue recogiendo a los simples y diciéndoles: «Venid conmigo a la viña», y aquellos que no lo conocían entraban con él en la viña ajena, creyendo que era suya, y comían la uva de los otros.

—No habrán sido los franciscanos los que defendieron la propiedad ajena —dije con descaro.

Ubertino me lanzó una mirada severa:

—Los franciscanos piden la pobreza para sí mismos, pero nunca la han pedido para los otros. No puedes atentar impunemente contra la propiedad de los buenos cristianos; si lo haces, los buenos cristianos te señalarán como un bandido. Eso fue lo que le sucedió a Gherardo, de quien llegó a decirse (mire, no sé si es verdad, pero confío en la palabra de fray Salimbene, que conoció a aquella gente) que para poner a prueba su fuerza de voluntad y su continencia durmió con algunas mujeres sin tener relaciones sexuales. Pero, cuando sus discípulos trataron de imitarlo, los resultados fueron muy diferentes... ¡Oh, no son cosas que deba saber un muchacho! La hembra es vehículo del demonio... Gherardo siguió gritando «penitenciágite», pero uno de sus discípulos, un tal Guido Putagio, intentó apoderarse de la dirección del grupo, e iba con gran pompa y con muchas cabalgaduras y gastaba mucho dinero y organizaba grandes banquetes como los cardenales de la iglesia de Roma. Y en cierto momento ambos se enfrentaron por el control de la secta, y sucedieron cosas muy feas. Sin embargo, fueron muchos los que siguieron a Gherardo, no sólo campesinos, sino también gente de las ciudades, inscrita en los gremios, y Gherardo los hacía desnudar para que siguiesen desnudos a Cristo desnudo, y los enviaba a predicar por el mundo, pero él se hizo hacer un traje sin mangas, blanco, de tela resistente, ¡y con esa ropa parecía más un bufón que un religioso! Vivían a la intemperie, pero a veces subían a los púlpitos de las iglesias interrumpiendo la asamblea del pueblo devoto y echando a los predicadores. Y en cierta ocasión pusieron a un niño en el trono episcopal de la iglesia de Sant'Orso, en Ravena. Y se decían herederos de la doctrina de Joaquín de Fiore.

—También los franciscanos lo dicen —repliqué—, también Gherardo da Borgo San Donnino, ¡también vos lo decís!

—Cálmate, muchacho. Joaquín de Fiore fue un gran profeta y fue el primero en comprender que la llegada de Francisco marcaría la renovación de la iglesia. Pero los seudoapóstoles utilizaron su doctrina para justificar las propias locuras. Segalelli llevaba consigo a un apóstol femenino, una tal Tripia o Ripia, que decía tener el don de la profecía. Una mujer, ¿entiendes?

—Pero padre —intenté alegar— vos mismo, la otra noche, hablabais de la santidad de Chiara da Montefalco y de Angela da Foligno...

—¡Éstas eran santas! ¡Vivían en la humildad reconociendo el poder de la iglesia, no se arrogaron jamás el don de la profecía! En cambio, los seudoapóstoles afirmaban que también las mujeres podían ir predicando de ciudad en ciudad, como sostuvieron también muchos otros herejes. Y ya no se hacía diferencia alguna entre célibes y casados, ni voto alguno fue tenido ya por perpetuo. En suma, para no aburrirte demasiado con historias tan tristes, cuyos matices no estás en condiciones de apreciar plenamente, te diré que por último el obispo Obizzo, de Parma, decidió encarcelar a Gherardo. Pero entonces sucedió algo extraño, que demuestra lo débil que es la naturaleza humana, y lo insidiosa que es la hierba de la herejía. Porque el obispo acabó liberando a Gherardo, y lo sentó a su mesa, junto a él, y reía de sus bromas, y lo tenía como bufón.

—Pero ¿por qué?

—Lo ignoro. O quizá sí sepa por qué. El obispo era noble y no le gustaban los mercaderes y artesanos de la ciudad. Quizá no dejaba de agradarle que con sus prédicas de pobreza Gherardo los atacase, y pasara de pedir limosna a robar. Pero al final intervino el papa, y el obispo tuvo que tomar una actitud de justa severidad. De modo que Gherardo acabó quemado como hereje impenitente. Eso sucedió a comienzos de este siglo.

—¿Y qué tiene que ver fray Dulcino con todo esto?

—Tiene que ver, y esto demuestra que la herejía sobrevive a la propia destrucción de los herejes. El tal Dulcino era el bastardo de un sacerdote que vivía en la diócesis de Novara, en esta parte de Italia, un poco más hacia el norte. Hay quien dice que nació en otra parte, en el valle de Ossola, o en la Romaña. Pero eso no importa. Era un joven de ingenio agudísimo, y se le dieron estudios, pero robó al sacerdote que se ocupaba de él y huyó hacia el este, a la ciudad de Trento. Allí empezó a predicar lo mismo que había predicado Gherardo, de manera aún más herética, pues afirmaba que era el único apóstol verdadero de Dios y que todo debía ser común en el amor y que era lícito ir con cualquier mujer, de modo que nadie podía ser acusado de concubinato, aunque yaciese con su mujer o su hija.

—¿De verdad predicaba eso, o fue acusado de predicarlo? Porque he oído decir que también a los espirituales se los acusó de crímenes, como sucedió con aquellos frailes de Montefalco...

—De hoc satis —me interrumpió bruscamente Ubertino—. Aquéllos habían dejado de ser frailes. Eran herejes. Justamente, contaminados por Dulcino. Y por otra parte, escucha: basta saber lo que Dulcino hizo después para reconocer su impiedad. Tampoco sé cómo llegó a conocer las doctrinas de los seudoapóstoles. Quizá pasó por Parma, cuando joven, y escuchó a Gherardo. Lo que se sabe es que en la región de Bolonia estuvo en contacto con aquellos herejes después de la muerte de Segalelli. Y se sabe con toda seguridad que empezó a predicar en Trento. Allí sedujo a una muchacha hermosísima y de familia noble, llamada Margherita, o ella lo sedujo a él, como Eloísa sedujo a Abelardo, ¡porque no olvides que a través de la mujer penetra el diablo en el corazón de los hombres! Entonces el obispo de Trento lo expulsó de su diócesis, pero Dulcino ya había reunido más de mil adeptos, e inició una larga marcha que volvió a llevarlo a la región donde había nacido. Por el camino se le unían otros ilusos, seducidos por su palabra, y quizá también se le unieron muchos herejes valdenses de estas tierras del norte. Cuando llegó a la región de Novara, Dulcino encontró un ambiente favorable a su rebelión, porque los vasallos que gobernaban la comarca de Gattinara en nombre del obispo de Vercelli habían sido expulsados por la población, que por tanto acogió a los bandidos de Dulcino como buenos aliados.

—¿Qué habían hecho los vasallos del obispo?

—Lo ignoro, y no me incumbe juzgarlo. Pero ya ves que la herejía suele ir unida a la rebelión contra los señores. Por eso, el hereje empieza predicando la pobreza y después acaba cediendo a todas las tentaciones del poder, la guerra y la violencia. En Vercelli había una lucha entre las diferentes familias de la ciudad, y los seudoapóstoles se aprovecharon de la situación, y las familias, a su vez, supieron sacar ventaja del desorden introducido por los seudoapóstoles. Los señores feudales reclutaban aventureros para saquear las ciudades, y los ciudadanos pedían la protección del obispo de Novara.

—¡Qué historia tan complicada! Pero ¿Dulcino con quién estaba?

—No sé, estaba de parte suya, se había inmiscuido en todas esas disputas y se aprovechaban de ellas para predicar la lucha contra la propiedad ajena en nombre de la pobreza. Él y los suyos, que ya eran unos treinta mil, acamparon sobre un monte llamado La Pared Pelada, no lejos de Novara, y allí construyeron fortificaciones y habitáculos, y Dulcino ejercía su poder sobre toda aquella muchedumbre de hombres y mujeres que vivían en la promiscuidad más vergonzosa. Desde allí enviaba a sus fieles cartas en las que exponía su doctrina herética. Decía y escribía que su ideal era la pobreza, y que no estaban ligados por ningún vínculo de obediencia externa, y que él, Dulcino, era el enviado de Dios para revelar las profecías e interpretar el sentido de las escrituras del antiguo y del nuevo testamento. Y a los miembros del clero secular, a los predicadores y a los franciscanos los llamaba ministros del diablo, y eximía a todos de obedecerles. Y hablaba de cuatro edades en la vida del pueblo de Dios: la primera, la del antiguo testamento, la de los patriarcas y los profetas, antes de la llegada de Cristo, en la que el matrimonio era bueno porque la gente debía multiplicarse. La segunda, la edad de Cristo y los apóstoles, que fue la época de la santidad y la castidad. Después vino la tercera, en que los pontífices debieron aceptar primero las riquezas terrenales para poder gobernar al pueblo. Pero cuando los hombres empezaron a alejarse del amor a Dios vino Benito, que habló en contra de toda posesión temporal. Cuando más tarde también los monjes de Benito se dedicaron a acumular riquezas, vinieron los frailes de san Francisco y de santo Domingo, aún más severos que Benito en la predicación contra el dominio y la riqueza terrenales. Y ahora que la vida de tantos prelados volvía a contradecir todos aquellos preceptos justos, la tercera edad tocaba ya a su fin y había que convertirse a las enseñanzas de los apóstoles.

—Pero entonces Dulcino predicaba lo mismo que ya habían predicado los franciscanos, y entre ellos precisamente los espirituales, ¡y vos mismo, padre!

—¡Oh, sí! ¡Pero extraía una conclusión perversa! Decía que, para acabar con esta tercera edad de la corrupción, todos los clérigos, los monjes y los frailes debían morir de muerte muy cruel. Decía que todos los prelados de la iglesia, los clérigos, las monjas, los religiosos y religiosas, y todos los miembros de la orden de los predicadores y de los franciscanos, y los eremitas, y el propio papa Bonifacio, deberían ser exterminados por el emperador que él, Dulcino, eligiese, que habría de ser precisamente Federico de Sicilia.

—Pero, ¿acaso no fue Federico quien acogió en Sicilia a los espirituales expulsados de Umbría? ¿Acaso no son los franciscanos los que piden que el emperador, en este caso Ludovico, destruya el poder temporal del papa y los cardenales?

—Lo propio de la herejía, o de la locura, es transformar los pensamientos más rectos, y extraer de ellos unas consecuencias contrarias a las leyes de Dios y de los hombres. Los franciscanos nunca han pedido al emperador que mate a los otros sacerdotes.

Ahora sé que se engañaba, porque, cuando unos meses más tarde el bávaro impuso su propio orden en Roma, Marsilio y otros franciscanos hicieron a los religiosos fieles al papa precisamente lo que Dulcino había pedido que se les hiciera. Con esto no quiero decir que Dulcino estuviese en lo justo; en todo caso, diría que también Marsilio estaba equivocado. Pero empezaba a preguntarme, sobre todo después de la conversación de aquella tarde con Guillermo, cómo los simples que seguían a Dulcino hubiesen podido distinguir entre las promesas de los espirituales y la aplicación que de ellas hacía Dulcino. ¿Acaso su culpa no consistía en que llevaba a la práctica lo que unos hombres con fama de ortodoxos habían predicado en un plano puramente místico? ¿O acaso radicaba ahí la diferencia, y la santidad consistía en esperar que Dios nos otorgase lo que sus santos nos habían prometido, sin tratar de obtenerlo por vías terrenales? Ahora sé que es así y sé por qué

Dulcino se equivocaba: no hay que transformar el orden de las cosas, aunque haya que esperar con fervor su transformación. Pero aquella noche me debatía entre ideas contradictorias.

—Por último —estaba diciéndome Ubertino—, la herejía siempre se reconoce porque va acompañada de soberbia. En una segunda carta, del año 1303, Dulcino se designaba jefe supremo de la congregación apostólica, y nombraba lugartenientes suyos a la pérfida Margherita (una mujer), a Longino da Bergamo, a Federico da Novara, a Alberto Carentino y a Valderico da Brescia. Y después empezaba a desvariar acerca de una sucesión de papas venideros: dos buenos —el primero y el último— y dos malos —el segundo y el tercero—. El primero es Celestino; el segundo, Bonifacio VIII, de quien los profetas dicen: «La soberbia de tu corazón te ha envilecido, ¡oh, tú, que vives en las grietas de las rocas!» Al tercer papa no lo nombra, pero de él habría dicho Jeremías: «como león en la selva». Y, oh, infamia, según Dulcino el león era Federico de Sicilia. Todavía no sabía quién habría de ser el cuarto papa, el papa santo, el papa angélico del que hablaba el abad Joaquín. Este papa sería elegido por Dios, y entonces Dulcino y todos los suyos (que en aquel momento ya eran cuatro mil) recibirían juntos la gracia del Espíritu Santo, y la iglesia resultaría renovada, para no volver a corromperse, hasta el fin del mundo. Pero en los tres años anteriores a su advenimiento debería consumarse todo el mal. Y eso fue lo que trató de hacer Dulcino, llevando la guerra a todas partes. Y el cuarto papa, y en esto se ve cómo se burla el demonio de sus súcubos, fue precisamente Clemente V, que convocó la cruzada contra Dulcino. E hizo bien, porque en aquellas cartas Dulcino ya sostenía doctrinas inconciliables con la ortodoxia. Dijo que la iglesia romana era una meretriz, que no era obligatorio obedecer a los sacerdotes, que todos los poderes espirituales pertenecían a la secta de los apóstoles, que sólo éstos formaban la nueva iglesia, que ellos podían anular el matrimonio, que para salvarse era necesario pertenecer a la secta, que ningún papa podía absolver del pecado, que no debían pagarse los diezmos, que había más perfección en la vida sin votos que en la vida con votos, que, para rezar, una iglesia consagrada no valía más que un establo, y que podía adorarse a Cristo tanto en los bosques como en las iglesias.

—¿Es cierto que dijo todo eso?

—Sí, seguro, pues lo escribió. Y desgraciadamente hizo cosas todavía peores. Una vez instalado en la Pared Pelada, empezó a saquear las aldeas de abajo, a hacer incursiones para aprovisionarse... En suma, desencadenó una verdadera guerra contra las comarcas vecinas.

—¿Todas estaban en su contra?

—No se sabe. Quizá algunas lo apoyaban, ya te he dicho que había sabido insertarse en la inextricable maraña de discordias que agitaba la región. A todo esto, llegó el invierno, el invierno de 1305, uno de los más rigurosos de aquellas décadas, y la miseria se instaló en las comarcas circundantes. Dulcino envió una tercera carta a sus seguidores, y otros muchos se unieron a su gente. Pero allí arriba la vida se había vuelto imposible y el hambre llegó a ser tal que comieron la carne de los caballos y otros animales, y heno cocido. Y muchos murieron.

—Pero, ¿contra quién peleaban en aquel momento?

—El obispo de Vercelli había apelado a Clemente V y éste había convocado una cruzada contra los herejes. Se decretó la indulgencia plenaria para todos aquellos que participaran en la misma, y se pidió ayuda a Ludovico de Saboya, a los inquisidores de Lombardía y al arzobispo de Milán. Fueron muchos los que cogieron la cruz para auxiliar a las gentes de Vercelli y de Novara, desplazándose incluso desde Saboya, desde Provenza y desde Francia, y todos se pusieron bajo las órdenes del obispo de Vercelli. Los choques entre las vanguardias de ambos ejércitos se sucedían con mucha frecuencia, pero las fortificaciones de Dulcino eran inexpugnables, y los impíos se las arreglaban para recibir refuerzos.

—¿De quiénes?

—De otros impíos, creo, satisfechos por todo aquel desorden. Sin embargo, hacia finales de dicho año de 1305 el heresiarca se vio obligado a retirarse de la Pared Pelada, dejando a los heridos y a los enfermos, y se dirigió hacia el territorio de Trivero, en uno de cuyos montes se hizo fuerte. El monte se llamaba Zubello, pero desde entonces se lo llamó Rubello o Rebello, porque en él se habían hecho fuertes los rebeldes contra la iglesia. No puedo contarte todo lo que sucedió allí, pero, en suma, los estragos fueron tremendos. Sin embargo, los rebeldes tuvieron que rendirse, Dulcino y los suyos fueron capturados, y con toda justicia acabaron en la hoguera.

—¿También la bella Margherita?

Ubertino me miró:

—¿No te has olvidado de eso, verdad? Sí, dicen que era bella, y muchos señores del lugar trataron de casarse con ella para salvarla de la hoguera. Pero no quiso. Murió impenitente junto a su impenitente amante. Y esto ha de servirte de lección: guárdate de la meretriz de Babilonia, aunque se encarne en la más exquisita de las criaturas.

—Ahora explicadme, padre. Me he enterado de que el cillerero del convento, y quizá también Salvatore, se encontraron con Dulcino, y que de alguna manera estuvieron con él...

—Calla, no pronuncies juicios temerarios. Conocí al cillerero en un convento franciscano. Aunque es verdad que después de los acontecimientos relacionados con Dulcino. En aquellos años, antes de que decidiesen refugiarse en la orden de san Benito, muchos espirituales corrieron graves riesgos, y debieron abandonar sus conventos. Ignoro dónde estuvo Remigio antes de nuestro encuentro, pero sé que siempre ha sido un buen fraile, al menos desde el punto de vista de la ortodoxia. En cuanto al resto, ¡ay!, la carne es débil...

—¿Qué queréis decir?

—No son cosas que debas saber. Pero, en fin, puesto que ya hemos tocado el tema, y puesto que debes estar en condiciones de distinguir entre el bien y el mal... —tuvo aún un momento de vacilación—, te diré que me han llegado rumores, aquí, en la abadía, de que el cillerero es incapaz de resistir ciertas tentaciones... Pero son rumores. Debes aprender a ni siquiera pensar en esas cosas. —Me atrajo de nuevo hacia sí, y, abrazándome con fuerza, me señaló la estatua de la Virgen—: Debes iniciarte en el amor inmaculado. En esta mujer que aquí ves la feminidad se ha sublimado. Por eso puedes decir que ella sí es bella, como la amada del *Cantar de los Cantares.* En ella —dijo con el rostro extasiado en un rapto de goce interior, como el Abad el día antes, al hablar de las gemas y el oro de sus utensilios—, en ella hasta la gracia del cuerpo se convierte en signo de las bellezas celestiales, por eso el escultor la ha representado con todas las gracias que deben adornar a una mujer. —Me señaló el busto elegante de la Virgen, que mantenía erguido y firme un corpiño ajustado en el centro por unos cordoncillos con los que jugueteaban las manitas del Niño Jesús—. ¿Ves? Pulchra enim sunt ubera quae paululum supereminent et tument modice, nec fluitantia licenter, sed leniter restricta, repressa sed non depressa... ¿Qué te inspira la visión de esa dulcísima imagen?

Me ruboricé violentamente, como agitado por un fuego interior. Ubertino debió de advertirlo, o quizá percibió el ardor de mis mejillas, porque enseguida añadió:

—Pero debes aprender a distinguir entre el fuego del amor sobrenatural y el deliquio de los sentidos. Hasta a los santos les cuesta distinguirlos.

—Pero ¿cómo se reconoce el amor bueno? —pregunté tembloroso.

—¿Qué es el amor? Nada hay en el mundo, ni hombre ni diablo ni cosa alguna, que sea para mí tan sospechosa como el amor, pues éste penetra en el alma más que cualquier otra cosa. Nada hay que ocupe y ate más el corazón que el amor. Por eso, cuando no dispone de armas para gobernarse, el alma se hunde, por el amor, en la más honda de las ruinas. Y creo que, sin la seducción de Margherita, Dulcino no se habría condenado, y que, sin la vida perversa y promiscua de la Pared Pelada, muchos no se habrían sentido atraídos por su rebelión. Y fíjate que no te digo estas cosas sólo del amor malo, del que, naturalmente, todos han de huir como de algo diabólico, sino también, y lleno de miedo, del amor bueno que se da entre Dios y el hombre, y entre éste y su prójimo. Porque a menudo sucede que dos o tres, hombres o mujeres, se amen bastante cordialmente, y sientan especial afecto unos por otros, y deseen vivir siempre juntos, y cada uno esté siempre dispuesto a hacer lo que el otro desee. Y te confieso que un sentimiento como éste fue el que abrigué por mujeres virtuosas como Angela y Chiara. Pues bien, también ese amor es bastante reprobable, aunque tenga un sentido espiritual y esté inspirado en Dios... Porque, si el alma, indefensa, se entrega al fuego del amor, a pesar de no ser éste carnal, también acaba cayendo, o bien agitándose en el desorden. Oh, el amor tiene efectos muy diversos; primero ablanda al alma, luego la enferma... Pero más tarde ésta siente el fuego verdadero del amor divino, y grita, y se lamenta, y es como piedra que en el horno se calcina, y se deshace y crepita lamida por las llamas...

—¿Y es bueno ese amor?

Ubertino me acarició la cabeza, y al mirarlo vi que sus ojos estaban llenos de lágrimas:

—Sí, éste sí que es amor bueno. —Retiró la mano de mis hombros—. ¡Pero qué difícil, qué difícil es distinguirlo del otro! Y a veces, cuando tu alma es tentada por los demonios, te sientes como el hombre colgado del cuello: con las manos atadas a la espalda y los ojos vendados, suspendido de la horca, pero aún vivo, sin nadie que lo ayude ni lo conforte ni lo cure, girando en el vacío...

Su rostro ya no sólo estaba bañado de lágrimas sino también cubierto por un velo de sudor.

—Ahora vete —me dijo impaciente—, te he dicho lo que querías saber. Aquí el coro de los ángeles, allá la boca del infierno. Vete, y alabado sea el Señor.

Se prosternó de nuevo ante la Virgen y oí un sollozo quedo. Estaba rezando.

No salí de la iglesia. La conversación con Ubertino había despertado en mi alma, y en mis vísceras, un extraño ardor, un desasosiego indescriptible. Quizá fue eso lo que me impulsó a desobedecer, y decidí regresar solo a la biblioteca. Ni siquiera yo sabía qué buscaba. Quería explorar solo un sitio desconocido, me fascinaba la idea de poder orientarme en él sin la ayuda de mi maestro. Subí a la biblioteca como Dulcino había subido al monte Rubello.

Llevaba conmigo la lámpara (¿por qué la había traído?, ¿acaso porque ya alimentaba secretamente aquel proyecto?), y atravesé el osario casi con los ojos cerrados. No tardé en llegar al scriptorium.

Creo que era una noche marcada por la fatalidad, porque, mientras curioseaba entre las mesas, vi que en una había abierto un manuscrito que algún monje estaba copiando en aquellos días. El título atrajo enseguida mi atención: *Historia fratris Dulcini Heresiarche*. Creo que era la mesa de Pietro da Sant'Albano, quien, según había oído decir, estaba escribiendo una monumental historia de la herejía (desde luego, el proyecto quedó interrumpido a raíz de los sucesos de la abadía... pero no anticipemos los acontecimientos). No era raro, pues, que estuviese allí aquel texto, y también había otros sobre temas parecidos, sobre los patarinos y los flagelantes. Sin embargo, su presencia me pareció un signo sobrenatural, no sé si celeste o diabólico. De modo que me incliné sobre él comido por la curiosidad. No era muy largo. En la primera parte narraba, con muchos más detalles que ya no recuerdo, los mismos hechos que me había descrito Ubertino. También mencionaba los múltiples crímenes cometidos por los dulcinianos durante la guerra y el asedio. Y había una descripción de la batalla final, que fue muy cruenta. Pero también me enteré de cosas que Ubertino no me había contado, y a través de alguien que evidentemente había sido testigo de los hechos, y cuya imaginación aún seguía impresionada por los mismos.

Así fue como supe que en marzo de 1307, el sábado santo, Dulcino, Margherita y Longino, por fin apresados, fueron conducidos a la ciudad de Biella y entregados al obispo, quien esperó la decisión papal. Cuando el papa tuvo noticia de los hechos escribió lo siguiente al rey de Francia, Felipe: «Han llegado hasta nosotros noticias muy gratas, que nos llenan de gozo y de júbilo, porque, después de muchos peligros, fatigas, estragos y de repetidas incursiones, ese demonio pestífero, hijo de Belcebú y horrendísimo heresiarca, Dulcino, se encuentra finalmente preso, junto con sus secuaces, en nuestras cárceles, por obra de nuestro venerable hermano Raniero, obispo de Vercelli, habiendo sido capturado el día de la santa cena del Señor, y matada ese mismo día la numerosa gente que con él estaba.» El papa no tuvo piedad con los prisioneros, y ordenó al obispo que los condenara a muerte. De modo que en julio de aquel mismo año, el día uno del mes, los herejes fueron entregados al brazo secular. Mientras las campanas de la ciudad tocaban a rebato, los pusieron en un carro rodeados por sus verdugos; detrás iban los soldados, y así recorrieron toda la ciudad, deteniéndose en cada esquina para lacerar las carnes de los reos con tenazas candentes. Primero quemaron a Margherita, ante la vista de Dulcino, a quien no se le movió ni un músculo de la cara, como tampoco había emitido lamento alguno cuando las tenazas se hincaron en su carne. Después el carro siguió su marcha, mientras los verdugos metían sus instrumentos en unos recipientes donde ardía abundante fuego. Otras torturas padeció Dulcino, pero siguió mudo, salvo cuando le cortaron la nariz, porque entonces encogió levemente los hombros, y cuando le arrancaron el miembro viril, pues en ese momento lanzó un largo suspiro, como un quejido resignado. Sus últimas palabras sonaron a impenitencia, y avisó que al tercer día resucitaría. Después lo quemaron y sus cenizas se dispersaron al viento.

Cerré el manuscrito con manos temblorosas. Como me habían dicho, Dulcino era culpable de muchos crímenes, pero había muerto horrendamente en la hoguera. Y una vez allí su comportamiento... ¿había sido firme como el de los mártires, o perverso como el de los condenados? Mientras subía tambaleándome por la escalera, comprendí por qué estaba tan perturbado. De pronto recordé una escena que había visto no muchos meses antes, a poco de llegar a Toscana. Me pregunté incluso cómo había podido olvidarla hasta aquel momento, como si mi alma enferma hubiese querido borrar un recuerdo que la oprimía cual una pesadilla. En realidad, no la había olvidado, porque cada vez que oía hablar de los fraticelli volvía a ver aquellas imágenes, pero para expulsarlas enseguida hacia lo más recóndito de mi espíritu, como si el haber sido testigo de aquel horror fuese ya un pecado.

Donde primero oí hablar de los fraticelli fue en Florencia. Vi quemar a uno en la hoguera. Fue poco antes de ir a Pisa para encontrarme con fray Guillermo. Como se demoraba en llegar a esa ciudad, mi padre me había autorizado a visitar Florencia, que habíamos oído elogiar por sus bellísimas iglesias. Después de recorrer un poco la Toscana, para aprender mejor la lengua vulgar italiana, había pasado una semana en Florencia, porque tanto había oído hablar de ella que deseaba conocerla.

Apenas llegué tuve noticias de que un importante proceso estaba causando conmoción en la ciudad. En aquellos días un hereje de los fraticelli, acusado de crímenes contra la religión, había sido llevado ante el obispo y otros eclesiásticos y estaba siendo sometido a un severo interrogatorio. Decidí, pues, seguir a mis informantes hasta el lugar de los acontecimientos. Por el camino oí decir que el hereje, llamado Michele, era en realidad un hombre muy piadoso, que había predicado la penitencia y la pobreza, repitiendo las palabras de san Francisco, y que había sido arrastrado ante los jueces por la malicia de ciertas mujeres, que, fingiendo confesarse con él, le habían atribuido después proposiciones heréticas, e, incluso, que los hombres del obispo lo habían cogido en casa de aquellas mujeres, lo que mucho me sorprendió, porque un hombre de iglesia no debería administrar los sacramentos en sitios tan poco adecuados, pero ésa parecía ser la debilidad de los fraticelli, la de no saber respetar las conveniencias, y quizá había algo de cierto en el rumor según el cual, además de ser herejes, eran personas de costumbres dudosas (así como se decía siempre que los cátaros eran búlgaros y sodomitas).

Llegué hasta la iglesia de San Salvatore, donde se desarrollaba el proceso, pero no pude entrar debido a la gran muchedumbre congregada a sus puertas. Había algunos encaramados a las ventanas, y desde allí, cogidos de las rejas, contaban a los demás lo que oían y veían. En aquel momento estaban leyéndole a fray Michele la confesión que había hecho el día anterior, donde afirmaba que Cristo y sus apóstoles «nunca tuvieron nada en propiedad, ni en privado ni en común», pero Michele protestaba diciendo que el notario había añadido «muchas consecuencias falsas» y gritaba (eso lo oí desde fuera): «¡Deberéis responder por esto el día del juicio!» Pero los inquisidores leyeron la confesión tal como la habían redactado y al final le preguntaron si quería adherirse humildemente a las opiniones de la iglesia y de todo el pueblo de la ciudad. Y oí gritar en alta voz a Michele que quería adherirse a lo que él creía, o sea que «quería tener por pobre a Cristo crucificado, y por hereje al papa Juan XXII, puesto que afirmaba lo contrario». Se produjo entonces una gran discusión, en la que los inquisidores, muchos de los cuales eran franciscanos, querían hacerle entender que las Escrituras no decían lo que él decía, mientras él, a su vez, los acusaba de negar la regla de su propia orden, y ellos contraatacaban preguntándole si acaso pretendía enseñarles a interpretar las Escrituras a ellos, que eran maestros en la materia. Y fray Michele, en verdad muy terco, no cedía, hasta que los otros empezaron a provocarlo con frases como «y entonces queremos que consideres a Cristo propietario y al papa Juan católico y santo». Y Michele, insumiso, replica: «No, es hereje.» Y los otros decían que jamás habían visto alguien tan firme en su iniquidad. Pero entre la muchedumbre agolpada fuera del edificio muchos decían que era como Cristo en medio de los fariseos, y comprendí que entre el pueblo había muchos que creían en la santidad de fray Michele.

Por último, los hombres del obispo se lo llevaron de nuevo a la cárcel con los pies en el cepo. Por la tarde me enteré de que muchos frailes amigos del obispo habían ido a insultarlo y a pedirle que se retractara, pero que él respondía como alguien que estuviese seguro de su verdad. Y repetía a todo el mundo que Cristo era pobre y que san Francisco y santo Domingo también lo habían dicho, y que si profesar esa opinión justa le valía el ser condenado al suplicio, tanto mejor, porque dentro de poco tiempo podría ver lo que dicen las Escrituras, y a los veinticuatro ancianos venerables del Apocalipsis, y Jesucristo, y san Francisco, y los mártires gloriosos. Y me contaron que dijo: «Si con tanto fervor leemos la doctrina de ciertos santos abades, con cuanto mayor fervor y goce hemos de desear encontrarnos entre ellos.» Y al oír ese tipo de cosas los inquisidores salían de la cárcel con expresión sombría, exclamando indignados (y eso pude escucharlo): «¡Es la piel del diablo!»

Al día siguiente nos enteramos de que la condena ya había sido dictada. Fui al obispado donde pude ver el pergamino y copié parte del texto en mi tablilla.

Empezaba así: «In nomine Domini amen. Hec est quedam condemnatio corporalis et sententia condemnationis corporalis lata, data et in hiis scriptis sententialiter pronumptiata et promulgata...», etcétera, y proseguía con una severa descripción de los pecados y culpas del mencionado Michele, que transcribo en parte para que el lector juzgue con prudencia:

Johannem vocatum fratrem Micchaelem Iacobi, de comitatu Sancti Frediani, hominem male condictionis, et pessime conversationis, vite et fame, hereticum et heretica labe pollutum et contra fidem catholicam credentem et affirmantem... Deum pre oculis non habendo sed potius humani generis inimicum, scienter, studiose, appensate, nequiter et animo et intentione, exercendi hereticam pravitatem stetit et conversatus fuit cum Fraticellis, vocatis Fraticellis della povera vita hereticis et scismaticis et eorum pravam sectam et

337

heresim secutus fuit et sequitur contra fidem cactolicam... et accessit ad dictam civitatem Florentie et in locis publicis dicte civitatis in dicta inquisitione contentis, credidit, tenuit et pertinaciter affirmavit ore et corde... quod Christus redentor noster non habuit rem aliquam in proprio vel comuni sed habuit a quibuscumque rebus quas sacra scriptura eum habuisse testatur, tantum simplicem facti usum.

Pero no eran éstos los únicos crímenes que se le imputaban. Y entre los restantes había uno que me pareció feísimo, aunque no estoy seguro (tal como se desarrolló el proceso) de que en verdad llegara a afirmar tanto, pero, en suma, ¡se decía que aquel franciscano había sostenido que santo Tomás de Aquino no era santo ni gozaba de la salvación eterna, sino que estaba condenado y hundido en la perdición! Y la sentencia concluía confirmando la pena, pues el acusado en ningún momento había querido retractarse:

Costat nobis etiam ex predictis et ex dicta sentencia lata per dictum dominum episcopum florentinum, dictum Johannem fore hereticum, nolle se tantis herroribus et heresi corrigere et emendare, et se ad rectam viam fidei dirigere, habentes dictum Johannem pro irreducibili, pertinace et hostinato in dictis suis perversis herroribus, ne ipse Johannes de dictis suis sceleribus et herroribus perversis valeat gloriari, et ut cius pena aliis transeat in exemplum; idcirco, dictum Johannem vocatum fratrem Micchaelem hereticum et scismaticum quod ducatur ad locum iustitie consuetum, et ibidem igne et flammis igneis accensis concremetur et comburatur, ita quod penitus moriatur et anima a corpore separetur.

Y aún después de haberse hecho pública la sentencia, acudieron a la cárcel unos eclesiásticos para advertir a Michele de lo que sucedería, e incluso les oí decir: «Fray Michele, ya está lista la mitra y los manteletes, y en ellos han pintado unos fraticelli junto con unos diablos.» Querían asustarlo para conseguir que por fin se retractara. Pero fray Michele se hincó de rodillas y dijo: «Pienso que junto a la hoguera estará nuestro padre

Francisco y, más aún, creo que estarán Jesús y los apóstoles y los gloriosos mártires Antonio y Bartolomé.» Lo cual era una manera de rechazar por última vez las ofertas de los inquisidores.

A la mañana siguiente también yo acudí al puente del obispado, donde se habían reunido los inquisidores, ante cuya presencia fue traído, siempre con el cepo puesto, fray Michele. Uno de sus fieles se arrodilló ante él para recibir la bendición, y los soldados lo prendieron y se lo llevaron enseguida a la cárcel. Después, los inquisidores volvieron a leerle la sentencia al condenado y volvieron a preguntarle si quería arrepentirse. Cada vez que la sentencia decía que era un hereje, Michele respondía «hereje no soy, pecador sí, pero católico», y, cuando el texto decía «el venerabilísimo y santísimo papa Juan XXII», Michele respondía «no, hereje». Entonces el obispo ordenó a Michele que se arrodillase ante él, y Michele dijo que no se arrodillaba ante herejes. Y cuando lo hicieron arrodillar por la fuerza, murmuró: «Dios no me culpará por esto.» Y como lo habían conducido hasta allí ataviado con todos sus paramentos sacerdotales, empezó una ceremonia en cuyo transcurso le fueron quitando uno por uno dichos paramentos, hasta quedar sólo con esa especie de falda larga que en Florencia llaman *cioppa*. Y, como es costumbre cuando se priva a un cura de la dignidad sacerdotal, con un hierro afilado le cortaron las yemas de los dedos y le afeitaron la cabeza. Después fue entregado al capitán y sus hombres, quienes lo trataron con mucha rudeza y volvieron a ponerle el cepo para llevarlo de nuevo a la cárcel, mientras él iba diciendo a la multitud: «per Dominum moriemur». Según me informaron, hasta el día siguiente no sería quemado. Y en el transcurso de aquel día fueron otra vez a preguntarle si quería confesarse y comulgar. Pero se negó a cometer pecado aceptando los sacramentos de quien estaba en pecado. Y creo que no obró bien, porque con ello mostró que estaba corrupto por la herejía de los patarinos.

Llegó por fin la mañana del suplicio, y fue a buscarlo un confaloniero que me pareció persona amiga, porque le preguntó qué clase de hombre era y por qué se empecinaba cuando era suficiente con que afirmase lo que todo el pueblo afirmaba y aceptase la opinión de la santa madre iglesia. Pero Michele se mantuvo más firme que nunca y dijo: «Creo en Cristo pobre crucificado.» Y el confaloniero se marchó haciendo un ademán de impotencia. Entonces llegaron el capitán y sus hombres, quienes cogieron a Michele y lo llevaron al patio, donde estaba el vicario del obispo, que volvió a leerle la confesión y la sentencia. Michele volvió a hablar para rechazar unas opiniones falsas que se le atribuían, y en verdad eran cosas tan sutiles que no las recuerdo, y en aquel momento tampoco pude comprenderlas del todo. Pero eran fundamentales pues de ellas dependía, sin duda, la vida de Michele, y en general la suerte reservada a los fraticelli. Lo cierto era que yo no alcanzaba a comprender por qué los hombres de la iglesia y del brazo secular se ensañaban así contra unas personas que querían vivir en la pobreza y que consideraban que Cristo no había poseído bienes terrenales. Porque, decía para mí, en todo caso deberían temer a los hombres que quieren vivir en la riqueza y apoderarse del dinero de los otros, y sumir a la iglesia en el pecado e introducir en ella prácticas simoníacas. Y así se lo dije a uno que estaba junto a mí, porque no podía quedarme callado. Y éste se sonrió y me dijo que, cuando un fraile practica la pobreza, se convierte en un mal ejemplo para el pueblo, que acaba por rechazar a los frailes que no la practican. Y añadió que aquella prédica de la pobreza metía ideas malas en la cabeza de la gente, que llegaría a enorgullecerse de su pobreza, y el orgullo puede conducir a muchos actos orgullosos. Y acabó diciendo que yo debería saber que predicar a favor de la pobreza de los frailes entrañaba tomar partido por el emperador y que esto no complacía demasiado al papa; si bien me aclaró que no veía muy bien cómo se llegaba a esa conclusión. Los argumentos me parecieron válidos, aunque los hubiese expuesto una persona de poca cultura. Sólo que entonces ya no comprendía por qué fray Michele quería morir de un modo tan horrendo con la finalidad de complacer al emperador, o tal vez para dirimir una disputa entre contrapuestas órdenes religiosas.

En efecto, alguien entre los presentes estaba diciendo: «No es un santo. Lo ha enviado Ludovico para sembrar la discordia entre los ciudadanos. Los fraticelli son toscanos pero detrás de ellos están los enviados del imperio.» Otros, en cambio: «Pero si es un loco, un endemoniado, que está hinchado de orgullo y goza con el martirio por maldita soberbia. Estos frailes leen demasiadas vidas de santos, ¡mejor sería que se casaran!» Y otros aun: «No, todos los cristianos deberían ser así y estar dispuestos a dar testimonio de su fe como en la época de los paganos.» Y mientras escuchaba aquellas voces, sin saber ya qué pensar, de pronto volví a ver la cara del condenado, pues los que se agolpaban delante me lo quitaban a menudo de la vista. Y vi el rostro del que mira algo que no es de esta tierra, como a veces lo he visto en las estatuas de los santos arrebatados en visiones místicas. Y comprendí que, ya fuera un loco o un vidente, estaba decidido a morir porque creía que con ello derrotaría a su enemigo, cualquiera que éste fuese. Y comprendí que su ejemplo traería la muerte de otros muchos. Y lo único que me asombró fue su enorme firmeza, porque aún hoy no sé si lo que en esos hombres prevalece es un amor orgulloso de la verdad en que creen, que los lleva a morir, o bien un orgulloso deseo de muerte, que los lleva a dar testimonio de su verdad, cualquiera que ésta sea. Y esto me pasma de admiración y temor.

Pero volvamos al suplicio, pues ya todos se estaban dirigiendo hacia el lugar de la ejecución.

El capitán y sus hombres lo sacaron por la puerta, vestido con su faldilla, en parte desabotonada, y caminaba con pasos largos y mirando al suelo, mientras recitaba su plegaria, y parecía un mártir. Había una multitud increíble de gente y muchos gritaban: «¡No mueras!» Y él les respondía: «Quiero morir por Cristo.» «Pero tú no mueres por Cristo», le decían, y él replicaba: «Muero por la verdad.» Al llegar a un sitio llamado la esquina del Procónsul, alguien le gritó que rogara a Dios por todos ellos, y él bendijo a la muchedumbre. Y en los Fondamenti de Santa Liperata uno le dijo: «¡Qué necio eres, cree en el papa!», y él respondió: «Ese papa ya es como un dios para vosotros» y añadió: *«Questi vostri paperi v'hanno ben conci.»*[1] (que, como me explicaron, era un juego de palabras, o agudeza, en dialecto toscano, donde los papas aparecían como animales). Y todos se asombraron de que fuese a la muerte haciendo bromas.

En San Giovanni le gritaron: «¡Salva la vida!» y él respondió: «¡Salvaos de los pecados!» En el Mercado Viejo le gritaron: «¡Sálvate, sálvate!», y él respondió: «¡Salvaos del infierno!» En el Mercado Nuevo le gritaron: «¡Arrepiéntete, arrepiéntete!», y él respondió: «¡Arrepentíos de la usura!» Y, al llegar a la Santa Croce, vio a los frailes de su orden en la escalinata y les reprochó que no siguieran la regla de san Francisco. Y algunos se encogieron de hombros, pero otros sintieron vergüenza y se cubrieron el rostro con la capucha.

Y cuando iba hacia la puerta de la Justicia muchos le dijeron: «Abjura, abjura, no quieras la muerte», y él:

1. ¡Bien que os han cagado vuestros ansarones!

«Cristo murió por nosotros.» Y ellos: «Pero tú no eres Cristo, ¡no debes morir por nosotros!», y él: «Pero quiero morir por él.» En el prado de la Justicia uno le dijo si no podía hacer como cierto fraile superior de su orden, que había abjurado, pero Michele respondió que aquel fraile no había abjurado, y vi que entre la muchedumbre muchos asentían y alentaban a Michele para que se mantuviera firme. Entonces yo y muchos otros comprendimos que eran partidarios suyos. Y nos apartamos.

Salimos, por último, y frente a la puerta vimos la pira, o chozo, como lo llaman allí, porque los leños forman una especie de cabañita. Y alrededor montaron guardia unos caballeros armados, para impedir que la gente se acercase demasiado. Y entonces cogieron a fray Michele y lo ataron al poste. Y todavía pude oír que alguien le gritaba: «Pero ¿qué es esto? ¿Por quién quieres morir?», y él respondió: «Es una verdad que hay dentro de mí, y de la que sólo puedo dar testimonio con mi muerte.» Encendieron el fuego. Y fray Michele, que ya había entonado el *Credo*, entonó a continuación el *Te Deum*. Quizá llegó a cantar ocho versículos. Después se inclinó como para estornudar y cayó al suelo, porque se habían quemado las ligaduras. Y ya estaba muerto, porque antes de que todo el cuerpo se queme el hombre muere por el gran calor que hace estallar el corazón y el humo que invade el pecho.

Después ardió toda la choza, como una antorcha, y el resplandor fue muy grande, y de no ser por el pobre cuerpo carbonizado de Michele, que aún podía verse entre los leños incandescentes, habría dicho que estaba contemplando la zarza ardiente. Y tan cerca estuve de tener una visión que (recordé mientras subía a la biblioteca) espontáneamente brotaron de mis labios unas palabras sobre el rapto extático que había leído en los libros de santa Hildegarda: «La llama consiste en una claridad esplendente, un vigor ingénito y un ardor ígneo, mas la claridad esplendente la tiene para relucir, y el ardor ígneo para quemar.»

Recordé algunas frases de Ubertino sobre el amor. La imagen de Michele en la hoguera se confundió con la de Dulcino, y la de Dulcino con la de la bella Margherita. Volví a sentir el desasosiego que había experimentado en la iglesia.

Traté de pasarlo por alto y avancé con decisión hacia el laberinto.

Era la primera vez que entraba solo. Las largas sombras que la lámpara proyectaba sobre el suelo me aterraban tanto como las visiones de las otras noches. A cada momento temía encontrarme con un nuevo espejo, porque es tal la magia de los espejos que no dejan de inquietarte aunque sepas que se trata de espejos.

Por lo demás, no intentaba orientarme, ni evitar la habitación de los perfumes que producen visiones. Caminaba como afiebrado, sin saber adónde quería ir. En realidad, no me alejé demasiado del punto de partida, porque poco después volví a aparecer en la sala heptagonal por la que había entrado. En una mesa había algunos libros que me pareció no haber visto la noche anterior. Supuse que eran obras que Malaquías había retirado del scriptorium y que aún no había devuelto a sus lugares. No sabía a qué distancia me encontraba de la sala de los perfumes, porque estaba un poco atontado, y quizá fuera por algún efluvio que llegaba hasta allí, a no ser que se debiese a lo que había estado recordando momentos antes. Abrí un volumen exquisitamente ilustrado cuyo estilo me indujo a pensar que procedía de los monasterios de la última Tule.

En la página donde empezaba el santo evangelio del apóstol Marcos, me impresionó la imagen de un león.

Sin duda, era un león, aunque nunca había visto yo uno de carne y hueso. El miniaturista había reproducido con fidelidad sus rasgos, quizá inspirándose en la visión de los leones de Hibernia, tierra de criaturas monstruosas, y me persuadí de que ese animal, como dice, por lo demás, el Fisiólogo, reúne en sí todos los caracteres de las cosas más horrendas y al mismo tiempo más majestuosas. Así, aquella imagen evocaba simultáneamente en mí la imagen del enemigo y la de Nuestro Señor Jesucristo; no sabía qué clave simbólica debía usar para interpretarla, y temblaba de pies a cabeza, no sólo por temor, sino también por el viento que penetraba a través de las rendijas de las paredes.

El león que vi tenía una boca llena de dientes, y una cabeza primorosamente cubierta de escamas, como la de las serpientes, el cuerpo, enorme, estaba plantado sobre cuatro patas robustas cuyas zarpas exhibían unas uñas agudas y feroces. La imagen pintada en el pergamino hacía pensar en una de aquellas alfombras orientales que más tarde pude contemplar, donde, sobre un fondo de escamas rojo y verde esmeralda, se dibujaban, amarillos como la peste, unos robustos y horrendos arquitrabes hechos con huesos. Amarilla era también la cola, que se retorcía por encima del lomo hasta la cabeza, para acabar en una última voluta rematada con mechones blancos y negros.

Ya grande era la impresión que me había producido el león (más de una vez me había vuelto para mirar hacia atrás, como si temiese la aparición repentina de un animal como aquél), cuando decidí mirar otros folios y, al comienzo del evangelio de Mateo, mis ojos tropezaron con la imagen de un hombre. No sé por qué me asusté más que al ver el león: el rostro era humano, pero el cuerpo estaba metido en una especie de casulla rígida que llegaba hasta los pies, y aquella casulla o coraza tenía incrustadas piedras duras de color rojo y amarillo.

Me pareció que esa cabeza, que asomaba enigmática por encima de un castillo de rubíes y topacios, era (¡hasta qué punto el terror me hacía blasfemar!) la del misterioso asesino cuyas huellas intangibles estábamos siguiendo. Más tarde comprendí por qué establecía una relación tan estrecha entre la fiera y el hombre acorazado, de una parte, y el laberinto, de la otra: porque los dos, al igual que todas las figuras de aquel libro, emergían de una trama que era un entrelazamiento de laberintos, donde las líneas de ónix y esmeralda, los hilos de crisopacio, las cintas de berilo parecían aludir en su conjunto a la maraña de salas y pasillos que me rodeaba en aquel momento. Mis ojos se perdían, en la página, por senderos rutilantes, como mis pies estaban haciéndolo en la angustiosa sucesión de las salas, y al ver representada en aquellos folios mi marcha errante por la biblioteca me llené de inquietud y pensé que cada uno de esos libros contaba, con matices secretamente burlones, la historia que yo estaba viviendo en aquel momento. «De te fabula narratur», dije para mí, y me pregunté si aquellas páginas no contendrían ya la historia de los instantes que me esperaban en el futuro.

Abrí otro libro, y me pareció que procedía de la escuela hispánica. Los colores eran violentos, los rojos parecían sangre o fuego. Era el libro de la revelación del apóstol, y otra vez, como la noche anterior, volví a caer en la página de la mulier amicta sole. Pero no era el mismo libro, la miniatura era distinta, aquí el artista había pintado con más detalle las facciones de la mujer. Comparé el rostro, los pechos, los sinuosos flancos, con la estatua de la Virgen que había contemplado junto a Ubertino. Aunque de signo distinto, también esta mujer me pareció bellísima. Pensé que no debía insistir en aquellos pensamientos, y pasé algunas páginas. Encontré otra mujer, pero esa vez se trataba de la meretriz de Babilonia. No me impresionaron tanto sus facciones como la idea de que era una mujer como la otra, y de que sin embargo, mientras aquélla era el receptáculo de todas las virtudes, ésta era el vehículo de todos los vicios. Pero en ambos casos los rasgos eran femeninos, y en determinado momento ya no supe reconocer dónde estaba la diferencia. Otra vez sentí aquella agitación interna; la imagen de la Virgen que había contemplado en la iglesia se confundió con la de la belle Margherita. «¡Estoy condenado!», dije para mí. O bien: «¡Estoy loco!» Y decidí que no podía quedarme en la biblioteca.

Por suerte estaba cerca de la escalera. Me precipité, a riesgo de tropezar y quedarme sin luz. Enseguida estuve bajo las amplias bóvedas del scriptorium, pero, sin detenerme ni un instante, me lancé por la escalera en dirección al refectorio.

Allí me detuve, jadeante. Por las vidrieras penetraba la luz de la luna. La noche era tan luminosa que mi lámpara, indispensable para recorrer las celdas y pasillos de la biblioteca, resultaba casi superflua. Sin embargo, no la apagué, como si me hiciese falta su compañía. Todavía jadeaba; pensé que beber un poco de agua me ayudaría a recobrar la calma. Como la cocina estaba al lado, atravesé el refectorio y abrí lentamente una de las puertas que daba a la otra mitad de la planta baja del Edificio.

En ese momento mi terror, lejos de disminuir, aumentó. Porque enseguida me di cuenta de que había alguien en la cocina, junto al horno de pan. O al menos me di cuenta de que en ese rincón brillaba una lámpara, de modo que, asustadísimo, apagué la mía. Era tal mi susto que asusté al otro (o a los otros), porque su lámpara se apagó enseguida. Pero inútilmente, porque la luz nocturna iluminaba bastante la cocina como para dibujar ante mí, en el suelo, una o varias sombras confusas.

Helado de miedo, no me atrevía a retroceder ni a avanzar. Oí un cuchicheo, y me pareció escuchar, muy queda, una voz de mujer. Después, una sombra oscura y voluminosa surgió del grupo informe que se recortaba vagamente junto al horno, y huyó hacia la salida: la puerta, que debía de estar entornada, se cerró tras ella.

Nos quedamos, yo parado en el umbral de la puerta que daba al refectorio, y algo indeterminado junto al horno. Algo indeterminado y —¿cómo decirlo?— gimiente. En efecto, desde la sombra me llegaba un gemido, como un llanto apagado, un sollozo rítmico, de miedo.

Nada hay que infunda más valor al miedoso que el miedo ajeno: sin embargo, no fue un impulso de valor el que hizo que me acercara a aquella sombra. Diría, más bien, que fue un impulso de ebriedad bastante parecido al que había experimentado en el momento de las visiones. Algo en la cocina era similar al humo que me había sorprendido en la biblioteca la noche anterior. O quizá fuesen sustancias diferentes, pero sus efectos sobre mis sentidos exacerbados eran indiscernibles. Percibí un olor acre a traganta, alumbre y tártaro, sustancias que los cocineros usaban para aromatizar el vino. O tal vez fuese que, como supe más tarde, aquellos días estaban preparando la cerveza (bebida bastante apreciada en aquella comarca del norte de la península), que allí se elaboraba siguiendo la modalidad de mi país, o sea con brezo, mirto de los pantanos y romero de estanque silvestre. Aromas que, más que mi nariz, embriagaron mi mente.

Mi instinto racional me incitaba a gritar «¡vade retro!» y alejarme de la cosa gimiente —sin duda, un súcubo que me enviaba el maligno—, pero algo en mi vis appetitiva me impulsó hacia adelante, como si quisiese tomar parte en un hecho prodigioso.

Así me fui acercando a la sombra, hasta que la luz nocturna, que penetraba por los ventanales, me permitió divisar a una mujer temblorosa, que, con una mano, apretaba un envoltorio contra su pecho, y que, llorando, retrocedía hacia la boca del horno.

Que Dios, la Beata Virgen y todos los santos del Paraíso me asistan ahora en el relato de lo que entonces me sucedió. El pudor, y la dignidad propia de mi condición (de monje ya anciano en este bello monasterio de Melk, ámbito de paz y de serena meditación), me aconsejarían atenerme a la más pía prudencia. Para preservar tanto mi propia paz como la de mi lector, debería limitarme a decir que me sucedió algo malo, pero que no es decente explicar en qué consistió.

Pero me he comprometido a contar, sobre aquellos hechos remotos, toda la verdad, y la verdad es indivisible, resplandece con su propia luz, y no admite particiones dictadas por nuestros intereses y por nuestra vergüenza. El problema consiste más bien en contar lo que sucedió, no como lo veo y lo recuerdo ahora (aunque todavía lo recuerde todo con implacable intensidad, sin saber si aquellos hechos y pensamientos quedaron grabados con tanta claridad en mi memoria por el acto de contrición que vino después, o por la insuficiencia de este último, de modo que aún sigo torturándome, evocando en mi mente dolorida hasta el más mínimo detalle de aquel vergonzoso acontecimiento), sino tal como lo vi y lo sentí entonces. Y si puedo hacerlo, con fidelidad de cronista, es porque cuando cierro los ojos, soy capaz de repetir no sólo todo lo que en aquellos momentos hice, sino también todo lo que pensé, como si estuviese copiando un pergamino escrito en aquel momento. De modo que así debo hacerlo, y que san Miguel Arcángel me proteja: pues para edificación de los lectores futuros, y para flagelación de mi culpa, me propongo contar ahora cómo puede caer un joven en las celadas que le tiende el demonio, para que éstas puedan quedar en evidencia y ser descubiertas, y para que quienes cayeren en ellas puedan desbaratarlas.

Se trataba, pues, de una mujer. ¡Qué digo! De una muchacha. Como hasta entonces mi trato con los seres de ese sexo había sido muy limitado (y gracias a Dios siguió siéndolo en lo sucesivo), no sé qué edad podía tener. Sé que era joven, casi adolescente, quizá tuviese dieciséis o dieciocho primaveras, o quizá veinte, y me impresionó la intensa, concreta, humanidad que emanaba de aquella figura. No era una visión, y en todo caso me pareció valde bona. Tal vez porque temblaba como un pajarillo en invierno, y lloraba, y tenía miedo de mí.

De modo que, pensando que es deber del buen cristiano socorrer al prójimo, me acerqué con mucha suavidad, y en buen latín le dije que no debía temer porque era un amigo, en todo caso no un enemigo, y sin duda no el enemigo, como quizá ella estaba temiendo.

Tal vez por la mansedumbre que irradiaba mi mirada, la criatura se calmó, y se me acercó. Me di cuenta de que no entendía mi latín, e instintivamente le hablé en mi lengua vulgar alemana, cosa que la asustó muchísimo, no sé si por los sonidos duros, insólitos para la gente de aquella comarca, o porque esos sonidos le recordaron alguna experiencia previa con soldados de mi tierra. Entonces sonreí, porque pensé que el lenguaje de los gestos y del rostro es más universal que el de las palabras, y se calmó. También ella me sonrió y dijo unas palabras.

La lengua vulgar que utilizó me era casi desconocida, en todo caso era distinta de la que había aprendido un poco en Pisa, pero por la entonación comprendí que me decía algo agradable, y creí entender algo así como: «Eres joven, eres hermoso...» Es muy raro que un novicio, cuya infancia haya transcurrido por completo en un monasterio, tenga ocasión de escuchar afirmaciones acerca de su belleza. Más aun, con frecuencia se le advierte que la belleza corporal es algo fugaz e indigno de consideración. Pero las trampas que nos tiende el enemigo son innumerables y confieso que aquella referencia a mi hermosura, aunque no fuese veraz, acarició dulcemente mis oídos y me colmó de emoción. Sobre todo porque, mientras eso decía, la muchacha extendió su mano y con las yemas de los dedos rozó mi mejilla, por entonces aún imberbe. Sentí como un desvanecimiento, pero en aquel momento no sospeché que podía haber pecado alguno en todo ello. Tal es el poder del demonio, que quiere ponernos a prueba y borrar de nuestra alma las huellas de la gracia.

¿Qué sentí? ¿Qué vi? Sólo recuerdo que las emociones del primer instante fueron indecibles, porque ni mi lengua ni mi mente habían sido educadas para nombrar ese tipo de sensaciones. Y así fue hasta que acudieron en mi ayuda otras palabras interiores, oídas en otro momento y en otros sitios, y dichas, sin duda, con otros fines, pero que me parecieron prodigiosamente adecuadas para describir el gozo que estaba sintiendo, como si hubiesen nacido con la única misión de expresarlo. Palabras que se habían ido acumulando en las cavernas de mi memoria y ahora subían a la superficie (muda) de mis labios, haciéndome olvidar que en las escrituras o en los libros de los santos habían servido para expresar realidades mucho más esplendorosas. Pero ¿existía realmente una diferencia entre las delicias de que habían hablado los santos y las que mi ánimo conturbado experimentaba en aquel instante? En aquel instante se anuló mi capacidad de percibir con lucidez la diferencia. Anulación que, según creo, es el signo del naufragio en los abismos de la identidad.

De pronto me pareció que la muchacha era como la virgen negra pero bella de que habla el *Cantar*. Llevaba un vestidito liso de tela ordinaria, que se abría de manera bastante impúdica en el pecho, y en el cuello tenía un collar de piedrecillas de colores, creo que de ínfimo valor. Pero la cabeza se erguía altiva sobre un cuello blanco como una torre de marfil, los ojos eran claros como las piscinas de Hesebón, la nariz era una torre del Líbano, la cabellera, como púrpura. Sí, su cabellera me pareció como un rebaño de cabras, y sus dientes como rebaños de ovejas que suben del lavadero, de a pares, sin que ninguna adelante a su compañera. Y empecé a musitar: «¡Qué hermosa eres, amada mía! ¡Qué hermosa eres! Tu cabellera es como un rebaño de cabras que baja de los montes de Galaad, como cinta de púrpura son tus labios, tu mejilla es como raja de granada, tu cuello es como la torre de David, que mil escudos adornan.» Y consternado me preguntaba quién sería la que se alzaba ante mí como la aurora, bella como la luna, resplandeciente como el sol, terribilis ut castrorum acies ordinata.

Entonces la criatura se acercó aún más, arrojó a un rincón el oscuro envoltorio que había estado apretando contra el pecho, y volvió a alzar la mano para acariciar mi rostro, y volvió a decir las palabras que ya había dicho. Y mientras yo no sabía si escapar de ella o acercármele aún más, mientras mi cabeza latía como si las trompetas de Josué estuviesen a punto de derribar los muros de Jericó, y al mismo tiempo la deseaba y tenía miedo de tocarla, ella sonrió de gozo, lanzó un débil gemido de cabra enternecida, y soltó los lazos que cerraban su vestido a la altura del pecho, y se quitó el vestido del cuerpo como una túnica, y quedó ante mí como debió de haber estado Eva ante Adán en el jardín del Edén. «Pulchra sunt ubera quae paululum supereminent et tument modice», musité repitiendo la frase que había dicho Ubertino, porque sus senos me parecieron como dos cervatillos, dos gacelas gemelas pastando entre los lirios, su ombligo una copa redonda siempre colmada de vino embriagador, su vientre una gavilla de trigo en medio de flores silvestres.

«O sidus clarum puellarum —le grité— o porta clausa, fons hortorum, cella custos unguentorum, cella pigmentaria!» y sin quererlo me encontré contra su cuerpo, sintiendo su calor, y el perfume acre de unos ungüentos hasta entonces desconocidos. Recordé: «¡Hijos, nada puede el hombre cuando llega el loco amor!» y comprendí que, ya fuese lo que sentía una celada del enemigo o un don del cielo, nada podía hacer para frenar el impulso que me arrastraba, y grité: «O, langueo!» y: «Causam languoris video nec caveo!» Porque además un olor de rosas emanaba de sus labios y eran bellos sus pies en las sandalias, y las piernas eran como columnas y como columnas también sus torneados flancos, dignos del más hábil escultor. «¡Oh, amor, hija de las delicias! Un rey ha quedado preso en tu trenza», musitaba para mí, y caí en sus brazos, y juntos nos desplomamos sobre el suelo de la cocina y no sé si fue mi iniciativa o fueron las artes de ella, pero me encontré libre de mi sayo de novicio y no tuvimos vergüenza de nuestros cuerpos et cuncta erant bona.

Y me besó con los besos de su boca, y sus amores fueron más deliciosos que el vino, y delicias para el olfato eran sus perfumes, y era hermoso su cuello entre las perlas y sus mejillas entre los pendientes, qué hermosa eres, amada mía, qué hermosa eres, tus ojos son palomas (decía), muéstrame tu cara, deja que escuche tu voz, porque tu voz es armoniosa y tu cara encantadora, me has enloquecido de amor, hermana mía, ha bastado una mirada, uno solo de tus collares, para enloquecerme, panal que rezuma son tus labios, tu lengua guarda tesoros de miel y de leche, tu aliento sabe a manzanas tus pechos a racimos de uva, tu paladar escancia un vino exquisito que se derrama entre los dientes y los labios embriagando en un instante mi corazón enamorado...

Fuente en su jardín, nardo y azafrán, canela y cinamo-
mo, mirra y áloe, comía mi panal y mi miel, bebía mi
vino y mi leche, ¿quién era? ¿Quién podía ser aquella
que surgía como la aurora, hermosa como la luna, resplandeciente como el sol, terrible como un escuadrón
con sus banderas?

¡Oh, Señor!, cuando el alma cae en éxtasis, la única
virtud reside en amar lo que se ve (¿verdad?), la máxima
felicidad reside en tener lo que se tiene, porque allí la
vida bienaventurada se bebe en su misma fuente (¿acaso no está dicho?), porque allí se saborea la vida verdadera que después de ésta, mortal, nos tocará vivir junto
a los ángeles en la eternidad... Ésos eran mis pensamientos, y me parecía que por fin se estaban cumpliendo las
profecías, mientras la muchacha me colmaba de goces
indescriptibles, y era como si todo mi cuerpo fuese un
ojo por delante y por detrás, y pudiese ver al mismo
tiempo todo lo que había alrededor. Y comprendí que
de allí, del amor, surgen al mismo tiempo la unidad y la
suavidad y el bien y el beso y el abrazo, como ya había
oído decir creyendo que me hablaban de algo distinto.
Y sólo en un momento, mientras mi goce estaba por tocar el cenit, pensé que quizá estaba siendo poseído, y de
noche, por el demonio meridiano, obligado por fin a revelar su verdadera naturaleza demoníaca al alma en éxtasis que le pregunta «¿quién eres?», él, que sabe arre-
batar el alma y engañar al cuerpo. Pero enseguida me
convencí de que las diabólicas eran mis vacilaciones,
porque nada podía ser más justo, más bueno, más
santo que lo que entonces estaba sintiendo, con una
suavidad que crecía por momentos. Como la ínfima
gota de agua, que al mezclarse con el vino desaparece y
adquiere el color y el sabor del vino, como el hierro in-
candescente, que se vuelve casi indiscernible del fuego
y pierde su forma primitiva, como el aire inundado por
la luz del sol, que se transforma en supremo resplandor

y se funde en idéntica claridad, hasta el punto de no parecer iluminado, sino él mismo luz iluminante, así me sentía yo morir en tierna licuefacción, sólo con fuerzas para musitar las palabras del salmo: «Mi pecho es como vino nuevo, sin respiradero, que rompe odres nuevos», y de pronto vi una luz enceguecedora y en medio una forma del color del zafiro que ardía con un fuego esplendoroso y muy suave, y esa luz brillante se irradió a través del fuego esplendoroso, y ese fuego esplendoroso a través de la forma rutilante, y esa luz enceguecedora junto con el fuego esplendoroso a través de toda la forma.

Mientras, casi desmayado, caía sobre el cuerpo al que me acababa de unir, comprendí, en un último destello de lucidez, que la llama consiste en una claridad esplendente, un vigor ingénito y un ardor ígneo, mas la claridad esplendente la tiene para relucir y el ardor ígneo para quemar. Después comprendí qué abismo de abismos esto entrañaba.

Ahora que, con mano temblorosa (no sé si por horror del pecado que estoy evocando, o por añoranza pecaminosa del hecho que rememoro) escribo estas líneas, advierto que, para describir aquel éxtasis abominable, he utilizado las mismas palabras que, pocas páginas más arriba, utilicé para describir el fuego en que se consumía el cuerpo martirizado del hereje Michele. No es casual que mi mano, fiel ejecutora de los designios del alma, haya trazado las mismas palabras para expresar dos experiencias tan disímiles, porque probablemente entonces, cuando las viví, me impresionaron de la misma manera, como han vuelto a hacerlo hace un momento, cuando intentaba revivirlas en el pergamino.

Hay un arte secreto que permite nombrar con palabras análogas fenómenos distintos entre sí: es el arte por el cual las cosas divinas pueden nombrarse con nombres de cosas terrenales, y así, mediante símbolos equívocos, puede decirse que Dios es león o leopardo, que la muerte es herida, el goce llama, la llama muerte, la muerte abismo, el abismo perdición, la perdición deliquio y el deliquio pasión.

¿Por qué, para nombrar el éxtasis de muerte que me había impresionado en el mártir Michele, usaba las palabras a que había recurrido la santa para nombrar el éxtasis (divino) de vida, y por qué sólo podía valerme de esas mismas palabras para nombrar el éxtasis (peccaminoso y efímero) de goce terreno, que enseguida se había convertido también en sentimiento de muerte y aniquilación? Era un muchacho entonces, pero en este momento trato de reflexionar no sólo sobre la forma en que, a pocos meses de distancia, viví dos experiencias igualmente excitantes y dolorosas, sino también sobre la forma en que, aquella noche en la abadía, a pocas horas de distancia, por la memoria y los sentidos, evoqué una y aprehendí la otra, y además sobre la forma en que, hace un momento, al redactar estas líneas, he vuelto a vivirlas, y sobre el hecho de que, las tres veces, su expresión íntima haya consistido en las palabras nacidas de la experiencia distinta de un alma santa que sentía cómo iba aniquilándose en la visión de la divinidad. ¿No habré blasfemado (entonces, ahora)? ¿Qué había de común entre el deseo de muerte de Michele, el rapto que sentí al verlo arder en la hoguera, el deseo de unión carnal que sentí con la muchacha, el místico pudor que me indujo a traducirlo en forma alegórica, y aquel deseo de gozosa aniquilación que incitaba a la santa a morir de su propio amor para vivir más y eternamente? ¿Es posible que cosas tan equívocas se digan de una manera tan unívoca? Sin embargo, parecería que esto es lo que nos enseñan los más sabios doctores: omnis ergo figura tanto evidentius veritatem demonstrat quanto apertius per dissimilem similitudinem figuram se esse et non veritatem probat. Pero, si el amor por el fuego y el abismo son figura del amor por Dios, ¿pueden ser también figura del amor por la muerte y del amor por el pecado? Sí, como el león y la serpiente son al mismo tiempo figura de Cristo y del demonio. Lo que sucede es que la justeza de la interpretación sólo puede establecerse recurriendo a la autoridad de los padres, y en el caso que me atormenta no existe una auctoritas a la que mi mente dócil pueda remitirse, y la duda me abrasa (¡y otra vez la figura del fuego interviene para definir el vacío de verdad y la plenitud de error que me aniquilan!). ¿Qué sucede, Señor, en mi alma, ahora que me dejo atrapar por el torbellino de los recuerdos, desencadenando esta conflagración de épocas diferentes, como si estuviese por alterar el orden de los astros y la secuencia de sus movimientos celestes? Sin duda, transgredo los límites de mi inteligencia enferma y pecadora. ¡Ánimo!, retomemos la tarea que humildemente me he propuesto. Estaba hablando de lo que sucedió aquel día y de la confusión total de los sentidos en que me hundí. Ya está, he dicho lo que recordé entonces: que a eso se limite mi débil pluma de cronista fiel y veraz.

Permanecí tendido, no sé por cuánto tiempo, junto a la muchacha. Con un movimiento muy leve, su mano seguía tocando por sí sola mi cuerpo, bañado ahora de sudor. Sentía yo un regocijo interior, que no era paz, sino como un rescoldo, como fuego que perdura bajo la ceniza cuando la llama está ya muerta. No dudaría en llamar bienaventurado (murmuré como en sueños) a quien le fuera concedido sentir algo similar, aunque sólo pocas veces (y de hecho aquélla fue la única ocasión en que lo sentí), en esta vida, y sólo a toda prisa, y sólo por un instante. Como si ya no existiésemos, como si hubiésemos dejado por completo de sentirnos nosotros mismos, como rendidos, aniquilados, y si algún mortal (decía para mí) pudiera probar lo que he probado, rechazaría de inmediato este mundo perverso, se sentiría confundido por la maldad de la vida cotidiana, sentiría el peso del cuerpo mortal... ¿No era eso lo que me habían enseñado? Aquel impulso de mi alma toda a perderse en la beatitud era, sin duda (ahora lo comprendía), la irradiación del sol eterno, y por el goce que éste produce el hombre se abre, se ensancha, se agranda, y en su interior se abre una garganta ávida que después resulta muy difícil volver a cerrar, tal es la herida que abre la espada del amor, y nada hay aquí abajo más dulce y más terrible. Pero tal es el derecho del sol, sus rayos son flechas que van a clavarse en el herido, y las llagas se agrandan, y el hombre se abre y se dilata, y hasta sus venas estallan, y sus fuerzas ya no pueden ejecutar las órdenes que reciben y sólo obedecen al deseo, el alma arde abismada en el abismo de lo que está tocando, mientras siente que su deseo y su verdad son superados por la realidad que ha vivido y sigue viviendo.

Y al llegar a este punto, uno asiste estupefacto a su propio desvanecimiento.

Inmerso en esas sensaciones de inenarrable goce interior, me adormecí.

Cuando, poco más tarde, volví a abrir los ojos, la luz de la noche, quizá debido a la presencia de alguna nube, era mucho menos intensa. Tendí la mano hacia un lado y no sentí el cuerpo de la muchacha. Volví la cabeza: ya no estaba.

La ausencia del objeto que había desencadenado mi deseo y saciado mi sed, me hizo ver de golpe tanto la vanidad de ese deseo como la perversidad de esa sed. Omne animal triste post coitum. Adquirí conciencia del hecho de que había pecado. Ahora, después de tantos y tantos años, mientras sigo llorando amargamente mi falta, no puedo olvidar que aquella noche sentí un goce muy intenso, y ofendería al Altísimo, que ha creado todas las cosas en bondad y en belleza, si no admitiese que incluso en aquella historia de dos pecadores sucedió algo que de por sí, naturaliter, era bueno y bello. Cuando lo que debería yo hacer sería pensar en la muerte, que se acerca. Pero entonces era joven, y no pensé en la muerte, sino que, copiosa y sinceramente, lloré por mi pecado.

Me levanté temblando, porque, además, había estado mucho tiempo sobre las gélidas losas de la cocina y tenía el cuerpo aterido. Me vestí, con la sensación de estar afiebrado. Entonces divisé en un rincón el envoltorio que la muchacha había abandonado al huir. Me incliné para examinarlo: era una especie de lío de tela enrollada, y parecía proceder de la cocina. Lo abrí y al principio no reconocí su contenido, ya sea por falta de luz o por su forma informe. Después comprendí: entre coágulos de sangre y jirones de carne más fláccida y blancuzca, surcado de lívidos nervios, lo que mis ojos contemplaban, ya muerto pero aún palpitante de vida —la vida gelatinosa de las vísceras muertas—, era un corazón de gran tamaño.

Un velo oscuro cayó sobre mis ojos, una saliva acídula me llenó la boca. Lancé un grito y me desplomé como se desploma un cuerpo muerto.

Tercer día
NOCHE

*Donde Adso, trastornado, se confiesa a Guillermo
y medita sobre la función de la mujer en el plan de la
creación, pero después descubre el cadáver de un hombre.*

Cuando volví en mí, alguien estaba mojándome la
cara. Era fray Guillermo. Tenía una lámpara y me había
puesto algo bajo la cabeza.

—¿Qué ha sucedido, Adso —me preguntó—, para
que andes de noche por la cocina robando despojos?

En pocas palabras: Guillermo se había despertado,
había ido a buscarme no sé por qué razón, y al no encontrarme había sospechado que estaba haciendo alguna bravata en la biblioteca. Cuando se acercaba al
Edificio por el lado de la cocina, había visto una sombra que salía en dirección al huerto (era la muchacha
que se alejaba, quizá porque había oído que alguien venía). Había tratado de reconocerla y de seguir sus pasos, pero ella (o sea, lo que para él era una sombra)
había llegado hasta la muralla y había desaparecido.
Entonces Guillermo —después de explorar los alrede-

dores— había entrado en la cocina y me había descubierto inconsciente.

Cuando, todavía aterrorizado, le señalé el envoltorio que contenía el corazón, y balbucí algo acerca de un nuevo crimen, se echó a reír:

—¡Pero Adso! ¿Qué hombre tendría un corazón tan grande? Es un corazón de vaca, o de buey; justo hoy han matado un animal. Mejor explícame cómo se encuentra en tus manos.

Oprimido por los remordimientos y atolondrado, además, por el terror, no pude contenerme y prorrumpí en sollozos, mientras le pedía que me administrase el sacramento de la confesión. Así lo hizo, y le conté todo sin ocultarle nada.

Fray Guillermo me escuchó con mucha seriedad, pero con una sombra de indulgencia. Cuando hube acabado, adoptó una expresión severa y me dijo:

—Sin duda, Adso, has pecado, no sólo contra el mandamiento que te obliga a no fornicar, sino también contra tus deberes de novicio. En tu descargo obra la circunstancia de que te has visto en una de aquellas situaciones en las que hasta un padre del desierto se habría condenado. Y sobre la mujer como fuente de tentación ya han hablado bastante las escrituras. De la mujer dice el Eclesiastés que su conversación es como fuego ardiente, y los Proverbios dicen que se apodera de la preciosa alma del hombre, y que ha arruinado a los más fuertes. Y también dice el Eclesiastés: Hallé que es la mujer más amarga que la muerte y lazo para el corazón, y sus manos, ataduras. Y otros han dicho que es vehículo del demonio. Aclarado esto, querido Adso, no logro convencerme de que Dios haya querido introducir en la creación un ser tan inmundo sin dotarlo al mismo tiempo de alguna virtud. Y me resulta inevitable reflexionar sobre el hecho de que Él les haya concedido muchos privilegios y motivos de consideración, sobre todo tres muy importantes. En efecto, ha creado al hombre en este mundo vil, y con barro, mientras que a la mujer la ha creado en un segundo momento, en el paraíso, y con la noble materia humana. Y no la ha hecho con los pies o las vísceras del cuerpo de Adán, sino con su costilla. En segundo lugar, el Señor, que todo lo puede, habría podido encarnarse directamente en un hombre, de alguna manera milagrosa, pero, en cambio, prefirió vivir en el vientre de una mujer, signo de que ésta no era tan inmunda. Y cuando apareció después de la resurrección, se le apareció a una mujer. Por último, en la gloria celeste ningún hombre será rey de aquella patria, pero sí habrá una reina, una mujer que jamás ha pecado. Por tanto, si el Señor ha tenido tantas atenciones con la propia Eva y con sus hijas, ¿es tan anormal que también nosotros nos sintamos atraídos por las gracias y la nobleza de ese sexo? Lo que quiero decirte, Adso, es que, sin duda, no debes volver a hacerlo, pero que tampoco es tan monstruoso que hayas caído en la tentación. Y, por otra parte, que un monje, al menos una vez en su vida, haya experimentado la pasión carnal, para, llegado el momento, poder ser indulgente y comprensivo con los pecadores a quienes deberá aconsejar y confortar... pues bien, querido Adso, es algo que no debe desearse antes de que suceda, pero que tampoco conviene vituperar una vez sucedido. Así que, ve con Dios, y no hablemos más de esto. En cambio, para no pensar demasiado en algo que mejor será olvidar, si es que lo logras —y me pareció que en aquel momento su voz vacilaba, como ahogada por una emoción muy profunda—, preguntémonos qué sentido tiene lo que ha sucedido esta noche. ¿Quién era esa muchacha y con quién tenía cita?

—Eso sí que no lo sé, y no he visto al hombre que estaba con ella.

—Bueno, pero podemos deducir quién era basándonos en una serie de indicios inequívocos. Ante todo, era un hombre feo y viejo, con el que una muchacha no va de buena gana, sobre todo si es tan hermosa como la describes, aunque me parece, querido lobezno, que en la situación en que te encontrabas cualquier bocado te habría sabido exquisito.

—¿Por qué feo y viejo?

—Porque la muchacha no iba con él por amor, sino por un paquete de riñones. Sin duda se trataba de una muchacha de la aldea, que, quizá no por primera vez, se entregaba a algún monje lujurioso por hambre, obteniendo como recompensa algo en que hincar el diente, ella y su familia.

—¡Una meretriz! —exclamé horrorizado.

—Una campesina pobre, Adso. Probablemente, con hermanitos que alimentar. Y que, si pudiera hacerlo, se entregaría por amor, y no por lucro. Como lo ha hecho esta noche. En efecto, me dices que te ha encontrado joven y hermoso, y que te ha dado gratis y por amor lo que a otros, en cambio, habría dado por un corazón de buey y unos trozos de pulmón. Y tan virtuosa se ha sentido por su entrega gratuita, tan aliviada, que ha huido sin tomar nada a cambio. Por esto, pues, pienso que el otro, con quien te ha comparado, no era joven ni hermoso.

Confieso que, por hondo que fuese mi arrepentimiento, aquella explicación me llenó de un orgullo muy agradable, pero callé, y dejé que mi maestro prosiguiera.

—Ese viejo repelente debía de ser alguien que, por alguna razón vinculada con su oficio, pudiera bajar a la aldea y tener contacto con los campesinos. Debía de conocer la manera de hacer entrar y salir gente por la muralla. Además, debía saber que en la cocina estarían estos despojos (probablemente, mañana dirían que, como la puerta había quedado abierta, un perro había entrado y se los había comido). Por último, debía de tener algún sentido de la economía, y cierto interés en que la cocina no se viese privada de vituallas más preciosas, porque, si no, le habría dado un bistec u otro trozo más exquisito. Como ves, la imagen de nuestro desconocido se perfila con mucha claridad, y todas estas propiedades, o accidentes, convienen perfectamente a una sustancia que me atrevería a definir como nuestro cillerero, Remigio da Varagine. O, si me equivocara, como nuestro misterioso Salvatore. Quien, además, por ser de esta región, sabe hablar bastante bien con la gente del lugar, y sabe cómo convencer a una muchacha para que haga lo que quería hacerle hacer, si no hubieses llegado tú.

—Sin duda, así es —dije convencido—. Pero ¿para qué nos sirve saberlo ahora?

—Para nada, y para todo. El episodio puede estar o no relacionado con los crímenes que investigamos. Además, si el cillerero ha sido dulciniano, una cosa explica la otra, y viceversa. Y, por último, ahora sabemos que, de noche, esta abadía es escenario de múltiples y agitados acontecimientos. Quién sabe si nuestro cillerero, o Salvatore, que con tanto desenfado la recorren en la oscuridad, no sabrán acaso más de lo que dicen.

—Pero ¿nos lo dirán a nosotros?

—No, si nos andamos con contemplaciones y pasamos por alto sus pecados. Pero, en caso de que debiéramos averiguar algo a través de ellos, ahora sabemos cómo convencerlos de que hablen. Con otras palabras, en caso de necesidad, el cillerero o Salvatore estarán en nuestro poder, y que Dios nos perdone esta prevaricación, puesto que tantas otras cosas perdona —dijo, y me miró con malicia, y yo no tuve ánimo para comentar la justicia o injusticia de sus consideraciones.

—Y ahora deberíamos irnos a la cama, porque sólo falta una hora para maitines. Pero te veo todavía agitado, pobre Adso, todavía atemorizado por el pecado que has cometido... Nada como un buen alto en la iglesia para relajar el ánimo. Por mi parte, te he absuelto, pero nunca se sabe. Ve a pedirle confirmación al Señor.

Y me dio una palmada bastante enérgica en la cabeza, quizá como prueba de viril y paternal afecto, o como indulgente penitencia. O quizá (como pecaminosamente pensé en aquel momento) por una especie de envidia benigna, natural en un hombre sediento como él de experiencias nuevas e intensas.

Nos dirigimos a la iglesia por nuestro camino habitual, que yo atravesé a toda prisa y con los ojos cerrados, porque aquella noche todos aquellos huesos me recordaban demasiado que también yo era polvo, y lo insensato que había sido el acto orgulloso de mi carne.

Al llegar a la nave, divisamos una sombra ante el altar mayor. Creí que todavía era Ubertino. Pero era Alinardo, que en un primer momento no nos reconoció. Dijo que como ya no podía dormir, había decidido pasar la noche rezando por el joven monje desaparecido (ni siquiera se acordaba del nombre). Rezaba por su alma, en caso de que estuviera muerto, y por su cuerpo, si es que yacía enfermo o solo en algún sitio.

—Demasiados muertos —dijo—, demasiados muertos... Pero estaba escrito en el libro del apóstol. Con la primera trompeta, el granizo; con la segunda, la tercera parte del mar se convierte en sangre... La tercera trompeta anuncia la caída de una estrella ardiente sobre la tercera parte de los ríos y fuentes. Y os digo que así ha desaparecido nuestro tercer hermano. Y temed por el cuarto, porque será herida la tercera parte del sol, y de la luna y las estrellas, de suerte que la oscuridad será casi completa...

Mientras salíamos del transepto, Guillermo se preguntó si no habría alguna verdad en las palabras del anciano.

—Pero —le señalé—, eso supondría que una sola mente diabólica, guiándose por el Apocalipsis, ha premeditado las tres muertes, suponiendo que también Berengario esté muerto. Sin embargo, sabemos que la de Adelmo fue voluntaria.

—Así es —dijo Guillermo—, aunque la misma mente diabólica, o enferma, podría haberse inspirado en la muerte de Adelmo para organizar en forma simbólica las otras dos. En tal caso, Berengario debería de estar en un río o en una fuente. Y en la abadía no hay ríos ni fuentes, al menos no lo bastante profundos para que alguien pueda ahogarse o ser ahogado...

—Sólo hay baños —dije casi al azar.

—¡Adso! —exclamó Guillermo—. ¿Sabes que puede ser una idea? ¡Los baños!

—Pero ya los habrán revisado...

—Esta mañana he observado a los servidores mientras buscaban. Han abierto la puerta del edificio de los baños y han echado una ojeada general, pero no han hurgado, porque entonces no pensaban que debían buscar algo oculto, y esperaban encontrarse con un cadáver que yaciese teatralmente en alguna parte, como el de Venancio en la tinaja... Vayamos a echar un vistazo. Todavía está oscuro, y creo que nuestra lámpara tiene aún buena llama.

Así lo hicimos. Nos resultó fácil abrir la puerta del edificio de los baños, junto al hospital.

Ocultas entre sí por amplias cortinas, había una serie de bañeras, no recuerdo cuántas. Los monjes las usaban para su higiene los días que fijaba la regla, y Severino las usaba por razones terapéuticas, porque nada mejor que un baño para calmar el cuerpo y la mente. En un rincón había una chimenea que permitía calentar el agua sin dificultad. Vimos que estaba sucia de cenizas recientes, y ante ella había un gran caldero volcado. El agua se sacaba de la fuente que había en un rincón.

Miramos en las primeras bañeras, que estaban vacías. Sólo la última, oculta tras una cortina, estaba llena, y junto a ella se veían, en desorden, unas ropas. A primera vista, a la luz de nuestra lámpara, sólo vimos la superficie calma del líquido. Pero, cuando la iluminamos desde arriba, vislumbramos en el fondo, exánime, un cuerpo humano, desnudo. Lentamente, lo sacamos del agua: era Berengario. Como dijo Guillermo, su rostro sí era el de un ahogado. Las facciones estaban hinchadas. El cuerpo, blanco y fofo, sin pelos, parecía el de una mujer, salvo por el espectáculo obsceno de las fláccidas partes pudendas. Me ruboricé, y después tuve un estremecimiento. Me persigné, mientras Guillermo bendecía el cadáver.

CUARTO DÍA

CUARTODIA

Cuarto día
LAUDES

Donde Guillermo y Severino examinan el cadáver de Berengario y descubren que tiene negra la lengua, cosa rara en un ahogado. Después hablan de venenos muy dañinos y de un robo ocurrido hace años.

No me detendré a describir cómo informamos al Abad, cómo toda la abadía se despertó antes de la hora canónica, los gritos de horror, el espanto y el dolor pintados en todos los rostros, cómo se propagó la noticia entre todos los habitantes de la meseta, mientras los servidores se persignaban y pronunciaban conjuros. No sé si aquella mañana el primer oficio se celebró de acuerdo con las reglas, ni quiénes participaron en él. Yo seguí a Guillermo y a Severino, que hicieron envolver el cuerpo de Berengario y ordenaron que lo colocasen sobre una mesa del hospital.

Una vez que el Abad y los demás monjes se hubieron alejado, el herbolario y mi maestro examinaron atentamente el cadáver, con la frialdad propia de los médicos.

—Ha muerto ahogado —dijo Severino—, de eso no hay duda. El rostro está hinchado, el vientre tenso...

—Pero no ha sido otro quien lo ha ahogado —observó Guillermo—, porque se habría resistido a la violencia del homicida y hubiésemos encontrado huellas de agua alrededor de la bañera. En cambio, todo estaba limpio y en orden, como si Berengario hubiese calentado el agua, hubiera llenado la bañera y se hubiese tendido en ella por su propia voluntad.

—Esto no me sorprende —dijo Severino—. Berengario sufría de convulsiones, y yo mismo le dije más de una vez que los baños tibios son buenos para calmar la excitación del cuerpo y del alma. En varias ocasiones me pidió autorización para entrar en los baños. Bien pudiera haber hecho eso esta noche...

—La anterior —observo Guillermo—, porque, como puedes ver, este cuerpo ha estado al menos un día en el agua...

—Es posible que haya sucedido la noche anterior —admitió Severino.

Guillermo lo puso parcialmente al tanto de los acontecimientos de aquella noche. No le dijo que habíamos entrado a escondidas en el scriptorium, pero, sin revelarle todos los detalles, le dijo que habíamos perseguido a una sombra misteriosa que nos había quitado un libro. Severino comprendió que Guillermo sólo le estaba contando parte de la verdad, pero no indagó más. Observó que la agitación de Berengario, suponiendo que fuese él aquel ladrón misterioso, podía haberlo inducido a buscar la tranquilidad en un baño reconfortante. Berengario, dijo, era de naturaleza muy sensible, a veces una contrariedad o una emoción le provocaban temblores, sudores fríos, se le ponían los ojos en blanco y caía al suelo escupiendo una baba blancuzca.

—En cualquier caso —dijo Guillermo—, antes de venir aquí estuvo en alguna otra parte, porque en los baños no he visto el libro que robó.

—Sí —confirmé con cierto orgullo—, he levantado la ropa que dejó junto a la bañera y no he visto huellas de ningún objeto voluminoso.

—Muy bien —dijo Guillermo sonriéndome—. Por tanto, estuvo en alguna otra parte. Después, podemos seguir suponiendo, para calmar su agitación, y quizá también para sustraerse a nuestra búsqueda, entró en los baños y se metió en el agua. Severino: ¿te parece que el mal que le aquejaba era suficiente para que perdiera el sentido y se ahogara?

—Quizá —respondió Severino dudando—. Por otra parte, si todo sucedió hace dos noches, podría haber habido agua alrededor de la bañera, y luego haberse secado. O sea que no podemos excluir la posibilidad de que lo hayan metido a la fuerza en el agua.

—No —dijo Guillermo—. ¿Alguna vez has visto que la víctima de un asesino se quite la ropa antes de que éste proceda a ahogarla?

Severino sacudió la cabeza, como si aquel argumento ya no fuese pertinente. Hacía un momento que estaba examinando las manos del cadáver:

—Esto sí que es curioso... —dijo.

—¿Qué?

—El otro día observé las manos de Venancio, una vez que su cuerpo estuvo limpio de manchas de sangre, y observé un detalle al que no atribuí demasiada importancia. Las yemas de dos dedos de su mano derecha estaban oscuras, como manchadas por una sustancia de color negro. Igual que las yemas de estos dos dedos de Berengario, ¿ves? En este caso, aparecen también algunas huellas en el tercer dedo. En aquella ocasión pensé que Venancio había tocado tinta en el scriptorium.

—Muy interesante —observó Guillermo pensativo, mientras examinaba mejor los dedos de Berengario. Empezaba a clarear, pero dentro la luz todavía era muy débil; se notaba que mi maestro echaba de menos sus lentes—. Muy interesante —repitió—. El índice y el pulgar están manchados en las yemas, el medio sólo en la parte interna, y mucho menos. Pero también hay huellas, más débiles, en la mano izquierda, al menos en el índice y el pulgar.

—Si sólo fuese la mano derecha, serían los dedos de alguien que sostiene una cosa pequeña, o una cosa larga y delgada...

—Como un estilo. O un alimento. O un insecto. O una serpiente. O una custodia. O un bastón. Demasiadas cosas. Pero como también hay signos en la otra mano, podría tratarse igualmente de una copa: la derecha la sostiene con firmeza mientras la izquierda colabora sin hacer tanta fuerza...

Ahora Severino estaba frotando levemente los dedos del muerto, pero el color oscuro no desaparecía. Observé que se había puesto un par de guantes: probablemente los utilizaba para manipular sustancias venenosas. Olfateaba, pero no olía nada.

—Podría mencionarte muchas sustancias vegetales (e incluso minerales) que dejan huellas de este tipo. Algunas letales, otras no. A veces los miniaturistas se ensucian los dedos con polvo de oro...

—Adelmo era miniaturista —dijo Guillermo—. Supongo que al ver su cuerpo destrozado no se te ocurrió examinarle los dedos. Pero estos otros podrían haber tocado algo que perteneció a Adelmo.

—No sé qué decir —comentó Severino—. Dos muertos, ambos con los dedos negros. ¿Qué deduces de ello?

—No deduzco nada: nihil sequitur geminis ex particularibus unquam. Sería preciso reducir ambos casos a una regla común. Por ejemplo: existe una sustancia que ennegrece los dedos del que la toca...

Completé triunfante el silogismo:

—Venancio y Berengario tienen los dedos manchados de negro, ¡ergo han tocado esa sustancia!

—Muy bien, Adso —dijo Guillermo—, lástima que tu silogismo no sea válido, porque aut semel aut iterum medium generaliter esto, y en el silogismo que acabas de completar el término medio no resulta nunca general. Signo de que no está bien elegida la premisa mayor. No debería decir: todos los que tocan cierta sustancia tienen los dedos negros, pues podrían existir personas que tuviesen los dedos negros sin haber tocado esa sustancia. Debería decir: todos aquellos y sólo aquellos que tienen los dedos negros han tocado sin duda determinada sustancia. Venancio, Berengario, etcétera. Con lo que tendríamos un Darii, o sea un impecable tercer silogismo de primera figura.

—¡Entonces tenemos la respuesta! —exclamé entusiasmado.

—¡Ay, Adso, qué confianza tienes en los silogismos! Lo único que tenemos es, otra vez, la pregunta. Es decir, hemos supuesto que Venancio y Berengario tocaron lo mismo, hipótesis por demás razonable. Pero una vez que hemos imaginado una sustancia que se distingue de todas las demás porque produce ese resultado (cosa que aún está por verse), seguimos sin saber en qué consiste, dónde la encontraron y por qué la tocaron. Y, atención, tampoco sabemos si la sustancia que tocaron fue la que los condujo a la muerte. Supón que un loco quisiera matar a todos los que tocasen polvo de oro. ¿Diremos que el que mata es el polvo de oro?

Me quedé confundido. Siempre había creído que la lógica era un arma universal, pero entonces descubrí que su validez dependía del modo en que se utilizaba. Por otra parte, al lado de mi maestro había podido descubrir, y con el correr de los días había de verlo cada vez más claro, que la lógica puede ser muy útil si se sabe entrar en ella para después salir.

Mientras tanto, Severino, que no era un buen lógico, estaba reflexionando sobre la base de su propia experiencia:

—El universo de los venenos es tan variado como variados son los misterios de la naturaleza —dijo. Señaló una serie de vasos y frascos que ya habíamos tenido ocasión de admirar, dispuestos en orden, junto a una cantidad de libros, en los anaqueles que estaban adosados a las paredes—. Como ya te he dicho, con muchas de estas hierbas, debidamente preparadas y dosificadas, podrían hacerse bebidas y ungüentos mortales. Ahí tienes: datura stramonium, belladona, cicuta... pueden provocar somnolencia, excitación, o ambas cosas. Administradas con cautela son excelentes medicamentos, pero en dosis excesivas provocan la muerte.

—¡Pero ninguna de esas sustancias dejaría signos en los dedos!

—Creo que ninguna. Además hay sustancias que sólo son peligrosas cuando se las ingiere, y otras que, por el contrario, actúan a través de la piel. El eléboro blanco puede provocar vómitos a la persona que lo coge para arrancarlo de la tierra. La ditaína y el fresnillo, cuando están en flor, embriagan a los jardineros que los tocan, como si éstos hubiesen bebido vino. El eléboro negro provoca diarreas con sólo tocarlo. Otras plantas producen palpitaciones en el corazón, otras en la cabeza. Hay otras que dejan sin voz. En cambio, el veneno de la víbora, aplicado sobre la piel, sin que penetre en la sangre, sólo produce una ligera irritación... Pero en cierta ocasión me mostraron una poción que, aplicada en la parte interna de los muslos de un perro, cerca de los genitales, provoca en breve plazo la muerte del animal, que se debate en atroces convulsiones mientras sus miembros se van poniendo rígidos...

—Sabes mucho de venenos —observó Guillermo con un tono que parecía de admiración.

Severino lo miró fijo, y sostuvo su mirada durante unos instantes:

—Sé lo que debe saber un médico, un herbolario, una persona que cultiva las ciencias de la salud humana.

Guillermo se quedó un buen rato pensativo. Después rogó a Severino que abriese la boca del cadáver y observara la lengua. Intrigado, Severino cogió una espátula fina, uno de los instrumentos de su arte médica, e hizo lo que le pedían. Lanzó un grito de estupor:

—¡La lengua está negra!

—De modo que es así —murmuró Guillermo—. Cogió algo con los dedos y lo tragó... Esto elimina los venenos que has citado primero, los que matan a través de la piel. Sin embargo, no por ello nuestras inducciones se simplifican. Porque ahora debemos pensar que, tanto en su caso como en el de Venancio, se trata de un acto voluntario, no casual, no debido a alguna distracción o imprudencia, ni inducido por la fuerza. Ambos cogieron algo y se lo llevaron a la boca, conscientes de lo que estaban haciendo...

—¿Un alimento? ¿Una bebida?

—Quizá. O quizá... ¿Qué sé yo? Un instrumento musical, por ejemplo una flauta.

—Absurdo —dijo Severino.

—Sin duda que es absurdo. Pero no debemos descuidar ninguna hipótesis, por extraordinaria que sea. Ahora tratemos de remontarnos a la materia venenosa. Si alguien que conociera los venenos tan bien como tú se hubiese introducido aquí, ¿habría podido valerse de algunas de estas hierbas para preparar un ungüento mortal capaz de dejar esos signos en los dedos y en la lengua? Un ungüento que pudiera ponerse en una comida, en una bebida, en una cuchara o algo similar, en algo que la gente se lleve comúnmente a la boca.

—Sí —admitió Severino—, pero ¿quién? Además, admitiendo incluso esa hipótesis, ¿cómo habría administrado el veneno a nuestros dos pobres hermanos?

Reconozco que tampoco yo lograba imaginarme a Venancio o Berengario dispuestos a comerse o beberse una sustancia misteriosa que alguien les hubiera ofrecido. Pero la rareza de la situación no parecía preocupar a Guillermo.

—En eso ya pensaremos más tarde —dijo—. Ahora quisiera que tratases de recordar algún hecho que quizá aún no has traído a tu memoria, no sé, que alguien te haya hecho preguntas sobre tus hierbas, que alguien tenga fácil acceso al hospital...

—Un momento. Hace mucho tiempo, hablo de años, yo guardaba en uno de estos estantes una sustancia muy poderosa, que me había dado un hermano al regresar de un viaje por países remotos. No supo decirme cuáles eran sus componentes. Sin duda, estaba hecha con hierbas, no todas conocidas. Tenía un aspecto viscoso y amarillento, pero el monje me aconsejó que no la tocara, porque hubiese bastado un leve contacto con mis labios para que me matara en muy poco tiempo. Me dijo que, ingerida incluso en dosis mínimas, provocaba al cabo de media hora una sensación de gran abatimiento, después una lenta parálisis de todos los miembros, y por último la muerte. Me la regaló porque no quería llevarla consigo. La conservé durante mucho tiempo, con la intención de someterla a algún tipo de examen. Pero cierto día hubo una gran tempestad en la meseta. Uno de mis ayudantes, un novicio, había dejado abierta la puerta del hospital, y la borrasca sembró el desorden en el cuarto donde ahora estamos. Frascos quebrados, líquidos derramados por el suelo, hierbas y polvos dispersos. Tardé un día en reordenar mis cosas, y sólo me hice ayudar para barrer los potes y las hierbas irrecuperables. Cuando acabé, vi que faltaba justo el frasco en cuestión. Primero me preocupé, pero después me convencí de que se había roto y se había mezclado con el resto de los desperdicios. Hice lavar bien el suelo del hospital, y los estantes...

—¿Y habías visto el frasco pocas horas antes de la tormenta?

—Sí... O mejor dicho, no, ahora que lo pienso. Estaba bien escondido detrás de una fila de vasos, y no lo controlaba todos los días.

—O sea que, según eso, podrían habértelo robado mucho tiempo antes de la tormenta, sin que lo notaras.

—Ahora que lo dices, sí, bien pudiera haber sido así.

—Y aquel novicio que te ayudaba podría haberlo robado y haberse aprovechado luego de la tormenta para dejar adrede abierta la puerta y sembrar el desorden entre tus cosas.

Severino pareció muy excitado:

—Sí, sin duda. Además, cuando pienso en lo sucedido, recuerdo que me asombré de que la tempestad, por violenta que fuese, hubiera hecho tanto desastre. ¡Estoy casi seguro de que alguien se aprovechó de la tempestad para sembrar el desorden en el cuarto y provocar más daños de los que hubiese podido causar el viento!

—¿Quién era el novicio?

—Se llamaba Agostino. Pero murió el año pasado: se cayó de un andamio cuando, junto con otros monjes y sirvientes, estaba limpiando las esculturas de la fachada de la iglesia. Además, ahora que recuerdo, me había jurado por todos los santos que él no había dejado abierta la puerta antes de la tormenta. Fui yo quien en medio de mi furor le atribuí la responsabilidad del incidente. Quizá en realidad no tuviese él la culpa.

—De modo que tenemos una tercera persona, probablemente mucho más experta que un novicio, que sabía de la existencia de tu veneno. ¿A quién se lo habías mencionado?

—En verdad, no lo recuerdo. Al Abad, sin duda, cuando le pedí permiso para conservar una sustancia tan peligrosa. Y a algún otro quizá, precisamente en la biblioteca, porque estuve buscando herbarios que me ayudasen a descubrir su composición.

—¿No me has dicho que tienes contigo los libros que más necesitas para tu arte?

—Sí, y muchos —dijo, señalando un rincón de la habitación donde se veía unos estantes cargados de libros—. Pero en aquella ocasión buscaba ciertos libros que aquí no podría guardar, y que incluso Malaquías se mostró remiso a mostrarme, hasta el punto de que tuve que pedir autorización al Abad. —Bajó el tono de su voz, como si tuviese reparos en que yo escuchara lo que iba a decir—: Sabes, en un sitio desconocido de la biblioteca se guardan incluso obras de nigromancia, de magia negra, recetas de filtros diabólicos. Dada la índole de mi tarea, se me permitió consultar algunas de esas obras. Esperaba encontrar una descripción de aquel veneno y de sus aplicaciones. Fue en vano.

—O sea que se lo mencionaste a Malaquías.

—Sí, sin duda, y quizá también al propio Berengario, que era su ayudante. Pero no saques conclusiones apresuradas: no recuerdo bien, quizá mientras hablaba había otros monjes, ya sabes que a veces el scriptorium está lleno...

—No sospecho de nadie. Sólo trato de comprender lo que pudo haber sucedido. De todos modos, me dices que eso fue hace varios años, y es curioso que alguien haya robado con esa anticipación un veneno que tardaría tanto en utilizar. Esto indicaría la presencia de una voluntad maligna que habría incubado largamente en la sombra un proyecto homicida.

Severino se persignó. Su rostro expresaba horror:

—¡Dios nos perdone a todos! —dijo.

No había nada más que comentar. Volvimos a cubrir el cuerpo de Berengario, que aún debían preparar para las exequias.

Cuarto día
PRIMA

*Donde Guillermo induce primero a Salvatore
y después al cillerero a que confiesen su pasado,
Severino encuentra las lentes robadas, Nicola
trae las nuevas y Guillermo, con seis ojos,
se va a descifrar el manuscrito de Venancio.*

Ya salíamos cuando entró Malaquías. Pareció contrariado por nuestra presencia, e hizo ademán de retirarse. Severino lo vio desde dentro y dijo: «¿Me buscabas? Es por...» Se interrumpió y nos miró. Malaquías le hizo una seña, imperceptible, como para decirle: «Hablaremos después...» Nosotros estábamos saliendo, él estaba entrando, los tres nos encontramos en el vano de la puerta. Malaquías dijo, de manera más bien redundante:

—Buscaba al hermano herbolario... Me... me duele la cabeza.

—Debe de ser el aire viciado de la biblioteca —le dijo Guillermo con tono solícito—. Deberíais hacer fumigaciones.

Malaquías movió los labios como si quisiera decir algo más, pero renunció a hacerlo. Inclinó la cabeza y entró, mientras nosotros nos alejábamos.

—¿Qué va a hacer al laboratorio de Severino? —pregunté.

—Adso —me dijo con impaciencia el maestro—, aprende a razonar con tu cabeza. —Después cambió de tema—: Ahora debemos interrogar a algunas personas. Al menos —añadió mientras exploraba la meseta con la mirada— mientras sigan vivas. Por cierto: de ahora en adelante fijémonos en lo que comamos y bebamos. Toma siempre tu comida del plato común, y tu bebida del jarro con que ya otros hayan llenado sus copas. Después de Berengario, somos los que más sabemos de todo esto. Desde luego, sin contar al asesino.

—¿A quién queréis interrogar ahora?

—Adso, habrás observado que aquí las cosas más interesantes suceden de noche. De noche se muere, de noche se merodea por el scriptorium, de noche se introducen mujeres en el recinto... Tenemos una abadía diurna y una abadía nocturna, y la nocturna parece, por desgracia, muchísimo más interesante que la diurna. Por tanto, cualquier persona que circule de noche nos interesa, incluido, por ejemplo, el hombre que viste la noche pasada con la muchacha. Quizá la historia de la muchacha nada tenga que ver con la de los venenos, o quizá sí. En cualquier caso, sospecho quién puede haber sido ese hombre; y debe de saber también otras cosas sobre la vida nocturna de este santo lugar. Y, hablando de Roma, precisamente allí lo tenemos.

Me señaló a Salvatore, quien también nos había visto. Advertí una leve vacilación en su paso, como si, queriendo evitarnos, se hubiese detenido para volverse por donde venía. Fue un instante. Evidentemente, había comprendido que no podía evitar el encuentro, y siguió andando. Se volvió hacia nosotros con una amplia sonrisa y un «benedicite» bastante hipócrita. Mi maestro apenas lo dejó terminar y le espetó una pregunta:

—¿Sabes que mañana llega la inquisición?

Salvatore no pareció alegrarse por la noticia. Con un hilo de voz preguntó:

—¿Y mí?

—Tú deberías decirme la verdad a mí, que soy tu amigo, y que soy franciscano como tú lo has sido, en vez de decirla mañana a esos otros, que conoces muy bien.

Ante la dureza del acoso, Salvatore pareció abandonar todo intento de resistencia. Miró con aire sumiso a Guillermo, como para indicarle que estaba dispuesto a decirle lo que quisiera.

—Esta noche había una mujer en la cocina. ¿Quién estaba con ella?

—¡Oh, fémena que véndese come mercandía non puede numquam ser bona ni tener cortesía! —recitó Salvatore.

—No quiero saber si era una buena muchacha. ¡Quiero saber quién estaba con ella!

—¡Deu, qué taimosas son las fémenas! Día y noche piensan come burle al hómine...

Guillermo lo cogió bruscamente del pecho:

—¿Quién era? ¿Tú o el cillerero?

Salvatore comprendió que no podía seguir mintiendo. Empezó a contar una extraña historia, a través de la cual, y no sin esfuerzo, nos enteramos de que, para complacer al cillerero, le buscaba muchachas en la aldea, y las introducía de noche en el recinto por pasadizos cuya localización evitó revelarnos. Pero juró por lo más sagrado que obraba de buen corazón, sin ocultar al mismo tiempo su cómica queja por no haber encontrado la manera de satisfacer él también su deseo, la manera de que, después de haberse entregado al cillerero, la muchacha también le diese algo a él. Todo eso lo dijo entre sonrisas lúbricas y viscosas, y haciendo guiños, como dando a entender que hablaba con hombres hechos de carne, habituados a las mismas prácticas. Y me miraba de hurtadillas. Pero yo no podía hacerle frente como hubiese querido, pues me sentía unido a él por un secreto común, me sentía su cómplice y compañero de pecado.

Entonces Guillermo decidió jugarse el todo por el todo y le preguntó abruptamente:

—¿Conociste a Remigio antes o después de haber estado con Dulcino?

Salvatore se arrodilló a sus pies, rogándole entre lágrimas que no lo perdiera, que lo salvase de la inquisición. Guillermo le juró solemnemente que nada diría de lo que llegase a saber, y Salvatore no vaciló en poner al cillerero a nuestra merced. Se habían conocido en la Pared Pelada, siendo ambos miembros de la banda de Dulcino. Con el cillerero había huido y había entrado en el convento de Casale, con él había pasado a los cluniacenses. Mascullaba implorando perdón, y estaba claro que no se le podría extraer nada más. Guillermo decidió que valía la pena coger por sorpresa a Remigio, y soltó a Salvatore, quien corrió a refugiarse en la iglesia.

El cillerero se encontraba en la parte opuesta de la abadía, frente a los graneros, y estaba haciendo tratos con unos aldeanos del valle. Nos miró con aprensión, e intentó mostrarse muy ocupado, pero Guillermo insistió en que debía hablarle. Hasta aquel momento, nuestros contactos con ese hombre habían sido escasos; él había sido cortés con nosotros, y nosotros con él.

Aquella mañana Guillermo lo abordó como habría hecho con un monje de su propia orden. El cillerero pareció molesto por esa confianza, y al principio respondió con mucha cautela.

—Supongo que tu oficio te obliga a recorrer la abadía incluso cuando los demás ya duermen —dijo Guillermo.

—Depende —respondió Remigio—, a veces hay algún pequeño asunto que resolver y debo dedicarle unas horas de mi sueño.

—¿Nunca te ha sucedido algo, en esos casos, que pueda indicarnos quién se pasea, sin la justificación que tienes tú, entre la cocina y la biblioteca?

—Si algo hubiese visto, se lo habría dicho al Abad.

—Correcto —admitió Guillermo, y cambió abruptamente de tema—: La aldea de abajo no es demasiado rica, ¿verdad?

—Sí y no, hay algunos prebendados que dependen de la abadía y comparten nuestra riqueza, en los años de abundancia. Por ejemplo, el día de San Juan recibieron doce moyos de malta, un caballo, siete bueyes, un toro, cuatro novillas, cinco terneros, veinte ovejas, quince cerdos, cincuenta pollos y diecisiete colmenas. Y además veinte cerdos ahumados, veintisiete hormas de manteca de cerdo, media medida de miel, tres medidas de jabón, una red de pesca...

—Ya entiendo, ya entiendo —lo interrumpió Guillermo—, pero reconocerás que con eso aún no me entero de cuál es la situación de la aldea, de cuántos de sus habitantes son prebendados de la abadía, y de la cantidad de tierra de que disponen los que no lo son...

—¡Oh! En cuanto a eso, una familia normal llega a tener unas cincuenta tablas de terreno.

—¿Cuánto es una tabla?

—Naturalmente, cuatro trabucos cuadrados.

—¿Trabucos cuadrados? ¿Y cuánto es eso?

—Treinta y seis pies cuadrados por trabuco. O, si prefieres, ochocientos trabucos lineales equivalen a una milla piamontesa. Y calcula que una familia, en las tierras situadas hacia el norte, puede cosechar aceitunas con las que obtienen no menos de medio costal de aceite.

—¿Medio costal?

—Sí, un costal equivale a cinco heminas, y una hemina a ocho copas.

—Ya entiendo —dijo mi maestro desalentado—. Cada país tiene sus propias medidas. Vosotros, por ejemplo, ¿medís el vino por azumbres?

—O por rubias. Seis rubias hacen una brenta y ocho brentas un botal. Si lo prefieres, un rubo equivale a seis pintas de dos azumbres.

—Creo que ya he entendido —dijo Guillermo con tono de resignación.

—¿Deseas saber algo más? —preguntó Remigio, y creí advertir un matiz desafiante en su voz.

—¡Sí! Te he preguntado cómo viven abajo porque hoy en la biblioteca estuve pensando en los sermones de Humbert de Romans a las mujeres, en particular sobre el capítulo *Ad mulieres pauperes in villulis*, donde dice que estas últimas están más expuestas que las otras a caer en los pecados de la carne, debido a su miseria; y dice sabiamente que *peccant enim mortaliter, cum peccant cum quocumque laico, mortalius vero quando cum Clerico in sacris ordinibus constituto, maxime vero quando cum Religioso mundo mortuo.* Sabes mejor que yo que en lugares santos como las abadías nunca faltan las tentaciones del demonio meridiano. Me preguntaba si en tus contactos con la gente de la aldea no habrás sabido de algunos monjes que, Dios no lo quiera, hayan inducido a fornicar a algunas muchachas.

Aunque mi maestro dijo todo eso con un tono casi distraído, mi lector habrá adivinado lo mucho que sus palabras perturbaron al pobre cillerero. No puedo decir si palideció, pero diré que tanto esperaba que palideciera, que lo vi palidecer.

—Me preguntas algo que, de haberlo sabido, ya se lo habría dicho al Abad —respondió en tono humilde—. De todos modos, si, como supongo, estas informaciones pueden servir para tu pesquisa, no te ocultaré nada que llegue a saber. Incluso, ahora que me lo mencionas, a propósito de tu primera pregunta... La noche que murió el pobre Adelmo yo andaba por el patio... Sabes, un asunto de gallinas... Me habían llegado noticias de que un herrador entraba de noche a robar en el gallinero... Pues bien, aquella noche divisé, de lejos, o sea que no podría jurarlo, a Berengario, que regresaba al dormitorio por detrás del coro, como si viniese del Edificio... No me asombré, porque hacía tiempo que entre los monjes se rumoreaba sobre Berengario, tal vez ya te hayas enterado...

—No, dímelo.

—Bueno, ¿cómo te diría? Se sospechaba que Berengario nutría pasiones que... no convienen a un monje.

—¿Acaso me estás sugiriendo que tenía relaciones con muchachas de la aldea, tal como acabo de preguntarte?

El cillerero tosió, incómodo, y en sus labios se dibujó una sonrisa más bien obscena:

—¡Oh no...! Pasiones aún más inconvenientes...

—¿Porque un monje que se deleita carnalmente con muchachas de la aldea satisface, en cambio, pasiones de algún modo convenientes?

—No he dicho eso, pero tú mismo sabes que hay una jerarquía en la depravación, como la hay en la virtud. La carne puede ser tentada según la naturaleza y... contra la naturaleza.

—¿Me estás diciendo que Berengario sentía deseos carnales por personas de su sexo?

—Digo que corría ese rumor... Te hablaba de esto como prueba de mi sinceridad y de mi buena voluntad.

—Y yo te lo agradezco. Y estoy de acuerdo contigo en que el pecado de sodomía es mucho peor que otras formas de lujuria, sobre las que francamente no me interesa demasiado investigar...

—Miserias, miserias, dondequiera que existan —dijo el cillerero con filosofía.

—Miserias, Remigio. Todos somos pecadores. Nunca buscaría la brizna de paja en el ojo del hermano, porque tanto temo tener una gran viga en el mío. Pero te agradeceré por todas las vigas de las que quieras hablarme en el futuro. Así hablaremos de troncos grandes y robustos, y dejaremos que las briznas de paja revoloteen por el aire. ¿Cuánto decías que es un trabuco?

—Treinta y seis pies cuadrados. Pero no te preocupes. Cuando quieras saber algo en especial, ven a verme. Puedes tenerme por un amigo fiel.

—Te tengo por tal —dijo Guillermo con fervor—. Ubertino me ha dicho que en una época perteneciste a la misma orden que yo. Nunca traicionaría a un antiguo hermano, sobre todo en estos días en que se espera la llegada de una legación pontificia, presidida por un gran inquisidor, famoso por haber quemado a tantos dulcinianos. ¿Decías que un trabuco equivale a treinta y seis pies cuadrados?

El cillerero no era tonto. Decidió que no valía la pena seguir jugando al gato y el ratón, sobre todo porque empezaba a sospechar que el ratón era él.

—Fray Guillermo —dijo—, veo que sabes mucho más de lo que suponía. No me traiciones, y yo no te traicionaré. Es cierto, soy un pobre hombre carnal, y cedo a las lisonjas de la carne. Salvatore me ha dicho que ayer noche tú o tu novicio lo sorprendisteis en la cocina. Has viajado mucho, Guillermo, y sabes que ni siquiera los cardenales de Aviñón son modelos de virtud. Sé que no me estás interrogando por estos miserables pecadillos. Y también me doy cuenta de que has sabido algo sobre la vida que llevé en el pasado. Una vida caprichosa, como solemos tenerla los franciscanos. Hace años creí en la idea de la pobreza; abandoné la comunidad para entregarme a la vida errante. Creí en lo que predicaba Dulcino, como muchos otros de mi condición. No soy un hombre culto, he recibido las órdenes pero apenas sé decir misa. No sé mucho de teología. Y, quizá, tampoco logro interesarme demasiado por las ideas. Ya ves, en una época intenté rebelarme contra los señores, ahora estoy a su servicio, y para servir al señor de estas tierras mando sobre los que son como yo. Rebelarse o traicionar, los simples no tenemos demasiadas opciones.

—A veces los simples comprenden mejor las cosas que los doctos —dijo Guillermo.

—Quizá —respondió el cillerero encogiéndose de hombros—. Pero ni siquiera sé por qué entonces hice lo que hice. Mira, en el caso de Salvatore era comprensible, los suyos eran siervos de la gleba, había tenido una infancia de miseria y enfermedad... Dulcino representaba la rebelión, y la destrucción de los señores. En mi caso era distinto, procedía de una familia de la ciudad, no huía del hambre. Fue... no sé cómo decirlo, una fiesta de locos, un bello carnaval... Allá en la montaña, con Dulcino, antes de que nos viésemos obligados a comer la carne de nuestros compañeros muertos en la batalla, antes de que muriesen tantos de inanición que era imposible comerlos a todos y había que arrojarlos por las laderas del Rebello para que se los comiesen los pájaros y las fieras... O quizá también entonces... respirábamos un aire... ¿Puedo decir de libertad? Antes no sabía qué era la libertad. Los predicadores nos decían: «La verdad os hará libres.» Nos sentíamos libres, y pensábamos que era la verdad. Pensábamos que todo lo que hacíamos era justo...

—¿Y allí comenzasteis... a uniros libremente con una mujer? —pregunté, casi sin darme cuenta; seguía obsesionado por lo que me había dicho Ubertino la noche anterior, así como por lo que luego había leído en el scriptorium, y también por lo que yo mismo había vivido.

Guillermo me miró con asombro; probablemente no esperaba que fuese tan audaz, tan indiscreto. El cillerero me echó una mirada de curiosidad, como si fuese un bicho raro.

—En el Rebello —dijo—, había gente que se había pasado la infancia durmiendo de a diez, o incluso más, en habitaciones de pocos codos de amplitud: hermanos y hermanas, padres e hijas. ¿Cómo quieres que tomaran la nueva situación? Ahora hacían por elección lo que antes habían hecho por necesidad. Y además de noche, cuando temes la llegada de las tropas enemigas y te aprietas a tu compañero, contra el suelo, para no sentir frío... Los herejes... Vosotros, monjecillos que venís de un castillo y acabáis en una abadía, creéis que es un modo de pensar inspirado por el demonio. Pero es un modo de vivir, y es... ha sido... una experiencia nueva... No había más amos, y Dios, nos decían, estaba con nosotros. No digo que tuviésemos razón, Guillermo, y de hecho aquí me tienes, pues no tardé en abandonarlos. Lo que sucede es que nunca he logrado comprender vuestras disputas sobre la pobreza de Cristo y el uso y el hecho y el derecho. Ya te dije que fue un gran carnaval, y en carnaval todo se hace al revés. Después te vuelves viejo, no sabio, te vuelves glotón. Y aquí hago el glotón... Puedes condenar a un hereje, pero ¿querrías condenar a un glotón?

—Está bien, Remigio —dijo Guillermo—. No te interrogo por lo que sucedió entonces, sino por lo que ha sucedido hace poco. Ayúdame, y te aseguro que no buscaré tu ruina. No puedo ni quiero juzgarte. Pero debes decirme lo que sabes sobre los hechos que ocurren en la abadía. Te mueves demasiado, de noche y de día, como para no saber algo. ¿Quién mató a Venancio?

—No lo sé, te lo juro. Sé cuándo murió, y dónde.

—¿Cuándo? ¿Dónde?

—Deja que te cuente. Aquella noche, una hora después de completas, entré en la cocina...

—¿Por dónde y para qué?

—Por la puerta que da al huerto. Tengo una llave que los herreros me hicieron hace tiempo. La puerta de la cocina es la única que no está atrancada por dentro. ¿Para qué?... No importa, tú mismo has dicho que no quieres acusarme por las debilidades de mi carne... —Sonrió incómodo—. Pero tampoco quisiera que creyeses que me paso los días fornicando... Aquella noche buscaba algo de comida para regalársela a la muchacha que Salvatore había introducido en el recinto.

—¿Por dónde?

—Oh, además del portalón, hay otras entradas en la muralla. El Abad las conoce, yo también... Pero aquella noche la muchacha no vino, yo mismo hice que se volviera, precisamente por lo que acababa de descubrir, como ahora te contaré. Fue por eso que intenté que regresara ayer noche. Si hubieseis llegado un poco después, me habríais encontrado a mí y no a Salvatore. Fue él quien me avisó que había gente en el Edificio, y entonces volví a mi celda...

—Volvamos a la noche del domingo al lunes.

—Pues bien: entré en la cocina y vi a Venancio en el suelo, muerto.

—¿En la cocina?

—Sí, junto a la pila. Quizá acababa de bajar del scriptorium.

—¿No había rastros de lucha?

—No. Mejor dicho, junto al cuerpo había una taza quebrada, y signos de agua en el suelo.

—¿Cómo sabes que era agua?

—No lo sé. Pensé que era agua. ¿Qué otra cosa podía ser?

Como más tarde me indicó Guillermo, aquella taza podía significar dos cosas distintas. O bien que precisamente allí, en la cocina, alguien había dado a beber a Venancio una poción venenosa, o bien que el pobrecillo ya había ingerido el veneno (pero ¿dónde? y ¿cuándo?) y había bajado a beber para calmar un ardor repentino, un espasmo, un dolor que le quemaba las vísceras, o la lengua (pues, sin duda, la suya debía de estar negra como la de Berengario).

De todos modos, por el momento eso era todo lo que podía saberse. Al descubrir el cadáver, Remigio, despavorido, se había preguntado qué hacer, y había resuelto no hacer nada. Si hubiese pedido socorro, se habría visto obligado a reconocer que merodeaba de noche por el Edificio, y tampoco habría ayudado al hermano que ya estaba perdido. De modo que había decidido dejar las cosas tal como estaban, esperando que alguien descubriera el cuerpo a la mañana siguiente, cuando se abriesen las puertas. Había corrido a detener a Salvatore, que ya estaba introduciendo a la muchacha en la abadía. Después, él y su cómplice se habían ido a dormir, si sueño podía llamarse aquella agitada vigilia que se prolongó hasta maitines. Y en maitines, cuando los porquerizos fueron a avisar al Abad, Remigio creyó que el cadáver había sido descubierto donde él lo había dejado, y se había quedado de una sola pieza al descubrirlo en la tinaja. ¿Quién había hecho desaparecer el cadáver de la cocina? De eso Remigio no tenía la menor idea.

—El único que puede moverse libremente por el Edificio es Malaquías —dijo Guillermo.

El cillerero reaccionó con energía:

—No, Malaquías no. Es decir, no creo... En todo caso, no he sido yo quien te ha dicho algo contra Malaquías...

—Tranquilízate, cualquiera que sea la deuda que te ate a Malaquías. ¿Sabe algo de ti?

—Sí —dijo el cillerero ruborizándose— y se ha comportado como un hombre discreto. Si estuviese en tu lugar, vigilaría a Bencio. Mantenía extrañas relaciones con Berengario y Venancio... Pero te juro que esto es todo lo que vi. Si me entero de algo, te lo diré.

—Por ahora puede bastar. Vendré a verte cuando te necesite.

El cillerero, sin duda aliviado, volvió a sus negocios, y reprendió con dureza a los aldeanos que entretanto habían desplazado no sé qué sacos de simientes.

En eso llegó Severino. Traía en la mano las lentes de Guillermo, las que le habían robado dos noches ántes.

—Estaban en el sayo de Berengario —dijo—. Te las había visto en la nariz, el otro día en el scriptorium. Son tuyas, ¿verdad?

—¡Alabado sea Dios! —exclamó jubiloso Guillermo—. ¡Hemos resuelto dos problemas! ¡Tengo mis lentes y por fin estoy seguro de que fue Berengario el hombre que la otra noche nos robó en el scriptorium!

No acababa de decir eso cuando llegó corriendo Nicola da Morimondo, más exultante incluso que Guillermo.

Tenía en sus manos un par de lentes acabadas, montadas en su horquilla:

—¡Guillermo! —gritaba—. ¡Lo conseguí yo solo, están listas, creo que funcionan!

Entonces vio que Guillermo tenía otras lentes en la cara, y se quedó de piedra. Guillermo no quiso humillarlo. Se quitó las viejas lentes y probó las nuevas:

—Son mejores que las otras —dijo—. O sea que guardaré las viejas como reserva y usaré siempre las tuyas.

—Después me dijo—: Adso, ahora voy a mi celda para leer aquellos folios. ¡Por fin! Espérame por ahí. Y gracias, gracias a todos vosotros, queridísimos hermanos.

Estaba sonando la hora tercia y me dirigí al coro, para recitar con los demás el himno, los salmos, los versículos y el Kyrie. Los demás rezaban por el alma del difunto Berengario. Yo daba gracias a Dios por habernos hecho encontrar no uno sino dos pares de lentes.

Era tal la serenidad que olvidé todas las cosas feas que había visto y oído; me quedé dormido y sólo desperté cuando acabó el oficio. De pronto recordé que aquella noche no había dormido, y la idea de que, además, había abusado de mis fuerzas no dejó de inquietarme. Entonces, ya fuera de la iglesia, el recuerdo de la muchacha empezó a obsesionarme.

Traté de distraerme, y empecé a andar con paso vivo por la meseta. Sentía como un ligero vértigo. Golpeaba mis manos entumecidas una con otra. Pataleaba contra el suelo. Aún tenía sueño, pero sin embargo me sentía despierto y lleno de vida. No entendía qué me estaba pasando.

Cuarto día
TERCIA

*Donde Adso se hunde en la agonía del amor,
y luego llega Guillermo con el texto de Venancio,
que sigue siendo indescifrable aun después
de haber sido descifrado.*

En realidad, los terribles acontecimientos que sucedieron a mi encuentro pecaminoso con la muchacha casi borraron el recuerdo de ese episodio, y, por otra parte, no bien me hube confesado con fray Guillermo, mi alma se liberó del remordimiento que la había asaltado cuando despertó luego de haber incurrido en tan grave falta, hasta el punto de llegar a sentir que, con las palabras, también había transferido al fraile la carga que estas últimas estaban destinadas a significar. En efecto, ¿para qué sirve el purificante baño de la confesión, si no es para descargar el peso del pecado, y del remordimiento que éste entraña, en el seno mismo de Nuestro Señor, y para que, con el perdón, el alma gane renovada y aérea ligereza, capaz de hacernos olvidar el cuerpo atormentado por la iniquidad? Pero yo no me había liberado del todo. Ahora que deambulaba bajo el pálido y frío sol de aquella mañana invernal, en medio del ajetreo de hombres y animales, afluyó el recuerdo de aquellos acontecimientos vividos en circunstancias muy diferentes. Como si de todo lo sucedido ya no quedase el arrepentimiento ni las palabras consoladoras del baño penitencial, sino sólo imágenes de cuerpos y miembros humanos. Ante mi mente sobreexcitada danzaba, hinchado de agua, el fantasma de Berengario, y me estremecía de asco y de piedad. Luego, como para huir de aquel lémur, mi mente buscaba otras imágenes que aún estuviesen frescas en el receptáculo de la memoria, y mis ojos (los del alma, pero casi debería decir también los carnales) no podían dejar de ver la imagen de la muchacha, bella y terrible como un ejército dispuesto para el combate.

Me he comprometido (viejo amanuense de un texto hasta ahora nunca escrito, pero que durante largas décadas ha estado hablando en la intimidad de mi mente) a ser un cronista fiel, y no sólo por amor a la verdad, ni por el deseo (sin duda, muy lícito) de instruir a mis futuros lectores: sino también para que mi memoria marchita y fatigada pueda liberarse de unas visiones que la han hostigado durante toda la vida. Por tanto, debo decirlo todo, con decencia pero sin vergüenza. Y debo decir, ahora, y con letras bien claras, lo que entonces pensé y casi intenté ocultar ante mí mismo, mientras deambulaba por la meseta, echando de pronto a correr para poder atribuir al movimiento de mi cuerpo las repentinas palpitaciones de mi corazón, deteniéndome para admirar lo que hacían los campesinos y fingiendo que me distraía contemplándolos, aspirando a pleno pulmón el aire frío, como quien bebe vino para olvidar su miedo o su dolor.

En vano. Pensaba en la muchacha. Mi carne había olvidado el placer, intenso, pecaminoso y fugaz (esa cosa vil) que me había deparado la unión con ella, pero mi alma no había olvidado su rostro, y ese recuerdo no acababa de parecerle perverso, sino que más bien la hacía palpitar como si en aquel rostro resplandeciese toda la dulzura de la creación.

De manera confusa y casi negándome a aceptar la verdad de lo que estaba sintiendo, descubrí que aquella pobre, sucia, impúdica criatura, que (quizá con qué perversa constancia) se vendía a otros pecadores, aquella hija de Eva que, debilísima como todas sus hermanas, tantas veces había comerciado con su carne, era, sin embargo, algo espléndido y maravilloso. Mi intelecto sabía que era pábulo de pecado, pero mi apetito sensitivo veía en ella el receptáculo de todas las gracias. Es difícil decir qué sentía yo en aquel momento. Podría tratar de escribir que, todavía preso en las redes del pecado, deseaba, pecaminosamente, verla aparecer en cualquier momento, y casi espiaba el trabajo de los obreros por si, de la esquina de una choza o de la oscuridad de un establo, surgía la figura que me había seducido. Pero no estaría escribiendo la verdad, o bien estaría velándola para atenuar su fuerza y su evidencia. Porque la verdad es que «veía» a la muchacha, la veía en las ramas del árbol desnudo, que palpitaban levemente cuando algún gorrión aterido volaba hasta ellas en busca de abrigo; la veía en los ojos de las novillas que salían del establo, y la oía en el balido de los corderos que se cruzaban en mi camino. Era como si toda la creación me hablara de ella, y deseaba, sí, volver a verla, pero también estaba dispuesto a aceptar la idea de no volver a verla jamás, y de no unirme más a ella, siempre y cuando pudiese sentir el gozo que me invadía aquella mañana, y tenerla siempre cerca aunque estuviese, por toda la eternidad, lejos de mí. Era, ahora intento comprenderlo, como si el mundo entero, que, sin duda, es como un libro escrito por el dedo de Dios, donde cada cosa nos habla de la inmensa bondad de su creador, donde cada criatura es como escritura y espejo de la vida y de la muerte, donde la más humilde rosa se vuelve glosa de nuestro paso por la tierra, como si todo, en suma, sólo me hablase del rostro que apenas había logrado entrever en la olorosa penumbra de la cocina. Me entregaba a esas fantasías porque me decía para mí (mejor dicho, no lo decía, porque no eran pensamientos que pudiesen traducirse en palabras) que, si el mundo entero está destinado a hablarme del poder, de la bondad y de la sabiduría del creador, y si aquella mañana el mundo entero me hablaba de la muchacha, que (por pecadora que fuese) era también un capítulo del gran libro de la creación, un versículo del gran salmo entonado por el cosmos... Decía para mí (lo digo ahora) que, si tal cosa sucedía, era porque estaba necesariamente prevista en el gran plan teofánico que gobierna el universo, cuyas partes, dispuestas como las cuerdas de la lira, componen un milagro de consonancia y armonía. Como embriagado, gozaba de la presencia de la muchacha en las cosas que veía, y, al desearla en ellas, viéndolas mi deseo se colmaba. Y, sin embargo, en medio de tanta dicha, sentía una especie de dolor, en medio de todos aquellos fantasmas de una presencia, la penosa marca de una ausencia. Me resulta difícil explicar este misterio de contradicción, signo de que el espíritu humano es bastante frágil y nunca recorre puntualmente los senderos de la razón divina, que ha construido el mundo como un silogismo perfecto, sino que sólo toma proposiciones aisladas, y a menudo inconexas, de ese silogismo, lo que explica la facilidad con que somos víctima de las ilusiones que urde el maligno. ¿Era una trampa del maligno lo que tanto me perturbaba aquella mañana? Ahora pienso que sí, porque entonces era sólo un novicio, pero también pienso que el humano sentimiento que me embargó no era malo en sí mismo, sino sólo en relación con el estado en que me encontraba. Porque en sí mismo era el sentimiento que impulsa al hombre hacia la mujer para que ambos se unan, como quiere el apóstol de los gentiles, y sean carne de una sola carne, y juntas procreen nuevos seres humanos y se asistan entre sí desde la juventud hasta la vejez. Salvo que el apóstol lo dijo pensando en quienes buscan remedio para la concupiscencia y en quien no quiere quemarse, pero no sin recordar que mucho más preferible es el estado de castidad, al que, como monje, me había consagrado. Por tanto, lo que aquella mañana me aquejaba era malo para mí, pero quizá bueno, sumamente bueno, para otros, y por eso ahora percibo que mi confusión no se debía a la perversidad de mis pensamientos, que en sí eran honestos y agradables, sino a la perversidad de la relación entre dichos pensamientos y los votos que había pronunciado. En consecuencia, hacía mal en gozar de algo que era bueno en un sentido y malo en otro, y mi falta consistía en tratar de conciliar el dictado del alma racional con el apetito natural. Ahora sé que mi sufrimiento se debía al contraste entre el apetito intelectual, donde tendría que haberse manifestado el imperio de la voluntad, y el apetito sensible, sujeto de las pasiones humanas. En efecto, actus appetitus sensitivi in quantum habent transmutationem corporalem annexam, passiones dicuntur, non autem actus voluntatis. Y mi acto apetitivo estaba acompañado justamente de un temblor de todo el cuerpo, un impulso físico destinado a concluir en gritos y agitación. El doctor angélico dice que las pasiones en sí mismas no son malas, pero que han de moderarse mediante la voluntad guiada por el alma racional. Sólo que aquella mañana mi alma racional estaba adormecida por la fatiga que refrenaba al apetito irascible, volcado hacia el bien y el mal como metas por conquistar, pero no al apetito concupiscible, volcado hacia el bien y el mal como metas conocidas. Para justificar la irresponsable frivolidad con que entonces me comporté, puedo decir ahora, remitiéndome a las palabras del doctor angélico, que, sin duda, estaba poseído por el amor, que es pasión y ley cósmica, porque hasta la gravedad de los cuerpos es amor natural. Y había sido seducido naturalmente por esa pasión, porque en ella appetitus tendit in appetibile realiter consequendum ut sit ibi finis motus. En virtud de lo cual, naturalmente, amor facit quod ipsae res quae amantur, amanti aliquo mode uniantur et amor est magis cognitivus quam cognitio. En efecto, en aquel momento veía a la muchacha mucho mejor que la noche precedente, y la comprendía intus et in cute porque en ella me comprendía a mí mismo y en mí a ella misma. Me pregunto ahora si lo que sentía era el amor de amistad, en el que lo similar ama a lo similar y sólo quiere el bien del otro, o el amor de concupiscencia, en el que se quiere el bien propio, y en el que quien carece sólo quiere aquello que puede completarlo. Y creo que amor de concupiscencia había sido el de la noche, en el que quería de la muchacha algo que nunca había tenido, mientras que aquella mañana, en cambio, nada quería de la muchacha, y sólo quería su bien, y deseaba que se viese libre de la cruel necesidad que la obligaba a entregarse por un poco de comida, y que fuese feliz, y tampoco quería pedirle nada en lo sucesivo, sino poder seguir pensando en ella y poder seguir viéndola en las ovejas, en los bueyes, en los árboles, en el sereno resplandor que rodeaba de júbilo el recinto de la abadía.

Ahora sé que la causa del amor es el bien; y el bien se define por el conocimiento, y sólo puede amarse lo que se ha aprehendido que es bueno, mientras que a la muchacha... Sí, había aprehendido que era buena para el apetito irascible, pero también que era mala para la voluntad. Pero si entonces mi alma se agitaba entre tantos y tan opuestos movimientos, era por la semejanza entre lo que sentía y el amor más santo tal como lo describen los doctores: me producía el éxtasis, en que el amante y el amado quieren lo mismo (y, por una misteriosa iluminación, en aquel momento sabía que la muchacha, estuviera donde estuviese, quería lo mismo que yo quería), y esto me producía celos, pero no los malos, que Pablo condena en la primera a los Corintios; porque son principium contentionis y no admiten el consortium in amato, sino aquellos a los que se refiere Dionisio en los *Nombres Divinos,* donde incluso de Dios se dice que tiene celos propter multum amorem quem habet ad existentia (y yo amaba a la muchacha precisamente porque existía, y estaba contento, no envidioso, de que existiera). Estaba celoso del modo en que, para el doctor angélico, los celos son motus in amatum, celos de amistad que incitan a moverse contra todo lo que perjudica al amado (y en aquel momento sólo pensaba en liberar a la muchacha del poder de quien estaba comprando su carne manchándola con sus nefastas pasiones).

Ahora sé, como dice el doctor, que el amor puede dañar al amante cuando es excesivo. Y el mío lo era. He intentado explicar lo que sentí entonces, y en modo alguno intento justificar aquellos sentimientos. Estoy hablando de unos ardores culpables que padecí en mi juventud. Eran malos, pero en honor a la verdad debo decir que en aquel momento me parecieron muy buenos. Y que esto sirva de enseñanza para todo aquel que como yo caiga en las redes de la tentación. Hoy, ya viejo, conocería mil formas de escapar a tales seducciones (y me pregunto hasta dónde debo enorgullecerme por ello, puesto que las tentaciones del demonio meridiano ya no pueden alcanzarme, pero sí otras, de modo que ahora me pregunto si lo que estoy haciendo en este momento no será entregarme pecaminosamente a la pasión terrenal de evocar el pasado, estúpido intento de escapar al flujo del tiempo, y a la muerte).

Fue casi un instinto milagroso el que entonces me salvó. La muchacha se me aparecía en la naturaleza y en las obras humanas que había a mi alrededor. De modo que, movido por una feliz intuición del alma, traté de sumirme en la detallada contemplación de dichas obras. Observé el trabajo de los vaqueros, que estaban sacando a los bueyes del establo; de los porquerizos, que estaban llevando comida a los cerdos; de los pastores, que azuzaban a los perros para que reunieran las ovejas; de los labradores, que llevaban escanda y mijo a los molinos, y salían con sacos llenos de rica harina. Me sumergí en la contemplación de la naturaleza, tratando de olvidar mis pensamientos, de mirar a los seres tal como se nos aparecen, y, al contemplarlos, de olvidarme gozosamente de mí mismo.

¡Qué hermoso era el espectáculo de la naturaleza aún no tocada por el saber, a menudo perverso, del hombre!

Vi al cordero, cuyo nombre es como una muestra de reconocimiento por su pureza y bondad. En efecto, el nombre *agnus* deriva del hecho de que este animal *agnoscit*, reconoce a su madre, reconoce su voz en medio del rebaño, y la madre, por su parte, entre tantos corderos de idéntica forma e idéntico balido, reconoce siempre, y sólo, a su hijo, y lo alimenta. Vi a la oveja, cuyo nombre es *ovis, ab oblatione,* pues desde los tiempos primitivos se la ha utilizado en los sacrificios rituales; la oveja que, según su costumbre, cuando llega el invierno busca con avidez la hierba y se harta de forraje antes de que el hielo queme los campos de pastoreo. Y los rebaños estaban vigilados por perros, cuyo nombre, canes, deriva de *canor*, por el ladrido. Animal que se destaca de los otros por su perfección, y cuya singular agudeza le permite reconocer al amo, y puede adiestrarse para cazar fieras en los bosques, para proteger el rebaño de los lobos, y además protege la casa y los hijos de su amo, llegando a veces a morir por defenderlos. El rey Garamante, apresado por sus adversarios, fue devuelto a su patria por una jauría de doscientos perros, que se abrieron camino a través de las filas enemigas. Al morir su amo, el perro de Jasón, *Licio*, ya no quiso comer, y murió de inanición; el del rey Lisímaco se arrojó a la hoguera de su amo para morir con él. El perro tiene el poder de cicatrizar las heridas lamiéndolas con su lengua, y la lengua de sus cachorros puede curar las lesiones intestinales. Por naturaleza, tiene el hábito de utilizar dos veces la misma comida, después de haberla vomitado. Esta sobriedad es símbolo de perfección espiritual, así como el poder taumatúrgico de su lengua es símbolo de la purificación de los pecados que se obtiene a través de la confesión y la penitencia. Pero el hecho de que el perro vuelva a lo que ha vomitado también es signo de que, después de la confesión, se vuelve a los mismos pecados de antes, y esta moraleja me fue bastante útil aquella mañana para amonestar a mi corazón mientras admiraba las maravillas de la naturaleza.

A todo esto, mis pasos me llevaron hacia los establos de los bueyes, que estaban saliendo en gran cantidad guiados por los boyeros. De golpe los vi tal como eran, y son: símbolo de amistad y bondad, porque, mientras trabaja, cada buey se vuelve en busca de su compañero de arado, y si por casualidad éste se encuentra ausente, lo llama con afectuosos mugidos. Los bueyes aprenden, obedientes, a regresar solos al establo cuando llueve, y cuando se han refugiado junto al pesebre, estiran todo el tiempo la cabeza para ver si ha acabado el mal tiempo, porque tienen ganas de volver al trabajo. Y junto con los bueyes también estaban saliendo los becerros, cuyo nombre —vitulus—, tanto en las hembras como en los machos, deriva de la palabra *viriditas*, o también de la palabra *virgo*, porque a esa edad aún son frescos, jóvenes y castos, y muy mal había hecho, decía para mí, viendo en sus graciosos movimientos una imagen de la incasta muchacha. En todo esto pensaba, reconciliado con el mundo y conmigo mismo, mientras observaba los alegres trabajos matinales. Y dejé de pensar en la muchacha o, mejor dicho, me esforcé por transformar la pasión que sentía hacia ella en un sentimiento de gozo interior y de piadosa serenidad.

Pensé que el mundo era bueno, y maravilloso, que la bondad de Dios se manifiesta también a través dc las bestias más horribles, como explica Honorio Augustoduniense.

Es verdad que hay serpientes tan grandes que devoran ciervos y atraviesan los océanos, y que existe la bestia cenocroca, con cuerpo de asno, cuernos de íbice, pecho y fauces de león, pie de caballo, pero hendido como el del buey, con un tajo en la boca, que llega hasta las orejas, la voz casi humana y un solo hueso, muy sólido, en lugar de dientes. Y existe la bestia mantícora, con rostro de hombre, tres filas de dientes, cuerpo de león, cola de escorpión, ojos glaucos, la piel del color de la sangre y la voz parecida al silbido de las serpientes, monstruo ávido de carne humana. Y hay monstruos de pies con ocho dedos, morro de lobo, uñas ganchudas, piel de oveja y ladrido de perro, que al envejecer no se vuelven blancos sino negros, y que viven muchos más años que nosotros. Y hay criaturas con ojos en los hombros y dos agujeros en el pecho que hacen las veces de nariz, porque no tienen cabeza, y otras que viven a las orillas del río Ganges, y se alimentan sólo del olor de cierta clase de manzana, y, cuando están lejos de ella, mueren. Pero incluso todas estas bestias inmundas cantan en su diversidad la gloria del Creador y su sabiduría, al igual que el perro, el buey, la oveja, el cordero y el lince. Qué grande es, dije entonces para mí, repitiendo las palabras de Vincenzo Belovacense, la más humilde belleza de este mundo, y con qué agrado el ojo de la razón considera atentamente no sólo los modos, los números y los órdenes de las cosas, dispuestas con tanta armonía por todo el ámbito del universo, sino también el curso de las épocas, que sin cesar van pasando a través de sucesiones y caídas, signadas por la muerte, como todo lo que ha nacido. Como pecador que soy, cuya alma pronto ha de abandonar esta prisión de la carne, confieso que en aquel momento me sentí arrebatado por un impulso de espiritual ternura hacia el Creador y la regla que gobierna este mundo, y colmado de respetuoso júbilo admiré la grandeza y el equilibrio de la creación.

En tal excelente disposición de ánimo, me encontró mi maestro cuando, llevado por mis pasos y sin darme cuenta, después de haber dado casi toda la vuelta a la abadía, regresé al sitio donde dos horas antes nos habíamos separado. Allí estaba Guillermo, y lo que me dijo desvió el curso de mis pensamientos para dirigirlos de nuevo hacia los tenebrosos misterios de la abadía.

Parecía muy contento. Tenía en la mano el folio de Venancio, que por fin había podido descifrar. Fuimos a su celda, para estar lejos de oídos indiscretos, y me tradujo lo que había leído. Después de la frase escrita en alfabeto zodiacal (secretum finis Africae manus supra idolum age primum et septimum de quatuor), el texto en griego decía lo siguiente:

El veneno terrible que da la purificación...
La mejor arma para destruir al enemigo...
Sírvete de las personas humildes, viles y feas, saca placer de su falta... No debes morir... No en las casas de los nobles y los poderosos, sino en las aldeas de los campesinos, después de abundante comida y libaciones... Cuerpos rechonchos, rostros deformes.
Violan vírgenes y se acuestan con meretrices, no malvados, sin temor.
Una verdad distinta, una imagen distinta de la verdad...

Las venerables higueras.

La piedra desvergonzada rueda por la llanura... Ante los ojos.

Hay que engañar y sorprender engañando, decir lo contrario de lo que se creía, decir una cosa y referirse a otra.

Para ellos las cigarras cantarán desde el suelo.

Eso era todo. En mi opinión, demasiado poco, casi nada. Parecía el delirio de un demente, y se lo dije a Guillermo.

—Quizá. Y sin duda mi traducción agrava su demencia. Mi conocimiento del griego es bastante aproximativo. Sin embargo, aun suponiendo que Venancio estuviese loco, o que lo estuviese el autor del libro, seguiríamos sin saber por qué tantas personas, y no todas locas, se han afanado tanto, primero para esconder el libro, y luego para recuperarlo.

—¿Estas frases proceden del libro misterioso?

—No hay duda de que las escribió Venancio. Tú mismo puedes ver que no se trata de un pergamino antiguo. Deben de ser apuntes que tomó mientras leía el libro; si no, no las habría escrito en griego. Sin duda, Venancio copió, abreviándolas, ciertas frases que había encontrado en el volumen sustraído al finis Africae. Lo llevó al scriptorium y empezó a leerlo, anotando lo que le parecía importante. Después sucedió algo. O bien se sintió mal, o tal vez oyó que alguien subía. Entonces guardó el libro, junto con los apuntes, debajo de su mesa, casi seguro que con la idea de retomarlo la noche siguiente. De todos modos, sólo partiendo de este folio podremos reconstruir la naturaleza del libro misterioso, y sólo sobre la base de la naturaleza de ese libro podrá inferirse la naturaleza del homicida. Porque en todo crimen que se comete para apoderarse de un objeto, la naturaleza del objeto debiera proporcionar una idea, por pálida que fuese, de la naturaleza del asesino. Cuando se mata por un puñado de oro, el asesino ha de ser alguien ávido de riquezas. Cuando se mata por un libro, el asesino ha de ser alguien empeñado en reservar para sí los secretos de dicho libro. Por tanto, es preciso averiguar qué dice ese libro que no tenemos.

—¿Y partiendo de estas pocas líneas seríais capaz de descubrir de qué libro se trata?

—Querido Adso, estas palabras parecen proceder de un libro sagrado, palabras cuyo sentido va más allá de lo que dice la letra. Al leerlas esta mañana, después de haber hablado con el cillerero, me impresionó el hecho de que también en ellas se alude a los simples y a los campesinos, como portadores de una verdad distinta a la verdad de los sabios. El cillerero dio a entender que está unido a Malaquías por una extraña complicidad. ¿Acaso Malaquías habrá escondido algún peligroso texto herético que Remigio pudo haberle entregado? En tal caso, lo que Venancio habría leído y apuntado serían unas misteriosas instrucciones acerca de una comunidad de hombres rústicos y viles, en rebelión contra todo y contra todos. Pero...

—¿Qué?

—Pero hay dos hechos que no encajan en mi hipótesis. Uno es que Venancio no parecía interesado en tales asuntos: era un traductor de textos griegos, no un predicador de herejías... El otro es que esta primera hipótesis no explicaría la presencia de frases como la de las higueras, la piedra o las cigarras...

—Quizá son enigmas y significan otra cosa —sugerí—. ¿O tenéis otra hipótesis?

—Sí, pero aún es muy confuso. Tengo la impresión, al leer esta página, de que ya he leído algunas de las palabras que figuran en ella, y recuerdo frases casi idénticas que he visto en otra parte. Me parece, incluso, que aquí se habla de algo que ya se ha mencionado en estos días... Pero no puedo recordar de qué se trata. He de pensar en esto. Quizá tenga que leer otros libros.

—¿Cómo? ¿Para saber qué dice un libro debéis leer otros?

—A veces es así. Los libros suelen hablar de otros libros. A menudo un libro inofensivo es como una simiente, que al florecer dará un libro peligroso, o viceversa, es el fruto dulce de una raíz amarga. ¿Acaso leyendo a Alberto no puedes saber lo que habría podido decir Tomás? ¿O leyendo a Tomás lo que podría haber dicho Averroes?

—Es cierto —dije admirado.

Hasta entonces había creído que todo libro hablaba de las cosas, humanas o divinas, que están fuera de los libros. De pronto comprendí que a menudo los libros hablan de libros, o sea que es casi como si hablasen entre sí. A la luz de esa reflexión, la biblioteca me pareció aún más inquietante. Así que era el ámbito de un largo y secular murmullo, de un diálogo imperceptible entre pergaminos, una cosa viva, un receptáculo de poderes que una mente humana era incapaz de dominar, un tesoro de secretos emanados de innumerables mentes, que habían sobrevivido a la muerte de quienes los habían producido, o de quienes los habían ido transmitiendo.

—Pero entonces —dije—, ¿de qué sirve esconder los libros, si de los libros visibles podemos remontarnos a los ocultos?

—Si se piensa en los siglos, no sirve de nada. Si se piensa en años y días, puede servir de algo. De hecho, ya ves que estamos desorientados.

—¿De modo que una biblioteca no es un instrumento para difundir la verdad, sino para retrasar su aparición? —pregunté estupefacto.

—No siempre, ni necesariamente. En este caso, sí.

Cuarto día
SEXTA

*Donde Adso va a buscar trufas y se encuentra
con un grupo de franciscanos que llega a la abadía,
y por una larga conversación que éstos mantienen
con Guillermo y Ubertino se saben cosas muy
lamentables sobre Juan XXII.*

Después de estas consideraciones, mi maestro decidió no hacer nada más. Ya he dicho que a veces tenía momentos así, de total inactividad, como si se detuviese el ciclo incesante de los astros, y él con ellos y ellos con él. Eso fue lo que sucedió aquella mañana. Se tendió sobre su jergón con la mirada en el vacío y las manos cruzadas sobre el pecho, moviendo apenas los labios, como si estuviese recitando una plegaria, pero en forma irregular y sin devoción.

Pensé que estaba pensando, y decidí respetar su meditación. Regresé a los corrales y vi que el sol ya no brillaba. La mañana había sido bella y límpida, pero ahora (casi agotada la primera mitad del día) se estaba poniendo húmeda y neblinosa. Grandes nubes llegaban por el norte e invadían la meseta, envolviéndola en una ligera neblina. Parecía bruma, y quizá también surgiese bruma del suelo, pero a aquella altura era difícil distinguir, entre esta última, que venía de abajo, y la niebla, que se desprendía de las nubes. Apenas se divisaba ya la mole de los edificios más distantes.

Vi a Severino que, muy animado, estaba reuniendo a los porquerizos y algunos cerdos. Me dijo que iban a buscar trufas en las laderas de las montañas y en el valle. Yo aún no conocía ese fruto exquisito de la espesura, que crecía en los bosques de aquella península, y que parecía típico de las tierras benedictinas, ya fuese en Norcia —donde era negro— o en las tierras donde me encontraba —más blanco y más perfumado. Severino me explicó en qué consistía y lo sabroso que era, preparado en las formas más diversas. Y me dijo que era muy difícil de encontrar, porque se escondía bajo la tierra, más hondo que las setas, y que los únicos animales capaces de descubrirlo, guiándose por el olfato, eran los cerdos. Pero que, cuando lo encontraban, querían devorarlo, y había que alejarlos enseguida para impedir que lo desenterraran. Más tarde supe que muchos caballeros no desdeñaban ese tipo de cacería, y que seguían a los cerdos como si fuesen sabuesos de noble raza, y seguidos a su vez por servidores provistos de azadas. Recuerdo incluso que, años después, un señor de mi tierra, sabiendo que había estado en Italia, me preguntó si yo también había visto que allí los señores salían a apacentar cerdos, y me eché a reír porque comprendí que se refería a la búsqueda de la trufa. Pero, como le dije que esos señores buscaban con tanto afán bajo la tierra el «tar-tufo», como llaman allí a la trufa, para luego comérselo, entendió que se trataba de «der Teufel», o sea, del diablo, y se santiguó con gran devoción, mirándome atónito. Aclarada la confusión, ambos nos echamos a reír. Tal es la magia de las lenguas humanas, que a menudo, en virtud de un acuerdo entre los hombres, con sonidos iguales significan cosas diferentes.

Intrigado por los preparativos de Severino, decidí seguirlo. Porque comprendí además que con esa excursión trataba de olvidar los tristes acontecimientos que pesaban sobre todos nosotros, y pensé que, ayudándole a olvidar sus pensamientos, quizá lograse, si no olvidar, al menos refrenar los míos. Tampoco esconderé, puesto que me he propuesto escribir siempre, y sólo, la verdad, que en el fondo me seducía la idea de que, una vez en el valle, quizá podría ver, aunque fuese de lejos, a cierta persona. Pero para mí, y casi en voz alta, dije que, como aquel día se esperaba a las dos legaciones, quizá podría ver la llegada de alguna de ellas.

A medida que descendíamos por las vueltas de la ladera, el aire se hacía más claro, no porque apareciese de nuevo el sol, pues arriba el cielo estaba cubierto de nubes sino porque la niebla iba quedando por encima de nuestras cabezas y podíamos distinguir las cosas con claridad. E incluso, cuando hubimos descendido un buen trecho, me volví para mirar la cima de la montaña, y no vi nada: desde la mitad de la ladera, la cumbre del monte, la meseta, el Edificio, todo, había desaparecido entre las nubes.

La mañana en que llegamos, cuando subíamos entre las montañas, todavía era visible, en ciertas vueltas del camino, a no más de diez millas de distancia, y quizá a menos, el mar. Nuestro viaje había estado lleno de sorpresas, porque de golpe nos encontrábamos en una especie de terraza elevada a cuyo pie se veían golfos de una belleza extraordinaria, y poco después nos metíamos en gargantas muy profundas, donde las montañas se erguían tan cerca unas de otras que desde ninguna era posible divisar el espectáculo lejano de la costa, mientras que a duras penas el sol lograba llegar hasta el fondo de los valles. Nunca como en aquella parte de Italia había visto una compenetración tan íntima y tan inmediata de mar y montañas, de litorales y paisajes alpinos, y en el viento que silbaba en las gargantas podía escucharse la alternante pugna entre los bálsamos marinos y el gélido soplo rupestre.

Aquella mañana, en cambio, todo era gris, casi blanco como la leche, y no había horizontes, incluso cuando las gargantas se abrían hacia las costas lejanas. Pero me demoro en recuerdos que poco interesan para los fines de la historia que nos preocupa, paciente lector de mi relato.

De modo que no me detendré a narrar las variadas vicisitudes de nuestra búsqueda de los «derteufel». Sí hablaré de la legación de frailes franciscanos que fui el primero en avistar, para correr enseguida al monasterio y dar parte a Guillermo de su llegada.

Mi maestro dejó que los recién llegados entraran y fueran saludados por el Abad según el rito establecido. Después avanzó hacia el grupo, y aquello fue una sucesión de abrazos y saludos fraternales.

Ya había pasado la hora de la comida, pero estaba dispuesta una rica mesa para los huéspedes, y el Abad tuvo la delicadeza de dejarlos solos, y a solas con Guillermo, dispensándolos de los deberes de la regla, para que pudieran comer libremente y, al mismo tiempo, cambiar impresiones entre sí, puesto que, en definitiva, se trataba, que Dios me perdone la odiosa comparación, de una especie de consejo de guerra, que debía celebrarse lo más pronto posible, antes de que llegasen las huestes enemigas, o sea, la legación de Aviñón.

Es inútil decir que los recién llegados también se encontraron enseguida con Ubertino, a quien todos saludaron con una sorpresa, una alegría y una veneración explicables no sólo por su prolongada ausencia sino también por los rumores que habían circulado acerca de su muerte, así como por las cualidades de aquel valeroso guerrero que desde hacía décadas venía librando una batalla que también era la de ellos.

Más tarde, cuando describa la reunión del día siguiente, mencionaré a los frailes que integraban el grupo. Entre otras razones, porque entonces hablé muy poco con ellos, concentrado como estaba en el consejo tripartito que de inmediato formaron Guillermo, Ubertino y Michele da Cesena.

Michele debía de ser un hombre muy extraño: ardiente de pasión franciscana (a veces sus gestos y el tono de su voz eran como los de Ubertino en los momentos de rapto místico), muy humano y jovial en su carácter terrestre de hombre de la Romaña, capaz, como tal, de apreciar la buena mesa, y feliz de reunirse con los amigos; sutil y evasivo, capaz de volverse de golpe hábil y astuto como un'zorro, simulador como un topo, cuando se rozaban problemas vinculados con las relaciones entre los poderosos; capaz de estallar en carcajadas, de crear tensiones fortísimas, de guardar elocuentes silencios, experto en desviar la mirada del interlocutor cuando éste hacía preguntas que obligaban a recurrir a la distracción para disimular el deseo de no responderle.

En las páginas precedentes ya he dicho algo sobre él, cosas que había oído decir, quizá por personas que, a su vez, también las habían oído decir. Ahora, en cambio, podía entender mejor muchas de las actitudes contradictorias y los repentinos cambios de objetivos políticos que en los últimos años habían desconcertado incluso a sus propios amigos y seguidores. Ministro general de la orden de los franciscanos, era, en principio, el heredero de san Francisco, y, de hecho, el heredero de sus intérpretes: debía competir con la santidad y sabiduría de un predecesor como Buenaventura da Bagnoregio; debía asegurar el respeto de la regla pero, al mismo tiempo, la riqueza de la orden, tan grande y poderosa; debía prestar oídos a las cartas y a las magistraturas ciudadanas, que proporcionaban a la orden, aunque fuese en forma de limosnas, donaciones y legados que constituían su riqueza y su prosperidad; y, al mismo tiempo, debía vigilar que la necesidad de penitencia no arrastrase fuera de la orden a los espirituales más fervientes, disolviendo la espléndida comunidad, a cuya cabeza se encontraba, en una constelación de bandas heréticas. Debía contentar al papa, al imperio, a los frailes de la vida pobre, y, sin duda, también a san Francisco que lo vigilaba desde el cielo, y al pueblo cristiano que lo vigilaba desde la tierra. Cuando Juan condenó a todos los espirituales acusándolos de herejía, Michele no tuvo reparos en entregarle cinco de los más tercos frailes de Provenza, dejando que el pontífice los enviase a la hoguera. Pero al advertir (y no debió de haber andado lejos la mano de Ubertino) que en la orden muchos simpatizaban con los partidarios de la simplicidad evangélica, había dado los pasos adecuados para que, cuatro años después, el capítulo de Perusa se adhiriese a las tesis de los quemados. Desde luego, esto había obedecido a su voluntad de integrar en la práctica y en las instituciones de la orden una exigencia capaz de convertirse en herejía, y obrando de ese modo había deseado que lo que ahora deseaba la orden fuese deseado también por el papa. Pero, mientras esperaba convencer a este último, cuyo consentimiento le resultaba imprescindible para lograr sus objetivos, no había desdeñado el apoyo del emperador y de los teólogos imperiales. Sólo dos años antes de la fecha en que lo vi, había ordenado a sus hermanos, en el capítulo general de Lyon, que siempre se refiriesen a la persona del papa con moderación y respeto (pero meses antes este último había hablado de los franciscanos protestando contra «sus ladridos, sus errores y sus locuras»). Y, sin embargo, ahora compartía amistosamente la mesa con personas que hablaban del papa con un respeto menos que nulo.

El resto ya lo he dicho. Juan quería que fuese a Aviñón, y él quería y no quería ir, y en la reunión del día siguiente debería decidirse de qué manera y con qué garantías habría de realizarse un viaje que no tendría que aparecer como un acto de sumisión pero tampoco como un desafío. Creo que Michele nunca se había encontrado personalmente con Juan, al menos desde que éste era papa. En cualquier caso, hacía tiempo que no lo veía, y sus amigos se apresuraron a pintarle con tonos muy negros el retrato de aquel simoníaco.

—Hay algo que tendrás que aprender —le estaba diciendo Guillermo—: a no confiar en sus juramentos, pues siempre se las ingenia para respetar la letra y violar el contenido.

—Todos saben —decía Ubertino— lo que sucedió cuando fue elegido...

—¡Yo no hablaría de elección, sino de imposición! —intervino un comensal, al que luego oí que llamaban Hugo de Newcastle, y cuyo acento era muy parecido al de mi maestro—. Por de pronto, ya la muerte de Clemente V no ha estado nunca muy clara. El rey nunca le había perdonado que hubiera prometido un proceso póstumo contra Bonifacio VIII y que después hubiese hecho cualquier cosa para no condenar a su predecesor. Nadie sabe bien cómo murió en Carpentras. El hecho es que, cuando los cardenales celebraron allí su cónclave, no designaron nuevo papa, porque (y con razón) la discusión versó sobre si la sede debería estar en Aviñón o en Roma. No sé bien qué sucedió en aquellos días, una masacre, me dicen, los cardenales amenazados de muerte por el sobrino del papa muerto, sus servidores horriblemente asesinados, el palacio en llamas, los cardenales apelando al rey, éste diciendo que nunca había querido que el papa abandonase Roma, que tuvieran paciencia e hiciesen una buena elección... Después, la muerte de Felipe el Hermoso, también Dios sabe cómo.

—O el diablo lo sabe —dijo santiguándose Ubertino, y lo mismo hicieron los otros.

—O el diablo lo sabe —admitió Hugo con una sonrisa burlona—. En resumen, le sucede otro rey, que sobrevive dieciocho meses y luego muere, y también muere su heredero, pocos días después de haber nacido, y su hermano, el regente, asume el trono...

—Felipe V, el mismo que, cuando aún era conde de Poitiers, había vuelto a reunir a los cardenales que huían de Carpentras —dijo Michele.

—Así es —prosiguió Hugo—, hizo que el cónclave volviera a reunirse en Lyon, en el convento de los dominicos y juró velar por su indemnidad y no mantenerlos prisioneros. Pero apenas estuvieron a su merced, no sólo los hizo encerrar con llave (lo que, por lo demás, concordaría con el uso establecido), sino que también ordenó que se les fuera reduciendo la comida a medida que pasasen los días sin que tomaran ninguna decisión. Además, prometió a cada uno que apoyaría sus pretensiones al solio pontificio. Finalmente, cuando asumió el trono, los cardenales, cansados después de dos años de prisión, por miedo a seguir así durante el resto de sus días, y con tan mala comida, aceptaron cualquier cosa, los muy glotones, y acabaron elevando a la cátedra de Pedro a ese gnomo casi octogenario...

—¡Gnomo sí! —exclamó riendo Ubertino—. ¡Y de aspecto enclenque, pero más robusto y astuto de lo que se creía!

—Hijo de zapatero —gruñó uno de los enviados.

—¡Cristo era hijo de carpintero! —lo amonestó Ubertino—. Esto no importa. Es un hombre instruido, ha estudiado leyes en Montpellier y medicina en París, ha sabido cultivar sus amistades con habilidad suficiente como para obtener los obispados y el sombrero cardenalicio cuando lo consideró oportuno, y cuando fue consejero de Roberto el Sabio, en Nápoles, su perspicacia causó el asombro de muchos. Y como obispo de Aviñón dio a Felipe el Hermoso los consejos justos (quiero decir, justos para los fines de aquella sórdida empresa) para que lograra la ruina de los templarios. Y después de la elección supo escapar a una conjura de los cardenales, que querían matarlo... Pero no me refería a esto, sino a su habilidad para traicionar los juramentos sin que pueda acusársele de perjurio. Cuando fue elegido, y para ello prometió al cardenal Orsini que volvería a trasladar la sede pontificia a Roma, juró por la hostia consagrada que si no cumplía esa promesa no volvería a montar en un caballo o en un mulo... Pues bien, ¿sabéis qué hizo, el muy zorro? Después de la coronación, en Lyon (contra la voluntad del rey, que quería que la ceremonia se celebrase en Aviñón), ¡regresó a Aviñón en barco!

Todos los frailes se echaron a reír. El papa sería un perjuro, pero no podía negársele cierto ingenio.

—Es un desvergonzado —comentó Guillermo—. ¿No ha dicho Hugo que ni siquiera trató de ocultar su mala fe? ¿No me has contado, Ubertino, lo que le dijo a Orsini el día que llegó a Aviñón?

—Sí —dijo Ubertino—, le dijo que el cielo de Francia era tan hermoso que no veía por qué debía poner el pie en una ciudad llena de ruinas como Roma. Y que, puesto que el papa tenía, como Pedro, el poder de atar y desatar, él ejercía ese poder y decidía quedarse donde estaba, y donde tan bien se sentía. Y cuando Orsini trató de recordarle que su deber era vivir en la colina vaticana, lo llamó secamente a la obediencia, y dio por concluida la discusión. Pero allí no acabó la historia del juramento. Al bajar del barco debía montar una yegua blanca, seguido de sus cardenales montados en caballos negros, como lo quiere la tradición. Pero, en cambio, fue a pie hasta el palacio episcopal. Y creo que nunca más montó a caballo. ¿Y de este hombre esperas, Michele, que respete las garantías que pueda darte?

Michele estuvo un rato en silencio. Luego dijo:

—Puedo comprender que el papa desee quedarse en Aviñón, no se lo discuto. Pero él tampoco podrá discutir nuestro deseo de pobreza y nuestra interpretación del ejemplo de Cristo.

—No seas ingenuo, Michele —intervino Guillermo—. Vuestro, nuestro deseo pone en evidencia la perversidad del suyo. Debes comprender que desde hace siglos no ha habido en el trono pontificio un hombre más codicioso. Las meretrices de Babilonia, contra las que antaño arremetió nuestro Ubertino, los papas corruptos que mencionaban los poetas de tu país, como ese Alighieri, eran mansos y sobrios corderillos comparados con Juan. ¡Es una urraca ladrona, un usurero judío! ¡Se trafica más en Aviñón que en Florencia! Me he enterado de la innoble transacción con el sobrino de Clemente, Bertrand de Goth, el de la masacre de Carpentras (donde, entre otras cosas, a los cardenales los aliviaron del peso de sus joyas): Bertrand se había apoderado del tesoro de su tío, que no era ninguna bagatela, y Juan conocía muy bien el detalle de lo robado (en la *Cum venerabiles* enumera con precisión las monedas, los vasos de oro y plata, los libros, las alfombras, las piedras preciosas, los paramentos...), pero fingió ignorar que Bertrand se había alzado con más de un millón y medio de florines de oro durante el saqueo de Carpentras, y discutió sobre otros treinta mil florines que éste declaraba haber recibido de su tío para «un fin piadoso», o sea para una cruzada. Se decidió que Bertrand retuviese la mitad de esa suma para la cruzada, y que el resto pasara al santo solio. Pero Bertrand nunca hizo la cruzada, al menos todavía no la ha hecho, y el papa tampoco ha visto un florín.

—O sea que no es tan hábil como se dice —observó Michele.

—Es la única vez que lo han engañado en cuestiones de dinero —dijo Ubertino—. Ya puedes ir sabiendo con qué raza de mercader tendrás que lidiar. En todos los demás casos ha mostrado una habilidad diabólica para embolsar dinero. Es un rey Midas, todo lo que toca se convierte en oro y va a parar a las arcas de Aviñón. Cada vez que he entrado en sus habitaciones he visto banqueros, cambistas, mesas cargadas de oro, y clérigos contando y apilando florín sobre florín... Y ya verás el palacio que se ha hecho construir, con lujos que antes sólo podían atribuirse al emperador de Bizancio o al Gran Kan de los tártaros. ¿Ahora comprendes por qué ha emitido tantas bulas contra la idea de la pobreza? ¿Sabes que, por odio a nuestra orden, ha hecho esculpir a los dominicos imágenes de Cristo donde éste aparece con corona real, túnica de oro y púrpura, y calzado suntuoso? En Aviñón se han exhibido crucifijos en los que se ve a Jesús con una sola mano clavada, pues con la otra toca una bolsa que cuelga de su cintura, para significar que Él autoriza el uso del dinero con fines religiosos...

—¡Oh, qué desvergonzado! —exclamó Michele—. ¡Pero eso es pura blasfemia!

—Ha añadido —prosiguió Guillermo— una tercera corona a la tiara papal, ¿verdad, Ubertino?

—Sí. Al comienzo del milenio, el papa Hildebrando había adoptado una, con la inscripción *Corona regni de manu Dei;* hace poco, el infame Bonifacio añadió una segunda, con las palabras *Diadema imperii de manu Petri* y ahora Juan no ha hecho más que perfeccionar el símbolo: tres coronas el poder espiritual, el poder temporal y el poder eclesiástico. Un símbolo de los reyes persas, un símbolo pagano...

Había un fraile que hasta entonces había permanecido en silencio, ocupado con gran devoción en tragar los exquisitos platos que el Abad había mandado traer a la mesa de los visitantes. Escuchaba distraído lo que decían unos y otros, lanzando cada tanto una risa sarcástica dirigida al pontífice, o algún gruñido de aprobación cuando los otros comensales expresaban su desprecio. Pero si no, lo que hacía era limpiarse la barbilla del pringue y los trozos de carne que dejaba caer su boca desdentada pero voraz y las únicas veces que había dirigido la palabra a uno de sus vecinos había sido para alabar la bondad de algún manjar. Luego supe que era micer Girolamo, aquel obispo de Caffa que días antes Ubertino había creído muerto (y debo decir que la noticia de que había muerto dos años atrás se tuvo por cierta en toda la cristiandad durante mucho tiempo, porque más tarde volví a escucharla; de hecho, murió pocos meses después de nuestro encuentro, y sigo pensando que su muerte se debió a la rabia que tuvo que tragar durante la reunión del día siguiente, hasta el punto que creí que estallaría allí mismo, porque su cuerpo era muy frágil y tenía humor bilioso).

Intervino en aquel momento de la conversación para decir, con la boca llena:

—Sabed también que el infame ha establecido una constitución sobre las *taxae sacrae paenitentiariae*, donde especula con los pecados de los religiosos para extraer aún más dinero. Si un eclesiástico comete pecado carnal, con una monja, con una pariente, o incluso con una mujer cualquiera (¡porque también esto sucede!), podrá obtener la absolución con sólo pagar sesenta y siete liras de oro y doce sueldos. Y si comete actos bestiales, serán más de doscientas liras, pero si sólo los comete con niños o animales, y no con hembras, la multa se reducirá en cien liras. Y una monja que se haya entregado a muchos hombres, ya sea al mismo tiempo o en distintas ocasiones, fuera o dentro del convento, y que después quiera convertirse en abadesa, deberá pagar ciento treinta y una liras de oro y quince sueldos...

—¡Vamos, micer Girolamo —protestó Ubertino—, bien sabéis lo poco que amo al papa, pero en esto debo defenderlo! ¡Ésa es una calumnia que circula en Aviñón: nunca he visto tal constitución!

—Existe —afirmó con energía Girolamo—. Tampoco yo la he visto, pero existe.

Ubertino movió la cabeza y los demás callaron. Comprendí que estaban acostumbrados a no tomar demasiado en serio a micer Girolamo, a quien el otro día Guillermo había definido como un tonto. Fue Guillermo quien, en todo caso, trató de reanudar la conversación:

—Sea o no falso, este rumor demuestra cuál es el clima moral que reina en Aviñón, donde todos, explotados y explotadores, saben que viven más en un mercado que en la corte de un representante de Cristo. Cuando Juan ascendió al trono, se hablaba de un tesoro de setenta mil florines de oro, y ahora hay quien dice que ha acumulado más de diez millones.

—Así es —dijo Ubertino—. ¡Michele, Michele, no sabes las inmoralidades que he tenido que ver en Aviñón!

—Tratemos de ser honestos —dijo Michele—. Sabemos que también los nuestros han cometido excesos. Me han llegado noticias de franciscanos que atacaban con armas los conventos dominicanos y desnudaban a los frailes enemigos para imponerles la pobreza... Por eso no me atreví a enfrentar a Juan en la época de los casos de Provenza... Quiero llegar a un acuerdo con él: no humillaré su orgullo, sólo le pediré que no humille nuestra humildad. No le hablaré de dinero, sólo le pediré que admita una sana interpretación de las escrituras. Y eso es lo que hemos de hacer mañana con sus enviados. Al fin y al cabo, son hombres de teología, y no todos serán rapaces como Juan. Una vez que hombres con esa autoridad hayan deliberado sobre una interpretación escrituraria, ya no podrá...

—¿Él? —interrumpió Ubertino—. Pero aún no conoces sus locuras en el campo de la teología. Lo que quiere es atarlo todo con sus manos, tanto en el cielo como en la tierra. En la tierra ya hemos visto lo que hace. En cuanto al cielo... Pues bien, todavía no ha expresado las ideas a que me refiero, al menos no públicamente, pero me consta que las ha comentado con sus fieles. Está elaborando unas proposiciones insensatas, si no perversas, que podrían alterar la sustancia misma de la doctrina, ¡y que invalidarían por completo nuestra prédica!

—¿Qué proposiciones? —preguntaron muchos.

—Preguntad a Berengario, él las conoce, fue él quien me las mencionó.

Ubertino se volvió hacia Berengario Talloni, que en los últimos años había sido uno de los adversarios más francos del pontífice en su propia corte.

Y de allí venía ahora, pues sólo un par de días antes se había reunido con los otros franciscanos, y con ellos había llegado a la abadía.

—Es una historia lúgubre y casi increíble —dijo Berengario—. Pues bien, parece que Juan se propone sostener que los justos sólo gozarán de la visión beatífica después del Juicio. Hace tiempo que reflexiona sobre el versículo noveno del capítulo sexto del Apocalipsis, el que habla de la apertura del quinto sello, y aparecen al pie del altar los que han muerto para dar testimonio de la palabra de Dios, y piden justicia. A cada uno se le entrega una túnica blanca y se le pide que tenga un poco más de paciencia... Signo, argumenta Juan, de que no podrán ver a Dios en su esencia hasta que se lleve a cabo el juicio final.

—Pero, ¿con quién ha hablado de eso? —preguntó Michele aterrorizado.

—Hasta ahora, con unos pocos íntimos, pero ha corrido la voz, se dice que está preparando una comunicación pública, no enseguida, quizá dentro de unos años, está consultando con sus teólogos...

—¡Ja! —rió sarcástico Girolamo, sin dejar de masticar.

—No sólo eso. Parece que quiere ir más allá y sostener que tampoco el infierno se abrirá antes de ese día... Ni siquiera para los demonios.

—¡Jesucristo, ayúdanos! —exclamó Girolamo—. ¿Qué les contaremos entonces a los pecadores si no podemos amenazarlos con el infierno inmediato, enseguida después de la muerte?

—Estamos en manos de un loco —dijo Ubertino—. Pero no entiendo por qué quiere sostener estas cosas...

—Con ello se va en humo toda la doctrina de las indulgencias —lamentó Girolamo—, y ni siquiera él podrá seguir vendiéndolas. ¿Por qué un cura que haya cometido actos bestiales deberá pagar tantas liras de oro para evitar un castigo tan lejano?

—No tan lejano —dijo con energía Ubertino—. ¡Los tiempos están cerca!

—Eso lo sabes tú, querido hermano, pero no los simples. ¡Dónde hemos llegado! —gritó Girolamo, que parecía no gozar ya ni de lo que estaba comiendo—. ¡Qué idea nefasta! Deben de habérsela metido en la cabeza esos frailes predicadores... ¡Ay! —Y movió la cabeza.

—Pero, ¿por qué? —repitió Michele da Cesena.

—No creo que exista una razón —dijo Guillermo—. Es una prueba que se impone a sí mismo, un acto de orgullo. Quiere ser realmente el que decida tanto sobre el cielo como sobre la tierra. Sabía que corrían esos rumores, Guillermo de Occam me los había mencionado en una carta. Veremos quién se saldrá con la suya, el papa o los teólogos, la voz de toda la iglesia, los propios deseos del pueblo de Dios, los obispos...

—¡Oh! En cuestiones de doctrina podrá imponerse incluso a los teólogos —dijo con tristeza Michele.

—No está dicho que deba ser así —respondió Guillermo—. En los tiempos que vivimos los conocedores de las cosas divinas no temen proclamar que el papa es un hereje. Y ellos son, a su manera, la voz del pueblo cristiano, contra el cual ya ni siquiera el papa podrá actuar.

—Peor, todavía peor —murmuró Michele aterrado—. De un lado, un papa loco, del otro, el pueblo de Dios, que, aunque sea por boca de sus teólogos, pronto querrá interpretar libremente las escrituras...

—¿Y qué? ¿Acaso vosotros habéis hecho algo distinto en Perusa? —preguntó Guillermo.

Michele dio un brinco, como si le hubiesen puesto el dedo en la llaga:

—Por eso quiero encontrarme cón el papa . No podemos hacer nada mientras no contemos con su consentimiento.

En verdad, mi maestro era muy perspicaz. ¿Cómo había hecho para prever que el propio Michele decidiría más tarde apoyarse en los teólogos del imperio y en el pueblo para condenar al papa? ¿Cómo había hecho para prever que, cuando cuatro años después el papa enunciase por primera vez su increíble doctrina, se produciría una sublevación por parte de toda la cristiandad? Si la visión beatífica se atrasaba tanto, ¿cómo habrían podido los difuntos interceder por los vivos? ¿Y dónde iría a parar el culto de los santos? Serían precisamente los franciscanos quienes iniciasen las hostilidades condenando al papa, y Guillermo de Occam se encontraría entre los primeros, con sus argumentaciones severas e implacables. La lucha duraría tres años, hasta que Juan, ya próximo a morir, desistiría parcialmente de sus tesis. Me lo describieron unos años más tarde, tal como apareció en el consistorio de diciembre de 1334, más pequeño que nunca, consumido por la edad, nonagenario y moribundo, pálido. Sus palabras habrían sido las siguientes (hábil, el muy zorro, y capaz de jugar con las palabras no sólo para violar sus propios juramentos, sino también para renegar de sus propias obstinaciones): «Declaramos y creemos que las almas separadas del cuerpo y completamente purificadas están en el cielo, en el paraíso con los ángeles, y con Jesucristo, y que ven a Dios en su divina esencia, claramente y cara a cara...» Y luego, después de una pausa, nunca se supo si debida a la dificultad con que respiraba o al designio perverso de marcar el carácter adversativo de la última parte de la frase, «...en la medida en que el estado y la condición del alma separada lo permitan». La mañana siguiente, era domingo, se hizo trasladar a una silla de caderas, recibió el besamanos de sus cardenales, y murió.

Pero de nuevo me voy por las ramas y no cuento lo que debería contar. Lo que sucede es que, en el fondo, tampoco se dijo ya nada en torno a aquella mesa que añada demasiado para la comprensión de los hechos que estoy relatando. Los franciscanos se pusieron de acuerdo sobre cuál sería la actitud que adoptarían al día siguiente. Consideraron las cualidades de cada uno de sus adversarios. Comentaron preocupados la noticia, que les transmitió Guillermo, de la llegada de Bernardo Gui. Y se inquietaron aún más por el hecho de que la legación aviñonesa fuese a estar presidida por el cardenal Bertrando del Poggetto. Dos inquisidores eran demasiados: signo de que se quería usar contra los franciscanos el argumento de la herejía.

—Peor para ellos —dijo Guillermo—, nosotros también los acusaremos de herejía.

—No, no —dijo Michele—, procedamos con prudencia, no debemos comprometer la posibilidad de un acuerdo.

—Por más que lo pienso —dijo Guillermo—, y a pesar de haber trabajado para que este encuentro pudiera realizarse, como tú bien sabes, Michele, no logro convencerme de que los aviñoneses vengan con el propósito de llegar a algún resultado positivo. Juan quiere que vayas a Aviñón solo y sin garantías. Pero al menos el encuentro servirá para que te des cuenta de que es así. Peor hubiera sido que viajases sin haber tenido esta experiencia.

—De modo que durante meses has estado desviviéndote por algo que consideras inútil —dijo Michele con amargura.

—Tanto tú como el emperador me lo habíais pedido —respondió Guillermo—. Además, nunca es inútil conocer mejor a los enemigos.

En aquel momento, vinieron a avisarnos de que la segunda delegación estaba entrando en el recinto. Los franciscanos se levantaron y fueron al encuentro de los hombres del papa.

Cuarto día
NONA

Donde llegan el cardenal Del Poggetto, Bernardo
Gui y los demás hombres de Aviñón, y luego
cada uno hace cosas diferentes.

Hombres que se conocían desde hacía tiempo,
y otros que, sin conocerse, habían oído hablar unos de
otros, se saludaban en la explanada con aparente amabi-
lidad. Al lado del Abad, el cardenal Bertrando del Poggetto se movía como alguien familiarizado con el
poder, como un segundo pontífice, distribuyendo sonrisas cordiales, sobre todo entre los franciscanos, augu-
rando prodigios de entendimiento para la reunión del
día siguiente, y transmitiendo con énfasis votos de paz
y felicidad (utilizó adrede esta expresión cara a los
franciscanos) de parte de Juan XXII.

—Muy bien, muy bien —me dijo, cuando Guillermo tuvo la gentileza de presentarme como su amanuense y discípulo.

Después me preguntó si conocía Bolonia, y me alabó su belleza, su buena comida y su espléndida univer-

sidad, invitándome a visitarla en vez de regresar algún día, me dijo, a mis tierras germánicas, cuya gente estaba haciendo sufrir tanto a nuestro señor papa. Luego me puso el anillo para que se lo besara, mientras la sonrisa se dirigía ya hacia algún otro.

Por otra parte, mi atención se dirigió enseguida hacia el personaje que más había oído mencionar aquellos días: Bernardo Gui, como lo llamaban los franceses, Bernardo Guidoni o Bernardo Guido, como lo llamaban en otras partes.

Era un dominico de unos setenta años, flaco pero erguido. Me impresionaron sus ojos grises; fríos, capaces de clavarse en alguien sin revelar el sentimiento, a pesar de que muchas veces los vería despidiendo destellos ambiguos, pues era tan hábil para ocultar sus pensamientos y pasiones, como para expresarlos deliberadamente.

En el intercambio general de saludos, no fue afectuoso y cordial como los otros, sino en todo momento apenas cortés. Cuando divisó a Ubertino, a quien ya conocía, se mostró deferente, pero la mirada que le dirigió me hizo estremecer de inquietud. Cuando saludó a Michele da Cesena, esbozó una sonrisa bastante enigmática, al tiempo que murmuraba sin mucho entusiasmo: «Allá se os espera desde hace mucho», frase en la que no logré descubrir signo alguno de ansiedad, ni sombra de ironía, ni matiz intimatorio, como tampoco la menor huella de interés. Cuando se encontró con Guillermo, y supo quién era, le dedicó una mirada de cortés hostilidad: pero no porque el rostro revelase sus sentimientos secretos —tuve la certeza de que no era así (aunque tampoco estaba seguro de que fuese capaz de abrigar sentimiento alguno)—, sino porque, sin duda, quería que Guillermo sintiera hostilidad. Éste se la devolvió sonriéndole con exagerada cordialidad y diciéndole: «Hacía tiempo que quería conocer a un hombre cuya fama me ha servido de lección y de advertencia para tomar no pocas decisiones fundamentales de mi vida.» Frase claramente elogiosa y casi aduladora para cualquiera que ignorase, y en modo alguno era ése el caso de Bernardo, que una de las decisiones fundamentales de la vida de Guillermo había sido la de abandonar el oficio de inquisidor. Tuve la impresión de que, si Guillermo no habría tenido reparos en que Bernardo diese con sus huesos en algún calabozo imperial, tampoco este último habría sufrido demasiado si de pronto el primero tuviera un accidente que le costase la vida. Y como durante esos días Bernardo comandaba un grupo de hombres armados, temí por la suerte de mi buen maestro.

El Abad ya debía de haber informado a Bernardo acerca de los crímenes cometidos en la abadía. De hecho, fingiendo no haber percibido el veneno que encerraba la frase de Guillermo, le dijo:

—Parece que en estos días, por solicitud del Abad, y para cumplir con la tarea que me ha sido encomendada según los términos del acuerdo previo a este encuentro, tendré que ocuparme de unos hechos deplorables en los que se huele la pestífera presencia del demonio. Os lo menciono porque sé que en otra época, cuando no había tanta distancia entre nosotros, también luchasteis junto a mí, y los míos, en el campo donde se libraba la batalla entre las escuadras del bien y las del mal.

—Así es —dijo Guillermo sin alterarse—, pero después me pasé al otro lado.

Bernardo encajó muy bien el golpe:

—¿Podéis decirme algo útil sobre estos hechos criminales?

—Lamentablemente, no —respondió Guillermo con tono educado—. Carezco de vuestra experiencia en cuestiones criminales.

A partir de aquel momento, les perdí la huella. Guillermo mantuvo otra conversación con Michele y Ubertino, y luego se retiró al scriptorium. Pidió a Malaquías que le permitiera consultar unos libros cuyos títulos no llegué a escuchar. Malaquías lo miró de modo extraño, pero no pudo negárselos. Me llamó la atención que no tuviera que ir a buscarlos a la biblioteca. Estaban todos en la mesa de Venancio. Mi maestro se sumergió en la lectura, y decidí no molestarlo.

Bajé a la cocina. Allí estaba Bernardo Gui. Quizá quería conocer la disposición de la abadía y estaba recorriendo todas sus dependencias. Le oí interrogar a los cocineros y a otros sirvientes, hablando bien o mal la lengua vulgar del país (recordé que había sido inquisidor en el norte de Italia). Me pareció que se estaba informando acerca de las cosechas y la organización del trabajo en el monasterio. Pero incluso cuando hacía las preguntas más inocuas, miraba a su interlocutor con ojos penetrantes, y de pronto le espetaba otra pregunta, y entonces su víctima palidecía y empezaba a balbucir. Concluí que, de alguna manera singular, estaba practicando una encuesta inquisitorial, y que para ello se valía de un arma formidable que todo inquisidor posee y utiliza en el ejercicio de su función: el miedo del otro. Porque, en general, la persona sometida a un interrogatorio dice al inquisidor, por miedo a que éste sospeche de ella, algo que puede dar pie para que sospeche de otro.

Durante el resto de la tarde, mientras paseaba por la abadía, vi a Bernardo dedicado a esa actividad, ya fuese junto a los molinos o en el claustro. Pero casi nunca abordó a monjes: prefirió interrogar a hermanos laicos o a campesinos. Al contrario de lo que hasta este momento había hecho Guillermo.

Cuarto día
VÍSPERAS

Donde Alinardo parece dar informaciones
preciosas y Guillermo revela su método para
llegar a una verdad probable a través de una
serie de errores seguros.

Después, Guillermo bajó del scriptorium. Estaba de
buen humor. Mientras esperábamos que fuese la hora
de la cena, fuimos al claustro, donde nos encontramos
con Alinardo. Recordando el pedido que me había hecho, ya el día anterior había pasado por la cocina para
conseguir garbanzos, y se los ofrecí. Me dio las gracias y
los fue metiendo en su boca desdentada y llena de baba.

—¿Has visto, muchacho? —me dijo—. También el
otro cadáver yacía donde el libro lo anunciaba... ¡Ahora
espera la cuarta trompeta!

Le pregunté por qué creía que la clave para interpretar la secuencia de los crímenes estaba en el libro de la
revelación. Me miró asombrado:

—¡En el libro de Juan está la clave de todo! —Y añadió con una mueca de rencor—: Yo lo sabía, hace mu-

cho que lo vengo anunciando... Fui yo, sabes, el que le propuso al Abad... al de aquella época, reunir la mayor cantidad posible de comentarios del Apocalipsis. Yo iba a ser el bibliotecario... Pero luego el otro logró que lo enviaran a Silos, donde encontró los manuscritos más bellos, y regresó con un espléndido botín. Oh, sabía dónde buscar, hablaba incluso la lengua de los infieles... Así fue como obtuvo la custodia de la biblioteca, en mi lugar. Pero Dios lo castigó haciéndole entrar antes de tiempo en el reino de las tinieblas. Ja, ja... —rió con malignidad aquel viejo que hasta entonces, hundido en la calma de la senectud, me había parecido inocente como un niño.

—¿A quién os estáis refiriendo? —preguntó Guillermo.

Nos miró desconcertado.

—¿De quién hablaba? No recuerdo... Eso fue hace tanto tiempo. Pero Dios castiga, Dios borra, Dios ofusca incluso la memoria. Se han cometido muchos actos de soberbia en la biblioteca. Sobre todo desde que cayó en manos de los extranjeros. Pero Dios no deja de castigar...

No logramos que dijera nada más, de modo que lo dejamos entregado a su pacífico y rencoroso delirio. Guillermo dijo que aquella conversación le había interesado mucho:

—Alinardo es un hombre al que conviene escuchar. Siempre que habla dice algo interesante.

—¿Qué ha dicho esta vez?

—Adso —dijo Guillermo—, resolver un misterio no es como deducir a partir de primeros principios. Y tampoco es como recoger un montón de datos particulares para inferir después una ley general. Equivale más bien a encontrarse con uno, dos o tres datos particulares que al parecer no tienen nada en común, y tratar de imaginar si pueden ser otros tantos casos de una ley general que todavía no se conoce, y que quizá nunca ha sido enunciada. Sin duda, si sabes, como dice el filósofo, que el hombre, el caballo y el mulo no tienen hiel y viven mucho tiempo, puedes tratar de enunciar el principio según el cual los animales que no tienen hiel viven mucho tiempo. Pero piensa en los animales con cuernos. ¿Por qué tienen cuernos? De pronto descubres que todos los animales con cuernos carecen de dientes en la mandíbula superior. Este descubrimiento sería muy interesante si no fuese porque, ay, existen animales sin dientes en la mandíbula superior, que, no obstante, también carecen de cuernos, como el camello, por ejemplo. Finalmente, descubres que todos los animales sin dientes en la mandíbula superior tienen dos estómagos. Pues bien, puedes suponer que cuando se tienen pocos dientes se mastica mal y, por tanto, se necesita otro estómago para poder digerir mejor los alimentos.

—Pero ¿a qué vienen los cuernos? —pregunté con impaciencia—. ¿Y por qué os ocupáis de los animales con cuernos?

—Yo no me he ocupado nunca de ellos, pero el obispo de Lincoln sí que se ocupó, y mucho, siguiendo una idea de Aristóteles. Sinceramente, no sabría decirte si su razonamiento es correcto; tampoco me he fijado en dónde tiene los dientes el camello y cuántos estómagos posee. Si te he mencionado esta cuestión, era para mostrarte que la búsqueda de las leyes explicativas, en los hechos naturales, procede por vías muy tortuosas. Cuando te enfrentas con unos hechos inexplicables, debes tratar de imaginar una serie de leyes generales, que aún no sabes cómo se relacionan con los hechos en cuestión. Hasta que de pronto, al descubrir determinada relación, uno de aquellos razonamientos te parece más convincente que los otros. Entonces tratas de aplicarlo a todos los casos similares, y de utilizarlo para formular previsiones, y descubres que habías acertado. Pero hasta el final no podrás saber qué predicados debes introducir en tu razonamiento, y qué otros debes descartar. Así es como estoy procediendo en el presente caso. Alineo un montón de elementos inconexos, e imagino hipótesis. Pero debo imaginar muchas, y gran parte de ellas son tan absurdas que me daría vergüenza decírtelas. En el caso del caballo *Brunello*, por ejemplo, cuando vi las huellas, imaginé muchas hipótesis complementarias y contradictorias: podía tratarse de un caballo que había huido, podía ser que, montando ese hermoso caballo, el Abad hubiera descendido por la pendiente, podía ser que un caballo, *Brunello*, hubiese dejado los signos sobre la nieve y que otro caballo, *Favello*, el día anterior, hubiera dejado las crines en la mata, y que unos hombres hubiesen quebrado las ramas. Sólo supe cuál era la hipótesis correcta cuando vi al cillerero y a los sirvientes buscando con ansiedad. Entonces comprendí que la única hipótesis buena era la de *Brunello*, y traté de probar si era cierta apostrofando a los monjes en la forma en que lo hice. Gané, pero del mismo modo hubiese podido perder. Ahora, a propósito de los hechos ocurridos en la abadía, tengo muchas hipótesis atractivas, pero no existe ningún hecho evidente que me permita decir cuál es la mejor. Entonces, para no acabar haciendo el necio, prefiero no empezar haciendo el listo. Déjame pensar un poco más, hasta mañana, al menos.

En aquel momento comprendí cómo razonaba mi maestro, y me pareció que su método tenía poco que ver con el del filósofo que razonaba partiendo de primeros principios, y los modos de cuyo intelecto coinciden casi con los del intelecto divino. Comprendí que, cuando no tenía una respuesta, Guillermo imaginaba una multiplicidad de respuestas posibles, muy distintas unas de otras. Me quedé perplejo.

—Pero entonces —me atreví a comentar—, aún estáis lejos de la solución...

—Estoy muy cerca, pero no sé de cuál.

—¿O sea que no tenéis una única respuesta para vuestras preguntas?

—Si la tuviera, Adso, enseñaría teología en París.

—¿En París siempre tienen la respuesta verdadera?

—Nunca, pero están muy seguros de sus errores.

—¿Y vos? —dije con infantil impertinencia—. ¿Nunca cometéis errores?

—A menudo —respondió—. Pero en lugar de concebir uno solo, imagino muchos, para no convertirme en el esclavo de ninguno.

Me pareció que Guillermo no tenía el menor interés en la verdad, que no es otra cosa que la adecuación entre la cosa y el intelecto. Él, en cambio, se divertía imaginando la mayor cantidad posible de posibles.

Confieso que en aquel momento desesperé de mi maestro y me sorprendí pensando: «Menos mal que ha llegado la inquisición.» Tomé partido por la sed de verdad que animaba a Bernardo Gui.

Con la mente ocupada en tan culpables pensamientos, más turbado que Judas la noche del Jueves Santo, entré con Guillermo en el refectorio para consumir la cena.

Cuarto día
COMPLETAS

Donde Salvatore habla de una magia portentosa.

La cena para la legación fue soberbia. El Abad debía de conocer muy bien tanto las debilidades de los hombres como las costumbres de la carta papal (que tampoco disgustaron, debo decirlo, a los franciscanos de fray Michele). El cocinero nos dijo que había previsto morcillas al uso de Monte Casino, preparadas con la sangre de los cerdos matados aquellos días. Pero el desgraciado fin de Venancio había obligado a tirarla, de modo que ahora habría que esperar hasta que degollaran otros cerdos. Además, creo que en esos días todos se resistían a matar criaturas del Señor. Sin embargo, tuvimos palominos en salmorejo, macerados en vino del país, y conejo al asador, bollos de Santa Clara, arroz preparado con almendras de aquellos montes, o sea el manjar blanco de vigilia, hojas fritas de borraja, aceitunas rellenas, queso frito, carne de oveja con salsa cruda de pimientos, habas blancas, y golosinas exquisitas, pastel de San Bernardo, pastelillos de San Nicolás, ojillos de Santa

Lucía, y vinos, y licores de hierbas que pusieron de buen humor incluso a Bernardo Gui, persona de hábitos muy austeros: licor de toronjil, licor de cáscara verde de nuez, vino contra la gota y vino de genciana. Salvo por las lecturas devotas, que acompañaban cada sorbo y cada bocado, parecía una reunión de glotones.

Al final todos se levantaron muy alegres, algunos alegando vagos malestares para no asistir a completas. Pero el Abad se mostró tolerante. No todos tienen el privilegio y las obligaciones que entraña la pertenencia a nuestra orden.

Mientras los monjes iban saliendo, me demoré para curiosear por la cocina, donde estaban disponiéndolo todo antes del cierre nocturno. Vi a Salvatore que, con un paquete bajo el brazo, salía a hurtadillas en dirección al huerto. Picado por la curiosidad, salí tras él y lo llamé. Trató de zafarse, pero cuando le pregunté qué llevaba en el paquete (que se movía como si contuviese algo vivo) me contestó que era un basilisco.

—¡Cave basilischium! ¡Est lo reys de las serpientes, tant pleno de veneno que reluce todo por fuera! ¡Que dictam, el veneno, el hedor que solta ti mata! Te atosiga... Et tiene máculas blancas en el lomo, et caput como gallo, et mitad va erguida por encima del suelo et mitad va por el suelo como las otras serpentes. Y lo mata la comadreja...

—¿La comadreja?

—¡Oc! Bestiola parvissima est, más larga alcunché que la rata, et odiala la rata moltisimo. Y també la sierpe y el escorzo. Et cuando istos la morden, la comadreja corre a la fenícula o a la circebita et las mordisca, et redet ad bellum. Et dicunt que ingendra por los óculos, pero los más dicen que ils dicen falso.

Le pregunté qué hacía con un basilisco, y me dijo que eran asuntos suyos. Sin poder soportar la curiosidad, le dije que en aquellos días, con todos aquellos muertos, ya no había asuntos secretos, y que se lo contaría a Guillermo. Entonces me rogó ardientemente que no dijese nada, abrió el paquete y me mostró un gato de pelo negro. Me atrajo hacia sí y me dijo, con una sonrisa obscena, que ya no quería que el cillerero o yo, uno por poderoso y el otro por joven y bello, pudieran obtener el amor de las muchachas de la aldea, y él no, porque era feo y pobre. Y que conocía una magia muy portentosa para conseguir que cualquier mujer se enamorase. Había que matar un gato negro y arrancarle los ojos, y luego meterlos en dos huevos de gallina negra, un ojo en cada huevo (y me mostró dos huevos que aseguró haberles quitado a las gallinas adecuadas). Después había que cubrir los huevos con estiércol de caballo (y lo tenía preparado en un rinconcillo del huerto por donde nunca pasaba nadie), y dejarlos hasta que se pudrieran, y entonces nacería un diablillo de cada huevo, que se pondría a su servicio para brindarle todas las delicias de este mundo. Pero, ay, me dijo, para que la magia resultase era necesario que la mujer cuyo amor se deseaba escupiera en los huevos antes de que fuesen enterrados en el estiércol, y que ese problema lo angustiaba, porque era preciso que la mujer en cuestión estuviese esta noche a su lado, e hiciera como había explicado, sin saber para qué servía.

De pronto me cubrí de rubor, el rostro, las vísceras, el cuerpo todo se me encendió, y con un hilo de voz le pregunté si aquella noche traería de nuevo a la muchacha de la noche anterior. Se rió, burlándose de mí, y me dijo que sí, que era grande el celo que llevaba (yo lo negué y dije que sólo preguntaba por curiosidad), y después dijo que en la aldea había muchas mujeres, y que traería otra, más bella aún que la que me gustaba. Pensé que estaba mintiéndome para que no lo siguiera. Además, ¿qué habría podido hacer? ¿Seguirlo durante toda la noche mientras Guillermo me esperaba para otras empresas muy distintas? ¿Volver a ver a aquélla (suponiendo que fuese la misma) hacia la que me empujaban mis apetitos y de la que me apartaba mi razón, aquella que no debería volver a ver por más que desease verla de nuevo? Sin duda que no. Por tanto, me convencí de que Salvatore decía la verdad, en lo relativo a la mujer. O que, quizá, mentía en todo, que la magia de la que hablaba era una fantasía de su mente ingenua y supersticiosa, y que no haría nada de lo que había dicho.

Me enojé con él, lo traté con rudeza, le dije que aquella noche haría mejor en ir a dormir, porque los arqueros circulaban por el recinto. Respondió que conocía la abadía mejor que los arqueros, y que con aquella niebla nadie vería a nadie. Incluso si ahora escapase, me dijo, tampoco tú me verías, aunque me quedara a sólo dos pasos y me lo estuviese pasando bien con la muchacha que deseas. Se expresó con otras palabras, bastante más innobles, pero éste fue el sentido de lo que dijo. Indignado, me alejé, porque, noble y novicio como era, no iba a litigar con un canalla como aquél.

Fui a reunirme con Guillermo e hicimos lo que correspondía. Es decir, nos dispusimos a asistir a completas situados al fondo de la nave, de modo que, cuando acabó el oficio, estuvimos preparados para emprender nuestro segundo viaje (el tercero para mí) a las vísceras del laberinto.

Cuarto día
DESPUÉS DE COMPLETAS

*Donde se visita de nuevo el laberinto, se llega
hasta el umbral del finis Africae, pero no se
lo puede cruzar porque no se sabe qué son el
primero y el séptimo de los cuatro, y al final
Adso tiene una recaída, por lo demás bastante
erudita, en su enfermedad de amor.*

La visita a la biblioteca nos tomó muchas horas de
trabajo. En teoría, la inspección que debíamos hacer era
fácil, pero avanzar iluminándonos con la lámpara, leer
las inscripciones, marcar en el mapa los pasos y las paredes sin abertura, registrar las iniciales, recorrer los diferentes trayectos permitidos por el juego de pasos y obstrucciones, resultó bastante largo. Y tedioso.
Hacía mucho frío. Era una noche sin viento y no se
oían aquellos silbidos penetrantes que nos habían impresionado la vez anterior, pero por las troneras entraba un aire húmedo y helado. Nos habíamos puesto
guantes de lana para poder tocar los volúmenes sin que
las manos se nos pasmasen. Pero justo eran los que se

443

usaban para poder escribir en invierno, abiertos en la punta de los dedos; de modo que cada tanto teníamos que acercar las manos a la llama, ponérnolas bajo el escapulario o golpearlas entre sí, mientras ateridos dábamos saltitos para reanimarnos.

Por eso no lo hicimos todo de una tirada. Nos detuvimos a curiosear en los *armaria*, y, ahora que —con sus nuevas lentes calzadas en la nariz— podía demorarse leyendo los libros, Guillermo prorrumpía en exclamaciones de júbilo cada vez que descubría otro título, ya fuese porque conocía la obra, porque hacía tiempo que la buscaba o, por último, porque nunca la había oído mencionar y eso excitaba al máximo su curiosidad. En suma, cada libro era para él como un animal fabuloso encontrado en una tierra desconocida. Y mientras hojeaba un manuscrito me ordenaba que buscase otros.

—¡Mira qué hay en ese armario!

Y yo iba pasando los volúmenes y leyéndole con dificultad sus títulos:

—*Historia anglorum* de Beda... Y del mismo Beda *De aedificatione templi, De tabernaculo, De temporibus et computo et chronica et circuli Dionysi, Ortographia, De ratione metrorum, Vita Sancti Cuthberti, Ars metrica...*

—Por supuesto, todas las obras del Venerable... ¡Y mira éstos! *De rhetorica cognatione, Locorum rhetoricorum distinctio.* Y todos estos gramáticos, Prisciano, Honorato, Donato, Maximo, Victorino, Eutiques, Focas, Asper... Es curioso, al principio pensé que aquí había autores de la Anglia... Miremos más abajo...

—*Hisperica... famina.* ¿Qué es?

—Un poema hibérnico. Escucha:

Hoc spumans mundanas obvallat Pelagus oras
terrestres amniosis fluctibus cudit margines.
Saxeas undosis molibus irruit avionias.
Infima bomboso vertice miscet glareas

asprifero spergit spumas sulco,
sonoreis frequenter quatibur flabris...

El sentido se me escapaba, pero Guillermo hacía rodar de tal modo las palabras en la boca que parecía oírse el sonido de las olas y la espuma del mar.

—¿Y éste? Es Aldhelm de Malmesbury, oíd lo que dice aquí: *Primitus pantorum procerum poematorum pio potissimum paternoque presertim privilegio panegiricum poemataque passim prosatori sub polo promulgatas...* ¡Todas las palabras comienzan con la misma letra!

—Los hombres de mis islas son todos un poco locos —decía Guillermo con orgullo—. Miremos en el otro armario.

—Virgilio.

—¿Cómo está aquí? ¿Qué de Virgilio? ¿Las *Geórgicas*?

—No. *Epítomes.* Nunca los había oído mencionar.

—¡Pero no es Marón! Es Virgilio de Toulouse, el rétor, seis siglos después del nacimiento de Nuestro Señor. Tuvo fama de ser un gran sabio...

—Aquí dice que las artes son poema, rethoria, grama, leporia, dialecta, geometria... Pero, ¿en qué lengua habla?

—En latín, pero en un latín inventado por él, mucho más bello, en su opinión, que el otro. Lee aquí: dice que la astronomía estudia los signos del zodíaco que son mon, man, tonte, piron, dameth, perfellea, belgalic, margaleth, lutamiron, taminon y raphalut.

—¿Estaba loco?

—No sé, no era de mis islas. Escucha esto otro: dice que hay doce maneras de designar el fuego, ignis, coquihabin (quia incocta coquendi habet dictionem), ardo, calax ex calore, fragon ex fragore flammae, rusin de rubore, fumaton, ustrax de urendo, vitius quia pene mortua membra suo vivificat, siluleus, quod de silice siliat, unde et silex non recte dicitur, nisi ex qua scintilla silit. Y aeneon, de Aenea deo, qui in eo habitat, sive a quo elementis flatus fertur.

—¡Pero nadie habla así!

—Afortunadamente. Eran épocas en las que, para olvidar la maldad del mundo, los gramáticos se entretenían con problemas abstrusos. He sabido que en cierta ocasión los rétores Gabundus y Terentius se pasaron quince días y quince noches discutiendo sobre el vocativo de *ego*, y al final llegaron a las armas.

—Pero también este otro, escuchad... —Había cogido un libro maravillosamente iluminado con laberintos vegetales entre cuyos zarcillos asomaban monos y serpientes—: Escuchad qué palabras: cantamen, collamen, gongelamen, stemiamen, plasmamen, sonerus, alboreus, gaudifluus, glaucicomus...

—Mis islas —volvió a decir Guillermo enternecido—. No seas severo con esos monjes de la lejana Hibernia. Quizá a ellos tengamos que agradecerles la existencia de esta abadía y la supervivencia del sacro imperio romano. En aquella época el resto de Europa era un montón de ruinas... En cierta ocasión se declararon nulos los bautismos impartidos por algunos curas en las Galias, porque bautizaban *in nomine patris et filiae*, y no porque practicasen una nueva herejía según la cual Jesús habría sido mujer, sino porque ya no sabían latín.

—¿Como Salvatore?

—Más o menos. Los piratas del extremo norte bajaban por los ríos para saquear Roma. Los templos paganos se convertían en ruinas y los cristianos aún no existían. Fueron sólo los monjes de la Hibernia quienes en sus monasterios escribieron y leyeron, leyeron y escribieron, e iluminaron, y después se metieron en unas barquitas hechas con pieles de animales y navegaron hacia estas tierras y os evangelizaron como si fueseis infieles, ¿comprendes? Has estado en Bobbio: fue uno de aquellos monjes, san Colombano, quien lo fundó. De modo que no los fastidies porque hayan inventado un nuevo latín, puesto que en Europa ya no se sabía el viejo. Fueron grandes hombres. San Brandán llegó hasta las islas Afortunadas, y bordeó las costas del infierno, donde, en un arrecife, vio a Judas encadenado, y cierto día llegó a una isla y al poner pie en ella descubrió que era un monstruo marino. Sin duda, eran locos —repitió con tono satisfecho.

—Sus imágenes son... ¡No puedo dar crédito a lo que ven mis ojos! ¡Y cuántos colores! —dije, extasiado.

—En un país donde los colores no abundan, un poco de azul y verde por todas partes. Pero no sigamos hablando de los monjes hibernios. Lo que quiero saber es por qué están aquí junto a los anglos y a gramáticos de otros países. Mira en tu mapa. ¿Dónde deberíamos estar?

—En las habitaciones del torreón occidental. También he copiado las inscripciones. Pues bien, al salir de la habitación ciega se entra en la sala heptagonal, y hay un solo paso que comunica con una habitación del torreón, donde la letra en rojo es una H. Después se pasa por las diferentes habitaciones situadas en el interior del torreón, hasta que se llega otra vez a la habitación ciega. La secuencia de las letras es... ¡Tenéis razón! ¡HIBERNI!

—HIBERNIA, si desde la habitación ciega regresas a la heptagonal, que, como las otras tres, tiene la letra A de Apocalipsis. Por eso están aquí las obras de los autores de la última Tule, y también las de los gramáticos y los rétores, porque los que ordenaron la biblioteca pensaron que un gramático debe estar con los gramáticos hibernios, aunque sean de Toulouse. Es un criterio. ¿Ves como ya empezamos a entender algo?

—Pero en las habitaciones del torreón oriental, por el que hemos entrado, las letras forman FONS... ¿Qué significa?

—Lee bien tu mapa, sigue leyendo las letras de las salas por las que hay que atravesar.

—FONS ADAEU...

—No, Fons Adae: la U es la segunda habitación ciega oriental. La recuerdo; quizá corresponda a otra secuencia. ¿Y qué hemos encontrado en el Fons Adae, o sea en el paraíso terrenal (recuerda que allí es donde está la habitación con el altar orientado hacia el sol naciente)?

—Había muchas biblias, y comentarios sobre la biblia, sólo libros sagrados.

—De modo que, ya lo ves, la palabra de Dios asociada con el paraíso terrenal, que, como todos dicen, se encuentra en una región lejana, hacia oriente. Y aquí, a occidente, Hibernia.

—¿Entonces la planta de la biblioteca reproduce el mapa del mundo?

—Es probable. Y los libros están colocados por los países de origen, o por el sitio donde nacieron sus autores o, como en este caso, por el sitio donde deberían haber nacido. Los bibliotecarios pensaron que Virgilio el gramático nació por error en Toulouse, pues debería haber nacido en las islas occidentales. Repararon los errores de la naturaleza.

Seguimos avanzando. Pasamos por una serie de salas donde se guardaban numerosos y espléndidos Apocalipsis, y una de ellas era la habitación donde había tenido yo aquellas visiones. E incluso, cuando vimos desde lejos la luz, Guillermo se tapó la nariz y corrió a apagarla, escupiendo sobre las cenizas. Y de todos modos atravesamos la habitación a toda prisa, pero no pude olvidar que allí había visto el bellísimo Apocalipsis multicolor con la mulier amicta sole y el dragón. Reconstruimos la secuencia de aquellas salas partiendo de la última en que entramos, cuya inicial en rojo era una Y. Leyendo al revés, obtuvimos la palabra YSPANIA, pero la última A era la misma del final de HIBERNIA. Signo, dijo Guillermo, de que había habitaciones donde se guardaban obras de carácter mixto.

En todo caso, la zona denominada YSPANIA nos pareció poblada por una cantidad de códices que contenían el Apocalipsis, todos ellos ricamente ilustrados en un estilo que Guillermo reconoció como hispánico. Descubrimos que la biblioteca poseía quizá la mayor colección de copias del libro del apóstol de toda la cristiandad, así como una inmensa cantidad de comentarios de ese texto. Había volúmenes enormes dedicados a contener el comentario de Beato de Liébana. El texto era siempre más o menos el mismo, pero encontramos una fantástica variedad en las imágenes, y Guillermo reconoció las referencias a alguno de los que, en su opinión, eran los mejores miniaturistas del reino de Asturias: Magius, Facundus y otros.

Mientras íbamos observando estas y otras cosas, llegamos al torreón meridional, cerca del cual habíamos pasado la otra noche. Desde la habitación S de YSPANIA —sin ventanas— se pasaba a una habitación E, y, después de atravesar las cinco habitaciones del torreón, llegamos a la última, que no comunicaba con ninguna otra, y cuya inicial era una L en rojo. Leyendo la secuencia de nuevo al revés, tuvimos la palabra LEONES.

—Leones, meridión, en nuestro mapa estamos en África, hic sunt leones. Esto explica por qué hemos encontrado tantos textos de autores infieles.

—Y hay más —dije mientras hurgaba en los armarios—. *Canon* de Avicena, y este hermosísimo códice en una caligrafía que no conozco...

—A juzgar por las decoraciones debería ser un corán, pero lamentablemente no conozco el árabe.

—El Corán, la biblia de los infieles, un libro perverso...

—Un libro que contiene una sabiduría diferente de la nuestra. Pero ya veo que entiendes por qué lo pusieron aquí, con los leones y los monstruos. Por eso también encontramos aquí el libro sobre los animales monstruosos, donde viste el unicornio. En esta zona, llamada LEONES, se guardan los libros que, según los constructores de la biblioteca, contienen mentiras. ¿Qué hay allí?

—Están en latín, pero son traducciones del árabe. Ayyub al Ruhawi, un tratado sobre la hidrofobia canina. Y éste es un libro sobre los tesoros. Y este otro el *De aspectibus* de Alhazen...

—Ves: entre los monstruos y las mentiras, también han puesto obras de ciencia, de las que tanto deben aprender los cristianos. Así se pensaba en la época en que se construyó la biblioteca.

—Pero ¿por qué han puesto entre las falsedades un libro con el unicornio? —pregunté.

—Sin duda, los fundadores de la biblioteca tenían ideas extrañas. Es probable que hayan pensado que este libro, donde se habla de animales fantásticos que viven en países lejanos, formaba parte del repertorio de mentiras difundido por los infieles.

—¿El unicornio es una mentira? Es un animal muy gracioso, que encierra un simbolismo muy grande. Figura de Cristo y de la castidad, sólo es posible capturarlo poniendo una virgen en el bosque, para que, al percibir su olor castísimo, el animal se acerque y pose su cabeza en el regazo de la virgen, dejándose atrapar por los lazos de los cazadores.

—Eso dicen, Adso. Pero muchos se inclinan a pensar que se trata de una fábula inventada por los paganos.

—¡Qué desilusión! Me habría hecho gracia encontrar alguno al atravesar un bosque. Si no, ¿qué gracia tendría atravesar un bosque?

—Tampoco está dicho que no exista. Quizá no sea como lo representan estos libros. Un viajero veneciano, que llegó hasta países muy remotos, ya cerca del fons paradisi que mencionan los mapas, vio unicornios. Pero le parecieron torpes y sin gracia, negros y feísimos. Creo que los animales que vio tenían de verdad un cuerno en la frente. Es probable que hayan sido los mismos cuya descripción nos dejaron los maestros del saber antiguo, nunca del todo erróneo, a quienes Dios concedió ver cosas que nosotros no hemos visto. Aquella descripción inicial debió de ser fiel, pero al viajar de auctoritas en auctoritas, la imaginación la fue transformando, hasta que los unicornios se convirtieron en animales graciosos, blancos y dóciles. De modo que si te enteras de que en un bosque habita un unicornio, no vayas con una virgen, porque el animal podría parecerse más al que vio el veneciano que al que figura en este libro.

—Y ¿cómo fue que Dios otorgó a los maestros del saber antiguo la revelación de la verdadera naturaleza del unicornio?

—No la revelación, sino la experiencia. Tuvieron la suerte de nacer en países donde vivían unicornios, o en épocas en las que los unicornios vivían en esos países.

—Pero entonces, ¿cómo podemos confiar en el saber antiguo, cuyas huellas siempre estáis buscando, si nos llega a través de unos libros mentirosos que lo han interpretado con tanta libertad?

—Los libros no se han hecho para que creamos lo que dicen, sino para que los analicemos. Cuando cogemos un libro, no debemos preguntarnos qué dice, sino qué quiere decir, como vieron muy bien los viejos comentadores de las escrituras. Tal como lo describen estos libros, el unicornio contiene una verdad moral, alegórica o anagógica, que sigue siendo verdadera, como lo sigue siendo la idea de que la castidad es una noble virtud. Pero en cuanto a la verdad literal, en la que se apoyan las otras tres, queda por ver de qué dato de experiencia originaria deriva aquella letra. La letra debe discutirse, aunque el sentido adicional siga siendo válido. En cierto libro se afirma que la única manera de tallar el diamante consiste en utilizar sangre de macho cabrío. Mi maestro, el gran Roger Bacon, dijo que eso no era cierto, simplemente porque había intentado hacerlo y no había tenido éxito. Pero si hubiese existido alguna relación simbólica entre el diamante y la sangre de macho cabrío, ese sentido superior habría permanecido intacto.

—De modo que pueden decirse verdades superiores mintiendo en cuanto a la letra. Sin embargo, sigo lamentando que el unicornio, tal como es, no exista, no haya existido o no pueda existir algún día.

—No nos está permitido poner límites a la omnipotencia divina, y, si Dios quisiera, podrían existir incluso los unicornios. Pero consuélate, existen en estos libros, que si bien no hablan del ser real, al menos hablan del ser posible.

—Entonces ¿hay que leer los libros sin recurrir a la fe, que es virtud teologal?

—Quedan otras dos virtudes teologales. La esperanza de que lo posible sea. Y la caridad hacia el que ha creído de buena fe que lo posible era.

—Pero ¿de qué os sirve el unicornio si vuestro intelecto no cree en él?

—Me sirve como me ha servido la huella de los pies de Venancio en la nieve, cuando lo arrastraron hasta la tinaja de los cerdos. El unicornio de los libros es como una impronta. Si existe la impronta, debe de haber existido algo de lo que ella es impronta.

—Algo que es distinto de la impronta misma, queréis decir.

—Sí. No siempre una impronta tiene la misma forma que el cuerpo que la ha impreso y no siempre resulta de la presión de un cuerpo. A veces reproduce la impresión que un cuerpo ha dejado en nuestra mente, es impronta de una idea. La idea es signo de las cosas y la imagen es signo de la idea, signo de un signo. Pero a partir de la imagen puedo reconstruir, si no el cuerpo, al menos la idea que otros tenían de él.

—¿Y eso os basta?

—No, porque la verdadera ciencia no debe contentarse con ideas, que son precisamente signos, sino que debe llegar a la verdad singular de las cosas. Por tanto, me gustaría poder remontarme desde esta impronta de una impronta hasta el unicornio individual que está al comienzo de la cadena. Así como me gustaría remontarme desde los signos confusos dejado por el asesino de Venancio (signos que podrían referirse a muchas personas) hasta un individuo único, que es ese asesino. Pero no siempre es posible hacerlo en breve tiempo, sin tener que pasar por una serie de otro signos.

—Entonces, ¿nunca puedo hablar más que de algo que me habla de algo distinto, y así sucesivamente sin que exista el algo final, el verdadero?

—Quizá existe, y es el individuo unicornio. No te preocupes, tarde o temprano lo encontrarás, aunque sea negro y feo.

—Unicornios, leones, autores árabes y moros en general —dije entonces—. Sin duda, esto es el África de que hablaban los monjes.

—Sin duda lo es. Y si lo es, deberíamos encontrar los poetas africanos a que aludió Pacifico da Tivoli.

En efecto, retrocediendo hasta la habitación L, en contré un armario donde había una colección de libro de Floro, Frontón, Apuleyo, Marciano Capella Fulgencio.

—Así que es aquí donde Berengario decía que tendría que estar la explicación de cierto secreto —dije.

—Casi aquí. Usó la expresión «finis Africae», y al escuchar estas palabras fue cuando Malaquías se enfadó tanto. El finis podría ser esta última habitación, o bien... —lanzó un grito—: ¡Por las siete iglesias de Clonmacnois! ¿No has notado nada?

—¿Qué?

—¡Regresemos a la habitación S, de la que hemos partido!

Regresamos a la primera habitación ciega cuya inscripción rezaba: *Super thronos viginti quatuor*. Tenía cuatro aberturas. Una comunicaba con la habitación Y, que tenía una ventana abierta hacia el octágono. Otra comunicaba con la habitación P, que, siguiendo la pared externa, se insertaba en la secuencia YSPANIA. La que daba al torreón comunicaba con la habitación E, que acabábamos de atravesar. Después había una pared sin aberturas, y por último un paso que comunicaba con una segunda habitación ciega cuya inicial era una U. La habitación S era la del espejo, y por suerte éste se encontraba en la pared situada inmediatamente a mi derecha, porque si no, me hubiese llevado de nuevo un buen susto.

Mirando bien el mapa, descubrí que aquella habitación tenía algo especial. Como las demás habitaciones ciegas de los otros tres torreones, habría tenido que comunicar con la habitación heptagonal central. De no ser así, la entrada al heptágono debería estar en la habitación ciega de al lado, la U. Sin embargo, no era así: esta última, que comunicaba con una habitación T con ventana al octágono interno y con la habitación S, ya conocida, tenía las restantes tres paredes llenas de armarios, o sea sin aberturas. Mirando a nuestro alrededor descubrimos algo que entonces nos pareció evidente, también razonando con el mapa: por razones no sólo de estricta simetría, sino también de lógica, aquel torreón debería tener su habitación heptagonal, y, sin embargo, esa habitación faltaba.

—No existe —dije.

—No es que no exista. Si no existiese, las otras habitaciones serían más grandes. Pero son más o menos del mismo tamaño que las de los otros torreones. Existe, pero no tiene acceso.

—¿Está tapiada?

—Probablemente. De modo que éste es el finis Africae, el sitio por el que rondaban los curiosos que ahora están muertos. Está tapiada, pero no está dicho que no exista algún pasadizo. Más aún: seguro que existe, y Venancio lo encontró, o bien Adelmo se lo había descrito, y a éste, a su vez, Berengario. Releamos sus notas.

Extrajo del sayo el folio de Venancio y volvió a leer:

—La mano sobre el ídolo opera sobre el primero y el séptimo de los cuatro —miró a su alrededor—. ¡Pero sí! ¡El *idolum* es la imagen del espejo! Venancio pensaba en griego, y en esa lengua, todavía más que en la nuestra, *eidolon* es tanto imagen como espectro, y el espejo nos devuelve nuestra imagen deformada, que nosotros mismos, la otra noche, confundimos con un espectro. Pero entonces, ¿qué serán los cuatro *supra speculum*? ¿Algo que hay sobre la superficie reflejante? En tal caso, deberíamos situarnos en cierto ángulo desde el cual pudiera verse algo que se refleja en el espejo y que corresponde a la descripción que da Venancio...

Nos movimos en todas direcciones, pero en vano. Además de nuestras propias imágenes, el espejo sólo nos devolvía confusamente las formas del resto de la sala, apenas iluminada por la lámpara.

—Entonces —reflexionaba Guillermo—, con *supra speculum* podría querer decir más allá del espejo...

Lo que entrañaría que primero llegásemos más allá, porque sin duda este espejo es una puerta.

El espejo era más alto que un hombre normal, y estaba encajado en la pared mediante un sólido marco de roble. Lo tocamos por todas partes, tratamos de meter nuestros dedos, nuestras uñas, entre el marco y la pared, pero el espejo estaba firme como si formase parte de la pared, como piedra en la piedra.

—Y si no es más allá, podría ser *super speculum* —murmuraba Guillermo, mientras se ponía en puntas de pie y alzaba el brazo para pasar la mano por el borde superior del marco, sin encontrar más que polvo—. Además —reflexionó melancólicamente—, aunque allí detrás haya una habitación, el libro que buscamos, y que otros han buscado, no está ya en ella, porque se lo han llevado, primero Venancio y, después, quién sabe dónde, Berengario.

—Quizá Berengario volvió a ponerlo aquí.

—No, aquella noche estábamos en la biblioteca, y todo parece indicar que murió no mucho después del hurto, aquella misma noche, en los baños. Si no, lo hubiésemos vuelto a ver la mañana siguiente. No importa. Por ahora hemos averiguado dónde está el finis Africae y disponemos de casi todos los elementos para perfeccionar nuestro mapa de la biblioteca. Debes admitir que ya se han aclarado muchos de los misterios del laberinto. Todos, diría, salvo uno. Creo que me será más útil una relectura cuidadosa del manuscrito de Venancio, que seguir explorando la biblioteca. Ya has visto que el misterio del laberinto nos ha resultado más fácil de aclarar desde fuera que desde dentro. No será esta noche, frente a nuestras imágenes deformadas, cuando resolveremos el problema. Además, la lámpara se está consumiendo. Ven, completemos las indicaciones que necesitamos para acabar el mapa.

Recorrimos otras salas, siempre registrando en mi

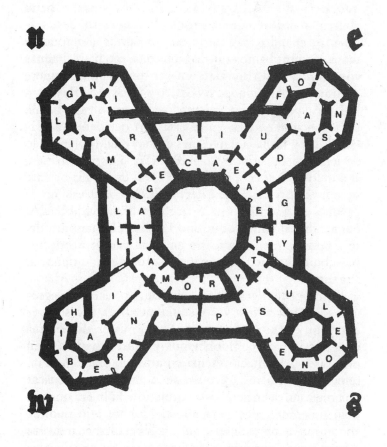

mapa lo que íbamos descubriendo. Encontramos habitaciones dedicadas sólo a obras de matemáticas y astronomía, otras con obras en caracteres arameos, que ninguno de los dos conocíamos, otras en caracteres aún más desconocidos, quizá fuesen textos de la India. Nos desplazábamos siguiendo dos secuencias imbricadas que decían IUDAEA y AEGYPTUS. En suma, para no aburrir al lector con la crónica de nuestro desciframiento, cuando más tarde completamos del todo el mapa, comprobamos que la biblioteca estaba realmente constituida y distribuida a imagen del orbe terráqueo. Al norte encontramos ANGLIA y GERMANI, que, a lo largo de la pared occidental, se unían con GALLIA, para engendrar luego en el extremo occidental a HIBERNIA y hacia la pared meridional ROMA (¡paraíso de los clásicos latinos!) e YSPANIA. Después venían, al sur, los LEONES, el AEGYPTUS, que hacia oriente se convertían en IUDAEA y FONS ADAE. Entre oriente y septentrión, a lo largo de la pared, ACAIA, buena sinécdoque, como dijo Guillermo, para referirse a Grecia, y, en efecto, en aquellas cuatro habitaciones abundaban los poetas y filósofos de la antigüedad pagana.

El modo de lectura era extraño. A veces se seguía una sola dirección, a veces se retrocedía, a veces se recorría un círculo, y a menudo, como ya he dicho, una letra servía para componer dos palabras distintas (en este caso, la habitación tenía un armario dedicado a un tema y uno al otro). Pero sin duda no había que buscar una regla áurea en aquella distribución. Sólo era un artificio mnemotécnico para que el bibliotecario pudiese encontrar las obras. Decir que un libro estaba en *quarta Acaiae* significaba que podía encontrárselo en la cuarta habitación contando desde aquella donde aparecía la A inicial. En cuanto al modo de encontrarla, se suponía que el bibliotecario conocía de memoria el trayecto, recto o circular, que debía recorrer para llegar hasta ella. Por ejemplo, ACAIA estaba distribuido en cuatro habitaciones dispuestas en forma de cuadrado, lo que significa que la primera A era también la última, como, por lo demás, tampoco a nosotros nos llevó mucho descubrir. Al igual que nos había sucedido con el juego de las obstrucciones. Por ejemplo, viniendo desde oriente, ninguna de las habitaciones de ACAIA comunicaba con las habitaciones siguientes: allí se cortaba el laberinto y para llegar al torreón septentrional había que atravesar las otras tres. Pero, desde luego, cuando los bibliotecarios entraban desde el FONS, sabían bien que para ir, digamos, a ANGLIA, debían atravesar AEGYPTUS, YSPANIA, GALLIA y GERMANI.

Con estos y otros preciosos descubrimientos concluyó nuestra fructífera exploración de la biblioteca. Pero antes de decir que, satisfechos, nos dispusimos a salir (para participar en otros acontecimientos a los que pronto he de referirme), debo confesar algo a mi lector. Ya he dicho que nuestra exploración se desarrolló de una parte buscando la clave de aquel sitio misterioso y de la otra demorándonos en las salas cuya colocación y cuyo tema íbamos consignando, para hojear todo tipo de libros, como si estuviésemos explorando un continente misterioso o una terra incógnita. Y en general esa exploración se realizaba de común acuerdo, deteniéndonos ambos en los mismos libros, yo llamándole la atención sobre los más curiosos, y él explicándome todo lo que yo era incapaz de entender.

Pero en determinado momento, justo cuando recorríamos las salas del torreón meridional, llamadas LEONES, sucedió que mi maestro se detuvo en una habitación que contenía gran cantidad de obras en árabe con curiosos dibujos de óptica. Y como aquella noche no disponíamos sólo de una, sino de dos lámparas, me puse a curiosear en la habitación de al lado, y comprobé que con sagacidad y prudencia los legisladores de la biblioteca habían agrupado a lo largo de una de sus paredes unos libros que, sin duda, no podían facilitarse a cualquier tipo de lector, porque de diferentes maneras trataban de las más diversas enfermedades del cuerpo y del espíritu. Casi siempre eran libros escritos por autores infieles. Y mi mirada fue a posarse en un libro no muy grande, y adornado con miniaturas que (¡por suerte!) poco tenían que ver con el tema, flores, zarcillos, parejas de animales, algunas hierbas de uso medicinal: su título era *Speculum amoris,* y su autor fray Máximo de Bolonia, y recogía citas de muchas otras obras, todas sobre la enfermedad del amor. No se necesitaba más para despertar mi insana curiosidad, como comprenderá el lector. De hecho, bastó el título para que mi alma, aquietada desde la mañana, volviera a encenderse, y a excitarse evocando de nuevo la imagen de la muchacha.

Como durante todo el día había rechazado los pensamientos de aquella mañana diciéndome para mí que eran impropios de un novicio sano y equilibrado, y como, además, los acontecimientos habían sido lo bastante ricos e intensos para distraerme, mis apetitos se habían calmado, de modo que ya me creía libre de lo que sólo habría sido una inquietud pasajera. Pero me bastó con ver el libro para decir «de te fabula narratur», y para comprobar que estaba mucho más enfermo de amor de lo que había creído. Después supe que cuando leemos libros de medicina siempre creemos sentir los dolores que allí se describen. Así fue como la lectura de aquellas páginas, hojeadas a toda prisa por miedo a que Guillermo entrase en la habitación y me preguntara qué era lo que estaba considerando con tanta seriedad, me convenció de que sufría de esa enfermedad cuyos síntomas estaban tan espléndidamente descritos que, si bien por un lado me preocupaba el hecho de estar enfermo (y en la infalible compañía de tantas auctoritates), también me alegraba al ver pintada con tanta vivacidad mi situación. Y al mismo tiempo me iba convenciendo de que, a pesar de encontrarme enfermo, la enfermedad que padecía era, por decirlo así, normal, puesto que tantos otros la habían sufrido de la misma manera, y parecía que los autores citados hubieran estado pensando en mí al describirla.

Así leí emocionado las páginas donde Ibn Hazm define el amor como una enfermedad rebelde, que sólo con el amor se cura, una enfermedad de la que el paciente no quiere curar, de la que el enfermo no desea recuperarse (¡y Dios sabe hasta dónde es así!). Comprendí por qué aquella mañana me había excitado tanto todo lo que veía, pues, al parecer, el amor entra por los ojos, como dice, entre otros, Basilio de Ancira, y quien padece dicho mal demuestra —síntoma inconfundible— un júbilo excesivo, y al mismo tiempo desea apartarse y prefiere la soledad (como yo aquella mañana), a lo que se suma un intenso desasosiego y una confusión que impide articular palabra... Me estremecí al leer que, cuando se le impide contemplar el objeto amado, el amante sincero cae necesariamente en un estado de abatimiento que a menudo lo obliga a guardar cama, y a veces el mal ataca al cerebro, y entonces el amante enloquece y delira (era evidente que yo aún no había llegado a esa situación, porque me había desempeñado bastante bien cuando exploramos la biblioteca). Pero leí con aprensión que, si el mal se agrava, puede resultar fatal, y me pregunté si la alegría de pensar en la muchacha compensaba aquel sacrificio supremo del cuerpo, al margen de cualquier justa consideración sobre la salud del alma.

Porque, además, encontré esta otra cita de Basilio, para quien «qui animam corpori per vitia conturbationesque commiscent, utrinque quod habet utile ad vitam necessarium demoliuntur, animamque lucidam ac nitidam carnalium voluptatum limo perturbant, et corporis munditiam atque nitorem hac ratione miscentes, inutile hoc ad vitae officia ostendunt». Situación extrema en la que realmente no deseaba hallarme.

Me enteré también, por una frase de santa Hildegarda, de que el humor melancólico que había sentido durante el día, y que había atribuido a un dulce sentimiento de pena por la ausencia de la muchacha, se parece peligrosamente al sentimiento que experimenta quien se aparta del estado armónico y perfecto que distingue la vida del hombre en el paraíso, y de que esa melancolía «nigra et amara» se debe al soplo de la serpiente y a la influencia del diablo. Idea compartida también por ciertos autores infieles de no menor sabiduría, pues tropecé con las líneas atribuidas a Abu Bakr-Muhammad Ibn Zaka-riyya ar-Razi, quien, en un *Liber continens,* identifica la melancolía amorosa con la licantropía, en la que el enfermo se comporta como un lobo. Al leer su descripción se me hizo un nudo en la garganta: primero se altera el aspecto externo de los amantes, la vista se les debilita, los ojos se hunden y se quedan sin lágrimas, la lengua se les va secando y se cubre de pústulas, el cuerpo también se les seca y siempre tienen sed. A esas alturas pasan el día tendidos boca abajo, con el rostro y los tobillos cubiertos de marcas semejantes a mordeduras de perro, y lo último es que vagan de noche por los cementerios, como lobos.

Finalmente, ya no tuve dudas sobre la gravedad de mi estado cuando leí ciertas citas del gran Avicena, quien define el amor como un pensamiento fijo de carácter melancólico, que nace del hábito de pensar una y otra vez en las facciones, los gestos o las costumbres de una persona del sexo opuesto (¡con qué fidelidad había descrito mi caso Avicena!): no empieza siendo una enfermedad, pero se vuelve enfermedad cuando, al no ser satisfecho, se convierte en un pensamiento obsesivo (aunque, en tal caso, ¿por qué estaba yo obsesionado si, que Dios me lo perdonara, había satisfecho muy bien mis impulsos?, ¿o lo de la noche anterior no había sido satisfacción amorosa?, pero entonces ¿cómo se satisfacían, cómo se mitigaban los efectos de ese mal?), que provoca un movimiento incesante de los párpados, una respiración irregular, risas y llantos intempestivos, y la aceleración del pulso (¡y en verdad el mío se aceleraba, y mi respiración se quebraba, mientras leía aquellas líneas!). Para descubrir de quién estaba enamorado alguien, Avicena recomendaba un método infalible, que ya Galileo había propuesto: coger la muñeca del enfermo e ir pronunciando nombres de personas del otro sexo, hasta descubrir con qué nombre se le acelera el pulso... Y yo temía que de pronto entrase mi maestro, me cogiera del brazo y en la pulsación de mis venas descubriese, para gran vergüenza mía, el secreto de mi amor... ¡Ay!, el remedio que Avicena sugería era unir a los amantes en matrimonio, con lo que el mal estaría curado. Bien se veía que, aunque sagaz, era un infiel, porque no pensaba en la situación de un novicio benedictino, condenado, pues, a no curar jamás —mejor dicho, consagrado por propia elección, o por prudente elección de sus padres, a no enfermar jamás—. Por fortuna, Avicena, aunque sin pensar en la orden cluniacense, consideraba el caso de los amantes separados por alguna barrera infranqueable, y decía que los baños calientes constituían una cura radical (¿acaso Berengario había tratado de curar el mal de amor que sentía por el difunto Adelmo?, pero ¿podía enfermarse de amor por alguien del mismo sexo?, ¿esto último no era sólo lujuria bestial?, y la que yo había sentido la noche pasada

¿no sería también lujuria bestial?, no, en absoluto, decía enseguida para mí, era suavísima... pero después me replicaba: ¡te equivocas, Adso, fue una ilusión del diablo, era bestialísima, y si entonces pecaste siendo bestia, ahora sigues pecando negándote a reconocerlo!). Pero después leí que, siempre según Avicena, hay otras maneras de curar este mal: por ejemplo, recurrir a la ayuda de mujeres viejas y experimentadas para que se pasen todo el tiempo denigrando a la mujer amada; al parecer, para esta faena las viejas son mucho más eficaces que los hombres. Quizá aquélla fuese la solución, pero en la abadía no podía encontrar mujeres viejas (ni tampoco jóvenes). ¿Tendría que pedirle, entonces, a algún monje que me hablase mal de la muchacha? Pero ¿a quién? Además, ¿podía un monje conocer a las mujeres tan bien como las conocía una vieja cotilla? La última solución que sugería el sarraceno era del todo indecente, porque indicaba que el amante infeliz debía unirse con muchas esclavas, procedimiento que en nada convenía a un monje. Y me pregunté cómo podía curar del mal de amor un joven monje. ¿No había manera de que se salvara? ¿No debería recurrir a Severino y sus hierbas? De hecho encontré un pasaje de Arnaldo de Villanova, cuyo elogio había oído en boca de Guillermo, que atribuía el mal de amor a una abundancia de humores y de pneuma, o sea al exceso de humedad y calor en el organismo humano, pues cuando la sangre (que produce el semen generativo) aumenta en exceso, provoca un exceso de semen, una «complexio venerea», y un intenso deseo de unión entre hombre y mujer. En la parte dorsal del ventrículo medio del encéfalo (¿qué sería eso?, me pregunté) reside una virtud estimativa cuya función consiste en percibir las intenciones no sensibles que hay en los objetos sensibles que se captan con los sentidos, y cuando el deseo del objeto que perciben los sentidos se vuelve demasiado intenso, aquella facultad estimativa se perturba sobremanera y ya sólo se nutre con el fantasma de la persona amada. Entonces se produce una inflamación del alma entera y del cuerpo, y la tristeza alterna con la alegría, porque el calor (que en los momentos de desesperación se retira hacia lo más profundo del cuerpo, con lo que la piel se hiela) sube, en los momentos de alegría, a la superficie, e inflama el rostro. Como cura, Arnaldo aconseja tratar de perder la confianza y la esperanza de unirse al objeto amado, para que el pensamiento fuese alejándose de él.

Pero entonces estoy curado, o en vías de curación, dije para mí, porque son pocas o ningunas las esperanzas que tengo de volver a ver al objeto de mis pensamientos, o, si lo viese, de estar con él, o, si estuviese con él, de volver a poseerlo, o, si volviese a poseerlo, de conservarlo a mi lado, tanto debido a mi estado monacal como a las obligaciones que se derivan del rango de mi familia... Estoy salvado, dije para mí. Cerré el libro y me serené, justo cuando Guillermo entraba en la habitación. Proseguimos nuestro viaje por el laberinto (que, como ya he dicho, a esas alturas habíamos logrado desenredar) y por el momento olvidé mi obsesión.

Como se verá, no tardaría mucho en reencontrarla, pero en circunstancias (¡ay!) muy distintas.

Cuarto día
NOCHE

*Donde Salvatore se deja descubrir miserablemente
por Bernardo Gui, la muchacha que ama Adso
es apresada y acusada de brujería, y todos se van
a la cama más infelices y preocupados que antes.*

En efecto, estábamos bajando al refectorio cuando escuchamos unos gritos y percibimos el débil resplandor de unas luces del lado de la cocina. Guillermo se apresuró a apagar la lámpara. Pegándonos a las paredes, llegamos hasta la puerta que daba a la cocina, y comprendimos que el ruido venía de afuera, pero que la puerta estaba abierta. Después las voces y las luces se alejaron, y alguien cerró la puerta con violencia. Era un gran tumulto, preludio de algo desagradable. A toda prisa volvimos a atravesar el osario, llegamos de nuevo a la iglesia, que estaba desierta, salimos por la puerta meridional, y divisamos un ir y venir de antorchas en el claustro.

Nos acercamos, y en la confusión parecía que también nosotros llegásemos, como los muchos que ya estaban allí, desde el dormitorio o desde la casa de los peregrinos. Vimos que los arqueros tenían bien cogido a Salvatore, blanco como el blanco de sus ojos, y a una mujer que lloraba. Se me encogió el corazón: era ella, la muchacha de mis pensamientos. Al verme me reconoció, y me lanzó una mirada implorante y angustiosa. Estuve a punto de correr en su ayuda, pero Guillermo me contuvo, mientras me decía por lo bajo algunos insultos que nada tenían de afectuosos. De todas partes llegaban los monjes y los huéspedes.

Se presentó el Abad, y Bernardo Gui, a quien el capitán de los arqueros informó brevemente de los hechos. Éstos eran los siguientes.

Por orden del inquisidor, los arqueros patrullaban durante la noche toda la explanada, vigilando en especial la avenida que iba desde el portalón de entrada hasta la iglesia, la zona de los huertos y la fachada del Edificio (¿por qué?, me pregunté, y comprendí que Bernardo debía de haberse enterado, por los sirvientes o los cocineros, de la existencia de ciertos comercios nocturnos, cuyos responsables quizá éstos no fuesen capaces de indicar con exactitud, pero que se desarrollaban entre la parte externa de la muralla y la cocina, y quizá el estúpido de Salvatore hubiera hablado del asunto, como lo había hecho conmigo, a algún sirviente en la cocina o en los establos, y luego el infeliz, atemorizado por el interrogatorio de la tarde, lo había repetido para aplacar la avidez de Bernardo). Por último, moviéndose con discreción, y al amparo de la niebla, los arqueros habían sorprendido a Salvatore, en compañía de la mujer, mientras maniobraba ante la puerta de la cocina.

—¡Una mujer en este lugar sagrado! ¡Y con un monje! —exclamó con tono severo Bernardo dirigiéndose al Abad—. Eminentísimo señor, si sólo se tratase de la violación del voto de castidad, el castigo de este hombre caería dentro de vuestra jurisdicción. Pero, como aún no sabemos si las tramoyas de estos dos infelices guardan alguna relación con la salud de los huéspedes, es necesario aclarar primero este misterio. Vamos, a ti te hablo, miserable. —Y mientras tanto se apoderaba del paquete que ilusamente Salvatore creía tener oculto en el pecho—. ¿Qué tienes ahí?

Yo ya lo sabía: un cuchillo, un gato negro, que, apenas abierto el paquete, huyó maullando furioso, y dos huevos, ya rotos y convertidos en un líquido viscoso, que todos tomaron por sangre, bilis amarilla u otra sustancia inmunda. Salvatore estaba por entrar en la cocina, meter al gato y arrancarle los ojos. Y quién sabe con qué promesas había logrado que la muchacha lo siguiera. Enseguida supe con qué promesas. Los arqueros revisaron a la muchacha, en medio de risas maliciosas y alusiones lascivas, y le encontraron un gallito muerto, todavía con plumas. De noche todos los gatos son pardos, pero en aquella ocasión la desgracia quiso que el gallo no pareciera menos negro que el gato. Por mi parte, pensé que no se necesitaba más para atraer a aquella pobre hambrienta que ya la noche anterior había abandonado (¡y por amor a mí!) su precioso corazón de buey...

—¡Ajá! —exclamó Bernardo con tono muy preocupado—. Gato y gallo negros... Pero yo conozco esta parafernalia... —Divisó a Guillermo entre los asistentes—. También vos la conocéis, ¿verdad, fray Guillermo? ¿No fuisteis inquisidor en Kilkenny, hace tres años, cuando aquella muchacha tenía relaciones con un demonio que se le aparecía en forma de gato negro?

El silencio de mi maestro me pareció innoble. Lo cogí de la manga, lo sacudí y le susurré desesperado:

—Pero decidle que era para comer...

Zafándose de mi mano, Guillermo respondió cortésmente a Bernardo:

—No creo que necesitéis de mis viejas experiencias para extraer vuestras conclusiones.

—¡Oh, no, hay testimonios mucho más autorizados! —dijo éste sonriendo—. En su tratado sobre los siete dones del Espíritu Santo, Esteban de Bourbon cuenta que santo Domingo, después de haber predicado en Fanjeaux contra los herejes, anunció a unas mujeres que verían a quién habían estado sirviendo hasta aquel momento. Y de pronto saltó en medio de ellas un gato espantoso, como un perro grande, con ojos enormes y ardientes, una lengua sanguinolenta que le llegaba hasta el ombligo, la cola corta y erecta, de modo que, hacia dondequiera que se volviese, el animal mostraba su infame trasero, fétido a más no poder, como corresponde a ese ano que los devotos de Satanás, y en no último lugar los caballeros templarios, siempre suelen besar en el transcurso de sus reuniones. Y después de haberse paseado una hora alrededor de las mujeres, el gato saltó a la cuerda de la campana y trepó por ella, dejando allí sus fétidos excrementos. ¿Y acaso no aman al gato los cátaros, cuyo nombre, según Alain de Lille, deriva precisamente de *catus*, porque besan el trasero de dicho animal al que consideran la encarnación de Lucifer? ¿Y no confirma la existencia de esta repugnante práctica también Guillermo de Auvernia en el *De legibus*? ¿Y no dice Alberto Magno que los gatos son demonios en potencia? ¿Y no cuenta mi venerable colega Jacques Fournier que en el lecho de muerte del inquisidor Godofredo de Carcassone aparecieron dos gatos negros que no eran sino dos demonios que deseaban hacer befa de aquellos despojos?

Un murmullo de horror recorrió el grupo de los monjes, muchos de los cuales hicieron el signo de la santa cruz.

—¡Señor Abad, señor Abad! —decía entretanto Bernardo con tono virtuoso—. Quizá vuestra excelencia ignore lo que suelen hacer los pecadores con estos instrumentos. Pero yo lo sé muy bien. ¡Ojalá Dios no lo hubiese querido! He visto a mujeres de una perversión extrema que, durante las horas más oscuras de la noche, junto con otras de su calaña, utilizaban gatos negros para obtener prodigios que tuvieron que admitir: como el de montar en ciertos animales y valerse de las sombras nocturnas para recorrer distancias inmensas, arrastrando a sus esclavos, transformados en íncubos deseosos de entregarse a tales prácticas... Y el mismo diablo se les aparece, o al menos están segurísimas de que se les aparece, en forma de gallo, o de otro animal muy negro, y con él llegan incluso, no me preguntéis cómo, a yacer. Y sé de buena fuente que con este tipo de nigromancias no hace mucho, precisamente en Aviñón, se prepararon filtros y ungüentos para atentar contra la vida del propio señor papa, envenenando sus alimentos. ¡El papa pudo defenderse y reconocer la ponzoña, porque poseía unas joyas prodigiosas en forma de lengua de serpiente, reforzadas con maravillosas esmeraldas y rubíes, que por virtud divina permitían detectar la presencia de veneno en los alimentos! ¡Once le había regalado el rey de Francia, de tales lenguas preciosísimas, gracias al cielo, y sólo así nuestro señor papa pudo escapar de la muerte! Es cierto que los enemigos del pontífice no se limitaron a eso, y todos saben lo que se le descubrió al hereje Bernard Délicieux, arrestado hace diez años: en su casa se encontraron libros de magia negra con anotaciones en las páginas más abyectas, con todas las instrucciones para construir figuras de cera a través de las cuales podía hacerse daño a los enemigos. Y aunque os parezca increíble, también en su casa se encontraron figuras que reproducían, con arte sin duda admirable, la propia imagen del papa, con circulitos rojos en las partes vitales del cuerpo: y todos saben que esas figuras se cuelgan de una cuerda, delante de un espejo, para después hundirles en los círculos vitales alfileres y... ¡Oh! ¿Pero por qué me demoro en detallar estas repugnantes miserias? ¡El propio papa las ha mencionado y las ha descrito, condenándolas, hace sólo un año, en su constitución *Super illius specula*! Y sin duda espero que poseáis una copia en vuestra rica biblioteca, para que meditéis sobre ella como es debido...

—La tenemos, la tenemos —se apresuró a confirmar el Abad, muy perturbado.

—Está bien —concluyó Bernardo—. Ahora veo claramente lo que ha sucedido. Una bruja, un monje que se deja seducir, y un rito que por suerte no ha podido celebrarse. ¿Con qué fines? Eso es lo que hemos de saber, y para saberlo quiero sacrificar algunas horas de sueño. Ruego a vuestra excelencia que ponga a mi disposición un sitio donde pueda tener vigilado a este hombre...

—En el subsuelo del taller de los herreros —dijo el Abad—, tenemos algunas celdas, que por suerte se usan muy poco, y que están vacías desde hace años.

—Por suerte o por desgracia —observó Bernardo.

Y ordenó a los arqueros que se hiciesen mostrar el camino y que pusieran a los cautivos en dos celdas distintas; y que atasen bien al hombre de alguna argolla que hubiera en la pared, para que cuando, muy pronto, bajase a interrogarlo, pudiera mirarlo bien en la cara. En cuanto a la muchacha, añadió, estaba claro lo que era, y no valía la pena interrogarla aquella noche. Ya surgirían otras pruebas antes de que fuese quemada por bruja. Y si era bruja, no sería fácil que hablara. Pero el monje quizá aún podía arrepentirse (y miró a Salvatore, que temblaba, como dándole a entender que todavía le ofrecía una oportunidad), contar la verdad, y, añadió, denunciar a sus cómplices.

Se los llevaron: uno, silencioso y deshecho, como afiebrado; la otra, llorando, dando patadas, y gritando como un animal en el matadero. Pero ni Bernardo ni los arqueros ni yo mismo comprendíamos lo que decía en su lengua de campesina. Aunque hablase, era como si fuese muda. Hay palabras que dan poder y otras que agravan aún más el desamparo, y de este último tipo son las palabras vulgares de los simples, a quienes el Señor no ha concedido la gracia de poder expresarse en la lengua universal del saber y del poder.

Otra vez estuve por lanzarme tras ella, otra vez Guillermo, cuya expresión era muy sombría, me contuvo.

—Quédate quieto, tonto, la muchacha está perdida, es carne de hoguera.

Mientras observaba aterrado la escena, en medio de un torbellino de pensamientos contradictorios, con los ojos clavados en la muchacha, sentí que me tocaban el hombro. No sé cómo, pero antes de volverme supe que era la mano de Ubertino.

—¿Miras a la bruja, verdad? —me dijo.

Yo sabía que no podía estar al tanto de mi historia, y que, por consiguiente, sus palabras sólo expresaban lo que, con su tremenda capacidad para penetrar en las pasiones humanas, había leído en la tensión de mi mirada.

—No... —intenté zafarme—, no la miro... Es decir, quizá la mire, pero no es una bruja. No lo sabemos, quizá sea inocente...

—La miras porque es bella. Es bella, ¿verdad? —me preguntó enardecido y cogiéndome con fuerza del brazo—. Si la miras porque es bella, y su belleza te perturba (sé que estás perturbado porque te atrae aún más debido al pecado del que se le acusa), si la miras y sientes deseo, entonces, por eso mismo, es una bruja. Vigila, hijo mío... La belleza del cuerpo sólo existe en la piel. Si los hombres viesen lo que hay debajo de la piel, como sucede en el caso del lince de Beocia, se estremecerían de horror al contemplar a la mujer. Toda esa gracia consiste en mucosidades y en sangre, en humores y en bilis.

Si pensases en lo que se esconde en la nariz, en la garganta y en el vientre, sólo encontrarías suciedad. Y si te repugna tocar el moco o el estiércol con la punta del dedo, ¿cómo podrías querer estrechar entre tus brazos el saco que contiene todo ese excremento?

Estuve a punto de vomitar. No quería seguir escuchando aquellas palabras. Acudió en mi ayuda Guillermo, que había estado oyendo. Se acercó bruscamente a Ubertino, y cogiéndolo por un brazo lo scparó del mío.

—Ya está bien, Ubertino —dijo—. Pronto esta muchacha será torturada y después morirá en la hoguera. Se convertirá exactamente en lo que dices: moco, sangre, humores y bilis. Pero serán nuestros semejantes quienes extraigan de debajo de su piel lo que el Señor ha querido que esa piel protegiese y adornara. Y desde el punto de vista de la materia prima, tú no eres mejor que ella. Deja tranquilo al muchacho.

Ubertino quedó confuso:

—Quizá he pecado —murmuró—. Sin duda he pecado. ¿Qué otra cosa puede hacer un pecador?

Ya todos se estaban retirando, mientras comentaban lo sucedido. Guillermo habló un momento con Michele y los otros franciscanos, que le preguntaban qué pensaba de aquello.

—Ahora Bernardo tiene un argumento, aunque sea equívoco. Por la abadía merodean nigromantes que hacen lo mismo que se hizo contra el papa en Aviñón. Sin duda, no se trata de una prueba, y no puede usarse para perturbar el encuentro de mañana. Esta noche tratará de arrancarle a ese desgraciado alguna otra indicación, pero estoy seguro de que no la utilizará inmediatamente. No la utilizará mañana por la mañana, la tendrá en reserva para más adelante, para perturbar la marcha de las discusiones, en caso de que éstas tomen una orientación que no sea de su agrado.

—¿Podría hacerle decir algo que luego le sirviese contra nosotros? —preguntó Michele da Cesena.

Guillermo dudó un momento:

—Esperemos que no —dijo por fin.

Comprendí que si Salvatore decía a Bernardo lo que nos había dicho a nosotros, sobre su pasado y sobre el pasado del cillerero, y si hacía alguna referencia al vínculo entre ambos y Ubertino, por fugaz que ésta fuese, se crearía una situación bastante incómoda.

—De todos modos, no nos adelantemos a los acontecimientos —dijo Guillermo con serenidad—. Además, Michele, todo estaba decidido de antemano. Pero tú quieres probar.

—Sí, quiero —dijo Michele—, el Señor me ayudará. Que san Francisco interceda por todos nosotros.

—Amén —respondieron todos.

—Pero no es seguro que pueda hacerlo —fue el irreverente comentario de Guillermo—. Quizá san Francisco está en alguna parte esperando el juicio, y aún no ve al Señor cara a cara.

—Maldito sea el hereje Juan —oí que gruñía micer Girolamo, mientras todos volvían a sus celdas—. Si ahora nos quita hasta el auxilio de los santos, ¿dónde acabaremos los pobres pecadores?

QUINTO DÍA

Quinto día
PRIMA

*Donde se produce una fraterna discusión sobre
la pobreza de Jesús.*

Con el corazón agitado por mil angustias, después
de la escena de aquella noche, me levanté la mañana del
quinto día cuando ya estaba sonando prima, sacudido
con fuerza por Guillermo, que me avisaba de la inminente reunión entre ambas legaciones.

Miré por la ventana de la celda y no vi nada. La niebla
del día anterior se había convertido en un manto lecho-
so que cubría totalmente la meseta.

Al salir, la abadía se me apareció como nunca lo
había hecho hasta entonces: sólo algunas construcciones mayores, la iglesia, el Edificio, la sala capitular,
se destacaban incluso a distancia, si bien con perfiles confusos, sombras entre las sombras, pero el resto
de las construcciones sólo era visible a pocos pasos.
Las formas de las cosas y de los animales parecían surgir
repentinamente de la nada; las personas parecían fantasmas grises que emergían de la bruma, y que sólo

479

poco a poco, y no sin esfuerzo, se volvían reconocibles.

Nacido en tierras nórdicas, estaba habituado a aquel elemento, que, en otras circunstancias, me habría hecho pensar, no sin ternura, en la planicie y el castillo de mi infancia. Pero aquella mañana me pareció percibir una dolorosa afinidad entre las condiciones del aire y las condiciones de mi alma, y la sensación de tristeza con que me había despertado fue creciendo a medida que me acercaba a la sala capitular.

A pocos pasos de aquel edificio, divisé a Bernardo Gui despidiéndose de otra persona que al principio no reconocí. Pero cuando pasó a mi lado vi que se trataba de Malaquías. Miraba a su alrededor como alguien que no desea ser visto mientras comete un delito, pero ya he dicho que la expresión de ese hombre era por naturaleza la de alguien que oculta, o intenta ocultar, algún secreto inconfesable.

No me reconoció, y se alejó del lugar. Movido por la curiosidad, seguí a Bernardo y vi que estaba hojeando unos folios que quizá le había entregado Malaquías. Al llegar al umbral de la sala capitular, llamó con un ademán al jefe de los arqueros, que estaba cerca, y le susurró unas palabras. Después entró en el edificio, y yo tras él.

Era la primera vez que pisaba aquel sitio, que, por fuera, era de dimensiones modestas y de formas sobrias. Advertí que en épocas recientes había sido reconstruido sobre los restos de una primitiva iglesia abacial, quizá destruida en parte por algún incendio.

Al entrar se pasaba bajo un portal construido según la nueva moda, de arco ojival, sin decoraciones y rematado por un rosetón. Pero una vez en el interior se descubría un atrio, reconstruido sobre las ruinas de un viejo nártex. Y al frente, otro portal, con su arco construido según la moda antigua, y su tímpano de media luna admirablemente esculpido. Debía de ser el portal de la iglesia destruida.

Las esculturas del tímpano eran tan bellas, pero no tan inquietantes, como las de la iglesia actual. También aquí un Cristo sentado en su trono dominaba el tímpano, pero junto a él, en diferentes actitudes y sosteniendo distintos objetos, estaban los doce apóstoles a quienes había ordenado que fuesen por el mundo evangelizando a las gentes. Sobre la cabeza de Cristo, en un arco dividido en doce paneles, y bajo los pies de Cristo, en una procesión ininterrumpida de figuras, estaban representados los pueblos del mundo, los que recibirían la buena nueva. Reconocí por sus trajes a los hebreos, los capadocios, los árabes, los indios, los frigios, los bizantinos, los armenios, los escitas y los romanos. Pero, mezclados con ellos, en treinta círculos dispuestos en arco por encima del arco de los doce paneles, estaban los habitantes de los mundos desconocidos, de los que sólo tenemos noticias a través del *Fisiólogo* y de los relatos confusos de los viajeros. Muchos me resultaron irreconocibles, a otros pude identificarlos: por ejemplo, los brutos con seis dedos en las manos; los faunos que nacen de los gusanos que se forman entre la corteza y la madera de los árboles; las sirenas con la cola cubierta de escamas, que seducen a los marineros; los etíopes con el cuerpo todo negro, que se defienden del ardor del sol cavando cavernas subterráneas; los onocentauros, hombres hasta el ombligo y el resto asnos; los cíclopes con un solo ojo, grande como un escudo; Escila con la cabeza y el pecho de muchacha, el vientre de loba y la cola de delfín; los hombres velludos de la India que viven en los pantanos y en el río Epigmáride; los cinocéfalos, que no pueden hablar sin interrumpirse a cada momento para ladrar; los esquípodos, que corren a gran velocidad con su única pierna y que cuando quieren protegerse del sol se echan al suelo y enarbolan su gran pie como una sombrilla; los astómatas de Grecia, que carecen de boca y respiran por la nariz y sólo se alimentan de aire; las mujeres barbudas de Armenia; los pigmeos; los epístigos, que algunos llaman también pállidos, que nacen sin cabeza y tienen la boca en el vientre y los ojos en los hombros; las mujeres monstruosas del mar Rojo, de doce pies de altura, con cabellos que les llegan hasta los talones, una cola bovina al final de la espalda, y pezuñas de camello; y los que tienen la planta de los pies hacia atrás, de modo que quien sigue sus huellas siempre llega al sitio del que proceden y nunca a aquel hacia el que se dirigen; y también los hombres con tres cabezas; los de ojos resplandecientes como lámparas; y los monstruos de la isla de Circe, con cuerpo de hombre y cerviz de diferentes, y muy variados, animales...

Estos y otros prodigios estaban esculpidos en aquel portal. Pero ninguno provocaba inquietud, porque no estaban allí para significar los males de esta tierra o los tormentos del infierno, sino para mostrar que la buena nueva había llegado a todas las tierras conocidas y se estaba extendiendo a las desconocidas, y por eso el portal era una jubilosa promesa de concordia, de unidad alcanzada a través de la palabra de Cristo, de esplendorosa ecumene.

Buen presagio, dije para mí pensando en el encuentro que iba a celebrarse más allá de aquel umbral, donde unos hombres enfrentados duramente por sostener interpretaciones opuestas del evangelio quizá lograrían resolver sus diferencias. Y me dije para mí que era un miserable pecador al padecer por mis infortunios personales, mientras estaban a punto de producirse acontecimientos tan importantes para la historia de la cristiandad. Comparé la pequeñez de mis penas con la grandiosa promesa de paz y serenidad estampada en la piedra del tímpano. Pedí perdón a Dios por mi fragilidad y, ya más tranquilo, crucé el umbral.

Al entrar vi reunidos a todos los miembros de ambas legaciones, sentados unos frente a otros en una serie de sillones dispuestos en semicírculo, y en medio una mesa a la que estaban sentados el Abad y el cardenal Bertrando.

Guillermo, a quien seguí para tomar apuntes, me colocó en la parte de los franciscanos, donde estaban Michele y los suyos, y otros franciscanos de la corte de Aviñón: porque el encuentro no debía parecer un duelo entre italianos y franceses, sino una disputa entre los partidarios de la regla franciscana y sus críticos, todos unidos por una incólume y católica fidelidad a la corte pontificia.

Con Michele da Cesena estaban fray Arnaldo de Aquitania, fray Hugo de Newcastle y fray Guillermo Alnwick, que habían participado en el capítulo de Perusa, y además el obispo de Caffa, y Berengario Talloni, Bonagrazia da Bergamo y otros franciscanos de la corte aviñonesa. En la parte opuesta estaban sentados Lorenzo Decoalcone, bachiller de Aviñón, el obispo de Padua y Jean d'Anneaux, doctor en teología en París. Junto a Bernardo Gui, silencioso y absorto, estaba el dominico Jean de Baune, al que en Italia llamaban Giovanni Dalbena. Guillermo me dijo que este último había sido años atrás inquisidor en Narbona, donde había procesado a muchos begardos y terciarios, pero, como había condenado por herética precisamente una proposición sobre la pobreza de Cristo, había tenido que vérselas con Berengario Talloni, lector en el convento de aquella ciudad, quien había apelado al papa. Como por entonces Juan aún no tenía una opinión definida sobre esa materia, los llamó a Aviñón para que discutieran. Pero el debate fue infructuoso, y poco después, en el capítulo de Perusa, los franciscanos adoptaban la tesis que ya he expuesto. Por último, del lado de los aviñoneses, había varios más, entre los cuales se encontraba el obispo de Alborea.

La sesión fue abierta por Abbone, quien consideró oportuno resumir los hechos más recientes. Recordó que el año del Señor 1322 el capítulo general de los frailes franciscanos, reunido en Perusa bajo la guía de Michele da Cesena, había establecido, tras larga y cuidadosa deliberación, que Cristo, para dar ejemplo de vida perfecta, y los apóstoles, para adecuarse a su enseñanza, nunca habían poseído en común cosa alguna, ya fuese a título de propiedad o de señoría, y que esa verdad era materia de fe sana y católica, como se deducía de una serie de citas de los libros canónicos. Por lo cual, la renuncia a la propiedad de todo bien era meritoria y santa, y a esa regla de santidad se habían atenido los primeros fundadores de la iglesia militante. Y que a esa verdad se había atenido en 1312 el concilio de Vienne, y que el propio papa Juan en 1317, en la constitución sobre el estado de los frailes franciscanos que comienza diciendo *Quorundam exigit*, había comentado las resoluciones de aquel concilio afirmando que habían sido santamente concebidas y que eran lúcidas, consistentes y maduras. Por lo que el capítulo de Perusa, considerando que aquello que con sana doctrina la sede apostólica había aprobado siempre, siempre debía darse por aceptado, y que de ninguna manera había que apartarse de ello, se había limitado a sellar otra vez aquella decisión conciliar, con la firma de maestros en sagrada teología como fray Guillermo de Inglaterra, fray Enrique de Alemania, fray Arnaldo de Aquitania, provinciales y ministros; así como con el sello de fray Nicolás, ministro de Francia, fray Guillermo Bloc, bachiller, del ministro general y de cuatro ministros provinciales, fray Tomás de Bolonia, fray Pietro de la provincia de San Francisco, fray Fernando da Castello y fray Simone da Turonia. Sin embargo, añadió Abbone, el año siguiente el papa emitió la decretal *Ad conditorem canonum*, contra la que protestó fray Bonagrazia da Bergamo, por considerarla contraria a los intereses de su orden. Entonces el papa arrancó la decretal de las puertas de la iglesia mayor de Aviñón, donde se exhibía, y corrigió varios puntos. Pero en realidad resultó aún más dura, y prueba de ello fue que, como consecuencia inmediata de la misma, fray Bonagrazia pasó un año en prisión. Tampoco podía dudarse de la severidad del pontífice, pues aquel mismo año emitió la ya célebre *Cum inter nonnullos*, donde se condenaron definitivamente las tesis del capítulo de Perusa.

En aquel momento, interrumpiendo con cortesía a Abbone, habló el cardenal Bertrando, para decir que convenía recordar que las cosas se habían complicado, para gran irritación del pontífice, cuando en 1324 Ludovico el Bávaro había emitido la declaración de Sachsenhausen, donde sin razones válidas adoptaba las tesis de Perusa (tampoco era fácil comprender, observó Bertrando con una ligera sonrisa, cómo podía el emperador abogar con tanto entusiasmo por la pobreza, cuando él no la practicaba en absoluto), poniéndose contra el señor papa, llamándolo *inimicus pacis* y afirmando que deseaba provocar escándalos y discordias, tratándolo, por último, de hereje e, incluso, de heresiarca.

—No exactamente —intentó mediar Abbone.

—En el fondo afirmó eso —dijo Bertrando con tono seco.

Y añadió que precisamente para rebatir aquella inoportuna intervención del emperador, el papa se había visto obligado a emitir la decretal *Quia quorundam*, y que, por último, había cursado una invitación a Michele da Cesena conminándolo a presentarse ante él. Michele había respondido excusando no poder ir por encontrarse enfermo, hecho del que nadie dudaba, y había enviado a fray Giovanni Fidanza y a fray Modesto Custodio de Perusa. Pero dio la casualidad, dijo el cardenal, de que los güelfos de Perusa informaron al papa de que, lejos de estar enfermo, Michele estaba manteniendo contactos con Ludovico de Baviera. Y en cualquier caso, dejando de lado lo que podía o no haber sucedido, el hecho era que ahora fray Michele se veía bien y sereno, y que en Aviñón se le esperaba. Sin embargo, era mejor, admitía el cardenal, ponderar antes, como se estaba haciendo en aquel momento, y en presencia de hombres prudentes situados de una y otra parte, lo que luego Michele diría al papa, porque al fin y al cabo todos estaban interesados en no agravar las cosas y en resolver fraternalmente una querella que no tenía razón de ser entre un padre amantísimo y sus devotos hijos, y que hasta entonces se había agudizado sólo debido a la intervención de hombres del siglo que, por emperadores o vicarios que fuesen, nada tenían que hacer en los asuntos de la santa madre iglesia.

Intervino entonces Abonne, quien dijo que, a pesar de ser hombre de iglesia y abad de una orden a la que la iglesia tanto debía (un murmullo de respeto y consideración corrió por ambos lados del hemiciclo), no consideraba que el emperador tuviese que quedar al margen de esos asuntos, por las numerosas razones que luego expondría fray Guillermo de Baskerville. Pero, siguió diciendo Abbone, era correcto, sin embargo, que la primera parte de la discusión se desarrollara entre los enviados pontificios y los representantes de aquellos hijos de san Francisco que, por el solo hecho de participar en ese encuentro, demostraban que eran hijos devotísimos del pontífice. Por consiguiente, invitaba a fray Michele, o a quien hablase en su nombre, a que expusiera las tesis que se proponía defender en Aviñón.

Michele dijo que, para gran alegría y emoción de su parte, aquella mañana se encontraba con ellos Ubertino da Casale, a quien en 1322 el propio pontífice había pedido una relación fundada sobre el asunto de la pobreza. Y precisamente Ubertino podría resumir, con la lu-

cidez, la erudición y la fe apasionada que todos recono-
cían en él, los puntos capitales de las ideas que la orden
franciscana ya había hecho definitivamente suyas.

Se puso en pie Ubertino, y tan pronto como empezó
a hablar comprendí por qué había podido despertar
tanto entusiasmo no sólo como predicador sino también como hombre de corte. Apasionado en el ademán,
persuasivo en la voz, fascinante en la sonrisa, claro y co-
herente en el razonamiento, tuvo cogidos a los oyentes
durante todo el tiempo que duró su discurso. Comenzó
con una disquisición muy docta sobre las razones en
que se apoyaban las tesis de Perusa. Dijo que ante todo
había que reconocer que Cristo y sus apóstoles tuvieron una doble condición, porque fueron prelados de la
iglesia del nuevo testamento, y como tales tuvieron
propiedades, en cuanto a la autoridad para dispensar
y distribuir bienes, y dar a los pobres y a los ministros
de la iglesia, como está escrito en el capítulo cuarto de
los Hechos de los Apóstoles, y sobre esto nadie discu-
te. Pero en segundo lugar Cristo y los apóstoles deben
ser considerados como personas particulares, fundamento de toda perfección religiosa, y perfectos despre-
ciadores del mundo. Y en este sentido existen dos maneras de poseer, una de las cuales es civil y mundana, y
las leyes imperiales la definen con las palabras in bonis
nostris, porque se dicen nuestros aquellos bienes que
nos han sido dados en custodia y que, cuando nos los
quitan, tenemos derecho a reclamar. Y por eso una cosa
es defender civil y mundanamente el bien propio contra el que nos lo quiere quitar, apelando al juez imperial
(y afirmar que Cristo y los apóstoles poseyeron bienes
de esta manera es herético, porque, como dice Mateo
en el capítulo V, al que quiera litigar contigo para qui-
tarte la túnica, déjale también el manto, y no otra cosa
dice Lucas en el capítulo VI, donde Cristo aparta de sí
todo dominio y señorío y lo mismo impone a sus após-

toles, y véase además el capítulo XXIV de Mateo, donde Pedro dice al Señor que para seguirlo lo han dejado todo), pero hay otra manera en que pueden poseerse las cosas temporales y es en razón de la común caridad fraterna; y en este sentido Cristo y los suyos poseyeron bienes por razón natural, razón que algunos llaman jus poli, o sea razón del cielo, basada en la naturaleza, que, sin ordenación humana, concuerda con la justa razón, mientras que el jus fori es poder que depende de las estipulaciones humanas. Antes de la primera división de las cosas, éstas fueron, en cuanto al dominio, como son ahora las cosas que no pertenecen a nadie y se conceden al que las ocupa, y en cierto sentido fueron comunes a todos los hombres, mientras que sólo después del pecado nuestros antepasados empezaron a repartirse la propiedad de las cosas y de entonces datan los dominios mundanos tal como se conocen en la actualidad. Pero Cristo y los apóstoles tuvieron bienes de la primera manera, y así tuvieron ropa, pan y pescados, y, como dice Pablo en la primera a Timoteo, tenemos alimentos y con qué cubrirnos, y estamos satisfechos. Por lo que se ve que Cristo y los suyos tuvieron esas cosas no en posesión sino en uso, o sea, sin menoscabo de su absoluta pobreza. Lo que ya el papa Nicolás II había reconocido en la decretal *Exiit qui seminat.*

Pero del lado contrario se levantó Jean d'Anneaux y dijo que las tesis de Ubertino le parecían reñidas no sólo con la recta razón sino también con la recta interpretación de las escrituras. Porque en el caso de los bienes perecederos, como el pan y el pescado, no puede hablarse de mero derecho de uso, y, en efecto, en tal caso no puede haber uso, sino abuso. Todo lo que los creyentes tenían en común en la iglesia primitiva, como se deduce de los Hechos segundo y tercero, lo tenían sobre la base del mismo tipo de dominio que detentaban antes de la conversión. Los apóstoles, después del descenso del Espíritu Santo, poseyeron fincas en Judea; el voto de vivir sin propiedad no se extiende a lo que el hombre necesita para vivir, y cuando Pedro dijo que lo había dejado todo no quería decir que hubiera renunciado a la propiedad; Adán tuvo dominio y propiedad de las cosas; el servidor que coge dinero de su amo no hace, sin duda, uso ni abuso del mismo; las palabras de la *Exiit qui seminat* en que siempre se apoyan los franciscanos, y por las que se establece que éstos sólo tienen el uso de lo que utilizan, pero no su dominio ni su propiedad, deben relacionarse sólo con los bienes que no se agotan con el uso, y de hecho si la *Exiit* abarcase también los bienes perecederos estaría afirmando algo imposible; el uso de hecho no puede distinguirse del dominio jurídico; todo derecho humano, sobre cuya base se poseen bienes materiales, está contenido en las leyes de los reyes; como hombre mortal, Cristo fue, desde el instante de su concepción, propietario de todos los bienes terrenales, y como Dios recibió del padre el dominio universal de todo; fue propietario de ropas, alimentos y dinero gracias a las contribuciones y ofrendas de los fieles, y si fue pobre, no lo fue por no tener propiedades sino porque no percibía los frutos de estas últimas, porque el mero dominio jurídico, separado de la recaudación de los intereses, no vuelve rico al que lo detenta; y por último, aunque la *Exiit* hubiese dicho otra cosa, el pontífice romano, en lo que se refiere a la fe y a las cuestiones morales, puede revocar las resoluciones de sus predecesores y afirmar, incluso, lo contrario.

Fue entonces cuando se puso en pie con ademán vehemente fray Girolamo, obispo de Caffa. La barba le temblaba de ira a pesar de que sus palabras trataban de parecer conciliadoras. Empezó a argumentar de una manera que me pareció bastante confusa.

—Lo que querría decir al santo padre, y yo mismo lo diré, empiezo aceptando que me lo corrija, porque en verdad creo que Juan es el vicario de Cristo, y por declararlo me tuvieron preso los sarracenos. Y comenzaré citando un hecho que menciona un gran doctor, relativo a la disputa que se planteó cierto día entre unos monjes sobre quién era el padre de Melquisedec. Y entonces el abad Copes, al ser interrogado sobre eso se dio un golpe en la cabeza y dijo: «Ten cuidado, Copes, porque sólo buscas lo que Dios no te ordena buscar, y descuidas lo que te ordena encontrar.» Pues bien, como se deduce con toda claridad de mi ejemplo, el hecho de que Cristo y la Virgen bienaventurada y los apóstoles nunca tuvieron nada en común ni en particular es más evidente, incluso, que el hecho de que Jesús fue hombre y Dios al mismo tiempo, ¡hasta el punto de que me parece evidente que quien negase lo primero estaría obligado a negar también lo segundo!

Lo dijo con tono triunfal, y vi que Guillermo alzaba los ojos al cielo. Sospecho que el silogismo de Girolamo le pareció bastante defectuoso, y no me atrevería a discutírselo, pero aún más defectuosa me pareció a mí la furibunda argumentación en contra que expuso Giovanni Dalbena, que dijo que quien afirma algo sobre la pobreza de Cristo afirma lo que se ve (o no se ve) a través del ojo, mientras que en la definición de su humanidad y su divinidad interviene la fe, razón por la cual las dos proposiciones no pueden compararse. Al responderle, Girolamo se mostró más agudo que su adversario:

—¡Oh, no, querido hermano, me parece que es al revés, porque todos los evangelios dicen que Cristo era hombre, y comía y bebía, y, en virtud de sus evidentísimos milagros, también era Dios, y éstas son cosas que precisamente saltan a la vista!

—También los magos y los adivinos hicieron milagros —dijo Dalbena con tono de suficiencia.

—Sí, pero mediante fórmulas de arte mágico. ¿Quieres igualar los milagros de Cristo con el arte mágico? —La asamblea murmuró indignada que no quería hacer eso—. Y finalmente —prosiguió Girolamo, que ya se sentía cerca de la victoria—, ¿el señor cardenal Del Poggetto pretende considerar herética la creencia en la pobreza de Cristo, cuando sobre ella se basa la regla de una orden como la franciscana, no habiendo reino al que sus hijos no hayan llegado para predicar, y para derramar su sangre, desde Marruecos hasta la India?

—Santa alma de Pedro Hispano —murmuró Guillermo—, protégenos.

—Queridísimo hermano —vociferó entonces Dalbena, dando un paso al frente—, habla, si quieres, de la sangre de tus hermanos pero no olvides que también religiosos de otras órdenes han pagado ese tributo...

—No es que quiera faltar al señor cardenal —gritó Girolamo—, pero ningún dominico ha muerto jamás entre los infieles, ¡mientras que sólo en mis tiempos murieron allí martirizados nueve franciscanos!

Con el rostro rojo de ira, se alzó entonces el obispo de Alborea, que era dominico:

—¡Puedo demostrar que antes de que los franciscanos llegaran a Tartaria, el papa Inocencio envió allí a tres dominicos!

—¿Ah sí? —comentó Girolamo en son de burla—. Pues bien, me consta que los franciscanos están en Tartaria desde hace ochenta años, y tienen cuarenta iglesias distribuidas por todo el país, ¡mientras que los dominicos sólo tienen cinco puestos en la costa y en total no serán más que quince frailes! ¡Y no hay más que discutir!

—Sí que lo hay —gritó Alborea—, porque estos franciscanos que paren terciarios como las perras cachorros, se lo atribuyen todo, se jactan de sus mártires, ¡y después resulta que tienen hermosas iglesias y paramentos suntuosos, y que compran y venden como los frailes de las demás órdenes!

—No, señor mío, no —replicó Girolamo—, no compran y venden ellos mismos, sino a través de los procuradores de la sede apostólica, ¡y son éstos los que detentan la posesión, mientras que los franciscanos sólo tienen el uso!

—¿En serio? —preguntó Alborea, con una sonrisa burlona—. ¿Y entonces cuántas veces has vendido sin pasar por los procuradores? Conozco la historia de unas fincas que...

—Si lo he hecho, he cometido un error —se apresuró a interrumpirlo Girolamo—. ¡No achaques a la orden mis posibles debilidades!

—Pero, venerables hermanos —intervino entonces Abbone—, no estamos aquí para discutir si los franciscanos son pobres, sino si lo fue o no Nuestro Señor...

—Pues bien —volvió a decir entonces Girolamo—, acerca de esta cuestión tengo un argumento que corta como la espada...

—San Francisco, protege a tus hijos... —dijo Guillermo, totalmente desalentado.

—El argumento es —prosiguió Girolamo— que los orientales y los griegos, que están mucho más familiarizados que nosotros con la doctrina de los santos padres, están seguros de la pobreza de Cristo. Y, si esos herejes y cismáticos sostienen con tanta claridad una verdad tan clara, ¿acaso querríamos ser más heréticos y cismáticos que ellos negándola? ¡Si los orientales escuchasen lo que algunos de nosotros predican contra esa verdad, los lapidarían!

—Pero ¿qué estás diciendo? —comentó Alborea con tono burlón—. ¿Entonces por qué no lapidan a los dominicos que precisamente predican contra ella?

—¿Los dominicos? ¡Pero si allí nunca los he visto!

Con el rostro morado, Alborea observó que aquel fray Girolamo quizá hubiera estado quince años en Grecia, mientras que él había vivido allí desde su infancia. Girolamo replicó que él, el dominico Alborea, quizá hubiera estado también en Grecia, pero haciendo una vida refinada, viviendo en hermosos palacios obispales, mientras que él, que era franciscano, y no hacía quince sino veintidós años, había predicado ante el emperador de Constantinopla. Entonces Alborea, desprovisto ya de argumentos, trató de superar la distancia que lo separaba de los franciscanos, manifestando a viva voz, y con palabras que no me atrevo a repetir, su firme intención de arrancarle la barba al obispo de Caffa, cuya virilidad ponía en duda, y al que, ateniéndose a la ley del talión, quería castigar usando la barba como látigo.

Los otros franciscanos corrieron a formar una barrera para defender a su hermano, los aviñoneses consideraron oportuno dar mano fuerte al dominico y aquello desembocó (¡oh, Señor, ten misericordia de tus hijos predilectos!) en una riña que en vano trataron de serenar el Abad y el cardenal. En el tumulto que se produjo, franciscanos y dominicos se dijeron unos a otros cosas muy graves, como si se tratase de una lucha entre cristianos y sarracenos. Sólo permanecieron en su sitio Guillermo, de una parte, y Bernardo Gui, de la otra. Guillermo parecía triste, y Bernardo, alegre... si de alegre podía calificarse la pálida sonrisa que fruncía los labios del inquisidor.

—¿No hay mejores argumentos —pregunté a mi maestro, mientras Alborea se encarnizaba con la barba del obispo de Caffa— para demostrar o refutar la tesis de la pobreza de Cristo?

—Querido Adso —dijo Guillermo—, puedes afirmar cualquiera de las dos cosas, y nunca podrás decidir, sobre la base de los evangelios, si Cristo consideró o no propia, y hasta qué punto, la túnica que llevaba puesta, y que probablemente tirase cuando estaba gastada. Y, si quieres, la doctrina de Tomás de Aquino sobre la propiedad es más audaz que la nuestra. Los franciscanos decimos: no poseemos nada, todo lo tenemos en uso. Él decía: podéis consideraros poseedores, siempre y cuando, si a alguien le faltase algo que vosotros poseyerais, le concedáis su uso, y no por caridad, sino por obligación. Pero lo que importa no es si Cristo fue o no pobre, sino si la iglesia debe o no ser pobre. Y la pobreza no se refiere tanto a la posesión o no de un palacio, como a la conservación o a la pérdida del derecho de legislar sobre las cosas terrenales.

—¡Ah, por eso al emperador le interesa tanto lo que dicen los franciscanos sobre la pobreza!

—Así es. Los franciscanos juegan a favor del imperio, contra el papa. Pero para Marsilio y para mí el juego es doble, porque quisiéramos que el juego del imperio hiciese nuestro juego y favoreciera nuestras ideas acerca del gobierno humano.

—¿Eso diréis en vuestra intervención?

—Si lo digo, cumpliré con mi misión, que era la de exponer el pensamiento de los teólogos imperiales, pero, al mismo tiempo, mi misión fracasará, porque tenía que facilitar la realización de un segundo encuentro en Aviñón, y no creo que Juan acepte que vaya allí para decir esto.

—¿Entonces?

—Entonces estoy atrapado entre dos fuerzas opuestas, como el asno que no sabe de cuál de los dos sacos de heno comer. Lo que sucede es que los tiempos no están maduros. Marsilio sueña con una transformación que en este momento es imposible, y Ludovico no es mejor que sus predecesores, aunque por ahora sea el único baluarte contra ese miserable de Juan. Quizá deba decir lo que pienso, siempre y cuando ellos no se maten antes entre sí. En cualquier caso, tú, Adso, escribe, para que al menos quede huella de lo que está sucediendo aquí.

—¿Y Michele?

—Me temo que está perdiendo el tiempo. El cardenal sabe que el papa no busca una mediación; Bernardo Gui sabe que su misión es hacer fracasar el encuentro; y Michele sabe que de todos modos irá a Aviñón, porque no quiere que la orden rompa todos los vínculos con el papa. E irá con riesgo para su vida.

Mientras hablábamos —y en realidad no sé cómo podíamos oír lo que decíamos—, la disputa había llegado a su punto culminante. Habían intervenido los arqueros, por indicación de Bernardo Gui, para impedir que los dos grupos llegasen a chocar. Pero, como sitiadores y sitiados, a uno y otro lado de la muralla de una fortaleza, se lanzaban objeciones e improperios que aquí repito al azar, porque ya no soy capaz de saber quién los profirió en cada caso, y porque, sin duda, las frases no se dijeron por turno, como hubiese ocurrido en una discusión realizada en mis tierras, sino a la manera mediterránea, una a caballo de la otra, como las olas de un mar enfurecido.

—¡El evangelio dice que Cristo tenía una bolsa!

—¡Basta de hablar de esa bolsa! ¡La pintáis hasta en los crucifijos! ¿Cómo explicas entonces que cuando Nuestro Señor estaba en Jerusalén, regresaba cada noche a Betania?

—Y si Nuestro Señor quería dormir en Betania, ¿quién eres tú para juzgar su decisión?

—No, viejo cabrón. ¡Nuestro Señor regresaba a Betania porque no tenía dinero para pagarse un albergue en Jerusalén!

—¡El cabrón eres tú, Bonagrazia! ¿Y qué comía Nuestro Señor en Jerusalén?

—¿Acaso dirías que el caballo es propietario de la avena que su amo le da para sobrevivir?

—Mira que estás comparando a Cristo con un caballo...

—No, eres tú quien comparas a Cristo con un prelado simoníaco de tu corte, ¡saco de estiércol!

—¿Sí? ¿Y cuántas veces la santa sede ha tenido que meterse en pleitos para defender vuestros bienes?

—¡Los bienes de la iglesia, no los nuestros! ¡Nosotros sólo los teníamos en uso!

—¡En uso para coméroslos, para haceros con ellos hermosas iglesias llenas de estatuas de oro! ¡Hipócritas, vehículos de iniquidad, sepulcros blanqueados, sentina de vicios! ¡Sabéis muy bien que la caridad, y no la pobreza, es el principio de la vida perfecta!

—¡Eso lo dijo el glotón de vuestro Tomás!

—¡Ten cuidado, impío! ¡Llamas glotón a un santo de la santa iglesia romana!

—¡Santo de mis sandalias, canonizado por Juan para fastidiar a los franciscanos! ¡Vuestro papa no puede hacer santos, porque es un hereje! ¡Más aún: un heresiarca!

—¡Esa cantinela ya la conocemos! Es lo que ha dicho el pelele de Baviera en Sachsenhausen. ¡Y fue vuestro Ubertino quien se lo dictó!

—¡Cuidado con lo que dices, cerdo, hijo de la prostituta de Babilonia y de otras mujerzuelas! ¡Sabés bien que aquel año Ubertino no estaba con el emperador sino precisamente en Aviñón, al servicio del cardenal Orsini, y que el papa se disponía a enviarlo como embajador a Aragón!

—Lo sé, ¡sé que hacía voto de pobreza en la mesa del cardenal, como ahora lo hace en la abadía más rica de la península! ¡Ubertino! ¿Si tú no estabas, quién sugirió a Ludovico que utilizara tus escritos?

—¿Qué culpa tengo de que Ludovico lea mis escritos? ¡Sin duda, los tuyos no puede leerlos, porque eres analfabeto!

—¿Yo analfabeto? ¿Y qué me dices de las letras de vuestro Francisco, que hablaba con las ocas?

—¡Has blasfemado!

—¡Eras tú el que blasfema, fraticello del barrilito!

—¡Sabes muy bien que nunca he hecho nada con el barrilito!

—¡Sí que lo has hecho junto con tus fraticelli, cuando te metías en la cama de Chiara da Montefálco!

—¡Que Dios te fulmine! ¡En aquella época yo era inquisidor, y Chiara ya había expirado en olor de santidad!

—¡Chiara expiraba en olor de santidad, pero tú aspirabas otro olor cuando cantabas maitines a las monjas!

—Sigue, sigue, ya te alcanzará la cólera de Dios, ¡como alcanzará a tu amo, que ha dado asilo a dos herejes, como ese ostrogodo de Eckhart y ese nigromante inglés que llamáis Branucerton!

— ¡Venerables hermanos, venerables hermanos! —gritaban el cardenal Bertrando y el Abad.

Quinto día
TERCIA

*Donde Severino habla a Guillermo de un extraño
libro y Guillermo habla a los legados
de una extraña concepción del gobierno
temporal.*

Todavía arreciaba la disputa, cuando uno de los novicios que guardaban la puerta atravesó aquella confusión como quien cruza un campo castigado por el granizo y se acercó a Guillermo para decirle en voz baja que Severino quería hablarle con urgencia. Salimos al nártex, atestado de monjes curiosos que, a través de la maraña de gritos y ruidos, intentaban comprender lo que sucedía dentro. En primera fila vimos a Aymaro d'Alessandria, que nos recibió con su acostumbrada sonrisa burlona de conmiseración por la estupidez universal:

—Sin duda, desde que aparecieron las órdenes mendicantes la cristiandad se ha vuelto más virtuosa —dijo.

Guillermo lo apartó, no sin cierta rudeza, para dirigirse al rincón donde nos estaba esperando Severino.

Se le veía ansioso; deseaba hablarnos en privado, pero en aquella confusión era imposible encontrar un sitio tranquilo. Quisimos salir al exterior, pero en ese momento asomó Michele da Cesena por el umbral para decirle a Guillermo que regresase, porque la disputa estaba serenándose y había que seguir con las intervenciones.

Dividido entre dos nuevos sacos de heno, Guillermo le dijo al herbolario que hablase, y éste trató de que no lo oyeran los demás.

—Es cierto que, antes de ir a los baños, Berengario estuvo en el hospital —dijo.

—¿Cómo lo sabes?

Algunos monjes se acercaron, intrigados por nuestra conversación. Severino bajó todavía más la voz, mientras miraba a su alrededor:

—Me habías dicho que ese hombre... debía tener algo consigo... Pues bien, he encontrado algo en mi laboratorio, mezclado con los otros libros... Un libro que no es mío, un libro extraño.

—Debe de ser aquél —dijo Guillermo exultante—, tráemelo enseguida.

—No puedo —dijo Severino—, después te lo explicaré, he descubierto... Creo haber descubierto algo interesante... Debes venir tú, tengo que mostrarte el libro... con cautela...

Se interrumpió. Nos dimos cuenta de que, silencioso como siempre, Jorge había aparecido casi de improviso a nuestro lado. Tenía los brazos extendidos hacia adelante, como si, no habituado a moverse en aquel sitio, intentara comprender hacia dónde estaba yendo. Una persona normal no hubiera podido escuchar los susurros de Severino, pero hacía tiempo que nos habíamos dado cuenta de que el oído de Jorge, como el de todos los ciegos, era particularmente agudo.

Sin embargo, el anciano pareció no haber escuchado nada. Incluso caminó alejándose del sitio en que nos encontrábamos. Tocó a uno de los monjes y le pidió algo. Éste lo cogió con delicadeza del brazo y lo condujo hacia afuera. En ese momento volvió a aparecer Michele para llamar otra vez a Guillermo. Mi maestro tomó una decisión:

—Por favor —le dijo a Severino—, regresa enseguida al sitio de donde has venido. Enciérrate y espera a que yo llegue. Tú —me dijo— sigue a Jorge. Aunque haya escuchado algo, no creo que se haga conducir al hospital. En todo caso, averigua adónde va.

Se dispuso a regresar a la sala, y vio (yo también lo vi) a Aymaro, que trataba de abrirse paso entre el gentío para ir tras Jorge, que en aquel momento estaba saliendo. Entonces Guillermo cometió una imprudencia, porque en voz alta, y desde el otro extremo del nártex, le dijo a Severino, que ya estaba casi fuera del edificio:

—Ten mucho cuidado. ¡No permitas que nadie... que esos folios... regresen al sitio en que estaban antes!

En aquel momento, me disponía yo a seguir a Jorge, y vi al cillerero adosado contra la jamba de la puerta exterior: había oído las palabras de Guillermo y miraba alternativamente a mi maestro y al herbolario, con el rostro contraído por el miedo. Vio que Severino salía al exterior y fue tras él. Yo estaba en el umbral, y, mientras temía perder de vista a Jorge, que en cualquier momento desaparecería en la niebla, veía cómo a los otros dos también, aunque en la dirección opuesta, se los iba tragando la nada. Rápidamente, calculé qué debía hacer. Me habían ordenado que siguiera al ciego, pero porque se temía que estuviera yendo hacia el hospital. Pero la dirección que había tomado, junto con su acompañante, no era ésa, pues estaba cruzando el claustro y caminaba hacia la iglesia, o hacia el Edificio. En cambio, el cillerero estaba siguiendo, sin duda, al herbolario, y los temores de Guillermo se relacionaban con lo que podría llegar a suceder en el laboratorio. Por eso decidí seguir a estos últimos, mientras me preguntaba, entre otras cosas, adónde había ido Aymaro, suponiendo que no hubiese salido por razones muy distintas a las nuestras.

Me mantuve a una distancia razonable, pero sin perder de vista al cillerero, que ahora caminaba más lentamente, porque se había dado cuenta de que lo estaba siguiendo. No podía saber si la sombra que le pisaba los talones era yo, como tampoco yo si la sombra cuyos talones estaba pisando era él, pero, así como yo no tenía dudas sobre él, él tampoco las tenía sobre mí.

Obligándolo a controlarme, le impedía seguir de muy cerca a Severino. Y cuando la puerta del hospital surgió de entre la niebla, estaba cerrada. Gracias al cielo, Severino había entrado ya. El cillerero se volvió una vez más para mirarme —yo estaba quieto como un árbol del huerto—, después pareció tomar una decisión y echó a andar hacia la cocina. Pensé que mi misión estaba cumplida. Severino era un hombre prudente, se protegería muy bien solo, sin abrir a nadie. No me quedaba nada más que hacer, y sobre todo ardía de curiosidad por ver lo que estaba sucediendo en la sala capitular. Por tanto, decidí regresar y dar parte a Guillermo. Quizá hice mal, porque, si me hubiese quedado de guardia, nos habríamos ahorrado muchas otras desgracias. Pero esto lo sé ahora: en aquel momento no lo sabía.

Mientras regresaba, casi choqué con Bencio, que sonreía con aire de complicidad:

—Severino ha encontrado algo que dejó Berengario, ¿verdad?

—¿Y tú qué sabes? —le respondí con insolencia, tratándolo como alguien de mi edad, en parte por ira y en parte porque su rostro joven tenía en aquel momento una expresión de malicia casi infantil.

—No soy tonto —respondió Bencio—. Severino corre a decir algo a Guillermo, tú vigilas que nadie lo siga...

—Y tú nos observas demasiado, a nosotros y a Severino —dije irritado.

—¿Yo? Es verdad que os observo. Desde anteayer no pierdo de vista los baños ni el hospital. Si hubiese podido, ya habría entrado allí. Daría un ojo de la cara por saber qué encontró Berengario en la biblioteca.

—¡Quieres saber demasiadas cosas sin tener derecho a saberlas!

—Soy un estudioso y tengo derecho a saber, he venido desde el confín del mundo para conocer la biblioteca, y la biblioteca permanece cerrada como si estuviera llena de cosas malas, y yo...

—Deja que me marche —dije con tono brusco.

—Ya te dejo, puesto que me has dicho lo que quería saber.

—¿Yo?

—También callando puede hablarse.

—Te aconsejo que no entres en el hospital —le dije.

—No entraré, no entraré, quédate tranquilo. Pero nadie me prohíbe que mire desde fuera.

No seguí escuchándolo y reanudé mi camino. Pensé que aquel curioso no constituía un gran peligro. Me acerqué a Guillermo y lo puse brevemente al corriente de los hechos.

Me hizo un gesto de aprobación y luego me indicó que callara. La confusión estaba disminuyendo. Los miembros de ambas legaciones estaban dándose el beso de la paz. Alborea elogiaba la fe de los franciscanos, Girolamo alababa la caridad de los predicadores, todos proclamaban su esperanza en una iglesia que ya no estuviese agitada por luchas intestinas. Unos celebraban la fortaleza de los otros, éstos la templanza de los primeros, y todos invocaban la justicia y se recomendaban la prudencia. Nunca vi tantos hombres empeñados con tanta sinceridad en el triunfo de las virtudes teologales y cardinales.

Pero ya Bertrando del Poggetto estaba invitando a Guillermo a exponer las tesis de los teólogos imperiales. Guillermo se levantó de mala gana: por una parte, se estaba dando cuenta de que el encuentro era del todo inútil; por la otra, tenía prisa por marcharse, pues a esas alturas le interesaba más el libro misterioso que la suerte del encuentro. Pero era evidente que no podía sustraerse a su deber.

Empezó, pues, a hablar, en medio de muchos «eh» y «oh», quizá más de los acostumbrados, y de los permitidos, como para dar a entender que no estaba nada seguro de lo que iba a decir, y a modo de exordio afirmó que comprendía muy bien el punto de vista de los que habían hablado antes, y que, por otra parte, lo que algunos llamaban la «doctrina» de los teólogos imperiales no era más que un conjunto de observaciones dispersas que no aspiraban a imponerse como verdades de la fe.

Después dijo que, dada la inmensa bondad que Dios había mostrado al crear el pueblo de sus hijos, amándolos a todos sin distinciones, desde aquellas páginas del Génesis donde aún no se hacía distinción entre sacerdotes y reyes y considerando también que el Señor había otorgado a Adán y sus sucesores el dominio sobre las cosas de esta tierra, siempre y cuando obedeciesen las leyes divinas, podía sospecharse que tampoco había sido ajena al Señor la idea de que en las cosas terrenales el pueblo debía ser el legislador y la primera causa eficiente de la ley. Por pueblo, dijo, hubiese sido conveniente entender la universalidad de los ciudadanos, pero como entre éstos también hay que considerar a los niños, los idiotas, los maleantes y las mujeres, quizá podía llegarse de una manera razonable a una definición de pueblo como la parte mejor de los ciudadanos, si bien en aquel momento él no consideraba oportuno pronunciarse acerca de quiénes pertenecían efectivamente a esa parte.

Tosió un poco, pidió disculpas a los presentes diciendo que sin duda aquel día la atmósfera estaba muy húmeda, y formuló la hipótesis de que el pueblo podría expresar su voluntad a través de una asamblea general electiva. Dijo que le parecía sensato que una asamblea de esa clase pudiese interpretar, alterar o suspender la ley, porque, si la ley la hiciera uno solo, éste podría obrar mal por ignorancia o por maldad, y añadió que no era necesario recordar a los presentes cuántos casos así se habían producido recientemente. Advertí que los presentes, más bien perplejos por lo que estaba diciendo, no podían dejar de aceptar esto último, porque era evidente que cada uno pensaba en una persona distinta, y que para cada uno dicha persona era un ejemplo de maldad.

Pues bien, prosiguió Guillermo, si uno solo puede hacer mal las leyes, ¿no las hará mejor una mayoría? Desde luego, subrayó, se hablaba de las leyes terrenales, relativas a la buena marcha de las cosas civiles. Dios había dicho a Adán que no comiera del árbol del bien y del mal, y aquélla era la ley divina, pero después lo había autorizado, ¿qué digo?, incitado a dar nombre a las cosas, y en ello había dejado libre a su súbdito terrestre. En efecto, aunque en nuestra época algunos digan que nomina sunt consequentia rerum, el libro del Génesis es por lo demás bastante claro sobre esta cuestión: Dios trajo ante el hombre todos los animales para ver cómo los llamaría, y cualquiera hubiese sido el nombre que éste les diese, así deberían llamarse en adelante. Y aunque, sin duda, el primer hombre había sido lo bastante sagaz como para llamar, en su lengua edénica, a toda cosa y animal de acuerdo con su naturaleza, eso no entrañaba que hubiera dejado de ejercer una especie de derecho soberano al imaginar el nombre que a su juicio correspondía mejor a dicha naturaleza. Porque, en efecto, ya se sabe qué diversos son los nombres que los hombres imponen para designar los conceptos, y que sólo los conceptos, signos de las cosas, son iguales para todos. De modo que, sin duda, la palabra *nomen* procede de *nomos*, o sea de ley, porque precisamente los hombres dan los *nomina ad placitum*, o sea a través de una convención libre y colectiva.

Los presentes no se atrevieron a impugnar tan docta demostración. En virtud de lo cual, concluyó Guillermo, se ve con claridad que la legislación sobre las cosas de esta tierra, y por tanto sobre las cosas de las ciudades y los reinos, no guarda relación alguna con la custodia y la administración de la palabra divina, privilegio inalienable de la jerarquía eclesiástica. Infelices, así, los infieles, porque carecen de una autoridad como ésta, que interprete para ellos la palabra divina (y todos se apiadaron de los infieles). Pero, ¿acaso esto nos autoriza a decir que los infieles carecen de la tendencia a hacer leyes y a administrar sus cosas mediante gobiernos, ya sean reyes, emperadores, sultanes o califas? ¿Y acaso podía negarse que muchos emperadores romanos habían ejercido el poder temporal con gran sabiduría, por ejemplo Trajano? ¿Y quién ha otorgado a los paganos y a los infieles esa capacidad natural para legislar y vivir en comunidades políticas? ¿Acaso sus divinidades mentirosas que necesariamente no existen (o que no existen necesariamente, como quiera que se interprete la negación de esta modalidad)? Sin duda que no. Sólo podía habérsela conferido el Dios de los ejércitos, el Dios de Israel, padre de nuestro señor Jesucristo...

¡Admirable prueba de la bondad divina, que ha conferido la capacidad de juzgar sobre las cosas políticas también a quien no reconoce la autoridad del pontífice romano y no profesa los misterios sagrados, suaves y terribles del pueblo cristiano! Pero, ¿qué mejor demostración del hecho de que el dominio temporal y la jurisdicción secular nada tienen que ver con la iglesia y con las leyes de Jesucristo, y de que fueron ordenados por Dios al margen de toda ratificación eclesiástica e incluso antes del nacimiento de nuestra santa religión?

Volvió a toser, pero esta vez no fue el único. Muchos de los asistentes se agitaban en sus sillones y carraspeaban. Vi que el cardenal se pasaba la lengua por los labios y hacía un gesto, ansioso pero cortés, para invitar a Guillermo a que pasara a las conclusiones. Y entonces éste abordó las que, según la opinión de todos, incluso de quienes no las compartían, eran las consecuencias, desagradables quizá, de aquel discurso irrebatible. Dijo que le parecía que sus deducciones podían apoyarse en el ejemplo mismo de Cristo, quien no vino a este mundo para mandar, sino para someterse según las condiciones que encontró en el mundo, al menos en lo que se refería a las leyes del César. No quiso que los apóstoles tuviesen dominio y mando, y por eso parecía sabio que los sucesores de los apóstoles fuesen aliviados de todo poder mundano y coactivo. Si el pontífice, los obispos y los curas no estuvieran sometidos al poder mundano y coactivo del príncipe, la autoridad de este último se vería invalidada, y con ello se invalidaría también un orden que, como acababa de demostrar, había sido instaurado por Dios. Sin duda, deben considerarse ciertos casos muy delicados —dijo Guillermo—, como el de los herejes, sobre cuya herejía sólo la iglesia, guardiana de la verdad, puede pronunciarse, mientras que, sin embargo, la acción sólo incumbe al brazo secular. Cuando la iglesia reconoce la existencia de determinados herejes, lo justo, sin duda, es que los señale al príncipe, quien conviene que esté informado acerca de las condiciones de sus ciudadanos. Pero ¿qué tendrá que hacer el príncipe con un hereje? ¿Condenarlo en nombre de esa verdad divina cuya custodia no le atañe? El príncipe puede y debe condenar al hereje si su acción perjudica la convivencia de todos, o sea si el hereje trata de imponer su herejía matando o molestando a quienes no la comparten. Pero allí se detiene el poder del príncipe, porque nadie en esta tierra puede ser obligado mediante el suplicio a seguir los preceptos del evangelio. Si no, ¿dónde acabaría el libre arbitrio, sobre el uso del cual cada uno será juzgado en el otro mundo? La iglesia puede y debe avisar al hereje que se está saliendo de la comunidad de los fieles, pero no puede juzgarlo en la tierra ni obligarlo contra su voluntad. Si Cristo hubiese querido que sus sacerdotes obtuvieran poder coactivo, habría establecido unos preceptos precisos, como hizo Moisés con la ley antigua. Pero no los estableció. Por tanto, no quiso otorgarles ese poder. ¿O habría que pensar que sí lo quiso, pero que en tres años de predicación le faltó tiempo, o capacidad, para decirlo? Lo justo era que no lo quisiese, porque, si lo hubiera querido, el papa hubiese podido imponer su voluntad al rey, y el cristianismo no sería ya ley de libertad sino intolerable esclavitud.

Todo esto, añadió Guillermo con rostro sonriente, no entraña una limitación de los poderes del sumo pontífice, sino un enaltecimiento de su misión: porque el siervo de los siervos de Dios no está en la tierra para ser servido, sino para servir. Y por último, sería en todo caso muy extraño que el papa tuviese jurisdicción sobre las cosas del imperio y no sobre los otros reinos de la tierra. Como se sabe, lo que el papa dice sobre las cosas divinas vale tanto para los súbditos del rey de Francia como para los del rey de Inglaterra, pero también debe valer para los súbditos del Gran Kan o del sultán de los infieles, porque precisamente se los llama infieles debido a que no son fieles a esta bella verdad. Y, por consiguiente, si el papa considerase que tiene jurisdicción temporal —en su carácter de papa— sólo sobre las cosas del imperio, podría sospecharse que, al coincidir la jurisdicción temporal con la espiritual, no sólo no tendría jurisdicción espiritual sobre los sarracenos o los tártaros, sino tampoco sobre los franceses y los ingleses, lo que constituiría una blasfemia criminal. Precisamente por eso, concluía mi maestro, quizá fuese justo afirmar que la iglesia de Aviñón injuriaba a toda la humanidad cuando sostenía que era de su incumbencia aprobar o suspender al que había sido electo emperador de los romanos. El papa no tiene sobre el imperio más derechos que sobre los otros reinos, y como no están sujetos a la aprobación del papa ni el rey de Francia ni el sultán, no se ve por qué sí deba estarlo el emperador de los alemanes y de los italianos. Ese sometimiento no es de derecho divino, porque las escrituras no lo mencionan. Y en virtud de las razones ya dichas, tampoco está consagrado por el derecho de gentes. En cuanto a las relaciones con el debate sobre la pobreza, dijo por último Guillermo, sus modestas opiniones, elaboradas en forma de amables sugerencias, tanto suyas como de Marsilio de Padua y de Jean de Jandun, permitían concluir lo siguiente: si los franciscanos querían seguir siendo pobres, el papa no podía ni debía oponerse a tan virtuoso deseo. Sin duda, si se demostrara la hipótesis de la pobreza de Cristo, ello no sólo beneficiaría a los franciscanos, sino que también reforzaría la idea de que Jesús no había querido tener jurisdicción terrenal alguna. Pero aquella mañana había oído a personas muy sabias decir que no se podía probar que Jesús hubiera sido pobre. Por tanto, le parecía más conveniente invertir la demostración. Como nadie había afirmado, ni habría podido afirmar, que Jesús hubiese reclamado para sí y para los suyos jurisdicción terrenal alguna, ese desinterés de Jesús por las cosas temporales le parecía indicio suficiente para, sin pecado, considerar plausible la idea de que Jesús también había preferido la pobreza.

Guillermo había hablado con un tono tan humilde, había expresado sus certezas de una manera tan dubitativa, que ninguno de los presentes había podido levantarse para replicar. Esto no significaba que todos estuvieran de acuerdo con lo que acababan de escuchar. No sólo los aviñoneses se agitaban ahora con la ira pintada en el rostro y haciendo comentarios por lo bajo, sino que también al propio Abad aquellas palabras parecían haberle causado una impresión muy desfavorable, como si pensase que no era así como había imaginado las relaciones entre su orden y el imperio. En cuanto a los franciscanos, Michele da Cesena estaba perplejo; Girolamo, aterrado; Ubertino, pensativo.

Rompió el silencio el cardenal Del Poggetto, siempre sonriente y sereno, quien con mucho tacto preguntó a Guillermo si iría a Aviñón para repetir aquellas cosas ante el señor papa. Guillermo preguntó cuál era el parecer del cardenal, y éste dijo que el señor papa había escuchado muchas opiniones discutibles a lo largo de su vida y que era un hombre amantísimo con todos sus hijos, pero que, sin duda, aquellas opiniones lo afligirían grandemente.

Intervino Bernardo Gui, quien hasta entonces no había abierto la boca:

—Me agradaría mucho que fray Guillermo, expositor tan hábil y elocuente de sus ideas, viniese a someterlas al juicio del pontífice...

—Me habéis convencido, señor Bernardo —dijo Guillermo—. No iré. —Y añadió dirigiéndose al cardenal, en tono de excusa—: Sabéis, esta fluxión que me está tomando el pecho desaconseja que emprenda un viaje tan largo en esta estación...

—¿Pero entonces por qué habéis hablado tanto rato? —preguntó el cardenal.

—Para dar testimonio de la verdad —dijo Guillermo con tono humilde—. La verdad nos hará libres.

—¡Pues no! —estalló entonces Jean de Baune—. ¡Aquí no se trata de la verdad que nos hará libres, sino de la libertad excesiva que pretende pasar por verdadera!

—También esto es posible —admitió Guillermo con suavidad.

De pronto tuve la intuición de que estaba por estallar una tormenta de corazones y de lenguas mucho más furiosa que la anterior. Pero no sucedió nada. Mientras estaba hablando Dalbena, había entrado el capitán de los arqueros para comunicarle algo en voz baja a Bernardo. Éste se levantó de golpe y con un ademán pidió que lo escucharan.

—Hermanos —dijo—, quizá esta provechosa discusión pueda continuar en otro momento, pero ahora un hecho gravísimo nos obliga a suspender nuestros trabajos, con el permiso del Abad. Tal vez he colmado, sin quererlo, las expectativas del mismo Abad, quien esperaba descubrir al culpable de los muchos crímenes cometidos en los días pasados. Ese hombre está ahora en mis manos. Pero, ¡ay!, ha sido cogido demasiado tarde, una vez más... Algo ha sucedido allí...

Hizo un vago gesto señalando hacia afuera, cruzó rápidamente la sala y salió, seguido de muchos. Entre los primeros, Guillermo, y yo con él.

Mi maestro me miró y dijo:

—Temo que le haya sucedido algo a Severino.

Quinto día
SEXTA

Donde se encuentra a Severino asesinado
y ya no se encuentra el libro que él había
encontrado.

Angustiados, y con paso rápido, atravesamos la explanada. El capitán de los arqueros nos condujo hacia el hospital, y al llegar vislumbramos unas sombras que se agitaban en la espesura gris: eran monjes y servidores que acudían, y arqueros de guardia ante la puerta, que les cortaban el paso.

—Esos hombres armados están allí porque yo los había enviado a buscar un hombre que podía aclarar muchos misterios —dijo Bernardo.

—¿El hermano herbolario? —preguntó el Abad estupefacto.

—No, ahora veréis —dijo Bernardo, abriéndose camino hacia el interior del edificio.

Entramos en el laboratorio de Severino, y nuestros ojos pudieron contemplar un espectáculo penoso. El infortunado herbolario yacía muerto en un lago de sangre, con la cabeza partida. A su alrededor, parecía que una tempestad hubiese devastado los anaqueles: frascos, botellas, libros y documentos estaban desparramados en medio del caos y el desastre. Junto al cuerpo había una esfera armilar, por lo menos dos veces más grande que la cabeza de un hombre. Era de metal finamente trabajado, estaba coronada por una cruz de oro, y se apoyaba sobre un pequeño trípode decorado. Ya la había visto en anteriores ocasiones: solía estar sobre la mesa que había a la izquierda de la entrada.

En el otro extremo de la habitación, dos arqueros tenían aferrado al cillerero, quien intentaba liberarse y gritaba que era inocente. Cuando vio entrar al Abad, gritó aún más fuerte:

—¡Señor, las apariencias están contra mí! Cuando entré, Severino ya estaba muerto. ¡Me han encontrado mientras observaba pasmado esta masacre!

El jefe de los arqueros se acercó a Bernardo y, con el permiso de éste, informó públicamente de los hechos. Durante dos horas, los arqueros, que habían recibido la orden de encontrar al cillerero y arrestarlo, habían estado buscándolo por la abadía. Aquélla debía de ser, pensé, la orden que había dado Bernardo antes de entrar a la sala capitular. Los soldados, que no conocían el lugar, probablemente habían estado buscando en sitios equivocados, sin advertir que el cillerero, ignorante aún de su destino, estaba con los otros en el nártex. Además, la búsqueda había sido más difícil por causa de la niebla. Comoquiera que fuese, de las palabras del capitán se deducía que cuando Remigio, después de que yo lo hube dejado, se había dirigido a la cocina, alguien lo había visto y había avisado a los arqueros, quienes llegaron al Edificio cuando el cillerero ya se había marchado; sólo un momento después, porque en la cocina habían encontrado a Jorge, quien aseguró haber hablado con él muy poco antes. Entonces los arqueros habían explorado la meseta en dirección a los huertos, y allí, surgido de la niebla como un fantasma, habían encontrado al anciano Alinardo, que no sabía bien dónde estaba. Había sido Alinardo quien les había dicho que acababa de ver al cillerero entrando en el hospital. Hacia allí se habían dirigido entonces los arqueros. La puerta estaba abierta. Al entrar vieron a Severino exánime y al cillerero buscando frenéticamente en los anaqueles, echándolo todo al suelo, como si tratara de encontrar algo determinado. No era difícil comprender lo que había sucedido, concluyó el capitán. Remigio había entrado, se había arrojado sobre el herbolario, lo había matado, y después se había puesto a buscar aquello que lo había movido a matarlo.

Un arquero levantó del suelo la esfera armilar y se la tendió a Bernardo. La elegante arquitectura de círculos de cobre y plata, sostenida por una armazón más robusta de anillos de bronce, había sido cogida por el tronco del trípode y asestada con fuerza sobre el cráneo de la víctima, y como consecuencia del impacto muchos de los círculos más delgados estaban rotos o aplastados en un punto. Y que ése era el sitio que había dado contra la cabeza de Severino estaba claro por las huellas de sangre e incluso por los grumos de cabellos mezclados con inmundas salpicaduras de materia cerebral.

Guillermo se inclinó sobre Severino para cerciorarse de que estaba muerto. El pobrecillo tenía los ojos velados por la sangre que había manado de su cabeza, y muy abiertos, y me pregunté si, como cuentan que sucede algunas veces, podría leerse en la pupila ya inmóvil el último vestigio de las percepciones de la víctima. Vi que Guillermo buscaba las manos del muerto para verificar si tenía manchas negras en los dedos, aunque en aquel caso estuviese muy claro cuál había sido la causa de la muerte: pero Severino tenía puestos los mismos guantes de piel que otras veces le había visto usar cuando tocaba hierbas peligrosas, ciertos lagartos verdes e insectos desconocidos.

Mientras tanto, Bernardo Gui estaba diciéndole al cillerero:

—Remigio da Varagine. ¿Ése es tu nombre, verdad? Había ordenado a mis hombres que te buscaran basándome en otras acusaciones y para confirmar otras sospechas. Ahora veo que mi decisión fue correcta, aunque, y soy el primero en reprochármelo, demasiado tardía. Señor —le dijo al Abad—, me considero casi responsable de este último crimen, porque desde la mañana sabía que este hombre debía ser puesto en manos de la justicia, después de haber escuchado las revelaciones del otro infeliz arrestado la noche pasada. Pero sois testigo de que esta mañana he tenido que cumplir con otros deberes, y mis hombres han hecho lo que han podido...

Mientras hablaba, en voz alta para que todos lo escuchasen (a todo esto, la habitación se había llenado de gente, que se metía por todos los rincones, mirando las cosas desparramadas y rotas, señalándose unos a otros y comentando por lo bajo el tremendo crimen), divisé entre la pequeña muchedumbre a Malaquías, que observaba la escena con rostro sombrío. También el cillerero lo divisó, cuando estaban arrastrándolo hacia afuera. Se liberó de los arqueros y se arrojó sobre el hermano para cogerlo por el hábito y decirle con desesperación, y cara a cara, unas pocas palabras antes de que aquéllos volvieran a agarrarlo. Y cuando ya se lo llevaban por la fuerza, se volvió una vez más hacia Malaquías y le gritó:

—¡Si juras, yo también juro!

Malaquías no respondió enseguida, como si estuviese buscando las palabras adecuadas. Después, cuando el cillerero ya estaba cruzando a la fuerza el umbral, le dijo:

—No haré nada contra ti.

Guillermo y yo nos miramos, preguntándonos qué significaba aquella escena. También Bernardo la había observado, pero no pareció turbarse, sonrió, incluso, a Malaquías, como para aprobar sus palabras y sellar así entre ellos una siniestra complicidad. Después anunció que enseguida después de comer se reuniría en la sala capitular un primer tribunal para instruir públicamente la investigación de aquellos hechos. Dio órdenes de que condujeran al cillerero a la herrería, impidiéndole que hablase con Salvatore. Después se retiró.

En aquel momento oímos que nos llamaba Bencio. Estaba detrás de nosotros.

—He entrado enseguida después que vosotros —dijo en un susurro—, cuando aún había pocas personas en la habitación, y Malaquías no estaba.

—Habrá entrado después —dijo Guillermo.

—No, yo estaba junto a la puerta y vi quiénes entraban. Os digo que Malaquías ya estaba dentro... antes.

—¿Antes de qué?

—Antes de que entrase el cillerero. No puedo jurarlo, pero creo que ha salido de detrás de aquella cortina, cuando la habitación ya estaba llena de gente. —Y señaló un gran cortinaje, detrás del cual había una cama que Severino usaba para que descansasen sus pacientes después de haberles administrado alguna medicina.

—¿Insinúas que fue él quien mató a Severino, y que se ocultó allí detrás al ver que entraba el cillerero? —preguntó Guillermo.

—O bien que desde allí detrás pudo ver lo que sucedía aquí. Si no, ¿por qué el cillerero le habría prometido no perjudicarlo si él no lo perjudicaba?

—Es posible —dijo Guillermo—. En cualquier caso, aquí había un libro, y todavía tendría que estar, porque tanto el cillerero como Malaquías han salido con las manos vacías.

Guillermo sabía, por lo que yo le había dicho, que

Bencio sabía, y en aquel momento necesitaba ayuda. Se acercó al Abad, que observaba con tristeza el cadáver de Severino, y le rogó que los hiciera salir a todos porque quería examinar mejor el sitio. El Abad consintió, y también él salió de la habitación, no sin lanzarle a Guillermo una mirada de escepticismo, como si le reprochase que llegara siempre tarde. Malaquías intentó quedarse alegando confusas razones, pero Guillermo le señaló que aquélla no era la biblioteca y que allí no podía invocar privilegios. Fue cortés pero inflexible, y así se vengó de aquella vez en que Malaquías no le había permitido examinar la mesa de Venancio.

Cuando nos quedamos los tres solos, Guillermo despejó una de las mesas de los añicos y folios que la cubrían, y me dijo que le fuese pasando uno a uno los libros de la colección de Severino. Pequeña colección, comparada con la grandísima del laberinto, pero compuesta, sin embargo, por decenas y decenas de volúmenes de diferentes tamaños, que antes estaban ordenados en los anaqueles y que ahora yacían confusamente en el suelo, mezclados con diversos objetos, y ya trastocados por las manos febriles del cillerero, y algunos incluso destrozados como si lo que éste hubiese estado buscando no fuera un libro sino algo que debía encontrarse entre las páginas de un libro. Algunos habían sido desgarrados con violencia, y yacían sin encuadernación. Recogerlos, ver rápidamente de qué trataban, y acomodarlos en pilas sobre la mesa, no fue cosa fácil, y hubo que hacerlo a toda prisa, porque el Abad nos había concedido poco tiempo, puesto que después debían entrar los monjes para recomponer el cuerpo desgarrado de Severino y disponerlo para la sepultura. Y además había que buscar alrededor, debajo de las mesas, detrás de los anaqueles y los armarios, por si algo había escapado a una primera inspección. Guillermo no quiso que Bencio me ayudase, y sólo le permitió que permaneciera de guardia junto a la puerta. A pesar de las órdenes del Abad, muchos se agolpaban tratando de entrar: sirvientes aterrados por la noticia, monjes que lloraban a su hermano, novicios que llegaban con paños blancos y palanganas con agua para lavar y envolver el cadáver...

De modo que debíamos proceder con rapidez. Yo cogía los libros y los pasaba a Guillermo, quien los examinaba y los ponía sobre la mesa. Después comprendimos que así tardábamos mucho, y empezamos a mirarlos los dos, o sea que yo cogía un libro, lo recomponía cuando estaba roto, leía el título y lo dejaba sobre la mesa. En muchos casos se trataba de folios sueltos.

—*De plantis libri tres*. ¡Maldición, no es éste! —decía Guillermo, y arrojaba el libro sobre la mesa.

—*Thesaurus herbarum* —decía yo.

Y Guillermo:

—¡Déjalo, estamos buscando un libro en griego!

—¿Éste? —preguntaba yo, mostrándole una obra con las páginas cubiertas de caracteres abstrusos.

Y Guillermo:

—¡No, eso es árabe, tonto! ¡Tenía razón Bacon cuando decía que el primer deber de un sabio es el de estudiar las lenguas!

—¡Pero tampoco vos sabéis árabe! —replicaba yo picado.

Y Guillermo respondía:

—¡Pero al menos me doy cuenta cuando algo está en árabe!

Y yo me ruborizaba porque oía la risa de Bencio a mis espaldas.

Los libros eran muchos, y muchos más los apuntes, los rollos con dibujos de la cúpula celeste, los catálogos de plantas extrañas, probablemente escritos por el propio difunto en folios sueltos. Trabajamos mucho tiempo, exploramos el laboratorio de arriba abajo, y Guillermo llegó, incluso, a desplazar, con toda frialdad, el cadáver, para ver si no había algo debajo, y también hurgó en sus ropas. Nada.

—Es imposible —dijo Guillermo—. Severino se encerró aquí dentro con un libro. El cillerero no lo tenía...

—¿No lo habrá escondido en su ropa? —pregunté.

—No, el libro que vi la otra mañana bajo la mesa de Venancio era grande, nos habríamos dado cuenta.

—¿Cómo estaba encuadernado? —pregunté.

—No sé. Estaba abierto y sólo lo vi unos pocos segundos, lo suficiente para comprender que estaba en griego, pero no recuerdo otros detalles. Sigamos: el cillerero no lo ha cogido, y tampoco Malaquías, creo.

—Es imposible que lo haya hecho —confirmó Bencio—. Cuando el cillerero lo cogió por el pecho, vimos que no podía tener nada bajo el escapulario.

—Muy bien. Es decir, muy mal. Si el libro no está en esta habitación, es evidente que algún otro, además de Malaquías y del cillerero, entró antes que ellos.

—O sea una tercera persona, ¿que mató a Severino?

—Demasiada gente —dijo Guillermo.

—Por lo demás —dije yo—, ¿quién podía saber que el libro estaba aquí?

—Jorge, por ejemplo, si oyó lo que decíamos.

—Sí —dije—, pero Jorge no habría podido matar a un hombre robusto como Severino, y con tanta violencia.

—Sin duda, no. Además, tú lo viste caminar hacia el Edificio, y los arqueros lo encontraron en la cocina poco antes de encontrar al cillerero. O sea que no habría tenido tiempo de venir hasta aquí y regresar después a la cocina. Ten en cuenta que, a pesar de que camina sin dificultades, debe ir bordeando las paredes y no hubiese podido atravesar los huertos, y menos corriendo...

—Dejad que razone con mi cabeza —dije, queriendo emular a mi maestro—. De modo que Jorge no puede haber sido. Alinardo merodeaba por el lugar, pero apenas consigue mantenerse en pie, y es imposible que haya dominado a Severino. El cillerero ha estado aquí, pero el tiempo transcurrido entre su salida de la cocina y la llegada de los arqueros fue tan breve que me parece difícil que haya podido conseguir que Severino le abriese la puerta, enfrentarse con él, matarlo y después organizar todo este jaleo. Malaquías podría haber llegado antes que nadie: Jorge oyó lo que decíamos en el nártex, fue al scriptorium para informar a Malaquías de que en el laboratorio de Severino había un libro de la biblioteca, Malaquías vino, convenció a Severino de que le abriese y lo mató, Dios sabe por qué. Pero si buscaba el libro, habría tenido que reconocerlo sin todo este revoltijo, porque es el bibliotecario. Entonces, ¿quién queda?

—Bencio —dijo Guillermo.

Bencio negó con energía moviendo la cabeza:

—No, fray Guillermo, sabéis que ardía de curiosidad. Pero si hubiese entrado aquí y hubiera podido salir con el libro, no estaría ahora con vosotros, sino en cualquier otro sitio examinando mi tesoro...

—Es una prueba casi convincente —dijo sonriendo Guillermo—. Sin embargo, tampoco tú sabes cómo es el libro. Podrías haber matado a Severino y ahora estarías aquí tratando de localizar el libro.

Bencio se ruborizó violentamente.

—¡No soy un asesino! —protestó.

—Nadie lo es hasta que no comete el primer crimen —dijo filosóficamente Guillermo—. En todo caso, el libro no está, y esto es una prueba suficiente de que no lo has dejado aquí. Y me parece razonable que, si lo hubieras cogido antes, te habrías deslizado fuera de aquí aprovechando la confusión. —Después se volvió hacia el cadáver y se quedó mirándolo. Parecía que sólo en ese momento se daba cuenta de la muerte de su amigo—. Pobre Severino —dijo—, había sospechado también de ti y de tus venenos. Y tú también te creías amenazado por un veneno, o no te habrías puesto esos guantes. Temías un peligro de la tierra y en cambio te llegó de la cúpula celeste... —Volvió a coger la esfera y la observó con atención—. Vaya a saberse por qué han usado justo esta arma...

—Estaba a mano.

—Quizá. También había otras cosas, vasos, instrumentos de jardinería... Es una buena muestra de metalistería y de ciencia astronómica. Está destrozada y... ¡Santo cielo! —exclamó.

—¿Qué sucede?

—Y fue golpeada la tercera parte del sol y la tercera parte de la luna y la tercera parte de las estrellas... —recitó.

El texto del apóstol Juan no era nuevo para mí:

—¡La cuarta trompeta! —exclamé.

—Así es. Primero el granizo, después la sangre, después el agua y ahora las estrellas... Entonces hay que revisarlo todo. El asesino no ha golpeado al azar. Ha seguido un plan... Pero, ¿cabe imaginar la existencia de una mente tan malvada que sólo mate cuando puede hacerlo de acuerdo con los dictámenes del libro del Apocalipsis?

—¿Qué sucederá con la quinta trompeta? —pregunté aterrorizado. Traté de hacer memoria—: Y vi una estrella que caía del cielo sobre la tierra, y le fue dada la llave del pozo del abismo... ¿Morirá alguien ahogándose en el pozo?

—La quinta trompeta nos promete muchas otras cosas —dijo Guillermo—. Del pozo saldrá el humo de un gran horno, y después saldrán langostas que atormentarán a los hombres con un aguijón como el de los escorpiones. Y la forma de las langostas será como la de caballos con coronas de oro en la cabeza y dientes de león... Nuestro hombre puede elegir entre varias maneras de realizar las palabras del libro... Pero no sigamos imaginando. Mejor será que tratemos de recordar lo que nos dijo Severino cuando nos anunció que había encontrado el libro...

—Vos le dijisteis que os lo llevara a la sala capitular, pero él dijo que no podía.

—Sí. Después nos interrumpieron. ¿Por qué no podía? Un libro puede transportarse. Y ¿por qué se puso los guantes? ¿En la encuadernación del libro hay algo relacionado con el veneno que mató a Berengario y a Venancio? Una amenaza misteriosa, una punta infectada...

—¡Una serpiente! —dije.

—¿Por qué no una ballena? No, estamos imaginando tonterías. El veneno, como hemos visto, debería pasar por la boca. Además, Severino no dijo que no podía transportar el libro. Dijo que prefería mostrármelo aquí. Y se puso los guantes... Al menos sabemos que es un libro que hay que tocar con guantes. Y esto también vale para ti, Bencio, si, como esperas, llegas a encontrarlo. Y, puesto que eres tan servicial, puedes ayudarme. Sube al scriptorium y vigila a Malaquías. No lo pierdas de vista.

—¡Así se hará! —dijo Bencio, y salió, alegre, me pareció, por la misión que le habían encomendado.

Ya no pudimos seguir deteniendo a los monjes, y la habitación se vio invadida de gente. Había pasado la hora de la comida, y probablemente Bernardo estaba reuniendo a su tribunal en la sala capitular.

—Aquí no hay nada más que hacer —dijo Guillermo.

Una idea atravesó mi mente:

—¿El asesino no podría haber arrojado el libro por

la ventana y después ir a recogerlo detrás del hospital?
—pregunté.

Guillermo miró con escepticismo los ventanales del laboratorio, que parecían herméticamente cerrados.

—Vayamos a verificarlo —dijo.

Salimos e inspeccionamos la parte de atrás del edificio, que daba casi contra la muralla, dejando sólo un estrecho pasaje que Guillermo recorrió con mucha prudencia, porque allí la nieve de los días anteriores se había conservado intacta: nuestros pasos imprimían signos evidentes en la costra helada pero frágil, de modo que, si alguien hubiese pasado antes que nosotros, la nieve nos lo habría señalado. No vimos nada.

Abandonamos el hospital y mi pobre hipótesis, y mientras atravesábamos el huerto le pregunté a Guillermo si de verdad se fiaba de Bencio.

—No del todo —respondió—, pero en todo caso no le hemos dicho nada que ya no supiese, y hemos conseguido que le tenga miedo al libro. Por último, al hacer que vigile a Malaquías, también hacemos que éste lo vigile a él, porque, sin duda, también Malaquías está buscando el libro.

—¿Y qué quería el cillerero?

—Pronto lo sabremos. Sin duda quería algo, y lo quería enseguida, para evitar un peligro que lo aterrorizaba. Algo que Malaquías debe conocer, si no, no se explicaría el ruego desesperado que le dirigió Remigio...

—De todos modos, el libro ha desaparecido.

—Eso es lo más verosímil —dijo Guillermo, cuando estábamos por llegar a la sala capitular—. Si estaba, y Severino dijo que estaba, o bien se lo han llevado o bien sigue allí.

—Y como no está, alguien se lo ha llevado —concluí.

—No está dicho que no haya que hacer el razonamiento partiendo de otra premisa menor. Como todo confirma que nadie pudo habérselo llevado...

—Entonces todavía debería estar allí. Pero no está.

—Un momento. Decimos que no está porque no lo hemos encontrado. Pero quizá no lo hemos encontrado, porque no lo hemos visto donde estaba.

—¡Hemos mirado en todas partes!

—Mirado, pero no visto. O bien visto, pero no reconocido... Dime, Adso, ¿cómo describió Severino el libro? ¿Qué palabras utilizó?

—Dijo que había encontrado un libro que no era suyo, que estaba en griego...

—¡No! Ahora recuerdo. Dijo que había encontrado un libro *extraño*. Severino era una persona culta y para una persona culta el griego no es extraño, aunque no sepa griego, porque al menos puede reconocer el alfabeto. Una persona culta tampoco calificaría de extraña una obra en árabe, aunque desconozca el árabe... —Se interrumpió un momento—: ¿Y qué haría un libro árabe en el laboratorio de Severino?

—Pero ¿por qué calificaría de extraño un libro en árabe?

—Éste es el problema. Si dijo que era extraño es porque tenía un aspecto insólito, insólito al menos para él, que era herbolario y no bibliotecario. Y en las bibliotecas sucede que muchas veces se encuadernan juntos varios manuscritos antiguos, reuniendo en un solo volumen textos diferentes y curiosos, uno en griego, uno en arameo...

—... ¡Y uno en árabe! —grité, fulminado por aquella iluminación.

Guillermo me arrastró con rudeza fuera del nártex, para que regresase corriendo al hospital:

—¡Teutón bruto, mastuerzo, ignorante, sólo has mirado las primeras páginas y el resto no!

—Pero maestro —dije jadeando—, ¡vos mismo mirasteis las páginas que os iba mostrando y dijisteis que era árabe y no griego!

—Tienes razón, Adso, la bestia soy yo. ¡Corre, rápido!

Regresamos al laboratorio, y nos costó entrar porque los novicios ya estaban sacando el cadáver. Había otros curiosos en la habitación. Guillermo se precipitó hacia la mesa y se puso a revisar los libros en busca del volumen fatídico. Los iba arrojando al suelo ante la mirada atónita de los presentes, después los abría y volvía a abrir todos dos veces. Pero, ¡ay!, el manuscrito árabe no estaba allí. Recordaba vagamente la vieja tapa, no muy robusta, bastante gastada, reforzada con finas bandas de metal.

—¿Quién ha entrado desde que me marché? —pregunto Guillermo a un monje.

Éste se encogió de hombros: era evidente que habían entrado todos, y ninguno.

Tratamos de pensar quién podía haber sido. ¿Malaquías? Era verosímil, sabía lo que quería, quizá nos había vigilado, nos había visto salir con las manos vacías, y había regresado seguro de que lo encontraría. ¿Bencio? Recordé que, cuando se había producido nuestro altercado a propósito del texto árabe, había reído. En aquel momento me había parecido que se reía de mi ignorancia, pero quizá riera de la ingenuidad de Guillermo, pues él sabía bien de cuántas formas diferentes puede presentarse un viejo manuscrito, y quizá había pensado en ese momento lo que nosotros sólo pensamos más tarde, y que habríamos tenido que pensar enseguida, o sea que Severino no sabía árabe y que por tanto era extraño que entre sus libros hubiese un texto que no podía leer. ¿O acaso había un tercer personaje?

Guillermo se sentía profundamente humillado. Traté de consolarlo, diciéndole que hacía tres días que estaba buscando un texto en griego y era natural que hubiese descartado todos los libros que no estaban en griego. Él respondió que sin duda es humano cometer errores, pero que hay seres humanos que los cometen más que otros, y a ésos se los llama tontos, y que él se contaba entre estos últimos, y se preguntaba si había valido la pena que estudiase en París y en Oxford para después no ser capaz de pensar que los manuscritos también se encuadernan en grupos, cosa que hasta los novicios saben, salvo los estúpidos como yo, y una pareja de estúpidos tan buena como la nuestra hubiera podido triunfar en las ferias, y eso era lo que teníamos que hacer en vez de tratar de resolver misterios, sobre todo cuando nos enfrentábamos con gente mucho más astuta que nosotros.

—Pero es inútil llorar —concluyó después—. Si lo ha cogido Malaquías, ya lo habrá devuelto a la biblioteca. Y sólo podremos recuperarlo si descubrimos la manera de entrar en el finis Africae. Si lo ha cogido Bencio, habrá imaginado que tarde o temprano se me ocurriría lo que acaba de ocurrírseme y regresaría al laboratorio, o no habría procedido tan aprisa. De modo que se habrá escondido, y el único sitio donde no existe ninguna probabilidad de que se haya escondido es aquel donde primero lo buscaríamos, es decir, su celda. Por tanto, volvamos a la sala capitular y veamos si, durante la instrucción del caso, el cillerero dice algo que pueda sernos útil. Porque al fin y al cabo aún no veo claro lo que se propone Bernardo: buscaba a su hombre antes de la muerte de Severino, y con otros fines.

Regresamos a la sala capitular. Habríamos hecho bien en ir a la celda de Bencio, porque, como supimos más tarde, nuestro joven amigo no valoraba tanto a Guillermo y no se le había ocurrido que éste regresaría tan pronto al laboratorio, de modo que, creyendo que no lo buscarían, había ido a esconder el libro precisamente en su celda.

Pero de eso ya hablaré en su momento. En el ínterin sucedieron hechos tan dramáticos e inquietantes como para hacernos olvidar el libro misterioso. Y, si bien no lo olvidamos, tuvimos que ocuparnos de otras tareas más urgentes, vinculadas con la misión que, de todos modos, debía Guillermo desempeñar.

Quinto día
NONA

*Donde se administra justicia y se tiene
la molesta sensación de que todos están
equivocados.*

Bernardo Gui se situó en el centro de la gran mesa de
nogal, en la sala capitular. Junto a él, un dominico desempeñaba las funciones de notario; a izquierda y derecha, dos prelados de la legación pontificia hacían de
jueces. El cillerero estaba de pie ante la mesa, entre dos
arqueros.

El Abad se volvió hacia Guillermo para decirle por
lo bajo:

—No sé si el procedimiento es legítimo. El canon
XXXVII del concilio de Letrán, de 1215, establece que
no se puede instar a nadie a comparecer ante jueces
cuya sede se encuentre a más de dos días de marcha del
domicilio del inculpado. En este caso la situación quizá
no sea ésa, porque es el juez quien viene de lejos, pero...

—El inquisidor no está sometido a la jurisdicción
regular —dijo Guillermo—, y no está obligado a respe-

tar las normas del derecho común. Goza de un privilegio especial, y ni siquiera debe escuchar a los abogados.

Miré al cillerero. Remigio estaba reducido a un estado lamentable. Miraba a su alrededor como un animal muerto de miedo, como si reconociese los movimientos y los gestos de una liturgia temida. Ahora sé que temía por dos razones, a cual más temible: una, porque todo parecía indicar que lo habían cogido in fraganti; la otra, porque desde el día anterior, cuando Bernardo había comenzado a investigar, recogiendo rumores e insinuaciones, temía que saliesen a la luz sus errores del pasado. Y su agitación había aumentado muchísimo cuando vio que cogían a Salvatore.

Si el infeliz Remigio era presa de sus propios terrores, Bernardo Gui, por su parte, sabía muy bien cómo transformar en pánico el miedo de sus víctimas. No hablaba: mientras todos esperaban que comenzase el interrogatorio, sus manos se demoraban en unos folios que tenía delante; fingía ordenarlos, pero con aire distraído. En realidad, su mirada apuntaba al acusado; una mirada mixta, de hipócrita indulgencia (como para decir: «No temas, estás en manos de una asamblea fraterna, que sólo puede querer tu bien»), de helada ironía (como para decir: «Todavía no sabes cuál es tu bien, pero pronto te lo diré») y de implacable severidad (como para decir: «En todo caso, aquí yo soy tu juez, y me perteneces»). El cillerero ya sabía todo esto, pero el silencio y la dilación del juego tenían la misión de recordárselo, casi de hacérselo saborear, para que —en lugar de olvidarlo— se sintiese aún más humillado, y su inquietud se convirtiera en desesperación, y al final sólo fuese una cosa a merced del juez, blanda cera entre sus manos.

Finalmente, Bernardo rompió el silencio. Pronunció algunas fórmulas rituales, y dijo a los jueces que daba comienzo el interrogatorio del acusado, a quien se le imputaban dos crímenes, a cual más odioso, uno de ellos por todos conocido, pero menos despreciable que el otro, porque, en efecto, cuando fue sorprendido cometiendo homicidio, el acusado ya tenía orden de captura como sospechoso de herejía.

Ya estaba dicho. El cillerero escondió el rostro entre las manos, que le costaba mover porque las tenía encadenadas. Bernardo comenzó el interrogatorio.

—¿Quién eres? —preguntó.

—Remigio da Varagine. Nací hace cincuenta y dos años, y aún era niño cuando entré en el convento de los franciscanos en Varagine.

—¿Y cómo es que hoy te encuentras en la orden de san Benito?

—Hace años, cuando el pontífice promulgó la bula *Sancta Romana*, como temía ser contagiado por la herejía de los fraticelli... si bien nunca me había adherido a sus proposiciones... pensé que era mejor para mi alma pecadora que me sustrajese a un ambiente cargado de seducciones, y logré ser admitido entre los monjes de esta abadía, donde sirvo como cillerero desde hace más de ocho años.

—Te sustrajiste a las seducciones de la herejía —comentó Bernardo con tono burlón—, o sea, que te sustrajiste a la encuesta del que estaba encargado de descubrir la herejía y erradicar esa mala hierba. Y los buenos monjes cluniacenses creyeron que realizaban un acto de caridad al acogerte y al acoger a gente como tú. Pero no basta con cambiar de sayo para borrar del alma la infamia de la depravación herética, y por eso estamos aquí para averiguar qué se esconde en los rincones de tu alma impenitente y qué hiciste antes de llegar a este lugar sagrado.

—Mi alma es inocente y no sé a qué os referís cuando habláis de depravación herética —dijo con cautela el cillerero.

—¿Lo veis? —exclamó Bernardo volviéndose hacia

los otros jueces—. ¡Todos son así! Cuando uno de ellos es detenido, se presenta ante el tribunal como si su conciencia estuviese tranquila y sin remordimientos. Y no saben que ése es el signo más evidente de su culpabilidad, ¡porque, ante un tribunal, el justo se muestra inquieto! Preguntadle si sabe por qué ordené que lo arrestaran. ¿Lo sabes, Remigio?

—Señor —respondió el cillerero—, me agradaría que me lo explicarais.

Me sorprendí, porque tuve la impresión de que el cillerero respondía a las preguntas rituales con palabras no menos rituales, como si conociese muy bien las reglas del interrogatorio, y sus trampas, y estuviese preparado desde hacía tiempo para afrontar aquella experiencia.

—Ya está —exclamó mientras tanto Bernardo—, ¡la típica respuesta del hereje impenitente! Se mueven como zorros y es muy difícil cogerlos en falta, porque su comunidad les autoriza a mentir para evitar el castigo merecido. Recurren a respuestas tortuosas para tratar de engañar al inquisidor, que ya tiene que soportar el contacto con gente tan despreciable. ¿Por tanto, fray Remigio, nunca tuviste relaciones con los llamados fraticelli o frailes de la vida pobre o begardos?

—He vivido las vicisitudes de los franciscanos, cuando tanto se discutió sobre la pobreza, pero nunca pertenecí a la secta de los begardos.

—¿Veis? —dijo Bernardo—. Niega haber sido begardo porque éstos, si bien participan de la misma herejía, consideran a los fraticelli como una rama seca de la orden franciscana, y piensan que son más puros y más perfectos que ellos. Pero se comportan casi de la misma manera. ¿Puedes negar, Remigio, que te han visto en la iglesia, acurrucado y con el rostro vuelto hacia la pared, o prosternado y con la cabeza cubierta por la capucha, en lugar de arrodillarte y juntar las manos, como los demás hombres?

—También en la orden de san Benito los monjes se prosternan, a su debido momento...

—¡No te pregunto lo que has hecho en los momentos debidos, sino lo que has hecho en los momentos indebidos! ¡De modo que no niegas haber adoptado una u otra posición, típicas de los begardos! Pero has dicho que no eres begardo... Entonces dime: ¿en qué crees?

—Señor, creo en todo lo que cree un buen cristiano...

—¡Qué respuesta tan santa! ¿Y en qué cree un buen cristiano?

—En lo que enseña la santa iglesia.

—¿Qué santa iglesia? ¿La que consideran santa aquellos creyentes que se dicen perfectos, los seudoapóstoles, los fraticelli, los herejes? ¿O la iglesia que éstos comparan con la meretriz de Babilonia, y en la que, en cambio, todos nosotros creemos firmemente?

—Señor —dijo el cillerero desconcertado—, decidme cuál creéis que es la verdadera iglesia...

—Creo que es la iglesia romana, una, santa y apostólica, gobernada por el papa y sus obispos.

—Eso creo yo —dijo el cillerero.

—¡Admirable artimaña! —gritó el inquisidor—. ¡Admirable agudeza de dicto! Lo habéis escuchado: quiere decir que cree que yo creo en esta iglesia, ¡y se sustrae al deber de decir en qué cree él! ¡Pero conocemos muy bien estas artes de garduña! Vayamos al grano. ¿Crees que los sacramentos fueron instituidos por Nuestro Señor, que para hacer justa penitencia es preciso confesarse con los servidores de Dios, que la iglesia romana tiene el poder de desatar y atar en esta tierra lo que será atado y desatado en el cielo?

—¿Acaso no tendría que creerlo?

—¡No te pregunto lo que deberías creer, sino lo que crees!

—Creo en todo lo que vos y los otros buenos doctores me ordenáis que crea —dijo el cillerero muerto de miedo.

—¡Ah! Pero esos buenos doctores a los que te refieres, ¿no serán los que dirigen tu secta? ¿Eso querías decir cuando hablabas de buenos doctores? ¿A esos perversos mentirosos, que se creen los únicos sucesores de los apóstoles, te remites para saber cuáles son tus artículos de fe? ¡Insinúas que si creo en lo que ellos creen, entonces creerás en mí, y si no, sólo creerás en ellos!

—No he dicho eso, señor —balbució el cillerero—, vos me lo hacéis decir. Creo en vos, si me enseñáis lo que está bien.

—¡Oh, perversidad! —gritó Bernardo dando un puñetazo sobre la mesa—. Repites con siniestra obstinación el formulario que has aprendido en tu secta. Dices que me creerás sólo si predico lo que tu secta considera bueno. Ésa ha sido siempre la respuesta de los seudoapóstoles, y ahora es la tuya, aunque tú mismo no lo adviertes, porque brotan de tus labios las frases que hace unos años te enseñaron para engañar a los inquisidores. Y de ese modo tus propias palabras te están denunciando, y, si no tuviese una larga experiencia como inquisidor, caería en tu trampa... Pero vayamos al grano, hombre perverso. ¿Alguna vez oíste hablar de Gherardo Segalelli, de Parma?

—He oído hablar de él —dijo el cillerero palideciendo, si de palidez aún podía hablarse en un rostro tan descompuesto.

—¿Alguna vez oíste hablar de fray Dulcino de Novara?

—He oído hablar de él.

—¿Alguna vez lo viste? ¿Conversaste con él?

El cillerero guardó silencio, como para calcular hasta qué punto le convenía declarar una parte de la verdad. Luego dijo, con un hilo de voz:

—Lo vi y hablé con él.

—¡Más fuerte! ¡Que por fin pueda oírse una palabra verdadera de tus labios! ¿Cuándo le hablaste?

—Señor, yo era fraile en un convento de la región de Novara cuando la gente de Dulcino se reunió en aquellas comarcas. También pasaron cerca de mi convento. Al principio no se sabía bien quiénes eran...

—¡Mientes! ¿Cómo podía un franciscano de Varagine estar en un convento de la región de Novara? ¡No estabas en el convento: formabas parte de una banda de fraticelli que recorría aquellas tierras viviendo de limosnas, y te uniste a los dulcinianos!

—¿Cómo podéis afirmar tal cosa, señor? —dijo temblando el cillerero.

—Te diré cómo puedo, e incluso debo, afirmarla —dijo Bernardo, y ordenó que trajeran a Salvatore.

Al ver al infeliz, que sin duda había pasado durante la noche un interrogatorio no público, y más severo, sentí una gran compasión. Ya he dicho que el rostro de Salvatore era horrible. Pero aquella mañana parecía aún más animalesco que de costumbre. No mostraba signos de violencia, pero la manera en que el cuerpo encadenado se movía, con los miembros dislocados, casi incapaz de desplazarse, arrastrado por los arqueros como un mono atado a una cuerda, demostraba bien la forma en que debía de haberse desarrollado el atroz responsorio.

—Bernardo lo ha torturado... —dije por lo bajo a Guillermo.

—En absoluto —respondió Guillermo—. Un inquisidor nunca tortura. Del cuerpo del acusado siempre se cuida el brazo secular.

—¡Pero es lo mismo!

—En modo alguno. No lo es para el inquisidor, que

conserva las manos limpias, y tampoco para el interrogado, porque, cuando llega el inquisidor, cree que le trae una ayuda inesperada, un alivio para sus penas, y le abre su corazón.

Miré a mi maestro:

—Estáis bromeando —dije confundido.

—¿Te parece que se puede bromear con estas cosas? —respondió Guillermo.

Ahora Bernardo estaba interrogando a Salvatore, y mi pluma es incapaz de transcribir las palabras entrecortadas y, si ya no fuese imposible, aún más babélicas, con que aquel hombre ya quebrado, reducido al rango de un babuino, respondía, casi sin que nadie entendiera, y con la ayuda de Bernardo, quien le hacía las preguntas de modo que sólo pudiese responder por sí o por no, incapaz ya de mentir. Y mi lector puede imaginarse muy bien lo que dijo Salvatore. Contó, o admitió haber contado durante la noche, una parte de la historia que yo ya había reconstruido: sus vagabundeos como fraticello, pastorcillo y seudoapóstol, y cómo en la época de Dulcino había encontrado a Remigio entre los dulcinianos, y cómo se había escapado con él después de la batalla del monte Rebello, refugiándose, tras diversas peripecias, en el convento de Casale. Además, añadió que el heresiarca Dulcino, ya cerca de la derrota y la prisión, había entregado a Remigio algunas cartas que éste debía llevar a un sitio, o a una persona, que Salvatore desconocía. Remigio había conservado esas cartas consigo, sin atreverse a entregarlas, y cuando llegó a la abadía, temeroso de guardarlas en su poder, pero no queriendo tampoco destruirlas, las había puesto en manos del bibliotecario, sí, de Malaquías, para que éste las ocultara en algún sitio recóndito del Edificio.

Mientras Salvatore hablaba, el cillerero le echaba miradas de odio, y en determinado momento no pudo contenerse y le gritó:

—¡Víbora, mono lascivo, he sido tu padre, tu amigo, tu escudo, y así me lo pagas!

Salvatore miró a su protector, que ahora necesitaba protección, y respondió hablando con mucha dificultad:

—Señor Remigio, si pudiese era contigo. Y me eras dilectísimo. Pero conoces la familia del barrachel. Qui non habet caballum vadat cum pede...

—¡Loco! —volvió a gritarle Remigio—. ¿Esperas salvarte? ¿No sabes que también tú morirás como un hereje? ¡Di que has hablado para que no siguieran torturándote! ¡Di que lo has inventado todo!

—Qué sé yo, señor, cómo se llaman estas rejías... Paterinos, leonistos, arnaldistos, esperonistos, circuncisos... No soy homo literatus, peccavi sine malitia e el señor Bernardo muy magnífico él sabe, et ispero en la indulgentia suya in nomine patre et filio et spiritis sanctis...

—Seremos tan indulgentes como nuestro oficio lo permita —dijo el inquisidor—, y valoraremos con paternal benevolencia la buena voluntad con que nos has abierto tu alma. Ahora vete, ve a tu celda a meditar, y espera en la misericordia del Señor. Ahora tenemos que debatir una cuestión mucho más importante... O sea, Remigio, que tenías unas cartas de Dulcino, y las entregaste al hermano que se cuida de la biblioteca...

—¡No es cierto, no es cierto! —gritó el cillerero, como si esto aún pudiera servirle de algo.

Pero Bernardo justamente lo interrumpió:

—No es tu confirmación la que nos interesa, sino la de Malaquías de Hildesheim.

Hizo llamar al bibliotecario, pero no se encontraba entre los presentes. Yo sabía que estaba en el scriptorium, o alrededor del hospital, buscando a Bencio y el libro. Fueron a buscarlo, y cuando apareció, turbado y sin querer enfrentar las miradas de los otros, Guillermo me dijo por lo bajo, molesto: «Y ahora Bencio podrá hacer lo que quiera.» Pero se equivocaba, porque vi aparecer el rostro de Bencio por encima de los hombros de otros monjes, que se agolpaban en la entrada para no perderse el interrogatorio. Se lo señalé a Guillermo. En aquel momento pensamos que su curiosidad por ese acontecimiento era aún más fuerte que la que sentía por el libro. Después supimos que a aquellas alturas Bencio ya había cerrado su innoble trato.

Así pues, Malaquías compareció ante los jueces, sin que su mirada se cruzase en ningún momento con la del cillerero.

—Malaquías —dijo Bernardo—, esta mañana, después de la confesión que había hecho Salvatore durante la noche, os he preguntado si el acusado os había hecho entrega de unas cartas...

—¡Malaquías! —aulló el cillerero—, ¡hace poco me has jurado que no harías nada contra mí!

Malaquías se volvió apenas hacia el acusado, a quien daba la espalda, y dijo con una voz bajísima, que apenas pude escuchar:

—No he perjurado. Si algo podía hacer contra ti, ya lo había hecho. Las cartas habían sido entregadas al señor Bernardo por la mañana, antes de que tú matases a Severino...

—¡Pero tú sabes, debes saber, que no maté a Severino! ¡Lo sabes porque ya estabas allí!

—¿Yo? —preguntó Malaquías—. Yo entré después de que te descubrieran.

—Y en todo caso —interrumpió Bernardo—, ¿qué buscabas en el laboratorio de Severino, Remigio?

El cillerero se volvió para mirar a Guillermo con ojos extraviados, después miró a Malaquías y luego otra vez a Bernardo:

—Pero yo... Esta mañana había oído a fray Guillermo, aquí presente, decir a Severino que vigilara ciertos folios... Desde ayer noche, después del apresamiento de Salvatore, temía que se hablase de esas cartas...

—¡Entonces sabes algo de esas cartas! —exclamó triunfalmente Bernardo.

El cillerero había caído en la trampa. Estaba dividido entre dos urgencias: la de descargarse de la acusación de herejía, y la de alejar de sí la sospecha de homicidio. Probablemente, decidió hacer frente a la segunda acusación... Por instinto, porque a esas alturas su conducta ya no obedecía a regla ni conveniencia alguna:

—De las cartas hablaré después... explicaré... diré cómo llegaron a mis manos... Pero dejadme contar lo que sucedió esta mañana. Pensé que se hablaría de esas cartas cuando vi que Salvatore caía en poder del señor Bernardo; hace años que el recuerdo de esas cartas atormenta mi corazón... Entonces, cuando oí que Guillermo y Severino hablaban de unos folios... no sé, presa del terror, pensé que Malaquías se había deshecho de ellas entregándoselas a Severino... yo quería destruirlas... por eso fui al laboratorio... la puerta estaba abierta y Severino yacía muerto... me puse a hurgar entre sus cosas en busca de las cartas... estaba poseído por el miedo...

Guillermo me susurró al oído:

—Pobre estúpido, por temor a un peligro se metió de cabeza en otro.

—Admitamos que estés diciendo casi, digo casi, la verdad —intervino Bernardo—. Pensabas que Severino tenía las cartas y las buscaste en su laboratorio. Pero, ¿por qué mataste antes a los otros hermanos? ¿Acaso pensabas que hacía tiempo que las cartas circulaban de mano en mano? ¿Acaso es habitual en esta abadía disputarse las reliquias de los herejes muertos en la hoguera?

Vi que el Abad se sobresaltaba. No había acusación más insidiosa que la de recoger reliquias de herejes, y

Bernardo estaba mezclando hábilmente los crímenes con la herejía, y el conjunto con la vida del monasterio. Interrumpieron mis reflexiones los gritos del cillerero, que afirmaba no haber tenido parte alguna en los otros crímenes. Bernardo, con tono indulgente, lo tranquilizó: por el momento no era ésa la cuestión que se estaba discutiendo; el crimen por el que debía responder era el de herejía; que no intentase, pues (y aquí su tono de voz se volvió severo), distraer la atención de su pasado herético hablando de Severino o tratando de dirigir las sospechas hacia Malaquías. De modo que debía volverse al asunto de las cartas.

—Malaquías de Hildesheim —dijo mirando al testigo—, no estáis aquí como acusado. Esta mañana... habéis respondido a mis preguntas, y a mi pedido, sin tratar de ocultar nada. Repetid aquí lo que entonces me dijisteis, y no tendréis nada que temer.

—Repito lo que dije esta mañana —dijo Malaquías—. Poco tiempo después de su llegada, Remigio comenzó a ocuparse de la cocina, y teníamos frecuentes contactos por razones de trabajo... Como bibliotecario, debo cerrar por la noche el Edificio, incluida la cocina... No tengo por qué ocultar que nos hicimos amigos, pues tampoco tenía por qué sospechar de él. Me contó que conservaba unos documentos de carácter secreto: los había recibido en confesión, no debían caer en manos profanas, y él no se atrevía a seguir guardándolos. Como yo custodiaba el único sitio del monasterio prohibido para todos los demás, me pidió que guardara aquellos folios lejos de toda mirada curiosa, y yo acepté, sin imaginar que podía tratarse de documentos heréticos. Ni siquiera los leí: los puse... los puse en el sitio más recóndito de la biblioteca. Y nunca más volví a pensar en aquel hecho, hasta que esta mañana el señor inquisidor me lo mencionó. Entonces fui a buscarlos y se los entregué...

El Abad, irritado, tomó la palabra:

—¿Por qué no me informaste de tu pacto con el cillerero? ¡La biblioteca no está para guardar cosas privadas de los monjes!

Así quedaba claro que la abadía no tenía nada que ver con aquella historia.

—Señor —respondió confuso Malaquías—, me pareció que la cosa no tenía demasiada importancia. Pequé sin maldad.

—Sin duda, sin duda —dijo Bernardo con tono cordial—, estamos todos persuadidos de que el bibliotecario actuó de buena fe, y prueba de ello es la franqueza con que ha colaborado con este tribunal. Ruego fraternalmente a vuestra excelencia que no lo culpe por ese acto imprudente que cometió en el pasado. Por nuestra parte, creemos lo que ha dicho. Y sólo le pedimos que nos confirme bajo juramento que los folios que ahora le muestro son los mismos que me entregó esta mañana y los mismos que hace años recibió de Remigio da Varagine, poco después de su llegada a la abadía.

Mostraba dos pergaminos que había sacado de entre los folios que estaban sobre la mesa. Malaquías los miró y dijo con voz segura:

—Juro por Dios padre todopoderoso, por la santísima Virgen y por todos los santos que así es y ha sido.

—Esto me basta —dijo Bernardo—. Podéis marcharos, Malaquías de Hildesheim.

Mientras éste salía con la cabeza gacha, y antes de que llegase a la puerta, se escuchó una voz, procedente del grupo de los curiosos agolpados al fondo de la sala: «¡Tú le escondías las cartas y él te mostraba el culo de los novicios en la cocina!» Estallaron algunas risas; Malaquías se apresuró a salir dando empujones a izquierda y derecha; yo habría jurado que la voz era la de Aymaro, pero la frase había sido gritada en falsete. Con el rostro lívido, el Abad gritó pidiendo silencio y amenazó con tremendos castigos para todos, conminando a los monjes a que abandonasen la sala. Bernardo sonreía lúbricamente. En otra parte de la sala, el cardenal Bertrando se inclinaba hacia Jean d'Anneaux y le decía algo al oído, y éste se cubría la boca con la mano y bajaba la cabeza como para toser. Guillermo me dijo:

—El cillerero no sólo era un pecador carnal en provecho propio, sino que también hacía de rufián. Pero a Bernardo eso le tiene sin cuidado, salvo en la medida en que pueda crearle dificultades a Abbone, mediador imperial...

Fue precisamente Bernardo quien lo interrumpió para decirle:

—Después me interesaría que me dijerais, fray Guillermo, de qué folios hablabais esta mañana con Severino cuando el cillerero os escuchó y extrajo una conclusión equivocada.

Guillermo sostuvo su mirada:

—Sí, una conclusión equivocada. Hablábamos de una copia del tratado sobre la hidrofobia canina de Ayyub al Ruhawi, libro excelente cuya fama sin duda conocéis, y del que supongo que os habéis servido en no pocas ocasiones... La hidrofobia, dice Ayyub, se reconoce por veinticinco signos evidentes...

Bernardo, que pertenecía a la orden de los domini canes, no juzgó oportuno afrontar una nueva batalla.

—Se trataba, pues, de cosas ajenas al caso que nos ocupa —dijo rápidamente. Y continuó con el proceso—: Volvamos a ti, fray Remigio franciscano, mucho más peligroso que un perro hidrófobo. Si en estos días fray Guillermo se hubiese fijado más en la baba de los herejes que en la de los perros, quizá también él hubiera descubierto la víbora que anidaba en la abadía. Volvamos a estas cartas. Ahora estamos seguros de que estuvieron en tus manos y de que te encargaste de esconderlas como si fuesen veneno peligrosísimo, y de que llegaste incluso a matar... —con un gesto detuvo un intento de negación—, y del asesinato hablaremos después... Que mataste, decía, para impedir que llegaran a mí. Entonces, ¿reconoces que estos folios son tuyos?

El cillerero no respondió, pero su silencio era bastante elocuente. De modo que Bernardo lo acosó:

—¿Y qué son estos folios? Son dos páginas escritas por el propio heresiarca Dulcino pocos días antes de ser apresado. Las entregó a un acólito suyo para que éste las llevara a los seguidores que aquél tenía en diversas partes de Italia. Podría leeros todo lo que en ellas se dice, y cómo Dulcino, temiendo su fin inminente, confía un mensaje de esperanza a los que llama sus hermanos ¡en el demonio! Los consuela diciendo que, aunque las fechas que anuncia no concuerden con las que había dado en sus cartas anteriores, donde había prometido que el año 1305 el emperador Federico acabaría con todos los curas, éstos no tardarán en ser destruidos. El heresiarca volvía a mentir, porque desde entonces ya han pasado más de veinte años y ninguna de sus nefastas predicciones se ha cumplido. Pero no estamos reunidos para ocuparnos de la ridícula arrogancia de dichas profecías, sino del hecho de que su portador haya sido Remigio. ¿Puedes seguir negando, fraile hereje e impenitente, que has tenido comercio y contubernio con la secta de los seudoapóstoles?

El cillerero ya no podía seguir negando:

—Señor —dijo—, mi juventud estuvo poblada de errores muy funestos. Cuando supe de la prédica de Dulcino seducido por los errores de los frailes de la vida pobre, creí en sus palabras y me uní a su banda. Sí, es cierto, estuve con ellos en la parte de Brescia y de Bérgamo, en Como y en Val del Sesia. Con ellos me refugié en la Pared Pelada y en Val de Rassa, y por último en el monte Rebello. Pero no participé en ninguna fechoría, y, mientras cometían pillajes y violencias, en mí seguía alentando el espíritu de mansedumbre propio de los hijos de Francisco. Y precisamente en el monte Rebello le dije a Dulcino que ya no estaba dispuesto a participar en su lucha, y él me autorizó a marcharme, porque, dijo, no quería miedosos a su lado, y sólo me pidió que llevara esas cartas a Bolonia...

—¿Para entregarlas a quién? —preguntó el cardenal Bertrando.

—A algunos partidarios suyos, cuyos nombres creo recordar. Y como los recuerdo os lo digo, señor —se apresuró a afirmar Remigio. Y pronunció los nombres de algunos que el cardenal Bertrando dio muestras de reconocer, porque sonrió con aire satisfecho, mientras dirigía una señal de entendimiento a Bernardo.

—Muy bien —dijo Bernardo, y tomó nota de aquellos nombres. Después preguntó a Remigio—: ¿Cómo es que ahora nos entregas a tus amigos?

—No son mis amigos, señor, como lo prueba el hecho de que nunca les entregué las cartas. Y no me limité a eso, os lo digo ahora, después de haber tratado de olvidarlo durante tantos años: para poder salir de aquel sitio sin ser apresado por el ejército del obispo de Vercelli, que nos esperaba en la llanura, logré ponerme en contacto con algunas de sus gentes y, a cambio de un salvoconducto, les indiqué por dónde podían pasar para tomar por asalto las fortificaciones de Dulcino. De modo que una parte del éxito de las fuerzas de la iglesia se debió a mi colaboración...

—Muy interesante. Esto nos muestra que no sólo fuiste un hereje, sino también un vil traidor. Lo que no cambia para nada tu situación. Así como hace un momento, para salvarte, has intentado acusar a Malaquías, quien sin embargo te había prestado un servicio, lo mismo hiciste entonces: para salvarte, pusiste a tus compañeros de pecado en manos de la justicia. Pero sólo traicionaste sus cuerpos, nunca sus enseñanzas, y has conservado estas cartas como reliquias, esperando el día en que tuvieras el coraje, y la posibilidad, de entregarlas sin correr riesgo, para congraciarte de nuevo con los seudoapóstoles.

—No, señor, no —decía el cillerero, cubierto de sudor y con las manos que le temblaban—. No, os juro que...

—¡Un juramento! —dijo Bernardo—. ¡He aquí otra prueba de tu maldad! ¡Quieres jurar porque sabes que sé que los herejes valdenses están dispuestos a valerse de cualquier ardid, e incluso morir, con tal de no jurar! ¡Y cuando el miedo los posee fingen jurar y barbotean falsos juramentos! ¡Pero sé muy bien que no perteneces a la secta de los pobres de Lyon, maldito zorro, e intentas convencerme de que no eres lo que no eres para que no diga que eres lo que eres! Entonces, ¿juras? Jura para ser absuelto, ¡pero has de saber que no me basta con un juramento! Puedo exigir uno, dos, tres, cien, todos los que quiera. Sé muy bien que vosotros, los seudoapóstoles, acordáis dispensas al que jura en falso para no traicionar la secta. ¡De modo que cada juramento será una nueva prueba de tu culpabilidad!

—Pero entonces, ¿qué debo hacer? —gritó el cillerero, mientras caía de rodillas.

—¡No te prosternes como un begardo! No debes hacer nada. Ahora sólo yo sé qué habrá que hacer —dijo Bernardo con una sonrisa aterradora—. Tú sólo tienes que confesar. ¡Y te condenarás y serás condenado si confiesas, y te condenarás y serás condenado si no confiesas, porque serás castigado por perjuro! ¡Entonces confiesa, al menos para abreviar este penosísimo interrogatorio que turba nuestras conciencias y nuestro sentido de la bondad y la compasión!

—Pero ¿qué debo confesar?

—Dos clases de pecado. Que has pertenecido a la secta de los dulcinianos; que has compartido sus proposiciones heréticas, sus costumbres y sus ofensas a la dignidad de los obispos y los magistrados ciudadanos; que, impenitente, sigues compartiendo sus mentiras y sus ilusiones, incluso una vez muerto el heresiarca y dispersada la secta, aunque no del todo derrotada y destruida. Y que, corrupto en lo íntimo de tu corazón por las prácticas que aprendiste en aquella secta inmunda, eres culpable de los desórdenes contra Dios y los hombres que se han perpetrado en esta abadía, por razones que todavía no alcanzo a comprender, pero que ni siquiera deberán aclararse por completo cuando quede luminosamente demostrado (como lo estamos haciendo) que la herejía de los que han predicado y predican la pobreza, contra las enseñanzas del señor papa y de sus bulas, sólo puede conducir a actos criminales. Eso deberán aprender los fieles, y eso me bastará. Confiesa.

En aquel momento quedó claro lo que quería Bernardo. No le interesaba en absoluto averiguar quién había matado a los otros monjes, sino sólo demostrar que Remigio compartía de alguna manera las ideas defendidas por los teólogos del emperador. Y si lograba mostrar la conexión entre esas ideas, que eran también las del capítulo de Perusa, y las ideas de los fraticelli y de los dulcinianos, y mostrar que en aquella abadía había un hombre que participaba de todas esas herejías y había sido el autor de numerosos crímenes, entonces asestaría un verdadero golpe mortal a sus adversarios. Miré a Guillermo y comprendí que había comprendido pero que nada podía hacer, aunque hubiese previsto aquella maniobra. Miré al Abad y vi que su expresión era sombría: se daba cuenta, demasiado tarde, de que también él había caído en la trampa, y de que incluso su autoridad de mediador se estaba desmoronando, pues no faltaba mucho para que apareciera como el amo de un lugar donde se habían dado cita todas las infamias del siglo. En cuanto al cillerero, ya no sabía de qué crimen podía aún declararse inocente. Pero quizá a esas alturas ya no podía hacer cálculo alguno: el grito que salió de su boca era el grito de su alma, y en él, y con él, se liberaba de años de largos y secretos remordimientos. O sea que, después de una vida de incertidumbres, entusiasmos y desilusiones, de vileza y de traición, al ver que ya nada podía hacer para evitar su ruina, decidía abrazar la fe de su juventud, sin seguir preguntándose si ésta era justa o equivocada, como si quisiera mostrarse a sí mismo que era capaz de creer en algo.

—Sí, es cierto —gritó—, estuve con Dulcino y compartí sus crímenes, su desenfreno. Quizá estaba loco, confundía el amor de nuestro señor Jesucristo con la necesidad de libertad y con el odio a los obispos. Es cierto, he pecado, ¡pero juro que soy inocente de lo que ha sucedido en la abadía!

—Por el momento hemos obtenido algo —dijo Bernardo—. De manera que admites haber practicado la herejía de Dulcino, de la bruja Margherita y de sus cómplices. ¿Reconoces haber estado con ellos cuando cerca de Trivero ahorcaron a muchos fieles de Cristo, entre ellos un niño inocente de diez años? ¿Y cuando ahorcaron a otros hombres en presencia de sus mujeres y sus padres, porque no querían someterse a la voluntad de aquellos perros, y porque, a esas alturas, cegados por vuestra furia y vuestra soberbia, pensabais que nadie podía salvarse sin pertenecer a vuestra comunidad? ¡Habla!

—¡Sí, sí, creí esto último, e hice aquello otro!

—¿Y estabas presente cuando se apoderaron de algunos que eran fieles a los obispos, y a unos los dejaron morir de hambre en la cárcel, y a una mujer encinta le cortaron un brazo y una mano, dejando que pariera después un niño que murió enseguida sin haber sido bautizado? ¿Y estabas con ellos cuando arrasaron e incendiaron las aldeas de Mosso, Trivero, Cossila y Flecchia, y muchas otras localidades de la región de Crepacorio, y muchas casas de Mortiliano y Quorino, y cuando incendiaron la iglesia de Trivero, embadurnando antes las imágenes sagradas, arrancando las piedras de los altares, rompiendo un brazo de la estatua de la Virgen, los cálices, los ornamentos y los libros, destruyendo el campanario, apropiándose de todos los vasos de la cofradía, y de los bienes del sacerdote?

—¡Sí, sí, estuve allí, y ya nadie sabía lo que estaba haciendo! ¡Queríamos adelantar el momento del castigo, éramos la vanguardia del emperador enviado por el cielo y por el papa santo, debíamos anticipar el momento del descenso del ángel de Filadelfia, y entonces todos recibirían la gracia del espíritu santo y la iglesia se habría regenerado y después de la destrucción de todos los perversos sólo reinarían los perfectos!

El cillerero parecía estar poseído por el demonio y al mismo tiempo iluminado. El dique de silencio y simulación parecía haberse roto, y su pasado regresaba no sólo en palabras, sino también en imágenes, y era como si volviese a sentir las emociones que antaño lo habían inflamado.

—Entonces —lo acosaba Bernardo—, ¿confiesas que habéis honrado como mártir a Gherardo Segalelli, que habéis negado toda autoridad a la iglesia romana, que afirmabais que ni el papa ni ninguna otra autoridad podía prescribiros un modo de vida distinto del vuestro, que nadie tenía derecho a excomulgaros, que desde la época de san Silvestre todos los prelados de la iglesia habían sido prevaricadores y seductores, salvo Pietro da Morrone, que los laicos no están obligados a pagar los diezmos a los curas que no practiquen un estado de absoluta perfección y pobreza como lo practicaron los primeros apóstoles, y que por tanto los diezmos debían pagároslos sólo a vosotros, que erais los únicos apóstoles y pobres de Cristo, que para rezarle a Dios una iglesia consagrada no vale más que un establo, confiesas que recorríais las aldeas y seducíais a las gentes gritando «penitenciágite», que cantabais el *Salve Regina* para atraer pérfidamente a las multitudes, y os hacíais pasar por penitentes llevando una vida perfecta ante los ojos del mundo, pero que luego os concedíais todas las licencias y todas las lujurias, porque no creíais en el sacramento del matrimonio ni en ningún otro sacramento, y como os considerabais más puros que los otros os podíais permitir cualquier bajeza y cualquier ofensa a vuestro cuerpo y al cuerpo de los otros? ¡Habla!

—¡Sí, sí! Confieso la fe verdadera que abracé entonces con toda el alma. Confieso que abandonamos nuestras ropas en signo de desposeimiento, que renunciamos a todos nuestros bienes, mientras que vosotros, raza de perros, no renunciaréis jamás a los vuestros. Confieso que desde entonces no volvimos a aceptar dinero de nadie ni volvimos a llevarlo con nosotros, y vivimos de la limosna y no guardamos nada para mañana, y cuando nos recibían y ponían la mesa para nosotros, comíamos y luego nos marchábamos dejando sobre la mesa los restos de la comida...

—¡Y quemasteis y saqueasteis para apoderaros de los bienes de los buenos cristianos!

—Y quemamos y saqueamos, porque habíamos elegido la pobreza como ley universal y teníamos derecho a apropiarnos de las riquezas ilegítimas de los demás, y queríamos desgarrar el centro mismo de la trama de avidez que cubría todas las parroquias, pero nunca saqueamos para poseer, ni matamos para saquear: matábamos para castigar, para purificar a los impuros a través de la sangre. Quizá estábamos poseídos por un deseo inmoderado de justicia; también se peca por exceso de amor a Dios, por sobreabundancia de perfección. Éramos la verdadera congregación espiritual, enviada por el Señor y reservada para la gloria de los últimos tiempos. Buscábamos nuestro premio en el paraíso anticipando el tiempo de vuestra destrucción. Sólo nosotros éramos los apóstoles de Cristo, todos los otros le habían traicionado. Y Gherardo Segalelli había sido una planta divina, planta Dei pullulans in radice fidei. Nuestra regla procedía directamente de Dios, ¡no de vosotros, perros malditos, predicadores mentirosos que vais esparciendo olor a azufre y no a incienso, perros inmundos, carroña podrida, cuervos, siervos de la puta de Aviñón, condenados a la perdición eterna! Entonces yo creía, y hasta nuestro cuerpo se había redimido, y éramos las espadas del Señor, y para poder mataros a todos lo antes posible había que matar incluso a otros que eran inocentes. Queríamos un mundo mejor, de paz y afabilidad, y la felicidad para todos; queríamos matar la guerra que vosotros traíais con vuestra avidez. ¿Por qué nos reprocháis la poca sangre que debimos derramar para imponer el reino de la justicia y la felicidad? Lo que pasaba... lo que pasaba era que no se precisaba mucha, no había que perder tiempo, e incluso valía la pena enrojecer toda el agua del Carnasco, aquel día en Stavello, también era sangre nuestra, no la escatimábamos, sangre nuestra y sangre vuestra, lo mismo daba, pronto, pronto, los tiempos de la profecía de Dulcino urgían, había que acelerar la marcha de los acontecimientos...

Temblaba de pies a cabeza, y se pasaba las manos por el hábito como si quisiese limpiarlas de la sangre que estaba evocando.

—El glotón ha recuperado la pureza —me dijo Guillermo.

—Pero, ¿es ésta la pureza? —pregunté horrorizado.

—Sin duda, no es el único tipo que existe —dijo Guillermo—, pero en cualquiera de sus formas siempre me da miedo.

—¿Qué es lo que más os aterra de la pureza?

—La prisa —respondió Guillermo.

—Basta, basta —estaba diciendo Bernardo—, te pedimos una confesión, no un llamamiento a la masacre. Muy bien, no sólo fuiste hereje, sino que lo sigues siendo. No sólo fuiste asesino, sino que sigues matando. Entonces dime cómo mataste a tus hermanos en esta abadía, y por qué.

El cillerero dejó de temblar. Miró a su alrededor como si acabase de salir de un sueño:

—No —dijo—, con los crímenes de la abadía no tengo nada que ver. He confesado todo lo que hice, no me hagáis confesar lo que no he hecho...

—Pero ¿queda algo que puedas no haber hecho? ¿Ahora te declaras inocente? ¡Oh, corderillo, oh, modelo de mansedumbre! ¿Lo habéis oído? ¡Hace años sus manos estuvieron tintas de sangre, pero ahora es inocente! Quizá nos hemos equivocado. Remigio da Varagine es un modelo de virtud, un hijo fiel de la iglesia, un enemigo de los enemigos de Cristo, siempre ha respetado el orden que la mano vigilante de la iglesia se empeña en imponer en aldeas y ciudades, siempre ha respetado la paz de los comercios, los talleres de los artesanos, los tesoros de las iglesias. Es inocente, no ha hecho nada, ¡ven a mis brazos, hermano Remigio, deja que te consuele de las acusaciones que los malvados han hecho caer sobre ti! —Y mientras Remigio lo miraba con ojos extraviados, como si de golpe estuviera a punto de creer en una absolución final, Bernardo recuperó su actitud anterior y dijo con tono de mando al capitán de los arqueros—: Me repugna tener que recurrir a métodos que el brazo secular siempre ha aplicado sin el consentimiento de la iglesia. Pero hay una ley que está por encima de mis sentimientos personales. Rogadle al Abad que os indique un sitio donde puedan disponerse los instrumentos de tortura. Pero que no se proceda enseguida. Ha de permanecer tres días en su celda, con cepos en las manos y en los pies. Luego se le mostrarán los instrumentos. Sólo eso. Y al cuarto día se procederá. Al contrario de lo que creían los seudoapóstoles, la justicia no lleva prisa, y la de Dios tiene siglos por delante. Ha de procederse poco a poco, en forma gradual. Y sobre todo recordad lo que se ha dicho tantas veces: hay que evitar las mutilaciones y el peligro de muerte. Precisamente, una de las gracias que este procedimiento concede al impío es la de saborear y esperar la muerte, pero no alcanzarla antes de que la confesión haya sido plena, voluntaria y purificadora.

Los arqueros se inclinaron para levantar al cillerero, pero éste clavó los pies en el suelo y opuso resistencia, mientras indicaba que quería hablar. Cuando se le autorizó, empezó a hablar, pero le costaba sacar las palabras de la boca y su discurso era como la farfulla de un borracho, y tenía algo de obsceno. Sólo a medida que fue hablando recobró aquella especie de energía salvaje que había animado hasta hacía un momento su confesión.

—No, señor. La tortura no. Soy un hombre vil. Traicioné en aquella ocasión. Durante once años he renegado en este monasterio de mi antigua fe, percibiendo los diezmos de los viñateros y los campesinos, inspeccionando los establos y los chiqueros para que cundiesen y enriquecieran al Abad. He colaborado de buen grado en la administración de esta fábrica del Anticristo. Y me he sentido cómodo, había olvidado los días de la rebelión, me regodeaba en los placeres de la boca e incluso en otros. Soy un hombre vil. Hoy he vendido a mis antiguos hermanos de Bolonia, como entonces vendí a Dulcino. Y como hombre vil, disfrazado de soldado de la cruzada, asistí al apresamiento de Dulcino y Margherita, cuando el sábado santo los llevaron al castillo del Bugello. Durante tres meses estuve dando vueltas alrededor de Vercelli, hasta que llegó la carta del papa Clemente con la orden de condenarlos.

Y vi cómo hacían pedazos a Margherita delante de Dulcino, y cómo gritaba mientras la masacraban, pobre cuerpo que una noche también yo había tocado... Y mientras su roto cadáver se quemaba vi cómo se apoderaron de Dulcino, y le arrancaron la nariz y los testículos con tenazas incandescentes, y no es cierto lo que después se dijo, que no lanzó ni un gemido. Dulcino era alto y robusto, tenía una gran barba de diablo y cabellos rojos que le caían en rizos sobre los hombros, era bello e imponente cuando nos guiaba, con su sombrero de alas anchas, y la pluma, y la espada ceñida sobre el hábito talar. Dulcino metía miedo a los hombres y hacía gritar de placer a las mujeres... Pero, cuando lo torturaron, también él gritó de dolor, como una mujer, como un ternero. Perdía sangre por todas las heridas, mientras lo llevaban de sitio en sitio, y seguían hiriéndolo un poco más, para mostrar cuánto podía durar un emisario del demonio, y él quería morir, pedía que lo remataran, pero murió demasiado tarde, al llegar a la hoguera, y para entonces ya sólo era un montón de carne sangrante. Yo iba detrás, y me felicitaba por haber escapado a aquella prueba, estaba orgulloso de mi astucia, y el bellaco de Salvatore estaba conmigo, y me decía: «¡Qué bien que hemos hecho, hermano Remigio, en comportarnos como personas sensatas! ¡No hay nada más terrible que la tortura!» Aquel día hubiera abjurado de mil religiones. Y hace años, muchos años, que me reprocho aquella vileza, y aquella felicidad conseguida al precio de tanta vileza, aunque siempre con la esperanza de poder demostrarme algún día que no era tan vil. Hoy me has dado esa fuerza, señor Bernardo, has sido para mí lo que los emperadores romanos fueron para los más viles de entre los mártires. Me has dado el coraje para confesar lo que creí con el alma, mientras mi cuerpo se retiraba, incapaz de seguirla. Pero no me exijas demasiado coraje, más del que puede soportar esta carcasa mortal. La tortura no. Diré todo lo que quieras. Mejor la hoguera, ya. Se muere asfixiado, antes de que el cuerpo arda. La tortura como a Dulcino, no. Quieres un cadáver, y para tenerlo necesitas que me haga responsable de los otros cadáveres. En todo caso, no tardaré en ser cadáver. De modo que te doy lo que me pides. He matado a Adelmo da Otranto porque odiaba su juventud y la habilidad que tenía para jugar con monstruos parecidos a mí: viejo, gordo, pequeño e ignorante. He matado a Venancio da Salvemec porque sabía demasiado y era capaz de leer libros que yo no entendía. He matado a Berengario da Arundel porque odiaba su biblioteca; yo, que aprendí teología dando palos a los párrocos demasiado gordos. He matado a Severino de Sant'Emmerano... ¿Por qué lo he matado? Porque coleccionaba hierbas; yo, que estuve en el monte Rebello, donde nos comíamos las hierbas sin preguntarnos cuáles eran sus virtudes. En realidad, también podría matar a los otros, incluido nuestro Abad: ya esté con el papa o con el imperio, siempre estará entre mis enemigos y siempre lo he odiado, incluso cuando me daba de comer porque yo le daba de comer a él. ¿Te basta con esto? ¡Ah, no! Quieres saber cómo he matado a toda aquella gente... Pues bien, los he matado... Veamos... Evocando las potencias infernales, con la ayuda de mil legiones cuyo mando obtuve mediante las artes que me enseñó Salvatore. Para matar a alguien no es preciso que lo golpeemos personalmente: el diablo lo hace por nosotros... si sabemos cómo hacer para que nos obedezca.

Miraba a los presentes con aire de complicidad, riendo. Pero ya era la risa del demente, aunque, como me señaló más tarde Guillermo, ese demente hubiera tenido la cordura necesaria pare arrastrar a Salvatore en la caída, y vengarse así de su delación.

—¿Y cómo lograbas que el diablo te obedeciera?

—lo urgió Bernardo, que tomaba ese delirio como una legítima confesión.

—¡También tú lo sabes! ¡No se comercia tantos años con endemoniados sin acabar metido en su piel! ¡También tú lo sabes, martirizador de apóstoles! Coges un gato negro, ¿verdad? Que no tenga ni un solo pelo blanco (ya lo sabes), y le atas las patas, luego lo llevas a medianoche hasta un cruce de caminos, y una vez allí gritas en alta voz: «¡Oh, gran Lucifer, emperador del infierno, te cojo y te introduzco en el cuerpo de mi enemigo, así como tengo prisionero a este gato, y si matas a mi enemigo, a medianoche del día siguiente, en este mismo sitio, te sacrificaré este gato, y harás todo lo que te ordeno por los poderes de la magia que estoy practicando según el libro oculto de san Cipriano, en el nombre de todos los jefes de las mayores legiones del infierno, Adramech, Alastor y Azazel, a quienes ahora invoco junto a todos sus hermanos...!» —Sus labios temblaban, los ojos parecían haberse salido de las órbitas, y empezó a rezar, mejor dicho, parecía un rezo, pero lo que hacía era implorar a todos los barones de las legiones del infierno—: Abigor, pecca pro nobis... Amón, miserere nobis... Samael, libera nos a bono... Belial aleyson... Focalor, in corruptionem meam intende... Haborym, damnamus dominum... Zaebos, anum meum aperies... Leonardo, asperge me spermate tuo et inquinabor...

—¡Basta, basta! —gritaban los presentes santiguándose—. ¡Oh, Señor, perdónanos a todos!

El cillerero ya no hablaba. Después de pronunciar los nombres de todos aquellos diablos, cayó de bruces, y una saliva blancuzca empezó a manar de su boca torcida, mientras los dientes le rechinaban. A pesar de la mortificación que le infligían las cadenas, sus manos se juntaban y separaban convulsivamente, sus pies lanzaban patadas al aire. Guillermo se dio cuenta de que yo estaba temblando de terror; me puso la mano sobre la cabeza e hizo presión en la nuca, hasta que me tranquilicé:

—Aprende —me dijo—, cuando a un hombre lo torturan, o amenazan con torturarlo, no sólo dice lo que ha hecho, sino también lo que hubiera querido hacer, aunque no supiese que lo quería. Ahora Remigio desea la muerte con toda su alma.

Los arqueros se llevaron al cillerero, aún presa de convulsiones. Bernardo recogió sus folios. Luego clavó la mirada en los presentes, quienes, presa de gran turbación, permanecían inmóviles en sus sitios.

—El interrogatorio ha concluido. El acusado, reo confeso, será conducido a Aviñón, donde se celebrará el proceso definitivo, para escrupulosa salvaguardia de la verdad y la justicia. Y sólo después de ese proceso regular será quemado. Ya no os pertenece, Abbone, y tampoco me pertenece a mí, que sólo he sido el humilde instrumento de la verdad. El instrumento de la justicia está en otro sitio. Los pastores han cumplido con su deber, ahora es el turno de los perros: deben separar la oveja infecta del rebaño, y purificarla a través del fuego. El miserable episodio en el transcurso del cual este hombre ha resultado culpable de tantos crímenes atroces ha concluido. Que ahora la abadía viva en paz. Pero el mundo... —y aquí alzó la voz y se volvió hacia el grupo de los legados—, ¡el mundo aún no ha encontrado la paz, el mundo está desgarrado por la herejía, que se refugia incluso en las salas de los palacios imperiales! Que mis hermanos recuerden lo siguiente: un cingulum diaboli liga a los perversos seguidores de Dulcino con los honrados maestros del capítulo de Perusa. No olvidemos que ante los ojos de Dios los delirios del miserable que acabamos de entregar a la justicia no se diferencian de los de los maestros que se hartan en la mesa del alemán excomulgado de Baviera. La fuente de las iniquidades de los herejes se nutre de muchas prédicas distintas... algunas elogiadas, y todavía impunes. Dura pasión y humilde calvario los de aquel a quien, como mi pecadora persona, Dios ha llamado para reconocer la víbora de la herejía doquiera que ésta anide. Pero el ejercicio de esta santa tarea enseña que no sólo es hereje quien practica la herejía a la vista de todos. Hay cinco indicios probatorios que permiten reconocer a los partidarios de la herejía. Primero: quienes visitan de incógnito a los herejes cuando se encuentran en prisión; segundo: quienes lamentan su apresamiento y han sido sus amigos íntimos durante la vida (en efecto, es difícil que la actividad del hereje haya pasado inadvertida a quien durante mucho tiempo lo frecuentó); tercero: quienes sostienen que los herejes fueron condenados injustamente, a pesar de haberse demostrado su culpabilidad; cuarto: quienes miran con malos ojos y critican a los que persiguen a los herejes y predican con éxito contra ellos, y a éstos puede descubrírselos por los ojos, por la nariz, por la expresión, que intentan disimular, porque revela su odio hacia aquellos por los que sienten rencor y su amor hacia aquellos cuya desgracia lamentan. Quinto, y último, signo es el hecho de que, una vez quemados los herejes, recojan los huesos convertidos en cenizas, y que los conviertan en objeto de veneración... Pero yo atribuyo también muchísimo valor a un sexto signo, y considero amigos clarísimos de los herejes a aquellos en cuyos libros (aunque éstos no ofendan abiertamente la ortodoxia) los herejes encuentran las premisas a partir de las cuales desarrollan sus perversos razonamientos.

Y mientras eso decía sus ojos se clavaban en Ubertino. Toda la legación franciscana comprendió perfectamente lo que Bernardo estaba sugiriendo. El encuentro ya había fracasado. Nadie se hubiese atrevido a retomar la discusión de la mañana, porque sabía que cada palabra sería escuchada pensando en los últimos, y desgraciados, acontecimientos. Si el papa había enviado a Bernardo para que impidiera cualquier arreglo entre ambos grupos, podía decirse que su misión había sido un éxito.

Quinto día
VÍSPERAS

*Donde Ubertino se larga, Bencio empieza a observar
las leyes y Guillermo hace algunas reflexiones
sobre los diferentes tipos de lujuria encontrados
aquel día.*

Mientras la sala capitular se iba vaciando lentamente, Michele se acercó a Guillermo, y después se les unió Ubertino. Juntos salimos de allí para dirigirnos al claustro y poder conversar protegidos por la niebla, que no daba señas de disiparse y que, incluso, parecía aún más densa ahora que estaba oscureciendo.

—No creo que sea necesario comentar lo que acaba de suceder —dijo Guillermo—. Bernardo nos ha derrotado. No me preguntéis si ese dulciniano imbécil es realmente culpable de todos estos crímenes. Por mi parte, estoy convencido de que no lo es. En todo caso, estamos como al principio. Juan quiere que vayas solo a Aviñón, Michele, y este encuentro no ha servido para obtener las garantías que deseábamos. Al contrario, ha sido una muestra de cómo allí podrá torcerse todo lo que digas. De donde se deduce, creo, que no debes ir.

Michele movió la cabeza:

—Pero iré. No quiero un cisma. Tú, Guillermo, hoy has hablado claro, has dicho qué es lo que quieres. Pues bien, no es eso lo que yo quiero: me doy cuenta de que las resoluciones del capítulo de Perusa han sido utilizadas por los teólogos imperiales para decir más de lo que nosotros quisimos decir. Quiero que la orden franciscana sea aceptada, con sus ideales de pobreza, por el papa. Y el papa tendrá que comprender que, sólo si la orden adopta la idea de pobreza, podrá reabsorber sus ramificaciones heréticas. No pienso en la asamblea del pueblo ni en el derecho de gentes. Debo impedir que la orden se disuelva en una pluralidad de fraticelli. Iré a Aviñón y si es necesario haré acto de sumisión ante Juan. Transigiré en todo, menos en el principio de pobreza.

—¿Sabes que arriesgas la vida? —intervino Ubertino.

—Que así sea —respondió Michele—, peor es arriesgar el alma.

Arriesgó seriamente la vida y, si Juan estaba en lo justo (de lo cual aún no termino de convencerme), perdió también el alma. Como ya todos saben, una semana después de los hechos que estoy relatando, Michele fue a ver al papa. Se mantuvo firme durante cuatro meses, hasta que en abril del año siguiente Juan convocó un consistorio donde lo trató de loco, temerario, testarudo, tirano, cómplice de los herejes, víbora que anidaba en el propio seno de la iglesia. Y cabe pensar que a aquellas alturas, y desde su punto de vista, Juan tenía razón, porque durante aquellos cuatro meses Michele se había hecho amigo del amigo de mi maestro, el otro Guillermo, el de Occam, y había llegado a compartir sus ideas, no muy distintas, salvo que aún más radicales, de las que mi maestro compartía con Marsilio y había expuesto aquella mañana. La vida de estos disidentes se volvió precaria en Aviñón, y a finales de mayo Michele, Guillermo de Occam, Bonagrazia da Bergamo, Francesco d'Ascoli y Henri de Talheim decidieron huir. Los hombres del papa los persiguieron hasta Niza, Tolón, Marsella y Aigues Mortes, donde los alcanzó el cardenal Pierre de Arrablay, quien en vano intentó persuadirlos de que regresaran, incapaz de vencer sus resistencias, su odio por el pontífice, su miedo. En junio llegaron a Pisa, donde los imperiales les brindaron una acogida triunfal, y en los meses que siguieron Michele denunció públicamente a Juan. Pero ya era demasiado tarde. La suerte del emperador estaba declinando. Desde Aviñón, Juan tramaba una maniobra para reemplazar al general de los franciscanos, y acabó consiguiéndolo. Mejor habría hecho Michele aquel día decidiendo no ir a ver al papa: habría podido ocuparse en persona de la resistencia de los franciscanos, en lugar de perder tantos meses poniéndose a merced de su enemigo, mientras su posición se iba debilitando... Pero quizá así lo había dispuesto la omnipotencia divina... Por otra parte, ahora ya no sé quién de ellos estaba en lo justo: cuando han pasado muchos años, el fuego de las pasiones se extingue, y con él lo que creíamos que era la luz de la verdad. ¿Quién de nosotros es todavía capaz de decir si tenía razón Héctor o Aquiles, Agamenón o Príamo, cuando luchaban por la belleza de una mujer que ahora es ceniza de cenizas?

Pero me pierdo en divagaciones melancólicas, en vez de decir cómo concluyó aquella triste conversación. Michele estaba decidido, y no hubo manera de hacer que desistiese. Y ahora se planteaba otro problema, y Guillermo lo expuso sin ambages: el propio Ubertino ya no estaba seguro. Las frases que le había dirigido Bernardo, el odio que ya le tenía el papa, el hecho de que, mientras Michele aún representaba un poder con el que debía pactarse, Ubertino, en cambio, se hubiera quedado solo...

—Juan quiere a Michele en la corte y a Ubertino en el infierno. Si conozco bien a Bernardo, de aquí a mañana, y con la complicidad de la niebla, Ubertino habrá sido asesinado. Y si alguien preguntase quién ha sido, la abadía podría cargar muy bien con otro crimen... Se dirá que han sido unos diablos evocados por Remigio con sus gatos negros, o algún otro dulciniano que aún queda en este recinto...

Ubertino se veía preocupado.

—¿Y entonces? —preguntó.

—Entonces —dijo Guillermo—, ve a hablar con el Abad. Pídele una cabalgadura, provisiones, y una carta para alguna abadía lejana, al otro lado de los Alpes. Y aprovecha la niebla y la oscuridad para salir enseguida.

—¿Pero acaso los arqueros no vigilan las puertas?

—La abadía tiene otras salidas; el Abad las conoce. Bastará con que un sirviente te espere un poco más abajo, con una cabalgadura. Tú saldrás por algún punto de la muralla, cruzarás un trecho de bosque y te pondrás en camino. Pero hazlo enseguida, antes de que Bernardo se recobre del éxtasis de su triunfo. Yo he de ocuparme de otro asunto. Tenía dos misiones: una ha fracasado, que al menos no fracase la otra. Quiero echar mano a un libro, y a un hombre. Si todo va bien, estarás fuera antes de que pueda inquietarme por ti. De modo que adiós.

Abrió los brazos. Conmovido, Ubertino lo estrechó entre los suyos:

—Adiós, Guillermo, eres un inglés loco y arrogante, pero tienes un gran corazón. ¿Volveremos a vernos?

—Sin duda —lo tranquilizó Guillermo—, Dios lo querrá.

Pero Dios no lo quiso. Como ya he dicho, Ubertino murió asesinado misteriosamente dos años más tarde. Vida dura y aventurera la de aquel viejo combativo y apasionado. Quizá no fuera un santo, pero confío en que Dios haya premiado la inconmovible seguridad con que creyó serlo. Cuanto más viejo me vuelvo, más me abandono a la voluntad de Dios, y menos aprecio la inteligencia, que quiere saber, y la voluntad, que quiere hacer: y el único medio de salvación que reconozco es la fe, que sabe esperar con paciencia sin preguntar más de lo debido. Y, sin duda, Ubertino tuvo mucha fe en la sangre y la agonía de Nuestro Señor crucificado.

Quizá también pensé en ello entonces, y el viejo místico lo percibió, o adivinó que alguna vez pensaría así. Me sonrió con ternura y me abrazó, sin la pasión con que a veces me había cogido en los días precedentes. Me abrazó como un abuelo abraza a su nieto, y la misma actitud tuve yo al responderle. Después se alejó con Michele para buscar al Abad.

—¿Y ahora? —le pregunté a Guillermo.

—Ahora volvamos a nuestros crímenes.

—Maestro, hoy han sucedido cosas muy graves para la cristiandad, y vuestra misión ha fracasado. Sin embargo, parece interesaros más la solución de este misterio que el conflicto entre el papa y el emperador.

—Los locos y los niños siempre dicen la verdad, Adso. Quizá sea porque como consejero imperial mi amigo Marsilio es mejor que yo, pero como inquisidor valgo más yo. Incluso más que Bernardo, y que Dios me perdone. Porque a Bernardo no le interesa descubrir a los culpables, sino quemar a los acusados. A mí, en cambio, lo que más placer me proporciona es desenredar una madeja bien intrincada. O tal vez sea también porque en un momento en que, como filósofo, dudo de que el mundo tenga algún orden, me consuela descubrir, si no un orden, al menos una serie de relaciones en pequeñas parcelas del conjunto de los hechos que suceden en el mundo. Además, es probable que exista otra razón: el hecho de que en esta historia se jueguen cosas más grandes y más importantes que la lucha entre Juan y Ludovico...

—¡Pero si es una historia de robos y venganzas entre monjes de poca virtud! —exclamé perplejo.

—Alrededor de un libro prohibido, Adso, alrededor de un libro prohibido —respondió Guillermo.

Los monjes ya estaban yendo a cenar. Michele da Cesena llegó en mitad de la comida, se sentó a nuestro lado y nos comunicó que Ubertino había partido. Guillermo lanzó un suspiro de alivio.

Cuando acabó la cena, evitamos al Abad, que estaba conversando con Bernardo, y localizamos a Bencio, que nos saludó con una media sonrisa, mientras intentaba ganar la salida. Guillermo lo alcanzó y lo obligó a seguirnos hasta un rincón de la cocina.

—Bencio —le dijo—, ¿dónde está el libro?

—¿Qué libro?

—Bencio, ni tú ni yo somos tontos. Hablo del libro que buscábamos hoy en el laboratorio de Severino, y que yo no reconocí pero tú sí, de modo que luego fuiste a cogerlo...

—¿Por qué pensáis que lo he cogido?

—Pienso que es así, y tú también lo piensas. ¿Dónde está?

—No puedo decirlo.

—Bencio, si no me lo dices hablaré con el Abad.

—No puedo decirlo por orden del Abad —dijo Bencio en tono virtuoso—. Después de que nos vimos sucedió algo que debéis saber. Al morir Berengario, quedó vacante el puesto de ayudante del bibliotecario. Esta tarde Malaquías me ha pedido que ocupe este puesto. Hace justo media hora el Abad ha dado su autorización, y a partir de mañana por la mañana, espero, seré iniciado en los secretos de la biblioteca. Es cierto que esta mañana he cogido el libro; lo había escondido en mi celda, bajo el jergón, sin echarle ni siquiera una ojeada, porque sabía que Malaquías me estaba vigilando. En determinado momento, él me propuso lo que acabo de contaros. Entonces hice lo que debe hacer un ayudante del bibliotecario: le entregué el libro.

No pude contenerme e intervine, con violencia:

—Pero Bencio, ayer, y anteayer, tú... vos decíais que ardíais de curiosidad por conocer, que no deseabais que la biblioteca siguiese ocultando misterios, que un estudioso debe saber...

Bencio no decía nada, y se ruborizó, pero Guillermo me detuvo:

—Adso, desde hace unas horas Bencio se ha pasado a la otra parte. Ahora es él el guardián de esos secretos que quería conocer, y como tal dispondrá de todo el tiempo que desee para conocerlos.

—Pero ¿y los otros? —pregunté—. ¡Bencio hablaba en nombre de todos los sabios!

—Eso era antes —dijo Guillermo, y me arrastró fuera, dejando a Bencio sumido en la confusión.

—Bencio —me dijo luego Guillermo— es víctima de una gran lujuria, que no es la de Berengario ni la del cillerero sino la de muchos estudiosos, la lujuria del saber. Del saber por sí mismo. Se encontraba excluido de una parte de ese saber, y deseaba apoderarse de ella. Ahora lo ha hecho. Malaquías sabía con quién trataba, y se valió del recurso más idóneo para recuperar el libro y sellar los labios de Bencio. Me preguntarás de qué sirve dominar toda esa reserva de saber si se acata la regla que impide ponerlo a disposición de todos los demás. Pero por eso he hablado de lujuria. No era lujuria la sed de conocimiento que sentía Roger Bacon, pues quería utilizar la ciencia para hacer más feliz al pueblo de Dios y, por tanto, no buscaba el saber por el saber. En cambio, la curiosidad de Bencio es insaciable, es orgullo del intelecto, un medio como cualquiera de los otros de que dispone un monje para transformar y calmar los deseos de su carne, o el ardor que lleva a otros a convertirse en guerreros de la fe, o de la herejía. No sólo es lujuria la de la carne. También lo es la de Bernardo Gui: perversa lujuria de justicia, que se identifica con la lujuria del poder. Es lujuria de riqueza la de nuestro santo y ya no romano pontífice. Era lujuria de testimonio, de transformación, de penitencia y de muerte la del cillerero en su juventud. Y es lujuria de libros la de Bencio. Como todas las lujurias, como la de Onán, que derramaba su semen en la tierra, es lujuria estéril, y nada tiene que ver con el amor, ni siquiera con el amor carnal...

—Lo sé —murmuré sin querer.

Guillermo fingió no haber escuchado. Pero, como continuando con lo que iba diciendo, añadió:

—El amor bueno quiere el bien del amado.

—¿Acaso Bencio no querrá el bien de sus libros (pues ahora también son suyos) y no pensará que su bien consiste precisamente en permanecer lejos de manos rapaces? —pregunté.

—El bien de un libro consiste en ser leído. Un libro está hecho de signos que hablan de otros signos, que, a su vez, hablan de las cosas. Sin unos ojos que lo lean, un libro contiene signos que no producen conceptos. Y por tanto, es mudo. Quizá esta biblioteca haya nacido para salvar los libros que contiene, pero ahora vive para mantenerlos sepultados. Por eso se ha convertido en pábulo de impiedad. El cillerero ha dicho que traicionó. Lo mismo ha hecho Bencio. Ha traicionado. ¡Oh, querido Adso, qué día más feo! ¡Lleno de sangre y destrucción! Por hoy tengo bastante. Vayamos también nosotros a completas, y después a dormir.

Al salir de la cocina encontramos a Aymaro. Nos preguntó si era cierto lo que se murmuraba: que Malaquías había propuesto a Bencio para el cargo de ayudante. No pudimos hacer otra cosa que confirmárselo.

—Este Malaquías ha hecho muchas cosas finas, hoy —dijo Aymaro con su habitual sonrisa de desprecio e indulgencia—. Si hubiese justicia, el diablo vendría a llevárselo esta noche.

Quinto día
COMPLETAS

*Donde se escucha un sermón sobre la llegada
del Anticristo y Adso descubre el poder
de los nombres propios.*

El oficio de vísperas se había celebrado en medio de
la confusión, cuando aún proseguía el interrogatorio
del cillerero, y los novicios, curiosos, habían escapado
al control de su maestro para observar a través de ventanas y rendijas lo que estaba sucediendo en la sala capitular. Ahora toda la comunidad debía rezar por el alma de
Severino. Se pensaba que el Abad les hablaría a todos, y
todos se preguntaban qué diría. Pero después de la ri-
tual homilía de san Gregorio, del responso y de los tres
salmos prescritos, el Abad sólo se asomó al púlpito para
anunciar que aquella tarde no hablaría. Eran tantas las
desgracias que habían afligido a la abadía, dijo, que ni siquiera el padre común podía hablarles en tono de reproche y admonición. Todos, sin excepción alguna, debían hacer un severo examen de conciencia. Pero como
alguien debía hablar, proponía que la admonición vinie-

ra de quien, por ser el más anciano de todos y encontrarse ya cerca de la muerte, se hubiese visto menos envuelto en las pasiones terrenales que tantos males habían ocasionado. Por derecho de edad la palabra hubiera correspondido a Alinardo da Grottaferrata, pero todos sabían cuán frágil era la salud del venerable hermano. El que seguía a Alinardo, según el orden establecido por el paso inexorable del tiempo, era Jorge. Y a él estaba cediéndole en aquel momento la palabra el Abad.

Escuchamos un murmullo del lado de los asientos que solían ocupar Aymaro y los otros italianos. Supuse que el Abad había confiado el sermón a Jorge sin consultar con Alinardo. Mi maestro me señaló por lo bajo que la de no hablar había sido una prudente decisión del Abad: porque cualquier cosa que hubiese dicho habría sido sopesada por Bernardo y los otros aviñoneses presentes. En cambio, el anciano Jorge se limitaría a alguno de sus vaticinios místicos, y los aviñoneses no le darían demasiada importancia.

—Pero yo sí —añadió Guillermo—, porque no creo que Jorge haya aceptado, o quizá pedido, hablar, sin un propósito muy preciso.

Jorge subió al púlpito, apoyándose en alguien. Su rostro estaba iluminado por la luz del trípode, única lámpara encendida en la nave. La luz de la llama ponía en evidencia la oscuridad que pesaba sobre sus ojos, que parecían dos agujeros negros.

—Queridísimos hermanos —empezó diciendo—, y vosotros, amados huéspedes, si queréis escuchar a este pobre viejo... Los cuatro muertos que afligen a nuestra abadía (para no decir nada de los pecados, antiguos y recientes, cometidos por los más desgraciados de entre los vivos) no deben, lo sabéis, atribuirse a los rigores de la naturaleza, que, con sus ritmos implacables, administra nuestra jornada en esta tierra, desde la cuna a la tumba. Quizá todos penséis que, por confusos y doloridos que os haya dejado, esta triste historia no alcanza a vuestras almas, porque todos, salvo uno, sois inocentes, y cuando éste sea castigado lloraréis, sin duda, la ausencia de los desaparecidos, pero no tendréis que defenderos de ninguna acusación ante el tribunal de Dios. Eso penséis. ¡Locos! —gritó con voz terrible—. ¡Locos y temerarios! El que ha matado soportará ante Dios la carga de sus culpas, pero sólo porque ha aceptado ser el intermediario de los decretos de Dios. Así como era preciso que alguien traicionase a Jesús para que pudiera cumplirse el misterio de la redención, y sin embargo el Señor decretó la condenación y el oprobio para el que lo traicionó, del mismo modo alguien en estos días ha pecado trayendo muerte y destrucción, ¡pero yo os digo que esta destrucción ha sido, si no querida, al menos permitida por Dios para humillación de nuestra soberbia!

Calló, y su mirada vacía se dirigió a la lóbrega asamblea, como si con los ojos pudiese captar las emociones, mientras que de hecho eran sus oídos los que saboreaban el silencio y la consternación que imperaban en la nave.

—En esta comunidad —prosiguió—, serpentea desde hace mucho el áspid del orgullo. Pero ¿qué orgullo? ¿El orgullo del poder, en un monasterio aislado del mundo? Sin duda que no. ¿El orgullo de la riqueza? Hermanos míos, antes de que resonaran en el mundo conocido los ecos de las largas querellas sobre la pobreza y la posesión, desde la época de nuestro fundador, incluso habiéndolo tenido todo, no hemos tenido nada, porque nuestra única riqueza verdadera siempre ha sido la observancia de la regla, la oración y el trabajo. Pero de nuestro trabajo, del trabajo de nuestra orden y en particular del trabajo de este monasterio, es parte, incluso esencial, el estudio y la custodia del saber.

La custodia, digo, no la búsqueda, porque lo propio del saber, cosa divina, es el estar completo y fijado desde el comienzo en la perfección del verbo que se expresa a sí mismo. La custodia, digo, no la búsqueda, porque lo propio del saber, cosa humana, es el haber sido fijado y completado en los siglos que se sucedieron entre la predicación de los profetas y la interpretación de los padres de la iglesia. No hay progreso, no hay revolución de las épocas en las vicisitudes del saber, sino, a lo sumo, permanente y sublime recapitulación. La historia humana marcha con movimiento incontenible desde la creación, a través de la redención, hacia el retorno de Cristo triunfante, que aparecerá rodeado de un nimbo, para juzgar a vivos y a muertos. Pero el saber divino y humano no sigue ese curso: firme como una roca inconmovible, nos permite, cuando somos capaces de escuchar su voz con humildad, seguir, y predecir, ese curso, pero sin que éste haga mella en él. Yo soy el que es, dijo el Dios de los hebreos. Yo soy el camino, la verdad y la vida, dijo Nuestro Señor. Pues bien, el saber no es otra cosa que el atónito comentario de esas dos verdades. Todo lo demás que se ha dicho fue proferido por los profetas, los evangelistas, los padres y los doctores para iluminar esas dos sentencias. Y a veces algún comentario pertinente se encuentra incluso en los paganos, que no las conocían, y cuyas palabras han sido retomadas por la tradición cristiana. Pero aparte de eso no hay nada más que decir. Sí, en cambio, que meditar una y otra vez, que glosar, que conservar. Ésta, y no otra, era y debería ser la misión de nuestra abadía, de su espléndida biblioteca. Se cuenta que en cierta ocasión un califa oriental entregó a las llamas la biblioteca de una famosa ciudad, y que, mientras ardían aquellos millares de volúmenes, decía que podían y debían desaparecer: porque, o bien repetían lo que ya decía el Corán, y por tanto eran inútiles, o bien contradecían lo que afirmaba ese libro que los infieles consideran sagrado, y por tanto eran dañinos. Los doctores de la iglesia, y nosotros con ellos, no razonaron así. Todo aquello que comenta e ilumina la escritura debe ser conservado, porque extiende la gloria de las divinas escrituras; todo aquello que contradice lo que ellas afirman no debe ser destruido, porque sólo si se lo conserva es posible contradecirlo a su vez, por obra del que sea capaz, y haya recibido la misión de hacerlo, del modo y en el momento que el Señor disponga. De ahí la responsabilidad de nuestra orden a lo largo de los siglos, y el peso que abruma hoy a nuestra abadía: orgullosos de la verdad que proclamamos, custodiamos con prudencia y humildad las palabras que le son hostiles, sin dejar que ellas nos contaminen. Pues bien, hermanos míos, ¿cuál es el pecado de orgullo que puede tentar al monje estudioso? El de interpretar su trabajo, ya no como custodia, sino como búsqueda de alguna noticia que aún no haya sido dada a los hombres, como si la última no hubiese resonado ya en las palabras del último ángel que habla en el último libro de las escrituras: «Yo atestiguo a todo el que escucha mis palabras de la profecía de este libro que, si alguno añade a estas cosas, Dios añadirá sobre él las plagas escritas en este libro; y si alguno quita de las palabras del libro de esta profecía, quitará Dios su parte del árbol de la vida y de la ciudad santa, que están escritos en este libro.» Pues bien... ¿no os parece, infortunados hermanos, que estas palabras aluden precisamente a lo que ha sucedido no hace mucho entre estos muros, y que, a su vez, lo que ha sucedido entre estos muros alude precisamente a las vicisitudes mismas del siglo que vivimos, que, tanto en la palabra como en las obras, en las ciudades como en los castillos, en las orgullosas universidades como en las iglesias catedrales, trata de esforzarse por descubrir nuevos codicilos a las palabras de la verdad, deformando el sentido de esa verdad ya enriquecida por todos los escolios, esa verdad que en vez de estúpidos añadidos lo que necesita es una intrépida defensa? Éste es el orgullo que ha serpenteado y sigue serpenteando entre estos muros: y yo digo a quien se ha empeñado y sigue empeñándose en romper los sellos de los libros que le están vedados, que ése es el orgullo que el Señor ha querido castigar y seguirá castigando hasta que no se rebaje y se humille, porque, dada nuestra fragilidad, al Señor nunca le ha sido, ni le es, difícil encontrar los instrumentos para realizar su venganza.

—¿Has escuchado, Adso? —me dijo por lo bajo Guillermo—. El viejo sabe más de lo que dice. Tenga o no parte en esta historia, el hecho es que sabe, y nos advierte que mientras los monjes curiosos sigan violando la biblioteca, la abadía no recuperará su paz.

Después de una larga pausa, Jorge siguió hablando:

—Pero ¿quién es, en definitiva, el símbolo mismo de este orgullo? ¿De quién son los orgullosos figura y mensajeros, cómplices y abanderados? ¿Quién en verdad ha actuado y quizá sigue actuando entre estos muros, para avisarnos de que los tiempos están próximos, y para que nos consolemos, porque si los tiempos están próximos, aunque los sufrimientos sean insoportables no son infinitos en el tiempo, puesto que el gran ciclo de este universo está por consumarse? ¡Oh! Lo habéis comprendido muy bien, y tenéis miedo de pronunciar su nombre, porque también es el vuestro, pero aunque vosotros tengáis miedo, yo no lo tendré, y diré ese nombre en voz muy alta, para que vuestras vísceras se retuerzan de terror y vuestros dientes castañeteen hasta cortaros la lengua, y para que el hielo que se forme en vuestra sangre haga caer un velo de tinieblas sobre vuestros ojos... ¡Es la bestia inmunda, el Anticristo!

Volvió a hacer otra pausa inacabable. Los asistentes parecían estar muertos. Lo único que se movía en toda la iglesia era la llama del trípode, pero hasta las sombras que formaba esa llama parecían congeladas. El único ruido, ahogado, era el jadeo de Jorge, que se secaba el sudor de la frente. Después continuó:

—Quizá quisierais decirme: «No, aún no llega, ¿dónde están los signos de su llegada?» ¡Necio quien lo diga! ¡Pero si cada día, en el gran anfiteatro del mundo, y en su imagen reducida, que es este monasterio, nuestros ojos pueden contemplar las catástrofes que anuncian su llegada! Está dicho que cuando se acerque el momento surgirá en occidente un rey extranjero, señor de bienes dolosos, ateo, matador de hombres, tramposo, sediento de oro, capaz de mil ardides, malvado, enemigo y perseguidor de los fieles, y que en su época la plata no importará, sino sólo el oro. Lo sé bien: mientras me escucháis, vuestra mente no para de preguntarse si el que estoy describiendo se parece al papa, al emperador, al rey de Francia o a cualquier otro, para luego poder decir: ¡Es mi enemigo, yo estoy del lado bueno! Pero no soy tan ingenuo como para indicaros un hombre; cuando llega el Anticristo, llega en todos y para todos, y todos forman parte de él. Estará en las bandas de salteadores que saquearán ciudades y comarcas, estará en signos repentinos del cielo, donde de pronto surgirán arco iris, cuernos y fuegos, al tiempo que se oirán bramidos de voces y hervirá el mar. Está dicho que los hombres y las bestias engendrarán dragones, pero con ello quería decirse que los corazones concebirán odio y discordia. ¡No miréis a vuestro alrededor para ver si descubrís las bestias de las miniaturas con que os deleitáis en los pergaminos! Está dicho que las jóvenes esposas parirán niños capaces de hablar perfectamente, y que esos niños anunciarán que los tiempos están maduros y pedirán que se los mate. ¡Pero no busquéis en las aldeas de abajo! ¡Los niños demasiado sabios ya han sido matados entre estos muros! Y, como los de las profecías, tenían el aspecto de hombres ya canosos, y eran los hijos cuadrúpedos de las profecías, y los espectros, y los embriones que deberían profetizar en el vientre de las madres pronunciando encantamientos mágicos. Y todo está escrito, ¿sabéis? Y está escrito que habrá gran agitación en los estamentos sociales, en los pueblos, en las iglesias; que surgirán pastores inicuos, perversos, llenos de desprecio, codiciosos, ávidos de placer, hambrientos de ganancias, afectos a los discursos vanos, fanfarrones, arrogantes, golosos, malvados, libidinosos, jactanciosos, enemigos del evangelio, reacios a pasar por la puerta estrecha, dispuestos a despreciar una y otra vez la palabra verdadera; y aborrecerán todo camino de piedad, no se arrepentirán de sus pecados, y así difundirán entre los pueblos la incredulidad, el odio entre hermanos, la maldad, la crueldad, la envidia, la indiferencia, el latrocinio, la ebriedad, la intemperancia, la lascivia, el placer carnal, la fornicación y todos los demás vicios. Desaparecerán la aflicción, la humildad, el amor a la paz, la pobreza, la compasión, el don del llanto... ¡Vamos! ¿Acaso no os reconocéis, todos los aquí presentes, monjes de la abadía y poderosos que habéis llegado de fuera?

Durante la pausa que siguió, se escuchó un crujido. Era el cardenal Bertrando que se agitaba en su asiento. En el fondo, pensé, Jorge se estaba comportando como un gran predicador, y mientras fustigaba a sus hermanos no dejaba de amonestar a los visitantes. Habría dado cualquier cosa por saber qué pasaba en aquel momento por la cabeza de Bernardo, o de los rechonchos aviñoneses.

—Y será entonces, o sea precisamente ahora —tronó Jorge— cuando el Anticristo, que pretende imitar a Nuestro Señor, hará su blasfema parusía. En esa época (o sea en ésta), todos los reinos se verán trastocados, quedarán sumidos en la escasez y en la pobreza, y la penuria durará muchos meses, y habrá inviernos de un rigor desconocido. Y los hijos de esa época (o sea de ésta) ya no contarán con nadie que administre sus bienes y conserve los alimentos en sus almacenes, y serán humillados en los mercados de compra y venta. ¡Bienaventurados los que entonces ya no vivan, o los que, si viven, logren sobrevivir! Llegará entonces el hijo de la perdición, el adversario que se gloria y se hincha de orgullo, exhibiendo innumerables virtudes para engañar al mundo entero, y para prevalecer sobre los justos. Siria se derrumbará y llorará por sus hijos. Cilicia erguirá su cabeza hasta que aparezca el que está llamado a juzgarla. La hija de Babilonia se levantará del trono de su esplendor para beber del cáliz de la amargura. Capadocia, Licia y Licaonia doblarán el espinazo porque multitudes enteras serán destruidas en la corrupción de su iniquidad. Por todas partes surgirán campamentos de bárbaros y carros de guerra para ocupar las tierras. En Armenia, en el Ponto y en Bitinia los adolescentes morirán por la espada, las niñas caerán en cautiverio, los hijos y las hijas consumarán incestos; Pisidia, que tanto se enorgullece de su gloria, será obligada a arrodillarse; la espada se descargará sobre Fenicia; Judea se vestirá de luto y se preparará para el día de la perdición que merece por su impureza. Por todas partes cundirá entonces el espanto y la desolación. El Anticristo arrasará occidente y destruirá las vías de comunicación, sus manos empuñarán la espada y arrojarán fuego y todo lo quemará con la violencia de la llama enfurecida: su fuerza será la blasfemia, su mano el engaño, su derecha la destrucción, su izquierda será portadora de tinieblas. Por estos rasgos se lo reconocerá: ¡su cabeza será de fuego ardiente, su ojo derecho estará inyectado en sangre, su ojo izquierdo será de un verde felino, y tendrá dos pupilas, y sus párpados serán blancos, y su labio inferior será grande, su fémur será débil, los pies grandes, el pulgar chato y alargado!

—Parece su propio retrato —comentó Guillermo con voz burlona y casi inaudible.

La frase era muy impía, pero se la agradecí, porque ya se me estaban poniendo los pelos de punta. Apenas pude contener la risa hinchando los carrillos y soltando luego el aire sin abrir los labios. En el silencio que siguió a las últimas palabras del viejo, el ruido que hice se oyó clarísimo, pero por suerte todos pensaron que era alguien que tosía, o lloraba o temblaba estremecido, y todos tenían razones para ello.

—Y en ese momento —estaba diciendo Jorge— todo se hundirá en la arbitrariedad, los hijos levantarán la mano contra los padres, la mujer urdirá intrigas contra el marido, el marido acusará a la mujer ante la justicia, los amos serán inhumanos con los sirvientes y los sirvientes desobedecerán a los amos, ya no habrá respeto por los ancianos, los adolescentes querrán mandar, todos pensarán que el trabajo es un esfuerzo inútil, en todas partes se elevarán cánticos de gloria a la licencia, al vicio, a la disoluta libertad de las costumbres. Y a continuación vendrá una ola de estupros, adulterios, perjurios, pecados contra natura, y enfermedades, vaticinios y encantamientos, y aparecerán en el cielo cuerpos voladores, surgirán entre los cristianos falsos profetas, falsos apóstoles, corruptores, impostores, brujos, violadores, avaros, perjuros y falsificadores. Los pastores se convertirán en lobos, los sacerdotes mentirán, los monjes desearán las cosas del mundo, los pobres no acudirán en ayuda de los jefes, los poderosos no tendrán misericordia, los justos se volverán testigos de la injusticia. Todas las ciudades serán sacudidas por terremotos, habrá pestes en todas las comarcas, habrá tempestades de viento que levantarán inmensas nubes de tierra, los campos quedarán contaminados, el mar secretará humores negruzcos, se producirán prodigios desconocidos en la luna, las estrellas se apartarán de su trayectoria normal, otras estrellas, desconocidas, surcarán el cielo, en verano nevará y apretará el calor en invierno. Y habrán llegado los tiempos del fin y el fin de los tiempos... El primer día a la hora tercia se elevará en el firmamento del cielo una voz grande y potente, una nube purpúrea avanzará desde septentrión, truenos y relámpagos la seguirán, y caerá sobre la tierra una lluvia de sangre. El segundo día la tierra será arrancada de su sitio y el humo de un gran fuego cruzará las puertas del cielo. El tercer día los abismos de la tierra retumbarán desde los cuatro rincones del cosmos. Los pináculos del firmamento se abrirán, el aire se llenará de pilastras de humo y habrá hedor a azufre hasta la hora décima. El cuarto día al comienzo de la mañana el abismo se licuará y emitirá truenos, y los edificios se derrumbarán. El quinto día a la hora sexta se destruirán las potencias de luz y la rueda del sol, y habrá tinieblas en el mundo hasta la noche, y las estrellas y la luna no cumplirán su misión. El sexto día a la hora cuarta el firmamento se partirá de oriente a occidente y los ángeles podrán mirar hacia la tierra a través de la hendidura de los cielos y todos los que están en la tierra podrán ver a los ángeles que mirarán desde el cielo. Entonces todos los hombres se esconderán en las montañas para huir de la mirada de los ángeles justos. Y el séptimo día llegará Cristo en la luz de su padre. Y entonces se celebrará el juicio de los buenos y su asunción, en la eterna buenaventuranza de los cuerpos y las almas. ¡Pero no meditaréis sobre esto esta noche, orgullosos hermanos! ¡No serán los pecadores quienes vean el alba del octavo día, cuando una voz suave y melodiosa se eleve desde oriente hasta el medio del cielo, y se manifieste el Ángel que gobierna a todos los otros ángeles santos, y todos los ángeles avancen con él, sentados en un carro de nubes, corriendo llenos de júbilo por el aire, para liberar a los elegidos que han creído, y todos juntos se regocijen porque se habrá consumado la destrucción de este mundo! ¡No, no nos regocijaremos con orgullo esta noche! Pero sí meditaremos sobre las palabras que pronunciará el Señor para alejar de su lado a los que no hayan merecido la absolución: «¡Alejaos de mí, malditos, desapareced en el fuego eterno que os han preparado el diablo y sus ministros! ¡Vosotros mismos os lo habéis merecido! ¡Gozad ahora de vuestro premio! ¡Alejaos de mí, bajad a las tinieblas exteriores y al fuego inextinguible! ¡Yo os he dado forma, y vosotros habéis seguido a otro! ¡Os habéis hecho sirvientes de otro amo, id a vivir con él en la oscuridad, con él, con la serpiente que no da tregua, en medio del chirrido de los dientes! ¡Os di oídos para que escuchaseis las escrituras, y escuchasteis las palabras de los paganos! ¡Os hice una boca para que glorificaseis a Dios, y la usasteis para las falsedades de los poetas y para los enigmas de los bufones! ¡Os di los ojos para que vieseis la luz de mis preceptos, y los usasteis para escudriñar en las tinieblas! Soy un juez humano pero justo. A cada uno daré lo que se merece. Quisiera tener misericordia de vosotros, pero no encuentro aceite en vuestros vasos. Estaría dispuesto a apiadarme de vosotros, pero vuestras lámparas están veladas por el humo. Alejaos de mí...» Así hablará el Señor. Y entonces aquellos... y nosotros, quizá, bajaremos al suplicio eterno. En nombre del Padre, del Hijo y del Espíritu Santo.

—¡Amén! —respondieron todos al unísono.

En fila, sin un susurro, los monjes se dirigieron a sus celdas. Sin deseo de hacer comentario alguno, desaparecieron también los franciscanos y los hombres del papa, en busca de aislamiento y reposo. Mi corazón estaba dolorido.

—A la cama, Adso —me dijo Guillermo, mientras subía las escaleras del albergue de los peregrinos—.

No es una noche para quedarse dando vueltas. A Bernardo Gui podría ocurrírsele la idea de anticipar el fin del mundo empezando por nuestras carcasas. Mañana trataremos de asistir a maitines, porque, cuando acabe el oficio, Michele y los otros franciscanos partirán.

—¿También se marchará Bernardo con sus prisioneros? —pregunté con un hilo de voz.

—Seguramente. Aquí ya no tiene nada que hacer. Querrá llegar a Aviñón antes que Michele, pero cuidando de que la llegada de este último coincida con el proceso del cillerero, franciscano, hereje y asesino. La hoguera del cillerero será la antorcha propiciatoria que alumbrará el primer encuentro de Michele con el papa.

—¿Y qué le sucederá a Salvatore... y a la muchacha?

—Salvatore acompañará al cillerero, porque tendrá que ser testigo en su proceso. Puede ser que a cambio de ese servicio Bernardo le perdone la vida. Quizá lo deje huir y luego lo haga matar. También podría ser que lo dejara realmente en libertad, porque alguien como Salvatore no interesa para nada a alguien como Bernardo. Quizá acabe asesinando viajeros en algún bosque del Languedoc...

—¿Y la muchacha?

—Ya te he dicho que es carne de hoguera. Pero la quemarán antes, por el camino, para edificación de alguna aldea cátara de la costa. He oído decir que Bernardo tendrá que encontrarse con su colega Jacques Fournier (recuerda este nombre; por ahora quema albigenses, pero apunta más alto), y una hermosa bruja sobre un montón de leña servirá muy bien para acrecentar el prestigio y la fama de ambos...

—¿Pero no puede hacerse algo para salvarlos? —grité—. ¿No puede interceder el Abad?

—¿Por quién? ¿Por el cillerero, que es un reo confeso? ¿Por un miserable como Salvatore? ¿O acaso piensas en la muchacha?

—¿Y si así fuese? —me atreví a responder—. En el fondo, es la única inocente de los tres. Sabéis bien que no es una bruja...

—¿Y crees que después de lo que ha sucedido el Abad estaría dispuesto a arriesgar el poco prestigio que le queda para salvar a una bruja?

—¡Asumió la responsabilidad de la fuga de Ubertino!

—Ubertino era uno de sus monjes, y no estaba acusado de nada. Además, qué tonterías me estás diciendo: Ubertino era una persona importante. Bernardo sólo hubiese podido atacarlo por la espalda.

—De modo que el cillerero tenía razón: ¡los simples siempre pagan por todos, incluso por quienes hablan a favor de ellos, incluso por personas como Ubertino y Michele, que con sus prédicas de penitencia los han incitado a la rebelión!

Estaba desesperado; ni siquiera se tenía en cuenta que la muchacha no era una hereje de los fraticelli, seducida por la mística de Ubertino. Era una campesina, y pagaba por algo que no tenía nada que ver con ella.

—Así es —me respondió tristemente Guillermo—. Y si lo que estás buscando es una esperanza de justicia, te diré que algún día, para hacer las paces, los perros grandes, el papa y el emperador, pasarán por encima del cuerpo de los perros más pequeños que han estado peleándose en su nombre. Y entonces Michele o Ubertino recibirán el mismo trato que hoy recibe tu muchacha.

Ahora sé que Guillermo estaba profetizando, o sea razonando sobre la base de principios de filosofía natural. Pero en aquel momento ni sus profecías ni sus razonamientos me brindaron el menor consuelo. Lo único cierto era que la muchacha sería quemada. Y yo me sentía en parte responsable de su suerte, porque de algún modo en la hoguera expiaría también el pecado que yo había cometido con ella.

Sin ningún pudor estallé en sollozos, y corrí a refugiarme en mi celda. Pasé toda la noche mordiendo el jergón y gimiendo impotente, porque ni siquiera me estaba permitido lamentarme —como había leído en las novelas de caballería que compartía con mis compañeros de Melk— invocando el nombre de la amada.

Del único amor terrenal de mi vida no sabía, ni supe jamás, el nombre.

SEXTO DÍA

Sexto día
MAITINES

*Donde los príncipes sederunt,
y Malaquías se desploma.*

Bajamos para ir a maitines. Aquella última parte de
la noche, ya casi la primera del nuevo día, era aún
neblinosa. Mientras atravesábamos el claustro, la humedad se me metía hasta los huesos, molidos por la
mala noche que acababa de pasar. Aunque la iglesia estuviese fría, lancé un suspiro de alivio cuando pude
arrodillarme bajo sus bóvedas, al abrigo de los elementos, reconfortado por el calor de los otros cuerpos y de
la oración.

A poco de empezar el canto de los salmos, Guillermo me señaló un sitio vacío en los asientos que había
frente a nosotros: entre el sitio de Jorge y el de Pacifico
da Tivoli. Era el asiento de Malaquías. En efecto, éste
siempre se sentaba junto al ciego. No éramos los únicos
que habíamos advertido su ausencia. De una parte, sorprendí la mirada inquieta del Abad, que ya sabía muy
bien qué sombrías noticias anunciaban aquellas ausen-

cias. Y de otra parte percibí una extraña agitación en el viejo Jorge. La oscuridad casi no dejaba ver su rostro, tan indescifrable por lo común debido a los ojos blancos privados de luz, pero sus manos estaban nerviosas e inquietas. En efecto, varias veces tanteó a su lado, como para controlar si el sitio seguía vacío. A intervalos regulares repetía este ademán, como si esperase que el ausente reapareciera en cualquier momento, pero al mismo tiempo temiese que ya no volviera a aparecer.

—¿Dónde estará el bibliotecario? —pregunté a Guillermo en un susurro.

—Ahora —respondió Guillermo—, Malaquías es el único que tiene acceso al libro. Si no es el culpable de los crímenes, quizá ignore los peligros que ese libro encierra...

Era todo lo que podía decirse por el momento. Sólo quedaba esperar. Y esperamos: nosotros; el Abad, cuya vista seguía clavada en la silla vacía; y Jorge, que no dejaba de interrogar la sombra con las manos.

Cuando acabó el oficio, el Abad recordó a los monjes y a los novicios que debían prepararse para la gran misa de Navidad, y que, como era habitual, el tiempo que faltaba hasta laudes se dedicaría a probar el ajuste de la comunidad en la ejecución de algunos de los cantos previstos para dicha ocasión. En efecto, aquella escuadra de hombres devotos estaba armonizada como un solo cuerpo y una sola voz, y a través de los años había llegado a reconocerse unida en el canto, como una sola alma.

El Abad invitó a entonar el *Sederunt*:

Sederunt principes
et adversus me
loquebantur, iniqui.
Persecuti sunt me.
Adjuva me, Domine,
Deus meus salvum me
fac propter magnam misericordiam tuam.

Me pregunté si el Abad no habría decidido que se cantara aquel gradual precisamente aquella noche, en que aún asistían al oficio los enviados de los príncipes, para recordar que desde hacía siglos nuestra orden estaba preparada para hacer frente a la persecución de los poderosos apoyándose en su relación privilegiada con el Señor, Dios de los ejércitos. Y en verdad el comienzo del canto produjo una impresión de inmenso poder.

Con la primera sílaba, *se*, comenzó un lento y solemne coro de decenas y decenas de voces, cuyo sonido grave inundó las naves y aleteó por encima de nuestras cabezas, aunque al mismo tiempo pareciese surgir del centro de la tierra. Y mientras otras voces empezaban a tejer, sobre aquella línea profunda y continua, una serie de solfeos y melismas, aquel sonido telúrico no se interrumpió: siguió dominando y se mantuvo durante el tiempo que necesita un recitante de voz lenta y cadenciosa para repetir doce veces el *Ave Maria*. Y como liberadas de todo temor, por la confianza que aquella sílaba obstinada, alegoría de la duración eterna, infundía a los orantes, las otras voces (sobre todo las de los novicios), apoyándose en aquella pétrea e inconmovible base, erigían cúspides, columnas y pináculos de neumas licuescentes que sobresalían unos por encima de los otros. Y mientras mi corazón se pasmaba de deleite por la vibración de un climacus o de un porrectus, de un torculus o de un salicus, aquellas voces parecían estar diciéndome que el alma (la de los orantes, y la mía, que los escuchaba), incapaz de soportar la exuberancia del sentimiento, se desgarraba a través de ellos para expresar la alegría, el dolor, la alabanza y el amor, en un arrebato de suavísimas sonoridades. Mientras tanto, el obstinado empecinamiento de las voces atónicas no cejaba, como si la presencia amenazadora de los enemigos, de los poderosos que perseguían al pueblo del Señor no acabara de disiparse. Hasta que, por último, aquel neptúnico tumulto de una sola nota pareció vencido, o al menos convencido, y atrapado, por el júbilo aleluyático que lo enfrentaba, y se resolvió en un acorde majestuoso y perfecto, en un neuma supino.

Una vez pronunciado, con lentitud casi torpe, el «sederunt», se elevó por el aire el «principes», en medio de una calma inmensa y seráfica. Ya no seguí preguntándome quiénes eran los poderosos que hablaban contra mí (contra nosotros): había desaparecido, se había disuelto, la sombra de aquel fantasma sentado y amenazador.

Y también otros fantasmas, creí entonces, se disolvieron en aquel momento, porque cuando mi atención, que había estado concentrada en el canto, volvió a dirigirse al asiento de Malaquías, percibí la figura del bibliotecario entre las de los otros orantes, como si nunca hubiese faltado de su sitio. Miré a Guillermo y me pareció reconocer una expresión de alivio en sus ojos, la misma que de lejos vi pintada en los del Abad. En cuanto a Jorge, había alargado otra vez las manos y al encontrar el cuerpo de su vecino se había apresurado a retirarlas. Pero en su caso no me atrevería a decir qué sentimientos lo agitaban.

Ahora el coro estaba entonando festivamente el «adjuva me», cuya clara *a* se expandía gozosa por la iglesia, sin que ni siquiera la *u* resultase sombría como la de «sederunt», porque estaba llena de fuerza y santidad. Los monjes y los novicios cantaban, según dicta la regla del canto, con el cuerpo erguido, la garganta libre, la cabeza dirigida hacia lo alto y el libro casi a la altura de los hombros, para poder leer sin necesidad de bajar la cabeza y sin mermar la fuerza con que el aire sale del pecho. Pero aún era de noche y, a pesar de que resonasen las trompetas del júbilo, el velo del sueño se cernía sobre muchos de los cantantes, quienes, perdiéndose tal vez en la emisión de una nota prolongada, dejándose llevar por la onda misma del canto, reclinaban a veces la cabeza, tentados por la somnolencia. Entonces los vigilantes, que tampoco estaban a salvo de ese peligro, exploraban uno a uno los rostros de los monjes, para hacerlos regresar, precisamente, a la vigilia, tanto del cuerpo como del alma.

Fue, pues, un vigilante quien primero vio a Malaquías bamboleándose de un modo extraño, oscilando como si de golpe hubiese vuelto a hundirse en el oscuro abismo de un sueño que probablemente había postergado durante toda la noche. Acercó la lámpara a su rostro, y al iluminarlo atrajo mi atención. El bibliotecario no reaccionó. Entonces el vigilante lo tocó, y su cuerpo cayó pesadamente hacia adelante. El vigilante apenas alcanzó a evitar que se precipitase al suelo.

El canto se hizo más lento, las voces se extinguieron, se produjo un breve alboroto. Guillermo había saltado enseguida de su asiento para precipitarse hacia el sitio donde ya Pacifico da Tivoli y el vigilante estaban acostando a Malaquías, que yacía exánime.

Llegamos casi al mismo tiempo que el Abad, y a la luz de la lámpara vimos el rostro del infeliz. Ya he descrito el aspecto de Malaquías, pero aquella noche, iluminado por aquella lámpara, era la imagen misma de la muerte. La nariz afilada, los ojos hundidos, las sienes cóncavas, las orejas blancas y contraídas, con los lóbulos vueltos hacia afuera, la piel del rostro ya rígida, tensa y seca, el color de las mejillas amarillento y con sombras oscuras. Los ojos aún estaban abiertos, y la respiración se abría paso con dificultad a través de los labios resecos. Inclinado detrás de Guillermo, que estaba arrodillado sobre él, vi que abría la boca y una lengua ya negruzca se agitaba en el cerco de los dientes. Guillermo rodeó sus hombros con un brazo para levantarlo, y con la mano enjugó el lívido velo de sudor que cubría su frente. Malaquías sintió un toque, una presencia, y miró fijo hacia adelante, seguramente sin ver, sin reconocer al que estaba frente a él. Alzó una mano temblorosa, aferró a Guillermo del pecho, acercó su rostro hasta casi tocar el suyo, y luego con voz débil y ronca profirió algunas palabras:

—Me lo había dicho... era verdad... tenía el poder de mil escorpiones...

—¿Quién te lo había dicho? —le preguntó Guillermo—. ¿Quién?

Malaquías intentó hablar de nuevo. Después, un gran temblor lo sacudió y su cabeza cayó hacia atrás. El rostro perdió todo color, toda apariencia de vida. Estaba muerto.

Guillermo se puso de pie. Vio al Abad junto a él, y no le dijo nada. Después divisó, detrás del Abad, a Bernardo Gui.

—Señor Bernardo —preguntó Guillermo—, ¿quién ha matado a éste? Vos lo sabréis, puesto que tan bien habéis encontrado y custodiado a los asesinos.

—No me lo preguntéis a mí —dijo Bernardo—. Nunca dije que hubiera entregado a la justicia a todos los malvados que merodean por esta abadía. Lo hubiese hecho con gusto, de haber podido. —Miró a Guillermo—. Pero a los otros los dejo ahora en las manos severas... o excesivamente indulgentes del señor Abad —dijo, mientras el Abad palidecía sin emitir palabra. Y se alejó.

En aquel momento escuchamos como un piar, un sollozo rauco. Era Jorge, inclinado en su reclinatorio, sostenido por un monje que debía de haberle descrito lo sucedido.

—Nunca acabará... —dijo con voz quebrada—. ¡Oh, Señor, perdónanos a todos!

Guillermo volvió a inclinarse sobre el cadáver. Lo cogió de las muñecas y volvió la palma de las manos hacia la luz. Las yemas de los tres primeros dedos de la mano derecha estaban manchadas de negro.

Sexto día
LAUDES

*Donde se elige un nuevo cillerero
pero no un nuevo bibliotecario.*

¿Era ya la hora de laudes? ¿Era antes o después? A partir de aquel momento perdí la noción del tiempo. Quizá pasaron horas, quizá no tanto, mientras en la iglesia acostaban el cuerpo de Malaquías sobre un catafalco, y sus hermanos se disponían como un abanico a su alrededor. El Abad daba órdenes para las exequias que pronto se celebrarían. Oí que llamaba a Bencio y a Nicola da Morimondo. En menos de un día, dijo, la abadía se había visto privada del bibliotecario y del cillerero.

—Tú —le dijo a Nicola—, asumirás las funciones de Remigio. Conoces la mayoría de los trabajos que se realizan en el monasterio. Haz que alguien te reemplace en la herrería, y ocúpate de las necesidades inmediatas para hoy, en la cocina y en el refectorio. Quedas dispensado de asistir a los oficios. Ve. —Y luego le dijo a Bencio—: Justo ayer a la tarde fuiste nombrado ayudante de Malaquías. Encárgate de la apertura del scriptorium y vigila que nadie suba solo a la biblioteca.

Bencio observó tímidamente que aún no había sido iniciado en los secretos de aquel lugar. El Abad le dirigió una mirada severa:

—Nadie ha dicho que lo serás. Vigila que el trabajo no se interrumpa y que sea considerado como una plegaria por los hermanos que han muerto... y por los que aún morirán. Que cada cual trabaje con los libros que ya se le hayan facilitado. Quien lo desee puede consultar el catálogo. Sólo eso. Quedas dispensado de asistir a vísperas, porque a esa hora lo cerrarás todo.

—¿Y cómo saldré? —preguntó Bencio.

—Tienes razón. Después de la cena, cerraré yo las puertas de abajo. Ahora ve al scriptorium.

Salió con ellos, evitando a Guillermo que quería hablarle. En el coro quedaba un pequeño grupo de monjes: Alinardo, Pacifico da Tivoli, Aymaro d'Alessandria y Pietro da Sant'Albano. Aymaro tenía una expresión sarcástica.

—Demos gracias al Señor —dijo—. Muerto el alemán, corríamos el riesgo de que nombraran un bibliotecario todavía más bárbaro.

—¿Quién pensáis que será su reemplazante? —preguntó Guillermo.

Pietro da Sant'Albano sonrió de modo enigmático:

—Después de todo lo que ha sucedido en estos días, el problema ya no es el bibliotecario, sino el Abad...

—Calla —le dijo Pacifico.

Y Alinardo, siempre con su mirada perdida:

—Cometerán otra injusticia... como en mi época. Hay que detenerlos.

—¿Quiénes? —preguntó Guillermo.

Pacifico lo cogió con confianza por el brazo y se lo llevó lejos del anciano, hacia la puerta.

—Alinardo... ya sabes, lo queremos mucho, para nosotros representa la antigua tradición, la mejor época de la abadía... Pero a veces habla sin saber lo que dice. Todos estamos preocupados por el nuevo bibliotecario. Deberá ser digno, maduro, sabio... Eso es todo.

—¿Deberá saber griego? —preguntó Guillermo.

—Y árabe, así lo quiere la tradición, así lo exige su oficio. Pero entre nosotros hay muchos con esas cualidades. Yo, humildemente, y Pietro, y Aymaro...

—Bencio sabe griego.

—Bencio es demasiado joven. No sé por qué Malaquías lo escogió ayer para que fuese su ayudante, pero...

—¿Adelmo sabía griego?

—Creo que no. No, seguro que no.

—Pero Venancio sí. Y Berengario. Está bien. Muchas gracias.

Salimos para ir a tomar algo en la cocina.

—¿Por qué queríais averiguar quién sabía griego? —pregunté.

—Porque todos los que mueren con los dedos negros saben griego. De modo que lo más probable es que el próximo cadáver sea el de alguno de ellos. Incluido yo. Tú estás a salvo.

—¿Y qué pensáis de las últimas palabras de Malaquías?

—Ya las has oído. Los escorpiones. La quinta trompeta anuncia la aparición de las langostas, que atormentarán a los hombres con un aguijón como el de los escorpiones, ya lo sabes. Y Malaquías nos dijo que alguien se lo había anunciado.

—La sexta trompeta —dije— anuncia caballos con cabeza de león de cuya boca sale humo, fuego y azufre, y, sobre ellos, unos hombres cubiertos con corazas color de fuego, de jacinto y de azufre.

—Demasiadas cosas. Pero el próximo crimen podría

producirse cerca de las caballerizas. Habrá que vigilarlas. Y preparémonos para el séptimo toque de trompeta. O sea que faltan dos personas. ¿Cuáles son los candidatos más probables? Si el objetivo es el secreto del finis Africae, quienes lo conocen. Y por lo que sé, sólo el Abad... está al corriente. A menos que la trama sea otra. Ya lo acabas de oír: existe una confabulación para deponer al Abad, pero Alinardo ha hablado en plural.

—Habrá que prevenir al Abad —dije.

—¿De qué? ¿De que lo matarán? No tengo pruebas convincentes. Procedo como si el asesino razonase igual que yo. Pero ¿y si siguiese otro plan? Y, sobre todo, ¿si no hubiese *un asesino*?

—¿Qué queréis decir?

—No lo sé exactamente. Pero ya te he dicho que conviene imaginar todos los órdenes posibles, y todos los desórdenes.

Sexto día
PRIMA

*Donde Nicola cuenta muchas cosas, mientras
se visita la cripta del tesoro.*

Nicola da Morimondo, en su nueva calidad de
cillerero, estaba dando órdenes a los cocineros, y éstos
le estaban dando a él informaciones sobre las costumbres de la cocina. Guillermo quería hablarle, pero nos
pidió que esperásemos unos minutos. Dijo que después
tendría que bajar a la cripta del tesoro para vigilar el trabajo de limpieza de los relicarios, que aún era de su
competencia, y allí dispondría de más tiempo para conversar.

En efecto, poco después nos invitó a seguirlo. Entró
en la iglesia, pasó por detrás del altar mayor (mientras
los monjes estaban disponiendo un catafalco en la nave,
para velar los despojos mortales de Malaquías) y nos
hizo bajar por una escalerilla, al cabo de la cual nos encontramos en una sala de bóvedas muy bajas sostenidas
por gruesas pilastras de piedra sin tallar. Estábamos en
la cripta donde se guardaban las riquezas de la abadía; el

Abad estaba muy orgulloso de ese tesoro, que sólo se abría en circunstancias excepcionales y para huéspedes muy importantes.

Alrededor se veían relicarios de diferentes tamaños, dentro de los cuales las luces de las antorchas (encendidas por dos ayudantes de confianza de Nicola) hacían resplandecer objetos de belleza prodigiosa. Paramentos dorados, coronas de oro cuajadas de piedras preciosas, cofrecillos de diferentes metales, historiados con figuras, damasquinados, marfiles. Nicola nos mostró extasiado un evangeliario cuya encuadernación ostentaba admirables placas de esmalte que componían una abigarrada unidad de compartimientos regulares, divididos por filigranas de oro y fijados mediante piedras preciosas que hacían las veces de clavos. Nos señaló un delicado tabernáculo con dos columnas de lapislázuli y oro que enmarcaban un descendimiento al sepulcro realizado en fino bajorrelieve de plata y dominado por una cruz de oro cuajada con trece diamantes sobre un fondo de ónix entreverado, mientras que el pequeño frontón estaba cimbrado con ágatas y rubíes. Después vi un díptico criselefantino, dividido en cinco partes, con cinco escenas de la vida de Cristo, y en el centro un cordero místico hecho de alvéolos de plata dorada y pasta de vidrio, única imagen policroma sobre un fondo de cérea blancura.

Mientras nos mostraba aquellas cosas, el rostro y los gestos de Nicola resplandecían de orgullo. Guillermo elogió lo que acababa de ver, y después preguntó a Nicola qué clase de persona había sido Malaquías.

—Extraña pregunta —dijo Nicola—, también tú lo conocías.

—Sí, pero no lo suficiente. Nunca comprendí qué tipo de pensamientos ocultaba... ni... —vaciló en emitir un juicio sobre alguien que acababa de morir— ... si los tenía.

Nicola se humedeció un dedo, lo pasó sobre una superficie de cristal cuya limpieza no era perfecta, y respondió sonriendo ligeramente y evitando la mirada de Guillermo:

—Ya ves que no necesitas preguntar... Es cierto, muchos consideraban que, tras su apariencia reflexiva, Malaquías era un hombre muy simple. Según Alinardo, era un tonto.

—Alinardo todavía abriga rencor contra alguien por un acontecimiento que sucedió hace mucho tiempo, cuando le fue negada la dignidad de bibliotecario.

—También yo he oído hablar de esto, pero es una historia vieja, se remonta al menos a hace cincuenta años. Cuando llegué al monasterio, el bibliotecario era Roberto da Bobbio, y los viejos murmuraban acerca de una injusticia cometida contra Alinardo. En aquel momento no quise profundizar en el tema porque me pareció que era una falta de respeto hacia los más ancianos y no quería hacer caso de las murmuraciones. Roberto tenía un ayudante que luego murió, y su puesto pasó a Malaquías, que aún era muy joven. Muchos dijeron que no tenía mérito alguno, que decía saber el griego y el árabe, y que no era cierto, que no era más que un buen repetidor que copiaba con bella caligrafía los manuscritos escritos en esas lenguas, pero sin comprender lo que copiaba. Se decía que un bibliotecario tenía que ser mucho más culto. Alinardo, que por aquel entonces aún era un hombre lleno de fuerza, dijo cosas durísimas sobre aquel nombramiento. E insinuó que Malaquías había sido designado en aquel puesto para hacerle el juego a su enemigo. Pero no comprendí de quién hablaba. Eso es todo. Siempre se ha murmurado que Malaquías defendía la biblioteca como un perro de guardia, pero sin saber bien qué estaba custodiando. Por otra parte, también se murmuró mucho contra Berengario, cuando Malaquías lo escogió como ayudante. Se decía que tampoco él era más hábil que su maestro, y que sólo era un intrigante. También se dijo... pero ya habrás escuchado esas murmuraciones... que existía una extraña relación entre Malaquías y él... Cosas viejas. También sabes que se murmuró sobre Berengario y Adelmo, y los copistas jóvenes decían que Malaquías sufría en silencio unos celos atroces... Y también se murmuraba sobre las relaciones entre Malaquías y Jorge. No, no en el sentido que podrías imaginar... ¡Nadie ha murmurado jamás sobre la virtud de Jorge! Pero la tradición quiere que el bibliotecario se confiese con el Abad, mientras que todos los demás lo hacen con Jorge (o con Alinardo, pero el anciano ya está casi demente)... Pues bien, se decía que, a pesar de eso, Malaquías andaba siempre en conciliábulos con Jorge, como si el Abad dirigiese su alma, pero Jorge gobernara su cuerpo, sus ademanes, su trabajo. Por otra parte, ya sabes, es probable que lo hayas observado: cuando alguien quería alguna indicación sobre un libro antiguo y olvidado, no se dirigía a Malaquías, sino a Jorge. Malaquías custodiaba el catálogo y subía a la biblioteca, pero Jorge conocía el significado de cada título...

—¿Por qué sabía Jorge tantas cosas sobre la biblioteca?

—Era el más anciano, después de Alinardo. Está en la abadía desde la época de su juventud. Debe de tener más de ochenta años. Se dice que está ciego al menos desde hace cuarenta años, y quizá más...

—¿Cómo hizo para acumular tanto saber antes de volverse ciego?

—¡Oh, hay leyendas sobre él! Parece que ya de niño fue tocado por la gracia divina, y allá en Castilla leyó los libros de los árabes y de los doctores griegos, cuando aún no había llegado a la pubertad. Y además, después de haberse vuelto ciego, e incluso ahora, se sienta durante largas horas en la biblioteca y se hace recitar el catálogo, pide que le traigan libros y un novicio se los lee en voz alta durante horas y horas. Lo recuerda todo, no es un desmemoriado como Alinardo. Pero, ¿por qué me estás haciendo todas estas preguntas?

—¿Ahora que Malaquías y Berengario han muerto, quién más conoce los secretos de la biblioteca?

—El Abad, y él será quien se los transmita a Bencio... Suponiendo que quiera...

—¿Por qué suponiendo que quiera?

—Porque Bencio es joven. Fue nombrado ayudante cuando Malaquías todavía estaba vivo. Una cosa es ser ayudante del bibliotecario y otra bibliotecario. Según la tradición, el bibliotecario ocupa después el cargo de Abad...

—¡Ah, es así!... Por eso el cargo de bibliotecario es tan ambicionado. Pero entonces, ¿Abbone ha sido bibliotecario?

—No, Abbone no. Su nombramiento se produjo antes de que yo llegara, hace unos treinta años. Antes, el abad era Paolo da Rimini, un hombre curioso, del que se cuentan extrañas historias. Parece que fue un lector insaciable, conocía de memoria todos los libros de la biblioteca, pero tenía una extraña debilidad: era incapaz de escribir, lo llamaban Abbas agraphicus... Cuando lo nombraron abad era muy joven, se decía que contaba con el apoyo de Algirdas de Cluny, el Doctor Quadratus... Pero son viejos cotilleos de los monjes. En suma, Paolo fue nombrado abad, y Roberto da Bobbio ocupó su puesto en la biblioteca. Pero su salud estaba minada por un mal incurable, se sabía que no podría regir los destinos del monasterio, y cuando Paolo da Rimini desapareció...

—¿Murió?

—No, desapareció. No sé cómo, un día partió de viaje y nunca regresó. Quizá lo mataron los ladrones durante el viaje... En suma, cuando Paolo desapareció,

Roberto no pudo reemplazarlo, y hubo oscuras maquinaciones. Abbone, según dicen, era hijo natural del señor de esta comarca. Había crecido en la abadía de Fossanova. Se decía que siendo muy joven había asistido a santo Tomás cuando éste murió en aquel monasterio, y que se había cuidado del descenso de ese gran cuerpo desde una torre por cuya escalera no habían logrado hacerlo pasar... Las malas lenguas de aquí decían que aquél era su mayor mérito... El hecho es que lo eligieron abad, a pesar de no haber sido bibliotecario, y alguien, creo que Roberto, lo inició en los misterios de la biblioteca.

—¿Y Roberto por qué fue elegido?

—No lo sé. Siempre he tratado de no hurgar demasiado en estas cosas: nuestras abadías son lugares santos, pero a veces se tejen tramas horribles alrededor de la dignidad abacial. A mí me interesaban mis vidrios y mis relicarios, y no quería verme mezclado en esas historias. Pero ahora comprenderás por qué no sé si el Abad querrá iniciar a Bencio: sería como designarlo sucesor suyo... Un muchacho imprudente, un gramático casi bárbaro, del extremo norte, cómo podría entender este país, esta abadía, y sus relaciones con los señores del lugar...

—Tampoco Malaquías era italiano, ni Berengario. Sin embargo, se les confió la custodia de la biblioteca.

—Es un hecho oscuro. Los monjes murmuran que desde hace medio siglo la abadía ha abandonado sus tradiciones... Por eso, hace más de cincuenta años, o tal vez antes, Alinardo aspiraba a la dignidad de bibliotecario. El bibliotecario siempre había sido italiano, pues en esta tierra no faltan los grandes ingenios. Y, además, ya ves... —y aquí Nicola vaciló, como si no quisiese decir lo que estaba por decir— ... ya ves, Malaquías y Berengario han muerto, quizá, para que no llegaran a ser abades.

Tuvo un estremecimiento, se pasó la mano por delante de la cara como para espantar ciertas ideas no del todo honestas, y luego se santiguó.

—Pero, ¿qué estoy diciendo? Mira, en este país hace muchos años que suceden cosas vergonzosas, incluso en los monasterios, en la corte papal, en las iglesias... Luchas por la conquista del poder, acusaciones de herejía para apoderarse de alguna prebenda ajena... Qué feo es todo esto. Estoy perdiendo la confianza en el género humano. Por todas partes veo maquinaciones y conjuras palaciegas. A esto se ha reducido también esta abadía, a un nido de víboras, surgido por arte de mala magia en lo que antes era un relicario destinado a guardar miembros santos. ¡Mira el pasado de este monasterio!

Nos señalaba los tesoros esparcidos a nuestro alrededor, y dejando de lado cruces y otros objetos sagrados, nos llevó a ver los relicarios que constituían la gloria de aquel lugar.

—¡Mirad —decía—, ésta es la punta de la lanza que atravesó el flanco del Salvador!

Era una caja de oro, con tapa de cristal, donde, sobre un cojincillo de púrpura, yacía un trozo de hierro de forma triangular, antes corroído por la herrumbre, pero ahora reluciente gracias a un paciente tratamiento con aceites y ceras. Y aquello no era nada: en otra caja, de plata cuajada de amatistas, cuya pared anterior era transparente, vi un trozo del venerable madero de la santa cruz, que había llevado a la abadía la propia reina Elena, madre del emperador Constantino, después de su peregrinación a los santos lugares, donde había exhumado la colina del Gólgota y el santo sepulcro, para después construir en aquel sitio una catedral.

Nicola siguió mostrándonos otras cosas, tantas y tan singulares que ahora no podría describirlas. En un relicario, todo de aguamarinas, había un clavo de la cruz. En un frasco, sobre un lecho de pequeñas rosas marchitas, había un trozo de la corona de espinas, y en otra caja, también sobre una capa de flores secas, un jirón amarillento del mantel de la última cena. Pero también estaba la bolsa de san Mateo, en malla de plata; y, en un cilindro, atado con una cinta violeta roída por el tiempo y estampada en oro, un hueso del brazo de santa Ana. Y, maravilla de maravillas, vi, debajo de una campana de vidrio y sobre un cojín rojo bordado de perlas, un trozo del pesebre de Belén, y un palmo de la túnica purpúrea de san Juan Evangelista, dos de las cadenas que apretaron los tobillos del apóstol Pedro en Roma, el cráneo de san Adalberto, la espada de san Esteban, una tibia de santa Margarita, un dedo de san Vital, una costilla de santa Sofía, la barbilla de san Eobán, la parte superior del omóplato de san Crisóstomo, el anillo de compromiso de san José, un diente del Bautista, la vara de Moisés, un trozo de encaje, roto y diminuto, del traje de novia de la Virgen María.

Y otras cosas que no eran reliquias pero que también eran testimonio de prodigios y de seres prodigiosos de tierras lejanas, y que habían llegado a la abadía traídas por monjes que habían viajado hasta los más remotos confines del mundo: un basilisco y una hidra embalsamados, un cuerno de unicornio, un huevo que un eremita había encontrado dentro de otro huevo, un trozo del maná con que se alimentaron los hebreos en el desierto, un diente de ballena, una nuez de coco, el húmero de una bestia antediluviana, el colmillo de marfil de un elefante, la costilla de un delfín. Y además otras reliquias que no reconocí, quizá no tan preciosas como sus relicarios. Algunas de ellas (a juzgar por las cajas en que estaban depositadas, hechas de plata, ya ennegrecida) antiquísimas: una serie infinita de fragmentos de huesos, de tela, de madera, de metal y de vidrio. Y frascos con polvos oscuros, uno de los cuales, según supe, contenía los restos quemados de la ciudad de Sodoma, y otro cal de las murallas de Jericó. Todas cosas, incluso las más humildes, por las que un emperador habría entregado más de un feudo, y que constituían una reserva no sólo de inmenso prestigio, sino también de verdadera riqueza material para la abadía de cuya hospitalidad estábamos gozando.

Seguí dando vueltas sin salir de mi asombro, mientras Nicola dejaba de explicarnos la naturaleza de aquellos objetos (que, por lo demás, llevaban cada uno una tarjeta con una inscripción aclaratoria), libre ya de vagabundear casi a mi antojo por aquella reserva de maravillas inestimables, admirándolas a veces a plena luz y a veces entreviéndolas en la penumbra, cuando los acólitos de Nicola se desplazaban con sus antorchas hacia otra parte de la cripta. Estaba fascinado por aquellos cartílagos amarillentos, místicos y repugnantes al mismo tiempo, transparentes y misteriosos, por aquellos jirones de vestiduras de épocas inmemoriales, descoloridos, deshilachados, a veces enrollados dentro de un frasco como un manuscrito descolorido, por aquellas materias desmenuzadas que se confundían con el paño que les servía de lecho, detritos santos de una vida que había sido animal (y racional) y que ahora, apresados dentro de edificios de cristal o de metal que en sus minúsculas dimensiones imitaban la audacia de las catedrales de piedra, con sus torres y agujas, parecían haberse transformado también ellos en sustancia mineral. ¿De modo que así era como los cuerpos de los santos esperan sepultos la resurrección de la carne? ¿Con aquellas esquirlas se reconstruirían los organismos que, como escribía Piperno, en el fulgor de la visión divina serían capaces de percibir hasta las más mínimas differentias odorum?

De esas meditaciones me arrancó de pronto Guillermo con un leve golpe en el hombro:

—Me marcho. Subo al scriptorium, todavía debo consultar algo allí.

—No podréis pedir libros —dije—. Bencio tiene órdenes...

—Sólo debo examinar los libros que estaba leyendo el otro día, y aún están todos en el scriptorium, en la mesa de Venancio. Si lo deseas, puedes quedarte. Esta cripta es un bello epítome de los debates sobre la pobreza que has presenciado en estos días. Y ahora ya sabes por qué se degüellan tus hermanos cuando está en juego el acceso a la dignidad abacial.

—Pero ¿pensáis que es cierto lo que ha insinuado Nicola? ¿Creéis que los crímenes tienen que ver con una lucha por la investidura?

—Ya te he dicho que por ahora no quiero arriesgar hipótesis en voz alta. Pero me voy a seguir otra pista. O quizá la misma, pero por otro extremo. Y tú no te deslumbres demasiado con estos relicarios. Fragmentos de la cruz he visto muchos, en otras iglesias. Si todos fuesen auténticos, Nuestro Señor no habría sido crucificado en dos tablas cruzadas, sino en todo un bosque.

—¡Maestro! —exclamé escandalizado.

—Es cierto, Adso. Y hay tesoros aún más ricos. Hace tiempo, en la catedral de Colonia, vi el cráneo de Juan Bautista cuando tenía doce años.

—¿De verdad? —exclamé admirado. Pero añadí, presa de la duda—: ¡Pero si el Bautista murió asesinado a una edad más avanzada!

—El otro cráneo debe de estar en otro tesoro —dijo Guillermo con toda seriedad.

Yo no sabía nunca cuándo estaba bromeando. En mi tierra, cuando se bromea, se dice algo y después se ríe ruidosamente, para que todos participen de la broma. Guillermo, en cambio, sólo reía cuando decía cosas serias, y se mantenía serísimo cuando se suponía que estaba bromeando.

Sexto día
TERCIA

Donde, mientras escucha el Dies irae, *Adso tiene un sueño o visión, según se prefiera.*

Guillermo se despidió de Nicola y subió para ir al scriptorium. Por mi parte, ya había visto suficiente, de modo que también decidí subir y quedarme en la iglesia para rezar por el alma de Malaquías. Nunca había querido a aquel hombre, que me daba miedo, y no he de ocultar que durante mucho tiempo había creído que era el culpable de todos los crímenes. Ahora comprendía que quizá sólo había sido un pobre hombre, oprimido por unas pasiones insatisfechas, vaso de loza entre vasos de hierro, malhumorado por desorientación, silencioso y evasivo por conciencia de no tener nada que decir. Sentía cierto remordimiento por haberme equivocado y pensé que rezando por su destino sobrenatural podría aplacar mi sentimiento de culpa.

Ahora la iglesia estaba iluminada por un resplandor tenue y lívido, dominada por los despojos del infeliz, habitada por el susurro uniforme de los monjes que recitaban el oficio de difuntos.

En el monasterio de Melk había asistido varias veces a la defunción de un hermano. Era una circunstancia que no puedo calificar de alegre, pero que, sin embargo, me parecía llena de serenidad, rodeada por un aura de paz, regida por un sentido difuso de justicia. Íbamos alternándonos en la celda del moribundo, diciéndole cosas agradables para confortarlo, y en el fondo del corazón cada uno pensaba en lo feliz que era el moribundo porque estaba a punto de coronar una vida virtuosa, y pronto se uniría al coro de los ángeles para gozar del júbilo eterno. Y parte de aquella serenidad, la fragancia de aquella santa envidia, se comunicaba al moribundo, que al final tenía un tránsito sereno. ¡Qué distintas habían sido las muertes de aquellos últimos días! Finalmente, había visto de cerca cómo moría una víctima de los diabólicos escorpiones del finis Africae, y sin duda así habían muerto también Venancio y Berengario, buscando alivio en el agua, con el rostro consumido como el de Malaquías...

Me senté al fondo de la iglesia, acurrucado sobre mí mismo para combatir el frío. Sentí un poco de calor, y moví los labios para unirme al coro de los hermanos orantes. Los iba siguiendo sin darme casi cuenta de lo que mis labios decían; mi cabeza se bamboleaba y los ojos se me cerraban. Pasó mucho tiempo; creo que me dormí y volví a despertarme al menos tres o cuatro veces. Después el coro entonó el *Dies irae*... La salmodia me produjo el efecto de un narcótico. Me dormí del todo. O quizá, más que un letargo, aquello fue como un entorpecimiento, una caída agitada y un replegarme sobre mí mismo, como una criatura que aún siguiera encerrada en el vientre de su madre. Y en aquella niebla del alma, como si estuviese en una región que no era de este mundo, tuve una visión o sueño, según se prefiera.

Por una escalera muy estrecha entraba en un pasadizo subterráneo, como si estuviese accediendo a la cripta del tesoro, pero, siempre bajando, llegaba a una cripta más amplia que era la cocina del Edificio. Sin duda, se trataba de la cocina, pero en ella no sólo funcionaban hornos y ollas, sino también fuelles y martillos, como si también se hubiesen dado cita allí los herreros de Nicola. Todo era un rojo centelleo de estufas y calderos, y cacerolas hirvientes que echaban humo mientras que a la superficie de sus líquidos afloraban grandes burbujas crepitantes que luego estallaban haciendo un ruido sordo y continuo. Los cocineros pasaban enarbolando asadores, mientras los novicios, que se habían dado cita allí, saltaban para atrapar los pollos y demás aves ensartadas en aquellas barras de hierro candentes. Pero al lado los herreros martillaban con tal fuerza que la atmósfera estaba llena de estruendo, y nubes de chispas surgían de los yunques mezclándose con las que vomitaban los dos hornos.

No sabía si estaba en el infierno o en un paraíso como el que podía haber concebido Salvatore, chorreante de jugos y palpitante de chorizos. Pero no tuve tiempo de preguntarme dónde estaba porque una turba de hombrecillos, de enanitos con una gran cabeza en forma de cacerola, entró a la carrera y, arrastrándome a su paso, me empujó, hasta el umbral del refectorio, y me obligó a entrar.

La sala estaba adornada como para una fiesta. Grandes tapices y estandartes colgaban de las paredes, pero las imágenes que los adornaban no eran las habituales, que exaltan la piedad de los fieles o celebran las glorias de los reyes. Parecían, más bien, inspiradas en los marginalia de Adelmo, y reproducían las menos tremendas y las más grotescas de sus imágenes: liebres que bailaban alrededor de una cucaña, ríos surcados por peces que saltaban por sí solos a la sartén, cuyo mango sostenían unos monos vestidos de obispos cocineros, monstruos de vientre enorme que bailaban alrededor de marmitas humeantes.

En el centro de la mesa estaba el Abad, vestido de fiesta, con un amplio hábito de púrpura bordada, empuñando su tenedor como un cetro. Junto a él, Jorge bebía de una gran jarra de vino, mientras el cillerero, vestido como Bernardo Gui, leía virtuosamente en un libro en forma de escorpión pasajes de las vidas de los santos y del evangelio. Pero eran relatos que contaban cómo Jesús decía bromeando al apóstol que era una piedra y que sobre esa piedra desvergonzada que rodaba por la llanura fundaría su iglesia; o el cuento de san Jerónimo, que comentaba la biblia diciendo que Dios quería desnudar el trasero de Jerusalén. Y, a cada frase del cillerero, Jorge reía dando puñetazos contra la mesa y gritando: «¡Serás el próximo abad, vientre de Dios!», eso era lo que decía, que Dios me perdone.

El Abad hizo una señal festiva y la procesión de las vírgenes entró en la sala. Era una rutilante fila de hembras ricamente ataviadas, en el centro de las cuales primero me pareció percibir a mi madre, pero después me di cuenta del error, porque sin duda se trataba de la muchacha terrible como un ejército dispuesto para la batalla. Salvo que llevaba sobre la cabeza una corona de perlas blancas, en dos hileras, mientras que otras dos cascadas de perlas descendían a uno y otro lado del rostro, confundiéndose con otras dos hileras de perlas que pendían sobre su pecho, y de cada perla colgaba un diamante del grosor de una ciruela. Además, de cada oreja caía una hilera de perlas azules que se unían para formar una especie de gorguera en la base del cuello, blanco y erguido como una torre del Líbano. El manto era de color púrpura, y en la mano sostenía una copa de oro cuajada de diamantes, y, no sé cómo, supe que la copa contenía un ungüento mortal robado en cierta ocasión a Severino. Detrás de aquella mujer, bella como la aurora, venían otras figuras femeninas, una vestida con un manto blanco bordado, sobre un traje oscuro con una doble estola de oro cuyos adornos figuraban florecillas silvestres; la segunda tenía un manto de damasco amarillo, sobre un traje rosa pálido sembrado de hojas verdes y con dos grandes recuadros bordados en forma de laberinto pardo; y la tercera tenía el manto rojo y el traje de color esmeralda, lleno de animalillos rojos, y en sus manos llevaba una estola blanca bordada; y de las otras no observé los trajes, porque intentaba descubrir quiénes eran todas esas mujeres que acompañaban a la muchacha, cuya apariencia hacía pensar por momentos en la Virgen María. Y como si cada una llevase en la mano una tarjeta con su nombre, o como si ésta le saliese de la boca, supe que eran Ruth, Sara, Susana y otras mujeres que mencionan las escrituras.

En ese momento el Abad gritó: «¡Entrad, hijos de puta!», y entonces penetró en el refectorio otra procesión de personajes sagrados, que reconocí sin ninguna dificultad, austera y espléndidamente ataviados, y en medio del grupo había uno sentado en el trono, que era Nuestro Señor pero al mismo tiempo Adán, vestido con un manto purpúreo y adornado con un gran broche rojo y blanco de rubíes y perlas que sostenía el manto sobre sus hombros, y con una corona en la cabeza, similar a la de la muchacha, y en la mano una copa más grande que la de aquélla, llena de sangre de cerdo. Lo rodeaban como una corona otros personajes muy santos, que ya mencionaré, todos ellos conocidísimos para mí, y también había a su alrededor una escuadra de arqueros del rey de Francia, unos vestidos de verde y otros de rojo, con un escudo de color esmeralda en el que campeaba el monograma de Cristo. El jefe de aquella tropa se acercó a rendir homenaje al Abad, tendiéndole la copa y diciéndole: «Sao ko kelle terre per kelle fine ke ki kontene, trenta anni le possette parte sancti Benedicti.» A lo que el Abad respondió: «Age primum et septimum de quatuor», y todos entonaron: «In finibus Africae, amen.» Después todos sederunt.

Habiéndose disuelto así las dos formaciones opuestas, el Abad dio una orden y Salomón empezó a poner la mesa, Santiago y Andrés trajeron un fardo de heno, Adán se colocó en el centro, Eva se reclinó sobre una hoja, Caín entró arrastrando un arado, Abel vino con un cubo para ordeñar a *Brunello*, Noé hizo una entrada triunfal remando en el arca, Abraham se sentó debajo de un árbol, Isaac se echó sobre el altar de oro de la iglesia, Moisés se acurrucó sobre una piedra, Daniel apareció sobre un estrado fúnebre del brazo de Malaquías, Tobías se tendió sobre un lecho, José se arrojó desde un moyo, Benjamín se acostó sobre un saco, y además, pero en este punto la visión se hacía confusa, David se puso de pie sobre un montículo, Juan en la tierra, Faraón en la arena (por supuesto, dije para mí, pero ¿por qué?), Lázaro en la mesa, Jesús al borde del pozo, Zaqueo en las ramas de un árbol, Mateo sobre un escabel, Raab sobre la estopa, Ruth sobre la paja, Tecla sobre el alféizar de la ventana (mientras por fuera aparecía el rostro pálido de Adelmo para avisarle que también podía caerse al fondo del barranco), Susana en el huerto, Judas entre las tumbas, Pedro en la cátedra, Santiago en una red, Elías en una silla de montar, Raquel sobre un lío. Y Pablo apóstol, deponiendo la espada, escuchaba la queja de Esaú, mientras Job gemía en el estiércol y acudían a ayudarlo Rebeca, con una túnica, Judith, con una manta, Agar, con una mortaja, y algunos novicios traían un gran caldero humeante desde el que saltaba Venancio de Salvemec, todo rojo, y empezaba a repartir morcillas de cerdo.

El refectorio se iba llenando de gente que comía a dos carrillos. Jonás traía calabazas; Isaías, legumbres; Ezequiel, moras; Zaqueo, flores de sicomoro; Adán, limones; Daniel, altramuces; Faraón, pimientos; Caín, cardos; Eva, higos; Raquel, manzanas; Ananías, ciruelas grandes como diamantes; Lía, cebollas; Aarón, aceitunas; José, un huevo; Noé, uva; Simeón, huesos de melocotón, mientras Jesús cantaba el *Dies irae* y derramaba alegremente sobre todos los alimentos el vinagre que exprimía de una pequeña esponja antes ensartada en la lanza de uno de los arqueros del rey de Francia.

«Hijos míos, ¡oh, mis eorderillos! —dijo entonces el Abad, ya borracho—, no podéis cenar vestidos así, como pordioseros, venid, venid.» Y golpeaba el primero y el séptimo de los cuatro, que surgían deformes como espectros del fondo del espejo, y el espejo se hacía añicos y a lo largo de las salas del laberinto el suelo se cubría de trajes multicolores incrustados de piedras, todos sucios y desgarrados. Y Zaqueo cogió un traje blanco; Abraham, uno color gorrión; Lot, uno color azufre; Jonás, uno azulino; Tecla, uno rojizo; Daniel, uno leonado; Juan, uno irisado; Adán, uno de pieles; Judas, uno con denarios de plata; Raab, uno escarlata; Eva, uno del color del árbol del bien y del mal. Y algunos lo cogían jaspeado, y otros, del color del esparto, algunos, morado, y otros, azul marino, algunos, purpúreo, y otros, del color de los árboles, o bien del color del hierro, del fuego, del azufre, del jacinto, o negro, y Jesús se pavoneaba con un traje color paloma, mientras riendo acusaba a Judas de no saber bromear con santa alegría.

Y entonces Jorge, después de quitarse los vitra ad legendum, encendió una zarza ardiente con leña que había traído Sara, que Jefté había recogido, que Isaac había descargado, que José había cortado, y, mientras Jacob abría el pozo y Daniel se sentaba junto al lago, los sirvientes traían agua; Noé, vino; Agar, un odre; Abraham, un ternero, que Raab ató a un poste mientras Jesús sostenía la cuerda y Elías le ataba las patas. Después, Absalón lo colgó del pelo, Pedro tendió la espada, Caín lo mató, Herodes derramó su sangre, Sem arrojó sus vísceras y excrementos, Jacob puso el aceite, Molesadón puso la sal, Antíoco lo puso al fuego, Rebeca lo cocinó y Eva fue la primera en probarlo, y buen chasco se llevó. Pero Adán decía que no había que preocuparse, y le daba palmadas en la espalda a Severino, que aconsejaba añadirle hierbas aromáticas. Después Jesús partió el pan y distribuyó pescados, y Jacob gritaba porque Esaú se le había comido todas las lentejas, Isaac estaba devorando un cabrito al horno, Jonás una ballena hervida y Jesús guardó ayuno durante cuarenta días y cuarenta noches.

Entretanto, todos entraban y salían llevando exquisitas piezas de caza de todas formas y colores, y las partes más grandes eran siempre para Benjamín, y las más buenas para María, mientras que Marta se quejaba de ser la que siempre lavaba los platos. Después cortaron el ternero, que a todo esto se había puesto enorme, y a Juan le tocó la cabeza, a Absalón la cerviz, a Aarón la lengua, a Sansón la mandíbula, a Pedro la oreja, a Holofernes la testa, a Lía el culo, a Saúl el cuello, a Jonás la barriga, a Tobías la hiel, a Eva la costilla, a María la teta, a Isabel la vulva, a Moisés la cola, a Lot las piernas y a Ezequiel los huesos. Mientras tanto, Jesús devoraba un asno, san Francisco un lobo, Abel una oveja, Eva una morena, el Bautista una langosta, Faraón un pulpo (por supuesto, dije para mí, pero, ¿por qué?) y David comía cantárida y se arrojaba sobre la muchacha nigra sed formosa, mientras Sansón hincaba el diente en el lomo de un león, y Tecla huía gritando, perseguida por una araña negra y peluda.

Era evidente que todos estaban borrachos, y algunos resbalaban sobre el vino, otros caían dentro de las cacerolas y sólo sobresalían las piernas, cruzadas como dos palos, y Jesús tenía todos los dedos negros y repartía folios de un libro diciendo cogedlos y comedlos, son los enigmas de Sinfosio, incluido el del pez que es hijo de Dios y salvador vuestro. Y todos a beber, Jesús vino rancio, Jonás mársico, Faraón sorrentino (¿por qué?), Moisés gaditano, Isaac cretense, Aarón adriano, Zaqueo arbustino, Tecla quemado, Juan albano, Abel campano, María signino, Raquel florentino.

Adán estaba echado de espaldas, las tripas le gruñían y por la costilla manaba vino, Noé maldecía en sueños a Cam, Holofernes roncaba sin darse cuenta de nada, Jonás dormía como un tronco, Pedro vigilaba hasta que cantase el gallo y Jesús se despertó de golpe al oír que Bernardo Gui y Bertrando del Poggetto estaban organizando la quema de la muchacha; y gritó: «¡Padre, si es posible, aparta de mí ese cáliz!» Y unos escanciaban mal, otros bebían bien, unos morían riendo, otros reían muriendo, unos tenían sus propios frascos, otros bebían del vaso de los demás. Susana gritaba que nunca entregaría su hermoso y blanco cuerpo al cillerero y a Salvatore por un miserable corazón de buey. Pilatos se paseaba como alma en pena por el refectorio pidiendo agua para sus manos, y fray Dulcino, con la pluma en el sombrero, se la traía y luego se abría la túnica y con una mueca sarcástica mostraba las partes pudendas rojas de sangre, mientras Caín se burlaba de él y abrazaba a la bella Margherita da Trento. Entonces Dulcino se echaba a llorar e iba a apoyar su cabeza en el hombro de Bernardo Gui, y lo llamaba papa angélico, y Ubertino lo consolaba con un árbol de la vida, Michele da Cesena con una bolsa de oro, las Marías lo cubrían de ungüentos y Adán lo convencía de que hincase el diente en una manzana recién arrancada del árbol.

Y entonces se abrieron las bóvedas del Edificio y Roger Bacon descendió del cielo en una máquina voladora, unico homine regente. Después David tocó la cítara, Salomé danzó con sus siete velos, y cada vez que caía un velo tocaba una de las siete trompetas y mostraba uno de los siete sellos hasta que quedó sólo *amicta sole*. Todos decían que nunca se había visto una abadía tan alegre, y Berengario le levantaba la ropa a todo el mundo, hombres y mujeres, y les besaba el trasero. Y empezó una danza: Jesús vestido de maestro, Juan de guardián, Pedro de reciario, Nemrod de cazador, Judas de delator, Adán de jardinero, Eva de tejedora, Caín de ladrón, Abel de pastor, Jacob de ujier, Zacarías de sacerdote, David de rey, Jubal de citarista, Santiago de pescador, Antíoco de cocinero, Rebeca de aguador, Molesadón de idiota, Marta de criada, Herodes de loco de atar, Tobías de médico, José de carpintero, Noé de borracho, Isaac de campesino, Job de hombre triste, Daniel de juez, Tamar de prostituta, María de ama que ordenaba a sus criados que trajeran más vino porque el insensato de su hijo no quería transformar el agua.

Fue entonces cuando el Abad montó en cólera porque, decía, había organizado una fiesta tan bonita y nadie le daba nada. Y entonces todos empezaron a rivalizar en ofrecerle regalos: los tesoros más preciados, un toro, una oveja, un león, un camello, un ciervo, un ternero, una yegua, un carro solar, la barbilla de san Eobán, la cola de santa Morimonda, el útero de santa Arundalina, la nuca de santa Burgosina, cincelada como una copa a los doce años, y una copia del *Pentagonum Salomonis*. Pero el Abad se puso a gritar que con aquello trataban de distraer su atención mientras saqueaban la cripta del tesoro, donde ahora estábamos todos, y que había desaparecido un libro preciosísimo que hablaba de los escorpiones y de las siete trompetas, y llamaba a los arqueros del rey de Francia para que revisasen a todos los sospechosos. Y para vergüenza de todos a Agar se le encontró una pieza de brocado multicolor, a Raquel un sello de oro, a Tecla un espejo de plata en el seno, a Benjamín un sifón de bebidas debajo del brazo, a Judith una manta de seda entre las ropas, a

Longino una lanza en la mano y a Abimelec una mujer ajena entre los brazos. Pero lo peor fue cuando le encontraron un gallo negro a la muchacha, negra y bellísima como un gato del mismo color, y la llamaron bruja y seudoapóstol, y entonces todos se arrojaron sobre ella para castigarla. El Bautista la decapitó, Abel la degolló, Adán la cazó, Nabucodonosor le escribió signos zodiacales en el pecho con una mano de fuego, Elías la raptó en un carro ígneo, Noé la sumergió en el agua, Lot la transformó en una estatua de sal, Susana la acusó de lujuria, José la traicionó con otra, Ananías la metió en un horno de cal, Sansón la encadenó, Pablo la flageló, Pedro la crucificó cabeza abajo, Esteban la lapidó, Lorenzo la quemó en la parrilla, Bartolomé la desolló, Judas la denunció, el cillerero la quemó, y Pedro negaba todo. Después todos se arrojaron sobre aquel cuerpo cubriéndolo de excrementos, tirándole pedos en la cara, orinando sobre su cabeza, vomitándole en el pecho, arrancándole los cabellos, golpeándole la espalda con teas ardientes. El cuerpo de la muchacha, antes tan bello y agradable, se estaba descarnando, deshaciendo en fragmentos que se dispersaban por los cofres y relicarios de oro y cristal que había en la cripta. Mejor dicho: no era el cuerpo de la muchacha el que iba a poblar la cripta, sino más bien los fragmentos de la cripta los que empezaban a girar en torbellino hasta componer el cuerpo de la muchacha, convertido ya en algo mineral, para luego volver a dispersarse hasta convertirse en el polvillo sagrado de aquellos segmentos acumulados con insensata impiedad. Ahora era como si un solo cuerpo inmenso se hubiese disuelto a lo largo de milenios hasta sus componentes más minúsculos, y como si éstos hubiesen colmado la cripta, más esplendente pero similar al osario de los monjes difuntos, y como si la forma sustancial del cuerpo mismo del hombre, obra maestra de la creación, se hubiese fragmentado en multitud de formas accidentales y distintas entre sí, convirtiéndose en imagen de su contrario, forma ya no ideal sino terrena, polvos y esquirlas nauseabundas, que sólo podían significar muerte y destrucción...

Ya no veía a los personajes del banquete, ni los regalos que habían traído. Era como si todos los huéspedes del festín estuvieran ahora en la cripta, cada uno momificado en su propio residuo, cada uno diáfana sinécdoque de sí mismo: Raquel un hueso, Daniel un diente, Sansón una mandíbula, Jesús un jirón de túnica purpúrea. Como si al final del banquete la fiesta se hubiese transformado en la masacre de la muchacha, hasta convertirse en la masacre universal, y como si lo que ahora estaba contemplando fuera el resultado final, los cuerpos (¿qué digo?, la totalidad del cuerpo terrenal y sublunar de aquellos comensales famélicos y sedientos) transformados en un único cuerpo muerto, lacerado y torturado como el cuerpo de Dulcino después del suplicio, transformado en un inmundo y resplandeciente tesoro, desplegado en toda su extensión como la piel de un animal desollado y colgado que, sin embargo, aún contuviese, petrificados junto con el cuero, las vísceras y todos los órganos, e incluso los rasgos de la cara. La piel con todos sus pliegues, arrugas y cicatrices, con sus praderas de vello, sus bosques de pelo, la epidermis, el pecho, las partes pudendas, convertidas en un suntuoso tapiz damasceno, y los pechos, las uñas, las durezas en los talones, los filamentos de las pestañas, la materia acuosa de los ojos, la pulpa de los labios, las frágiles vértebras, la arquitectura de los huesos, todo reducido a harina arenosa, pero, sin embargo, aún con sus respectivas formas y guardando sus relaciones habituales, las piernas vaciadas y flojas como calzas, la carne dispuesta al lado como una casulla, con todos los arabescos bermejos de las venas, la masa cincelada de las vísceras, el intenso y mucoso rubí del corazón, la or-

denada perlería de los dientes, collar de cuentas unifor-
mes, y la lengua, ese pendiente azul y rosa, los dedos ali-
neados como cirios, el sello del ombligo, donde se anu-
dan los hilos del gran tapiz del vientre... Ahora por
todas partes, en la cripta, se burlaba de mí, me susurraba, me invitaba a morir, ese macrocuerpo repartido en
cofres y relicarios y, sin embargo, reconstruido en su
vasta e insensata totalidad, y era el mismo cuerpo que
en la cena comía y cabriolaba obscenamente y que ahora, en cambio, se me aparecía ya inmóvil en la intan-
gibilidad de su sorda y ciega destrucción. Y Ubertino,
aferrándome del brazo hasta hundirme las uñas en la
carne, me susurraba: «Ya ves, es lo mismo lo que antes
triunfaba en su locura y se deleitaba en su juego, ahora
está aquí, castigado y premiado, liberado de la seducción de las pasiones, inmovilizado por la eternidad, entregado al hielo eterno para que éste lo conserve y puri-
fique, sustraído a la corrupción a través del triunfo de la
corrupción, porque nada podrá reducir a polvo lo que
ya es polvo y sustancia mineral, mors est quies viatoris,
finis est omnis laboris...»

Pero de golpe entró Salvatore, llameante como un
diablejo, y gritó: «¡Idiota! ¿No ves que es la gran bestia
liotarda del libro de Job? ¿De qué tienes miedo, amito?
Aquí tienes: ¡padilla de quezo!» Y de pronto la cripta se
iluminó de resplandores rojizos y otra vez era la cocina,
pero más que una cocina: el interior de un gran vientre,
mucoso, viscoso, y en el centro una bestia negra como
un cuervo y con mil manos, encadenada a una gran parrilla, que alargaba sus patas para coger a los que estaban a su alrededor, y así como el campesino exprime el
racimo de uva cuando la sed aprieta, también aquel bes-
tión estrujaba a los que había atrapado hasta triturarlos
entre sus manos, arrancándoles a unos las piernas, a
otros la cabeza, y dándose luego un gran atracón, y lanzando unos eructos de fuego que olían peor que el azu-

fre. Pero, misterio prodigioso, aquella escena ya no me infundía miedo, y me sorprendí observando con familiaridad lo que hacía aquel «buen diablo» (eso pensé entonces), que al fin y al cabo no era otro que Salvatore. Porque ahora, sobre el cuerpo humano mortal, sobre sus sufrimientos y su corrupción, ya lo sabía todo y ya no temía nada. En efecto, a la luz de aquella llama que ahora parecía agradable y acogedora, volví a ver a todos los comensales, que ya habían recuperado sus respectivas figuras y cantaban anunciando que todo empezaba de nuevo, y entre ellos estaba la muchacha, entera y hermosa como antes, que me decía: «¡No es nada, deja que vaya sólo un momento a la hoguera, arderé y luego nos volveremos a encontrar aquí dentro!» Y me mostraba, que Dios me perdone, su vulva, y entré en ella y era una caverna bellísima que parecía el valle encantado de la edad de oro, regado por aguas abundantes, y lleno de frutos y árboles en los que crecían pasteles de queso. Y todos agradecían al Abad por la hermosa fiesta y le demostraban su afecto y buen humor dándole empujones y patadas, arrancándole la ropa, tirándolo al suelo, golpeándole la verga con vergas, mientras él reía y rogaba que no le hicieran más cosquillas. Y, montados en caballos que arrojaban nubes de azufre por los agujeros de la nariz, entraron los frailes de la vida pobre, llevando bolsas de oro colgadas de la cintura, con las que convertían a los lobos en corderos y a los corderos en lobos, y luego los coronaban emperadores con el beneplácito de la asamblea del pueblo que entonaba cánticos de alabanza a la infinita omnipotencia de Dios. «Ut cachinnis dissolvatur, torqueatur rictibus!», gritaba Jesús agitando la corona de espinas. Entró el papa Juan imprecando contra toda aquella confusión y diciendo: «¡A este paso no sé dónde iremos a parar!» Pero todos se burlaban de él, y, encabezados por el Abad, salieron con los cerdos a buscar trufas en el bosque. Estaba por seguirlos cuando vi a Guillermo en un rincón; venía del laberinto y su mano aferraba un imán que lo arrastraba velozmente hacia septentrión. «¡Maestro, no me dejéis! —grité—. ¡También yo quiero ver qué hay en el finis Africae!» «¡Ya lo has visto!», me respondió Guillermo desde lejos. Y entonces me desperté, mientras en la iglesia estaba concluyendo el canto fúnebre:

Lacrimosa dies illa
qua resurget ex favilla
iudicandus homo reus:
huic ergo parce deus!
Pie Iesu domine
dona eis requiem.

Signo de que mi visión, fulmínea como toda visión, si bien había durado más de lo que dura un amén, al menos no había llegado a durar lo que dura un *Dies irae*.

Sexto día
DESPUÉS DE TERCIA

Donde Guillermo explica a Adso su sueño.

Salí confundido por la puerta principal y me encontré ante una pequeña muchedumbre. Eran los franciscanos que partían, y Guillermo había bajado a despedirlos.

Me uní a los adioses, a los abrazos fraternos. Después pregunté a Guillermo cuándo partirían los otros, con los prisioneros. Me dijo que hacía media hora que se habían marchado, mientras estábamos en el tesoro, quizá, pensé, mientras yo soñaba.

Por un momento me sentí abatido, pero después me repuse. Mejor así. No habría podido soportar el espectáculo de los condenados (me refiero al pobre infeliz del cillerero, a Salvatore... y, sin duda, también a la muchacha), arrastrados lejos de allí, y para siempre. Y además, aún me encontraba tan perturbado por mi sueño, que hasta los sentimientos se me habían, por decirlo así, congelado.

Mientras la caravana de los franciscanos se dirigía hacia el portalón de salida, Guillermo y yo nos quedamos delante de la iglesia, ambos melancólicos, aunque por razones diferentes. Después decidí contarle mi sueño. Aunque la visión había sido abigarrada e ilógica, la recordaba con extraordinaria claridad, imagen por imagen, gesto por gesto, palabra por palabra. Y así la conté a mi maestro, sin descartar nada, porque sabía que a menudo los sueños son mensajes misteriosos donde las personas doctas son capaces de leer profecías clarísimas.

Guillermo me escuchó en silencio y luego me preguntó:

—¿Sabes qué has soñado?

—Lo que os acabo de contar... —respondí desconcertado.

—Sí, claro. Pero ¿sabes que, en gran parte, lo que me acabas de contar ya ha sido escrito? Has insertado personajes y acontecimientos de estos días en un marco que ya conocías. Porque la trama del sueño ya la has leído en algún sitio, o te la habían contado cuando eras un niño, en la escuela, en el convento. Es la *Coena Cypriani*.

Por un instante me quedé perplejo. Después recordé. ¡Era cierto! Quizá había olvidado el título, pero ¿qué monje adulto o monjecillo travieso no ha sonreído o reído con las diversas visiones, en prosa o en rima, de esa historia que pertenece a la tradición del rito pascual y de los *ioca monachorum*? Prohibida o infamada por los maestros más austeros, no existe, sin embargo, convento alguno en que los novicios y los monjes no se la hayan contado en voz baja, resumida y modificada de diferentes maneras, y algunos, a escondidas, la han transcrito, porque, según ellos, tras el velo de la jocosidad, esa historia ocultaba secretas enseñanzas morales. Y otros eran partidarios, incluso, de su difusión, porque decían, a través del juego los jóvenes podían memorizar con más facilidad los episodios de la historia sagrada. Existía una versión en verso del pontífice Juan VIII, con la siguiente dedicatoria: «Ludere me libuit, ludentem, papa Johannes, accipe. Ridere, si placet, ipse potes.» Y se decía que el propio Carlos el Calvo había hecho representar, a modo de burlesco misterio sagrado, una versión rimada, para amenizar las cenas de sus dignatarios:

> *Ridens cadit Gaudericus*
> *Zacharias admiratur,*
> *supinus in lectulum*
> *docet Anastasius...*

Y cuántas veces nuestros maestros nos habían regañado, a mí y a mis compañeros, por recitar trozos de aquella historia. Recuerdo a un viejo monje de Melk, que decía que un hombre virtuoso como Cipriano no había podido escribir algo tan indecente, una parodia tan sacrílega de las escrituras, más digna de un infiel y de un bufón que de un santo mártir... Hacía años que había yo olvidado aquellos juegos infantiles. ¿Cómo podía ser que aquel día la *Coena* hubiese reaparecido con tal nitidez durante mi sueño? Siempre había pensado que los sueños eran mensajes divinos, o en todo caso absurdos balbuceos de la memoria dormida, a propósito de cosas sucedidas durante la vigilia. Pero ahora me daba cuenta de que también podemos soñar con libros, y, por tanto, también podemos soñar con sueños.

—Quisiera ser Artemidoro para poder interpretar correctamente tu sueño —dijo Guillermo—. Pero me parece que, incluso sin poseer la ciencia de Artemidoro, es fácil comprender lo que ha sucedido. En estos días, pobre muchacho, has vivido una serie de acontecimientos que parecen invalidar toda regla sensata. Y esta mañana ha aflorado en tu mente dormida el recuerdo de una especie de comedia en la que también, aunque con otras intenciones, el mundo aparecía patas arriba. Lo que has hecho ha sido insertar en ella tus recuerdos más recientes, tus angustias, tus miedos. Has partido de los marginalia de Adelmo para revivir un gran carnaval donde todo parece andar a contramano y, sin embargo, como en la *Coena*, cada uno hace lo que realmente ha hecho en la vida. Y al final te has preguntado, en el sueño, cuál es el mundo que está al revés, y qué significa andar patas arriba. Tu sueño ya no sabía dónde es arriba y dónde abajo, dónde está la muerte y dónde la vida. Tu sueño ha dudado de las enseñanzas que has recibido.

—Mi sueño, pero yo no —dije con tono virtuoso—. ¡Pero entonces los sueños no son mensajes divinos, sino delirios diabólicos, y no encierran ninguna verdad!

—No lo sé, Adso —dijo Guillermo—. Son ya tantas las verdades que poseemos que si algún día alguien llegase diciendo que es capaz de extraer una verdad de nuestros sueños, ese día sí que estarían próximos los tiempos del Anticristo. Sin embargo, cuanto más pienso en tu sueño, más revelador me parece. Quizá no para ti, sino para mí. Perdona que me apodere de tu sueño para desarrollar mis hipótesis. Sé que es una vileza, y que no debería hacerlo... Pero creo que tu alma dormida ha logrado comprender más de lo que he comprendido yo en seis días, y despierto...

—¿En serio?

—En serio. O quizá no. Tu sueño me parece revelador porque coincide con una de mis hipótesis. Me has ayudado mucho. Gracias.

—¿Qué había en el sueño que tanto os interesa? ¡Carecía de sentido, como todos los sueños!

—Tenía un sentido distinto, como todos los sueños, y visiones. Hay que leerlo alegórica o anagógicamente.

—¿¡Como las escrituras!?

—Un sueño es una escritura, y hay muchas escrituras que sólo son sueños.

Sexto día
SEXTA

*Donde se reconstruye la historia de los
bibliotecarios y se averigua algo más
sobre el libro misterioso.*

Guillermo quiso subir de nuevo al scriptorium, de donde acababa de bajar. Pidió a Bencio que le dejara consultar el catálogo y lo hojeó rápidamente.

—Debe de estar por aquí —decía—, hace una hora lo había encontrado... —Se detuvo en una página—. Aquí está, lee este título.

Con una sola referencia (¡finis Africae!) figuraba una serie de cuatro títulos; signo de que se trataba de un solo volumen compuesto por varios textos. Leí:

I. ar. de dictis cujusdam stulti
II. syr. libellus alchemicus aegypt
III. Expositio Magistri Alcofribae de cena beati Cypriani Cartaginensis Episcopi
IV. Liber acephalus de stupris virginum et meretricum amoribus

—¿De qué se trata? —pregunté.

—Es nuestro libro —me respondió Guillermo en voz baja—. Por eso tu sueño me ha sugerido algo. Ahora estoy seguro de que es éste. Y en efecto... —hojeaba aprisa las páginas inmediatas—, en efecto, aquí están los libros en que pensaba, todos juntos. Pero no es esto lo que quería verificar. Oye: ¿tienes tu tablilla? Bueno, debemos hacer un cálculo; trata de recordar tanto lo que nos dijo Alinardo el otro día como lo que nos ha contado Nicola esta mañana. Pues bien, este último nos ha dicho que llegó aquí hace unos treinta años, y que Abbone ya ocupaba el cargo de abad. Su predecesor había sido Paolo da Rimini, ¿verdad? Digamos que la sucesión se produjo hacia 1290, año más, año menos, eso no tiene importancia. Además, Nicola nos ha dicho que cuando llegó, Roberto da Bobbio ya era bibliotecario. ¿Correcto? Después, éste murió y el puesto fue confiado a Malaquías, digamos a comienzos de este siglo. Apunta. Sin embargo, hay un período anterior a la llegada de Nicola, durante el cual Paolo da Rimini fue bibliotecario. ¿Desde cuándo ocupó ese cargo? No nos lo han dicho. Podríamos examinar los registros de la abadía, pero supongo que los tiene el Abad, y por el momento no querría pedirle que me autorizara a consultarlos. Supongamos que Paolo fue elegido bibliotecario hace sesenta años. Apunta. ¿Por qué Alinardo se queja de que, hace cincuenta años, el cargo de bibliotecario, que debía ser para él, pasó, en cambio, a otro? ¿Acaso se refería a Paolo da Rimini?

—¡O bien a Roberto da Bobbio! —dije.

—Eso parecería. Pero ahora mira este catálogo. Sabes que, como nos dijo Malaquías cuando llegamos, los títulos están registrados por orden de adquisición. ¿Y quién los inscribe en este registro? El bibliotecario. Por tanto, según los cambios de caligrafía que observamos en estas páginas, podemos establecer la sucesión de los bibliotecarios. Ahora miremos el catálogo desde el final. La última caligrafía es la de Malaquías, muy gótica, como ves. Sólo cubre unas pocas páginas. La abadía no ha adquirido muchos libros durante estos últimos treinta años. Después vienen una serie de páginas escritas con una caligrafía temblorosa: en ellas leo claramente la firma de Roberto da Bobbio, que estaba enfermo. También en este caso las páginas son pocas: es probable que Roberto no haya permanecido mucho en el cargo. Y mira lo que encontramos ahora: páginas y páginas de otra caligrafía, recta y firme, un conjunto de adquisiciones (entre las que se cuenta el libro que vimos hace un momento) realmente impresionante. ¡Cuánto debe de haber trabajado Paolo da Rimini! Demasiado, si piensas que Nicola nos ha dicho que era muy joven cuando lo nombraron abad. Pero supongamos que en pocos años ese lector insaciable haya enriquecido la abadía con tantos libros... ¿Acaso no nos han dicho que lo llamaban Abbas Agraphicus debido a ese extraño defecto, o enfermedad, que le impedía escribir? Pero entonces, ¿quién escribía por él? Yo diría que su ayudante. Pero si se diera el caso de que ese ayudante hubiese sido nombrado más tarde bibliotecario, entonces habría seguido escribiendo en el catálogo, y habríamos comprendido por qué hay tantas páginas con la misma caligrafía. Entonces tendríamos, entre Paolo y Roberto, otro bibliotecario, elegido hace unos cincuenta años, que es el misterioso competidor de Alinardo, quien, por ser mayor, pensaba que lo nombrarían para reemplazar a Paolo. Después, este último desapareció y de alguna manera, contra las expectativas de Alinardo y de otros, se designó a Malaquías para que lo reemplazase.

—Pero, ¿por qué estáis tan seguro de que ésta es la secuencia correcta? Aunque admitamos que esta caligrafía sea del bibliotecario sin nombre, ¿por qué no podrían ser de Paolo los títulos de las páginas precedentes?

—Porque entre esas adquisiciones están registradas todas las bulas y decretales, que tienen fechas precisas. Quiero decir que si encuentras, como de hecho sucede, la *Firma cautela* de Bonifacio VII, que data de 1296, puedes estar seguro de que ese texto no entró antes de aquel año, y puedes pensar que no llegó mucho tiempo después. Así, las considero como piedras miliares dispuestas a lo largo de los años. En consecuencia, si supongo que Paolo da Rimini llegó al cargo de bibliotecario el año 1265, y al de abad el año 1275, y después observo que su caligrafía, o la de algún otro que no es Roberto da Bobbio, dura desde 1265 hasta 1285, descubro una diferencia de diez años.

Sin duda, mi maestro era muy agudo.

—Pero ¿qué conclusiones extraéis de ese descubrimiento? —pregunté entonces.

—Ninguna, sólo premisas.

Después se levantó y fue a hablar con Bencio. Éste ocupaba valientemente su puesto, pero no parecía demasiado seguro. Todavía se sentaba en su mesa de antes, pues no se había atrevido a instalarse en la de Malaquías, junto al catálogo. Guillermo lo abordó con cierta frialdad. No olvidábamos la desagradable escena de la tarde anterior.

—Aunque ahora seas tan poderoso, señor bibliotecario, espero que te dignes decirme una cosa. La mañana en que Adelmo y los otros discutieron aquí sobre los enigmas ingeniosos, y Berengario se refirió por primera vez al finis Africae, ¿alguien mencionó la *Coena Cypriani*?

—Sí —dijo Bencio—, ¿no te lo dije ya? Antes de que se hablase de los enigmas de Sinfosio, fue precisamente Venancio quien se refirió a la *Coena*, y Malaquías montó en cólera, dijo que era una obra innoble, y recordó que el Abad había prohibido a todos su lectura...

—¿Así que el Abad? —dijo Guillermo—. Muy interesante. Gracias, Bencio.

—Esperad —dijo Bencio—, quiero hablaros. —Nos indicó que lo siguiéramos fuera del scriptorium, hasta la escalera que bajaba a la cocina, pues no quería que los otros lo escucharan. Le temblaban los labios—: Tengo miedo, Guillermo. Han matado también a Malaquías. Ahora sé demasiado. Además, el grupo de los italianos no me ve con buenos ojos... No quieren otro bibliotecario extranjero... Pienso que por esa razón fueron eliminados los otros. Nunca os he hablado del odio de Alinardo por Malaquías, de sus rencores...

—¿Quién le robó el puesto hace años?

—Esto no lo sé. Siempre lo menciona en forma confusa. Además, es una historia lejana. Ya deben de haber muerto todos. Pero el grupo de los italianos que rodean a Alinardo habla con frecuencia... hablaba con frecuencia de Malaquías tildándolo de hombre de paja, puesto por algún otro, con la complicidad del Abad. Sin darme cuenta... he entrado en el juego antagónico de dos facciones. Sólo esta mañana lo he comprendido... Italia es una tierra de conjuras, donde envenenan a los papas, imaginad a un pobre muchacho como yo... Ayer no lo había comprendido aún, creía que todo giraba alrededor de aquel libro, pero ahora no estoy seguro. Ése fue el pretexto: ya habéis visto que el libro reapareció y que, sin embargo, han matado a Malaquías... Tengo... quiero... quisiera huir. ¿Qué me aconsejáis?

—Que te quedes tranquilo. Ahora quieres consejos, ¿verdad? Sin embargo, ayer por la tarde parecías el amo del mundo. ¡Necio! Si me hubieras ayudado, habríamos impedido este último crimen. Fuiste tú quien entregó a Malaquías el libro que lo condujo a la muerte. Pero dime al menos una cosa. ¿Has tenido ese libro en tus manos, lo has tocado, lo has leído? Entonces, ¿por qué no has muerto?

—No lo sé. Juro que no lo he tocado. Mejor dicho, lo he tocado cuando lo cogí en el laboratorio. Pero sin abrirlo. Me lo escondí debajo del hábito, fui a mi celda y lo metí debajo del jergón. Como sabía que Malaquías me vigilaba, regresé enseguida al scriptorium. Después, cuando él me ofreció el puesto de ayudante, lo conduje hasta mi celda y le entregué el libro. Eso fue todo.

—No me digas que ni siquiera lo abriste.

—Sí, lo abrí, antes de esconderlo, para asegurarme de que era realmente el que buscábamos. Empezaba con un manuscrito árabe, después creo que había uno sirio, después un texto latino y por último uno griego...

Recordé las siglas que habíamos visto en el catálogo. Los dos primeros títulos llevaban las indicaciones *ar.* y *syr.* respectivamente. ¡Era *el libro*! Pero Guillermo seguía apretando:

—De modo que lo has tocado pero no has muerto. Entonces no se muere por tocarlo. ¿Y qué puedes decirme del texto griego? ¿Lo has mirado?

—Muy poco, lo suficiente como para comprender que no tenía título. Por el modo en que empezaba, parecía faltar una parte...

—Liber acephalus... —murmuró Guillermo.

—... Traté de leer la primera página, pero en realidad sé muy poco griego, y hubiese necesitado más tiempo. Además, me llamó la atención otro detalle, justamente relacionado con el texto griego. No lo hojeé todo porque no pude: los folios estaban, cómo diría, impregnados de humedad, costaba separar uno de otro. Porque el pergamino era raro... más blando que los otros. El modo en que la primera página estaba gastada, y casi se deshacía, era... en suma, muy extraño.

—Extraño: también Severino usó esa palabra —dijo Guillermo.

—El pergamino no parecía pergamino... Parecía tela, pero muy delgada... —seguía diciendo Bencio.

—Charta lintea, o pergamino de tela —dijo Guillermo—. ¿Era la primera vez que lo veías?

—He oído hablar de él, pero creo que nunca lo he visto. Dicen que es muy caro, y frágil. Por eso se usa poco. Lo fabrican los árabes, ¿verdad?

—Los árabes fueron los primeros. Pero también se fabrica aquí en Italia, en Fabriano. Y también... Pero, ¡claro que sí! —Sus ojos despedían chispas—. ¡Qué revelación tan interesante, Bencio! Muchas gracias. Sí, supongo que aquí, en la biblioteca, la charta lintea es rara, porque no han llegado manuscritos muy recientes. Y además muchos temen que no sobreviva tan bien a los siglos como el pergamino, y quizá tengan razón. Supongamos que aquí querían algo que no fuese más perenne que el bronce... Pergamino de tela, ¿eh? Bueno, adiós. Y quédate tranquilo. No corres peligro.

—¿En serio, Guillermo? ¿Me lo aseguráis?

—Te lo aseguro. Si te quedas en tu sitio. Ya has hecho bastantes desastres.

Nos alejamos del scriptorium dejando a Bencio, si no tranquilo, al menos no tan inquieto.

—¡Idiota! —dijo Guillermo entre dientes mientras salíamos—. Si no se hubiese interpuesto, ya podríamos haberlo resuelto todo.

Encontramos al Abad en el refectorio. Guillermo fue hacia él y le dijo que debía hablarle. Abbone no pudo contemporizar y nos dio cita para poco después en sus habitaciones.

Sexto día
NONA

*Donde el Abad se niega a escuchar a Guillermo,
habla del lenguaje de las gemas y manifiesta el
deseo de que no se siga indagando sobre aquellos
tristes acontecimientos.*

Las habitaciones del Abad estaban encima de la sala
capitular, y por la ventana del salón, amplio y espléndido, donde nos recibió, podían verse, aquel día diáfano y
ventoso, más allá del techo de la iglesia abacial, las formas imponentes del Edificio.

Precisamente el Abad, de pie ante la ventana, lo estaba admirando, y nos lo señaló con ademán solemne.

—Admirable fortaleza —dijo—, en cuyas proporciones refulge la misma regla áurea que guió la construcción del arca. Dispuesta en tres plantas, porque tres
es el número de la trinidad, tres fueron los ángeles que
visitaron a Abraham, los días que pasó Jonás en el vientre del gran pez, los que Jesús y Lázaro permanecieron
en el sepulcro; las veces que Cristo pidió al Padre que
apartase de él el cáliz amargo, las que se retiró para re-

637

zar con los apóstoles. Tres veces renegó Pedro de él, y tres veces apareció ante los suyos después de la resurrección. Tres son las virtudes teologales, tres las lenguas sagradas, tres las partes del alma, tres las clases de criaturas intelectuales, ángeles, hombres y demonios; tres las especies del sonido, vox, flatus y pulsus; tres las épocas de la historia humana, antes, durante y después de la ley.

—Maravillosa armonía de correspondencias místicas —admitió Guillermo.

—Pero también la forma cuadrada —prosiguió el Abad— es rica en enseñanzas espirituales. Cuatro son los puntos cardinales, las estaciones, los elementos, y el calor, el frío, lo húmedo y lo seco, el nacimiento, el crecimiento, la madurez y la vejez, y las especies celestes, terrestres, aéreas y acuáticas de los animales, los colores que constituyen el arco iris y la cantidad de años que se necesita para que haya uno bisiesto.

—¡Oh, sin duda! Y tres más cuatro da siete, número místico por excelencia, y tres multiplicado por cuatro da doce, como los apóstoles, y doce por doce da ciento cuarenta y cuatro, que es el número de los elegidos. —Y a esta última demostración de conocimiento místico del mundo hiperuranio de los números, el Abad ya no pudo añadir nada. Circunstancia que Guillermo aprovechó para entrar en materia—: Deberíamos hablar de los últimos acontecimientos. He reflexionado mucho sobre ellos.

El Abad dio la espalda a la ventana y miró a Guillermo con rostro severo:

—Demasiado, quizá. Debo confesaros, fray Guillermo, que esperaba más de vos. Desde que llegasteis han pasado seis días, cuatro monjes han muerto, además de Adelmo, dos han sido arrestados por la inquisición (fue justicia, sin duda, pero habríamos podido evitar esa vergüenza si el inquisidor no se hubiera visto obligado a ocuparse de los crímenes anteriores), y, por último, el encuentro en que debía actuar de mediador ha tenido unos resultados lamentables, precisamente por causa de todos esos crímenes... No me negaréis que podía esperar un desenlace muy distinto cuando os rogué que investigarais sobre la muerte de Adelmo...

Guillermo calló; estaba molesto. Sin duda, el Abad tenía razón. Ya he dicho, al comienzo de este relato, que a mi maestro le encantaba deslumbrar a la gente con la rapidez de sus deducciones, y era lógico que se sintiese herido en su amor propio al verse acusado —y ni siquiera injustamente— de obrar con excesiva lentitud.

—Es cierto —admitió—, no he satisfecho vuestras expectativas, pero os diré por qué, vuestra excelencia. Estos crímenes no han sido consecuencia de una pelea ni de una venganza entre los monjes, sino de unos hechos que a su vez derivan de acontecimientos remotos en la historia de la abadía...

El Abad lo miró con inquietud:

—¿Qué queréis decir? También yo me doy cuenta de que la clave no está en la desdichada historia del cillerero, que se ha cruzado con otra distinta. Pero esa otra historia, esa otra historia, que quizá no me es desconocida, pero de la que no puedo hablar... Esperaba que vos la descubrieseis, y que me hablaseis de ella.

—Vuestra excelencia piensa en algo que ha conocido a través de la confesión. —El Abad miró hacia otro lado, y Guillermo prosiguió—: Si vuestra excelencia desea saber si yo sé, sin haberlo sabido de boca de vuestra excelencia, que han existido relaciones deshonestas entre Berengario y Adelmo, y entre Berengario y Malaquías, pues bien: eso es algo que todos saben en la abadía.

El Abad se ruborizó violentamente:

—No me parece necesario hablar de este tipo de cosas en presencia de un novicio. Tampoco me parece que, una vez terminado el encuentro, sigáis necesitando un amanuense. Retírate, muchacho —me dijo con tono imperativo.

Humillado, salí. Pero era tal mi curiosidad que me escondí detrás de la puerta del salón, no sin dejarla entreabierta para poder escuchar lo que decían.

Guillermo retomó la palabra:

—Pues bien, esas relaciones deshonestas, aunque hayan existido, no han tenido mucho que ver con estos dolorosos acontecimientos. La clave es otra, y pensaba que no lo ignoraríais. Todo gira alrededor del robo y la posesión de un libro, que estaba escondido in finis Africae, y que ahora ha vuelto allí por obra de Malaquías, sin que por ello, como habéis podido ver, la secuencia de crímenes se haya interrumpido.

Se produjo un largo silencio. Después, el Abad empezó a hablar en forma entrecortada y vacilante, como sorprendido por unas revelaciones inesperadas.

—No es posible... Vos... ¿Cómo sabéis de la existencia del finis Africae? ¿Habéis violado mi interdicción? ¿Habéis penetrado en la biblioteca?

El deber de Guillermo hubiese sido decir la verdad, pero entonces el Abad se habría irritado muchísimo. Era evidente que mi maestro no quería mentir. De modo que prefirió responder con otra pregunta:

—¿Acaso en nuestro primer encuentro vuestra excelencia no me dijo que un hombre como yo, que había descrito tan bien a *Brunello* sin haberlo visto nunca, no tendría dificultades para razonar sobre sitios a los que no podía acceder?

—O sea que es así. Pero ¿qué os lleva a pensar lo que pensáis?

—Cómo he llegado a esa conclusión, sería largo de contar. El hecho es que se han cometido una serie de crímenes para impedir que muchas personas descubriesen algo que no se deseaba que se descubriera. Ahora todos los que sabían algo de los secretos de la biblioteca, por derecho o en forma ilícita, están muertos. Sólo queda una persona: vos.

—Queréis insinuar... queréis insinuar... —El Abad hablaba como alguien al que se le estuviesen hinchando las venas del cuello.

—No me interpretéis mal —dijo Guillermo, que probablemente también había probado a insinuar algo—. Digo que hay alguien que sabe y que no quiere que nadie más sepa. Vos sois el último que sabe, y podríais ser la próxima víctima. A menos que me digáis lo que sabéis sobre ese libro prohibido. Y, sobre todo, que me digáis quién más en la abadía podría saber lo que vos sabéis, y quizá más, sobre la biblioteca.

—Hace frío aquí. Salgamos.

Me alejé rápidamente de la puerta y los alcancé junto a la escalera que conducía a la sala capitular. El Abad me vio y me sonrió.

—¡Cuántas cosas inquietantes debe de haber escuchado últimamente este monjecillo! Vamos, muchacho, no dejes que todo esto te perturbe. Me parece que no hay tantas intrigas como las que se han imaginado...

Alzó una mano y dejó que la luz del día iluminase el espléndido anillo que llevaba en el dedo anular, insignia de su poder. El anillo destelló con todo el fulgor de sus piedras.

—Lo reconoces, ¿verdad? —me dijo—. Es símbolo de mi autoridad y también de la carga que pesa sobre mí. No es un adorno, sino una espléndida síntesis de la palabra divina, a cuya custodia me debo. —Tocó con los dedos la piedra, mejor dicho, el triunfo de piedras multicolores que componían aquella admirable obra del arte humano y de la naturaleza—. Ésta es la amatista, ese espejo de humildad que nos recuerda la ingenuidad y la dulzura de san Mateo; ésta es la calcedonia, emblema de caridad, símbolo de la piedra de José y de Santiago el mayor; éste es el jaspe, que propicia la fe, y está asociado con san Pedro; ésta, la sardónica, signo del martirio, que nos recuerda a san Bartolomé; éste es el zafiro, esperanza y contemplación, piedra de san Andrés y de san Pablo; y el berilo, santa doctrina, ciencia y tolerancia, las virtudes de santo Tomás... ¡Qué espléndido es el lenguaje de las gemas! —siguió diciendo, absorto en su mística visión—, los lapidarios tradicionales lo extrajeron del racional de Aarón y de la descripción de la Jerusalén celeste que hay en el libro del apóstol. Por otra parte, las murallas de Sión estaban incrustadas con las mismas joyas que ornaban el pectoral del hermano de Moisés, salvo el carbunclo, el ágata y el ónice, que, citados en el Éxodo, son sustituidos en el Apocalipsis por la calcedonia, la sardónica, el crisopacio y el jacinto.

Guillermo ya estaba por abrir la boca, pero el Abad alzó la mano para hacerlo callar, y prosiguió:

—Recuerdo un libro de letanías que describía las diferentes piedras, y las cantaba en versos de alabanza a la Virgen. Así, el anillo de compromiso era un poema simbólico: las piedras con que estaba adornado expresaban, en su lenguaje lapidario, un esplendente conjunto de verdades superiores. Jaspe por la fe, calcedonia por la caridad, esmeralda por la pureza, sardónica por la placidez de la vida virginal, rubí por el corazón sangrante en el calvario, crisolito porque su centelleo multiforme evoca la maravillosa variedad de los milagros de María, jacinto por la caridad, amatista, mezcla de rosa y azul, por el amor de Dios... Pero en el engaste también estaban incrustadas otras sustancias: el cristal, que simboliza la castidad del alma y del cuerpo, el ligurio, semejante al ámbar, que representa la templanza, y la piedra magnética, que atrae el hierro así como la Virgen toca las cuerdas de los corazones arrepentidos con el plectro de su bondad. Todas sustancias que, como ves, adornan, aunque más no sea en mínima y humildísima medida, mi joya. —Movía el anillo y con su fulgor me deslumbraba, como si quisiese aturdirme—. Maravilloso lenguaje, ¿verdad? No todos los padres atribuyen estos significados a las piedras. Para Inocencio III, el rubí anuncia la calma y la paciencia, y el granate la caridad. Para san Bruno, el aguamarina concentra la ciencia teológica en la virtud de sus destellos purísimos. La turquesa significa alegría, la sardónica evoca los serafines, el topacio los querubines, el jaspe los tronos, el crisolito las dominaciones, el zafiro las virtudes, el ónice las potestades, el berilo los principados, el rubí los arcángeles y la esmeralda los ángeles. El lenguaje de las gemas es multiforme, cada una expresa varias verdades, según el tipo de lectura que se escoja, según el contexto en que aparezcan. ¿Y quién decide cuál es el nivel de interpretación y cuál el contexto correcto? Lo sabes, muchacho, te lo han enseñado: la autoridad, el comentarista más seguro de todos, el que tiene más prestigio y, por tanto, más santidad. Si no, ¿cómo podríamos interpretar los signos multiformes que el mundo despliega ante nuestros ojos pecadores? ¿Cómo haríamos para no caer en los errores hacia los que el demonio nos atrae? Has de saber que el lenguaje de las gemas repugna particularmente al diablo, como lo demuestra el caso de santa Hildegarda. Para la bestia inmunda, es un mensaje que se ilumina por sentidos o niveles de saber diferentes, un mensaje que querría confundir, porque para él, para el enemigo, el resplandor de las piedras evoca las maravillas que poseía antes de caer, y comprende que esos fulgores son producto del fuego, su tormento. —Me tendió el anillo para que se lo besara, y me arrodillé. Me acarició la cabeza—. Olvida, pues, muchacho, las cosas sin duda erróneas que has escuchado en estos días. Has entrado en la orden más grande y más noble de todas. Yo soy un Abad de esa orden y estás dentro de mi jurisdicción. Por tanto, escucha lo que te ordeno: olvida, y que tus labios se sellen para siempre. Jura.

Conmovido, subyugado como estaba, sin duda lo habría hecho. Y ahora tú, buen lector, no podrías leer esta crónica fiel. Pero entonces intervino Guillermo, quizá no, para impedirme jurar, sino por reacción instintiva, por fastidio, para interrumpir al Abad, para deshacer el encantamiento que sin duda éste había creado.

—¿Qué tiene que ver el muchacho? Os he hecho una pregunta, os he advertido de un peligro, os he pedido que me dijerais un nombre... ¿Acaso querréis que yo también bese vuestro anillo y que jure olvidar lo que he averiguado, o lo que sospecho?

—¡Oh, vos! —dijo con tono melancólico el Abad—. ... No espero que un fraile mendicante pueda comprender la belleza de nuestras tradiciones, o respetar la discreción, los secretos, los misterios de caridad... sí, de caridad, y el sentido del honor, y el voto de silencio que constituyen la base de nuestra grandeza... Me habéis hablado de una historia extraña, de una historia increíble. Un libro prohibido, por el que se mata en cadena; alguien que sabe lo que sólo yo debería saber... ¡Patrañas, inferencias que carecen de todo sentido! Hablad de ellas, si queréis: nadie os creerá. Y aunque algún elemento de vuestra fantasiosa reconstrucción fuese cierto... Pues bien: ahora todo queda de nuevo bajo mi control y responsabilidad. Controlaré; tengo los medios y la autoridad suficientes para hacerlo. Me equivoqué desde el comienzo encomendando a un extraño, por sabio y digno de confianza que éste fuese, la investigación de unos asuntos que sólo son de mi incumbencia. Pero habéis comprendido, acabo de saberlo, que en el primer momento pensé que se trataba de una violación del voto de castidad, y quería (¡qué imprudencia!) que fuera otro quien me dijese lo que ya sabía a través de la confesión. Pues bien, ya me lo habéis dicho. Os estoy muy agradecido por lo que habéis hecho o tratado de hacer. El encuentro entre ambas legaciones ya se ha celebrado. La misión que debíais realizar aquí está agotada. Imagino que en la corte imperial se os espera con ansiedad. No es conveniente privarse por mucho tiempo de un hombre como vos. Os autorizo a dejar la abadía. Quizá hoy ya sea tarde. No quiero que viajéis después del ocaso. Los caminos no son seguros. Partiréis mañana por la mañana, temprano. ¡Oh!, no me agradezcáis, ha sido un placer haberos tenido como un hermano más, y honraros con nuestra hospitalidad. Podéis retiraros con vuestro novicio para preparar el equipaje. Aún os veré mañana al amanecer para despediros. Gracias, con todo mi corazón. Desde luego, no es preciso que sigáis investigando. No perturbéis todavía más a los monjes. Podéis retiraros, pues.

Era más que una despedida: nos estaba echando. Guillermo saludó y bajamos las escaleras.

—¿Qué significa esto? —pregunté. Ya no entendía nada.

—Trata de formular por ti mismo una hipótesis. Deberías haber aprendido cómo se hace.

—En tal caso, he aprendido que debo formular al menos dos: una opuesta a la otra, y ambas increíbles. Pues bien entonces... —Tragué saliva: aquello de formular hipótesis no me resultaba nada fácil—. Primera hipótesis: el Abad ya lo sabía todo y suponía que vos no seríais capaz de descubrir nada. Os encargó la investigación cuando sólo había muerto Adelmo, pero poco a poco fue comprendiendo que la historia era mucho más compleja, que en cierto modo también él está envuelto en la trama, y no quiere que la saquéis a la luz pública. Segunda hipótesis: el Abad nunca ha sospechado nada (sobre qué, lo ignoro, porque no sé en qué estáis pensando ahora). Pero en todo caso seguía pensando que todo se debía a una disputa entre... entre monjes sodomitas... Sin embargo, acabáis de abrirle los ojos: de golpe ha comprendido algo horrible, ha pensado en un nombre, tiene una idea precisa sobre el responsable de los crímenes. Pero quiere resolver solo el asunto, y desea apartaros, para salvar el honor de la abadía.

—Buen trabajo. Empiezas a razonar bien. Pero ya ves que en ambos casos nuestro Abad está preocupado por la buena reputación de su monasterio. Ya sea él el asesino, o la próxima víctima, no desea que ninguna noticia difamatoria sobre esta santa comunidad llegue al otro lado de estas montañas. Puedes matarle sus monjes, pero no le toques el honor de esta abadía. ¡Ah, por...! —Guillermo estaba enfureciéndose—. ¡Ese bastardo de un señor feudal, ese pavo real cuya fama consiste en haber sido sepulturero del aquinate, ese odre hinchado que sólo existe porque lleva un anillo grande como culo de vaso! ¡Vosotros, cluniacenses, sois una raza de orgullosos! ¡Sois peores que los príncipes, más barones que los barones!

—Maestro... —me atreví a decir, picado, con tono de reproche.

—Tú, calla, eres de la misma pasta. No sois simples ni hijos de simples. Si os cae un campesino, quizá lo acojáis, pero, ya lo vimos ayer, no vaciláis en entregarlo al brazo secular. Pero si es uno de los vuestros, no; hay que tapar el asunto. Abbone es capaz de descubrir al miserable y apuñalarlo en la cripta del tesoro, y después distribuir sus riñones por los relicarios, siempre y cuando quede a salvo el honor de la abadía... Pero, ¿un franciscano, un plebeyo minorita que descubra la gusanera en esta santa casa? Pues no, eso Abbone no puede permitírselo a ningún precio. Gracias, fray Guillermo, el emperador os necesita, habéis visto qué hermoso anillo tengo, hasta la vista. Ahora el desafío no es sólo entre yo y Abbone, sino entre yo y todo este asunto. No saldré de este recinto antes de averiguar la verdad. ¿Quiere que me vaya mañana por la mañana? Muy bien, él es el dueño de casa. Pero de aquí a mañana por la mañana debo averiguar la verdad. Debo averiguarla.

—¿Debéis? ¿Quién os lo exige ahora?

—Nadie nos exige que sepamos, Adso. Hay que saber, eso es todo, aún a riesgo de equivocarse.

Todavía me sentía confundido y humillado por las palabras de Guillermo contra mi orden y sus abades. Traté de justificar en parte a Abbone formulando una tercera hipótesis, arte que, creía, dominaba ya a la perfección:

—No habéis considerado una tercera posibilidad, maestro. Hemos observado en estos días, y esta mañana lo hemos visto con claridad, después de las confidencias de Nicola y de las murmuraciones que hemos escuchado en la iglesia, que hay un grupo de monjes italianos que no ven con buenos ojos esta sucesión de bibliotecarios extranjeros, y acusan al Abad de no respetar la tradición, y que, por lo que he llegado a comprender, se ocultan detrás del viejo Alinardo, al que agitan como un estandarte, para pedir un cambio de gobierno en la abadía. Esto lo he comprendido bien, porque hasta los novicios perciben las discusiones, alusiones y conjuras de este tipo que se producen en todo monasterio. Entonces pudiera ser que el Abad temiese que vuestras revelaciones pudieran ofrecer un arma a sus enemigos, y desea dirimir el asunto con la máxima prudencia...

—Es posible. Pero no por eso deja de ser un odre hinchado, y se hará asesinar.

—Pero ¿qué pensáis de mis conjeturas?

—Más tarde te lo diré.

Estábamos en el claustro. El viento soplaba cada vez con más rabia, la luz era menos intensa, aunque sólo acababa de pasar la hora nona. El día se acercaba a su fin y nos quedaba muy poco tiempo. En vísperas, sin duda, el Abad avisaría a los monjes que Guillermo ya no tenía derecho alguno a hacer preguntas y a entrar en todas partes.

—Es tarde —dijo Guillermo—, y cuando se dispone de poco tiempo lo peor es perder la calma. Debemos actuar como si tuviésemos la eternidad por delante. Tengo que resolver un problema: cómo entrar en el finis Africae, porque allí tiene que estar la respuesta final. Además, debemos salvar a alguien, pero aún no sé a quién. Por último, deberíamos esperar que suceda algo en la parte de los establos. De modo que vigílalos... ¡Mira cuánto movimiento!

En efecto, el espacio entre el Edificio y el claustro estaba singularmente animado. Hacía un momento, un novicio, que procedía de las habitaciones del Abad, había corrido hacia el Edificio. Ahora Nicola salía de este último para dirigirse a los dormitorios.

En un rincón estaba el grupo de la mañana: Pacifico, Aymaro y Pietro. Estaban hablando con Alinardo, insistiendo, como si quisieran convencerlo de algo.

Después parecieron tomar una decisión. Aymaro sostuvo a Alinardo, aún reticente, y se dirigió con él hacia la residencia del Abad. Estaban entrando, cuando del dormitorio salió Nicola, que conducía a Jorge en la misma dirección. Vio que entraban y le susurró algo a Jorge al oído; el anciano movió la cabeza, y siguieron caminando hacia la sala capitular.

—El Abad toma las riendas de la situación... —murmuró Guillermo con escepticismo.

Del Edificio estaban saliendo otros monjes que habrían tenido que estar en el scriptorium; enseguida se les unió Bencio, que vino a nuestro encuentro con expresión aún más preocupada.

—Hay agitación en el scriptorium —nos dijo—, nadie trabaja, todos cuchichean entre sí... ¿Qué sucede?

—Sucede que las personas que hasta esta mañana parecían las más sospechosas han muerto. Hasta ayer todos desconfiaban de Berengario, necio, falso y lascivo; después, del cillerero, sospechoso de herejía; por último, de Malaquías, al que tampoco nadie veía con buenos ojos... Ahora ya no saben de quién desconfiar, y necesitan encontrar urgentemente un enemigo, o un chivo expiatorio. Y cada uno sospecha del otro. Algunos tienen miedo, como tú, otros han decidido meter miedo a algún otro. Estáis todos demasiado agitados. Adso, cada tanto echa un vistazo a los establos. Yo voy a descansar.

Era como para asombrarse: cuando sólo le quedaban unas pocas horas, la decisión de irse a descansar no parecía la más sabia. Pero ya conocía a mi maestro: cuanto más relajado estaba su cuerpo, mayor era la efervescencia de su mente.

Sexto día
ENTRE VÍSPERAS Y COMPLETAS

*Donde en pocas páginas se describen
largas horas de zozobra.*

Me resulta difícil contar lo que sucedió en las horas
siguientes, entre vísperas y completas.

Guillermo no estaba. Yo deambulaba por la parte de
los establos, sin advertir nada anormal. Los mozos estaban guardando los animales, inquietos por el viento.
Pero, salvo eso, no había signos de intranquilidad.

Entré en la iglesia. Ya estaban todos en sus asientos,
pero el Abad notó la ausencia de Jorge. Hizo una señal
para que no empezase aún el oficio. Llamó a Bencio con
la intención de enviarlo en su busca. Bencio no estaba.
Alguien sugirió que probablemente estaba disponiendo el scriptorium para el cierre. Molesto, el Abad dijo
que se había decidido que Bencio no cerrase nada porque
no conocía las reglas. Aymaro d'Alessandria se levantó
de su asiento:

—Si vuestra paternidad lo permite, voy yo a llamarlo...

—Nadie te ha pedido nada —dijo el Abad con brusquedad, y Aymaro regresó a su sitio, no sin antes lanzar una mirada indefinible a Pacifico da Tivoli.

El Abad llamó a Nicola, que tampoco estaba. Le recordaron que estaba vigilando la preparación de la cena, y tuvo un gesto de fastidio, como si le molestase que todos vieran que estaba inquieto.

—¡Quiero a Jorge aquí! —gritó—. ¡Buscadlo! Ve tú —ordenó al maestro de los novicios.

Otro monje le señaló que también Alinardo faltaba.

—Lo sé —dijo el Abad—, está enfermo.

Yo estaba cerca de Pietro da Sant'Albano y oí que le decía algo a su vecino, Gunzo da Nola, en una lengua vulgar del centro de Italia, que en parte yo era capaz de comprender:

—Ya lo creo. Cuando salió de la reunión, de esta tarde, el pobre viejo estaba muy alterado. ¡Abbone se está comportando como la puta de Aviñón!

Los novicios estaban desorientados: a pesar de ser niños, sentían, como yo, la tensión que reinaba en el coro. Transcurrieron largos momentos de silencio e incomodidad. El Abad ordenó que se recitaran algunos salmos, y señaló tres al azar, que la regla no prescribía para el oficio de vísperas. Todos se miraron entre sí, y después empezaron a rezar en voz baja. Regresó el maestro de los novicios seguido de Bencio, quien se dirigió a su sitio con la cabeza gacha. Jorge no estaba en el scriptorium ni en su celda. El Abad ordenó que empezase el oficio.

Al final, antes de que todos se dirigiesen al refectorio, fui a buscar a Guillermo. Estaba acostado en su lecho, vestido e inmóvil. Dijo que no pensaba que fuese tan tarde. En pocas palabras le conté lo que había sucedido. Movió la cabeza.

En la puerta del refectorio vimos a Nicola, que pocas horas antes había acompañado a Jorge. Guillermo le preguntó si el viejo había entrado enseguida en las habitaciones del Abad. Nicola dijo que había tenido que esperar mucho tiempo delante de la puerta, porque en el salón estaban Alinardo y Aymaro d'Alessandria. Después, Jorge había entrado y se había quedado un rato dentro, y él lo había esperado. Al concluir la entrevista le había pedido, una hora antes de vísperas, que lo condujera a la iglesia, aún desierta.

El Abad nos vio hablando con el cillerero.

—Fray Guillermo —dijo con tono severo—, ¿seguís indagando?

Luego, le indicó que se sentara a su mesa, como de costumbre. La hospitalidad benedictina es sagrada.

La cena fue más silenciosa que de costumbre, y triste. El Abad comía sin ganas, abrumado por sombríos pensamientos. Al final dijo a los monjes que se dieran prisa para asistir a completas.

Alinardo y Jorge seguían ausentes. Los monjes señalaban el sitio vacío del ciego y hacían comentarios por lo bajo. Al final del oficio, el Abad los invitó a todos a recitar una plegaria especial por la salud de Jorge de Burgos. No estuvo claro si se refería a la salud corporal o a la salud eterna. Todos comprendieron que una nueva desgracia estaba por abatirse sobre la comunidad. Después, el Abad ordenó que se dieran más prisa que la acostumbrada en dirigirse a sus respectivas celdas. Nadie —ordenó haciendo hincapié en la palabra— debía circular fuera del dormitorio. Asustados, los novicios fueron los primeros en salir, con la capucha sobre el rostro, la cabeza gacha, sin intercambiar las chanzas, los codazos, las sonrisitas, las zancadillas maliciosas y disimuladas que solían practicar (porque el novicio, aunque monjecillo, sigue siendo un niño, y de poco valen las reprimendas de su maestro, quien muchas veces no puede impedir que se comporte como un niño, según lo impone su tierna edad).

Cuando salieron los adultos, fui, haciéndome el distraído, tras el grupo que para entonces había identificado como el de los «italianos». Pacifico le estaba diciendo por lo bajo a Aymaro:

—¿Crees que de verdad el Abad ignora dónde está Jorge?

Y Aymaro respondía:

—Podría ser que lo supiera, y que además supiera que de ese sitio ya no regresará. Quizá el viejo ha querido demasiado, y Abbone ya no lo quiere...

Mientras Guillermo y yo fingíamos retirarnos al albergue de los peregrinos, divisamos al Abad, que volvía a entrar en el Edificio por la puerta del refectorio, aún abierta. Guillermo juzgó oportuno que esperásemos un poco; luego, una vez que la explanada hubo quedado desierta, me invitó a seguirlo. Atravesamos aprisa los espacios vacíos y entramos en la iglesia.

Sexto día
DESPUÉS DE COMPLETAS

Donde, casi por casualidad, Guillermo descubre
el secreto para entrar en el finis Africae.

Nos apostamos, como dos sicarios, cerca de la entrada, detrás de una columna, desde donde podía observarse la capilla de las calaveras.

—Abbone ha ido a cerrar el Edificio —dijo Guillermo—. Una vez haya atrancado las puertas por dentro, tendrá que salir por el osario.

—¿Y entonces?

—Entonces veremos qué hace.

No pudimos saber qué estaba haciendo. Una hora más tarde seguía sin aparecer. Ha ido al finis Africae, dije. Quizá, respondió Guillermo. Ya habituado a formular muchas hipótesis, añadí: O quizá ha vuelto a salir por el refectorio y ha ido a buscar a Jorge. Y Guillermo: También es posible. Quizá Jorge ya esté muerto, seguí suponiendo. Quizá esté en el Edificio, quizá esté matando al Abad. Quizá los dos estén en otra parte y alguien les haya tendido una trampa.

¿Qué querían los «italianos»? ¿Por qué tenía tanto miedo Bencio? ¿No sería una máscara que se había puesto en el rostro para engañarnos? ¿Por qué se había demorado en el scriptorium durante vísperas, si no sabía cómo cerrar ni cómo salir? ¿Acaso quería probar el camino del laberinto?

—Todo es posible —dijo Guillermo—. Pero sólo una cosa sucede, ha sucedido o está sucediendo. Y, además, la misericordia divina nos está obsequiando una certeza patente.

—¿Cuál? —pregunté lleno de esperanza.

—La de que fray Guillermo de Baskerville, que ahora tiene la impresión de haberlo comprendido todo, sigue sin saber cómo entrar en el finis Africae. A los establos, Adso, a los establos.

—¿Y si nos encuentra el Abad?

—Fingiremos ser dos espectros.

No me pareció una solución practicable, pero callé. Guillermo se estaba poniendo nervioso. Salimos por la puerta septentrional y atravesamos el cementerio, mientras el viento soplaba con fuerza. Rogué al Señor que no hiciera que fuésemos nosotros quienes nos topáramos con dos espectros, porque aquella noche no había precisamente penuria de almas en pena en la abadía. Llegamos a los establos y escuchamos a los caballos, cada vez más inquietos por la furia de los elementos. En el portón principal había, a la altura del pecho de un hombre, una gran reja de metal por la que podía mirarse hacia adentro. Divisamos en la oscuridad el perfil de los caballos; reconocí a *Brunello* porque era el primero de la izquierda. A su derecha el tercer animal de la fila alzó la cabeza cuando advirtió nuestra presencia, y relinchó. Sonreí:

—Tertius equi —dije.

—¿Cómo? —preguntó Guillermo.

—Nada, me acordaba del pobre Salvatore. Quería

hacer no sé qué encantamiento con ese caballo, y en su latín lo llamaba tertius equi. Ésa sería la *u*.

—¿La *u*? —preguntó Guillermo, que había seguido mi divagación sin estar demasiado atento.

—Sí, porque tertius equi no significa el tercer caballo sino el tercero del caballo, y la tercera letra de la palabra caballo es la *u*. Pero es una tontería.

Guillermo me miró, y en la oscuridad me pareció ver que su rostro se alteraba:

—¡Dios te bendiga, Adso! Pero, sí, suppositio materialis, el discurso se toma de dicto, no de re... ¡Qué estúpido soy! —Se dio un golpe en la frente, con la palma muy abierta, tan fuerte que se escuchó un chasquido y creí que se había hecho daño—. ¡Mi querido muchacho, es la segunda vez que hoy por tu boca habla la sabiduría, primero en sueños y ahora despierto! Corre, corre a tu celda y coge la lámpara. Mejor coge las dos que tenemos escondidas. Que no te vean. ¡Estaré esperándote en la iglesia! No hagas preguntas. ¡Ve!

Fui sin hacer preguntas. Las lámparas estaban debajo de mi lecho, llenas de aceite, porque ya me había ocupado de llenarlas. En mi sayo tenía el eslabón. Con aquellos dos preciosos instrumentos ocultos en el pecho, corrí hacia la iglesia.

Guillermo estaba bajo el trípode. Releía el pergamino con los apuntes de Venancio.

—Adso —me dijo—, primum et septimum de quatuor no significa el primero y el séptimo de los cuatro, sino *del cuatro*, ¡de la palabra cuatro!

Yo seguía sin entender. De pronto, tuve una iluminación:

—¡Super thronos viginti quatuor! ¡La inscripción! ¡Las palabras grabadas sobre el espejo!

—¡Vamos! —dijo Guillermo—. ¡Quizá aún estemos a tiempo de salvar una vida!

—¿La de quién?—pregunté, mientras él ya manipulaba las calaveras para abrir la entrada al osario.

—La de uno que no se lo merece —dijo. Y ya estábamos en la galería subterránea, con las lámparas encendidas, caminando hacia la puerta que daba a la cocina.

Como he dicho anteriormente, al final del pasadizo bastaba empujar una puerta de madera para estar en la cocina, detrás de la chimenea, al pie de la escalera de caracol que conducía al scriptorium. Estábamos empujando la puerta, cuando oímos a nuestra izquierda unos ruidos apagados, procedentes de la pared que había junto a la puerta, donde terminaba la fila de nichos llenos de huesos y calaveras. Entre el último nicho y la puerta había un lienzo de pared sin aberturas, hecho con grandes bloques cuadrados de piedra; en el centro se veía una vieja lápida con unos monogramas ya gastados por el tiempo. Los golpes parecían proceder de detrás de la lápida, o bien de arriba de la lápida, en parte de detrás de la pared y en parte de arriba de nuestras cabezas.

Si algo semejante hubiera sucedido la primera noche, enseguida habría pensado en los monjes difuntos. Pero a estas alturas ya esperaba cosas peores de los monjes vivos.

—¿Quién será? —pregunté.

Guillermo abrió la puerta y salió detrás de la chimenea. Los golpes también se oían a lo largo de la pared que había junto a la escalera de caracol, como si alguien estuviese preso en el muro, o sea dentro del espesor de pared (sin duda, muy grande), cuya existencia cabía suponer entre el muro interno de la cocina y el extremo del torreón meridional.

—Hay alguien encerrado allí dentro —dijo Guillermo—. Siempre me había preguntado si no existiría otro acceso al finis Africae en este Edificio lleno de pasadizos. Sin duda, existe. En el osario, antes de subir hacia la cocina, se abre un lienzo de pared y por una escalera paralela a ésta, oculta dentro de la pared, se llega directamente a la habitación tapiada.

—¿Pero quién está ahora allí dentro?

—La segunda persona. Una está en el finis Africae; la otra ha tratado de llegar hasta ella; pero la que está arriba debe de haber trabado el mecanismo que permite abrir las dos entradas. De modo que el visitante ha quedado atrapado. Y debe de agitarse mucho, porque supongo que en ese tubo no habrá mucho aire.

—¿Quién es? ¡Salvémoslo!

—Pronto sabremos quién es. En cuanto a salvarlo, sólo podremos hacerlo destrabando el mecanismo desde arriba, porque desde aquí no sabemos cómo se hace. O sea que subamos rápido.

Eso hicimos. Subimos al scriptorium y de allí al laberinto, donde no tardamos en llegar al torreón meridional. En dos ocasiones tuve que frenar la carrera porque el viento que aquella noche entraba por las hendiduras de la pared producía unas corrientes que, al meterse por aquellos vericuetos, recorrían gimiendo las habitaciones, soplaban entre los folios desparramados sobre las mesas, y me obligaban a proteger la llama con la mano.

Pronto llegamos a la habitación del espejo, ya preparados para el juego de deformaciones que nos esperaba. Alzamos las lámparas e iluminamos los versículos que había sobre el marco: super thronos viginti quatuor... Ahora el secreto ya estaba aclarado: la palabra quatuor tiene siete letras, había que actuar sobre la q y sobre la r. Excitado, pensé en hacerlo yo: me apresuré a dejar la lámpara en la mesa del centro de la habitación, pero con tal nerviosismo que la llama fue a lamer la encuadernación de uno de los libros que había sobre ella.

—¡Ten cuidado, tonto! —gritó Guillermo, y de un soplo apagó la llama—. ¿Quieres incendiar la biblioteca?

Pedí disculpas y traté de encender otra vez la lámpara.

—No importa —dijo Guillermo—, la mía es suficiente. Cógela e ilumíname, porque la inscripción está demasiado arriba y tú no llegarías. Apresurémonos.

—¿Y si dentro hubiese alguien armado? —pregunté, mientras Guillermo, casi a tientas, buscaba las letras fatídicas, alzándose en las puntas de los pies, alto como era, para tocar el versículo apocalíptico.

—Ilumina, por el demonio, y no temas, ¡Dios está con nosotros! —me respondió no con mucha coherencia.

Sus dedos estaban tocando la *q* de quatuor, y yo, que me encontraba unos pasos más atrás, veía mejor que él lo que estaba haciendo. Como ya he dicho, las letras de los versículos parecían talladas o grabadas en la pared: era evidente que las de la palabra quatuor estaban hechas con perfiles de metal, detrás de los cuales estaba encajado y empotrado un mecanismo prodigioso. Porque cuando tiró de la *q*, se oyó un golpe seco, y lo mismo sucedió cuando tiró de la *r*. Se sacudió todo el marco del espejo y la placa de vidrio saltó hacia adentro. El espejo era una puerta, cuyos goznes estaban a la izquierda. Guillermo metió la mano en la abertura que había quedado entre el borde derecho y la pared, y tiró hacia sí. Chirriando, la puerta se abrió hacia nosotros. Guillermo entró por la abertura, y yo me deslicé tras él, alzando la lámpara por encima de mi cabeza.

Dos horas después de completas, al final del sexto día, en mitad de la noche en que se iniciaba el séptimo día, habíamos penetrado en el finis Africae.

SÉPTIMO DÍA

Séptimo día
NOCHE

*Donde, si tuviera que resumir las prodigiosas
revelaciones que aquí se hacen, el título debería
ser tan largo como el capítulo, lo cual va en
contra de la costumbre.*

Nos encontramos en el umbral de una habitación
cuya forma era similar a la de las otras tres habitaciones
ciegas heptagonales, y donde dominaba un fuerte olor a
cerrado y a libros macerados por la humedad. La lámpara, que mi brazo mantenía elevada, iluminó primero
la bóveda. Después la bajé y, a izquierda y derecha, la
llama despidió vagos resplandores hacia los anaqueles
lejanos, dispuestos a lo largo de las paredes. Por último,
vimos, en el centro, una mesa, cubierta de pergaminos,
y detrás de ella una figura sentada, que parecía esperar-
nos inmóvil en la oscuridad, suponiendo que aún estuviera viva. Antes, incluso, de que la luz iluminase su
rostro, Guillermo habló.

—Buenas noches, venerable Jorge —dijo—. ¿Nos
esperabais?

Ahora que habíamos dado unos pasos hacia adelante, la lámpara alumbró el rostro del viejo, que nos miraba como si pudiese ver.

—¿Eres tú, Guillermo de Baskerville? —preguntó—. Te espero desde esta tarde antes de vísperas, cuando vine a encerrarme aquí. Sabía que llegarías.

—¿Y el Abad? —preguntó Guillermo—. ¿Es él quien se agita en la escalera secreta?

Jorge vaciló un instante, y después dijo:

—¿Aún está vivo? Creía que ya se le habría acabado el aire.

—Antes de que empecemos a hablar —dijo Guillermo—, quisiera salvarlo. Desde aquí puedes abrir.

—No —dijo Jorge con tono fatigado—, ya no puedo. El mecanismo se gobierna desde abajo haciendo presión sobre la lápida, y aquí se mueve una palanca que a su vez abre una puerta que hay allí al fondo, detrás de aquel armario. —Y señaló hacia atrás—. Junto al armario podéis ver una rueda con contrapesos, que gobierna el mecanismo desde aquí. Pero cuando oí que la rueda giraba, signo de que Abbone había entrado por abajo, di un tirón a la cuerda que sostiene los contrapesos, y se rompió. Ahora el pasaje está cerrado por ambas partes, y no podréis reparar los hilos de este artificio. El Abad está muerto.

—¿Por qué lo has matado?

—Cuando hoy me mandó llamar, me dijo que gracias a ti lo había descubierto todo. Todavía no sabía qué era lo que yo había tratado de proteger. Nunca comprendió exactamente cuáles eran los tesoros, y los fines, de la biblioteca. Me pidió que le explicara lo que no sabía. Quería que se abriese el finis Africae. El grupo de los italianos le había pedido que acabara con lo que ellos llaman el misterio alimentado por mí y por mis predecesores. Están poseídos por la avidez de novedades...

—Y tú debes de haberle prometido que vendrías aquí y que pondrías fin a tu vida como ya habías hecho con la de los otros, de modo que el honor de la abadía quedara a salvo y nadie se enterase de nada. Y le explicaste cómo entrar aquí, para que luego pudiera venir a controlar. Pero en realidad lo esperabas para matarlo. ¿No pensaste que podía entrar por el espejo?

—No. Abbone es de pequeña estatura y no habría podido llegar por sí solo hasta el versículo. Le hablé de este pasaje, que sólo yo conocía. Es el que he usado durante muchos años, porque era el más fácil de utilizar en la oscuridad. Bastaba con llegar a la capilla, y después seguir los huesos de los muertos hasta el final del corredor.

—De modo que lo hiciste venir sabiendo que lo matarías...

—No podía fiarme ni siquiera de él. Estaba asustado. Su fama se debía a que en Fossanova había logrado hacer bajar un cuerpo por una escalera de caracol. Fama inmerecida. Ahora ha muerto por no haber sido capaz de hacer subir el suyo.

—Lo has utilizado durante cuarenta años. Cuando te diste cuenta de que te estabas volviendo ciego y de que no podrías seguir controlando la biblioteca, hiciste una maniobra muy fina. Lograste que nombraran abad a un hombre de tu confianza, y bibliotecario, primero a Roberto da Bobbio, a quien podías formar como quisieras, y después a Malaquías, que necesitaba tu ayuda y no daba un paso sin consultarte. Durante cuarenta años has sido el amo de esta abadía. Esto es lo que había comprendido el grupo de los italianos, y lo que Alinardo repetía, pero nadie lo escuchaba, porque pensaban que ya estaba demente, ¿verdad? Sin embargo, aún me esperabas a mí, y no habrías podido trabar el mecanismo del espejo porque está empotrado. ¿Por qué me esperabas? ¿Cómo podías estar seguro de que llegaría?

Guillermo preguntaba, pero por su tono se veía que ya adivinaba cuál sería la respuesta, y la esperaba como premio a su sagacidad.

—Desde el primer día comprendí que me comprenderías. Por tu voz, por el modo en que lograste que discutiera sobre algo de lo que no quería que se hablase. Eras mejor que los otros. Habrías llegado de cualquier manera. Sabes: basta con pensar y reconstruir en la propia mente los pensamientos del otro. Y después te he oído interrogando a los otros monjes. Todas preguntas justas. Pero nunca sobre la biblioteca, como si ya conocieses todos sus secretos. Una noche llamé a la puerta de tu celda, y no estabas. Sin duda, estabas aquí. Habían desaparecido dos lámparas de la cocina, se lo oí decir a un sirviente. Y, por último, cuando el otro día en el nártex, Severino se acercó a hablarte de un libro, estuve seguro de que seguías la misma pista que yo.

—Pero lograste arrebatarme el libro. Fuiste a ver a Malaquías, que hasta entonces no había comprendido nada. Atormentado por sus celos, el necio seguía obsesionado por la idea de que Adelmo le había quitado a su adorado Berengario, que ahora quería carne más joven que la suya. No comprendía qué tenía que ver Venancio en esta historia, y tú le confundiste aún más las ideas. Le dijiste que Berengario había tenido una relación con Severino, y que para compensarlo le había dado un libro del finis Africae. No sé exactamente qué le dijiste. El hecho es que, loco de celos, Malaquías fue al laboratorio de Severino y lo mató. Después no tuvo tiempo de buscar el libro que le habías descrito, porque llegó el cillerero. ¿Fue eso lo que sucedió?

—Aproximadamente.

—Pero no querías que Malaquías muriese. Es probable que nunca haya mirado los libros del finis Africae.

Se fiaba de ti. Respetaba tus prohibiciones. Se limitaba a colocar las hierbas al anochecer para espantar a los posibles curiosos. Era Severino quien se las proporcionaba. Por eso aquel día Severino lo dejó entrar en el hospital: era su visita diaria para recoger las hierbas frescas que le preparaba cada día por orden del Abad. ¿Estoy en lo cierto?

—Sí. Yo no quería que Malaquías muriese. Le dije que encontrara el libro costase lo que costase, y que volviera a traerlo aquí, sin abrirlo. Le dije que tenía el poder de mil escorpiones. Pero por primera vez el insensato quiso actuar por cuenta propia. Yo no quería que muriese, era un fiel ejecutor. Pero no me repitas lo que sabes. Sé que lo sabes. No quiero alimentar tu orgullo. De eso ya te encargas tú. Esta mañana te he oído interrogando a Bencio en el scriptorium sobre la *Coena Cypriani*. Estabas muy cerca de la verdad. No sé cómo has descubierto el secreto del espejo, pero cuando el Abad me dijo que habías aludido al finis Africae tuve la seguridad de que pronto llegarías. Por eso te esperaba. Y ahora, ¿qué quieres?

—Quiero ver —dijo Guillermo— el último manuscrito del volumen encuadernado que contiene un texto árabe, uno sirio y una interpretación o transcripción de la *Coena Cypriani*. Quiero ver esa copia en griego, probablemente realizada por un árabe, o por un español, que tú encontraste cuando, siendo ayudante de Paolo da Rimini, conseguiste que te enviaran a tu país para recoger los más bellos manuscritos del Apocalipsis en León y Castilla. Ese botín te hizo famoso y estimado en la abadía, y te permitió obtener el puesto de bibliotecario, cuyo titular debía haber sido Alinardo, diez años mayor que tú. Quiero ver esa copia griega escrita sobre pergamino de tela, material entonces muy raro, que se fabricaba precisamente en Silos, cerca de tu patria, Burgos. Quiero ver el libro que robaste allí, después de haberlo leído, porque no querías que otros lo leyesen, y que has escondido aquí, protegiéndolo con gran habilidad, pero que no has destruido, porque un hombre como tú no destruye un libro: sólo lo guarda, y cuida de que nadie lo toque. Quiero ver el segundo libro de la Poética de Aristóteles, el que todos consideraban perdido, o jamás escrito, y del que guardas quizá la única copia.

—¡Qué magnífico bibliotecario hubieses sido, Guillermo! —dijo Jorge, con tono de admiración y disgusto al mismo tiempo—. De modo que lo sabes todo. Acércate. Creo que hay un escabel al otro lado de la mesa. Siéntate. Aquí tienes tu premio.

Guillermo se sentó y apoyó la lámpara, que yo le había pasado, sobre la mesa, iluminando desde abajo el rostro de Jorge. El viejo cogió un volumen que tenía delante y se lo entregó. Reconocí la encuadernación: era el mismo que en el hospital había tomado por un manuscrito árabe.

—Lee, pues, hojéalo, Guillermo —dijo Jorge—. Has ganado.

Guillermo miró el libro, pero no lo tocó. Extrajo del sayo un par de guantes; no los suyos, abiertos en la punta de los dedos, sino los que llevaba puestos Severino cuando lo encontramos muerto. Lentamente, abrió el volumen, gastado y frágil. Me acerqué y me incliné por encima de sus hombros. Con su oído finísimo, Jorge escuchó el ruido que hice.

—¿Estás también tú aquí, muchacho? También te lo mostraré a ti... después.

Guillermo hojeó rápidamente las primeras páginas.

—Según el catálogo, es un manuscrito árabe sobre los dichos de algún loco. ¿De qué se trata?

—Oh, estúpidas leyendas de los infieles. Según ellos los locos son capaces de decir cosas tan ingeniosas que provocan incluso el asombro de sus sacerdotes y el entusiasmo de sus califas...

—El segundo manuscrito está en sirio, pero según el catálogo es la traducción de un libelo egipcio sobre la alquimia. ¿Por qué figura en este volumen?

—Es una obra egipcia del tercer siglo de nuestra era. Está en la misma línea que la obra siguiente, aunque no es tan peligrosa. ¿Quién prestaría oídos a los delirios de un alquimista africano? Atribuye la creación del mundo a la risa divina... —Alzó el rostro y recitó, con su prodigiosa memoria de lector que desde hacía ya cuarenta años repetía para sí lo que había leído cuando aún gozaba del don de la vista—. «Apenas Dios rió, nacieron siete dioses que gobernaron el mundo; apenas se echó a reír, apareció la luz; con la segunda carcajada apareció el agua; y al séptimo día de su risa apareció el alma...» Locuras. Como también el texto que viene después, obra de uno de los innumerables idiotas que se pusieron a glosar la *Coena*... Pero no son estos textos los que te interesan.

En efecto, Guillermo había pasado rápidamente las páginas hasta llegar al texto griego. Advertí de inmediato que los folios eran de otro material, más blando, y que el primero estaba casi desgarrado, con una parte del margen comida, cubierto de manchas pálidas, como las que el tiempo y la humedad suelen producir en otros libros. Guillermo leyó las primeras líneas, primero en griego y después traduciéndolas al latín, y luego siguió en esta última lengua, para que también yo pudiera enterarme de cómo empezaba el libro fatídico.

En el primer libro hemos tratado de la tragedia y de cómo, suscitando piedad y miedo, ésta produce la purificación de esos sentimientos. Como habíamos prometido, ahora trataremos de la comedia (así como de la sátira y del mimo) y de cómo, suscitando el placer de lo ridículo, ésta logra la purificación de esa pasión. Sobre cuán digna de consideración sea esta pasión, ya hemos tratado en el libro sobre el alma, por cuanto el hombre es —de todos los animales— el único capaz de reír. De modo que definiremos el tipo de acciones que la comedia imita, y después examinaremos los modos en que la comedia suscita la risa, que son los hechos y la elocución. Mostraremos cómo el ridículo de los hechos nace de la asimilación de lo mejor a lo peor, y viceversa, del sorprender a través del engaño, de lo imposible y de la violación de las leyes de la naturaleza, de lo inoportuno y lo inconsecuente, de la desvalorización de los personajes, del uso de las pantomimas grotescas y vulgares, de lo inarmónico, de la selección de las cosas menos dignas. Mostraremos después cómo el ridículo de la elocución nace de los equívocos entre palabras similares para cosas distintas y distintas para cosas similares, de la locuacidad y la reiteración, de los juegos de palabras, de los diminutivos, de los errores de pronunciación y de los barbarismos...

Guillermo traducía con dificultad, buscando las palabras justas, deteniéndose a cada momento. Y al hacerlo sonreía, como si fuese reconociendo cosas que esperaba encontrar. Leyó en voz alta la primera página y después no siguió, como si no le interesase saber más. Hojeó rápidamente las otras páginas, hasta que de pronto encontró resistencia, porque en la parte superior del margen lateral, y a lo largo del borde, los folios estaban pegados unos con otros, como sucede cuando —al humedecerse y deteriorarse— la materia con que están hechos se convierte en una cola viscosa. Jorge percibió que el crujido de los folios se habían interrumpido, e incitó a Guillermo:

—Vamos, lee, hojéalo. Es tuyo, te lo has merecido.

Guillermo rió; parecía bastante divertido:

—¡Entonces no es cierto que me consideras tan perspicaz, Jorge! Tú no lo ves, pero llevo guantes. Con este estorbo en los dedos no puedo separar un folio de otro. Tendría que quitármelos, humedecerme los dedos en la lengua, como hice esta mañana cuando leía en el scriptorium y de golpe comprendí también este misterio, y debería seguir hojeando el libro así hasta que mi boca hubiera recibido la cantidad adecuada de veneno. Me refiero al veneno que un día, hace mucho tiempo, robaste del laboratorio de Severino, quizá porque ya entonces estabas preocupado tras haber oído a alguien en el scriptorium manifestar su interés por el finis Africae o por el libro perdido de Aristóteles, o por ambos a la vez. Creo que tuviste guardado el frasco mucho tiempo, reservándote su uso para cuando advirtieses algún peligro. Y lo advertiste hace unos días, cuando Venancio se acercó demasiado al tema de este libro, y Berengario, por frivolidad, por jactancia, para impresionar a Adelmo, resultó menos discreto de lo que creías. Entonces viniste y preparaste tu trampa. Justo a tiempo, porque noches más tarde Venancio llegó hasta aquí, sustrajo el libro, lo hojeó con ansiedad, con voracidad casi física. No tardó en sentirse mal, y corrió a buscar ayuda en la cocina. Allí murió. ¿Me equivoco?

—No. Prosigue.

—El resto es sencillo. Berengario encuentra el cuerpo de Venancio en la cocina; teme que eso dé origen a una investigación, porque en el fondo Venancio estaba aquella noche en el Edificio como consecuencia de la revelación que él, Berengario, había hecho a Adelmo. No sabe qué hacer. Carga el cuerpo sobre sus hombros y lo arroja a la tinaja donde está la sangre, pensando que todos creerían que se había ahogado.

—¿Y cómo sabes que fue eso lo que sucedió?

—También tú lo sabes: vi cómo reaccionaste cuando encontraron un paño sucio de sangre en la celda de Berengario. Era el paño que el imprudente había usado para limpiarse las manos después de haber metido a Venancio en la sangre. Pero como había desaparecido, Berengario sólo podía haberlo hecho con el libro que a esas alturas también había despertado su curiosidad. Y esperabas que lo encontrasen en alguna parte, no ensangrentado, sino envenenado. El resto está claro. Severino encuentra el libro, porque Berengario había ido antes al hospital para poder leerlo al abrigo de ojos indiscretos. Instigado por ti, Malaquías mata a Severino, y a su vez muere cuando regresa aquí para averiguar por qué pesaba una prohibición tan estricta sobre el objeto que lo había obligado a convertirse en un asesino. Y así se explican todas estas muertes... ¡Qué idiota!

—¿Quién?

—Yo. Por una frase de Alinardo me convencí de que cada crimen correspondía a un toque de trompeta, de la serie de siete que menciona el Apocalipsis. El granizo, en el caso de Adelmo, y se trataba de un suicidio. La sangre, en el de Venancio, y había sido una ocurrencia de Berengario. El agua, en el de este último, y había sido una casualidad. La tercera parte del cielo, en el de Severino, y Malaquías lo había golpeado con la esfera armilar porque era lo que tenía más a mano. Por último, los escorpiones, en el caso de Malaquías... ¿Por qué le dijiste que el libro tenía la fuerza de mil escorpiones?

—Por ti. Alinardo me había comunicado su idea, y después alguien me había dicho que te había parecido convincente... Entonces pensé que un plan divino gobernaba todas estas muertes de las que yo no era responsable. Y anuncié a Malaquías que si llegaba a curiosear, moriría según ese mismo plan divino, como de hecho ha sucedido.

—Entonces es así... Construí un esquema equivocado para interpretar los actos del culpable, y el culpable acabó ajustándose a ese esquema. Y ha sido precisamente ese esquema equivocado el que me ha permitido descubrir tu rastro. En nuestra época todos están obsesionados por el libro de Juan, pero tú me parecías el más afecto a ese tipo de meditación, no tanto por tus especulaciones sobre el Anticristo, como porque procedías del país que ha producido los Apocalipsis más espléndidos. Un día alguien me dijo que eras tú quien había traído a la biblioteca los códices más hermosos. En otra ocasión, Alinardo se puso a delirar acerca de un misterioso enemigo que había ido a buscar libros a Silos (me llamó la atención que dijera que este último había regresado antes de tiempo al reino de las tinieblas: en el primer momento podía pensarse que quería decir que estaba muerto, pero en realidad aludía a tu ceguera). Silos está cerca de Burgos, y esta mañana he encontrado en el catálogo la referencia a una serie de adquisiciones: todos los apocalipsis hispánicos, que correspondían al período en que sucediste, o estabas por suceder, a Paolo da Rimini. Y en ese grupo de adquisiciones se encontraba también este libro. Pero no pude estar seguro de lo que había reconstruido hasta que me enteré de que el libro robado estaba hecho con folios de tela. Entonces me acordé de Silos, y ya no tuve dudas. Desde luego, a medida que tomaba forma la idea de este libro y de su poder venenoso, se iba desmoronando la idea del esquema apocalíptico, y sin embargo no lograba entender cómo podía ser que el libro y la secuencia de los toques de trompeta condujesen ambos a ti, y entendí mejor la historia del libro justamente cuando la secuencia apocalíptica me obligó a pensar en ti, y en tus disputas sobre la risa. Hasta el punto de que esta noche, cuando ya no creía en el esquema apocalíptico, insistí en controlar las caballerizas, donde esperaba el toque de la sexta trompeta, y fue justo en las caballerizas, por pura casualidad, donde Adso me proporcionó la clave para entrar en el finis Africae.

—No te entiendo —dijo Jorge—. Estás orgulloso de poder mostrarme cómo siguiendo tu razón has podido llegar hasta mí, y, sin embargo, me demuestras que has llegado siguiendo una razón equivocada. ¿Qué quieres decirme?

—A ti, nada. Sencillamente, estoy desconcertado. Pero no importa. El hecho es que estoy aquí.

—El Señor tocaba las siete trompetas. Y, a pesar de tu error, has oído un eco confuso de ese sonido.

—Eso ya lo dijiste en tu sermón de ayer noche. Tratas de convencerte de que toda esta historia se ajusta a un plan divino, para no tener que verte como un asesino.

—No he matado a nadie. Cada uno ha caído siguiendo su destino de pecador. Yo sólo he sido un instrumento.

—Ayer dijiste que también Judas fue un instrumento. Sin embargo, se condenó.

—Acepto el riesgo de la condenación. El Señor me absolverá, porque sabe que he obrado por su gloria. Mi deber era custodiar la biblioteca.

—Hace apenas un momento estabas dispuesto a matarme también a mí, e incluso a este muchacho...

—Eres más sutil, pero no mejor que los otros.

—¿Y ahora qué sucederá? Ahora que he deshecho tu trampa.

—Veremos. No quiero necesariamente que mueras. Quizá logre convencerte. Pero antes dime cómo adivinaste que se trataba del segundo libro de Aristóteles.

—Sin duda, no me habrían bastado tus anatemas contra la risa, ni lo poco que pude averiguar sobre la discusión que tuviste con los otros. Me han ayudado algunas notas que dejó Venancio. Al principio, no entendí lo que quería decir. Pero contenían ciertas alusiones a una piedra desvergonzada que rueda por la llanura, a las cigarras que cantarán debajo de la tierra, a las venerables higueras. Yo había leído antes algo así: lo he verificado en estos días. Son ejemplos que Aristóteles ya daba en el primer libro de la Poética, y en la Retórica. Después recordé que para Isidoro de Sevilla la comedia era algo que cuesta stupra virginum et amores meretricum... Poco a poco fue dibujándose en mi mente este segundo libro, tal como habría debido ser. Podría contártelo casi todo, sin tener que leer las páginas envenenadas. La comedia nace en las komai, o sea en las aldeas de campesinos: era una celebración burlesca al final de una comida o de una fiesta. No habla de hombres famosos ni de gente de poder, sino de seres viles y ridículos, aunque no malos. Y tampoco termina con la muerte de los protagonistas. Logra producir el ridículo mostrando los defectos y los vicios de los hombres comunes. Aquí Aristóteles ve la disposición a la risa como una fuerza buena, que puede tener incluso un valor cognoscitivo, cuando, a través de enigmas ingeniosos y metáforas sorprendentes, y aunque nos muestre las cosas distintas de lo que son, como si mintiese, de hecho nos obliga a mirarlas mejor, y nos hace decir: Pues mira, las cosas eran así y yo no me había dado cuenta. La verdad alcanzada a través de la representación de los hombres, y del mundo, peor de lo que son o de lo que creemos que son, en todo caso, peor de como nos los muestran los poemas heroicos, las tragedias y las vidas de los santos. ¿Estoy en lo cierto?

—Casi. ¿Lo has reconstruido leyendo otros libros?

—Con la mayoría de los cuales estaba trabajando Venancio. Creo que hacía tiempo que iba detrás de este libro. Debe de haber leído en el catálogo la misma referencia que después leí yo, y debe de haber comprendido que aquél era el libro que estaba buscando. Pero no sabía cómo entrar en el finis Africae. Cuando oyó que Berengario se lo mencionaba a Adelmo, se lanzó como el perro que sigue el rastro de una liebre.

—Así fue. Me di cuenta enseguida. Comprendí que había llegado el momento de defender la biblioteca con uñas y dientes...

—Y pusiste el ungüento. Debe de haberte costado bastante... en la oscuridad.

—Mis manos ya son capaces de ver mejor que tus ojos. También robé un pincel del laboratorio de

Severino. Y yo también me puse guantes. Fue una buena idea, ¿verdad? Tardaste mucho en descubrirla...

—Sí. Pensaba en un dispositivo más complejo, en un diente envenenado o en algo por el estilo. Debo decir que tu solución era ejemplar: la víctima se envenenaba sola, y justo en la medida en que quería leer...

Me estremecí al comprobar que en aquel momento esos dos hombres, enfrentados en una lucha mortal, se admiraban recíprocamente, como si cada uno sólo hubiese obrado para obtener el aplauso del otro. De golpe pensé que las artes que había desplegado Berengario para seducir a Adelmo, y los gestos simples y naturales con que la muchacha había suscitado mi pasión y mi deseo, no eran nada, en cuanto a la astucia y a la frenética habilidad para conquistar al otro, comparados con el acto de seducción que estaban contemplando mis ojos, y que se había desplegado a lo largo de siete días, en los que cada uno de los interlocutores había dado, por decirlo así, misteriosas citas al otro, cada uno con el secreto deseo de obtener la aprobación del otro, del otro temido y odiado.

—Pero ahora dime —estaba diciendo Guillermo—, ¿por qué? ¿Por qué quisiste proteger este libro más que tantos otros? ¿Por qué, si ocultabas tratados de nigromancia, páginas en las que se insultaba, quizá, el nombre de Dios, sólo por las páginas de *este* libro llegaste al crimen, condenando a tus hermanos y condenándote a ti mismo? Hay muchos otros libros que hablan de la comedia, y también muchos otros que contienen el elogio de la risa. ¿Por qué éste te infundía tanto miedo?

—Porque era del Filósofo. Cada libro escrito por ese hombre ha destruido una parte del saber que la cristiandad había acumulado a lo largo de los siglos. Los padres habían dicho lo que había que saber sobre el poder del Verbo y bastó con que Boecio comentase al Filósofo para que el misterio divino del Verbo se transformara en la parodia humana de las categorías y del silogismo. El libro del Génesis dice lo que hay que saber sobre la composición del cosmos, y bastó con que se redescubriesen los libros físicos del Filósofo para que el universo se reinterpretara en términos de materia sorda y viscosa, y para que el árabe Averroes estuviese a punto de convencer a todos de la eternidad del mundo. Sabíamos todo sobre los nombres divinos, y el dominico enterrado por Abbone, seducido por el Filósofo, los ha vuelto a enunciar siguiendo las orgullosas vías de la razón natural. De este modo, el cosmos, que para el Areopagita se manifestaba al que sabía elevar la mirada hacia la luminosa cascada de la causa primera ejemplar, se ha convertido en una reserva de indicios terrestres de los que se parte para elevarse hasta una causa eficiente abstracta. Antes mirábamos el cielo, otorgando sólo una mirada de disgusto al barro de la materia; ahora miramos la tierra, y sólo creemos en el cielo por el testimonio de la tierra. Cada palabra del Filósofo, por la que ya juran hasta los santos y los pontífices, ha trastocado la imagen del mundo. Pero aún no había llegado a trastocar la imagen de Dios. Si este libro llegara... si hubiese llegado a ser objeto de pública interpretación, habríamos dado ese último paso.

—Pero, ¿por qué temes tanto a este discurso sobre la risa? No eliminas la risa eliminando este libro.

—No, sin duda. La risa es la debilidad, la corrupción, la insipidez de nuestra carne. Es la distracción del campesino, la licencia del borracho. Incluso la iglesia, en su sabiduría, ha permitido el momento de la fiesta, del carnaval, de la feria, esa polución diurna que permite descargar los humores y evita que se ceda a otros deseos y a otras ambiciones... Pero de esta manera la risa sigue siendo algo inferior, amparo de los simples, misterio vaciado de sacralidad para la plebe. Ya lo decía el apóstol: en vez de arder, casaos. En vez de rebelaros contra el orden querido por Dios, reíd y divertíos con vuestras inmundas parodias del orden... al final de la comida, después de haber vaciado las jarras y botellas. Elegid al rey de los tontos, perdeos en la liturgia del asno y del cerdo, jugad a representar vuestras saturnales cabeza abajo... Pero aquí, aquí... —y Jorge golpeaba la mesa con el dedo, cerca del libro que Guillermo había estado hojeando—, aquí se invierte la función de la risa, se la eleva a arte, se le abren las puertas del mundo de los doctos, se la convierte en objeto de filosofía, y de pérfida teología... Ayer pudiste comprobar cómo los simples pueden concebir, y realizar, las herejías más indecentes, haciendo caso omiso tanto de las leyes de Dios como de las de la naturaleza. Pero la iglesia puede soportar la herejía de los simples, que se condenan por sí solos, destruidos por su propia ignorancia. La inculta locura de Dulcino y de sus pares nunca podrá hacer tambalearse el orden divino. Predicará la violencia y morirá por la violencia, no dejará huella alguna, se consumirá como se consume el carnaval, y no importa que durante la fiesta se haya producido en la tierra, y por breve tiempo, la epifanía del mundo al revés. Basta con que el gesto no se transforme en designio, con que esa lengua vulgar no encuentre una traducción latina. La risa libera al aldeano del miedo al diablo, porque en la fiesta de los tontos también el diablo parece pobre y tonto, y, por tanto, controlable. Pero este libro podría enseñar que liberarse del miedo al diablo es un acto de sabiduría. Cuando ríe, mientras el vino gorgotea en su garganta, el aldeano se siente amo, porque ha invertido las relaciones de dominación: pero este libro podría enseñar a los doctos los artificios ingeniosos, y a partir de entonces ilustres, con los que legitimar esa inversión. Entonces se transformaría en operación del intelecto aquello que en el gesto impensado del aldeano aún, y afortunadamente, es operación del vientre. Que la risa sea propia del hombre es signo de nuestra limitación como pecadores. ¡Pero cuántas mentes corruptas como la tuya extraerían de este libro la conclusión extrema, según la cual la risa sería el fin del hombre! La risa distrae, por algunos instantes, al aldeano del miedo. Pero la ley se impone a través del miedo, cuyo verdadero nombre es temor de Dios. Y de este libro podría saltar la chispa luciferina que encendería un nuevo incendio en todo el mundo; y la risa sería el nuevo arte, ignorado incluso por Prometeo, capaz de aniquilar el miedo. Al aldeano que ríe, mientras ríe, no le importa morir, pero después, concluida su licencia, la liturgia vuelve a imponerle, según el designio divino, el miedo a la muerte. Y de este libro podría surgir la nueva y destructiva aspiración a destruir la muerte a través de la emancipación del miedo. ¿Y qué seríamos nosotros, criaturas pecadoras, sin el miedo, tal vez el más propicio y afectuoso de los dones divinos? Durante siglos, los doctores y los padres han secretado perfumadas esencias de santo saber para redimir, a través del pensamiento dirigido hacia lo alto, la miseria y la tentación de todo lo bajo. Y este libro, que presenta como milagrosa medicina a la comedia, a la sátira y al mimo, afirmando que pueden producir la purificación de las pasiones a través de la representación del defecto, del vicio, de la debilidad, induciría a los falsos sabios a tratar de redimir (diabólica inversión) lo alto a través de la aceptación de lo bajo. De este libro podría deducirse la idea de que el hombre puede querer en la tierra (como sugería tu Bacon a propósito de la magia natural) la abundancia del país de Jauja. Pero eso es lo que no debemos ni podremos tener. Mira cómo los monjecillos pierden toda vergüenza en esa parodia burlesca que es la *Coena Cypriani*. ¡Qué diabólica transfiguración de la escritura sagrada! Sin embargo, lo hacen sabiendo que está mal. Pero si algún día la palabra del Filósofo justificase los juegos marginales de la imaginación desordenada, ¡oh, entonces sí que lo que está en el margen saltaría al centro, y el centro desaparecería por completo! El pueblo de Dios se transformaría en una asamblea de monstruos eructados desde los abismos de la terra incognita, y entonces la periferia de la tierra conocida se convertiría en el corazón del imperio cristiano, los arimaspos estarían en el trono de Pedro, los blemos en los monasterios, los enanos barrigones y cabezudos en la biblioteca, ¡custodiándola! Los servidores dictarían las leyes y nosotros (pero entonces tú también) tendríamos que obedecer en ausencia de toda ley. Dijo un filósofo griego (que tu Aristóteles cita aquí, cómplice e inmunda auctoritas) que hay que valerse de la risa para desarmar la seriedad de los oponentes, y a la risa, en cambio, oponer la seriedad. La prudencia de nuestros padres ha guiado su elección: si la risa es la distracción de la plebe, la licencia de la plebe debe ser refrenada y humillada y atemorizada mediante la severidad. Y la plebe carece de armas para afinar su risa hasta convertirla en un instrumento contra la seriedad de los pastores que deben conducirla hacia la vida eterna y sustraerla a las seducciones del vientre, de las partes pudendas, de la comida, de sus sórdidos deseos. Pero si algún día alguien, esgrimiendo las palabras del Filósofo y hablando, por tanto, como filósofo, elevase el arte de la risa al rango de arma sutil, si la retórica de la convicción es reemplazada por la retórica de la irrisión, si la tópica de la construcción paciente y salvadora de las imágenes de la redención es reemplazada por la tópica de la destrucción impaciente y del desbarajuste de todas las imágenes más santas y venerables... ¡Oh, ese día también tú, Guillermo, y todo tu saber, quedaríais destruidos!

—¿Por qué? Yo lucharía. Mi ingenio contra el ingenio del otro. Sería un mundo mejor que éste donde el fuego y el hierro candente de Bernardo Gui humillan al fuego y al hierro candente de Dulcino.

—Quedarías atrapado tú también en la trama del demonio. Lucharías del otro lado en el campo de Harmagedón, donde se librará la batalla final. Pero para ese día la iglesia debe saber imponer la regla del conflicto. No nos da miedo la blasfemia, porque incluso en la maldición de Dios reconocemos la imagen extraviada de la ira de Jehová que maldice a los ángeles rebeldes. No nos da miedo la violencia que mata a los pastores en nombre de alguna fantasía de renovación, porque es la misma violencia de los príncipes que trataron de destruir al pueblo de Israel. No nos da miedo el rigor del donatista, la locura suicida del circuncelión, la lujuria del bogomilo, la orgullosa pureza del albigense, la necesidad de sangre del flagelante, el vértigo maléfico del hermano del libre espíritu: los conocemos a todos, y conocemos la raíz de sus pecados, que es la misma raíz de nuestra santidad. No nos dan miedo, y sobre todo sabemos cómo destruirlos, mejor, cómo dejar que se destruyan solos llevando perversamente hasta el cenit la voluntad de muerte que nace de los propios abismos de su nadir. Al contrario, yo diría que su presencia nos es imprescindible, se inscribe dentro del plan divino, porque su pecado estimula nuestra virtud, su blasfemia alienta nuestra alabanza, su penitencia desordenada modera nuestra tendencia al sacrificio, su impiedad da brillo a nuestra piedad, así como el príncipe de las tinieblas fue necesario, con su rebelión y su desesperanza, para que resplandeciera mejor la gloria de Dios, principio y fin de toda esperanza. Pero si algún día, y ya no como excepción plebeya, sino como ascesis del docto, confiada al testimonio indestructible de la escritura, el arte de la irrisión llegara a ser aceptable, y pareciera noble, y liberal, y ya no mecánico, si algún día alguien pudiese decir (y ser escuchado): Me río de la Encarnación... Entonces no tendríamos armas para detener la blasfemia, porque apelaría a las fuerzas oscuras de la materia corporal, las que se afirman en el pedo y en el eructo, ¡y entonces el eructo y el pedo se arrogarían el derecho que es privilegio del espíritu, el derecho de soplar donde quieran!

—Licurgo hizo erigir una estatua a la risa.

—Esto lo leíste en el libelo de Cloricio, que trató de absolver a los mimos de la acusación de impiedad, y mencionó el caso de un enfermo curado por un médico que lo había ayudado a reír. ¿Por qué había que curarlo, si Dios había establecido que su paso por la tierra ya estaba cumplido?

—No creo que lo curase del mal. Lo que hizo fue enseñarle a reírse de él.

—El mal no se exorciza. Se destruye.

—Junto con el cuerpo del enfermo.

—Si es necesario.

—Eres el diablo —dijo entonces Guillermo.

Jorge pareció no entender. Si no hubiese sido ciego, diría que clavó en su interlocutor una mirada atónita.

—¿Yo? —dijo.

—Sí, te han mentido. El diablo no es el príncipe de la materia, el diablo es la arrogancia del espíritu, la fe sin sonrisa, la verdad jamás tocada por la duda. El diablo es sombrío porque sabe adónde va, y siempre va hacia el sitio del que procede. Eres el diablo, y como el diablo vives en las tinieblas. Si querías convencerme, no lo has logrado. Te odio, Jorge, y si pudiese te sacaría a la explanada y te pasearía desnudo. Te metería plumas de gallina en el agujero del culo y te pintaría la cara como la de un juglar o un bufón, para que todos en el monasterio pudieran reírse de ti, y ya no tuviesen miedo. Me gustaría rociarte de miel y revolcarte después en las plumas, ponerte riendas y llevarte por las ferias, para decir a todos: Éste os anunciaba la verdad y os decía que la verdad sabe a muerte, y os convencía menos con sus palabras, que con su lóbrego aspecto. Y ahora os digo que Dios, en el infinito torbellino de las posibilidades, os permite también imaginar un mundo en el que este supuesto intérprete de la verdad sólo sea un pajarraco tonto que va repitiendo lo que aprendió hace mucho tiempo.

—Tú eres peor que el diablo, franciscano —dijo entonces Jorge—. Eres un juglar, como el santo que os ha parido. Eres como tu Francisco, que de toto corpore fecerat linguam, que pronunciaba sermones dando espectáculos como los saltimbanquis, que confundía al avaro dándole monedas de oro, que humillaba la devoción de las hermanas recitando el *Miserere* en vez de pronunciar el sermón, que mendigaba en francés, y con un trozo de madera imitaba a un violinista, que se disfrazaba de vagabundo para confundir a los frailes glotones, que se echaba desnudo sobre la nieve, que hablaba con los animales y las plantas, que transformaba el propio misterio de la Navidad en espectáculo de aldea, que invocaba al cordero de Belén imitando el balido de la oveja... ¡Buena escuela!... ¿No era franciscano aquel fraile Diostesalve de Florencia?

—Sí —dijo Guillermo sonriendo—. El que se presentó en el convento de los predicadores y dijo que sólo aceptaría que le dieran de comer si antes le entregaban un trozo de la túnica de fray Juan, para guardarlo como reliquia. Pero cuando se lo entregaron lo usó para limpiarse el trasero y después lo arrojó al retrete y empezó a revolverlo en la mierda con un palo, y a gritar: «¡Ay, ayudadme, hermanos, ayudadme, he perdido la reliquia del santo en la letrina!»

—Parece que la historia te divierte. Quizá también quieras contarme la del otro franciscano, fray Pablo Milmoscas, que un día resbaló en el hielo y allí se quedó echado cuan largo era, y sus conciudadanos se burlaban de él, y cuando uno le preguntó si no le gustaría estar encima de algo mejor, él respondió: «Sí, de tu mujer...» Así buscáis vosotros la verdad.

—Así enseñaba Francisco a la gente cómo ver las cosas de otra manera.

—Pero os hemos disciplinado. Ya has visto ayer a tus hermanos. Han vuelto a entrar en nuestras filas. Ya no hablan como los simples. Los simples no deben hablar. Este libro habría justificado la idea de que la lengua de los simples es portadora de algún saber. Había que impedirlo. Eso es lo que he hecho. Dices que soy el diablo: no es verdad. He sido la mano de Dios.

—La mano de Dios crea, no esconde.

—Hay límites que deben respetarse. Dios ha querido que en ciertos pergaminos se escribiera: hic sunt leones.

—Dios también ha creado los monstruos. También te ha creado a ti. Y quiere que se hable de todo.

Jorge alargó sus manos temblorosas y cogió el libro. Lo tenía abierto, pero al revés, de modo que Guillermo siguiese viéndolo del lado correcto:

—Entonces ¿por qué —dijo— ha dejado que este texto estuviese perdido durante tantos siglos, y que sólo se salvara una copia de él, y que la copia de esa copia, que acabó vaya a saberse dónde; permaneciese enterrada durante años en poder de un infiel que no conocía el griego, y que después quedara abandonada en el recinto de una biblioteca a la que yo, no tú, fui llamado por la providencia para que la descubriera, y me la llevase, y volviera a esconderla durante muchos otros años? Sé, sé como si lo viese escrito en letras de diamante, con mis ojos que ven cosas que tú no ves, sé que ésa era la voluntad del Señor, y he actuado interpretando esa voluntad. En el nombre del Padre, del Hijo y del Espíritu Santo.

Séptimo día
NOCHE

*Donde sobreviene la ecpirosis y por causa
de un exceso de virtud prevalecen las fuerzas
del infierno.*

El viejo calló. Tenía las dos manos abiertas sobre el libro, como si estuviese acariciando las páginas o extendiendo los folios para leerlos mejor, o como si quisiese protegerlo de la rapiña.

—Sin embargo, todo eso no ha servido de nada —le dijo Guillermo—. Ahora todo ha concluido, te he encontrado, he encontrado el libro, y los otros han muerto en vano.

—No en vano. Quizá en exceso. Y si de algo pudiera servirte una prueba de que este libro está maldito, ahí la tienes. Pero sus muertes no deben haber sido en vano. Y para que no resulten vanas, una muerte más no será excesiva.

Eso dijo, y con sus manos descarnadas y traslúcidas empezó a desgarrar lentamente, en trozos y en tiras, las blandas páginas del manuscrito, y a meterse los jirones

685

en la boca, masticando lentamente como si estuviese consumiendo la hostia y quisiera convertirla en carne de su carne.

Guillermo lo miraba fascinado y parecía no darse cuenta de lo que estaba sucediendo. Después reaccionó y se echó hacia adelante gritando: «¿Qué haces?» Jorge sonrió, descubriendo sus encías exangües, mientras de sus pálidos labios manaba una saliva amarillenta que resbaló por los escasos y blancos pelos de la barbilla.

—Eres tú quien esperaba el toque de la séptima trompeta, ¿verdad? Escucha ahora lo que dice la voz: «Sella las cosas que han dicho los siete truenos y no las escribas, toma y cómelo, y amargará tu vientre, pero en tu boca será dulce como la miel.» ¿Ves? Ahora sello lo que no debía ser dicho, lo sello convirtiéndome en su tumba.

Y se echó a reír, justo él, Jorge. Era la primera vez que lo oía reír... Reír con la garganta, sin que sus labios expresaran alegría, pues daba casi la impresión de estar llorando:

—No te esperabas este final, ¿verdad Guillermo? Por gracia del Señor, este viejo gana otra vez, ¿verdad?

Y como Guillermo intentó quitarle el libro, Jorge, que advirtió el gesto por la vibración del aire, se echó hacia atrás apretando el libro contra su pecho con la mano izquierda, mientras que con la derecha seguía desgarrando sus páginas y metiéndoselas en la boca.

Estaba del otro lado de la mesa y Guillermo, que no llegaba a tocarlo, hizo un movimiento brusco para sortear el obstáculo. Pero su sayo se enganchó en el taburete haciéndolo caer, y Jorge no pudo por menos que advertir el alboroto. El viejo volvió a reír, esta vez con más fuerza, y con sorprendente rapidez extendió la mano derecha, y guiándose por el calor localizó a tientas la llama y, sin temer el dolor, le puso la mano encima, y la llama se apagó. La habitación quedó sumida en las tinieblas y oímos por última vez la carcajada de Jorge, que gritaba: «Encontradme ahora, ¡ahora soy yo el que ve mejor!» Después calló y ya no pudimos oírlo, pues se movía con aquellos pasos silenciosos que daban siempre un carácter sorpresivo a sus apariciones. Sólo cada tanto, en diferentes sitios de la sala, oíamos el ruido de los folios desgarrados.

—¡Adso! —gritó Guillermo—, ponte en la puerta, no lo dejes salir.

Pero había hablado demasiado tarde, porque yo, que desde hacía unos segundos ardía de deseos de lanzarme sobre el viejo, me había arrojado, cuando quedamos en tinieblas, hacia el lado opuesto de la mesa, tratando de sortear el obstáculo por la parte contraria a la que se había lanzado mi maestro. Demasiado tarde comprendí que así le había permitido a Jorge ganar la salida, porque el viejo sabía orientarse extraordinariamente bien en la oscuridad. En efecto, oímos un ruido de folios desgarrados a nuestras espaldas; bastante atenuado, porque ya provenía de la habitación contigua. Y al mismo tiempo oímos otro ruido, un chirrido trabajoso y progresivo, un gemido de goznes.

—¡El espejo! —gritó Guillermo—. ¡Está encerrándonos!

Guiados por el ruido, ambos nos lanzamos hacia la salida. Tropecé con un escabel y me golpeé en una pierna, pero no me detuve, porque de repente comprendí que si Jorge lograba encerrarnos ya nunca saldríamos de allí: en la oscuridad no habríamos encontrado la manera de abrir, pues ignorábamos qué, y cómo, había que mover de aquel lado del espejo.

Creo que Guillermo actuaba con la misma desesperación que yo, pues lo oí a mi lado cuando, al llegar al umbral, ambos nos pusimos a empujar la parte de atrás del espejo, que se estaba cerrando hacia nosotros. Llegamos a tiempo, porque la puerta se detuvo y poco después cedió y volvió a abrirse. Era evidente que, al advertir que el juego era desigual, Jorge se había alejado. Salimos de la habitación maldita, pero ahora no sabíamos hacia dónde se había dirigido el viejo, y la oscuridad seguía siendo total. De pronto recordé:

—¡Maestro, pero si tengo el eslabón!

—Y entonces, ¿qué esperas? ¡Busca la lámpara y enciéndela!

Me lancé en la oscuridad hacia el finis Africae y empecé a buscar a tientas la lámpara. Por milagro divino, enseguida di con ella; hurgué en mi escapulario y encontré el eslabón; mis manos temblaban y tuve que intentarlo varias veces hasta que logré hacer chispa, mientras Guillermo jadeaba desde la puerta: «¡Rápido, rápido!» Finalmente, encendí la lámpara.

—¡Rápido —volvió a incitarme Guillermo—, si no se comerá todo el Aristóteles!

—¡Y morirá! —grité angustiado mientras corría a su encuentro y juntos nos poníamos a buscar.

—¡No me importa que muera, el maldito! —gritaba Guillermo clavando los ojos en la oscuridad que nos rodeaba y moviéndose de un lado para otro—. Total, con lo que ha comido su suerte ya está sellada. ¡Pero yo quiero el libro! —Después se detuvo, y añadió un poco más tranquilo—: Espera. Así nunca lo encontraremos. Quedémonos un momento callados y quietos.

Nos paralizamos en silencio. Y en el silencio oímos no muy lejos el ruido de un cuerpo que chocaba con un armario, y el estrépito de algunos libros al caer.

—¡Por allí! —gritamos al mismo tiempo.

Corrimos hacia los ruidos, pero enseguida comprendimos que debíamos avanzar más lentamente. En efecto, fuera del finis Africae la biblioteca, aquella noche, estaba expuesta a ráfagas de aire que la atravesaban silbando y gimiendo, con una intensidad proporcional al fuerte viento que soplaba afuera. Multiplicadas por nuestro impulso, esas corrientes de aire amenazaban con apagar la lámpara, que tanto nos había costado reconquistar. Como no podíamos avanzar más rápido, lo adecuado hubiese sido frenar a Jorge. Pero Guillermo pensó precisamente lo contrario, y gritó:

—¡Te hemos cogido, viejo, ahora tenemos la luz!

Sabia decisión, porque es probable que aquello inquietara a Jorge, quien debió de acelerar el paso, desequilibrando así su mágica sensibilidad de vidente en las tinieblas. De hecho, poco después oímos un ruido, y cuando, guiándonos por ese sonido, entramos en la sala Y de YSPANIA, lo vimos en el suelo, con el libro aún entre las manos, intentando ponerse de pie en medio de los volúmenes que habían caído de la mesa que acababa de llevarse por delante y derribar. Mientras intentaba levantarse seguía arrancando las páginas, como si quisiera devorar lo más aprisa posible su botín.

Cuando llegamos a su lado, ya estaba otra vez en pie, y, al percibir nuestra presencia, nos hizo frente al tiempo que retrocedía. La roja claridad de la lámpara iluminó su rostro ya horrible: las facciones deformadas, la frente y las mejillas surcadas por un sudor maligno; los ojos, normalmente de una blancura mortal, estaban inyectados de sangre; de la boca salían jirones de pergamino, como una bestia salvaje atragantada de comida. Desfigurado por la angustia, por el acoso del veneno que ya serpenteaba abundante por sus venas, por su desesperada y diabólica decisión, el otrora venerable rostro del anciano se veía repulsivo y grotesco: en otras circunstancias hubiese podido dar risa, pero también nosotros nos habíamos convertido en una especie de animales y éramos como perros lanzados en pos de su presa.

Habríamos podido atraparlo con calma, pero nos precipitamos con vehemencia sobre él. Logró zafarse y apretó el libro contra su pecho para defenderlo. Yo lo tenía cogido con la mano izquierda, mientras con la derecha trataba de mantener en alto la lámpara. Pero rocé su rostro con la llama, y al sentir el calor emitió un sonido ahogado, casi un rugido, dejando caer trozos de folios de la boca. Su mano derecha soltó el libro, buscó la lámpara y, de un golpe, me la arrancó lanzándola hacia adelante...

La lámpara fue a parar justo al montón de libros que habían caído de la mesa y yacían unos encima de otros con las páginas abiertas. Se derramó el aceite, y enseguida el fuego prendió en un pergamino muy frágil que ardió como un haz de hornija reseca. Todo sucedió en pocos instantes: una llamarada se elevó desde los libros, como si aquellas páginas milenarias llevasen siglos esperando quemarse y gozaran al satisfacer de golpe una sed inmemorial de ecpirosis. Guillermo se dio cuenta de lo que estaba sucediendo y soltó al viejo —que al sentirse libre retrocedió unos pasos—; vaciló un momento, sin duda demasiado largo, dudando entre coger de nuevo a Jorge o lanzarse a apagar la pequeña hoguera. Un libro más viejo que los otros ardió casi de golpe, lanzando hacia lo alto una lengua de fuego.

Las finas ráfagas de viento, que podían apagar una débil llamita, avivaban en cambio a las más grandes y vigorosas, e incluso les arrancaban lenguas de fuego que aceleraban su propagación.

—¡Rápido, apaga ese fuego! —gritó Guillermo—. ¡Si no, se quemará todo!

Me lancé hacia la hoguera, y luego me detuve, porque no sabía qué hacer. Guillermo acudió en mi ayuda. Tendimos los brazos hacia el incendio, buscando con los ojos algo con que sofocarlo; de pronto tuve una inspiración: me quité el sayo pasándolo por la cabeza, y traté de echarlo sobre el fuego. Pero ya las llamas eran demasiado altas: lamieron mi sayo y lo devoraron. Retiré las. manos, que se habían quemado, me volví hacia

Guillermo y vi, justo a sus espaldas, a Jorge. El calor era ya tan fuerte que lo sintió muy bien y se acercó: no tuvo dificultad alguna para localizar el fuego, y arrojar el Aristóteles a las llamas.

Guillermo tuvo un arranque de ira y dio un violento empujón al viejo, que fue a dar contra un armario, se golpeó la cabeza con una arista, y cayó al suelo... Pero Guillermo, al que creo haberle escuchado una horrible blasfemia, no se ocupó de él. Volvió a los libros. Demasiado tarde. El Aristóteles, o sea lo que había quedado de él después de la comida del viejo, ya ardía.

Mientras tanto algunas chispas habían volado hacia las paredes y los libros de un armario ya se estaban abarquillando arrebatados por el fuego. Ahora no había un incendio en la sala, sino dos.

Guillermo se dio cuenta de que no podríamos apagarlos con las manos, y decidió salvar los libros con los libros. Cogió un volumen que le pareció mejor encuadernado, y más compacto que los otros, y trató de usarlo como un arma para sofocar al elemento adverso. Pero golpeando la tapa tachonada contra la pira de libros ardientes lo único que conseguía era provocar nuevas chispas. Intentó apagarlas con los pies, pero obtuvo el efecto contrario, porque se elevaron por el aire fragmentos de pergamino casi convertidos en cenizas, que revoloteaban como murciélagos mientras el aire, aliado a su aéreo compañero, los enviaba a incendiar la materia terrestre de otros folios.

La desgracia había querido que aquélla fuese una de las salas más desordenadas del laberinto. De los anaqueles colgaban manuscritos enrollados; otros libros ya desencuadernados mostraban entre sus tapas, como entre labios abiertos, lenguas de pergamino reseco por los años, y la mesa debía de haber estado cubierta por una gran cantidad de textos que Malaquías (ya solo desde hacía varios días) había ido acumulando sin guardar en sus respectivos sitios. De modo que la habitación, después del desorden creado por Jorge, estaba invadida de pergaminos que sólo esperaban la oportunidad para transformarse en otro elemento.

En muy poco tiempo aquel sitio fue un brasero, una zarza ardiente. Los armarios, que también participaban de aquel sacrificio, empezaban a crepitar. Comprendí que el laberinto todo no era más que una inmensa pira de sacrificio, preparada para arder con la primera chispa...

—¡Agua, se necesita agua! —decía Guillermo, pero luego añadía—: ¿Y dónde hay agua en este infierno?

—¡En la cocina, en la cocina! —grité.

Guillermo me miró perplejo, con el rostro enrojecido por el furioso resplandor:

—Sí, pero antes de que hayamos bajado y vuelto a subir... ¡Al diablo! —gritó después—, en todo caso esta habitación está perdida, y quizá también la de al lado. ¡Bajemos enseguida, yo busco agua, tú ve a dar la alarma, se necesita mucha gente!

Encontramos el camino hacia la escalera porque la conflagración también iluminaba las sucesivas habitaciones, aunque cada vez con menos intensidad, de modo que las últimas dos habitaciones tuvimos que atravesarlas casi a tientas. Debajo, la luz de la noche alumbraba pálidamente el scriptorium, desde donde bajamos al refectorio. Guillermo corrió a la cocina; yo, a la puerta del refectorio, y tuve que afanarme bastante para poder abrirla desde dentro porque estaba atontado y entorpecido por la agitación. Salí por fin a la explanada, corrí hacia el dormitorio, pero después comprendí que tardaría demasiado despertando a los monjes uno por uno, y tuve una inspiración: fui a la iglesia y busqué la forma de subir al campanario. Cuando llegué, me aferré a todas las cuerdas, tocando a rebato. Tiraba con fuerza y la cuerda de la campana mayor me arrastraba consigo cuando subía. En la biblioteca me había quemado el dorso de las manos: las palmas aún estaban sanas, pero me las quemé deslizándolas por las cuerdas, hasta que se cubrieron de sangre y tuve que dejar de tirar.

Pero para entonces ya había hecho bastante ruido. Bajé corriendo a la explanada, justo a tiempo para ver salir del dormitorio a los primeros monjes, mientras a lo lejos sonaban las voces de los sirvientes que estaban asomándose al umbral de sus viviendas. No pude explicarme bien, porque era incapaz de formular palabras, y las primeras que me vinieron a los labios fueron en mi lengua materna. Con la mano ensangrentada señalaba hacia las ventanas del ala meridional del Edificio, cuyas lajas de alabastro dejaban traslucir un resplandor anormal. Por la intensidad de la luz comprendí que desde el momento de mi salida, y mientras tocaba las campanas, el fuego se había propagado a otras habitaciones. Todas las ventanas del AFRICA, y todas las de la pared que unía esta última con el torreón oriental, brillaban con resplandores desiguales.

—¡Agua, traed agua! —gritaba.

En un primer momento, nadie entendió. Los monjes estaban tan habituados a considerar la biblioteca como un lugar sagrado e inaccesible, que no lograban darse cuenta de que se encontraba amenazada por un vulgar incendio, como la choza de cualquier campesino. Los primeros que alzaron la mirada hacia las ventanas se santiguaron murmurando palabras de terror: comprendí que pensaban en nuevas apariciones. Me aferré a sus vestiduras, les imploré que entendieran, hasta que alguien tradujo mis sollozos en palabras humanas.

Era Nicola da Morimondo, quien dijo:

—¡La biblioteca arde!

—¡Por fin! —murmuré, dejándome caer agotado.

Nicola dio pruebas de gran energía. Gritó órdenes a los sirvientes, dio consejos a los monjes que lo rodeaban, envió a unos al Edificio para que abriesen las puertas, a otros los mandó a buscar cubos y todo tipo de recipientes, y a los que quedaban les dijo que fueran hasta las fuentes y los depósitos de agua que había en el recinto. Ordenó a los vaqueros que usasen los mulos y los asnos para transportar las tinajas... Si esas disposiciones hubieran procedido de un hombre dotado de autoridad, habrían encontrado un acatamiento inmediato. Pero los sirvientes estaban habituados a recibir órdenes de Remigio; los copistas, de Malaquías; todos, del Abad. Pero, ¡ay!, ninguno de los tres estaba presente. Los monjes buscaban con los ojos al Abad para que les explicara y los tranquilizase, pero no lo encontraban, y sólo yo sabía que estaba muerto, o que estaba muriendo en aquel momento, emparedado en un pasadizo asfixiante que ahora se estaba transformando en un horno, en un toro de Fálaris.

Nicola enviaba a los vaqueros en una dirección, pero otro monje, animado de buenas intenciones, los enviaba hacia la dirección contraria. Era evidente que algunos hermanos habían perdido la calma; otros, en cambio, aún estaban atontados por el sueño. Yo trataba de explicar, porque ya había recobrado el uso de la palabra, pero debe recordarse que estaba casi desnudo, pues había arrojado mi hábito a las llamas, y el espectáculo de aquel muchacho, ensangrentado, con el rostro negro de hollín, con el cuerpo indecentemente lampiño, atontado ahora por el frío, no debía de inspirar, sin duda, demasiada confianza.

Finalmente, Nicola logró arrastrar a algunos hermanos y otra gente hasta la cocina, cuyas puertas alguien había abierto entretanto. Alguien tuvo el buen tino de traer antorchas. Encontramos el local en gran desorden, y comprendí que Guillermo debía de haberlo revuelto de arriba abajo para buscar agua y recipientes con que transportarla.

Justo en aquel momento vi a Guillermo que aparecía por la puerta del refectorio, con el rostro chamuscado, el hábito humeante y una gran olla en las manos, y me dio pena, pobre alegoría de la impotencia. Comprendí que, aunque hubiera logrado transportar hasta el segundo piso una cacerola de agua sin volcarla, y aunque lo hubiese logrado más de una vez, era muy poco lo que debía de haber conseguido. Recordé la historia de san Agustín, cuando ve un niño que trata de trasvasar el agua del mar con una cuchara: el niño era un ángel, y hacía eso para burlarse del santo, que pretendía penetrar los misterios de la naturaleza divina. Y como el ángel me habló Guillermo, apoyándose exhausto en la jamba de la puerta:

—Es imposible. Nunca lo lograremos. Ni siquiera con todos los monjes de la abadía. La biblioteca está perdida.

A diferencia del ángel, Guillermo lloraba.

Me arrimé a él, que arrancó un paño de una mesa para tratar de cubrirme. Ya derrotados, nos quedamos observando lo que sucedía a nuestro alrededor.

La gente corría de un lado para otro. Unos subían con las manos vacías y se cruzaban en la escalera de caracol con otros que, impulsados por la curiosidad, ya habían subido, y ahora bajaban para buscar recipientes. Otros, más despabilados, buscaban enseguida cacerolas y palanganas, para después comprobar que en la cocina no había suficiente agua. De pronto la inmensa habitación fue invadida por varios mulos cargados con tinajas; los vaqueros que los conducían cogieron las tinajas y trataron de llevar el agua al piso superior. Pero no sabían por dónde se subía al scriptorium, y pasó un buen rato hasta que algunos de los copistas les indicaron el camino; y cuando estaban subiendo chocaron con los que bajaban aterrorizados. Algunas de las tinajas se quebraron y el agua se derramó, mientras que manos solícitas se encargaban de subir otras por la escalera de caracol. Seguí al grupo y me encontré en el scriptorium: por el acceso a la biblioteca salía una densa humareda, los últimos que habían intentado subir por el torreón oriental volvían tosiendo y con los ojos enrojecidos, diciendo que ya no podía penetrarse en aquel infierno.

Entonces vi a Bencio. Con el rostro alterado, subía de la planta baja trayendo un enorme recipiente. Al escuchar lo que decían los que volvían de la biblioteca, los apostrofó:

—¡El infierno os tragará, cobardes! —Se volvió como en busca de ayuda y me vio—: Adso—gritó—, la biblioteca... la biblioteca...

No esperó mi respuesta. Corrió hacia el pie de la escalera y penetró con arrojo en el humo. Fue la última vez que lo vi.

Escuché un crujido procedente de arriba. De las bóvedas del scriptorium caían trozos de piedra mezclados con cal. Una clave de bóveda esculpida en forma de flor se soltó y cayó casi sobre mi cabeza. El piso del laberinto estaba cediendo.

Bajé corriendo a la planta baja y salí al exterior. Algunos sirvientes solícitos habían traído escaleras con las que trataban de llegar a las ventanas de los pisos superiores para entrar el agua por allí. Pero las escaleras más largas apenas llegaban a las ventanas del scriptorium, y los que habían subido hasta allí no podían abrirlas desde fuera. Mandaron a decir que las abrieran desde dentro, pero ya nadie se atrevía a subir.

Por mi parte, miraba las ventanas del tercer piso. Ahora toda la biblioteca debía de haberse convertido en un solo brasero humeante, y el fuego debía de correr de habitación en habitación, ramificándose rápidamente entre los millares de páginas resecas. Todas las ventanas estaban iluminadas, una negra humareda salía por arriba: el fuego ya se había propagado a las vigas del techo. El Edificio, que parecía tan sólido e inconmovible, revelaba en aquel trance su debilidad, sus fisuras: las paredes comidas por dentro, las piedras sin argamasa que dejaban pasar las llamas hasta las partes más escondidas del armazón de madera.

De golpe varias ventanas estallaron como empujadas por una fuerza interior; las chispas saltaron hacia afuera poblando de luces errantes la oscuridad de la noche. El viento había amainao, y fue una desgracia, porque si hubiese seguido soplando con fuerza, quizá habría podido apagar las chispas, mientras que, al ser ligero, las transportaba y las avivaba, haciéndolas revolotear junto con jirones de pergamino, cuya fragilidad crecía con aquel fuego interior. En ese momento se escuchó un estruendo: una parte del piso del laberinto había cedido y sus vigas ardientes habían caído al scriptorium, porque ahora se veían allí las llamas, entre los muchos libros y armarios que también lo poblaban, además de los folios sueltos que había sobre las mesas, listos para responder a la llamada de las chispas. Escuché gritos de desesperación procedentes de un grupo de copistas que se cogían la cabeza con las manos y todavía hablaban de subir heroicamente para recuperar sus amadísimos pergaminos. En vano, porque la cocina y el refectorio eran ya una encrucijada de almas perdidas que corrían en todas direcciones, donde todos tropezaban entre sí. La gente chocaba, caía, los que llevaban un recipiente derramaban su contenido salvador, los mulos que habían entrado en la cocina advertían la presencia del fuego y se precipitaban dando patadas hacia las salidas, atropellando a las personas e incluso a sus propios, y aterrorizados, palafreneros. Se veía bien que, en todo caso, aquella turbamulta de aldeanos y hombres devotos y sabios, pero totalmente ineptos, huérfanos de toda conducción, habría estorbado incluso la acción de cualquier auxilio que pudiera llegar.

El desorden se había extendido a toda la meseta. Pero aquello sólo era el comienzo de la tragedia. Porque, alentada por el viento, la nube de chispas ya salía, triunfante, por las ventanas y el techo, para ir a caer en todas partes, tocando la techumbre de la iglesia. Nadie ignora que muchas catedrales espléndidas sucumbieron al ataque de las llamas: porque la casa de Dios se ve hermosa e inexpugnable como la Jerusalén celeste por las piedras que ostenta, pero los muros y las bóvedas se apoyan en una frágil, aunque admirable, arquitectura de madera, y si la iglesia de piedra evoca los bosques más venerables por sus columnas que se ramifican hacia las altas bóvedas, audaces como robles, de roble también suele tener el cuerpo, y de madera también son sus muebles, sus altares, sus coros, sus retablos, sus bancos, sus sillones, sus candelabros. Tal era el caso de la iglesia abacial cuya bellísima portada tanto me había fascinado el primer día. Se incendió en muy poco tiempo. Entonces los monjes y todos los habitantes de la meseta comprendieron que estaba en juego la supervivencia misma de la abadía, y todos echaron a correr en forma aún más arrojada y caótica tratando de evitar el desastre.

Sin duda, la iglesia era más accesible, y por tanto más defendible que la biblioteca. A esta última la había condenado su propia impenetrabilidad, el misterio que la protegía, la escasez de sus accesos. La iglesia, maternalmente abierta a todos en la hora de la oración, también estaba abierta para recibir el auxilio de todos en la hora de la necesidad. Pero no había más agua, o había muy poca acumulada, y las fuentes la suministraban con natural parsimonia, y con una lentitud que no correspondía a la urgencia del momento. Todos habrían querido apagar el incendio de la iglesia, pero ya nadie sabía cómo hacerlo. Además, el fuego había empezado por arriba, hasta donde era difícil izarse para golpear las llamas o ahogarlas con tierra y trapos.

Y cuando las llamas llegaron por abajo, fue inútil arrojarles tierra o arena, porque ya él techo se desplomaba sobre los que luchaban contra el fuego, derribando a muchos de ellos.

Así, a los gritos de quienes lamentaban la pérdida de tantas riquezas, se unieron los gritos de dolor de quienes tenían la cara quemada, los miembros aplastados, los cuerpos sepultados por la repentina caída de las bóvedas.

El viento volvía a soplar con fuerza, y con más fuerza ayudaba a la propagación del fuego. De la iglesia, las llamas pasaron enseguida a los chiqueros y los establos. Aterrorizados, los animales rompieron sus ataduras, derribaron las puertas y echaron a correr por la meseta relinchando, mugiendo, balando y gruñendo horriblemente. Algunas chispas alcanzaron las crines de los caballos, y la explanada se llenó de criaturas infernales, corceles en llamas que corrían sin meta ni reposo derribando todo lo que encontraban a su paso. Vi cómo el magnífico *Brunello*, aureolado de fuego, derribaba a Alinardo, que vagaba perdido sin comprender lo que sucedía, cómo lo arrastraba por el polvo y luego lo abandonaba, pobre cosa informe, sobre el suelo. Pero no hubo tiempo ni forma de que lo ayudara, ni pude detenerme a deplorar su muerte, porque este tipo de escenas se repetían ya por todas partes.

Los caballos en llamas habían transportado el fuego hasta donde el viento aún no lo había hecho: ahora ardían también los talleres y la casa de los novicios. Tropas de personas corrían de un extremo a otro de la explanada, sin saber adónde ir o corriendo en pos de metas ilusorias. Vi a Nicola, con la cabeza herida y el hábito en jirones, que, ya vencido, de rodillas sobre la avenida central, maldecía la maldición divina. Vi a Pacifico da Tívoli, que, renunciando a toda idea de auxilio, estaba tratando de atrapar un mulo desbocado, y cuando lo consiguió me gritó que hiciese lo mismo, y que escapara, para huir de aquel siniestro simulacro del Harmagedón.

Entonces me pregunté dónde estaría Guillermo, y temí que hubiese quedado sepultado bajo las ruinas. Tardé bastante en encontrarlo, cerca del claustro. Tenía consigo su saco de viaje: cuando el fuego empezaba a propagarse a la casa de los peregrinos, había subido hasta su celda para salvar al menos sus preciosas pertenencias. También había cogido mi saco, donde encontré con que vestirme. Jadeando, nos quedamos mirando lo que sucedía a nuestro alrededor.

La abadía ya estaba condenada. Casi todos sus edificios eran, en mayor o menor medida, pasto de las llamas. Y los que aún estaban intactos pronto dejarían de estarlo, porque todo, desde los elementos naturales hasta la acción caótica de los que trataban de luchar contra el fuego, contribuía a propagar el incendio. Sólo se salvaban las partes no edificadas, el huerto, el jardín que había frente al claustro... Ya nada podía hacerse para salvar las construcciones, pero bastaba con abandonar la idea de hacer algo por ellas para poder observarlo todo sin peligro desde una zona abierta.

Miramos la iglesia, que ahora ardía lentamente, porque estas grandes construcciones se caracterizan por la rapidez con que se consumen sus partes de madera, para luego agonizar durante horas, y a veces durante días. El incendio del Edificio era distinto. Allí el material combustible era mucho más rico, y el fuego, propagado ya a todo el scriptorium, había invadido también el piso donde estaba la cocina. En cuanto al tercer piso, donde antes, y durante cientos de años, había estado el laberinto, se encontraba prácticamente destruido.

—Era la mayor biblioteca de la cristiandad —dijo Guillermo—. Ahora —añadió—, es verdad que está cerca el Anticristo, porque ningún saber impedirá ya su llegada. Por otra parte, esta noche hemos visto su rostro.

—¿El rostro de quién? —pregunté desconcertado.

—Hablo de Jorge. En ese rostro devastado por el odio hacia la filosofía he visto por primera vez el retrato del Anticristo, que no viene de la tribu de Judas, como afirman los que anuncian su llegada, ni de ningún país lejano. El Anticristo puede nacer de la misma piedad, del excesivo amor por Dios o por la verdad, así como el hereje nace del santo y el endemoniado del vidente. Huye, Adso, de los profetas y de los que están dispuestos a morir por la verdad, porque suelen provocar también la muerte de muchos otros, a menudo antes que la propia, y a veces en lugar de la propia. Jorge ha realizado una obra diabólica, porque era tal la lujuria con que amaba su verdad, que se atrevió a todo para destruir la mentira. Tenía miedo del segundo libro de Aristóteles, porque tal vez éste enseñase realmente a deformar el rostro de toda verdad, para que no nos convirtiésemos en esclavos de nuestros fantasmas. Quizá la tarea del que ama a los hombres consista en lograr que éstos se rían de la verdad, lograr que *la verdad ría*, porque la única verdad consiste en aprender a liberarnos de la insana pasión por la verdad.

—Pero maestro —me atreví a decir afligido—, ahora habláis así porque os sentís herido en lo más hondo. Sin embargo, existe una verdad, la que habéis descubierto esta noche, la que encontrasteis interpretando las huellas que habíais leído durante los días anteriores. Jorge ha vencido, pero vos habéis vencido a Jorge, porque habéis puesto en evidencia su trama...

—No había tal trama —dijo Guillermo—, y la he descubierto por equivocación.

La afirmación era contradictoria, y no comprendí si Guillermo quería realmente que lo fuese.

—Pero era verdad que las pisadas en la nieve remitían a *Brunello* —dije—, era verdad que Adelmo se había suicidado, era verdad que Venancio no se había ahogado en la tinaja, era verdad que el laberinto estaba organizado como lo habéis imaginado vos, era verdad que se entraba en el finis Africae tocando la palabra *quatuor*, era verdad que el libro misterioso era de Aristóteles... Podría seguir enumerando todas las verdades que habéis descubierto valiéndoos de vuestra ciencia...

—Nunca he dudado de la verdad de los signos, Adso, son lo único que tiene el hombre para orientarse en el mundo. Lo que no comprendí fue la relación entre los signos. He llegado hasta Jorge siguiendo un plan apocalíptico que parecía gobernar todos los crímenes y sin embargo era casual. He llegado hasta Jorge buscando un autor de todos los crímenes, y resultó que detrás de cada crimen había un autor diferente, o bien ninguno. He llegado hasta Jorge persiguiendo el plan de una mente perversa y razonadora, y no existía plan alguno, o mejor dicho, al propio Jorge se le fue de las manos su plan inicial y después empezó una cadena de causas, de causas concomitantes, y de causas contradictorias entre sí, que procedieron por su cuenta, creando relaciones que ya no dependían de ningún plan. ¿Dónde está mi ciencia? He sido un testarudo, he perseguido un simulacro de orden, cuando debía saber muy bien que no existe orden en el universo.

—Pero, sin embargo, imaginando órdenes falsos habéis encontrado algo...

—Gracias, Adso, has dicho algo muy bello. El orden que imagina nuestra mente es como una red, o una escalera, que se construye para llegar hasta algo. Pero después hay que arrojar la escalera, porque se descubre que, aunque haya servido, carecía de sentido. Er muoz gelîchesame die Leiter abewerfen, sô Er an ir ufgestigen ist... ¿Se dice así?

—Así suena en mi lengua. ¿Quién lo ha dicho?

—Un místico de tu tierra. Lo escribió en alguna parte, ya no recuerdo dónde. Y tampoco es necesario que alguien encuentre alguna vez su manuscrito. Las únicas verdades que sirven son instrumentos que luego hay que tirar.

—No podéis reprocharos nada, habéis hecho todo lo que podíais.

—Todo lo que puede hacer un hombre, que no es mucho. Es difícil aceptar la idea de que no puede existir un orden en el universo, porque ofendería la libre voluntad de Dios y su omnipotencia. Así, la libertad de Dios es nuestra condena, o al menos la condena de nuestra soberbia.

Por primera y última vez en mi vida me atreví a extraer una conclusión teológica:

—¿Pero cómo puede existir un ser necesario totalmente penetrado de posibilidad? ¿Qué diferencia hay entonces entre Dios y el caos primigenio? Afirmar la absoluta omnipotencia de Dios y su absoluta disponibilidad respecto de sus propias opciones, ¿no equivale a demostrar que Dios no existe?

Guillermo me miró sin que sus facciones expresaran el más mínimo sentimiento, y dijo:

—¿Cómo podría un sabio seguir comunicando su saber si respondiese afirmativamente a tu pregunta?

No entendí el sentido de sus palabras:

—¿Queréis decir —pregunté— que ya no habría saber posible y comunicable si faltase el criterio mismo de verdad, o bien que ya no podríais comunicar lo que sabéis porque los otros no os lo permitirían?

En aquel momento un sector del techo de los dormitorios se desplomó produciendo un estruendo enorme y lanzando una nube de chispas hacia el cielo. Una parte de las ovejas y las cabras que vagaban por la explanada pasó junto a nosotros emitiendo atroces balidos. También pasó a nuestro lado un grupo de sirvientes que gritaban, y que casi nos pisotearon.

—Hay demasiada confusión aquí —dijo Guillermo—. Non in commotione, non in commotione Dominus.

ÚLTIMO FOLIO

La abadía ardió durante tres días y tres noches, y de nada valieron los últimos esfuerzos. Ya en la mañana del séptimo día de nuestra estancia en aquel sitio, cuando los sobrevivientes se dieron cuenta de que no podrían salvar ningún edificio, cuando se derrumbaron las paredes externas de las construcciones más bellas y la iglesia, como recogiéndose en sí misma, se tragó su torre, en aquel momento flaqueó en todo el mundo la voluntad de combatir contra el castigo divino. Se fueron espaciando las carreras en busca de los pocos cubos de agua que quedaban, mientras seguía ardiendo con ritmo sostenido la sala capitular junto con las soberbias habitaciones del Abad. Cuando el fuego llegó hasta el fondo de los diferentes talleres, ya hacía mucho que los sirvientes habían pasado tratando de salvar la mayor cantidad posible de objetos de valor, y ahora batían la colina para recuperar al menos una parte de los animales, que en la confusión de la noche habían huido del recinto.

Vi que algunos sirvientes se aventuraban a entrar en lo que quedaba de la iglesia: supuse que intentaban penetrar en la cripta del tesoro para alzarse con algún objeto precioso antes de escapar. Ignoro si lo lograron, si la cripta no se había hundido, si los pillos no se hundieron en las entrañas de la tierra al tratar de llegar hasta ella.

Mientras tanto acudían hombres de la aldea, que habían subido para prestar ayuda, o bien para tratar de recoger también ellos algún botín. La mayor parte de los muertos quedaron entre las ruinas aún candentes. Al tercer día, curados los heridos, enterrados los cadáveres que habían quedado fuera de los edificios, los monjes y el resto de los pobladores de la abadía recogieron sus pertenencias y abandonaron la meseta, que aún humeaba, como un lugar maldito. No sé hacia dónde se dispersaron.

Guillermo y yo nos alejamos de aquel paraje en dos cabalgaduras que encontramos perdidas por el bosque, y a las que a aquellas alturas consideramos res nullius. Nos dirigimos hacia oriente. Al entrar de nuevo en Bobbio, tuvimos malas noticias sobre el emperador. Una vez en Roma, donde el pueblo lo había coronado, y excluido ya cualquier acuerdo con Juan, había elegido un antipapa, Nicolás V. Marsilio era ahora vicario espiritual de Roma, pero por su culpa, o por su debilidad, sucedían en aquella ciudad cosas bastante tristes de contar. Se torturaba a sacerdotes fieles al papa que no querían decir misa, un prior de los agustinos había sido arrojado al foso de los leones en el Capitolio. Marsilio y Jean de Jandun habían declarado hereje a Juan, y Ludovico lo había hecho condenar a muerte. Pero el emperador gobernaba mal, se estaba granjeando la hostilidad de los señores locales, sustraía dinero del erario público. A medida que escuchábamos estas noticias, retrasábamos nuestro descenso hacia Roma, y comprendí que Guillermo no quería presenciar unos acontecimientos que echaban por tierra sus esperanzas.

Cuando llegamos a Pomposa, nos enteramos de que Roma se había rebelado contra Ludovico, quien había vuelto a subir hacia Pisa, mientras que la legación de Juan había hecho su entrada triunfal en Aviñón.

A todo esto Michele da Cesena había comprendido que su presencia en aquella ciudad era infructuosa, y temía incluso por su vida. De modo que había huido para ir a reunirse con Ludovico en Pisa. Pero el emperador no contaba ya con el apoyo de Castruccio, señor de Luca y Pistoia, que había muerto.

En pocas palabras: adelantándonos a los acontecimientos, y sabiendo que el Bávaro se dirigiría hacia Munich, invertimos nuestro camino y decidimos llegar antes que él. Entre otras cosas, también porque Guillermo se daba cuenta de que Italia estaba dejando de ser un país seguro. Durante los meses y los años que siguieron, Ludovico vio deshacerse la alianza de los señores gibelinos, y al año siguiente el antipapa Nicolás se rendiría a Juan presentándose ante él con una soga al cuello.

Cuando llegamos a Munich, tuve que separarme, no sin derramar abundantes lágrimas, de mi buen maestro. Su suerte era incierta, y mis padres prefirieron que regresara a Melk. Como por un acuerdo tácito, desde la trágica noche en que, ante las ruinas de la abadía, Guillermo me había revelado su desaliento, no habíamos vuelto a mencionar aquellos sucesos. Y tampoco aludimos a ellos durante nuestra dolorosa despedida.

Mi maestro me dio muchos consejos buenos para mis futuros estudios, y me regaló las lentes que le había fabricado Nicola, puesto que ya había recuperado las suyas. Aún era joven, me dijo, pero llegaría el día en que me serían útiles (y de hecho las tengo sobre mi nariz mientras escribo estas líneas). Después me estrechó entre sus brazos, con la ternura de un padre, y me dijo adiós.

No volví a verlo. Mucho más tarde supe que había muerto durante la gran peste que se abatió sobre Europa hacia mediados de este siglo. Ruego siempre que Dios haya acogido su alma y le haya perdonado los muchos actos de orgullo que su soberbia intelectual le hizo cometer.

Años después, hombre ya bastante maduro, tuve ocasión de realizar un viaje a Italia por orden de mi abad. No pude resistir la tentación y, al regresar, di un gran rodeo para volver a visitar lo que había quedado de la abadía.

Las dos aldeas que había en las laderas de la montaña se habían despoblado; las tierras de los alrededores estaban sin cultivar. Subí hasta la meseta y un espectáculo de muerte y desolación se abrió ante mis ojos humedecidos por las lágrimas.

De las grandes y magníficas construcciones que adornaban aquel sitio, sólo habían quedado ruinas dispersas, como antaño sucediera con los monumentos de los antiguos paganos en la ciudad de Roma. La hiedra había cubierto los jirones de paredes, las columnas, los raros arquitrabes que no se habían derrumbado. El terreno estaba totalmente invadido por las plantas salvajes y ni siquiera se adivinaba dónde habían estado el huerto y el jardín. Sólo el sitio del cementerio era reconocible, por algunas tumbas que aún afloraban del suelo. Único signo de vida, grandes aves de presa atrapaban las lagartijas y serpientes que, como basiliscos, se escondían entre las piedras o se deslizaban por las paredes. Del portal de la iglesia habían quedado unos pocos vestigios roídos por el moho. Del tímpano sólo sobrevivía una mitad, y divisé aún, dilatado por la intemperie y lánguido por la veladura sucia de los líquenes, el ojo izquierdo del Cristo en el trono, y una parte del rostro del león.

Salvo por la pared oriental, derrumbada, el Edificio parecía mantenerse en pie y desafiar el paso del tiempo.

Los dos torreones externos, que daban al precipicio, parecían casi intactos, pero por todas partes las ventanas eran órbitas vacías cuyas lágrimas viscosas eran pútridas plantas trepadoras. En el interior, la obra del arte, destruida, se confundía con la de la naturaleza, directamente a la vista desde la cocina, a través del cuerpo lacerado de los pisos superiores y del techo, desplomados como ángeles caídos. Después de tantas décadas, todo lo que no estaba verde de musgo seguía negro por el humo del incendio.

Hurgando entre los escombros, encontré aquí y allá jirones de pergamino, caídos del scriptorium y la biblioteca que habían sobrevivido como tesoros sepultados en la tierra. Y empecé a recogerlos, como si tuviese que reconstruir los folios de un libro. Después descubrí que en uno de los torreones todavía quedaba una escalera de caracol, tambaleante y casi intacta, que conducía al scriptorium, y desde allí, trepando por una montaña de escombros, podía llegarse a la altura de la biblioteca... aunque ésta era sólo una especie de galería pegada a las paredes externas, que por todas partes desembocaba en el vacío.

Junto a un trozo de pared encontré un armario, por milagro aún en pie, y que, no sé cómo, había sobrevivido al fuego para pudrirse luego por la acción del agua y los insectos. En el interior, quedaban todavía algunos folios. Encontré otros jirones hurgando entre las ruinas de abajo. Pobre cosecha fue la mía, pero pasé todo un día recogiéndola, como si en aquellos disiecta membra de la biblioteca me estuviese esperando algún mensaje. Algunos jirones de pergamino estaban descoloridos, otros dejaban adivinar la sombra de una imagen, y cada tanto el fantasma de una o varias palabras. A veces encontré folios donde podían leerse oraciones enteras; con mayor frecuencia encuadernaciones aún intactas, protegidas por lo que habían sido tachones de metal... Larvas de libros, aparentemente todavía sanas por fuera pero devoradas por dentro: sin embargo, a veces se había salvado medio folio, podía adivinarse un incipit, un título...

Recogí todas las reliquias que pude encontrar, y las metí en dos sacos de viaje, abandonando cosas que me eran útiles con tal de salvar aquel mísero tesoro.

Durante el viaje de regreso a Melk pasé muchísimas horas tratando de descifrar aquellos vestigios. A menudo una palabra o una imagen superviviente me permitieron reconocer la obra en cuestión. Cuando, con el tiempo, encontré otras copias de aquellos libros, los estudié con amor, como si el destino me hubiese dejado aquella herencia, como si el hecho de haber localizado la copia destruida hubiese sido un claro signo del cielo cuyo sentido era tolle et lege. Al final de mi paciente reconstrucción, llegué a componer una especie de biblioteca menor, signo de la mayor, que había desaparecido... una biblioteca hecha de fragmentos, citas, períodos incompletos, muñones de libros.

Cuanto más releo esa lista, más me convenzo de que es producto del azar y no contiene mensaje alguno. Pero esas páginas incompletas me han acompañado durante toda la vida que desde entonces me ha sido dado vivir, las he consultado a menudo como un oráculo, y tengo casi la impresión de que lo que he escrito en estos folios, y que ahora tú, lector desconocido, leerás, no es más que un centón, un carmen figurado, un inmenso acróstico que no dice ni repite otra cosa que lo que aquellos fragmentos me han sugerido, como tampoco sé ya si el que ha hablado hasta ahora he sido yo o, en cambio, han sido ellos los que han hablado por mi boca. Pero en cualquier caso, cuanto más releo la historia que de ello ha resultado, menos sé si ésta contiene o no una trama distinguible de la mera sucesión natural de los acontecimientos y de los momentos que los relacionan entre sí. Y es duro para este viejo monje, ya en el umbral de la muerte, no saber si la letra que ha escrito contiene o no algún sentido oculto, ni si contiene más de uno, o muchos, o ninguno.

Pero quizá esta incapacidad para ver sea producto de la sombra que la gran tiniebla que se aproxima proyecta sobre este mundo ya viejo.

Est ubi gloria nunc Babylonia? ¿Dónde están las nieves de otra época? La tierra baila la danza de Macabré; a veces me parece que surcan el Danubio barcas cargadas de locos que se dirigen hacia un lugar sombrío.

Sólo me queda callar. O quam salubre, quam iucundum et suave est sedere in solitudine et tacere et loqui cum Deo! Dentro de poco me reuniré con mi principio, y ya no creo que éste sea el Dios de gloria del que me hablaron los abades de mi orden, ni el de júbilo, como creían los franciscanos de aquella época, y quizá ni siquiera sea el Dios de piedad. Gott ist ein lautes Nichts, ihn rührt kein Nun noch Hier... Me internaré deprisa en ese desierto vastísimo, perfectamente llano e inconmensurable, donde el corazón piadoso sucumbe colmado de beatitud. Me hundiré en la tiniebla divina, en un silencio mudo y en una unión inefable, y en ese hundimiento se perderá toda igualdad y toda desigualdad, y en ese abismo mi espíritu se perderá a sí mismo, y ya no conocerá lo igual ni lo desigual, ni ninguna otra cosa: y se olvidarán todas las diferencias, estaré en el fundamento simple, en el desierto silencioso donde nunca ha existido la diversidad, en la intimidad donde nadie se encuentra en su propio sitio. Caeré en la divinidad silenciosa y deshabitada donde no hay obra ni imagen.

Hace frío en el scriptorium, me duele el pulgar. Dejo este texto, no sé para quién, este texto, que ya no sé de qué habla: stat rosa pristina nomine, nomina nuda tenemus.

Traducción y breve comentario
de los textos latinos que aparecen en
EL NOMBRE DE LA ROSA
de Umberto Eco,
por
TOMÁS DE LA ASCENSIÓN RECIO GARCÍA
Catedrático de Latín de Institutos de Bachillerato

Los textos latinos en *El nombre de la rosa* de Umberto Eco

Una consideración superficial pudiera tachar de pretencioso o simplemente de baladí el hecho de acometer la tarea de poner en español todos los textos latinos que aparecen dispersos a través de las setecientas largas páginas de la obra de Umberto Eco, *El nombre de la rosa*.

Sin embargo se me ocurrió la idea de transcribirlos en nuestra lengua común, el español, al hilo de la lectura reposada de la célebre novela, al pensar que muchos de sus lectores, por no decir, acaso, la inmensa mayoría, se sentirían defraudados o simplemente obstaculizados en la recta interpretación del contexto al tropezar con unas frases que no lograban descifrar totalmente.

No todos los textos latinos, es cierto, tienen la misma importancia ni idéntica dificultad, ni tampoco todos caben bajo el mismo epígrafe de frases latinas de corte clásico o de factura culta en su construcción gramatical.

Algunas de las frases pueden caer bajo el título de simples latinismos, usuales en todas las épocas y en todas las culturas nacionales europeas, alimentadas por la savia de la literatura latina medieval, profana y religiosa.

Otras son títulos de obras, reales o ficticias, atribuidas a autores antiguos o a monjes del medioevo cristiano. Las menos son escuetas palabras que expresan en latín un concepto atrevido que queda encubierto de alguna manera bajo la cápsula protectora del latín.

También abundan, como era de esperar, las citas bíblicas, particularmente véterotestamentarias. Pero yo creo que la inmensa mayoría de los textos latinos pertenecen al mundo cenobítico de la Edad Media, verdaderos o verosímiles, compuestos, acaso, algunos de ellos por el propio autor de la novela y que ensamblados en su contexto y correctamente interpretados aclaran y amplían el contenido ideológico o el desarrollo histórico de la acción.

No es mi finalidad buscar el origen (autores, obras, fechas) de cada una de las frases latinas, fundamentalmente por las razones antes aludidas, ni, por consiguiente, estudiar el posible contexto en que fueron escritas, sino simplemente ofrecer la traducción española, seguida a veces de un breve comentario que contribuya a la precisa aclaración en el contexto novelesco. Solamente de algunas de ellas citaré el origen concreto, pues las obras de las que han sido extraídas las citas o bien no han sido publicadas o es de difícil consulta su publicación.

Traduzco siguiendo el texto publicado por la Editorial PLAZA & JANÉS añadiendo, de acuerdo con el Índice, el orden de los días en que se desarrolla la acción, la página y la línea de la misma.

Debo advertir, por último, que la traducción que ofrezco de algunos textos latinos, de especial dificultad, no es acaso totalmente segura y que estoy dispuesto a una rectificación, si hubiera razones para ello, advirtiendo previamente de tal inseguridad al curioso lector que atentamente me siga.

Prólogo

Pág. 19, línea 6: La verdad la «vemos ahora a través de un espejo y en enigma». La frase es originaria de san Pablo y aplicada al mismo concepto de la trascendencia divina (I-Corintios, 13, 12).
Íd., línea 21: «verbatim» (adverbio derivado de «verbum» [palabra]). «Palabra por palabra».

Pág. 22, línea 4: «uso de hecho».
Íd., líneas 13 y 14: «Como entre algunos».

Pág. 26, líneas 28 y 29: «infantiles, juveniles, mujeriles». Son adjetivos griegos transliterados al alfabeto latino.

Pág. 27, línea 29: «adúltero». La palabra es de origen griego: molxós, moijós, con el mismo significado de «adúltero y libertino» que en latín.

Pág. 28, línea 21: «con un solo hombre al mando».
Íd., líneas 22 a 26: «que se muevan sin animal con ímpetu extraordinario, y aparatos de volar y un hombre sentado en medio del aparato, manipulando algún ingenio por medio del cual las alas compuestas artificialmente azoten el aire a la manera de un ave voladora».

Primer día
prima

Pág. 36, líneas 34 a 36: «toda la creación del mundo, /como un libro y una pintura,/ es como un espejo para nosotros». (Alain de Lille en su obra *Rythmus* P.L. 210, 579 AB).

Pág. 37, líneas 32 a 35: «que la cabeza [del caballo] sea pequeña y seca, con la piel casi adherida a los huesos, las orejas cortas y delgadas, los ojos grandes, la nariz chata, la cerviz levantada, la crin y la cola espesas, la redondez de los cascos unida a la solidez».

Primer día
tercia

Pág. 44, línea 15: «palabra o expresión de la mente».

Pág. 53, línea 29: «serás sacerdote para siempre» (Salmo 110, 4).

Pág 54, línea 14: «en presencia de los monjes».

Pág. 56, líneas 3 a 7: «Un monasterio sin libros es como una ciudad sin recursos, un castillo sin dotación, una cocina sin ajuar, una mesa sin alimentos, un jardín sin plantas, un prado sin flores, un árbol sin hojas».
Íd., línea 33: «el mundo envejece».

Primer día
sexta

Pág. 62, línea 20: «la pintura es la literatura de los legos» (San Bernardo, *Apologia ad Guillelmun*).

Pág. 71, línea 16: «dislocados miembros».
Íd., línea 26: «si es lícito comparar lo pequeño con lo grande». Frase parecida a la de la primera *Égloga* de Virgilio, al comparar el poeta la ciudad de Mantua con Roma, pero que aparece aquí levemente modificada respecto del original latino: «sic parvis componere magna solebam», «así solía comparar lo grande con lo pequeño». Y exactamente igual, pero en distinto orden, al texto del mismo Virgilio en las *Geórgicas*, IV, 176: «si parva licet componere magnis».

Pág. 77, líneas 14 y 15: «los hermanos y pobres eremitas del señor Celestino».

Pág. 86, líneas 1 a 3: «un hombre desnudo yacía con una desnuda... y no se mezclaban mutuamente».

Págs. 93 y 94, línea 33 y línea 1 (respectivamente): «de los cuales el primero [san Francisco de Asís] purificado por una piedra seráfica e inflamado de ardor celestial parecía incendiarlo todo. Pero el segundo [santo Domingo de Guzmán] fecundo por la palabra de la predicación irradió más claramente sobre las tinieblas del mundo [al fundar la Orden de los Predicadores].

Pág. 96, líneas 14 y 15: «la muerte es el descanso del viajero, es el fin de todo trabajo».

Primer día
después de nona

Pág. 111, líneas 6 a 9: «Tenga el [monje] bibliotecario un registro de todos los libros ordenado según materias y autores, y los coloque separadamente y en orden con las signaturas puestas por escrito».

Pág. 116, línea 9: «No pronunciar palabras vanas o que exciten la risa.»

Pág. 117, línea 20: «chanzas o chistes».

Pág. 118, línea 23: «por medio de un espejo y en un enigma» [Frase ya dicha anteriormente, pág. 19, línea 6.

Primer día
vísperas

Pág. 126, línea 35: «Ojos de vidrio con funda.»

Pág. 127, línea 7: «vidrios [o lentes] de los ojos para leer».

Pág. 128, línea 6: «como de injustos poseedores».

Primer día
completas

Pág 135, líneas 4 y 5: «Bendecid.» «Comerán los pobres» [Invocaciones litúrgicas].

Pág. 138, línea 32: «tal vez pudo [hacerlo], pero no se lee que lo hubiera hecho [la risa].
Íd., línea 34: «Come, ya está cocido.»

Pág. 140, líneas 16 a 18: «pero tú, Señor, ten compasión de noso-tros». «Nuestra ayuda en el nombre del Señor.» «Que hizo el cielo y la tierra.» Son invocaciones litúrgicas entresacadas de la Sagrada Escri-tura, sobre todo del libro de los Salmos.

Segundo día
maitines

Pág. 146, líneas 2 y 3: «Bendigamos al Señor.» «[demos] gracias a Dios». Invocaciones litúrgicas.

Íd., líneas 10 y 11: «Señor, abrirás mis labios y mi boca anun-ciará tu alabanza» (Salmo 50, 17).

Pág. 148, líneas 8 y 9: «Dios que es el esplendor admirable de los santos.» «Salido ya el sol» (Himno I de Prima).

Pág. 153, línea 9: «toda criatura del mundo es como un libro y es-critura» (Variante del texto de la página 36, líneas 34 a 36).

Pág. 160, líneas 33 a 35: «Hay una casa en la tierra, que retum-ba con voz clara. La casa misma resuena, pero no suena el callado huésped. Ambos sin embargo corren, al mismo tiempo el huésped y la casa».

Segundo día
tercia

Pág. 174, líneas 5 y 6: «Son hijos de Dios. Jesús dijo que haced por él lo que haced a uno de estos niños» (*sic*).
Íd., líneas 20 y 21: «que los hijos de Francisco no son heréticos».

Pág. 186, líneas 23 a 25: «Los poetas [las] llamaron fábulas de la palabra fando [hablar], porque no son hechos sucedidos, sino sólo fingidos por la palabra [es decir, hablando]».
El original latino juega con las aliteraciones expresivas «fando, factae, fictae», que no se logran en la traducción española.

Pág. 187, líneas 33 a 36: «El décimo grado de la humildad es que el monje no sea fácil ni pronto a la risa, porque está escrito: el estóli-do al reír levanta la voz» (Regla de san Benito, Cap. VII, De la hu-mildad).

Pág. 188, líneas 5 y 6: «alguna vez además río, bromeo, juego, soy hombre».

Íd., líneas 9 a 10: «Las chocarrerías o las palabras ociosas y que excitan la risa las condenamos en todos los lugares a una prohibición eterna y no permitimos que el discípulo abra la boca a tales expresiones.»

Íd., línea 24: «espiritualmente graciosas».

Íd., línea 27: «Del hábito y conversación de los monjes».

Íd., líneas 30 a 32: «Después de ciertas cosas serias debes admitir jocosidades, pero se deben llevar a cabo de manera digna.»

Pág. 189, línea 19: «No hay Dios.»

Pág. 190, línea 34: «Tú eres Pedro.»

Pág. 191, líneas 2 a 4: «Desnudé los muslos frente a tu rostro. O desnudaré o descubriré tus muslos y tus posaderas.»

Íd., líneas 20 y 21: «entonces el ano lanzó un poema desaliñado».

Segundo día
nona

Pág. 222, penúltima línea: «sálvame de la boca del león».

Segundo día
después de vísperas

Pág. 225, líneas 33 a 35: «aquel laberinto denota típicamente a este mundo. Para el que entra ancho, pero para el que sale demasiado estrecho».

Pág. 227, línea 34: «el agua fuente de vida».

Pág. 239, línea 1: «es griego, no se lee». Adagio medieval con el que se justificaba el desconocimiento del griego, dándole poca importancia.

Páginas 242 a 247. Títulos de libros e inscripciones:
—«Apocalipsis de Jesucristo».
—«Sobre los veinticuatro tronos».
—«Su nombre [es] la muerte».
—«Se oscureció el sol y el aire».
—«Se hizo granito y fuego».
—«En aquellos días».
—«Primogénito de los muertos».
—«Cayó del cielo una estrella grande».

—«Caballo blanco».
—«Gracia y paz para vosotros».
—«La tercera parte de la tierra fue quemada».
—«Sobre las miradas».
—«Sobre los ojos».
—«De los radios estrellados».
—«Libro de los monstruos de diversas clases».

Pág. 249, línea 34: «descansen de sus trabajos» (Apocalipsis, 14, 13).

Pág. 250, línea 5: «mujer ceñida por el sol». Frase repetida en otros pasajes (Apocalipsis, 12, 1).

Tercer día
tercia

Pág. 260, líneas 18 a 24: *Quinti Sereni de medicamentis*, [libro] de «Quinto Sereno sobre medicamentos»; *Phaenoma*, «Fenómenos»; *Liber Aesopi de natura animalium*, «Libro de Esopo acerca de la naturaleza de los animales»; *Liber Aethici peronymi de cosmographia*, «Libro de Etico perónimo [?] de cosmografía»; *Libri tres quos Arculphus episcopus adamnano escipiente de locis sanctis ultramarinis designavit conscribendos*, «Tres libros que el obispo Arculfo destinó para escribir sobre los santos lugares ultramarinos, recibiendo el encargo de escribirlos Adamnano [?]; *Libellus Q. Iulii Hilarionis de origine mundi*, «Librito de Q. Julio Hilarión sobre el origen del mundo»; *Solini Polyhistor de situ orbis terrarum et mirabilibus*, [Libro] «de Solino Polihistor [?] sobre el emplazamiento del mundo terráqueo y de sus maravillas»; *Almagesthus*, «El Almagesto».

Pág. 293, líneas 24 a 26: «lo que en efecto se hincha por la torpeza de los laicos no tiene efecto si no casualmente».
Íd., líneas 27 a 29: «Pero las obras de la sabiduría están controladas por cierta ley y se dirigen eficazmente a un fin debido.»

Pág. 298, líneas 10 a 12: «El secreto del confín de África una mano sobre un ídolo toma [o coge] el primero y el séptimo de cuatro» [?].

Pág. 302, líneas 5 y 6: «Prácticas del cargo de la inquisición de la herética maldad».

Pág. 308, línea 7: «Esta piedra lleva en sí la semejanza del cielo.»

Pág. 312, líneas 31 a 33: «En efecto todas las causas de efectos naturales se dan por medio de líneas, ángulos y figuras. Por otra parte es imposible en efecto saber por qué [se dan] en ellas». Procede de la obra titulada *De luce,* de Roberto Grossatesta, Maestro de Oxford (siglos XII-XIII).

Pág. 315, línea 7: «Es de Abón» [el abad].

Tercer día
después de completas

Págs. 318 y 319, línea 36 y línea 1 (respectivamente): «Haced penitencia, pues se acercará el reino de los cielos» (san Mateo, 3, 2, en pretérito perfecto: appropinquavit [se acercó]).

Pág. 323, línea 27: «de esto, basta».

Pág. 330, líneas 29 a 32: «En efecto, son hermosos los pechos que sobresalen un poco y se abultan módicamente y no flotan licenciosamente, sino suavemente ceñidos, recogidos, pero no hundidos...»

Pág. 337, líneas 22 a 25: «En el nombre del Señor. Amén. Ésta es una condenación corporal y la sentencia de la condenación corporal ha sido propuesta, dada y en estos escritos pronunciada y promulgada a modo de sentencia...»
En el texto latino aparecen varias palabras con ortografía latina no clásica.

Págs. 337 y 338, líneas 29 a 36 y líneas 1 a 6 (respectivamente):
«Juan llamado Miguel de Santiago, del condado de San Frediano, hombre de mala condición y de conversación, vida y fama pésimas, herético y manchado con la mancha de la herejía, que cree y afirma contra la fe católica... no teniendo a Dios presente sino más bien al enemigo del género humano, conscientemente, reflexivamente, torpemente y con ánimo e intención de practicar la maldad herética se mantuvo firme y convivió con los Fratricelli, llamados Fratricelli de la vida pobre, herejes y cismáticos, y siguió su malvada secta y herejía y sigue contra la fe católica... y entró en la dicha ciudad de Florencia y en los lugares públicos de dicha ciudad incluidos en la referida inquisición creyó, mantuvo y afirmó con pertinacia de boca y de corazón que Cristo nuestro redentor no poseyó cosa alguna en propiedad ni en común sino que tuvo tan sólo el simple uso de hecho, de cuantas cosas atestigua la sagrada escritura que las poseyó.»

Pág. 338, líneas 19 a 29:

«Nos consta también de lo afirmado anteriormente y de la dicha sentencia dada por el dicho señor obispo de Florencia, que el referido Juan es hereje, que no quiere corregirse y enmendarse de tantos errores y herejías y convertirse al recto camino de la fe, considerando al dicho Juan por irreductible, pertinaz y obstinado en sus dichos perversos errores, para que el mismo Juan no pretenda gloriarse de sus repetidos crímenes y perversos errores, y para que su castigo sea ejemplo a los demás, en consecuencia sea conducido a dicho Juan, llamado hermano Miguel, hereje y cismático, al lugar acostumbrado de la justicia y allí mismo sea quemado y abrasado con fuego y llamas ígneas encendidas, de manera que muera totalmente y su alma sea separada del cuerpo...»

El texto latino aparece en su morfología, sintaxis y ortografía bastante alejado de las exigencias del latín clásico.

Este proceso de herejía está tomado íntegramente de un texto del siglo XIV, según el libro *Ensayos sobre El nombre de la rosa*, de Renato Giovannoli (editor), Barcelona, Lumen, 1987.

Pág. 339, líneas 31 y 32: «moriremos por el Señor».

Pág. 346, línea 20: «de ti habla la fábula» o «es de ti del que se trata en esta historia» (Horacio, *Sátiras*, I, 1, 69-70).
Íd., línea 27: «mujer ceñida por el sol». Frase repetida en otras páginas, tomada del Apocalipsis, 12, 1.

Pág. 348, líneas 32 y 33: «marcha atrás» [retrocede]. Texto evangélico de Marcos, 8, 33.
Íd., línea 35: «fuerza apetecedora».

Pág. 350, línea 12: «muy buenas» (Génesis, I, 31).

Pág. 352, líneas 17 y 18: «terrible como una línea ordenada de campamentos» (*Cantar de los Cantares*, 6, 10).
Íd., líneas 32 y 33: «hermosos son los pechos que sobresalen un poco y se hinchan suavemente».

Pág. 353, líneas 3 a 5: «Oh rutilante estrella de las jóvenes, oh puerta cerrada, fuente de jardines, celda guardadora de perfumes, celda de los colores.»

Según el profesor Juan Bastardas, del Departamento de Filología Latina de la Universidad de Barcelona, la 1.ª estrofa, «siduis clarum puellarum», de esta canción procede del *Cancionero erótico del Monasterio de Ripoll*, cuyo texto completo y puntuación es así:

«*Sidus clarum, puellarum flos et decus omnium,*
rosa veris, que videris clarior quam lilium.»

«Estrella rutilante, flor y honor de todas las jóvenes,
rosa de primavera, que apareces más resplandeciente que el lirio».

Íd., línea 12: «Oh, desfallezco / Veo la causa del desfallecimiento y no le pongo remedio».

Es el estribillo que se repite al final de cada estrofa. En opinión del mismo Sr. Bastardas procede de una hermosa canción, la «Vacillantis trutine» («De la oscilante balanza»), que nos ha llegado a través de los *Carmina Burana* y de otras fuentes manuscritas. Hacia 1160.

En una edición italiana aparece la traducción humorística: «piango...il mo fallo», jugando con la anfibología de fallo [error-fallo] y falo [pene].

Íd., línea 22: «y todo era bueno».

Pág. 356, líneas 33 a 36: «Así pues toda figura tanto más evidentemente demuestra la verdad cuanto más claramente prueba por medio de una semejanza disimilar que ella es figura y no la verdad» (De Hugo de San Victor: *Commetariorum in Hieranchiam coelestem S. Dionysii Aeropagitae libri dedem*).

Pág. 358, línea 32: «todo animal [está] triste después del coito».

Cuarto día
laudes

Pág. 374, líneas 35 y 36: «nada se sigue de dos [proposiciones] particulares iguales». Séptima ley del silogismo aristotélico.

Pág. 375, líneas 7 y 8: «una vez o dos el [término] medio debe tomarse generalmente». Cuarta ley del silogismo aristotélico.

Pág. 376, línea 15: «nuez vomitiva».

Cuarto día
prima

Pág. 388, línea 17: «A las mujeres pobres en las aldeas.»

Íd., líneas 20 a 23: «pecan en efecto mortalmente cuando pecan con cualquier laico, pero cometen mayor pecado cuando lo hacen con un clérigo constituido en órdenes sagradas y mucho más cuando lo hacen con un religioso muerto al mundo».

Cuarto día
tercia

Pág. 401, líneas 24 a 26: «Los actos del apetito sensitivo en cuanto tienen una transmutación corporal anexa se llaman pasiones, pero no actos de la voluntad».

Pág. 402, líneas 6 y 7: «el apetito tiende a conseguir realmente lo apetecible para que el fin del movimiento esté allí».
Íd., líneas 8 a 10: «el amor hace que las mismas cosas que son amadas se unan de algún modo al amante y el amor es más cognitivo que conocimiento».
Íd., línea 12: «dentro y en su piel».

Pág. 403, línea 7: «principio de rivalidad»; «consorcio en el amado».
Íd., líneas 10 y 11: «a causa del mucho amor que tiene hacia lo existente».
Íd., líneas 14 y 15: «movimiento hacia el amado».

Pág. 404, líneas 21, 27 y 32: Las etimologías de *agnus, vis* y *canes* son totalmente falsas o vulgares, por simple apariencia de semejanza externa, pero carentes de base científica.

Pág. 405, líneas 33 y 35: *Vitulus*, becerro, no proviene de *viriditas*, verdor, ni de *virgo*, virgen. Son otras etimologías por simple apariencia externa.

Pág. 407, líneas 25 y 26: Es el mismo texto ya aparecido anteriormente, pág. 298.

Cuarto día
sexta

Pág. 421, líneas 30 a 33: «Corona del reino de mano de Dios»; «Diadema del imperio de mano de Pedro».

Pág. 422, línea 26: «tasas [o aranceles] sagradas penitenciarias».

Cuarto día
después de completas

Pág. 444, líneas 20 a 26: *Historia anglorum*, «Historia de los anglos [o ingleses]»; *De aedificatione templi*, «De la edificación del templo»; *De tabernáculo*, «Del tabernáculo»; *De temporibus et compu-to et chronica et circuli Dionysi*, «De los tiempos y del cómputo y de la crónica y del círculo [?] de Dionisio»; *De Ortographia*, «De la Orto-grafía»; *De ratione metrorum*, «De la teoría de las mediciones»; *Vita Sancti Cuthberti*, «Vida de San Cutberto»; *Ars metrica*, «Arte mé-trica»; *De rethorica cognatione*, «Sobre el parentesco retórico»; *Loco-rum rhetoricorum distinctio*, «Distinción de los lugares retóricos».

Íd., líneas 33 a 36 y Pág. 445, líneas 1 y 2: El texto latino pertenece a un poema hibérnico titulado *Hisperica famina*, de más de 600 versos, compuesto hacia el siglo VII en Irlanda, con las características de un latín insular, con influencias, además del latín y del griego clásicos, de la propia lengua celta latinizada.

«Con su espuma el Océano sirve de trinchera a las costas del mun-do, bate con sus líquidas alas el confín de las tierras. Azota con sus moles de agua las rocas avionias [de Irlanda o irlandesas(?)]. Mezcla la profunda grava con ruidoso torbellino, esparce las espumas en el ás-pero surco, es sacudido con frecuencia por ruidosos soplos...».

La traducción que ofrecemos no pretende ser totalmente fiel al original, debido a la introducción, en el poema, de léxico no exacta-mente clásico, como amniosis, avionias, bomboso, y acaso a más de una errata de transcripción, como *quatibur* por *quatitur*.

Pág. 445, líneas 8 a 10: Todas las palabras de este texto comienzan con la letra *p* y el texto en conjunto carece de sentido. Acaso pudiera significar: «El primero de todos los próceres...».

Págs. 445 y 446, líneas 32 a 36 y líneas 1 a 3 (respectivamente): «*Ignis, coquihabin* (porque tiene la facultad de cocer lo crudo), *ardo, calax* de color, *fragon* del fragor o estallido de la llama, *rusin* de rubor o color rojo, *fumaton, ustrax* de quemar, *vitius* porque con su pene [o lengua] vivifica los miembros muertos, *siluleus*, porque salta [o brota] del sílex [o sílice], de donde también se le llama no correctamente sí-lex, a no ser porque salta de alguna chispa. Y *aeneon*, del dios Eneas, que habita en él, o [porque] de él se comunica el soplo a los elementos.»
Íd., líneas 24 y 25: «en el nombre del padre y de la hija».

Pág. 448, líneas 2 y 6: *Fons*, «Fuente», *Fons Adaeu*, «Fuente de Adán [?].»
Íd., última línea: «mujer ceñida por el sol» (frase varias veces repe-tida).

Pág. 449, línea 30: «aquí hay leones».

Pág. 451, línea 6: «la fuente del paraíso».

Pág. 454, línea 12: «sobre los veinticuatro tronos».

Pág. 455, línea 26: «por encima o más allá del espejo».

Pág. 456, línea 9: «sobre o encima del espejo».

Pág. 462, líneas 1 a 6: «los que mezclan el alma con el cuerpo por medio de vicios y perturbaciones, en ambos sentidos destruyen lo que tiene de útil, necesario para la vida, y perturban el alma lúcida y nítida con el barro de los placeres carnales y mezclando la limpieza y el brillo del cuerpo de esta manera, lo dejan inútil para los deberes de la vida».

Quinto día
tercia

Pág. 505, línea 32: «Los nombres son consecuencia de las cosas.»

Pág. 506, líneas 10 y 12: *Nomen* [nombre] procede de *nomos* [en griego, ley]; *Nomina ad placitum*, «Los nombres a capricho»; es otra etimología falsa, derivada de cierta apariencia o semejanza externa de ambas palabras: *nomen* y *nomos*.

Quinto día
sexta

Pág. 519, líneas 15 y 17: «Tres libros sobre las plantas». «Tesoro de las hierbas.»

Quinto día
nona

Pág. 542, líneas 25 y 26: «perros del Señor». Dominicos o Dominicanos [juego de palabras sin base alguna etimológica].

Pág. 555, líneas 22 a 27: «Abigor, peca por nosotros... Amon, ten compasión de nosotros. Samael, líbranos del bien... Belial, ten compasión. Focalor, dirígete a mi corrupción... Haboryn, condenamos al señor... Zaebos, abrirás mi ano... Leonardo, rocíame con tu semen y quedaré manchado»,

Pág. 556, líneas 30 y 31: «un cinturón del diablo».

Sexto día
maitines

Pág. 588, líneas 30 a 36: *Sederunt*, [se sentaron]
Sederunt principes, [se sentaron los príncipes]
et adversus me, [y contra mí]
loquebantur, iniqui. [hablaban, los malvados.]
Adiuva me, Domine, [Ayúdame, Señor]
Deus meus salvum me fac, [Dios mío, hazme salvo]
propter magnam misericordiam tuam, [por tu gran misericordia,]
(Salmos 118, 23, 86 y 117, 25).

Pág. 589, líneas 26 y 27: «vibración o tono graduado o ascendente, llano o extendido, torcido o apretado, saltarino o impulsivo». Estas interpretaciones respecto de la calidad de las vibraciones musicales son, por mi parte, sólo aproximativas de la realidad que el autor quiere señalar seguramente al anunciar estos vocablos de raíz latina indudable.

Sexto día
prima

Pág. 607, líneas 34 y 35: «diferencias de olores».

Sexto día
tercia

Pág. 614, líneas 1 a 3: Texto parecido al de la página 298: «Toma [o coge] el primero y el séptimo de cuatro. En los confines de África, amén. Se sentaron».

Pág. 616, líneas 28 y 29: «negra pero hermosa» *(Cantar de los Cantares*, 1, 5).

Pág. 618, línea 1: «ceñida por el sol» (Apocalipsis, 12, 1).

Pág. 621, líneas 20 y 21: «la muerte es el descanso del viajero, el fin de todo trabajo». Texto igual que el de la página 96.

Pág. 623, líneas 11 a 16:
Lacrimosa dies illa [Día de lágrimas aquél]
qua resurget ex favilla [en que resurgirá de la ceniza]
iudicandus homo reus [el hombre para ser juzgado como reo]
huic ergo parce deus! [así pares a éste perdónale, Dios!]

pie Iesu domine [piadoso señor Jesús]
dona eis requiem [dales el descanso]

Estos versos constituyen la penúltima y la última estrofa del himno medieval *Dies irae*, de Tomás de Celano (siglo XIII).

Sexto día
después de tercia

Pág. 626, líneas 20 y 21: «la cena de Cipriano».
Íd., línea 27: «chistes de los monjes».

Pág. 626, líneas 2 a 4: «Me agradó jugar, admite al que juega, papa Juan. Si te gusta, tú mismo puedes reír.»
Íd., líneas 9 a 12:
Ridens cadit Gaudericus [Riendo cae Gauderico]
Zacharias admiratur [Zacarías se maravilla]
supinus in lectulum [tumbado en el lecho]
docet Anastasius [enseña Anastasio..]

Sexto día
sexta

Pág. 629, líneas 30 a 34:
I. «De los dichos de un necio.»
II. «Opúsculo de alquimia egipcia.»
III. «Exposición del Maestro Alcofriba sobre la cena del obispo de Cartago, Cipriano.»
IV. «Libro acéfalo de las violaciones de las doncellas y de los amores de las meretrices».

Sexto día
después de completas

Pág. 657, líneas 10 y 11: «suposición o supuesto material».
Íd., línea 11: «del dicho no de la cosa».
Íd., líneas 28 y 29; línea 33: Textos que ya han aparecido con idéntico sentido, en páginas anteriores.

Séptimo día
noche

Pág. 674, líneas 34 y 35: «violaciones de doncellas y amores de meretrices».

Pág. 683, líneas 10 y 11: «de todo el cuerpo había hecho lengua».

Pág. 684, líneas 15 y 16: «aquí hay leones».

Pág. 704, líneas 9 y 10: «el Señor [no está] en la conmoción, no en la conmoción»

Último folio

Pág. 708, línea 16: «cosas de nadie». Término del derecho romano para indicar algo que no pertenece a nadie.

Pág. 711, línea 29: «miembros dispersos» [o esparcidos de todas las lenguas que ha oído].

Pág. 712, línea 15: «toma y lee». Palabras que creyó oír san Agustín (*Confesiones*, VII) y que determinaron su conversión.

Pág. 713, línea 9: «¿En dónde está ahora la gloria de Babilonia?»
Íd., líneas 13 y 14: «Oh, que saludable, qué agradable y suave es sentarse en la soledad y callar y hablar con Dios.»

Pág. 713. Última frase del libro: «permanece la primitiva rosa de nombre, conservamos nombres desnudos», o «de la primitiva rosa sólo nos queda el nombre, conservamos nombres desnudos [o sin realidad]», o «la rosa primigenia existe en cuanto al nombre, sólo poseemos simples nombres».

Respecto al último texto latino que aparece en *El nombre de la rosa*, del que ofrecemos varias y parecidas traducciones, podíamos remitirnos a la interpretación que el mismo autor hace del hexámetro latino en su *Apostillas a* El nombre de la rosa.

Allí nos asegura que es un verso (por cierto holodactílico o compuesto todo él por pies dáctilos, como todos los del larguísimo poema, extraído de la obra *De contemptu mundi* («Del desprecio del mundo»), del monje benedictino del siglo XII, Bernardo Morliacense, o de Cluny.

Añade Eco que el citado monje compuso variaciones sobre el tema del *Ubi sunt?* («En dónde están?»). Debe entenderse: la gloria, la belleza, la juventud, etc., salvo que al topos [o lugar o tema], habitual, Bernardo añade la idea de que de todo eso que desaparece, sólo nos quedan meros nombres, es decir:

DE LA ROSA NOS QUEDA ÚNICAMENTE EL NOMBRE.

Apostillas a *El nombre
de la rosa*

El título y el significado

Desde que escribí *El nombre de la rosa* recibo muchas cartas de lectores que preguntan cuál es el significado del hexámetro latino final, y por qué el título inspirado en él. Contesto que se trata de un verso extraído del *De contemptu mundi* de Bernardo Morliacense, un benedictino del siglo XII que compuso variaciones sobre el tema del *ubi sunt* (del que derivaría el *mais où sont les neiges d'antan* de Villon), salvo que al topos habitual (los grandes de antaño, las ciudades famosas, las bellas princesas, todo lo traga la nada) Bernardo añade la idea de que de todo eso que desaparece sólo nos quedan meros nombres. Recuerdo que Abelardo se servía del enunciado *nulla rosa est* para mostrar que el lenguaje puede hablar tanto de las cosas·desaparecidas como de las inexistentes. Y ahora que el lector extraiga sus propias conclusiones.

El narrador no debe facilitar interpretaciones de su obra, si no, ¿para qué habría escrito una novela, que es una máquina de generar interpretaciones? Sin embargo, uno de los principales obstáculos para respetar ese sano principio reside en el hecho mismo de que toda novela debe llevar un título.

Por desgracia, un título ya es una clave interpretativa. Es imposible sustraerse a las sugerencias que generan *Rojo y negro* o *Guerra y paz*. Los títulos que más respetan al lector son aquellos que se reducen al nombre del héroe epónimo, como *David Copperfield* o *Robinson Crusoe*, pero incluso esa mención puede constituir una injerencia indebida por parte del autor. *Le Père Goriot* centra la atención del lector en la figura del viejo padre, mientras que la novela también es la epopeya de Rastignac o de Vautrin, alias Collin. Quizá habría que ser honestamente deshonestos, como Dumas, porque es evidente que *Los tres mosqueteros* es, de hecho, la historia del cuarto. Pero son lujos raros, que quizá el autor sólo puede permitirse por distracción.

Mi novela tenía otro título provisional: *La abadía del crimen*. Lo descarté porque fija la atención del lector exclusivamente en la intriga policíaca, y podía engañar al infortunado comprador ávido de historias de acción, induciéndolo a arrojarse sobre un libro que lo hubiera decepcionado. Mi sueño era titularlo *Adso de Melk*. Un título muy neutro, porque Adso no pasaba de ser el narrador. Pero nuestros editores aborrecen los nombres propios: ni siquiera *Fermo e Lucia* logró ser admitido tal cual; sólo hay contados ejemplos, como *Lemmonio Boreo*, *Rubé* o *Metello*... Poquísimos, comparados con las legiones de primas Bette, de Barry Lyndon, de Armance y de Tom Jones, que pueblan otras literaturas.

La idea de *El nombre de la rosa* se me ocurrió casi por casualidad, y me gustó porque la rosa es una figura simbólica tan densa que, por tener tantos significados, ya casi los ha perdido todos: rosa mística, y como rosa ha vivido lo que viven las rosas, la guerra de las dos rosas, una rosa es una rosa es una rosa es una rosa, los rosacruces, gracias por las espléndidas rosas, rosa fresca toda fragancia. Así, el lector quedaba con razón desorientado, no podía escoger tal o cual interpretación;

y, aunque hubiese captado las posibles lecturas nominalistas del verso final, sólo sería a último momento, después de haber escogido vaya a saber qué otras posibilidades. El título debe confundir las ideas, no regimentarlas.

Nada consuela más al novelista que descubrir lecturas que no se le habían ocurrido y que los lectores le sugieren. Cuando escribía obras teóricas, mi actitud hacia los críticos era la del juez: ¿han comprendido o no lo que quería decir? En el caso de una novela todo es distinto. No digo que el autor deba aceptar cualquier lectura, pero, si alguna le parece aberrante, tampoco debe salir a la palestra: en todo caso, que otros cojan el texto y la refuten. Por lo demás, la inmensa mayoría de las lecturas permiten descubrir efectos de sentido en los que no se había pensado. Pero ¿qué quiere decir que el autor no había pensado en ellos?

Una estudiosa francesa, Mireille Calle Gruber, ha descubierto sutiles paragramas que relacionan a los *simples* (en el sentido de pobres) con los *simples* en el sentido de hierbas medicinales, y luego advierte que hablo de la «mala hierba» de la herejía. Podría responder que el término «simples» se repite, con ambos sentidos, en la literatura de la época, así como la expresión «mala hierba». Por otra parte, conocía bien el ejemplo de Greimas sobre la doble isotopía que surge cuando se define al herborista como «amigo de los simples». ¿Era o no consciente de estar jugando con paragramas? Ahora no importa en absoluto que lo aclare: allí está el texto, que produce sus propios efectos de sentido.

Al leer las reseñas de la novela, me estremecía de placer cada vez que un crítico (los primeros fueron Ginevra Bompiani y Lars Gustaffson) citaba la frase que Guillermo pronuncia al final del proceso inquisitorial (pág. 469 de esta edición). «¿Qué es lo que más os aterra de la pureza?», pregunta Adso. Y Guillermo responde: «La prisa.» Me gustaban mucho, y siguen gustándome, esas dos líneas. Pero luego un lector me ha señalado que en la página siguiente Bernardo Gui, amenazando al cillerero con la tortura, dice: «Al contrario de lo que creían los seudoapóstoles, la justicia no lleva prisa, y la de Dios tiene siglos por delante.» El lector me preguntaba, con razón, qué relación había querido establecer entre la prisa que Guillermo temía y la falta de prisa que Bernardo celebraba. Entonces comprendí que había sucedido algo inquietante. En el manuscrito no figuraba ese pasaje del diálogo entre Adso y Guillermo. Lo añadí al revisar las pruebas: por razones de concinnitas necesitaba agregar un período antes de devolverle la palabra a Bernardo. Y lo que sucedió fue que, mientras hacía que Guillermo odiara la prisa (muy convencido de ello: de allí el placer que luego me produjo la frase), olvidé por completo que poco después también Bernardo hablaba de ella. Si se quita la frase de Guillermo, la de Bernardo no es más que una manera de hablar, lo que podría decir un juez, una frase hecha como «la justicia es igual para todos». Pero, ¡ay!, contrapuesta a la prisa que menciona Guillermo, la que menciona Bernardo produce legítimamente un efecto de sentido, de modo que el lector tiene razón cuando se pregunta si ambos dicen lo mismo o si, en cambio, existe una diferencia latente entre uno y otro odio por la prisa. Allí está el texto, que produce sus propios efectos de sentido. Independientemente de mi voluntad, la pregunta se plantea, aparece la ambigüedad, y, aunque por mi parte no vea bien cómo interpretar la oposición, comprendo que entraña un sentido (o quizá muchos).

El autor debería morirse después de haber escrito su obra. Para allanarle el camino al texto.

El autor no debe interpretar. Pero puede contar por qué y cómo ha escrito. Los llamados escritos de poética no siempre sirven para entender la obra que los ha inspirado, pero permiten entender cómo se resuelve el problema técnico de la producción de una obra.

En *La filosofía de la composición*, Poe cuenta cómo escribió *El cuervo*. No nos dice cómo debemos leerlo, sino qué problemas tuvo que resolver para producir un efecto poético. Por mi parte, llamaría efecto poético a la capacidad que tiene el texto de generar lecturas siempre distintas, sin agotarse jamás del todo.

El que escribe (el que pinta, el que esculpe, el que compone música) siempre sabe lo que hace y cuánto le cuesta. Sabe que debe resolver un problema. Los datos iniciales pueden ser oscuros, instintivos, obsesivos, mero deseo o recuerdo. Pero después el problema se resuelve escribiendo, interrogando la materia con que se trabaja, una materia que tiene sus propias leyes y que al mismo tiempo lleva implícito el recuerdo de la cultura que la impregna (el eco de la intertextualidad).

Miente el autor cuando dice que ha trabajado llevado por el rapto de la inspiración. Genius is twenty per cent inspiration and eighty per cent perspiration.

No recuerdo de qué famosa poesía suya Lamartine escribió que le había salido de una tirada, en una noche de tormenta, en medio de un bosque. Cuando murió, se encontraron los manuscritos con las correcciones y las variantes, y se descubrió que aquella poesía era quizá la más «trabajada» de toda la literatura francesa.

Cuando el escritor (o el artista en general) dice que ha trabajado sin pensar en las reglas del proceso, sólo quiere decir que al trabajar no era consciente de su conocimiento de dichas reglas. Aunque sería incapaz de escribir la gramática de su lengua materna, el niño la habla a la perfección. Pero el conocimiento de las reglas no es privativo del gramático: el niño las conoce muy bien, aunque no sepa que las conoce. El gramático sólo es aquel que sabe por qué y cómo el niño conoce la lengua.

Una cosa es contar cómo se ha escrito, y otra probar que se ha escrito «bien». Poe decía que «una cosa es el efecto de la obra, y otra el conocimiento del proceso». Cuando Kandinsky o Klee nos cuentan cómo pintan, no nos dicen si uno de ellos es mejor que el otro. Cuando Miguel Ángel nos dice que esculpir significa eliminar lo superfluo, liberar la figura que ya está inscrita en la piedra, no nos dice si la *Piedad* del Vaticano es mejor que la *Piedad Rondanini*. A veces las páginas más esclarecedoras sobre los procesos artísticos fueron obra de artistas menores, que no sabían producir grandes efectos, pero sí reflexionar muy bien sobre sus propios procesos: Vasari, Horatio Greenough, Aaron Copland...

Evidentemente, el Medioevo

Escribí una novela porque tuve ganas. Creo que es una razón suficiente para ponerse a contar. El hombre es por naturaleza un animal fabulador. Empecé a escribir en marzo de 1978, impulsado por una idea seminal. Tenía ganas de envenenar a un monje. Creo que las novelas nacen de una idea de ese tipo y que el resto es pulpa que se añade al andar. La idea debía de ser anterior. Más tarde encontré un cuaderno de 1975 con una lista de monjes que vivían en un convento sobre el que no constaban detalles. Nada más. Al comienzo me puse a leer el *Traité des poisons* de Orfila, que veinte años atrás junto al Sena le había comprado a un bouquiniste por pura fidelidad huysmaniana *(Là-bas)*. Como ninguno de los venenos me satisfacía, le pedí a un amigo biólogo que me indicase un fármaco que tuviera determinadas propiedades (que fuese absorbible por la piel al manipular algún objeto). Destruí enseguida la carta en que me respondía que no conocía veneno alguno que tuviese esas características, porque, leídos en otro contexto, ese tipo de documentos puede llevarnos a la horca.

Al comienzo, mis monjes tenían que vivir en un convento contemporáneo (pensaba en un monje detective que leía Il *Manifesto*). Pero como un convento, o una abadía, aún viven de muchos recuerdos medievales, me puse a rebuscar en mis archivos de medievalista en hibernación (un libro sobre la estética medieval en 1956, otras cien páginas sobre el mismo tema en 1969, algún ensayo por el camino, varios retornos a la tradición medieval en 1962 —para preparar mi estudio sobre Joyce— y luego, en 1972, el extenso trabajo sobre el *Apocalipsis* y las miniaturas del comentario de Beato de Liébana: o sea que el Medioevo estaba bien ejercitado). Me encontré con un vasto material (fichas, fotocopias, cuadernos) que se había ido acumulando desde 1952, y que estaba destinado a otros fines muy poco definidos: una historia de los monstruos, un análisis de las enciclopedias medievales, una teoría del catálogo... En determinado momento me dije que, puesto que el Medioevo era mi imaginario cotidiano, más valía escribir una novela que se desarrollase directamente en ese Medioevo. Como dije en alguna entrevista, el presente sólo lo conozco a través de la pantalla de la televisión, pero del Medioevo, en cambio, tengo un conocimiento directo. Cuando encendíamos una hoguera en el prado, mi mujer me acusaba de no saber mirar las chispas que se elevaban entre los árboles y volaban a lo largo de los cables de la electricidad. Cuando luego leyó el capítulo sobre el incendio, dijo: «¡Pero entonces sí mirabas las chispas!» Y yo respondí: «No, pero sabía cómo las hubiera visto un monje medieval.»

Hace diez años, en una carta al editor Franco Maria Ricci, que añadí a mi comentario al comentario del *Apocalipsis* de Beato de Liébana, confesaba: «Por más vueltas que le dé, debo decir que nací a la investigación atravesando bosques simbólicos donde habitaban unicornios y grifones, y comparando las estructuras pinaculares y cuadradas de las catedrales con las puntas de malicia exegética ocultas en las tetragonales fórmulas de las Summulae, deambulando entre el Vico degli Strami[1] y las naves cistercienses, conversando afablemente con cultos y fastuosos monjes cluniacenses, vigilado por un Aquinate gordinflón y racionalista, tentado por un Honorio Augustoduniense, por sus fantásticas geografías en las que al mismo tiempo se explicaba *quare in pueritia coitus non contingat*, cómo llegar a la Isla Perdida y cómo atrapar un basilisco con la sola ayuda de un espejuelo de bolsillo y de una fe inconmovible en el Bestiario.»

Ese gusto y esa pasión nunca me abandonaron, aunque más tarde, por razones morales y materiales (el oficio de medievalista suele exigir considerables riquezas y la posibilidad de vagar por lejanas bibliotecas microfilmando manuscritos imposibles de encontrar), haya recorrido otros caminos. Así, el Medioevo siguió siendo, si no mi oficio, mi afición, y mi tentación permanente, y lo veo por doquier, en transparencia, en las cosas de que me ocupo, que no parecen medievales pero lo son.

Secretas vacaciones dedicadas a pasear bajo las bóvedas de Autun, donde el abate Grivot escribe, hoy, manuales sobre el Diablo con encuadernaciones impregnadas de azufre, éxtasis campestres en Moissac y en Conques, deslumbrado por los Venerables Ancianos del *Apocalipsis* o por los diablos que arrojan las almas de

---

1. *Divina Comedia*, Paraíso X, 137: la rue du Fouarre, en París, donde estaban las escuelas de filosofía.

los condenados a enormes calderos humeantes; y, al mismo tiempo, estimulantes lecturas del monje iluminista Beda, la búsqueda en Occam del auxilio racional para penetrar los misterios del Signo en aquellos aspectos donde Saussure aún es oscuro. Y así sucesivamente, nostalgia constante de la *Peregrinatio Sancti Brandani*, verificación de nuestra interpretación del Libro de Kells, nueva visita a Borges en los *kenningars* celtas, verificación en los diarios del obispo Suger de las relaciones entre el poder y las masas obedientes...

La máscara

En realidad, no sólo decidí contar *sobre* el Medioevo. Decidí contar *en* el Medioevo, y por boca de un cronista de la época. Yo era un narrador principiante, y hasta entonces había mirado a los narradores desde el otro lado de la barricada. Me daba vergüenza contar. Me sentía como el crítico de teatro que de pronto se expone a las luces de las candilejas y siente sobre sí la mirada de quienes hasta entonces han sido sus cómplices en el patio de butacas.

¿Cómo decir «era una hermosa mañana de finales de noviembre» sin sentirse Snoopy? Pero, ¿y si se lo hubiera hecho decir a Snoopy? Es decir, ¿si «era una hermosa mañana...» lo dijese alguien autorizado a decirlo porque en su época eso podía decirse? Una máscara era lo que me hacía falta.

Me puse a leer, o a releer, a los cronistas medievales, para asimilar su ritmo, su candor. Libre de sospechas, pero no de los ecos de la intertextualidad. Así volví a descubrir lo que los escritores siempre han sabido (y que tantas veces nos han dicho): los libros siempre hablan de otros libros y cada historia cuenta una historia que ya se ha contado. Lo sabía Homero, lo sabía Ariosto, para no hablar de Rabelais o de Cervantes. De modo que mi historia sólo podía comenzar por el manuscrito reencontrado, y también ella sería una cita (naturalmente). Así escribí de inmediato la introducción, situando mi narración en un cuarto nivel de inclusión, en el seno de otras tres narraciones: yo digo que Vallet decía que Mabillon había dicho que Adso dijo...

Ya no tenía nada que temer. Entonces dejé de escribir por un año. Dejé de escribir porque descubrí otra cosa que ya sabía (que todos saben), pero que trabajando comprendí mejor.

Descubrí, pues, que una novela no tiene nada que ver, en principio, con las palabras. Escribir una novela es una tarea cosmológica, como la que se cuenta en el *Génesis* (ya decía Woody Allen que los modelos hay que saber elegirlos).

La novela como hecho cosmológico

Considero que para contar lo primero que hace falta es construirse un mundo lo más amueblado posible, hasta los últimos detalles. Si construyese un río, dos orillas, si en la orilla izquierda pusiera un pescador, si a ese pescador lo dotase de un carácter irascible y de un certificado de penales poco limpio, entonces podría empezar a escribir, traduciendo en palabras lo que no puede no suceder. ¿Qué hace un pescador? Pesca (y ya tenemos toda una secuencia más o menos inevitable de gestos). ¿Y qué sucede después? Hay peces que pican, o no los hay. Si los hay, el pescador los pesca y luego regresa contento a casa. Fin de la historia. Si no los hay, puesto que es irascible, quizá se ponga rabioso. Quizá rompa la caña de pescar. No es mucho, pero ya es un bosquejo. Sin embargo, hay un proverbio indio que dice: «Siéntate a la orilla del río y espera, el cadáver de tu enemigo no tardará en pasar.» ¿Y si la corriente transportase un cadáver, posibilidad contenida en el campo intertextual del río? No olvidemos que mi pescador tiene un certificado de penales sucio. ¿Correrá el riesgo de meterse en líos? ¿Qué hará? ¿Huirá, se hará el que no ve el cadáver? ¿Tendrá la conciencia sucia porque, al fin y al cabo, es el cadáver del hombre que odiaba? Irascible como es, ¿montará en cólera por no haber podido consumar él mismo la anhelada venganza? Ya lo veis, ha bastado amueblar apenas nuestro mundo para que se perfile una historia. Y también un estilo, porque un pescador que pesca debería imponerme un ritmo narrativo lento, fluvial, acompasado a su espera, que debería ser paciente, pero también a los arrebatos de su impaciente iracundia. La cuestión es construir el mundo, las palabras vendrán casi por sí solas. *Rem tene, verba sequentur*. Al contrario de lo que, creo, sucede en poesía: *verba tene, res sequentur*.

El primer año de trabajo de mi novela estuvo dedicado a la construcción del mundo. Extensos registros de todos los libros que podían encontrarse en una biblioteca medieval. Listas de nombres y fichas censuales de muchos personajes, muchos de ellos excluidos luego de la historia. Porque también tenía que saber quiénes eran los monjes que no aparecen en el libro: no era necesario que el lector los conociese, pero yo debía conocerlos. ¿Quién dijo que la narrativa debe hacerle la competencia al Registro Civil? Pero quizá también deba hacérsela a la Asesoría de Urbanismo. De allí las extensas investigaciones arquitectónicas, con fotos y planos de la enciclopedia de la arquitectura, para determinan la planta de la abadía, las distancias, hasta la cantidad de peldaños que hay en una escalera de caracol. En cierta ocasión, Marco Ferreri me dijo que mis diálogos son cinematográficos porque duran el tiempo justo. No podía ser de otro modo, porque, cuando dos de mis personajes hablaban mientras iban del refectorio al claustro, yo escribía mirando el plano y cuando llegaban dejaban de hablar.

Para poder inventar libremente hay que ponerse límites. En poesía, los límites pueden proceder del pie, del verso, de la rima, de lo que los contemporáneos han llamado respirar con el oído... En narrativa, los límites proceden del mundo subyacente. Y esto no tiene nada que ver con el realismo (aunque explique *también* el realismo). Puede construirse un mundo totalmente irreal, donde los asnos vuelen y las princesas resuciten con un beso: pero ese mundo puramente posible e irreal debe existir según unas estructuras previamente definidas (hay que saber si es un mundo en el que una princesa puede resucitar sólo con el beso de un príncipe o también con el de una hechicera, o si el beso de una princesa sólo vuelve a transformar en príncipes a los sapos o, por ejemplo, también a los armadillos).

También la Historia formaba parte de mi mundo. Por eso leí y releí tantas crónicas medievales, y al leerlas me di cuenta de que la novela debía contener elementos que al comienzo ni siquiera había rozado con la imaginación, como las luchas en torno a la pobreza o los procesos inquisitoriales contra los fraticelli.

Por ejemplo, ¿por qué en mi libro aparecen los fraticelli del siglo XII? Si debía escribir una historia medieval, hubiese tenido que situarla en el siglo XIII, o en el XII, que conocía mejor que el XIV. Pero necesitaba un detective, a ser posible inglés (cita intertextual), dotado de un gran sentido de la observación y una sensibilidad especial para la interpretación de los indicios. Cualidades que sólo se encontraban dentro del ámbito franciscano, y con posterioridad a Roger Bacon; además, sólo en los occamistas encontramos una teoría desarrollada de los signos; mejor dicho, ya existía antes, pero entonces la interpretación de los signos era de tipo simbólico o bien tendía a leer en ellos la presencia de las ideas y los universales. Sólo en Bacon y en Occam los signos se usan para abordar el conocimiento de los individuos. Por tanto, debía situar la historia en el siglo XIV, aunque me incordiase, porque me costaba moverme en esa época. De allí nuevas lecturas, y el descubrimiento de que un franciscano del siglo XIV, aunque fuera inglés, no podía ignorar la querella sobre la pobreza, sobre todo si era amigo o seguidor o conocido de Occam. (Dicho sea de paso, al principio decidí que el detective fuese el propio Occam, pero después renuncié, porque la persona del Venerabilis Inceptor me inspira antipatía).

Pero. ¿por qué todo sucede a finales de noviembre de 1327? Porque en diciembre Michele da Cesena ya se encuentra en Aviñón (en esto consiste amueblar un mundo en una novela histórica: algunos elementos, como la cantidad de peldaños, dependen de una decisión del autor; otros, como los movimientos de Michele, dependen del mundo real, que, por ventura, en este tipo de novelas viene a coincidir con el mundo posible de la narración).

Pero noviembre era demasiado pronto. En efecto, también necesitaba matar un cerdo. ¿Por qué? Muy sencillo: para meter un cadáver cabeza abajo en una tinaja llena de sangre. ¿Por qué necesitaba hacerlo? Porque la segunda trompeta del *Apocalipsis* anuncia que... El *Apocalipsis* era intocable porque formaba parte del mundo. Pues bien, sucede que los cerdos (como averigüé) se matan cuando hace frío, y noviembre podía ser demasiado pronto. Salvo que situase la abadía en la montaña, de forma que ya hubiera nieve. Si no, mi historia hubiese podido desarrollarse en la llanura, en Pomposa o en Conques.

El mundo construido es el que nos dirá cómo debe proseguir la historia. Todos me preguntan por qué mi Jorge evoca, por el nombre, a Borges, y por qué Borges es tan malvado. No lo sé. Quería un ciego que custodiase una biblioteca (me parecía una buena idea narrativa), y biblioteca más ciego sólo puede dar Borges, también porque las deudas se pagan. Y, además, la influencia del *Apocalipsis* sobre todo el Medioevo se ejerce a través de los comentarios y miniaturas españolas. Pero cuando puse a Jorge en la biblioteca aún no sabía que el asesino era él. Por decirlo así, todo lo hizo él solo. Que no se piense que ésta es una posición «idealista», como si dijese que los personajes tienen vida propia y que el autor, como un médium, los hace actuar siguiendo sus propias sugerencias. Tonterías que pueden figurar entre los temas de un examen de ingreso a la universidad. Lo que sucede, en cambio, es que los personajes están obligados a actuar según las leyes del mundo en que viven. O sea que el narrador es prisionero de sus propias decisiones iniciales.

Otra historia curiosa fue la del laberinto. Todos los laberintos que conocía —y tenía a mi disposición el bello estudio de Santarcangeli— eran laberintos al aire libre. Los había bastante complicados y llenos de circunvoluciones. Pero yo necesitaba un laberinto cerrado (¿habéis visto alguna vez una biblioteca al aire libre?) y si el laberinto era demasiado complicado, con muchos pasillos y salas internas, la aireación sería insuficiente. Y para alimentar el incendio (eso sí que lo tenía claro: al final el Edificio debía arder; pero también por razones cosmológico-históricas: en el Medioevo las catedrales y los conventos ardían como cerillas; imaginar una historia medieval sin incendio es como imaginar una película de guerra en el Pacífico sin un avión de caza que se precipita envuelto en llamas) se necesitaba una buena aireación. Así fue como durante dos o tres meses me dediqué a construir un laberinto idóneo, y al final tuve que añadirle troneras, porque, si no, el aire hubiese seguido siendo insuficiente.

¿Quién habla?

Tenía muchos problemas. Quería un sitio cerrado, un universo concentracionario, y para cerrarlo mejor convenía que, además de la unidad de lugar, también introdujese la unidad de tiempo (puesto que la de acción era dudosa). Por tanto, una abadía benedictina, con la vida escandida por las horas canónicas (quizá el modelo era el *Ulises*, por la férrea estructura basada en las horas del día, pero también era *La montaña mágica*, por el ambiente rupestre y de sanatorio en que habrían de desarrollarse tantas conversaciones).

Las conversaciones me planteaban muchas dificultades, pero luego las resolví escribiendo. Hay un tema poco tratado en las teorías de la narrativa: el de los *turn ancillaries*, es decir, los artificios de que se vale el narrador para ceder la palabra a los distintos personajes. Véase las diferencias entre estos cinco diálogos:

1. —¿Cómo estás?
   —No me quejo, ¿y tú?
2. —¿Cómo estás? —dijo Juan.
   —No me quejo, ¿y tú? —dijo Pedro.
3. —¿Cómo —dijo Juan—, cómo estás?
   Y Pedro, precipitadamente:
   —No me quejo, ¿y tú?
4. —¿Cómo estás? —se apresuró a decir Juan.
   —No me quejo, ¿y tú? —respondió Pedro en tono de burla.
5. Dijo Juan:
   —¿Cómo estás?
   —No me quejo —respondió Pedro con voz neutra. Luego, con una sonrisa indefinible—: ¿Y tú?

Salvo en los dos primeros casos, en los otros se observa lo que se define como «instancia de la enunciación». El autor interviene con un comentario personal para sugerir el sentido que pueden tener las palabras de uno y otro personaje. Pero, ¿esa intención falta realmente en las soluciones, al parecer asépticas, de los dos primeros casos? ¿Y dónde es más libre el lector? ¿En los dos casos asépticos, donde podría sufrir una imposición afectiva sin darse cuenta (¡la aparente neutralidad del diálogo en Hemingway, por ejemplo!), o en los otros tres casos, donde al menos sabe a qué juego está jugando el autor?

Se trata de un problema de estilo, un problema ideológico, un problema de «poesía», similar a la elección de una rima interna o de una asonancia, o a la introducción de un paragrama. Hay que encontrar una coherencia. Quizá mi caso era fácil porque Adso relata todos los diálogos, y qué duda cabe de que Adso impone su punto de vista a toda la narración.

Los diálogos también me planteaban otra dificultad. ¿Hasta qué punto podían ser medievales? Con otras palabras, mientras escribía me fui dando cuenta de que el libro adquiría una estructura de melodrama bufo, con extensos recitativos y amplias arias. Las arias (por ejemplo, la descripción de la portada) remedaban la gran retórica del Medioevo, y en ese caso no faltaban modelos. Pero, ¿y los diálogos? En determinado momento temí que los diálogos fueran Agatha Christie, mientras que las arias eran Suger o san Bernardo. Me puse a releer las novelas medievales, quiero decir la epopeya de caballería, y me di cuenta de que, con alguna licencia de mi parte, estaba respetando, sin embargo, un uso narrativo y poético que no era ajeno al Medioevo. Pero el problema me preocupó largamente, y no estoy seguro de haber resuelto esos cambios de registro entre aria y recitativo.

Otro problema: la inclusión de las diferentes voces, o sea de las distintas instancias narrativas. Sabía que estaba contando (yo) una historia con las palabras de otro, y después de haber advertido en el prefacio que las palabras de este último habían sido filtradas por al menos otras dos instancias narrativas, la de Mabillon y la del abate Vallet, aunque pudiese suponerse que éstos habían hecho un trabajo filológico sobre un texto no manipulado (pero, ¿quién se lo cree?). Sin embargo, el problema volvía a plantearse dentro de la narración en primera persona de Adso. Adso cuenta a los ochenta años algo que vio a los dieciocho. ¿Quién habla? ¿El Adso de dieciocho años o el octogenario? Evidentemente, ambos, y no por casualidad. El juego consistía en hacer entrar continuamente en escena al Adso anciano, que razona sobre lo que recuerda haber visto y oído cuando era el otro Adso, el joven. El modelo (aunque no haya releído el libro, porque me bastaban los recuerdos lejanos) era el Serenus Zeitblom de *Doctor Faustus*. Este doble juego enunciativo me fascinó y me entusiasmó muchísimo. Porque, además, para volver a lo que decía sobre la máscara, cuando duplicaba a Adso volvía a duplicar la serie de espacios estancos, de pantallas, que había entre yo como personalidad biográfica, o yo como autor narrador, yo narrador, y los personajes narrados, incluida la voz narrativa. Cada vez me sentía más protegido, y toda la experiencia me ha recordado (quiero decir carnalmente, y con la evidencia de una magdalena embebida en tila) ciertos juegos infantiles bajo las mantas, cuando me sentía en un submarino, y desde allí lanzaba mensajes a mi hermana, oculta bajo las mantas de otra camita, ambos aislados del mundo externo, y totalmente libres de inventar largas carreras por el fondo de mares silenciosos.

Adso fue muy importante para mí. Desde el comienzo quise contar toda la historia (con sus misterios, sus hechos políticos y teológicos, sus ambigüedades) con la voz de alguien que pasa a través de los acontecimientos, los registra todos con la fidelidad fotográfica de un adolescente, pero no los entiende (ni los entenderá plenamente cuando viejo, hasta el punto de que acaba optando por una fuga hacia la nada divina, que no era la que su maestro le había enseñado). Que se entienda todo a través de las palabras de alguien que no entiende.

Al leer las críticas, observo que éste es uno de los aspectos de la novela que menos ha impresionado a los lectores cultos, o al menos diría que ninguno, o casi ninguno, lo ha puesto de relieve. Me pregunto, en cambio, si no habrá sido uno de los elementos que contribuyeron a que la novela resultase legible para los lectores corrientes. Se identificaron con la inocencia del narrador, y se sintieron justificados aunque a veces no lo entendieran todo. Los restituí a sus terrores ante el sexo, ante las lenguas desconocidas, ante las dificultades del pensamiento, ante los misterios de la vida política... Esto lo entiendo ahora, *après coup*, pero quizá al escribir estaba transfiriendo a Adso muchos de mis terrores de adolescente, y desde luego que sí en sus palpitaciones de amor (aunque siempre con la garantía de estar obrando por interpósita persona: de hecho, las penas de amor, Adso las vive sólo a través de las palabras con que hablaban del amor los doctores de la Iglesia). Tanto Joyce como Eliot me habían enseñado que el arte es la huida de la emoción personal.

La lucha contra la emoción fue durísima. Había escrito una hermosa plegaria, inspirada en el elogio de la Naturaleza de Alain de Lille, con la intención de ponerla en labios de Guillermo en un momento de emoción. Después me di cuenta de que nos habríamos emocionado los dos: yo como autor y él como personaje. Yo como autor no debía, por razones de poética. Él como personaje no podía, porque estaba hecho de otra pasta, y sus emociones eran todas mentales, o bien reprimidas. De modo que eliminé el pasaje. Al concluir la lectura del libro, una amigo me dijo: «La única objeción que te haría es que Guillermo nunca tiene un gesto de piedad.» Se lo conté a otro amigo, que respondió: «Está bien. Ese es el estilo de su *pietas*.» Puede que así fuese. Pues que sea así.

La preterición

Adso también me sirvió para resolver otra cuestión. Hubiese podido situar la historia en un Medioevo en el que todos supieran de qué se hablaba. Si en una historia contemporánea un personaje dice que el Vaticano no aprobaría su divorcio, no es necesario explicar qué es el Vaticano y por qué no aprueba el divorcio. En una novela histórica, en cambio, hay que proceder de otro modo, porque también se narra para que los contemporáneos comprendamos mejor lo que sucedió, y en qué sentido lo que sucedió también nos atañe a nosotros.

El peligro que entonces se plantea es el del salgarismo. Los personajes de Salgari huyen a la selva perseguidos por los enemigos y tropiezan con una raíz de baobab, y de pronto el narrador suspende la acción para darnos una lección de botánica sobre el baobab. Ahora eso se ha transformado en un topos, entrañable como los vicios de las personas que hemos amado; pero no debería hacerse.

Aunque volví a escribir centenares de páginas para evitar ese tipo de traspié, no recuerdo haberme dado cuenta nunca de cómo resolvía el problema. Me di cuenta sólo después de dos años, y precisamente mientras buscaba una explicación para el hecho de que también leyesen el libro personas a las que, sin duda, no podían gustarles los libros tan «cultos». El estilo narrativo de Adso se basa en una figura de pensamiento llamada «preterición». ¿Recuerdan el ejemplo ilustre? «Cesare taccio, che per ogni piaggia...» Se declara que no se quiere hablar de algo que todos conocen muy bien, y al hacer esa declaración ya se está hablando de ello. Aproximadamente así procede Adso cuando alude a personas y acontecimientos que da por conocidos y, sin embargo, explica. Con respecto a las personas y acontecimientos que el lector de Adso, alemán de finales del siglo, no podía conocer, porque habían sucedido en Italia a comienzos de dicho siglo, Adso los expone sin reticencias, y en tono didáctico, porque ése era el estilo del cronista medieval, deseoso de introducir nociones enciclopédicas cada vez que mencionaba algo. Después de haber leído el manuscrito, una amiga (no la que he mencionado) me dijo que le había impresionado el tono periodístico, no novelístico, del relato: si mal no recuerdo, dijo que parecía el lenguaje de un artículo del *Espresso*. En el primer momento me cayó mal, pero después comprendí lo que había captado sin darse cuenta. Así cuentan los cronistas de esos siglos, y si hoy hablamos de crónica es porque entonces se escribían tantas crónicas.

La respiración

Pero también había otro motivo para insertar los extensos pasajes didácticos. Después de haber leído el manuscrito, los amigos de la editorial me sugirieron que acortase las primeras cien páginas, porque les parecía que exigían demasiado esfuerzo y se leían con dificultad. No vacilé en negarme, porque, sostuve, si alguien quería entrar en la abadía y vivir en ella siete días, tenía que aceptar su ritmo. Si no lo lograba, nunca lograría leer todo el libro. De allí la función de penitencia, de iniciación, que tienen las primeras cien páginas; y, si a alguien no le gusta, peor para él: se queda en la falda de la colina.

Entrar en una novela es como hacer una excursión a la montaña: hay que aprender a respirar, coger un ritmo de marcha, si no todo acaba enseguida. En poesía sucede lo mismo. Piensen en lo insoportables que resultan los poetas recitados por actores que, para «interpretar», no respetan la medida del verso, hacen *enjambements* recitativos como si hablasen en prosa, siguen el contenido en lugar del ritmo. Para leer una poesía escrita en endecasílabos y tercetos hay que adoptar el ritmo cantado que quería el poeta. Más vale recitar a Dante como aquellas poesías que se publicaban en el *Corriere dei Piccoli*, que sacrificarlo todo por el sentido.

En la narrativa, la respiración no se obtiene en el plano de la frase, sino mediante macroproposiciones más extensas, mediante la escansión de los acontecimientos. Hay novelas que respiran como gacelas y otras que respiran como ballenas, o como elefantes. La armonía no reside en la longitud del aliento, sino en la regularidad con que se lo toma; también porque, si en determinado momento (que no debe ser muy frecuente), la aspiración se interrumpe y un capítulo (o una secuencia) acaba antes de que haya concluido la respiración, eso puede desempeñar una función importante en la economía del relato, puede marcar un punto de ruptura, un golpe de teatro. Al menos así proceden los grandes autores: «La infeliz respondió» —punto y aparte— no tiene el mismo ritmo que «Adiós montes», pero cuando llega es como si el bello cielo de Lombardía se tiñese de sangre. Una gran novela es aquella en que el autor siempre sabe dónde acelerar y dónde frenar, y cómo dosificar esos golpes de pedal dentro del marco de un ritmo de fondo que permanece constante. En música se puede «robar», pero no demasiado, porque si no tenemos el caso de esos malos intérpretes que creen que para tocar Chopin basta con exagerar el *rubato*. No estoy diciendo cómo resolví mis problemas, sino cómo me los planteé. Y mentiría si dijese que me los planteé conscientemente. Hay un pensamiento de la composición que piensa incluso a través del ritmo con que los dedos golpean las teclas de la máquina.

Quisiera poner un ejemplo de cómo contar es pensar con los dedos. Es evidente que toda la escena de la relación sexual en la cocina está construida con citas de textos religiosos, desde el *Cantar de los Cantares* hasta san Bernardo y Jean de Fecamp o santa Hildegarde von Bingen. Hasta las personas que no están familiarizadas con mística medieval, pero que tienen un poco de oído, se dieron cuenta. Sin embargo, cuando alguien me pregunta a quién pertenecen las citas y dónde acaba una y empieza otra, ya no estoy en condiciones de decirlo.

De hecho, tenía decenas y decenas de fichas con todos los textos, y a veces páginas de libros, y fotocopias, muchísimas, muchas más de las que luego utilicé. Pero la escena la escribí de una tirada (lo único que hice después fue pulirla, como pasarle una mano de barniz para disimular mejor las suturas). Así, pues, escribía rodeado de los textos, que yacían en desorden, y la mirada se iba posando en uno o en otro; copiaba un trozo y enseguida lo enlazaba con el siguiente. Es el capítulo que, en la primera versión, escribí más aprisa que cualquier otro. Después comprendí que estaba tratando de seguir con los dedos el ritmo de la escena, de modo que no podía detenerme para escoger la cita justa. La cita que insertaba en cada caso era justa en función del ritmo con que la insertaba; desechaba con la mirada las que hubiesen detenido el ritmo de los dedos. No puedo decir que la narración del episodio haya durado lo mismo que éste (aunque hay actos bastante prolongados), pero traté de abreviar lo más posible la diferencia entre el tiempo del acto y el tiempo de la escritura. No en el sentido de Barthes, sino en el del dactilógrafo: me refiero a la escritura como actividad material, física. Y me refiero a los ritmos del cuerpo, no a las emociones. La emoción, ya filtrada, había estado antes, en la decisión de asimilar el éxtasis místico al éxtasis erótico, en el momento en que leí y escogí los textos que utilizaría. Después, nada de emoción: de hacer el amor se ocupaba Adso, no yo, yo sólo debía traducir su emoción en un juego de ojos y dedos, como si hubiese decidido contar una historia de amor tocando el tambor.

Construir el lector

Ritmo, respiración, penitencia... ¿Para quién? ¿Para mí? No, sin duda: para el lector. Se escribe pensando en un lector. Así como el pintor pinta pensando en el que mira el cuadro. Da una pincelada y luego se aleja dos o tres pasos para estudiar el efecto: es decir, mira el cuadro como tendría que mirarlo, con la iluminación adecuada el espectador que lo admire cuando esté colgado en la pared. Cuando la obra está terminada, se establece un diálogo entre el texto y sus lectores (del que está excluido el autor). Mientras la obra se está haciendo, el diálogo es doble. Está el diálogo entre ese texto y todos los otros textos escritos antes (sólo se hacen libros sobre otros libros y en torno a otros libros), y está el diálogo entre el autor y su lector modelo. La teoría figura en otras obras que he escrito, como *Lector in fabula* o, antes incluso, en *Obra abierta*, pero tampoco es un invento mío.

Puede suceder que el autor escriba pensando en determinado público empírico, como hacían los fundadores de la novela moderna, Richardson, Fielding o Defoe, que escribían para los comerciantes y sus esposas; pero también Joyce escribe para el público cuando piensa en un lector ideal presa de un insomnio ideal. En ambos casos —ya se crea que se habla a un público que está allí, al otro lado de la puerta, con el dinero en la mano, o bien se decida escribir para un lector que aún no existe— escribir es construir, a través del texto, el propio modelo de lector.

¿Qué significa pensar en un lector capaz de superar el escollo penitencial de las cien primeras páginas? Significa exactamente escribir cien páginas con el objeto de construir un lector idóneo para las siguientes.

¿Algún escritor escribe sólo para la posteridad? No, por más que lo afirme, porque, como no es Nostradamus, sólo puede modelar la posteridad basándose en su imagen de los contemporáneos. ¿Algún autor escribe para pocos lectores? Sí, si ello significa que el Lector Modelo que construye tiene, según sus previsiones, pocas posibilidades de ser personificado por la mayoría. Pero, incluso en ese caso, el escritor escribe con la esperanza, ni siquiera demasiado secreta, de que precisamente su libro logre crear, y en gran número, muchos nuevos representantes de ese lector deseado y perseguido con tanta meticulosidad artesanal, ese lector que su texto postula e intenta suscitar.

La diferencia, en todo caso, está entre el texto que quiere producir un lector nuevo y el que trata de anticiparse a los deseos del lector que puede encontrarse por la calle. En el segundo caso, tenemos el libro escrito, construido según un formulario adecuado para la producción en serie: el autor realiza una especie de análisis de mercado, y se ajusta a las expectativas. Con la distancia puede verse quién trabaja mediante fórmulas: basta analizar las diferentes novelas que ha escrito, para descubrir que, salvo los cambios de nombres, lugares y fisonomías, en todas se cuenta la misma historia. La que el público pedía.

En cambio, cuando el escritor planifica lo nuevo, y proyecta un lector distinto, no quiere ser un analista de mercado que confecciona la lista de los pedidos formulados, sino un filósofo, que intuye las tramas del Zeitgeist. Quiere revelarle a su público lo que *debería* querer, aunque no lo sepa. Quiere que, por su intermedio, el lector se descubra a sí mismo.

Si Manzoni hubiese querido responder al pedido del público, tenía la fórmula a su disposición: la novela histórica de ambiente medieval, con personajes ilustres, como en la tragedia griega, reyes y princesas (¿qué otra cosa hace en *Adelchi*?), y grandes y nobles pasiones, y empresas guerreras, y alabanza de las glorias itálicas en una época en que Italia era tierra de fuertes. ¿No fue eso lo que hicieron antes de él, junto a él y después de él, tantos autores de novelas históricas más o menos desafortunados, desde el artesano d'Azeglio hasta el impetuoso y turbio Guerrazzi y el ilegible Cantù?

¿Qué hace, en cambio, Manzoni? Escoge el siglo XVII, época de esclavitud, y personajes viles, y el único espadachín es un traidor, y no narra batallas, y se atreve a cargar la historia con documentos y bandos... Y gusta, gusta a todos, a cultos e incultos, a grandes y pequeños, a beatos y a comecuras. Porque había intuido que a los lectores de su época había que darles *eso*, aunque no lo supiesen, aunque no lo pidieran, aunque no creyesen que fuera comestible. Y cuánto trabaja, con la lima, la sierra y el martillo, y cómo pule su lengua, para que el producto resulte más sabroso. Para obligar a los lectores empíricos a transformarse en el lector modelo que había soñado.

Manzoni no escribía para gustar al público tal como era, sino para crear un público al que su novela no pudiera no gustarle. ¡Y guay de que no le gustara! Ya se ve por la hipocresía y serenidad con que habla de sus veinticinco lectores. Veinticinco millones, eso quiere.

¿Qué lector modelo quería yo mientras escribía? Un cómplice, sin duda, que entrase en mi juego. Lo que yo quería era volverme totalmente medieval y vivir en el Medioevo como si fuese mi época (y viceversa). Pero al mismo tiempo quería, con todas mis fuerzas, que se perfilase una figura de lector que, superada la iniciación, se convirtiera en mi presa, o sea en la presa del texto, y pensase que sólo podía querer lo que el texto le ofrecía. Un texto quiere ser una experiencia de transformación para su lector. Crees que quieres sexo, o intrigas criminales en las que acaba descubriéndose al culpable, y mucha acción, pero al mismo tiempo te daría vergüenza aceptar una venerable pacotilla que los artesanos del convento fabricasen con las manos de la muerte. Pues bien, te daré latín, y pocas mujeres, y montones de teología, y litros de sangre, como en el grand guignol, para que digas: «¡Es falso, no juego más!» Y en ese momento tendrás que ser mío y estremecerte ante la infinita omnipotencia de Dios que vuelve ilusorio al orden del mundo. Y después, si te animas, tendrás que comprender cómo te atraje a la trampa, porque al fin y al cabo te lo fui diciendo paso a paso, te avisé claramente que te estaba llevando a la perdición, pero lo bonito de los pactos con el diablo es que se firman sabiendo bien con quién se trata. Si no, ¿por qué el premio sería el infierno?

Y, como quería que resultase placentera la única cosa que nos sacude con violencia, o sea el estremecimiento metafísico, sólo podía escoger el más metafísico y filosófico de los modelos de intriga: la novela policiaca.

La metafísica policiaca

No es casual que el libro comience como si fuese una novela policiaca (y siga engañando al lector ingenuo hasta el final, y hasta es posible que el lector ingenuo no se dé cuenta de que se trata de una novela policiaca donde se descubre bastante poco y donde el detective es derrotado). Creo que a la gente no le gustan las novelas policiacas porque haya asesinatos, ni porque en ellas se celebre el triunfo final del orden (intelectual, social, legal y moral) sobre el desorden de la culpa. La novela policiaca constituye una historia de conjetura, en estado puro. Pero también una *detection* médica, una investigación metafísica, son casos de conjetura. En el fondo, la pregunta fundamental de la filosofía (igual que la del psicoanálisis) coincide con la de la novela policiaca: ¿quién es el culpable? Para saberlo (para creer que se sabe) hay que conjeturar que todos los hechos tienen una lógica, la lógica que les ha impuesto el culpable. Toda historia de investigación y conjetura nos cuenta algo con lo que convivimos desde siempre (cita seudoheideggeriana). A estas alturas se habrá comprendido por qué mi historia inicial (¿quién es el asesino?) se ramifica en tantas otras historias, todas ellas historias de otras conjeturas, todas ellas alrededor de la estructura de la conjetura como tal.

Un modelo abstracto de esa estructura es el laberinto. Pero hay tres tipos de laberinto. Uno es el griego, el de Teseo. Ese laberinto no permite que nadie se pierda: entras y llegas al centro, y luego vuelves desde el centro a la salida. Por eso en el centro está el Minotauro; si no, la historia no tendría sal, sería un mero paseo. El terror, en todo caso, surge porque no se sabe dónde llegaremos ni qué hará el Minotauro. Pero si desenrollamos el laberinto clásico acabamos encontrando un hilo: el hilo de Ariadna. El laberinto clásico es el hilo de Ariadna de sí mismo.

Luego está el laberinto manierista: si lo desenrollamos, acabamos encontrando una especie de árbol, una estructura con raíces y muchos callejones sin salida. Hay una sola salida, pero podemos equivocarnos. Para no perdernos, necesitamos un hilo de Ariadna. Este laberinto es un modelo de *trial-and-error process*.

Por último, está la red, o sea la que Deleuze-Guattari llaman rizoma. En el rizoma, cada calle puede conectarse con cualquier otra. No tiene centro, ni periferia, ni salida, porque es potencialmente infinito. El espacio de la conjetura es un espacio rizomático. El laberinto de mi biblioteca sigue siendo un laberinto manierista, pero el mundo en que Guillermo se da cuenta de que vive ya tiene una estructura rizomática: o sea que es estructurable pero nunca está definitivamente estructurado.

Un chaval de diecisiete años me dijo que no entendió nada de las discusiones teológicas, pero que funcionaban como prolongaciones del laberinto espacial (como si fuesen música *thrilling* en una película de Hitchcock). Creo que sucedió algo por el estilo: hasta el lector ingenuo barruntó que se encontraba ante una historia de laberintos, y no de laberintos espaciales. Podríamos decir que, paradójicamente, las lecturas más ingenuas eran las más «estructurales». El lector ingenuo entró en contacto directo, sin la mediación de los contenidos, con el hecho de que es imposible que exista *una* historia.

La diversión

Quería que el lector se divirtiese. Al menos tanto como me estaba divirtiendo yo. Ésa es una cuestión muy importante, que parece incompatible con las ideas más profundas que creemos tener sobre la novela.

Divertir no significa di-vertir, desviar de los problemas. *Robinson Crusoe* quiere divertir a su lector modelo contándole los cálculos y las operaciones cotidianas de un honrado *homo oeconomicus* bastante parecido a él. Pero, después de haberse divertido leyéndose en *Robinson*, el *semblante* de Robinson debería haber entendido de alguna manera algo más, debería haberse transformado en otro. De alguna manera, divirtiéndose ha aprendido. Unas poéticas de la narratividad sostienen que el lector aprende algo sobre el mundo; otras, que aprende algo sobre el lenguaje. Pero siempre aprende. El lector ideal de *Finnengans Wake* debe acabar divirtiéndose tanto como el lector de Carolina Invernizio. Lo mismo. Pero de una manera diferente.

Ahora bien, el concepto de diversión es un concepto histórico. Cada etapa de la novela tiene sus propias maneras de divertir y de divertirse. Es indudable que la novela moderna ha tratado de reducir la diversión. Yo, que admiro profundamente la poética aristotélica, siempre he pensado que, pese a todo, una novela debe divertir también, y especialmente, a través de la intriga.

Es indudable que, si una novela divierte, obtiene el consenso de un público. Ahora bien, durante cierto tiempo se creyó que el consenso era un indicio negativo. Si una novela encuentra consenso, será porque no dice nada nuevo, porque le da al público lo que éste esperaba.

Creo que decir «si una novela le da al lector lo que éste esperaba, encuentra consenso» no es lo mismo que decir «si una novela encuentra consenso es porque le da al lector lo que éste esperaba».

La segunda afirmación no siempre es verdadera. Basta pensar en Defoe o en Balzac, hasta llegar a *El tambor de hojalata* o *Cien años de soledad*.

Se dirá que la equivalencia «consenso=falta de valor» prosperó en Italia al calor de ciertas posiciones polémicas del Grupo 63, e incluso antes de 1963, cuando se identificaba el libro de éxito con el libro consolador, y la novela consoladora con la novela de intriga, mientras se alababa la obra experimental, que produce escándalo y es rechazada por el gran público. Estas cosas se dijeron, tenía sentido decirlas, y son las que más escandalizaron a los literatos conformistas, y los cronistas nunca las han olvidado, precisamente porque se dijeron para obtener ese efecto, y se dijeron pensando en las novelas tradicionales de cuño fundamentalmente consolador, que no aportan innovaciones interesantes respecto a la problemática del siglo XIX. Y era inevitable que luego se formaran grupos y a menudo se metiese de todo en el mismo saco, a veces por razones de guerras entre facciones. Recuerdo que los enemigos eran Lampedusa, Bassani y Cassola. Por mi parte, hoy establecería sutiles distinciones. Lampedusa había escrito una buena novela a destiempo, y lo que se atacaba era su exaltación como supuesta nueva vía para la literatura italiana, cuando en realidad venía a cerrar gloriosamente otra. Sobre Cassola no he cambiado de opinión. Sobre Bassani, en cambio, hoy sería mucho más cauto, y si estuviésemos en 1963 lo aceptaría como compañero de ruta. Pero el problema del que quiero hablar no es éste.

El problema es que ya nadie recuerda lo que sucedió en 1965, cuando el grupo se reunió de nuevo en Palermo para discutir sobre la novela experimental (debo añadir que las actas aún se encuentran en catálogo: *Il romanzo sperimentale*, Feltrinelli, 1965, pie de imprenta: 1966).

Pues bien, en el curso de aquel debate surgieron cosas muy interesantes. Ante todo, la comunicación inicial de Renato Barilli, que había sido el teórico de todos los experimentalistas del nouveau roman y que en aquel momento estaba ajustando cuentas con el nuevo Robbe Grillet, y con Grass, y con Pynchon (no hay que olvidar que ahora a Pynchon se lo cita entre los iniciadores del posmodernismo, pero entonces esta palabra no existía, al menos en Italia, y en Norteamérica recién estaba comenzando John Barth), y citaba a Roussel, que acababa de volver a descubrirse, admirador de Verne, y no citaba a Borges, cuya obra aún no había empezado a valorarse de otro modo. ¿Qué decía Barilli? Que hasta entonces se había hecho hincapié en el fin de la intriga y en el bloqueo de la acción en la epifanía y en el éxtasis materialista. Pero que estaba empezando una nueva fase de la narrativa, caracterizada por una vuelta a la acción, aunque a una acción *autre*.

Por mi parte, analicé las impresiones que nos había producido la noche anterior un curioso collage cinematográfico de Baruchello y Grifi: *Verifica incerta*, una historia construida con retazos de historias e incluso de situaciones típicas, de topos del cine comercial. Señalé que el público había reaccionado con mayor placer en aquellos pasajes que pocos años atrás le hubiesen escandalizado, es decir allí donde se eludían las consecuencias lógicas y temporales de la acción tradicional, y sus expectativas resultaban violentamente frustradas. La vanguardia se estaba convirtiendo en tradición; lo que unos años atrás era disonante se estaba convirtiendo en miel para los oídos (o para los ojos). De eso sólo podía extraerse una conclusión. La inaceptabilidad del mensaje ya no era el criterio fundamental para una narrativa (y para cualquier arte) experimental, porque lo inaceptable había pasado a codificarse como agradable. También observé que, si en la época de las veladas futuristas de Marinetti era indispensable que el público silbase, «hoy, en cambio, es estéril y necia la polémica de quien considera fracasado un experimento por el hecho de que se lo acepte como algo normal, porque equivale a remitirse al esquema axiológico de la vanguardia histórica, y entonces el eventual crítico de la vanguardia acaba siendo un marinettiano trasnochado. Conviene recordar que sólo en determinado momento histórico la inaceptabilidad del mensaje por parte del receptor se convirtió en una garantía del valor de la obra... Sospecho que quizá tendríamos que renunciar a ese *arrière pensée*, que domina constantemente nuestras discusiones, según el cual el escándalo externo tendría que ser una verificación de la validez de un trabajo. La misma dicotomía entre orden y desorden, entre obra de consumo y obra de provocación, sin dejar de ser válida, debe volver a examinarse, quizá, desde otra perspectiva, porque creo que será posible encontrar elementos de ruptura e impugnación en obras que aparentemente se prestan a un consumo fácil, y darse cuenta, en cambio, de que ciertas obras, que parecen provocadoras y aun hacen saltar al público en los asientos, no entrañan impugnación alguna... En estos días he encontrado que alguno se había vuelto sospechoso porque determinado producto *le había gustado demasiado* y entonces lo dejaba suspendido en una zona de incertidumbre...» Etcétera.

1965. Eran los años en que empezaba el pop art y, por tanto, caían las distinciones tradicionales entre arte experimental, no figurativo, y arte de masas, narrativo y figurativo. Los años en que Pousseur, refiriéndose a los Beatles, me decía: «trabajan para nosotros», sin darse cuenta aún de que también él estaba trabajando para ellos (y tendría que venir Cathy Berberian para mostrarnos que los Beatles, debidamente reintegrados a sus orígenes purcellianos, podían figurar en un concierto junto a Monteverdi y a Satie).

Lo posmoderno, la ironía, lo ameno

Desde 1965 hasta hoy han quedado definitivamente aclaradas dos ideas. Que se podía volver a la intriga incluso a través de citas de otras intrigas, y que las citas podían ser menos consoladoras que las intrigas citadas (el almanaque Bompiani de 1972 se dedicó al *Ritorno dell'intreccio*, si bien a través de una nueva visita, al mismo tiempo irónica y admirativa, a Ponson du Terrail y a Eugène Sue, y de una admiración sin mayor ironía de algunas páginas notables de Dumas). ¿Podría existir una novela no consoladora, suficientemente problemática, y sin embargo amena?

Serían los teóricos norteamericanos del posmodernismo quienes realizarían esa sutura, y recuperarían no sólo la intriga sino también la amenidad.

Desgraciadamente, «posmoderno» es un término que sirve para cualquier cosa. Tengo la impresión de que hoy se aplica a todo lo que le gusta a quien lo utiliza. Por otra parte, parece que se está intentando desplazarlo hacia atrás: al principio parecía aplicarse a ciertos escritores o artistas de los últimos veinte años, pero poco a poco ha llegado hasta comienzos del siglo, y aun más allá, y, como sigue deslizándose, la categoría de lo posmoderno no tardará en llegar hasta Homero.

Sin embargo, creo que el posmodernismo no es una tendencia que pueda circunscribirse cronológicamente, sino una categoría espiritual, mejor dicho un *Kunstwollen*, una manera de hacer. Podríamos decir que cada época tiene su propio posmodernismo, así como cada época tendría su propio manierismo (me pregunto, incluso, si posmodernismo no será el nombre moderno del manierismo, categoría metahistórica). Creo que en todas las épocas se llega a momentos de crisis como los que describe Nietzsche en la *Segunda consideración intempestiva*, cuando habla de los inconvenientes de los estudios históricos. El pasado nos condiciona, nos agobia, nos chantajea. La vanguardia histórica (pero también aquí hablaría de categoría metahistórica) intenta ajustar las cuentas con el pasado. La divisa futurista «abajo el claro de luna» es un programa típico de toda vanguardia, basta con reemplazar el claro de luna por lo que corresponda. La vanguardia destruye el pasado, lo desfigura: *Les demoiselles d'Avignon* constituyen un gesto típico de la vanguardia; después la vanguardia va más allá, una vez que ha destruido la figura, la anula, llega a lo abstracto, a lo informal, a la tela blanca, a la tela desgarrada, a la tela quemada; en arquitectura será la expresión mínima del curtain wall, el edificio como estela, paralelepípedo puro; en literatura, la destrucción del flujo del discurso, hasta el collage estilo Bourroughs, hasta el silencio o la página en blanco; en música, el paso del atonalismo al ruido, al silencio absoluto (en este sentido, el primer Cage es moderno).

Pero llega el momento en que la vanguardia (lo moderno) no puede ir más allá, porque ya ha producido un metalenguaje que habla de sus imposibles textos (arte conceptual). La respuesta posmoderna a lo moderno consiste en reconocer que, puesto que el pasado no puede destruirse —su destrucción conduce al silencio—, lo que hay que hacer es volver a visitarlo; con ironía, sin ingenuidad. Pienso que la actitud posmoderna es como la del que ama a una mujer muy culta y sabe que no puede decirle «te amo desesperadamente», porque sabe que ella sabe (y que ella sabe que él sabe) que esas frases ya las ha escrito Liala.[1] Podrá decir: «Como diría Liala, te amo desesperadamente.» En ese momento, habiendo evitado la falsa inocencia, habiendo dicho claramente que ya no se puede hablar de manera inocente, habrá logrado sin embargo decirle a la mujer lo que quería decirle: que la ama, pero que la ama en una época en que la inocencia se ha perdido. Si la mujer entra en el juego, habrá recibido de todos modos una declaración de amor. Ninguno de los interlocutores se sentirá inocente, ambos habrán aceptado el desafío del pasado, de lo ya dicho que es imposible eliminar; ambos jugarán a conciencia y con placer el juego de la ironía... Pero ambos habrán logrado una vez más hablar de amor.

Ironía, juego metalingüístico, enunciación al cuadrado. Por eso, si, en el caso de lo moderno, quien no

1. Autora italiana equiparable a Corín Tellado.

entiende el juego sólo puede rechazarlo, en el caso de lo posmoderno también es posible no entender el juego y tomarse las cosas en serio. Por lo demás, en eso consiste la cualidad (y el riesgo) de la ironía. Siempre hay alguien que toma el discurso irónico como si fuese serio. Pienso que los collages de Picasso, Juan Gris y Braque eran modernos; por eso la gente normal no los aceptaba. En cambio, los collages que hacía Max Ernst, montando trozos de grabados del siglo XIX, eran posmodernos: también pueden leerse como un relato fantástico, como el relato de un sueño, sin darse cuenta de que representan un discurso sobre el grabado, y quizá sobre el propio collage. Si en esto consiste el posmodernismo, se ve a las claras por qué Sterne o Rabelais eran posmodernos, por qué sin duda lo es Borges, por qué en un mismo artista pueden convivir, o sucederse a corta distancia, o alternar, el momento moderno y el posmoderno. Véase lo que sucede con Joyce. El *Portrait* es la historia de un intento moderno. *Dubliners*, pese a ser anterior, es más moderno que el *Portrait*. *Ulysses* está en el límite. *Finnegans Wake* ya es posmoderno, o al menos inaugura el discurso posmoderno; para ser comprendido, exige, no la negación de lo ya dicho, sino su relectura irónica.

Sobre el posmodernismo ya se ha dicho casi todo desde el comienzo (es decir, en ensayos como «La literatura del agotamiento» de John Barth, escrito en 1967 y publicado recientemente en el número 7 de la revista *Calibano*, sobre el posmodernismo norteamericano). No es que yo esté totalmente de acuerdo con las calificaciones que los teóricos del posmodernismo (incluido Barth) asignan a los escritores y artistas, determinando quién es posmoderno y quién aún no lo es. Pero me interesa la demostración que dichos teóricos extraen de sus premisas: «Mi escritor posmoderno ideal no imita ni repudia a sus padres del siglo XX ni a sus abuelos del XIX. Ha digerido el modernismo, pero no lo lleva sobre los hombros como un peso... Quizá ese escritor no pueda abrigar la esperanza de alcanzar o conmover a los cultores de James Michener e Irving Wallace, para no hablar de los analfabetos lobotomizados por los medios de comunicación de masas, pero sí, en cambio, la de alcanzar y divertir, al menos en ocasiones, a un público más amplio que el círculo de los que Thomas Mann llamaba los primeros cristianos, los devotos del arte... La novela posmoderna ideal debería superar las diatribas entre realismo e irrealismo, formalismo y "contenidismo", literatura pura y literatura comprometida, narrativa de elite y narrativa de masas... La analogía que prefiero es más bien la que podría hacerse entre [la actitud posmoderna] y el buen jazz o la música clásica: cuando volvemos a escuchar y a analizar la partitura, descubrimos muchas cosas que la primera vez no habíamos percibido, pero la primera vez tiene que ser capaz de atraparnos como para que deseemos volver a escucharla, tanto si somos especialistas como si no lo somos.» Así hablaba Barth en 1980, volviendo sobre el tema pero, en esa ocasión, con el título de «La literatura de la plenitud». Desde luego, el tema se presta a un tratamiento más rico, como el de Leslie Fiedler, mejor dotado para la paradoja. En el número citado de *Calibano* se publica un ensayo suyo de 1981, y la nueva revista *Linea d'ombra* acaba de publicar una polémica que sostuvo con otros autores norteamericanos. Es evidente que Leslie provoca. Alaba *El último mohicano*, la narrativa de aventuras, el gothic, los libros del montón, despreciados por los críticos, que han sabido crear mitos y poblar la imaginación de más de una generación. Se pregunta si aún aparecerá algo como *La cabaña del tío Tom*, que pueda leerse con igual pasión en la cocina, en la sala o en el cuarto de los niños. Pone a Shakespeare del lado de los que sabían divertir, junto a *Lo que el viento se llevó*. Todos sabemos que es un crítico demasiado sutil como para creérnoslo. Lo único que quiere es romper la barrera erigida entre arte y amenidad. Intuye que alcanzar un público amplio y popular significa hoy, quizá, ser vanguardista, y también nos permite afirmar que poblar los sueños de los lectores no significa necesariamente consolarlos. Puede significar obsesionarlos.

Hace dos años que me niego a responder preguntas ociosas. Por ejemplo: ¿la tuya es una obra abierta o no? ¿Y yo qué sé? No es asunto mío, sino vuestro. O bien: ¿con cuál de tus personajes te identificas? ¡Dios mío! Pero ¿con quién se identifica un autor? Con los adverbios, naturalmente.

De todas las preguntas ociosas, la más ociosa ha sido la de quienes sugieren que contar sobre el pasado es una manera de huir del presente. ¿Es verdad?, me preguntan. Es probable, respondo. Si Manzoni contó sobre el siglo XVII fue porque el XIX no le interesaba; y el *Sant'Ambrogio* de Giusti habla a los austriacos de su época, en cambio es evidente que el *Giuramento di Pontida* de Berchet habla de fábulas del tiempo pasado. *Love Story* se compromete con su época, mientras que *La cartuja de Parma* sólo contaba hechos ocurridos veinticinco años antes... Ni que decir tiene que todos los problemas de la Europa moderna, tal como hoy los sentimos, se forman en el Medioevo: desde la democracia comunal hasta la economía bancaria, desde las monarquías nacionales hasta las ciudades, desde las nuevas tecnologías hasta las rebeliones de los pobres... El Medioevo es nuestra infancia, a la que siempre hay que volver para realizar la anamnesis. Pero también se puede hablar de Medioevo al estilo de *Excalibur*. De modo que el problema es otro, y no puede eludirse. ¿Qué significa escribir una novela histórica? Creo que hay tres maneras de contar sobre el pasado. Una es el *romance*, desde el ciclo bretón hasta las historias de Tolkien, incluida la «gothic novel», que no es *novel* sino precisamente *ro-*

mance. El pasado como escenografía, pretexto, construcción fabulosa, para dar rienda suelta a la imaginación. O sea que ni siquiera es necesario que el *romance* se desarrolle en el pasado: basta con que no se desarrolle aquí y ahora, y que no hable del aquí y ahora ni siquiera por alegoría. Muchas obras de ciencia ficción son puro *romance*. El *romance* es la historia de un *en otro lugar*.

Luego está la novela de capa y espada, como la de Dumas. La novela de capa y espada escoge un pasado «real» y reconocible, y para hacerlo reconocible lo puebla de personajes ya registrados por la enciclopedia (Richelieu, Mazarino), a quienes hace realizar algunos actos que la enciclopedia no registra (haber encontrado a Milady, haber tenido contactos con un tal Bonacieux) pero que no contradicen a la enciclopedia. Por supuesto, para corroborar la impresión de realidad, los personajes históricos harán también lo que (por consenso de la historiografía) han hecho (sitiar La Rochelle, haber tenido relaciones íntimas con Ana de Austria, haber estado implicado en La Fronda). En este cuadro («verdadero») se insertan los personajes de fantasía, quienes sin embargo expresan sentimientos que podrían atribuirse también a personajes de otras épocas. Lo que hace D'Artagnan al recuperar en Londres las joyas de la reina, también hubiese podido hacerlo en el siglo XV o en el XVIII. Para tener la psicología de D'Artagnan no es necesario vivir en el siglo XVII.

En cambio, en la novela histórica no es necesario que entren en escena personajes reconocibles desde el punto de vista de la enciclopedia. Piensen en *Los novios*: el personaje más conocido es el cardenal Federico, que pocos conocían antes de Manzoni (mucho más conocido era el otro Borromeo, san Carlos). Sin embargo, todo lo que hacen Renzo, Lucia o Fra Cristoforo sólo podía hacerse en la Lombardía del siglo XVII. Lo que hacen los personajes sirve para comprender mejor la historia, lo que sucedió. Aunque los acontecimientos y los personajes sean inventados, nos dicen cosas sobre la Italia de la época que nunca se nos habían dicho con tanta claridad.

En este sentido es evidente que yo quería escribir una novela histórica, y no porque Ubertino y Michele hayan existido de verdad y digan más o menos lo que de verdad dijeron, sino porque todo lo que dicen los personajes ficticios como Guillermo es lo que habrían *tenido* que decir si realmente hubieran vivido en aquella época.

No sé hasta qué punto he sido fiel a ese propósito. No creo haberlo traicionado cuando disimulé citas de autores posteriores (como Wittgenstein) haciéndolas pasar por citas de la época. En esos casos estaba seguro de que no era que mis medievales fuesen modernos, sino, a lo sumo, que los modernos pensaban en medieval. Lo que, en cambio, me pregunto es si a veces no habré atribuido a mis personajes ficticios una capacidad de fabricar, con los *disiecta membra* de pensamientos perfectamente medievales, algunos hircocervos conceptuales que el Medioevo no habría reconocido entre su fauna. Creo, sin embargo, que una novela histórica no sólo debe localizar en el pasado las causas de lo que sucedió después, sino también delinear el proceso por el que esas causas se encaminaron lentamente hacia la producción de sus efectos.

Cuando uno de mis personajes compara dos ideas medievales para extraer una tercera idea más moderna, está haciendo exactamente lo mismo que después hizo la cultura, y aunque nadie haya escrito jamás lo que él dice, podemos estar seguros de que, quizá confusamente, alguien habría tenido que empezar a pensarlo (aunque sin decirlo, presa de vaya a saber qué temores y pudores).

De todas maneras, hay algo que me ha divertido mucho: cada vez que un crítico o un lector escribió o dijo que uno de mis personajes afirmaba cosas demasiado modernas, resultó que precisamente en todas esas ocasiones se trataba de citas textuales del siglo XIV.

Y hay otros pasajes en los que el lector degustó exquisitamente el supuesto sabor medieval de determinadas actitudes en las que yo, en cambio, percibía ilícitas connotaciones modernas. Lo que sucede es que cada uno tiene su propia idea, generalmente corrupta, del Medioevo. Sólo los monjes de la época conocemos la verdad, pero a veces decirla significa acabar en la hoguera.

Para terminar

Dos años después de haber escrito la novela, encontré un apunte de 1953, cuando aún estaba en la universidad:

«Horacio y el amigo llaman al conde de P. para que resuelva el misterio del fantasma. El conde de P., caballero excéntrico y flemático. En cambio, un joven capitán de la guardia danesa que utiliza métodos norteamericanos. Desarrollo normal de la acción según el esquema de la tragedia. En el último acto, el conde de P. reúne a la familia y le explica el misterio: el asesino es Hamlet. Demasiado tarde: Hamlet muere.»

Años más tarde descubrí que en alguna parte Chesterton había expresado una idea similar. Parece que hace poco el grupo del Oulipo construyó una matriz de todas las situaciones policíacas posibles y descubrió que aún no se ha escrito ningún libro donde el asesino sea el lector.

Moraleja: hay ideas obsesivas, pero nunca son personales, los libros se hablan entre sí, y una verdadera pesquisa policíaca debe probar que los culpables somos nosotros.

ÍNDICE

SEGUNDO DÍA

TERCER DÍA

CUARTO DÍA